Entre rires
et larmes

Marcia Willett

Entre rires et larmes

Traduit de l'anglais
par Evelyne Jouve

FRANCE LOISIRS

Titre original : *Forgotten Laughter*
publié par Headline Book Publishing, a division of Hodder Headline, Londres

Tous les personnages de ce roman sont fictifs et toute ressemblance avec des personnes réelles, vivantes ou mortes, serait pure coïncidence.

Édition du Club France Loisirs,
avec l'autorisation des Éditions Belfond.

France Loisirs,
123, boulevard de Grenelle, Paris
www.franceloisirs.com

ISBN 2-7441-8592-2

À Anne Ellison

PREMIÈRE PARTIE

1

L'homme au téléphone portable, en face de Louise, mentait à sa femme. Il parlait à voix basse, les yeux fixés sur le paysage champêtre qui défilait derrière la vitre. Ses doigts parfaitement manucurés, dont l'un portait une lourde chevalière en or, tambourinaient sans répit sur la tablette. De temps à autre, sa poitrine se soulevait dans un soupir exaspéré mais silencieux.

— Nous avons déjà joué cette scène cent fois, chérie, non ?

Son ton poli trahissait une impatience certaine et ce « chérie », qui tenait à la fois de la petite tape sur la joue et de la cajolerie, résonnait presque comme une insulte.

— Je t'avais prévenue que je ne pourrais probablement pas rentrer à la maison ce soir, non ?... Peu m'importe ce que Jill t'a raconté. Comment pourrait-elle savoir combien de temps va durer la réunion ?... OK, tu ne savais pas que Lisa serait présente, et alors ?... Tu devrais arrêter de te rendre ridicule en questionnant les femmes de mes collègues chaque fois que tu as une de tes... crises...

(Nouveau soupir, sonore celui-ci.)

— Mais je t'ai dit la vérité ! Nous travaillons ensemble

sur ce projet. Rien de plus... Bien sûr, c'est difficile, mais je ne peux quand même pas exiger qu'on la flanque à la porte sous prétexte qu'elle est jeune et séduisante... Oh, pour l'amour du ciel!...

Il monta le ton, incapable de contenir plus longtemps son exaspération, et ramena son regard devant lui, le visage fermé, irrité.

Surprise en flagrant délit d'indiscrétion, Louise détourna très vite les yeux vers la fenêtre. Une jeune femme était dans un pré, un bébé dans les bras. Tous deux regardaient passer le train. La maman fit un signe de la main, encourageant l'enfant à l'imiter, puis, comme il ne bougeait pas, elle saisit sa menotte et la secoua en riant. Paralysée l'espace d'un instant par une impression de déjà-vu, Louise se pencha brusquement vers la vitre et agita la main à son tour, presque violemment, jusqu'à ce que la maman et son bébé soient hors de vue.

Oppressée, elle se renfonça dans son siège, et tenta de contrôler le déluge d'émotions qui venait de lui déferler dessus.

L'homme avait terminé sa conversation téléphonique et l'observait avec curiosité. Sans même tourner la tête, Louise sut qu'il la jaugeait, calculant ses chances comme un pêcheur évalue les ressources d'un étang poissonneux; elle pressentit également le moment exact où il décida de se jeter à l'eau.

— Une amie à vous?

C'était un appât bien innocent, une charmante petite mouche flottant presque négligemment sur l'onde, appétissante, tentante. Louise décida de nager en direction de ce ravissant petit insecte, dérivatif inespéré au trouble qu'avait provoqué en elle la vue de cette maman et de son enfant.

— Pas du tout. J'ai agi par pur réflexe. Quand quelqu'un vous fait signe de la main, il semble naturel de lui répondre, vous ne trouvez pas ?

— Ma foi, ça dépend des circonstances.

Il changea de position, étendit ses jambes en diagonale vers la place inoccupée, à côté d'elle.

— Et surtout de la personne.

Son sourire, la brève lueur de ses yeux suggérèrent que s'il s'agissait d'elle – ou de toute autre jeune femme aussi délicieusement séduisante, etc. –, la question ne se posait même pas. Face à cette stratégie cousue de fil blanc, Louise dissimula son ironie.

— Mmm... peut-être.

Elle nagea paresseusement autour de l'appât, faisant mine de refuser de mordre à l'hameçon.

— Je suis navré de vous avoir imposé mes... euh... mes petits problèmes conjugaux.

Il montra le téléphone mobile qui reposait maintenant entre eux sur la tablette.

— C'est très incorrect, mais...

Il pinça les lèvres avec humour, l'invitant à devenir sa complice.

— Les épouses ont une nature tellement soupçonneuse !

La mouche s'agita d'un mouvement tentateur, l'encourageant à une inspection plus poussée.

Louise esquissa un sourire teinté d'un zeste de provocation.

— Qu'est-ce qui vous dit que je ne suis pas comme elles ?

Il s'installa plus confortablement et elle l'imagina baissant son chapeau d'un cran sur ses yeux tandis que sa main se refermait sur la canne à pêche d'un geste doux mais assuré.

— Vous n'avez pas du tout le profil. Beaucoup trop jolie.

— Vraiment ?

Une touche ? L'homme se prépara à ramener imperceptiblement la ligne vers lui.

— Oh, sans le moindre doute. Et trop sûre de vous, je le sens. Seules les femmes qui manquent de confiance en elles deviennent jalouses. Et aussi les laiderons, cela va de soi.

— Votre femme est donc laide ?

Elle mordilla négligemment l'appât, comme pour l'encourager à la trahison :

— Ou bien manque-t-elle de confiance en elle ?

— Elle est à un âge difficile.

Il haussa les épaules, puisant dans le registre pathétique.

— Et un peu déstabilisée. C'est assez agaçant, à la longue.

— Oh.

Elle feignit la déception, voire le dédain, l'appât se révélant, en fin de compte, dénué d'attrait. Et même assez fade.

— Alors, c'est uniquement le fruit de son imagination ?

— Je n'irais pas jusque-là.

Il agita de plus belle sa mouche dans l'eau, son sourire coquin suggérant la promesse d'une expérience inoubliable.

— Vous savez ce qu'on dit : pas vu, pas pris !

— J'ai cru comprendre qu'elle en avait vu plus que vous ne pensiez.

Il éclata de rire, un rire inattendu et communicatif. Louise sourit de cet aveu spontané, étrangement attirée par lui, presque malgré elle.

— Touché, admit-il. Et il lui rendit son sourire.

Il y eut une pause tandis qu'ils s'observaient mutuellement. Le fil se tendit.

— Ça ne doit pas être facile tous les jours, reprit Louise. Je me demande...

Sa question inachevée resta en suspens dans l'air pendant quelques secondes.

— Admettons que j'aie un mari jaloux, poursuivit-elle nonchalamment.

— Ce serait logique.

Sa voix était chaleureuse.

— Il serait fou de ne pas l'être.

— Alors...

Elle se pencha en avant, les coudes sur la tablette, donnant l'illusion d'une intime complicité.

— Comment devrais-je m'y prendre pour ne pas éveiller ses soupçons ?

— Ah-ah !

Son sourire était très proche de la suffisance et elle eut la sensation d'être tirée vers lui, doucement mais inexorablement, dans une eau délicieusement chaude.

— Il vous faut impérativement un complice. Voici le mien.

Il prit son téléphone mobile dans sa main et elle écarquilla les yeux, stupéfaite. Il s'esclaffa.

— Je ne m'en sépare jamais. Comme ça, pas de coups de fil suspects à la maison avec une voix de femme qui prétend s'être trompée de numéro quand c'est mon épouse qui décroche. « On » peut me joindre n'importe où. Et moi, je peux envoyer des textos. Il suffit que la dame en question ait également un portable. Aucune trace sur les relevés de téléphone ni sur les factures d'hôtel. C'est très pratique ! Naturellement...

Il lui décocha un petit clin d'œil.

— Je l'éteins quand je suis en... réunion d'affaires.

— Vous envoyez des messages ?

— Mmm. On peut écrire tout ce qui nous passe par la tête. Pas besoin de parler. On reste en contact vingt-quatre heures sur vingt-quatre et ni vu ni connu : tout est effacé en quelques secondes. Pas de trace, pas de preuve. Vous avez un portable ?

— Non, répondit-elle lentement. Je suis légèrement technophobe, j'en ai peur. Les micro-ondes et les magnétoscopes me rendent folle, alors non : je n'ai pas de téléphone portable.

Il s'inclina un peu plus vers elle, souriant comme s'il l'imaginait déjà toute frétillante dans son panier à poissons.

— Vous devriez peut-être y remédier. Je serais très heureux de vous conseiller...

Elle le dévisagea un long moment, puis son attention fut attirée par autre chose, à travers la fenêtre.

— Ah, c'est ma station !

— Vous descendez ici ?

Il suivit son regard, incrédule, son fil cassé net, sa proie lui échappant tandis que son moulinet tourbillonnait dans le vide.

— Où sommes-nous ? À Totnes ?

— Exact.

Elle passa son sac sur son épaule, attrapa sa veste.

— Je suis en vacances pour quinze jours. Merci pour les conseils.

— Attendez !

Il griffonna un numéro de téléphone, déchira une page de son agenda.

— Pour le cas où vous voudriez un peu de compagnie...

Elle secoua la tête en riant.

— Non merci. Je ne m'ennuie jamais. Je vous souhaite une agréable... réunion d'affaires.

Les portes du compartiment s'ouvrirent puis se refermèrent sur elle. Le train s'arrêta. L'homme la regarda s'éloigner sur le quai.

— Et merde ! grommela-t-il.

Il composa mécaniquement un numéro sur son portable, l'air maussade.

— Hello, Lisa... Bien sûr, c'est d'accord.

Il s'adossa dans un angle tandis que le train redémarrait et son expression s'éclaira à nouveau.

— Mon pauvre amour, tu étais inquiète ? Mais non, tout va bien. Nous venons juste de quitter Totnes. Non, un voyage mortellement ennuyeux. Je n'ai pas arrêté de travailler...

Assise dans sa vieille voiture, Brigid Foster surveillait la sortie de la gare, tout en jetant un œil anxieux sur la station de taxis par peur de bloquer la circulation. Dès qu'elle aperçut Louise, elle sortit pour la débarrasser de son bagage et la serrer affectueusement dans ses bras.

— Désolée de ne pas être allée à ta rencontre, mais je n'ai pas trouvé de place, expliqua-t-elle en démarrant. Par chance, ton train était à l'heure. Les chauffeurs de taxi me regardaient de travers. Tu as fait bon voyage ?

— Oui. Oui, merci.

Louise semblait préoccupée, ailleurs. Brigid lui lança un bref regard mais ne lui posa aucune question. Depuis trois ans que Louise louait l'un des cottages des Foster, des liens d'amitié s'étaient tissés entre les deux femmes. Mais cette relation prenait sa source dans le respect de leurs vies privées respectives. Brigid savait que tous les ans Martin Parry prenait deux semaines de vacances pour jouer au golf avec trois amis, et que Louise en profitait pour passer quelques jours dans le Devon. Elle aimait la marche au grand air et se passionnait pour la faune et la flore de cette région du Sud-Ouest.

D'aucuns auraient pu s'étonner qu'une jeune femme recherche ainsi la solitude, mais Brigid, épouse d'un sous-marinier de la Royal Navy, ne risquait pas de s'en formaliser. Son enfance peu ordinaire – fille unique, elle avait été élevée par un père archéologue, un Irlandais qui avait vécu et travaillé à Dartmoor – avait accentué une hérédité déjà entachée d'excentricité, et elle ne voyait décidément pas ce qu'il pouvait y avoir de bizarre à aimer se promener pendant des heures en tête à tête avec soi-même sur la lande déserte et silencieuse.

— Je n'aime pas la savoir seule en pleine nature, déclarait parfois Humphrey, quand sa permission coïncidait avec le séjour de Louise. Toi, tu es née ici et tu connais le coin comme ta poche, mais Louise est une souris des villes. Ces randonnées peuvent être dangereuses...

— Elle habite à Londres, mais ça n'en fait pas obligatoirement une citadine, objectait calmement Brigid. Et elle ne prend pas de risques inconsidérés.

Lors de ses premières visites, Brigid avait escorté sa locataire sur la lande pour lui montrer les différents itinéraires, l'informer des dangers et des risques éventuels. Quand elle avait constaté que Louise n'avait rien d'une novice, elle avait cessé de jouer les guides d'autant plus volontiers qu'elle aussi préférait communier seule avec la nature.

Brigid appréciait la présence de Louise. Elles dînaient

ensemble une fois ou deux pendant son séjour, allaient à Ashburton faire du shopping et avaler un café à la brasserie Green Ginger, puis elles se rendaient à pied à Salcombe, pour prendre le thé avec Jemima Spencer, la demi-sœur de Brigid. Néanmoins, aucune d'elles ne forçait l'autre à quoi que ce soit ni n'empiétait sur sa vie privée. Même en cet instant, après sept mois de séparation, Brigid ne faisait aucune tentative pour rompre le fil des pensées de Louise.

Luttant pour maintenir son esprit hermétiquement fermé à la brèche qu'avaient ouverte cette maman et son enfant agitant la main près de la voie ferrée, Louise appréciait la discrétion de Brigid. C'était si bon de la revoir, avec ses cheveux blonds coupés juste au-dessus des épaules, aujourd'hui retenus en arrière par un foulard en coton aux teintes passées, ses grands yeux violets striés par un fin réseau de rides minuscules. Son sweat-shirt géant appartenait probablement à Humphrey et son jean soulignait la longueur de ses cuisses. Son visage mince et austère reflétait une froideur trompeuse derrière laquelle se cachaient des trésors de tendresse et d'affection. Louise connaissait cette facette de sa personnalité – et bien d'autres encore : la fierté sans limites que lui inspiraient ses deux garçons et son émerveillement devant son petit-fils.

Alors que la voiture approchait de Dartington, Louise se détendit un peu.

— Quelles sont les nouvelles ? demanda-t-elle. Comment va Humphrey ? Et ta mère ? Et Cachou ?

Brigid branla la tête avec ironie.

— Ne m'en parle pas. Humphrey est parti pour six mois aux Bahamas, comme officier responsable de la logistique – du moins c'est ce que j'ai cru comprendre.

Maman a décidé qu'elle commençait un Alzheimer et il faut la distraire en permanence pour l'empêcher de sombrer dans la dépression. Quant à Cachou, il est furieux parce que j'héberge provisoirement le chien d'une amie et il passe son temps à bouder dans son coin.

Louise pouffa.

— Vous n'avez pas l'air de vous ennuyer.

— Ça non, soupira Brigid d'un air résigné. Sinon, rien n'a changé à Foxhole. Ah ! si : je dois quand même te prévenir que deux meurtres ont été récemment commis dans le Devon.

Louise lui lança un regard inquiet.

— Quelle horreur !

— Ce n'était pas du tout de notre côté, se hâta de la rassurer Brigid. Le deuxième corps a été trouvé plus près au nord, et le premier au-delà d'Exeter. Il s'agissait à chaque fois de deux femmes vivant seules, si bien que la police pense que les deux crimes sont liés. Quoi qu'il en soit, le dernier crime remonte à plusieurs semaines et c'était au moins à cinquante kilomètres d'ici.

Elle hésita. Il fallait bien mettre Louise en garde, mais, en même temps, elle ne voulait pas l'effrayer sans raison.

— Le Devon est un comté très vaste, ne l'oublie pas. Ce n'est pas comme si deux meurtres avaient été commis à Chiswick.

— Non, bien sûr. Mais c'est horrible.

Louise se força à se ressaisir.

— Ne t'en fais pas. Je ne vais pas devenir paranoïaque.

— Bon. As-tu déjeuné, au moins ?

— Oui. J'ai mangé un sandwich dans le train.

Regardant à nouveau par la fenêtre, Louise soupira de bien-être.

— C'est bon d'être de retour, Brigid ! La campagne est si verdoyante, si fraîche et lumineuse !

— C'est parce qu'il a plu pendant trois jours.

Brigid négocia le virage de l'échangeur, au-dessus de l'A 38, puis prit la direction de Buckfast, par la route qui passait derrière l'abbaye.

— Tu veux t'arrêter à Holne pour faire quelques courses ou tu préfères attendre demain ? Pour ce soir, tu n'as pas à t'inquiéter : nous dînons ensemble. Et j'ai mis dans ton frigo les produits de base.

— Oh, j'irai demain. Je n'ai pas la tête à faire des courses, aujourd'hui. Mais j'ai apporté une bouteille de vin pour le dîner.

Elle se tut tandis que la voiture traversait la forêt de Hembury et pénétrait sous un tunnel verdoyant, moucheté de flaques lumineuses : de gros coussins de mousse mêlés à des anémones sauvages d'un blanc délicat poussaient au milieu des racines enchevêtrées. Deux pies fondirent subitement l'une sur l'autre, se disputant avec des cris rauques. Surpris, un pigeon s'envola de son perchoir.

— Bonne idée.

Brigid comprenait le soudain silence de Louise. Même après quarante-huit ans de complicité, certains lieux pouvaient encore la rendre muette d'admiration.

— Plus je vieillis, plus ma dépendance à l'alcool s'aggrave, soupira-t-elle avec une grimace. C'est la seule chose que maman et moi ayons en commun. Elle est pire que moi. Je suis quasiment sûre que son soi-disant « Alzheimer » vient ni plus ni moins des petits verres qu'elle avale avant d'aller se coucher. Depuis son attaque, elle est censée se mettre au régime sec.

— Où s'approvisionne-t-elle ?

Louise avait formulé la question sur un ton léger, afin de dédramatiser la conversation. Brigid entretenait des relations tendues avec sa mère, Louise le savait, mais elle ne voulait pas la sonder à ce sujet.

— Jemima, répondit laconiquement Brigid – et le silence retomba.

La voiture quittait Holne et s'élançait sur la route qui traversait la lande. Louise se demanda quelles raisons pouvaient pousser Brigid et sa mère à vivre si près l'une de l'autre, à Foxhole, dans un climat aussi conflictuel.

Frummie détestait la campagne et ne s'en cachait pas. Louise se demandait même si ce n'était pas l'isolement de Foxhole qui l'avait poussée à quitter le père de Brigid, il y avait de cela presque quarante ans. À présent, elle habitait dans l'un des deux cottages que Brigid et Humphrey avaient entièrement aménagés à partir de deux anciennes granges, juste en face du vieux corps de ferme. Possible aussi que de simples raisons financières aient obligé Frummie à venir trouver refuge à Foxhole. Une petite attaque ne l'avait pas rendue plus facile à vivre, même si elle parvenait à rester relativement indépendante.

Louise éprouvait une profonde solidarité à l'égard de cette femme réservée assise à ses côtés, mais, faute de trouver une parole d'encouragement, elle tourna à nouveau les yeux vers la vitre en espérant que Brigid interpréterait correctement son silence.

La lande fuyait vers l'ouest et Louise se redressa sur son siège, aussi impatiente qu'une gamine, guettant l'instant où elle capterait la première apparition du plan d'eau de Venford – un petit lac secret, étincelant au milieu d'une couronne de pins. Elle contempla avec ravissement ses repères familiers : Bench Tor, Combestone Tor et, au-delà, les collines qui somnolaient dans la lumière indigo et violet du soleil couchant. Puis elles traversèrent Saddle Bridge, et Louise reconnut le vieux tilleul tordu qui signalait l'entrée du chemin conduisant à Foxhole, bastion de pierre dominant les eaux tumultueuses et bouillonnantes du West Dart.

2

Laissant Louise défaire ses bagages, Brigid gara la voiture puis s'attarda dans la cour illuminée par le chaud soleil de mai, observant le ballet des hirondelles. Tous les ans, à cette époque, elles venaient nicher dans la grange et Brigid les voyait toujours revenir avec le même bonheur, malgré les salissures qu'elles occasionnaient sur le sol, juste en dessous des poutres. Enfant, déjà, elle avait été fascinée par les oisillons qui piaillaient et se bousculaient dans leur nid et qui, plus tard, se blottissaient les uns contre les autres sur les poutres, revenant vers ces perchoirs rassurants après l'expérience terrifiante de leur premier vol. Ils prenaient très vite de l'assurance et leur habileté ne cessait de croître jusqu'à ce qu'ils abandonnent finalement leur nid pour se regrouper sur le toit de la grange, prêts pour la grande migration. Et, un matin, les hirondelles disparaissaient, laissant le ciel vide – jusqu'au printemps suivant.

Cet éternel recommencement, ce cycle progressif et immuable de la nature, avait tenu une place vitale dans le monde de sa petite enfance, Brigid en avait conscience. Le brusque départ de sa mère avait brisé la sécurité et la fiabilité dans son existence et, par la suite, plus rien, jamais, n'avait été vraiment pareil.

Brigid avait adoré son père – ensemble, ils avaient parcouru la lande, étudié les anciens sites préhistoriques, exploré les cairns, les mines désaffectées, étudié les pierres et les arbres... Mais sa mère, elle, avait été comme un feu pétillant, une source constante d'amusement et d'excitation. Sa présence était comme un tourbillon qui coupait le souffle et donnait envie de plaire, de se surpasser ; autant de sensations inconnues auprès de son père, toujours enfermé dans son bureau avec ses papiers et ses livres.

— Ça m'est bien égal que maman soit partie ! avait-elle affirmé avec défi à des copines de classe bien intentionnées. De toute façon, je préfère rester avec papa !

Mais elle avait commencé à fuir les démonstrations d'affection que suscitait sa situation, le réconfort hypocrite des parents aussi scandalisés que dévorés de curiosité. Un divorce n'était pas monnaie courante à l'époque, et elle s'était sentie isolée, marginalisée, différente.

Alors Brigid s'était forgé une cuirasse d'indifférence, une assurance un peu cassante et distante, qui impressionnait ses camarades. Sa mère lui envoyait des cadeaux, des présents toujours originaux, choisis avec soin, que la jeune fille ouvrait à l'abri des regards, assise sur son lit. Elle les touchait, les respirait, essayait d'en extraire l'essence de sa mère. Elle dévorait des yeux son écriture sur les cartes et les enveloppes, l'imaginait traçant les mots avec son stylo, humectant un timbre, fermant l'enveloppe. Quand elle avait appris, à douze ans, que sa mère venait d'avoir un bébé, une autre petite fille, l'onde de choc l'avait pétrifiée, et avait annihilé en elle tout sentiment. Hébétée, silencieuse, Brigid avait écouté son père lui annoncer la nouvelle.

— Elle s'appelle Jemima, avait-il conclu d'une voix lasse. Je suis vraiment désolé, ma chérie. C'est moi le coupable. Je n'aurais jamais dû amener ta mère ici. C'était stupide. Je suscitais chez elle l'attrait de la nouveauté, je suppose. Je représentais un défi...

Elle l'avait regardé fixement tandis qu'il se livrait à une autocritique désabusée, puis elle était partie sans un mot préparer du thé.

— Jemima...

Elle avait prononcé le prénom à voix haute dans le silence de la grande cuisine dallée.

— Jemima-le-vilain-petit-canard. Un petit canard bien gras et stupide avec de grands pieds plats et des yeux minuscules.

Brigid s'était mise à ricaner, satisfaite de l'image ridicule que son imagination façonnait.

Son engourdissement disparaissait peu à peu, ses sensations revenaient – une souffrance aiguë, une colère tour à tour froide et brûlante, une haine bouillonnante.

Quand, par la suite, elle avait appris que sa mère avait quitté son deuxième mari, elle n'avait posé qu'une seule question :

— Est-ce qu'elle a emmené Jemima avec elle ?

La réponse était oui.

Ainsi, le vilain petit canard – ce bébé ridicule, gras, grotesque, avec sa peau blanche maladive, ses petits yeux stupides et ses grands pieds plats – avait, finalement, été jugé trop précieux par sa mère pour qu'elle l'abandonne.

Brigid avait éprouvé le besoin impérieux de les haïr et de les mépriser, autant l'une que l'autre – toutes les deux dans le même sac ! En lisant *La Poursuite de l'amour* de Nancy Mitford, elle avait trouvé un surnom pour sa mère : la Trotteuse.

— Ça vient de la Trotteuse et de son vilain petit canard, annonçait-elle avec dédain en lançant une carte de Noël sur la table.

Mais, ensuite, en secret, elle scrutait avidement la photo jointe : le bébé aux cheveux blonds, avec sa peau rose, ses yeux écarquillés, ses petits pieds aux orteils recroquevillés, et la femme qui le tenait tendrement sur ses genoux, un sourire un peu moqueur aux lèvres, le regard calme et amusé.

Reposant la photo à l'envers, Brigid contemplait son propre reflet dans la glace. C'était le visage de son père : anguleux, autocratique, intéressant, certes – mais pas « joli ». Tous ceux qui avaient eu droit au sourire de Brigid, néanmoins, ne pouvaient oublier cette rare expérience : il dégageait une chaleur si inattendue et une telle lumière qu'il restait imprimé dans leur mémoire. Mais Brigid n'avait pas souri devant son reflet. Elle l'avait étudié d'un air scrutateur, pour ne pas dire accusateur, puis elle s'était détournée, la gorge nouée.

Humphrey avait atténué sa détresse et l'avait en partie réconciliée avec elle-même. Il était tombé amoureux d'elle avec une rapidité rassurante, l'avait adorée de façon inconditionnelle, avait pansé ses blessures. La naissance de leurs deux fils avait plongé la jeune femme dans un bonheur total, éperdu, et ils étaient devenus ses petits compagnons, un précieux réconfort durant les longs mois où Humphrey était en mer.

Le père de Brigid s'entendait à merveille avec son gendre et, lorsque le vieil homme s'était éteint, il avait légué tout ce qu'il possédait à sa fille, y compris Foxhole.

— Rien pour moi ? avait demandé la Trotteuse avec son sourire moqueur.

Elle s'était présentée à l'enterrement sans y avoir été

conviée. Sa silhouette vêtue de noir était restée au fond de l'église de Holne, Jemima à son côté. Brigid avait été bien obligée de les inviter toutes les deux à Foxhole, avec les proches du défunt.

— Il ne m'a vraiment rien laissé ?

Sa mère regardait tout autour d'elle, comme si la réunion l'amusait, mais la petite Jemima de quatorze ans avait souri à sa grande demi-sœur.

— Bonjour, Brigid ! avait-elle lancé avec chaleur. Nous sommes sœurs, c'est génial, non ? J'ai toujours eu envie de te connaître.

— Ah oui ?

Sous le coup de la mort de son père, choquée par l'apparition inattendue de la Trotteuse et contrainte de s'occuper de ses hôtes, Brigid n'avait pas eu l'énergie de chercher une réponse plus circonstanciée.

Les splendides cheveux blonds de Jemima tombaient en cascade sous son béret noir, ses joues étaient roses, ses yeux pervenche immenses et lumineux. Elle était peut-être un peu trop potelée, mais elle n'avait vraiment rien d'un vilain petit canard.

Brigid avait lutté pour réprimer une nausée.

— Je t'ai toujours surnommée « le vilain petit canard ».

Cette pique n'avait déclenché aucune contre-offensive. Le rire de Jemima s'était élevé dans la pièce sombre, spontané et musical – rayon de soleil qui avait fait naître un sourire involontaire sur les visages attristés.

— C'est vrai ? C'est trop drôle. Figure-toi que Frummie ne cesse de répéter que j'ai l'air de patauger dans...

— Frummie ?

La question avait fusé, âpre.

— Papa l'appelait Freda et moi mummie, alors, au fil du temps, ça a donné « Frummie ».

Brigid avait regardé sa mère qui revenait, les mains vides, de la table où étaient disposés les sandwiches et les boissons. Frummie ?

— J'expliquais justement à Brigid que tout le monde t'appelle Frummie, maintenant.

Jemima avait déployé des efforts méritoires pour que les retrouvailles se passent au mieux.

— Elle ne le savait pas.

La Trotteuse n'avait pas été troublée par le regard scrutateur de sa fille aînée, délibérément ironique.

— Brigid n'est pas tout le monde, chérie, avait-elle rectifié. Elle est très collet monté, comme son pauvre père. Donner des surnoms n'est pas du tout son genre. Elle juge cela ridicule.

— Tu te trompes, Frummie.

Jemima était déterminée à intégrer sa sœur dans leur petit cercle.

— La preuve : elle vient de m'avouer qu'elle m'avait surnommée le vilain petit canard.

— Oh, vraiment ?

Ce commentaire moqueur indiquait non seulement que sa mère lisait en Brigid à livre ouvert, mais aussi qu'elle savait exactement ce qui se cachait derrière ce surnom. Le visage de Brigid s'était violemment empourpré. Sa mère avait lâché un petit rire cruel.

— Et que penses-tu de mon vilain petit canard, Brigid ?

Frummie s'était détournée pour prendre une boisson, un sourire narquois aux lèvres, pendant que Jemima se figeait, les yeux anxieusement levés vers sa demi-sœur.

En regardant Jemima, Brigid avait ressenti les premières manifestations de ce qui devait caractériser à l'avenir sa relation avec elle : une gêne mêlée de ressentiment.

Aujourd'hui, vingt-deux ans plus tard, tandis qu'elle observait le tournoiement des hirondelles dans la lumière du soleil couchant, Brigid songeait que rien n'avait changé – ou presque. Insatisfaite, frustrée, elle traversa la cour et entra dans la maison.

Louise lâcha sa valise au pied de l'escalier et regarda autour d'elle avec satisfaction. Étrange comme cet endroit lui donnait l'impression d'être de retour à la maison.

Depuis l'arrivée de Frummie, Louise était obligée de louer le plus grand des deux cottages, ce qui présentait un certain nombre d'avantages. Lorsqu'elle avait conçu les plans d'aménagement, Brigid avait très intelligemment évité le côté « cottage de vacances » en respectant la tradition de la grande cuisine centrale faisant office de pièce à vivre. Les vacances étant généralement une affaire de famille, les locataires pouvaient tout à la fois prendre leurs repas, se reposer et organiser leur journée dans cet espace confortable et lumineux.

Il y avait aussi un petit salon avec un poêle à bois et une télé – « On ne peut plus s'en passer, de nos jours, avait soupiré Brigid, même en vacances... » – et un cabinet de toilette avec douche. Au premier étage : les deux chambres et la salle de bains. La plus grande des chambres comprenait un lit à deux places, une penderie et une commode. L'autre, une penderie aussi, mais deux lits gigognes, de sorte que le cottage pouvait accueillir jusqu'à six personnes.

Louise maintenait toujours fermée la porte de la chambre aux lits gigognes – ce n'étaient pas des vacances familiales – et s'installait douillettement dans sa solitude. Cet après-midi-là, pourtant, un sentiment de malaise gâchait son plaisir.

Fermant résolument son esprit à tout ce qui n'était pas l'instant présent, elle effectua les gestes familiers qu'elle accomplissait comme un rituel chaque fois qu'elle revenait à Foxhole. D'instinct, elle cherchait à faire sien le cottage, à lui imprimer sa marque pour qu'il devienne, le temps de son séjour, son « chez-elle ».

Après avoir rempli la bouilloire, elle la mit à chauffer puis défit son petit sac de voyage. Quelques livres et une paire de jumelles trouvèrent leur place sur le rebord de la banquette d'angle, près de la fenêtre ; elle drapa le dossier du fauteuil de son châle en cachemire, installa son mug fétiche à côté de la bouilloire, et disposa son carnet de croquis, ses crayons et une petite boîte d'aquarelle sur la table carrée en pin. Ces quelques objets donnaient vie à la pièce, effaçaient ce qu'elle pouvait avoir d'impersonnel.

La jeune femme ouvrit la fenêtre qui donnait sur la lande et respira profondément. La paix du monde extérieur lui parvint : le murmure lointain de la rivière, le cri joyeux d'une alouette s'envolant dans le ciel... L'image de la maman et de son bébé, agitant la main en riant, flotta brièvement devant ses yeux, se superposant au paysage. Louise se détourna d'un mouvement brusque.

Elle empoigna la lourde valise, monta à l'étage, la posa sur le lit de la plus grande des deux chambres et commença à déballer ses affaires. Sa trousse de toilette, ses pantoufles... Très vite, la pièce s'emplit de tous les menus objets du quotidien de Louise et devint aussi vivante que la cuisine. Après avoir enfermé la valise vide dans le placard et suspendu sa robe de chambre à la patère, derrière la porte, Louise regagna le petit palier.

Cette fois, cependant, elle ne ferma pas la porte de l'autre chambre d'un geste automatique, mais se figea, la tête inclinée, comme si elle écoutait les bribes d'une conversation qui se serait échappée de la chambre... « Dis, maman, tu crois que papa trouvera joli mon nouveau lit ? »... « J'en suis certaine, chérie, mais tu ne dois pas en descendre pour dévaler l'escalier ! »... « Les berceaux, c'est seulement pour les bébés, hein ? »... « Oui, mais les grandes filles restent dans leur lit jusqu'au matin. »... « Même si elles n'ont pas sommeil ? »... « Les grandes filles essaient très fort de s'endormir »... « Peut-être que j'y arriverais si tu me lisais une autre histoire »... « Bon, mais une seule »...

Louise tressaillit, le visage crispé. Elle ferma la porte de la chambre d'un geste définitif et redescendit se préparer une tasse de thé.

— Coucou ! Je peux entrer ?

L'appel enjoué de Frummie fut accompagné d'un petit coup bref contre la porte d'entrée, restée ouverte, et Brigid soupira. Sa mère mettait une telle application à respecter sa vie privée que Brigid finissait par se sentir coupable.

Il n'avait jamais été question qu'elles vivent sous le même toit – Brigid n'aurait pas pu le supporter et le principe « ma maison est ta maison » n'avait jamais fait partie de leur accord. Mais Frummie réussissait à laisser entendre que le besoin d'intimité de sa fille était une sorte de lubie, et que d'autres, plus normales, auraient été enchantées de voir leur mère aller et venir chez elles...

Cette allusion à peine voilée au fait que Jemima aurait eu un comportement autrement plus accueillant et généreux mettait Brigid face à sa propre impuissance.

Un jour, elle n'avait pu s'empêcher de demander

aigrement à Frummie pourquoi, dans ces conditions, elle ne s'était pas installée chez Jemima.

— Ne sois pas aussi... pisse-vinaigre, avait murmuré sa mère. On ne sait plus comment te parler, ces temps-ci !

L'ex-Trotteuse avait prélevé un peu de sucre en poudre dans le bol, et éparpillé dans son trouble un peu du contenu de sa cuillère sur la nappe. À cet instant, en regardant ses mains fanées parsemées de taches brunes et son visage baissé, Brigid avait été envahie par la compassion et le remords.

— Entre ! lança-t-elle – et elle se pencha pour caresser l'épagneul noir qui, tout excité, avait précédé Frummie dans la cuisine.

Cachou avait été malade quelques jours plus tôt et elle n'avait pas voulu prendre le risque de l'emmener avec elle à la gare de Totnes. Pas question qu'il renouvelle ses exploits sur les bagages de Louise.

— Bonjour, toi, murmura-t-elle en grattant affectueusement les oreilles du chien. Tu vas mieux ?

— Il m'avait bien semblé entendre la voiture.

Frummie les observait depuis le seuil.

— Il va bien, rassure-toi. Il a geint un peu quand tu es partie, mais après il s'est calmé.

— C'est la présence d'Oscar qui le rend malade. Je n'aurais jamais imaginé que Cachou serait aussi jaloux. Dieu merci, Thea et George rentrent demain. J'allais me préparer du thé, tu en veux ?

— Non, merci. Je viens juste d'en boire une tasse.

Frummie se posta sur le bord de la table. Avec sa silhouette frêle et menue comme celle d'un moineau, on aurait pu la croire aussi fragile que du verre ; mais l'éclat de ses yeux trahissait la flamme indomptable que renfermait cette enveloppe fine et délicate.

— Alors, Louise est arrivée ? Comment va-t-elle ?

— Oh, comme d'habitude.

Tout en versant l'eau frémissante dans sa tasse, Brigid se demanda si c'était bien la réponse appropriée. Louise n'avait pas été tout à fait comme d'habitude, même si elle eût été bien incapable de dire pourquoi.

— Nous dînons ensemble ce soir.

— Ah. Justement, je me demandais...

Frummie changea imperceptiblement de position.

— ... si éventuellement tu pourrais ajouter une troisième assiette ?

— Mais...

Brigid lui lança un bref regard.

— Je croyais que Jemima devait t'emmener au restaurant ?

— Oui, mais elle a un empêchement de dernière minute.

Frummie haussa les épaules, feignant l'indifférence.

— Une ancienne copine de passage dans la région. Elle repart demain ou après-demain. Elle n'a pas pu refuser de dîner avec elle. Quoi qu'il en soit, c'est bien ennuyeux. Je comptais faire des courses demain, je n'ai plus rien dans mon frigo.

— Une copine ?

Brigid ne cacha pas son scepticisme.

— C'est un peu soudain, non ? Je parie que c'est un homme.

— Probablement. Quelle importance ? Naturellement, je ne veux surtout pas m'imposer. Si tu avais un œuf ou deux, je pourrais me préparer une omelette.

— Oh, ne sois pas ridicule !

Brigid avait conscience de se montrer cassante, mais elle était écartelée, comme toujours, entre son sentiment de culpabilité et le désir de protéger sa vie privée. Elle aimait dîner en compagnie de Louise. Leur tête-à-tête avait quelque chose d'aussi confortable que de retirer ses chaussures, et, en présence de Frummie, ce serait impossible.

Elle s'était fait une vraie joie de cette soirée. Elle voulait lui parler de son petit-fils, Josh, lui montrer ses dernières photos, s'extasier avec elle sur la beauté de ce bébé, bref, compenser un peu le fait d'en être privée parce que ses parents habitaient Genève... Sous le regard cynique de sa mère ce ne serait pas du tout la même chose, mais elle n'avait pas d'autre choix que de faire contre mauvaise fortune bon cœur.

— Tu dîneras avec nous, bien sûr. Mais c'est quand même un peu cavalier de la part de Jemima.

— Bah, elle est jeune, voilà tout. Elle a le droit de vivre un peu.

Moi aussi ! songea Brigid. Mais ça ne te préoccupe pas beaucoup.

— Bon, eh bien, en ce cas, j'accepte ton invitation.

Ayant atteint le but de sa visite, Frummie se laissa glisser de la table.

— Je viendrai vers vingt heures, d'accord ? C'est vraiment très gentil à toi, chérie.

Cachou l'escorta jusqu'au seuil, puis rebroussa chemin et renifla le sol de la cuisine, s'arrêtant avec espoir devant la porte du fond.

— Il est là, oui, acquiesça Brigid. Il est bien tranquille, alors laisse-le. Oh ! et puis d'accord. On ferait aussi bien d'aller se promener tous les trois pour évacuer notre frustration.

Elle reposa sa tasse et ouvrit la porte qui donnait sur un appentis. L'énorme terre-neuve couché sur le sol se réveilla et se redressa nerveusement tandis que Cachou se ruait dans la pièce comme une tornade.

— Ne l'embête pas, l'avertit Brigid en chaussant ses bottes en caoutchouc. Tu entends ce que je te dis ? Allez, viens, Oscar. Il sera moins collant une fois dehors, promis.

Elle enfila son coupe-vent, ouvrit la porte donnant sur l'extérieur et se dirigea vers la rivière, les deux chiens sur ses talons.

3

Quelques heures plus tard, Louise traversait la cour pavée, une bouteille de vin à la main. Avec son toit en chaume, le corps de ferme semblait tout droit sorti d'un conte de fées, et les colombes qui roucoulaient, confortablement installées dans leur pigeonnier, ajoutaient encore au charme du lieu. Couché de tout son long devant l'appentis, un énorme chien noir dormait profondément. Sans doute le visiteur dont Cachou avait pris ombrage.

Louise frappa à la lourde porte en chêne, entra et marqua un temps d'arrêt. La cuisine se situait à droite, dans l'aile sud-est du bâtiment. C'était là qu'elles dîneraient, mais Louise ne put résister au plaisir de contempler les deux pièces qui donnaient l'une sur l'autre, comme dans un authentique corps de ferme. Toutes deux s'ouvraient d'un côté sur la lande, et de l'autre sur la cour. Le sol était en ardoise, les murs en granite rugueux, blanchi à la chaux. Elles étaient équipées toutes les deux de fourneaux à bois, installés dos à dos, qui partageaient le même conduit de cheminée. La pièce la plus éloignée servait de salon. Un escalier en bois conduisait au premier étage où une porte permettait d'accéder aux quartiers des enfants, autrement dit au niveau supérieur de la grange, aménagé de façon à former deux chambres, une salle de jeux et une salle de bains. Aujourd'hui encore, les garçons s'y installaient avec leur petite famille à chacun de leurs séjours, tandis que le niveau inférieur de la grange servait de garage.

— Vues de l'extérieur, les fermes ont une allure très romantique, avait expliqué Brigid quand Louise était venue pour la première fois, mais à l'intérieur il y a très peu d'intimité. Les chambres donnent toutes les unes sur les autres. C'était un vrai cauchemar, quand j'avais deux enfants en bas âge qui allaient au petit coin plusieurs fois par nuit !

Tandis qu'elle contemplait les reflets du soleil sur les murs blancs irréguliers, les épais tapis et les bouquets de rudbeckias, de pavots et de bleuets disséminés dans de jolis vases en terre, Louise se sentit gagner par l'envie. Elle n'ignorait pourtant rien des rigueurs de l'hiver dans ce lieu humide, isolé et battu par les vents, mais la jalousie la dévorait.

Une autre vision se superposa brusquement à celle de la salle de séjour de Brigid : celle d'un petit cottage en pierre – et une bouffée de souvenirs lui emplit la tête. Un bras s'enroulant autour de ses épaules, une voix aux inflexions chaudes et tendres lui chuchotant à l'oreille : « Aucun appartement disponible dans le quartier des familles. Cette maison fera l'affaire, n'est-ce pas ? Je l'ai louée pour six mois... »

Brigid dévala l'escalier d'un pas léger et traversa les deux pièces pour la rejoindre.

— Désolée de t'avoir fait attendre. Je suis revenue crottée de la promenade des chiens et j'ai dû me doucher et me changer.

Louise lui tendit la bouteille et la suivit dans la cuisine, encore hébétée, et même un peu effrayée par ce flash surgi du passé. Heureusement, Brigid continuait à bavarder d'un ton léger et enjoué, qui n'appelait pas réellement de réponse.

— Maman vient dîner avec nous, déclara-t-elle tout en débouchant la bouteille avec aisance, avant de la poser à côté d'un bordeaux déjà ouvert. Je suis désolée, mais je n'ai pas pu refuser. Jemima l'a laissée tomber à la dernière minute.

Louise murmura une formule de politesse, prit le verre que lui tendait Brigid et essaya de se concentrer sur la discussion, mais, avant même qu'elle ait eu besoin de donner la réplique, on frappa brièvement à la porte et Frummie entra.

— Ma petite Louise, comment allez-vous ?

Elle embrassa la jeune femme sur la joue.

— Je suis ravie de vous revoir. Brigid vous a dit ? On m'a posé un lapin. J'espère que ma présence ne vous pèsera pas trop. Surtout, ne vous préoccupez pas de moi : j'adore écouter papoter.

Elle promena son regard sur la cuisine.

— De mon temps, cet endroit était le bureau de Diarmid. Le seul endroit de la maison où il pouvait se retirer sans crainte d'être dérangé. Je n'arrive pas à comprendre pourquoi tu as voulu le transformer en cuisine, Brigid. Cela aurait fait un très joli salon. Bien sûr, une salle de réception aurait été incongrue dans un trou pareil, mais utiliser comme cuisine la seule pièce où l'on pouvait avoir un peu d'intimité est un incroyable gâchis !

— Je te l'ai expliqué une bonne centaine de fois, rétorqua Brigid en posant un saladier sur la table. C'est l'endroit de la maison où je passe le plus de temps, et la pièce que je préfère. Sers-toi un verre, maman, et arrête de tourner en rond, tu sais que ça m'énerve.

Elle sortit un plat du four.

— J'espère que ça vous plaira. C'est un carré d'agneau arrosé d'une sauce aux pruneaux. Il y a de la frisée aux lardons en accompagnement et des pommes de terre nouvelles en robe des champs.

— Mon Dieu ! Elles ont dû venir d'Afrique par avion, commenta aussitôt Frummie. Ça m'étonnerait qu'on trouve des pommes de terre nouvelles en Grande-Bretagne à cette époque de l'année.

— Eh si, elles viennent de Cornouailles.

Le ton de Brigid était sec et pourtant, comme elles s'installaient à table, Louise constata que c'était Frummie, et non Brigid, qui arborait un petit sourire triomphant, comme si elle venait de gagner un conflit ancestral.

— Tout ceci me semble délicieux, déclara Louise chaleureusement. J'attends toujours avec impatience mon premier dîner ici. Après... le reste est plus ordinaire.

— Brigid est un cordon-bleu, acquiesça Frummie. Et une maîtresse de maison accomplie. N'est-ce pas, chérie ? Tout le contraire de moi, ou de Jemima.

— Il a bien fallu que je retrousse mes manche, répondit brièvement Brigid. Mon père n'était pas ce qu'on peut appeler un homme d'intérieur.

— Effectivement.

Frummie haussa imperceptiblement les épaules.

— Je n'ai jamais compris comment il pouvait vivre ici, tout seul, sans aucune aide d'aucune sorte. Oh, évidemment, c'était très romantique au début, mais le charme s'est vite dissipé. Quand je pense qu'il n'y avait même pas l'électricité, à l'époque ! Mon Dieu, l'odeur atroce de ces lampes à pétrole ! Cela dit, leur lumière était assez flatteuse, je dois le reconnaître.

Elle se servit de pommes de terre.

— Je retournais à Londres aussi souvent que possible, je l'avoue. Heureusement, Brigid s'occupait de son père en mon absence et adorait la campagne.

— Oui, c'était une chance, n'est-ce pas ?

La voix de Brigid était calme, posée, mais Louise sentit néanmoins une tension crépiter entre les deux femmes. Elle changea aussitôt de sujet : la voiture en location qu'elle devait aller chercher le lendemain, les courses, ses projets pour les vacances.

— Je peux te conduire dans la matinée, si tu veux, suggéra Brigid. Comme ça, tu pourras faire tes courses avant de rentrer. Je dois me rendre à Ashburton.

— Oh, mais il faut absolument que vous alliez jusqu'à Salcombe visiter l'appartement de Jemima ! intervint Frummie avec entrain. N'est-ce pas, Brigid ? Le père de Jem est décédé à Noël dernier, et il lui a laissé un petit héritage. Elle loue un logement juste au-dessus du musée du Sauvetage en mer. Il donne sur le port. C'est une merveille !

— Elle aurait mieux fait de placer l'argent.

Brigid servit le vin et poussa le saladier vers Louise.

— C'est ridicule de payer un loyer exorbitant quand elle pourrait devenir propriétaire.

— Jem n'a pas ton esprit pratique, répondit Frummie d'une voix suave. Et elle ne pourra jamais s'offrir quelque chose de comparable à cet appartement. Il faut absolument que vous alliez admirer ce bijou, Louise. Il y avait un nombre de candidats absolument incroyable. Et c'est elle qui l'a décroché ! Elle a eu une chance folle, tu ne trouves pas, Brigid ?

— Si.

Brigid semblait un peu amère, même si elle se forçait à sourire.

— Il est vrai que ma chère sœur a toujours eu l'art de retomber sur ses pieds...

— C'est ce qui arrive quand on a de grandes pattes plates, jaunes et palmées, je suppose.

Louise leva les yeux avec stupeur et surprit le sourire malicieux de Frummie, et la rougeur de Brigid.

À nouveau, elle prit sur elle de dévier la conversation, abordant des sujets plus généraux tout en attaquant sa deuxième côtelette. Tandis qu'elle reprenait de la sauce, elle regretta que Frummie ne soit pas partie dîner avec Jemima, comme prévu. Cela gâchait son arrivée à Foxhole. Les premières heures étaient toujours capitales : c'était le moment où la pression tombait, où Louise prenait ses marques et s'imprégnait de l'atmosphère paisible du lieu. Cette fois, c'était raté.

Ce n'était pas la première fois qu'elle ressentait cet antagonisme entre Brigid et Frummie, mais ce soir... c'était différent : il y avait une ironie cruelle chez Frummie et une angoisse profonde chez Brigid, qu'elle n'avait jamais perçues auparavant.

Tu t'imagines des choses, se réprimanda-t-elle. Tu t'es comportée de façon bizarre toute la journée, depuis l'instant où tu as fait signe à cette femme, dans le train...

— Vous n'avez pas d'enfants, Louise ?

Frummie regardait Brigid rassembler les assiettes sales.

— Bien sûr, vous avez le temps, vous êtes encore jeune...

— Martin n'en veut pas.

Louise se leva d'un mouvement brusque, aida Brigid à poser les assiettes à dessert et un bol de crème fraîche sur la table pour accompagner la tarte au citron faite maison.

— Quelle merveille ! Pauvre Humphrey, tes petits plats doivent horriblement lui manquer quand il est loin.

— Oh, je lui envoie régulièrement des colis remplis de bonnes choses. Et puis, il voit très souvent Michael et Sarah maintenant qu'il travaille au ministère de la Défense. J'aime les savoir ensemble, tous les trois. Il est très touché que les enfants apprécient sa compagnie, je crois.

— Tout le monde apprécie Humphrey, souligna Frummie. C'est bien normal : il est adorable.

Elle semblait sous-entendre que Brigid était bien la seule à ne pas apprécier son mari à sa juste valeur et, à nouveau, Louise ressentit le besoin de prendre sa défense.

— Michael et Sarah se sont-ils mariés, finalement ? demanda-t-elle très vite. Je me souviens qu'ils en parlaient.

— Pensez-vous ! Les jeunes ne se marient plus, de nos jours, intervint Frummie sans laisser à Brigid le temps de répondre. Ce sont les prêts bancaires qui font office d'engagement, désormais. Enfin, je ne les blâme pas. On se mariait beaucoup trop jeune, de mon temps. J'envie la liberté des couples modernes.

— Vraiment ?

Brigid se servit un peu de crème.

— On ne peut pourtant pas dire que le mariage t'ait enchaînée.

— Possible, mais au moins, je les ai tous épousés. Tous les quatre. J'en ai honte, quand j'y pense.

— Honte ? Toi ?

Brigid marqua un arrêt, sa fourchette à gâteau en l'air.

— Ma foi, oui. C'est tellement ringard, petit-bourgeois,

respectable à pleurer. Mais que voulez-vous ? Je ne parvenais pas à me résoudre à vivre dans le péché. Jemima est beaucoup plus intelligente que moi. Elle ne s'attache pas un fil à la patte. Pas encore, du moins. Et vous, Louise ? Pourquoi vous êtes-vous mariée ? Pas pour avoir des enfants, à l'évidence...

— Maman, s'il te plaît ! s'écria Brigid, partagée entre la gêne et l'exaspération. Ça ne te regarde pas ! Louise, encore un peu de tarte au citron ?

— Ce n'est pas grave, vraiment.

Louise sourit, pour lui montrer qu'elle n'était pas le moins du monde embarrassée.

— Pour répondre à votre question, poursuivit-elle en tournant vers Frummie un visage espiègle, je suppose que c'est parce que je suis ringarde, respectable à pleurer et petite-bourgeoise.

— Dans ce cas, bienvenue au club.

Brigid leva son verre d'un geste reconnaissant et haussa les épaules.

— Désolée.

— Oh, pour l'amour du ciel ! grommela Frummie en se tortillant sur sa chaise comme une gamine boudeuse. C'était une question parfaitement innocente. Je ne vois pas ce que ça a de blessant. Je vais reprendre de la tarte, Brigid. Elle est délicieuse.

Consciente que sa mère lui tendait un rameau d'olivier, Brigid prit son assiette, lui coupa une généreuse part de gâteau, lui passa la crème et se leva pour préparer du café.

Louise réprima un soupir de soulagement et tenta de ramener enfin la conversation sur un terrain plus sûr, en évoquant le fils aîné de Brigid.

— Comment va Julian ? Ils se plaisent, à Genève ?

Attaquant sa deuxième part de gâteau, Frummie se permit un ricanement, histoire de montrer qu'elle n'était pas dupe une seule seconde de la tactique de diversion, et versa le fond de la bouteille de vin dans son verre. Puis elle se mit à dodeliner de la tête, assise sur sa chaise, pendant que la conversation se poursuivait tranquillement en arrière-plan.

— Nous devrions baisser la voix, chuchota Louise au bout d'un moment. Ta maman a l'air fatiguée...

Brigid lança un regard à sa mère, qui dormait alors profondément, et grimaça un sourire désolé à l'intention de Louise.

— J'ai reçu des photos du bébé, dit-elle sans remarquer le mouvement de recul instinctif de Louise. Il est magnifique. Tu m'autorises à me comporter comme une grand-mère ridicule et à te les montrer pendant que nous buvons notre café ?

Brigid regarda sa mère agiter la main d'un geste mal assuré en réponse au « Bonne nuit et merci, c'était une soirée très agréable » que Louise avait proféré, puis rentra chez elle et referma la porte avec soulagement.

Une immense impression de délivrance monta en elle, l'obligeant à s'adosser un instant contre le lourd battant. Un sanctuaire de pierre : voilà ce que Foxhole avait toujours représenté à ses yeux, aussi loin qu'elle s'en souvienne. Une forteresse. Et pourtant, elle n'avait pas grand-chose à redouter, non ? Étrange : il n'y avait que quand elle était seule qu'elle se sentait totalement en paix. Cela venait probablement de cette sensation d'insécurité qui l'habitait depuis le jour où sa mère était partie.

Elle ressentait une profonde angoisse chaque fois qu'elle était en contact avec d'autres personnes ; elle avait peur de les décevoir et qu'elles finissent, elles aussi, par l'abandonner. Il était plus facile d'être seule. Elle savait bien que c'était ce que Frummie avait laissé entendre pendant le dîner et il était exact qu'une petite partie d'elle-même redoutait le jour où Humphrey serait à la retraite. Pourtant, elle l'aimait – avec ses fils, il était pour elle la personne la plus importance au monde –, mais elle avait vécu seule pendant tant d'années qu'elle ne parvenait pas à imaginer sa vie à la maison avec lui en permanence.

Quand Brigid avait hérité de Foxhole, ses enfants avaient respectivement sept et cinq ans, et ils étaient déjà scolarisés dans une école primaire. Humphrey et elle étaient convenus d'un commun accord que le moment était venu pour eux de se fixer et, pendant plus de vingt ans, Brigid avait habité seule dans la ferme. À l'exception des vacances scolaires des enfants et des permissions de Humphrey, bien entendu. Et, pendant tout ce temps, elle avait construit sa vie petit à petit.

L'aménagement des granges avait pris plusieurs années parce qu'elle avait tout fait elle-même : les peintures, la décoration, la pose du carrelage, la confection des rideaux... Ensuite, il avait fallu restaurer le corps de ferme, et ces travaux avaient nécessité qu'elle se remette à l'ouvrage. Rien d'épuisant, juste de quoi la tenir joyeusement occupée. Par la suite, la location des cottages lui avait procuré une autre forme de satisfaction en lui fournissant une activité prenante, assortie d'un revenu appréciable. Mais son fragile bien-être pouvait aisément se briser, et c'était pour cela qu'elle avait besoin de son sanctuaire de pierre.

Brigid regagna la cuisine, Cachou sur les talons. En regardant par la fenêtre, elle aperçut Oscar paisiblement endormi sur les pavés de la cour, et décida de ne pas le déranger.

— Il adore vivre dehors, avait affirmé Thea. Essayez de ne pas penser à lui comme à un chien, mais plutôt comme à un poney. Bien sûr, ça ne l'empêche pas de raffoler des câlins.

De peur que l'absence de ses maîtres ne déprime Oscar, Brigid l'avait gratifié de nombreux câlins, que le terre-neuve avait supportés avec un stoïcisme poli et patient, attendant généralement de se recoucher de tout son long avec un soupir de soulagement. Il lui manquerait, songea Brigid en se détournant. Elle s'était terriblement attachée à lui, mais la jalousie de Cachou avait en grande partie gâché le plaisir de la visite d'Oscar.

— Tu es trop gâté, voilà le problème, déclara-t-elle au cocker qui l'observait en remuant la queue. Mais à qui la faute ?

Elle lui posa sa gamelle copieusement garnie des restes du dîner au pied de la cuisinière, puis se mit à ranger. Elle était dans son élément, maintenant. Le lave-vaisselle effectuait l'essentiel du travail – « Les jeunes ne se rendent même pas compte de leur chance ! » avait ricané Frummie d'un ton sarcastique – et elle aimait rendre à sa chère cuisine son aspect habituel : redonner du gonflant aux coussins disposés sur la banquette d'angle, replacer au milieu de la table en chêne le vase en émail bleu marine rempli de tulipes jaunes, ranger le reste de crème dans le réfrigérateur...

Elle ouvrit la fenêtre donnant à l'est, sur la lande, et écouta le murmure frais et lointain du West Dart, le regard levé vers les étoiles. La chouette qui hantait le bois de Combestone volait au-dessus de la vallée, à la recherche d'une proie ; l'écho de son cri aigu et chevrotant résonnait dans la nuit, amplifié par le sol aride et pierreux de la lande. Un renard poussa un bref glapissement, puis se tut.

Accoudée au rebord de la fenêtre, Brigid était envoûtée par le mystère de la scène : la nature qui retenait son souffle, l'immense nudité de la lande, le fourmillement magique des étoiles au-dessus de sa tête. Elle respira lentement, avec gratitude, puis, revigorée et en paix, elle se tourna à nouveau vers la chaleur et la lumière de sa pièce préférée.

Immobile devant la fenêtre de sa chambre, dont la vue portait jusqu'à Combestone Tor, Louise écoutait elle aussi la chouette.

Pourtant, ce soir, le calme souverain de la campagne ne parvenait pas à l'apaiser. Elle était agitée, troublée. Depuis sa rencontre avec cet homme, dans le train, elle se sentait mal à l'aise, comme si ses soupçons au sujet de Martin s'étaient transformés en une peur tangible. Ensuite, il y avait eu cette femme, dans le pré, son bébé dans les bras. Cette apparition inattendue l'avait prise de court à un moment où elle avait baissé sa garde, et les souvenirs en avaient profité pour s'engouffrer dans la brèche béante. Le passé était mort et enterré. Fini, terminé. Et pourtant...

Et, pourtant, ces voix, ces visions fugitives avaient réussi à saper une paix de l'esprit si chèrement gagnée. C'étaient elles, elle en était sûre, qui l'avaient rendue anormalement consciente des fissures et des tensions entre Brigid et Frummie. Elle avait senti de vieilles blessures affleurer sous les piques de l'une et sous la nervosité de l'autre.

Le renard, au fond de la vallée, poussait son glapissement bref – un cri sauvage et désagréable au goût de sang.

Louise se détourna brusquement de la fenêtre, saisit sa robe de chambre et passa rapidement dans la salle de bains.

Frummie ferma derrière elle la porte de son cottage, vérifia d'une main mal assurée que les verrous étaient bien poussés et se dirigea vers le placard où elle rangeait ses alcools, juste à côté de la cheminée de la salle de séjour. La pièce était immense, réellement magnifique, orientée au sud et à l'ouest, mais Frummie n'avait toujours pas pardonné à Brigid de l'avoir reléguée dans le plus petit des deux cottages.

— Nous n'avons pas le choix, maman, lui avait expliqué sa fille, en s'excusant presque. Nous avons besoin du revenu que rapporte la location de l'autre cottage. Les travaux d'aménagement ont coûté énormément d'argent. Il nous faut impérativement continuer à le louer. Mais nous sommes très heureux de te donner celui-là. Je t'en prie, essaie de comprendre notre point de vue.

— Oh, ce n'est pas la peine, c'est on ne peut plus clair : les mendiants ne sont pas en position de discuter, avait-elle répondu âprement. Mais ne t'inquiète pas. J'ai droit à une allocation de solidarité, je serai en mesure de te payer un loyer.

Elle avait savouré la rougeur embarrassée qui avait envahi le visage de Brigid. Cela avait apaisé sa propre honte.

— Maman, je ne te demande pas de me verser un loyer. Tu le sais bien. C'est juste que... Oh, et puis à quoi bon ? Je n'ai pas envie de me disputer avec toi. Si le cottage te convient, je suis heureuse de le mettre à ta disposition, voilà tout. Viens à la maison me donner ta réponse quand tu auras fait le tour des lieux et pris ta décision.

Frummie ouvrit la porte du placard et s'empara de la bouteille de whisky, les lèvres serrées dans une grimace amère. Elle n'avait pas eu le choix. Son quatrième mari, beaucoup plus jeune qu'elle – quelle erreur ! – l'avait quittée pour une femme qui avait la moitié de son âge et cette fois, la Trotteuse n'avait eu nulle part où trotter... Le loyer de leur appartement était largement au-dessus de ses moyens, elle n'avait aucun revenu personnel et il lui avait été impossible de supporter les regards entendus et perfides de ses prétendues amies. L'humiliation est un plat qui se mange froid. Tôt ou tard, l'heure des comptes sonnerait pour tous ceux qui avaient ricané du malheur des autres.

Chercher refuge à la campagne avait été son seul recours, son seul espoir ; un besoin désespéré de sanctuaire. Elle avait eu parfaitement conscience de la générosité de la proposition de Brigid, mais sa propre fierté, malmenée, avait besoin d'être apaisée, vengée, restaurée. Elle avait accepté avec aigreur, mais après tout, elle avait déjà vécu dans ce maudit trou – Foxhole, le « terrier de renard », portait bien son nom ! – pendant huit longues, interminables années. Elle aurait mérité un petit quelque chose en compensation de ce supplice. Mais, naturellement, le père de Brigid avait tout légué à sa fille...

Frummie se servit une dose de Glenfiddich d'une main tremblante, rangea la bouteille dans le placard et monta l'escalier, la démarche un peu floue. Elle se déshabilla lentement, s'interrompit pour boire son scotch à petites gorgées, et grimpa sur son lit. Elle resta assise un moment, le dos calé contre ses oreillers, serrant son verre entre ses paumes tandis qu'une agréable léthargie la gagnait peu à peu.

Elle aussi entendit le cri de chasse de la chouette et, avec un frisson d'horreur, elle avala les dernières gouttes de son verre et se blottit sous ses couvertures.

4

— Aujourd'hui, tu rentres chez toi, annonça Brigid à Oscar en lui donnant son biscuit du matin.

Elle resta à côté de lui jusqu'à ce qu'il ait fini de le manger, pour éviter que Cachou ne se jette sur les miettes tombées par terre avant même qu'Oscar ait eu le temps de les voir. Il mastiquait lentement, il semblait pensif, et Brigid caressa affectueusement sa grosse tête noire.

— Ce n'est pas que j'aie hâte de me débarrasser de toi, soupira-t-elle en lui grattant les oreilles. Va-t'en, Cachou. Occupe-toi de ton biscuit et laisse-le tranquille ! Je serais ravie de te garder s'il n'y avait pas ce sac à puces névrosé. Cachou, tu vas arrêter de l'embêter ! Tu as une influence très apaisante, Oscar. Pas étonnant que Thea soit toujours si sereine. Tu ressembles un peu à mon Humphrey. Grand, solide, rassurant. Ça y est, tu as terminé ? Tu es sûr ? Bien. Je vais me préparer une tasse de café, alors.

Elle laissa Oscar assis devant l'entrée de l'appentis. Cachou furetait entre ses grosses pattes, à la recherche d'une miette oubliée, et Oscar l'observait avec une sorte d'étonnement impérial.

Elle rentra dans la cuisine inondée de soleil et prépara

son café, pleine de gratitude à l'égard de la météo, qui était très favorable. Peu après avoir commencé à louer les cottages, elle avait découvert qu'un grand nombre de vacanciers la tenaient pour responsable du mauvais temps.

— On ne se doutait pas qu'il pleuvait autant ! gémissaient-ils invariablement. Nous qui pensions que le Devon était une région ensoleillée...

Certains se mettaient même en colère :

— Si j'avais su, on serait allés à l'étranger. Au moins, on aurait eu un temps normal !

Comme si la pluie et le brouillard étaient une tare qui frappait exclusivement les habitants du Devon... Elle qui avait passé tant de nuits sans sommeil et de journées d'angoisse à se demander si les cottages répondaient bien à toutes les normes requises, qui s'était échinée jusqu'à la dernière minute pour que tout soit parfait, elle avait eu l'impression que ces remarques se plantaient directement dans son cœur comme autant de critiques personnelles.

— Voyons, chérie, l'avait consolée Humphrey en la prenant dans ses bras, même toi tu ne peux pas contrôler la météo. Laisse-les partir au bord de la Méditerranée ou là où ils voudront l'année prochaine, s'ils ne se plaisent pas ici. Tout finira par se mettre en place, tu verras, et nous aurons peu à peu des clients réguliers, des fidèles qui apprécieront vraiment cet endroit, et qui reviendront tous les ans.

Il avait vu juste, comme si souvent, mais malgré tout, quand le soleil brillait le jour de l'arrivée d'un vacancier, elle éprouvait toujours un grand soulagement. Pourtant, le problème ne se posait pas avec Louise Parry : elle adorait cet endroit au moins autant que Brigid et considérait que la pluie faisait partie du forfait. Louise faisait quasiment partie de la famille, maintenant. Un bon nombre de locataires étaient devenus des amis, d'ailleurs. Ils lui envoyaient des cartes à Noël, et Brigid avait vu grandir leurs enfants, année après année, de sorte que certains de leurs premiers clients étaient aujourd'hui grands-parents, tout comme Humphrey et elle.

La plupart d'entre eux recherchaient le calme et la paix, adoraient les longues randonnées et les explorations, et s'étaient donc parfaitement adaptés à la vie de la ferme, sans manifester de grandes exigences. Brigid organisait parfois avec eux un dîner ou un barbecue, ils lui montraient des photos – d'un mariage ou d'un baptême –, mais il n'y avait qu'avec Louise que Brigid avait réellement baissé sa garde. Elle seule avait su abattre les défenses de la vie privée de Brigid.

Il n'avait pas été facile d'annoncer aux visiteurs réguliers que désormais l'un des cottages ne serait plus à louer. Cela les obligeait à venir un peu plus tôt au printemps ou un peu plus tard à l'automne. Mais Louise était l'une des rares privilégiées à avoir pu conserver ses dates habituelles, deux fois par an. Comme elle avait toujours réservé hors saison, à la fin mai et à la mi-septembre, il n'y avait guère eu de problèmes. De toute façon, même si cela avait été le cas, Brigid aurait considéré ces périodes comme intouchables.

— Tout le monde a le droit d'avoir ses chouchous, avait-elle expliqué à son mari, un peu sur la défensive. Et puis, j'ai le sentiment que ces visites sont plus importantes pour Louise que pour les autres.

— Je suis de ton avis.

Humphrey lui avait souri.

— Tu n'as pas besoin de te justifier, tu sais.

— Je sais.

Elle avait ri d'elle-même mais avait secoué la tête, embarrassée.

— C'est tellement difficile de dire non à des gens que nous connaissons depuis si longtemps...

Elle n'avait pas ajouté : « et tout ça à cause de ma maudite mère », mais il avait compris.

— Nous n'avions pas le choix, lui avait-il dit gentiment. Nous ne pouvions tout de même pas l'abandonner dans une de ces sinistres maisons de retraite.

— Elle ne s'est pas gênée pour m'abandonner, elle ! avait riposté Brigid, incapable de dominer sa rage et son ressentiment.

Et elle s'était détournée pour qu'il ne voie pas ses larmes.

— Mais tu n'étais pas toute seule, et pas au milieu d'étrangers, avait rectifié Humphrey d'une voix douce. Ce n'est pas facile, mais si nous ne l'avions pas prise avec nous, tu serais rongée par la culpabilité.

— C'est vrai...

Elle s'était mouchée et lui avait souri, reconnaissante.

— Je suis désolée.

— De quoi ? Nous savons tous les deux ce que c'est que d'avoir un parent égoïste. Nous avons été servis l'un comme l'autre – et bien servis !

Alors qu'elle enlevait les fleurs fanées des géraniums, qu'elle remplissait la bouilloire ou vaquait paisiblement à ses occupations, Brigid cherchait à comprendre pourquoi elle redoutait tant le moment où Humphrey serait à la retraite. Elle ne pouvait pourtant rêver d'un mari plus gentil, plus sécurisant. Il réussissait toujours à la réconforter, à chasser ses idées noires et ses angoisses. Il lui manquait, elle attendait avec impatience les week-ends ensemble à la maison et ses permissions, alors pourquoi cette appréhension ?

Humphrey avait eu plusieurs affectations à terre au cours de sa carrière, mais cela était sans commune mesure avec le fait de l'avoir tout le temps à la maison. Comprendrait-il seulement son besoin vital de solitude ? Réussiraient-ils à cohabiter en permanence, après avoir vécu si longtemps séparés ?

Dix-huit ans auparavant, le projet de transformer les granges en locations de vacances afin d'en tirer un revenu régulier qui permettrait à Humphrey de prendre une retraite anticipée bien méritée leur avait paru merveilleux. Mais aujourd'hui, alors que le moment approchait, Brigid était saisie d'une profonde angoisse. Humphrey attendait avec impatience sa « future nouvelle vie », comme il disait. Il aimait rencontrer leurs locataires, bavarder avec eux, apprendre à les connaître mieux. Comment s'en plaindre ? Et pourtant... Brigid tremblait.

Redoutait-elle que la gentillesse et la disponibilité de son mari conduisent inévitablement à la destruction de sa propre vie privée jusqu'ici si soigneusement préservée ? Les cottages avaient été conçus de telle sorte qu'aucune fenêtre ne donne sur la cour et donc sur le corps de ferme. Dans l'ensemble, les vacanciers avaient peu d'exigences, mais il était bien possible que le caractère extraverti de Humphrey modifie cet état de choses – crée des besoins... ? Brigid repoussa très vite cette effrayante pensée.

— Je suis une introvertie, expliqua-t-elle à Cachou. C'est tout le problème.

L'épagneul leva vers elle des yeux tristes, débordants d'amour, tandis que sa queue frappait doucement le sol. Brigid se pencha pour le caresser. Son poil noir était doux et chaud, et elle frotta sa joue contre l'une de ses longues oreilles. Elle se redressa à regret en entendant le téléphone sonner.

— J'ai passé une soirée délicieuse, hier, chérie. Très agréable, vraiment.

Frummie paraissait d'excellente humeur.

— Je me demandais : si tu emmènes Louise chercher sa voiture aujourd'hui, tu pourrais peut-être me déposer à Ashburton ? J'ai besoin de deux ou trois bricoles et ce serait stupide d'y aller séparément.

— Bien sûr, tu n'as qu'à venir avec nous.

S'il n'avait tenu qu'à elle, Brigid aurait définitivement interdit à sa mère de conduire. Depuis son attaque, ce n'était pas prudent.

— Nous partons dans une demi-heure, ça ira ?

— Parfait. Oh, à propos, Jem doit me rejoindre à l'heure du déjeuner. Nous allons manger au pub pour compenser notre soirée annulée. Je me demandais si ça te tenterait de te joindre à nous.

Brigid garda le silence pendant un moment. En général, Frummie préférait rester en tête à tête avec Jemima quand elles sortaient ensemble. Son invitation n'était pas simplement un rameau d'olivier, c'était l'arbre tout entier !

— C'est très gentil de ta part, répondit-elle enfin. Mais, à vrai dire, Thea doit récupérer Oscar aujourd'hui et je ne sais pas à quelle heure elle va passer. Elle m'a dit après le déjeuner, mais c'est assez vague.

— Nous ne rentrerons pas tard. Et puis ce ne serait pas bien grave si elle attendait quelques minutes.

— Bon. Je vais essayer de joindre Thea pour lui demander de venir après quinze heures.

— Bien.

Frummie raccrocha et Brigid en fit autant, les sourcils froncés.

— Eh bien, pour une surprise, c'est une surprise, confia-t-elle à Cachou. Il ne reste plus qu'à espérer que le déjeuner ne tournera pas au règlement de compte...

Elle jeta un coup d'œil à son reflet dans le miroir et grimaça, regrettant de ne pas s'être lavé les cheveux. Puis elle haussa les épaules avec philosophie et s'installa derrière la table pour dresser la liste des commissions.

De l'autre côté de la cour, Louise avait déjà fait sa liste et prenait le soleil devant sa porte, un mug de thé dans les mains. Après une nuit de sommeil agité – il avait plu à verse –, elle avait été heureuse d'ouvrir les yeux sur une aube radieuse. Derrière les carreaux, elle avait vu les colombes tournoyer, leurs ailes d'un blanc presque aveuglant dans le ciel pur, rincé par la pluie.

Elle s'était accoudée au rebord de la fenêtre et, rejetant en arrière ses longs cheveux noirs bouclés, elle avait respiré l'air frais et vivifiant à pleins poumons, désireuse de se fondre dans cette scène magique et étincelante. Vêtue d'un jean et d'un sweat-shirt, elle avait juste pris le temps d'avaler un verre de jus d'orange, puis elle avait lacé ses chaussures de randonnée et marché jusqu'à la rivière. Son effort avait été récompensé par le spectacle enchanteur de cette eau vive cascadant joyeusement dans la hâte d'atteindre le fond de la vallée et de se jeter dans l'East Dart. Ce matin, les flots paraissaient plus impétueux encore que d'habitude tant ils faisaient chanter les cailloux sur leur passage. Les oiseaux mêmes semblaient réduits au silence, et les branches languides des saules tressautaient sous les assauts des ondes en tumulte.

Impressionnée par une telle fougue, Louise avait quitté

la rivière capricieuse pour emprunter un sentier conduisant à Saddle Bridge. Du haut du petit pont de pierre, elle avait observé deux traquets qui se faisaient les yeux doux au milieu des ajoncs pendant que le soleil montait peu à peu dans le ciel. Finalement, c'était la faim qui l'avait poussée à rentrer et, tout en mangeant une tartine de pain grillé et du miel dans la salle de séjour, elle avait jeté quelques notes sur son calepin, évoquant les traquets mais aussi d'autres menus détails – l'ajonc et l'aubépine en fleurs qu'elle avait aperçus sur la rive –, avant de passer à une tâche beaucoup moins poétique ; dresser la liste des courses.

À présent, assise au soleil et buvant son thé, Louise explorait prudemment ses émotions. Elle était partie en vacances avec au cœur un soupçon qui avait terni sa joie de se retrouver ici : Martin avait-il ou non une maîtresse ?

Cette interrogation lui était venue sous forme d'impressions tout à la fois vagues et indéfinissables, de changements subtils, presque inexplicables. Il n'y avait rien eu de tangible : pas de coup de téléphone abrégé subitement, pas de petits mots dans ses poches, pas de soudaines réunions tardives à son bureau. Non, sa suspicion portait sur Martin lui-même. Son attitude reflétait une joie profonde, une sorte de rayonnement intérieur se manifestant par des accès de générosité – oh ! rien d'aussi vulgaire ou d'aussi ostentatoire que des cadeaux ; son comportement ne trahissait aucune culpabilité. En fait, c'était comme s'il ne parvenait pas à contrôler son exaltation et qu'il eût besoin de l'exprimer coûte que coûte, quitte à ce que ce soit avec celle qui n'en était pas la cause et qui aurait eu toutes les raisons d'en être blessée. Mais, même sur ce point, la situation était loin d'être claire...

Martin avait toujours été un compagnon chaleureux,

généreux et attentif. Après tout, c'était sa faculté d'écoute et sa compassion qui avaient poussé Louise vers lui au tout début ; son tempérament positif et heureux l'avait attirée dans son sillage, rendant toute résistance impossible.

Une fois, une seule, Louise avait rencontré l'ex de Martin, une femme séduisante au sourire acide et au regard cynique.

— Ma petite, ne vous y laissez pas prendre, l'avait-elle avertie. Martin adore tout le monde, sans restriction. Et tout le monde adore Martin. Le plus difficile, ce n'est pas de le conquérir... mais de le garder ! Il raffole des défis. C'est Monsieur Je-recolle-tout en personne, et il lui faut son morceau à recoller.

Louise avait bredouillé une réponse confuse et embarrassée, et elles ne s'étaient jamais revues.

Louise n'avait pas signalé cette conversation à Martin : elle avait trop besoin de sa joie de vivre, de son entrain et de ses innombrables relations. Pendant trois ans, elle avait marché dans ses pas, fréquenté ses amis, mené la vie sociale qu'il aimait ; elle avait reçu à dîner des clients de l'agence de publicité...

Il n'y avait jamais eu entre eux de dissensions ou de disputes, pas le moindre écart dans leur routine, mais cela n'avait pas empêché le doute de se faufiler dans son esprit, de s'insinuer dans son cœur, sans qu'elle puisse expliquer pourquoi.

Impossible de se confronter à Martin avec des soupçons aussi minces, bien sûr, et pourtant... Cet homme dans le train lui avait livré un indice en lui avouant qu'il trompait sa femme avec la complicité de son téléphone portable. Martin emportait toujours son mobile avec lui, où qu'il aille. Et il refusait de le lui prêter, sous prétexte qu'elle ne saurait pas s'en servir...

Néanmoins, ce maudit portable ne sonnait jamais quand ils étaient ensemble. Alors, comment communiquait-il avec elle ? Par SMS ?

— Bonjour. Quelle matinée radieuse, n'est-ce pas ?

Frummie suspendait du linge sur l'étendoir rotatif installé dans le coin de son petit jardin privé.

— Avez-vous bien dormi ?

— Assez bien, merci. Il faut toujours une petite période d'acclimatation pour s'habituer au silence quand on arrive de Londres.

Frummie fit la moue.

— La campagne paisible est un mythe. En réalité, c'est un lieu de violence et de débauche. Une horreur.

Louise rit, heureuse d'avoir un sujet de distraction.

— La ville aussi.

— Possible, mais au moins les citadins n'en font pas un mystère. Tandis qu'ici : les petits rideaux coquets aux fenêtres, les roses devant les portes... On aurait dû noyer Helen Allingham à sa naissance !

Sur ces bonnes paroles, elle fixa la dernière pince à linge et disparut dans son cottage. Louise essayait de situer Helen Allingham quand Brigid apparut.

— Ah, je vois que tu es prête à partir. Le temps d'enfermer Cachou dans l'appentis et on se met en route. Tu veux bien appeler maman ? Merci.

Louise rinça son mug dans l'évier de la cuisine, attrapa son sac à main et sortit dans la cour inondée de soleil. Frummie la rejoignit en enfilant son manteau, et Brigid manœuvra la voiture pour leur permettre de monter. Louise s'installa confortablement à l'arrière à côté de Cachou, savourant d'avance le trajet à travers la lande et chassant résolument ses angoisses et ses idées noires.

Plus tard, tandis que Louise prenait un café avec Brigid

à la brasserie Green Ginger pendant que Frummie finissait ses courses, Louise lui demanda négligemment :

— Qui est Helen Allingham ?

Brigid fronça légèrement les sourcils, surprise.

— Il me semble que c'est une artiste de l'époque victorienne. Tu sais : elle a peint des cottages à la campagne et des petits enfants... Joli, mais mièvre. Pourquoi ?

— Oh, pour rien, répondit Louise en haussant les épaules. Je me demandais, c'est tout.

5

Seule au volant de sa petite voiture de location, Louise sentait monter en elle une sensation grisante de liberté. Maintenant qu'elle pouvait aller où elle voulait, quand elle voulait, ses vacances commençaient vraiment. Elle attendit toutefois d'être sur une petite route paisible pour s'arrêter sur le bas-côté et s'approprier réellement le véhicule.

Martin et elle avaient décidé d'un commun accord qu'il était inutile et trop coûteux de posséder deux voitures à Londres, et qu'il serait bien plus pratique d'en louer une sur place quand elle se rendrait dans le Devon. Louise éprouvait néanmoins le besoin de se sentir chez elle dans la petite Citroën. Elle ouvrit son grand sac en toile, y puisa une carte routière qu'elle posa sur le siège passager, glissa une cassette de musique country dans l'autoradio, sortit son chapeau de paille et ses lunettes de soleil ainsi qu'une petite boîte en plastique contenant de la monnaie pour les parcmètres.

Par la suite, elle rangerait ses chaussures de randonnée, son sac à dos et une couverture dans le petit coffre mais, pour le moment, les quelques objets disposés çà et là donnaient déjà à la voiture une allure plus personnelle.

Confortablement installée au volant, Louise s'accorda

un moment d'évasion. Pendant quelques instants, plus rien n'importa que cette atmosphère de vacances. La tiédeur délicieuse de cette journée de mai l'enveloppait, et elle resta paisiblement assise dans le soleil ruisselant, pour décider de la façon dont elle pourrait occuper sa journée. Contrairement à Brigid, Louise n'était pas un chat solitaire. C'est pourquoi elle choisissait ses amis avec le plus grand soin. En revanche, elle la rejoignait totalement dans le besoin de communier avec la nature et comprenait sa déception face à l'incapacité de Humphrey à observer les menus détails, ou à son indifférence à l'égard de la grandeur et de la majesté du décor dans lequel ils vivaient.

Si elle avait pu choisir, Louise aurait préféré un compagnon en phase avec elle, capable de s'émerveiller à la vue d'un papillon se réchauffant au soleil sur une bruyère cendrée, ou de s'arrêter au sommet d'une colline pour contempler la vue avec révérence.

Lors de son premier séjour ici, elle s'était promenée au côté de Brigid, et il avait suffi d'un signe de la tête, d'un geste imperceptible de la main pour qu'elles partagent le même émerveillement silencieux devant un jeune faon tétant sa mère, encore malhabile sur ses pattes, un plongeon ballotté sur une mer blanche d'écume, ou un corbeau se laissant transporter tranquillement à dos de mouton. La même émotion les unissait, sans qu'elles aient besoin de parler. Une telle osmose étant rare entre deux personnes, mieux valait se promener seul si l'on ne trouvait pas le compagnon idéal.

Quand il s'agissait d'aller au restaurant ou de faire du shopping, en revanche, Louise préférait se rendre dans des endroits où on la connaissait. Elle aimait voir un sourire accueillant, entendre des paroles amicales : « Oh, bonjour ! C'est un plaisir de vous revoir. Le temps passe tellement vite... »

Donc, par quoi commencerait-elle ? Pas question de s'aventurer trop loin à l'intérieur des terres, pas le premier jour, d'autant qu'elle devait d'abord rentrer à Foxhole ranger ses courses et prendre ses chaussures de randonnée ; non, elle resterait sur la lande. Alors, où iraitelle ? Pas à Home, non plus : Brigid y déjeunait avec sa famille. À Chagford ? Un peu loin, peut-être, pour y être à midi. À Buckland ? Elle aimait bien le restaurant tenu par les Perryman. L'ambiance y était familiale et la serveuse, Margaret, était charmante. Ensuite, elle pourrait papoter un peu avec Mary, dans la boutique de cadeaux voisine. Oui, Buckland constituerait un excellent point de départ et, après le déjeuner, elle monterait jusqu'au phare pour contempler la vue.

Sa décision arrêtée, Louise remit le contact et prit la direction de Foxhole, en proie à un sentiment d'excitation. Elle avait effectué ce même trajet moins de vingt-quatre heures plus tôt avec Brigid, mais quelque chose avait changé, de façon subtile. Aujourd'hui, elle conduisait sa voiture, écoutait sa musique – elle n'était plus une touriste, elle faisait partie du paysage.

Elle traversa Saddle Bridge, gravit la colline puis s'engagea sur le chemin de terre qui menait à la maison. Elle se garait à côté de son petit cottage et descendait de voiture quand une femme et une petite fille apparurent dans la cour.

Louise se figea, la main sur la portière.

La maman – une grande jeune femme élancée au visage très doux – lui rappela celle aperçue la veille par la fenêtre du train, mais l'enfant était trop âgée pour être portée dans les bras. Elle devait avoir au moins six ans.

La gamine arriva près de Louise la première. Elle avait des yeux immenses et de longs cheveux orange pâle, de la couleur exacte du maïs au soleil.

— On est venues chercher notre chien, expliqua-t-elle d'une voix dépitée. Mais on ne peut pas entrer ! Je l'ai vu par la fenêtre. Je m'appelle Hermione.

Hermione ? Louise la regarda, raide et fermée, la main toujours crispée sur la portière.

— Chérie, on ne se jette pas sur les gens comme ça, soupira sa mère en adressant à Louise un regard d'excuse. Je suis désolée. Son chien lui manque terriblement. J'ai trouvé un message sur notre répondeur, ce matin, mais il est quasiment inaudible. J'ai cru comprendre que Brigid nous demandait de passer récupérer Oscar avant le déjeuner, mais apparemment je me suis trompée. Je suis Thea Lampeter.

Louise serra sa main avec réticence. Thea avait sensiblement son âge, quelques années de plus, peut-être, et les mêmes cheveux que sa fille. Le regard rivé à ses yeux d'ambre, Louise eut tout à coup l'étrange impression de tomber, de tournoyer dans le vide. Elle s'agrippa à la main fraîche et fiable que cette femme lui tendait, comme si elle avait pu la protéger. Puis il lui sembla vaguement que la petite fille s'était remise à parler.

— Mais on ne peut pas repartir sans Oscar ! s'entêtait-elle. Il serait trop malheureux ! Qu'est-ce qu'on va faire ?

— Attendre le retour de Brigid, voilà tout.

Thea paraissait résignée.

— Et nous resterons devant la fenêtre pour qu'Oscar puisse nous voir.

— Mais il ne comprendra pas, protesta l'enfant. Il aboiera et il sautera sur la porte pour l'enfoncer !

— Penses-tu. Il est bien trop paresseux.

Thea souriait à Louise.

— Vous sentez-vous mieux à présent ? demanda-t-elle gentiment.

Louise lâcha sa main à regret et hocha la tête en veillant à ne pas regarder la petite fille.

— Oui, merci, je... j'ai eu une espèce d'étourdissement. Une sorte de... de vertige.

Elle voulait se justifier, mais le seul fait de croiser les yeux trop perspicaces de la jeune femme la fit trébucher dans ses explications.

— Je suis... c'est...

— Vous séjournez chez Brigid ?

— Oui. Dans ce cottage. Vous pouvez...

Elle hésita.

— Si vous le souhaitez, vous pouvez attendre le retour de Brigid à l'intérieur.

— Oh oui !

La petite fille était à nouveau à son côté, le visage rose d'excitation.

— Comme ça, maman pourra boire un café et moi je pourrai parler à Oscar à travers la fenêtre !

— Hermione, la gronda Thea, cesse d'importuner madame... Je suis désolée, vous ne nous avez pas dit votre nom.

— Louise Parry. Bien sûr, vous pouvez boire un café. Je dois sortir mes provisions de la voiture et les ranger, ça ne pose donc aucun problème.

Elle s'exprimait mécaniquement. Elle traversa la petite esplanade pavée, plongea la main dans la poche de sa veste pour y prendre sa clé. Hermione avait disparu dans la cour et on pouvait maintenant l'entendre expliquer leur plan à Oscar de toute la force de ses poumons.

Thea suivait Louise :

— Mais Brigid est peut-être absente pour des heures... Et vous êtes en vacances. Je ne veux pas vous accaparer trop longtemps.

— Ce que je voudrais habiter ici !

Hermione les avait rejointes en gambadant.

— La maison est superchouette. Je peux boire mon jus de fruits dehors, pour rester avec Oscar ? Ça le rassurera.

— Chérie, protesta Thea en fronçant les sourcils. Mme Parry ne t'a pas offert de jus de fruits !

— Il y a du jus d'orange dans le réfrigérateur, murmura Louise. Voulez-vous la servir pendant je m'occupe de mes courses ?

— Bien sûr. C'est très gentil à vous...

Louise retourna à la voiture et ouvrit le coffre. Elle resta immobile, cachée de la maison. Au bout d'un moment, la petite fille passa à côté d'elle, transportant prudemment son verre de jus d'orange.

— Je vais rester à côté d'Oscar, annonça-t-elle. Euh... merci, lança-t-elle par-dessus son épaule et après réflexion. C'est vraiment adorable de votre part.

Thea préparait calmement du café dans la grande salle de séjour.

— Je ne sais comment m'excuser. C'est tellement stupide de ma part de m'être précipitée ici sans rappeler Brigid. George a emmené Amelia et Julia – mes deux aînées – voir sa mère. Elle est très âgée et il aime lui rendre visite dès que nous rentrons à la maison. Et, bien sûr, Hermione ne voulait pas attendre un jour de plus pour récupérer son toutou.

— Brigid déjeune à Holne avec sa mère et sa sœur, lui expliqua Louise en rangeant ses provisions. Si ça vous arrange, je peux très bien aller y faire un saut pour lui demander la clé pendant que vous buvez votre café. Ça ne me dérange pas, sincèrement. Je suis sûre que Brigid comprendra.

Une demi-heure plus tard, elle assistait aux retrouvailles extatiques d'Oscar avec sa famille, et regardait le break de Thea démarrer. Brigid n'avait pas paru étonnée outre mesure par l'arrivée inopinée de Thea, et avait remis la clé de l'appentis à Louise en la remerciant mille fois de s'être dérangée. Le break s'engagea lentement sur le chemin, Oscar regardant par la vitre arrière, Hermione agitant la main, un sourire jusqu'aux oreilles.

Louise rentra dans le cottage et fixa sans les voir la tasse et le verre dans l'évier. Il était trop tard maintenant pour envisager d'aller déjeuner quelque part. De toute façon elle n'avait pas faim. Elle se retourna brusquement, persuadée d'avoir entendu un bruit de pas, un rire étouffé. Hermione... ?

— Arrête ! siffla-t-elle rageusement. N'y pense plus !

Avec des gestes rapides, elle rassembla de quoi composer un pique-nique : du pain beurré, une tranche de jambon, une pomme, un morceau de fromage. Elle remplit une gourde d'eau et la glissa dans un petit sac à dos. Quelques minutes plus tard, elle était prête. Elle referma la porte derrière elle, fourra la clé dans sa poche, et s'élança d'un pas vif en direction de Combestone Tor.

Brigid gara sa voiture puis passa voir si Louise était chez elle. Le cottage était fermé et il n'y eut pas de réponse quand elle frappa à la porte. Elle était désolée que Louise ait dû secourir Thea mais, par chance, son apparition dans le restaurant n'avait pas altéré l'atmosphère détendue du déjeuner. Jemima était en grande forme et Frummie d'une humeur angélique.

À présent, sa mère s'était retirée pour une sieste digestive et Brigid regagna sa propre cuisine en se demandant si elle allait se mettre au travail. Cachou inspectait chaque pièce à la recherche d'Oscar, et elle ressentait cette légère hébétude, cette lassitude qui suit un effort mental et physique au sein d'un groupe de gens avec lesquels on ne peut pas réellement se détendre.

Mécontente d'elle-même, Brigid monta à l'étage, Cachou sur les talons, traversa le dressing et la chambre et passa dans son atelier. Située juste au-dessus de la cuisine, la pièce était dominée par la grande table sur laquelle elle effectuait ses découpes. Une table plus petite, placée sous l'une des fenêtres, accueillait sa machine à coudre, et une travailleuse ancienne, en bois de rose, montée sur de longs pieds, proposait tout un choix de bobines de fil en coton et en soie, ainsi que des épingles et des aiguilles.

De grands cadres, accrochés aux murs crème, offraient une collection de photographies en noir et blanc comme en couleurs : la mémoire de la famille – la sienne et celle de Humphrey. Malgré les années, ces clichés continuaient à lui parler : Michael souriant au photographe de son école, juste après le passage de la petite souris et, seize ans plus tard, en costume de lauréat, au moment de sa remise de diplôme. Humphrey, droit comme un I, lors du défilé de promotion à Dartmouth, ou cinq ans plus tard tenant dans ses bras le petit Julian en robe de baptême. Mon Dieu, comme elle avait aimé cette époque bénie où ses fils étaient bébés ! Leur besoin d'elle, leur amour inconditionnel, avait rempli les longues absences de Humphrey. Quand elle lisait des histoires à ses garçons et les bordait dans leur lit, elle avait fait le vœu qu'ils ne connaissent jamais ni l'abandon ni la trahison. Comme il lui avait été difficile de les envoyer à l'école, et comme ils lui avaient manqué ! Elle avait erré dans l'appartement telle une âme en peine, passant de pièce en pièce, s'arrêtant sur le seuil de leur chambre, avec le besoin physique de les entendre se chamailler, de voir leurs chaussures traîner dans un coin, leurs jouets éparpillés sur le sol.

— Je sais que c'est dur, l'avait consolée Humphrey d'une voix compréhensive. Mais ils ont besoin de stabilité. Nous déménageons trop souvent et ils doivent à chaque fois se faire de nouveaux amis, changer d'école, de professeurs. Il faut accepter de laisser les oisillons s'envoler du nid, chérie.

— Mais c'est trop tôt !

Elle avait eu envie de pleurer.

— Ils sont encore si petits...

Elle savait, cependant, qu'il aurait été encore plus injuste d'attendre, que chaque année écoulée aurait rendu plus difficile leur intégration dans le système scolaire traditionnel. Si elle avait pu se douter que son père décéderait si peu de temps après que Julian fut entré à Mount House, elle aurait fait valoir qu'ils n'avaient pas besoin de partir du tout. Mais, lorsqu'elle était revenue s'installer à Foxhole, il était déjà parfaitement intégré à sa classe, il s'était fait de nouveaux copains et, sachant que Michael ne tarderait pas lui aussi à partir là-bas, elle n'avait pas eu le cœur de les déraciner une fois de plus, surtout pour des raisons purement égoïstes. Elle s'était donc arrangée pour profiter d'eux au maximum pendant leurs vacances et avait maintenu avec eux une relation étroite et tendre. Le genre de relation qu'elle aurait tant voulu connaître avec ses propres parents...

Parfois, elle se demandait en quoi elle avait failli quand elle était enfant. Ce qui avait pu lui manquer pour qu'on l'aime. Son père s'était toujours montré gentil avec elle, mais tellement distant. Affectueux, mais si lointain. Quant à sa mère...

Brigid se pencha pour examiner de plus près un cliché en noir et blanc de Frummie, rieuse et incroyablement belle, malgré son chapeau ridicule et ses chaussures impossibles. La photo était cornée et fripée à force d'avoir été trimballée partout et exhibée à droite et à gauche :

— C'est ma mère.

— Waouh ! Ce qu'elle est belle ! Mais, euh... elle ne t'a pas... euh... abandonnée ?

— Et alors ? C'est quand même ma mère !

Brigid se détourna et regarda sans le voir le tissu à rideaux étalé sur la table. Lui serait-il possible de s'affranchir du poids du passé ? de se libérer une fois pour toutes de cette rancœur qui coulait dans ses veines comme de l'acide ? Chaque fois qu'elle pensait avoir triomphé d'elle-même, de cette jalousie qui empoisonnait son affection sincère pour sa sœur, quelque chose – un souvenir, une pensée amère, une parole maladroite – minait ses efforts comme si un serpent diabolique lové en elle se dressait pour mordre.

Parfois, elle surprenait une expression étrange sur le visage de Jemima – un mélange d'étonnement, de déception, d'amertume, et de quelque chose d'autre encore. Une sorte de... d'humilité pleine d'espoir. Comme si Jemima comprenait la réticence de Brigid et s'en tenait pour responsable.

Le vilain petit canard. Ce surnom ridicule aurait pu être drôle et affectueux, mais non. Pour Brigid, il était toujours chargé de cette connotation amère dont l'avait investi une petite fille malheureuse et en colère. Il résumait à lui seul la souffrance que sa mère lui avait infligée en l'abandonnant, et Jemima était devenue malgré elle le symbole vivant de cette rage désespérée.

Pauvre vilain petit canard... Jemima avait fait tellement de tentatives de conciliation, essayé si vaillamment de construire une relation affectueuse et sincère avec cette demi-sœur qu'elle souhaitait ardemment rencontrer. Elle s'était démenée pour conquérir son estime et, au final, Brigid avait été incapable de l'accepter totalement, sans arrière-pensée.

Mon Dieu, mais quel genre de monstre suis-je ? se demanda-t-elle avec angoisse.

Jemima avait été charmante au déjeuner, chaleureuse, drôle, elle avait généreusement insisté pour les inviter ; et Frummie s'était montrée si enjouée, si affectueuse, si,.. – les mains de Brigid se crispèrent inconsciemment –... si approbatrice. Sa fille aînée bénéficiait rarement d'un tel déploiement d'amour maternel ! Non, sa part à elle se composait de réflexions sarcastiques, de traits d'esprit cinglants, d'ironie grinçante.

Brigid lissa le tissu, alluma la radio, se pencha pour caresser Cachou, roulé en boule sur son coussin près de la fenêtre. Le travail l'apaisait, lui procurait de la satisfaction. Elle souleva les lourds ciseaux et coupa le textile avec assurance et dextérité.

Ce fut beaucoup plus tard, alors qu'elle descendait à la cuisine se préparer une tasse de thé, qu'elle remarqua la petite lumière rouge du répondeur. La voix de Thea s'éleva, contrite :

— Je suis tellement navrée, Brigid. Quelle idiote je suis ! Merci mille fois de t'être occupée d'Oscar. Il est en pleine forme. Tu as trouvé mon petit paquet sur le buffet ? Je te rappelle très bientôt. Viens prendre le thé à la maison, un de ces jours. Et amène Louise avec toi. D'accord ? Je t'embrasse.

Dans le message suivant, la voix de sa correspondante était nerveuse, faussement enjouée :

— Bonjour, Brigid, c'est Jenny. J'espère que tu vas bien. Je me demandais si je ne pourrais pas passer te voir. Mardi, ça te conviendrait ? Rappelle-moi si tu as un empêchement. Je suis au bureau toute la journée. Bon, je t'embrasse.

Brigid fit marche arrière et, tandis qu'elle réécoutait le message de Jenny, une angoisse lui noua l'estomac. Jetant un regard distrait vers le buffet, elle aperçut un paquet, soigneusement enveloppé, et une carte, mais son esprit était loin de Thea. La voix de Jenny avait déclenché une sonnette d'alarme et son cœur était habité par la peur.

6

Quand te reverrai-je ? Jemima Spencer ne posa pas la question. C'était contraire aux règles, elle le savait.

Tout en le regardant s'habiller, elle se demanda si elle l'aimait et même si elle connaissait la signification de ce mot. On l'utilisait si souvent à mauvais escient, avec désinvolture, sans la moindre discrimination. Cet homme comptait beaucoup à ses yeux. Elle l'appréciait et il était un bon amant. Mais elle savait aussi qu'elle serait parfaitement heureuse une fois qu'il serait parti ; satisfaite d'être à nouveau seule. Toute présence masculine chez elle l'inhibait et la mettait mal à l'aise. D'ailleurs, elle était la première à en convenir : elle était par nature une maîtresse, pas une épouse.

Redressée sur un coude, elle contempla les longues cuisses de son amant, son dos souple et bronzé, et regarda ce corps désirable qui savait si bien lui donner du plaisir disparaître sous un jean et un polo.

— Il se peut que je fasse un saut ici mardi soir, dit-il.

Jemima roula sur le dos pour l'empêcher de voir son expression.

— J'ai déjà quelqu'un à dîner mardi.

Il aimait sa désinvolture ; elle attisait en lui son côté possessif.

— Quelqu'un que je ne peux pas décommander.

— Ah oui ? Qui ça ? demanda-t-il d'un ton tranchant.

Elle sourit. Un petit sourire mystérieux.

— Tu ne connais pas.

Il la regarda et elle sut qu'il mourait d'envie de la presser de questions, mais qu'en même temps la prudence lui conseillait de n'en rien faire afin de ne pas s'exposer à un retour de bâton : « Ça te regarde ? Tu rentres chez toi retrouver ta femme, non ? Qu'est-ce que tu crois ? Que je vais attendre sans bouger que tu daignes revenir me voir ?... » Il avait déjà entendu maintes fois cette tirade, quoique jamais de la bouche de Jemima. Néanmoins, il était plus sage de ne pas forcer la chance...

La jeune femme le regarda nouer sa cravate et se retint de sourire. Ses pensées auraient pu être écrites sur son visage tant elle lisait en lui à livre ouvert.

— On ne se voit pas mardi, alors ?

Il se pencha et l'embrassa avec une insistance délibérée, et elle sentit un rire frémir en elle. Elle était coutumière du fait : au lieu d'être envahie par du désir ou des regrets, elle était gagnée par une joie incontrôlable, un éclair de pur ravissement à la perspective de leur séparation.

Il la relâcha brusquement, vexé d'avoir échoué à la convaincre, le visage boudeur.

— Pas mardi, non.

Elle balança ses jambes hors du lit, ses orteils cherchant ses espadrilles.

— Passe-moi un coup de fil.

— OK.

Il pouvait jouer la décontraction, lui aussi. Il hésita.

— Bon. Eh bien je vais y aller.

— Comme tu veux.

Elle le précéda dans le couloir. Glissée dans un peignoir en coton, elle décida de ne lui offrir ni café ni dernier verre.

— Sois prudent sur la route.

Elle embrassa son propre index et déposa le baiser sur la joue de son amant.

— À bientôt.

Il ne pouvait rien faire d'autre que sourire, accepter gracieusement de se faire congédier et partir.

Tout en refermant la porte derrière lui, Jemima pouffa. Elle reprit le couloir et passa dans la salle de séjour. Comme à chaque fois, le même émerveillement l'envahit. Située face au port, la pièce semblait étinceler d'une lumière vibrante et liquide. Des reflets lumineux et frais dansaient sur les murs vert pâle. Le parquet en frêne luisait doucement entre les tapis blancs et un énorme canapé à rayures crème, bleu et vert comme un transat formait un angle droit avec la porte-fenêtre conduisant au balcon.

— Il est parti, déclara-t-elle. On peut se détendre.

Le gros chat persan roulé en boule dans un fauteuil en rotin ne réagit pas : il dormait profondément. Jemima se pencha pour caresser son épaisse fourrure. Il souleva une paupière et s'installa plus confortablement.

— Tu es un fainéant, Magnificat, protesta-t-elle sévèrement. Un affreux paresseux. Mais moi aussi. C'est pour ça qu'on s'entend aussi bien, je suppose.

Elle prit une pomme dans la coupe posée sur la table basse en verre, ouvrit la porte-fenêtre et sortit sur le balcon. La soirée était fraîche, la marée montante teintée de rouge par les derniers rayons du soleil. Un petit dinghy quittait tranquillement l'un des yachts amarrés dans le port, soulevant des vaguelettes qui léchaient l'embarcadère du ferry. Des clients buvaient un verre à la terrasse du café du Port et des petites lumières amicales clignotaient à East Portlemouth, sur l'autre rive. Jemima prit une profonde respiration, de pur bonheur, et croqua dans sa pomme.

Elle savait que Brigid désapprouvait ce choix et qu'il aurait été plus raisonnable d'investir l'argent de son petit héritage dans l'acquisition à long terme d'une maison ou d'un appartement. Mais elle n'aurait jamais eu les moyens de s'offrir un logement comparable à celui-ci et, même pour obtenir l'approbation de sa sœur, Jemima aurait été incapable de résister à ce petit coin de paradis.

— Brigid me méprise, confia-t-elle tristement à Magnificat, sorti pour explorer le balcon. Mais je ne pouvais pas laisser passer une chance pareille, même si ça ne doit durer que quelques années. C'est l'une des différences entre nous, je suppose. Je préfère vivre dans l'instant, alors qu'elle est réfléchie et responsable.

Magnificat ne l'écoutait que d'une oreille. Il fixait avec attention une mouette perchée sur le mât d'un bateau amarré le long du quai. L'oiseau se permit de lui lancer un regard insolent et la queue du chat frémit d'indignation.

— N'y pense même pas, l'avertit Jemima. Je te l'ai déjà dit : on ne touche pas aux mouettes. Elle te mangerait tout cru pour son déjeuner. Ou son dîner.

Elle lança son trognon de pomme en direction de l'eau. La mouette décolla de son perchoir avec un cri rauque et l'attrapa avant même qu'il ait pu décrire une courbe descendante. Jemima frotta ses bras nus. Ses épais cheveux blonds dénoués et emmêlés ruisselaient sur ses épaules, et elle frissonna légèrement en regardant la lumière d'un rouge sanglant mourir dans l'eau noire.

— À propos de dîner, c'est l'heure, murmura-t-elle.

Mais elle restait accoudée à la rambarde, captivée par le spectacle, peu encline à rentrer, même si, confortablement installée sur le canapé, la vue aurait été tout aussi splendide.

Il s'était écoulé à peine trois mois depuis qu'elle avait quitté Gloucester pour emménager ici. Elle était venue s'installer dans le Devon peu après que Frummie fut partie vivre à Foxhole. Elle travaillait pour une agence immobilière spécialisée dans les locations de vacances et avait une demi-douzaine de logements sous sa responsabilité – des maisons dont les propriétaires vivaient à l'étranger ou dont ils ne souhaitaient pas s'occuper de la location et de tout ce qui en découlait. Jemima devait donc veiller à ce que les lieux soient propres, en ordre, et à ce que les vacanciers aient leur clé à leur arrivée et passent de bonnes vacances.

Contrairement à Brigid, qui gérait tout elle-même, de la paperasserie au ménage, Jemima avait recruté une petite équipe à mi-temps qui nettoyait les cottages et changeait les draps entre deux locations, mais ce personnel – travailleurs indépendants ou au chômage – n'était pas totalement fiable et Jemima devait souvent courir d'un cottage à l'autre, changer les draps, balayer, nettoyer, puis rentrer à toute vitesse pour remettre les clés aux premiers arrivants.

— Tu devrais faire appel à une entreprise de nettoyage, avait déclaré Brigid. Et pas à des personnes qui perçoivent des indemnités de chômage. Tu encourages le travail au noir en employant des gens qui ne se déclarent pas.

— À t'entendre, on pourrait croire qu'il s'agit de criminelles, avait protesté Jemima. Ce sont des femmes bien, respectables, qui ont simplement du mal à boucler leurs fins de mois. Elles sont très contentes de gagner un petit extra par-ci par-là. Où est le mal ?

— C'est illégal, avait tranché impitoyablement Brigid.

— Mais la plupart d'entre elles ont des enfants à élever ! Et des maris qui touchent un tout petit salaire – ils sont pêcheurs, maçons, peintres. Pourquoi ne mettraient-ils pas quelques livres supplémentaires dans leur poche ?

— Si elles avaient vraiment besoin de cet argent, elles feraient mieux leur travail et seraient plus fiables, avait riposté sa sœur – et, comme d'habitude, Jemima s'était sentie sotte et incompétente.

C'élait là le hic : Brigid était si sûre d'elle en toutes circonstances, si organisée. Il n'y avait pas le moindre fouillis dans sa vie, pas la plus petite zone d'ombre. La location de ses cottages, leur entretien, ses travaux de décoration, elle maîtrisait tout, avec la même réussite que dans son mariage. Elle avait été une mère parfaite, gérant calmement tous les petits drames de l'enfance puis de l'adolescence de ses deux fils pendant les longues absences de Humphrey.

Jemima s'étira. Elle avait espéré qu'en habitant près de Brigid pour la première fois de leur vie elle réussirait enfin à nouer avec sa sœur la relation affectueuse dont elle avait toujours rêvé. Son père lui avait terriblement manqué quand sa mère l'avait quitté, et elle avait toujours imaginé que Brigid comprendrait et partagerait ces sentiments avec elle. Au lieu de ça, elle s'était heurtée à un mur lisse, hermétique, infranchissable.

De temps en temps, le mur se lézardait pour laisser filtrer ce rayonnement chaleureux et cet humour dont elle avait tant besoin. Mais à peine croyait-elle qu'elles avaient fait un pas l'une vers l'autre qu'il se dressait à nouveau, plus épais et solide que jamais. Elle comprenait que

Brigid puisse la trouver agaçante, faible, et même stupide, mais elle continuait à espérer qu'un jour sa sœur l'aimerait pour ce qu'elle était.

Le téléphone sonna. Jemima franchit hâtivement la porte-fenêtre et saisit son portable.

— Je vais atteindre l'A 38 d'un instant à l'autre, fit la voix de son amant. C'est ma dernière chance de te demander si tu es vraiment sûre pour mardi.

Elle sourit, heureuse et détendue à présent qu'il était loin.

— Absolument sûre, répondit-elle d'un ton taquin. À moins, naturellement, que tu viennes tard dans la soirée... Ou que tu passes la nuit ici, pourquoi pas ?

Jemima encourageait rarement cette pratique, mais elle se sentait d'humeur plus conciliante maintenant qu'elle ne voyait plus son expression de sale gosse boudeur.

— Je suis certaine que Louise ne restera pas tard.

— Louise ?

La voix était subitement plus alerte, plus enjouée. Sa dulcinée n'avait donc pas rendez-vous avec un homme...

— Mmm. Elle est en vacances chez ma sœur.

Elle simula l'étonnement.

— Tu as cru qu'il s'agissait de qui ?

— Comment le saurais-je ? grommela-t-il.

Il pouvait se permettre d'être jaloux, à cette distance, il ne risquait pas une scène au téléphone.

— Je pourrai peut-être me libérer pour la nuit...

— D'accord. Tu y réfléchis et tu me rappelles, lança-t-elle d'un ton léger. Je dois y aller. Bye.

Sa bonne humeur et sa confiance revenues, elle se pencha pour soulever Magnificat dans ses bras et enfouit son visage dans son épaisse fourrure.

— Je t'invite à partager mes sushis, lui chuchota-t-elle. Thon, saumon et crevette. Qu'est-ce que tu dis de ça ?

— Miaou...

— Bien sûr, sans moutarde, pour toi.

Elle le reposa par terre et il trottina derrière elle dans la cuisine en se léchant les babines.

— Cet endroit est une merveille, Fred !

Margot Spelman étendit ses grosses jambes au soleil.

— Tu as une chance inouïe d'avoir une fille qui possède une propriété pareille ! J'espère que tu t'en rends compte ?

— Tu n'es pas mal lotie non plus, rétorqua Frummie. Tu disposes d'un appartement indépendant.

Elle posa le plateau à thé sur la table de jardin. C'était bizarre de s'entendre appeler Fred, après toutes ces années. Bizarre, mais pas désagréable. Elle avait l'impression d'être jeune à nouveau, insouciante, joyeuse – d'autant que cette pauvre Margot accusait son âge.

— C'est vrai.

Margot offrit au soleil son visage ravagé par les ans.

— Mais c'est terrible de se sentir en trop. Harry est un amour, bien sûr, mais Barbara...

Elle haussa les épaules d'un petit mouvement gracieux.

— Les belles-filles sont un fléau, Fred. Tu devrais remercier le ciel d'avoir eu deux filles.

— Taratata.

Frummie s'installa dans le transat, en face d'elle.

— La vérité, ma chère Margot, c'est que tes brus te tiennent pour une irresponsable. Ginny a eu le bon goût d'arracher David à ton emprise en l'entraînant en Cornouailles, mais je suis stupéfaite que Barbara te laisse approcher de son petit appartement chéri. Je parie qu'elle passe ses nuits à se demander ce que tu vas inventer comme nouvelle bêtise.

— Tu ne manques pas d'air.

Margot ne paraissait pas le moins du monde ébranlée par ses accusations.

— Brigid est une sainte d'avoir accepté de t'héberger ici après ce que tu lui as fait. Franchement, je suis même étonnée que quelqu'un puisse supporter ta présence dans un rayon de moins de dix kilomètres. À part moi, bien sûr, mais depuis le temps que je te connais, je suis blindée.

Frummie esquissa un sourire malicieux.

— Oui. Depuis le jour de la rentrée au pensionnat. J'avais treize ans – enfin, pas tout à fait, tu es plus vieille que moi, n'est-ce pas ? Et pourtant, qui pleurait comme une madeleine ?

— Oh, ferme ton clapet et sers plutôt le thé. Comment va Jemima ?

— Bien. Elle s'est installée à Salcombe, dans un appartement absolument fabuleux. Face au port. Elle a quasiment les pieds dans l'eau.

— Bonté divine !

Margot se redressa, les yeux écarquillés.

— Ne me dis pas que Richard t'a légué un quelque chose ?

Frummie haussa une épaule dédaigneuse.

— À moi, rien. Mais il a laissé une petite somme à Jem.

— Ma pauvre Fred, il faut bien dire que pour ce qui est de choisir les hommes...

Margot accepta sa tasse de thé avec un petit signe de tête en guise de merci.

— ... tu as toujours été une véritable calamité. Qu'est-ce que tu pouvais bien leur trouver, je me le demande !

Je reconnais que Diarmid était magnifique dans le genre lunatique et lointain. Ce long corps mince et pâle. Et ces jambes interminables... Irrésistible ! Brigid lui ressemble comme deux gouttes d'eau.

— Diarmid était différent.

Frummie but rêveusement son thé, son visage aigu adouci par le souvenir.

— Je n'avais jamais rencontré un homme comme lui auparavant. Et j'étais jeune et impressionnable.

— Impressionnable ? Toi ?

Margot haussa les sourcils.

— Ma foi, je suppose que c'est une façon de voir les choses. Et Richard ?

— Richard était amusant. Et puis j'en avais plus qu'assez d'entendre Diarmid me décrire par le menu à longueur de soirée les chasses de Cro-Magnon et la vie des femmes des cavernes de l'âge de pierre. Un jour, je suis allée à Londres et je ne suis pas revenue.

Il y eut un silence.

— Oh, ce n'est pas la peine de faire cette tête ! reprit Frummie d'un ton irrité. Ça n'a pas été une décision facile à prendre, tu sais. Mais l'idée de revenir ici m'était tout simplement insupportable. Et plus les jours passaient, plus le retour devenait impossible. Finalement, j'ai écrit à Diarmid pour lui expliquer que je ne me sentais pas de rentrer, et il a admis que ce n'était pas facile et que je devais faire ce qui était le mieux pour moi... mais qu'il gardait Brigid. Que pouvais-je faire ? Je n'allais quand même pas la kidnapper !

— Je comprends son point de vue.

Margot enveloppa sa vieille amie d'un regard compatissant.

— Au moins, avec lui, elle était en sécurité. Parce que

Richard n'était pas exactement ce qu'on appelle un garçon sérieux.

— On ne s'enfuit pas avec un garçon sérieux, que je sache.

— Toi non, souligna Margot, non sans raison. Si je me souviens bien, William – c'est le numéro trois, non ? – jouait dans un groupe de jazz.

— Seulement occasionnellement, rectifia Frummie avec dignité. En réalité, il était agent de change.

— Allez, Fred, pas à moi...

— En tout cas, il était très doué pour placer l'argent.

— Celui des autres, oui. Tu veux que je te dise ? On n'aurait jamais dû te laisser sortir seule, Fred. Tu voulais passer pour une fille affranchie, mais en réalité tu as toujours été une fleur bleue, une midinette prête à craquer pour le premier sale type venu.

— Rassure-moi : tu n'es quand même pas venue jusqu'ici pour être désagréable ?

— Non, ma chère. Je suis venue te voir au fin fond de ta retraite, puisque tu ne daignes pas te déplacer...

— ... et que je suis judicieusement installée à mi-chemin entre Salisbury et la Cornouailles, l'interrompit Frummie d'une voix ironique. Une halte routière bien commode, n'est-ce pas ?

— Beaucoup plus agréable que le Bœuf Jardinier de Buckfast, acquiesça Margot, imperturbable. J'espère que tes petits déjeuners sont aussi copieux.

— Depuis quand prends-tu un petit déjeuner ? Pour ma part, je me contenterais aisément d'une cigarette et d'une tasse de café noir.

Une voiture remonta le chemin et se gara devant l'autre cottage. Louise en descendit, agita la main en direction de Frummie et disparut à l'intérieur de sa maison.

Margot plissa les yeux.

— Jolie fille. Qui est-ce ?

— Une locataire de Brigid. Une habituée. Elle vient deux fois par an pendant que son mari joue au golf.

— Au golf?

Margot paraissait sceptique. Frummie hocha la tête.

— C'est aussi mon avis, mais qui sait ? Il doit bien exister des maris fidèles...

— Ah oui ? Cite-m'en trois, suggéra Margot négligemment. À part Diarmid, qui a toujours été d'une fidélité à toute épreuve.

— Ne recommence pas avec ça, grommela Frummie. Tu deviens assommante, avec l'âge. Et si on allait dîner au pub, ce soir ?

— Quel pub ?

Margot paraissait intéressée.

— À une dizaine de minutes d'ici. Tu pourrais nous emmener en voiture.

— Oh, je crois que nous resterons ici.

Margot s'installa confortablement.

— J'ai amené un whisky pur malt très convenable. Mon Harry veille toujours à ce que je ne manque de rien. Cette chipie de Barbara meurt de honte quand elle rapporte les bouteilles vides à la consigne. Parle-moi un peu de Jemima. Elle fréquente quelqu'un, en ce moment ?

Les deux femmes se penchèrent davantage sur leurs tasses et poursuivirent leur conversation à mi-voix, leurs deux têtes se frôlant presque.

7

Comme elle sortait récupérer des affaires dans la voiture, Louise vit les deux femmes penchées l'une vers l'autre et ne put s'empêcher de penser que leurs silhouettes rapprochées avaient quelque chose de sinistre.

Tu te laisses encore emporter par ton imagination... Cesse de voir des ombres où il n'y en a pas.

La carte postale était juste derrière la porte : un rectangle clair sur le parquet sombre, repoussé dans l'angle quand elle était entrée, quelques minutes auparavant. Elle la laissa où elle était et posa en vrac ses sacs sur la table du salon, vida sa gourde dans l'évier, rangea les fruits qu'elle n'avait pas mangés et ôta ses chaussures de randonnée avant de retourner dans la petite entrée. L'enveloppe avait été glissée directement sous sa porte, seul son nom, « Louise Parry », était écrit dessus ; pas d'adresse, pas de timbre.

La jeune femme la regarda fixement, son instinct et tous ses capteurs de danger l'avertissant de ne pas la ramasser, de ne surtout pas l'ouvrir.

« Est-ce que papa viendra à mon anniversaire ? » « Non, chérie. Il est très loin d'ici. Mais il a laissé un cadeau pour toi. » « J'aurais préféré qu'il soit là. »

Louise rouvrit les yeux et desserra lentement ses poings

crispés, autorisant ses doigts à se déplier pour ramasser l'enveloppe. Elle la posa sur la table, remplit la bouilloire et la brancha, forçant son esprit à penser à autre chose : son dîner avec Jemima le lendemain, ses projets pour les jours à venir – une virée à Bigbury, un déjeuner à Burgh Island... mais la technique ne fonctionnait plus.

Son mécanisme de défense était défaillant et le passé en profitait pour essayer de forcer le passage. Elle tenta désespérément de le maintenir à distance en s'activant : elle se prépara du thé, sortit le lait du réfrigérateur, ouvrit la fenêtre. Posant son mug à une extrémité de la grande table carrée, elle s'installa avec son cahier et sa boîte de peinture afin de mettre à jour son journal de bord. Le murmure lointain de la rivière flottait jusqu'à elle, se mêlant au roucoulement paresseux des colombes, mais, aujourd'hui, le danger planait sur ce calme paisible.

Son regard s'accrocha malgré elle à l'enveloppe d'un blanc lumineux, à portée de sa main, et elle saisit très vite son mug, concentrant toutes ses pensées sur ce qu'elle avait vu pendant sa promenade : une aubépine en fleur et des myrtilles dans les bois de Hembury ; des hirondelles tournoyant au-dessus de sa tête pendant qu'elle buvait un café au café Forge de Holne ; un papillon-paon de jour se chauffant sur une pierre moussue, à Dean Ford. Elle écrivait vite, émaillant ses notes de petits dessins, puis ajoutant les couleurs délicates. Les voix étaient plus paisibles maintenant, à peine audibles, elles conversaient tout doucement entre elles.

«*Je peux peindre moi aussi, maman ?*» « *Tu vas en mettre partout. Je préférerais que tu dessines avec tes crayons.* » « *Oh, s'il te plaît ! Je ferai très, très attention !* » « *Bon, tu sais ce qu'on va faire, alors ? On va peindre un bonhomme ensemble, et après on verra...* »

Louise rinça soigneusement son pinceau puis le reposa. Le visage fermé, les lèvres serrées, elle tendit la main vers l'enveloppe. Terrorisée, elle l'ouvrit et en sortit une carte.

Il s'agissait d'un dessin d'enfant, représentant un terre-neuve. Les oreilles dressées, il regardait par une fenêtre – à l'évidence celle de l'appentis de Brigid – devant laquelle était garée une voiture. La scène reflétait un certain suspens et en même temps une indéniable drôlerie.

« Encore merci pour tout, avait écrit Thea au dos. Venez prendre le thé à la maison un de ces jours. Vous pourriez arranger ça avec Brigid ? Hermione et moi (et Oscar !) serions enchantés de vous revoir. »

Louise examina le dessin. Quelque chose de familier capta son attention sans qu'elle parvienne à définir d'où lui venait cette impression. Elle déplia la feuille de papier jointe à la carte. Le nom « Oscar » y avait été tracé avec application, et cependant de manière inégale, la lettre « S » dépassant en taille l'initiale « O ». La silhouette du chien avait été dessinée au crayon noir, et complétée par une grosse langue rose.

« Oscar vous dit merci. S'il vous plaît, venez goûter à la maison. Bisous, Hermione. »

L'écriture penchait vers le bas, sortant du cadre de la feuille, et chaque lettre du prénom était tracée alternativement en rouge et en bleu. Hermione. Louise regardait toujours fixement la signature quand on frappa à la porte, qui s'entrebâilla d'un centimètre ou deux.

— Puis-je entrer ? demanda Brigid depuis l'entrée.

Seule l'habitude des bonnes manières permit à Louise de répondre par l'affirmative. Elle était toujours assise à la table quand Brigid entra au salon. Louise se força à lui sourire, essayant de rassembler le contrôle nécessaire pour se lever, lui proposer du thé.

— Ah, je vois que tu l'as trouvée.

Brigid désigna la carte d'un petit signe du menton.

— Elle me l'a envoyée et je l'ai glissée sous ta porte. Je dois aller les voir dans la semaine, et Thea semble très désireuse que tu m'accompagnes. Qu'est-ce que tu en dis ? Ça te plairait ?

— C'est...

Louise déglutit, la gorge sèche.

— C'est très aimable à elle. Mais il n'y a aucune raison.

— Oh, ne va pas croire que c'est juste par politesse. Thea est adorable, mais elle ne fait pas de chichis. Je crois qu'elle t'a trouvée sympathique, voilà tout. Quant à Hermione...

— En réalité, l'interrompit très vite Louise, j'ai peur de ne pas avoir assez de temps devant moi. Quinze jours, c'est vite passé.

— Je comprends. Rien ne t'oblige à y aller, bien sûr...

Le silence retomba et, à travers sa propre peur, Louise nota confusément que Brigid semblait très abattue.

Non, songea-t-elle avec angoisse. Je ne suis pas en état de gérer une situation de crise, quelle qu'elle soit.

— Bien.

Brigid sourit avec un peu d'embarras, comme si elle s'apprêtait à partir.

— Tu veux du thé ?

Louise entendit sa propre voix avec stupeur et se maudit intérieurement.

— Je viens d'en préparer une pleine théière. J'ai horreur des sachets qu'on écrabouille dans l'évier.

Elle parlait mécaniquement, se levait, sortait un mug

du placard, et pendant ce temps un écho à l'intérieur de sa tête disait : *Je ne peux pas faire ça. Je ne peux pas.*

Brigid plaça ses mains autour du mug, comme si elles étaient glacées, et regarda son thé. Louise s'assit à nouveau et la regarda.

— Est-ce que tout va bien ? demanda-t-elle gentiment.

Les yeux de Brigid étaient immenses et terrifiés.

— Oui, bien sûr. J'ai juste l'esprit ailleurs.

Elle eut un bref sourire, crispé.

— Qu'est-ce que tu décides pour Thea, alors ?

— Je ne sais pas. Plus tard, peut-être. J'attends de voir comment mon séjour... s'organisera.

— Entendu. Tu adoreras la vieille gare, j'en suis sûre. Sans parler des filles. Tu as vu Hermione, mais Julia et Amelia sont magnifiques. Et, bien sûr, il y a Percy. Thea est célèbre. Elle écrit et illustre des livres pour enfants, et puis il y a eu ce programme pour les tout-petits, à la télévision. Tu n'en as probablement pas entendu parler puisque tu n'as pas d'enfants, mais c'était une série culte il y a quelques années. On le vendait partout sous forme de T-shirts, de mugs, de peluches...

— Qui ça ?

— *Percy le perroquet.* Il était fantastique. Cette série avait un succès fou.

Elle finit son mug et se leva.

— En ce qui concerne la visite à Thea, réfléchis-y et fais-moi signe le moment venu. Merci pour le thé.

La porte d'entrée se referma derrière elle. Le silence retomba et Louise se mit à trembler, les mains crispées l'une contre l'autre. C'était comme si un gigantesque mur d'eau noire se dressait au-dessus d'elle ; immense, il grandissait, menaçait de l'engloutir. Et puis, brusquement, elle se rendit compte que le vacarme grondait dans sa tête. Prise de vertige, elle trébucha jusqu'à la table et se laissa tomber sur sa chaise, le front dans ses bras repliés mais, même en cet instant, elle fut incapable de pleurer.

De retour chez elle, Brigid s'activa sans relâche. Le sentiment de paix et de sécurité qu'elle éprouvait habituellement à Foxhole était miné par la peur. Qu'est-ce que Jenny venait lui annoncer ?

Elle avait essayé à plusieurs reprises de la joindre au téléphone, mais son répondeur était branché en permanence et elle n'avait pas réussi à lui parler. Qu'avait-il pu se passer ? Il y avait maintenant trois ans que Brigid avait accepté d'engager l'un de ses cottages pour cautionner l'affaire que Jenny – sa plus proche et sa meilleure amie – était en train de monter avec son mari et un associé. Ils voulaient ouvrir une école de voile sur le Fal. Bryan – le mari de Jenny – avait déjà une certaine expérience dans cette branche et leur associé, Jon, s'était rendu célèbre en traversant l'Atlantique en solitaire. La banque avait étudié et validé leur demande de financement et ils étaient fous de joie, débordants d'enthousiasme, déjà dans les starting-blocks.

La caution demandée par la banque était une question de pure forme, et l'avocat de Brigid n'avait vu aucune objection à ce qu'elle se porte garante. Il n'y avait aucun risque, et, d'ailleurs, Bryan avait des solutions de rechange pour trouver l'argent en cas de besoin, Jenny le lui avait assuré. Du reste, c'était un placement intéressant : Brigid percevrait un petit revenu annuel. Pas très important pour commencer, mais un gage de leur bonne foi.

Jenny était tellement heureuse, tellement enthousiaste à l'idée de monter cette école de voile, de vivre cette aventure au côté de Bryan, surtout après son divorce désastreux d'avec son premier mari, Peter.

— Tout ce que je te demande, c'est de ne pas en parler à Humphrey, avait-elle supplié. S'il te plaît. Peter et lui sont restés amis et je n'ai aucune envie qu'il connaisse les détails de l'opération. Je parle de Peter, évidemment. Mais tu n'es pas obligée de le lui dire, n'est-ce pas ? Après tout : Foxhole t'appartient.

— Oui, bien sûr... avait acquiescé Brigid, embarrassée à l'idée de tenir Humphrey à l'écart et en même temps désireuse d'aider son amie. Mais nous avons contracté un prêt pour aménager les cottages, et il est à nos deux noms. Ce n'est pas une somme astronomique, mais c'est Humphrey qui le rembourse.

— Mais... les cottages sont à toi ?

— Oui, avait-elle répondu lentement. Les cottages sont toujours à mon nom.

— Tu sais, un seul suffirait à couvrir la caution. Notre prêt n'est pas énorme. Bryan et moi remboursons de notre côté, et Jon participe aussi. C'est juste pour nous mettre le pied à l'étrier. Nous avons besoin d'un bâtiment pour construire un dortoir et de quelques voiliers. Ce sera fantastique. Peux-tu nous aider, Brigid ? C'est juste un morceau de papier, mais les banques sont devenues tellement méfiantes depuis la récession.

— Je n'aime pas l'idée de faire des cachotteries à Humphrey.

— Ça, c'est tout toi.

Jenny lui avait souri avec affection.

— Tu es tellement collet monté ! À l'école, déjà, je me sentais en faute rien qu'en croisant ton regard.

Étrange comme certains mots, certaines petites phrases avaient le pouvoir de blesser. « *Brigid n'est pas tout le monde, chérie. Elle est très collet monté, comme son père. Pas du tout du genre à donner des petits noms affectueux. Trop puéril à son goût.»*

— Ce n'est pas ça, avait-elle répondu très vite, sur la défensive. Mais je n'aime pas les secrets entre mari et femme. C'est dangereux.

— Mon Dieu..., avait soupiré Jenny. Sur quelle planète vis-tu ? En quinze ans de mariage, je ne pense pas que Peter m'ait dit la vérité une seule fois.

— Oh, Jenny.

Le cœur de Brigid s'était serré de compassion. La pauvre, elle n'avait pas eu de chance, en effet. Trompée, humiliée...

— Si elle n'avait pas passé son temps à jacasser comme une pie, elle aurait probablement remarqué que son mariage prenait l'eau, avait commenté durement Humphrey. Ce n'est pas uniquement la faute de Peter.

— Vous, les hommes, vous vous serrez toujours les coudes, avait rétorqué Brigid, blessée et consternée pour son amie. Tu savais qu'il avait une liaison avec cette Wren depuis des années ?

— Je ne parlerai pas.

Humphrey avait souri, sans animosité.

— Silence et discrétion, telle est ma devise.

Finalement, Brigid lui avait su gré de son silence. Elle avait ainsi pu déclarer, en toute sincérité, qu'elle ignorait absolument tout de la vie amoureuse de Peter, et ses liens d'amitié avec Jenny étaient restés intacts.

C'était pour cette même raison qu'elle avait résolu de ne pas parler à Humphrey de son petit arrangement avec Jenny. Aux mêmes maux, les mêmes remèdes : Humphrey travaillant avec Peter, il lui aurait été difficile de tenir sa langue.

Elle avait donc effectué toutes les tractations en douce et signé les documents autorisant que l'un des cottages fasse office de caution. Pendant les deux premières années, l'entreprise lui avait versé son dû, et elle avait eu d'excellents échos sur leur activité. Se pouvait-il qu'il y eût un problème ?

Mais pourquoi voulait-elle à tout prix qu'il y ait anguille sous roche ? Pourquoi Jenny ne viendrait-elle pas tout simplement lui rendre une visite amicale ?

Parce que sa voix n'était pas naturelle sur mon répondeur. Elle était trop nerveuse. Trop rapide. Et trop enjouée. En outre, pourquoi n'a-t-elle répondu à aucun de mes messages ?

Brigid s'approcha de la fenêtre et contempla la vallée qui s'étirait jusqu'aux falaises de Yar Tor, blanchie de sorbiers et d'églantiers en fleurs, illuminée d'ajoncs. Des moutons escaladaient le sentier abrupt envahi par des fougères vert tendre tandis que, plus bas, des poneys broutaient paisiblement l'herbe rase. Le soleil de l'après-midi projetait de longues ombres sur la vallée et une alouette chantait.

Brigid passa dans l'appentis, ôta ses chaussures et enfila ses bottes en caoutchouc. Étendu de tout son long au soleil, Cachou émergea de sa sieste, agita le bout de sa queue et la suivit joyeusement à travers champs.

Immobile devant sa fenêtre, Louise regarda Brigid s'éloigner. Elle avait partiellement repris le contrôle d'elle-même et puisait maintenant dans son expérience pour retrouver sa contenance habituelle. Elle l'avait déjà fait, il n'y avait donc pas de raison qu'elle n'y arrive pas aujourd'hui.

En mobilisant toute sa volonté, elle pouvait reconstruire

le mur qu'elle avait si douloureusement édifié pour résister aux assauts du souvenir.

Martin : elle allait focaliser toutes ses pensées sur Martin. Avait-elle raison de soupçonner qu'il la trompait ?

Elle décida d'analyser la situation méthodiquement, explorant chacune des options : rage, humiliation, jalousie, chagrin, désespoir...

La difficulté venait de ce que Martin lui paraissait terriblement loin en cet instant. Il semblait appartenir à un monde irréel, recouvert d'une chape d'indifférence qui, elle le savait, disparaîtrait dès qu'elle le reverrait. Ses séjours à Foxhole, ce sanctuaire de pierre, avaient toujours réussi à la couper de son quotidien. Ici, elle se sentait protégée, hors du temps. Martin et elle s'envoyaient une carte postale le tout premier jour, puis cessaient de communiquer jusqu'à la fin de leurs vacances, où ils s'envoyaient à nouveau une carte postale.

Louise n'avait pas encore reçu la première – il n'y avait pas de téléphone dans le cottage – et, tout à coup, il lui vint à l'esprit qu'il n'était peut-être pas du tout parti faire du golf avec ses amis, mais qu'il était en ce moment avec cette femme – celle qui était à l'origine de son inexplicable changement d'attitude.

Le choc eut l'effet désiré et elle s'aperçut qu'elle considérait cette éventualité avec le plus grand sérieux. Bien sûr, elle pouvait le joindre sur son téléphone portable, mais qu'est-ce que cela prouverait ? Il pouvait être n'importe où. D'ailleurs, pour la première fois, il ne lui avait donné ni le nom de ses hôtels – en général, il faisait deux parcours de golf différents pendant les quinze jours – ni numéro, excepté celui de son portable. Beaucoup plus simple, avait-il décrété : elle pourrait le contacter n'importe où et à n'importe quelle heure. Et si son téléphone n'était pas branché, elle n'aurait qu'à lui laisser un message.

Elle se remémora subitement le lourd clin d'œil de l'homme du train.

« *Bien sûr, je l'éteins quand je suis en... réunion d'affaires.* »

Et elle pensa : pauvre idiote !

Louise sursauta en entendant frapper à la porte ; son cœur cogna à toute volée.

— Oh, pour l'amour du ciel, murmura-t-elle avec irritation. Reprends-toi !

Elle sortit dans le hall et ouvrit la porte. Frummie lui sourit.

— Nous buvons un verre dans le jardin, dit-elle. Il fait si doux, ce soir... nous avons eu envie de manger dehors et nous avons pensé que vous aimeriez peut-être vous joindre à nous ? Vous ne connaissez pas Margot, je crois ? C'est une vieille amie, très chère. Si chère que nous risquons d'avoir besoin d'un arbitre à poigne pour nous séparer au dessert !

Son visage ridé était si espiègle, si rieur, que Louise ne put s'empêcher de sourire.

— Je viendrai avec plaisir. Je peux apporter quelque chose ?

— Certainement pas. Margot amène toujours assez de munitions pour anesthésier un régiment de paras. Elle a été traumatisée dans son enfance par ces horribles histoires de prohibition et elle ne s'en est jamais remise ! Le dîner mijote doucement, ne vous souciez de rien.

— C'est vraiment très gentil à vous.

Le soulagement de Louise était sincère.

— Je vais chercher un châle et je vous rejoins.

8

À l'instant où elle vit Jenny descendre de voiture, Brigid comprit que ses craintes étaient fondées : une véritable terreur la consumait et elle tremblait comme une feuille. Raide, les mains nerveuses, les yeux rougis, Jenny était la peur incarnée. Refoulant sa propre angoisse, Brigid la serra affectueusement dans ses bras.

— Oh, Brigid... c'est tellement bon de te revoir !

Brigid l'étreignit avec force.

— Viens. Il nous faut un bon café.

Jenny se dirigea tout droit vers la cuisinière en fonte et se blottit contre le fourneau.

Brigid remplit la bouilloire et la posa sur la plaque chauffante. Elle avait beau chercher, elle ne trouvait rien à dire à part des banalités et, dans ce contexte, un bavardage insipide aurait été une insulte. Jenny avait toujours été une jeune femme enjouée, un peu rondelette, chaleureuse – mais elle avait beaucoup maigri, ce qui ne lui allait pas, et ses cheveux châtains étaient secs et ternes.

Tout en préparant le café, Brigid fut frappée par l'étrange élasticité du temps. Il s'écoulait lentement, les secondes tombaient comme du plomb, l'une après l'autre, pesamment. C'était bizarre : des pans entiers de vie s'évanouissaient en un clin d'œil, alors que d'autres s'étiraient interminablement. Il lui semblait qu'il y avait quelques mois seulement que Jenny et elle étaient de jeunes mamans suivant leur mari au gré de leurs affectations. Les déménagements, les crèches, les pique-niques sur la plage, les maladies infantiles, les virées du week-end quand Humphrey et Peter étaient en mer, le fils aîné de Jenny, Alan, entrant à l'école... Leur vie s'était organisée paisiblement autour des enfants, malgré les obstacles. C'était comme si Jenny et elle avaient passé une vie entière à marcher – derrière une poussette, un bébé calé sur la hanche, en promenade avec des chiens, dans les bois avec les enfants...

— Qu'est-ce qu'on a pu faire comme kilomètres ! s'exclama-t-elle tout à coup. Tu te souviens ? De vraies marathoniennes. Avec le recul, on a l'impression que la période où les enfants étaient bébés a duré une éternité, et pourtant elle a passé si vite... Cinq ans ? sept ? Sur près de trente années de mariage...

Jenny ne répondit pas et, quand elle lui lança un regard en coin, Brigid s'aperçut qu'elle avait les larmes aux yeux.

— Nous ne connaissions pas notre bonheur, marmonna-t-elle.

— Possible.

Brigid essaya de détendre l'atmosphère, pour la réconforter un peu.

— Mais il y a quand même eu des moments difficiles. Tu te rappelles le jour où Alan est entré à l'école ? Tu avais tellement peur que les autres enfants ne veuillent pas jouer avec lui que tu as décidé de te poster en face de la cour, juste pour le cas où il pleurerait.

— Oui, je m'étais coiffée d'un chapeau de paille informe pour rester incognito.

Jenny était partagée entre le rire et les larmes.

— Mais tu m'as forcée à rentrer chez moi en me disant que j'étais ridicule.

— J'ai toujours été un tyran, acquiesça Brigid d'un ton léger. Tiens, voilà ton café.

Presque à regret, Jenny abandonna sa place près du fourneau pour venir s'asseoir à table. Elle prit son mug, et un silence tendu s'abattit entre elles tandis que le tic-tac de la pendule semblait remplir toute la pièce.

— Merde ! explosa subitement Jenny. C'est trop bête ! J'ai tellement honte... si tu savais. En plus du reste, être obligée de t'avouer, de te dire... Bryan m'a quittée.

— *Quoi ?*

Brigid eut honte de ressentir du soulagement en dépit de son choc et de sa consternation pour Jenny.

— Mais... comment ? Quand ?

— Il y a à peu près un mois.

— Mais pourquoi ne m'as-tu pas téléphoné ? Oh Jenny, c'est affreux ! Je pensais que tout allait si bien entre vous !

— Moi aussi ! Et Jon également. Bryan s'occupait de la partie commerciale. L'argent rentrait, on avait des tas de réservations. Je me chargeais des repas et de l'intendance. Au départ, Jon avait deux assistants pour le seconder et puis, l'été dernier, une fille les a rejoints. Elle avait une année à tirer avant d'obtenir un poste de professeur d'éducation physique dans un collège ou quelque chose comme ça...

Jenny fit une longue pause. Cachou se leva et vint s'asseoir à ses pieds. Elle se pencha pour le caresser, puisant du réconfort, même brièvement, dans ce geste simple.

— Bryan est parti avec elle, c'est ça ?

Brigid pensait que ce serait peut-être plus facile pour Jenny si elle prononçait les mots à sa place.

Jenny leva les yeux.

— Elle a vingt-deux ans, dit-elle d'une voix monocorde. *Vingt-deux ans*. Bryan en a quarante. Il est plus jeune que moi.

L'amertume, la détresse, l'échec – chacune de ses paroles reflétait toutes ces émotions, et Brigid ne trouva rien à répondre. Qu'aurait-elle pu dire ?

— Ce n'est pas tout.

Jenny se redressa, résolue à aller jusqu'au bout de sa confession.

— Il avait tout planifié, tu sais. Il prenait de l'argent dans la caisse depuis des mois pour le mettre de côté. Jon et moi, nous ne nous doutions de rien, évidemment. Ils ont disparu un beau matin, comme ça. Il devait partir quelques jours en province, soi-disant pour rallier un nouvel investisseur, si bien qu'on n'a pas réalisé tout de suite. De son côté, Joanna avait téléphoné pour prévenir qu'elle avait la grippe. Et puis...

— Et puis ? reprit doucement Brigid.

— Il y a eu cette carte postale, envoyée du Portugal. Il avait juste écrit un mot : « Désolé »...

Elle avala sa salive. Il y eut un autre silence, plus court.

— Ensuite, les lettres de rappel ont commencé à arriver. Le loyer du hangar à bateaux n'avait pas été réglé depuis trois mois, et nos fournisseurs non plus. Quand je suis allée à la banque, on m'a appris que le prêt n'était plus remboursé depuis plusieurs mois... et à présent ils veulent saisir la caution.

La terreur était à nouveau là, tordant l'estomac de Brigid. Ses pensées tournoyaient dans son esprit comme des chauves-souris affolées.

— Qu'est-ce que... qu'est-ce que ça veut dire, exactement ?

— Je n'en sais trop rien, c'est bien le problème.

Jenny la regarda, un masque d'angoisse figeant ses traits.

— Apparemment, il y a une hiérarchie dans les créanciers. Le personnel passe en premier – de ce côté-là, il n'y a pas trop à s'inquiéter. Ensuite, vient le Trésor public, puis la TVA, et après seulement la banque et les créanciers sans garantie. En ce qui te concerne, tout dépend de ce qu'il restera sur le compte quand la banque devra se rembourser.

— Cela signifie qu'ils pourraient... saisir le cottage ?

Brigid avait honte de se préoccuper de son sort alors que Jenny était désespérée.

— Je n'en ai strictement aucune idée.

Elle paraissait défaite.

— Nous avons injecté quinze mille livres dans l'affaire. Jon et moi avons fait nos comptes, encore et encore : il risque de manquer de l'argent.

— Je vois.

Jenny la regarda d'un air misérable.

— Nous serons probablement obligés de tout vendre. Nous n'avons pas le choix.

— Oh, Jenny, qu'est-ce que tu vas devenir ? Je suis tellement désolée pour toi. Je n'arrive toujours pas à le croire.

— Bienvenue au club, dit Jenny avec amertume. Ma mère est folle de rage. Elle n'a jamais aimé Bryan et maintenant, elle est persuadée que je vais dépendre d'elle. Non qu'elle ait les moyens de m'assister, la pauvre. En ce moment, elle cherche le courage de me proposer un toit.

Elle lâcha un rire haut perché, légèrement hystérique.

— Dieu m'en préserve : nous nous égorgerions en moins de deux semaines.

— Mais comment te débrouilles-tu ? demanda anxieusement Brigid. Où vis-tu ? Tu sais que si tu n'as nulle part où aller, tu peux t'installer ici.

— Merci, c'est vraiment... gentil. Mais Jon a une caravane, une sorte de mobile home, près de St Neots. Il me la prête. C'est rudimentaire, mais ça me suffit. Il habite chez son frère. Pour l'instant, nous essayons de maintenir l'entreprise à flot. Si elle est viable, nous pourrons la revendre. Et elle l'est, je t'assure. Simplement, tous les profits ont été ponctionnés et il ne nous reste rien. Jon envisage de proposer ses services comme pilote ou barreur, cet été. Il y a toujours des plaisanciers qui cherchent des hommes d'équipage. Mais il ne veut pas s'engager tant que tout n'est pas réglé.

— Bryan n'a quand même pas pu disparaître comme ça ! Vous n'avez pas retrouvé sa trace ? C'est incroyable !

— Le problème, c'est que nos créanciers ne sont pas disposés à attendre. Et puis je crois que Bryan avait très bien préparé son coup. Il a emporté très peu d'affaires avec lui. Le père de Joanna vit en Europe. Ils sont peut-être allés chez lui. Une enquête est en cours, mais on m'a bien fait comprendre que je ne devais pas trop espérer.

— Je suis vraiment navrée pour toi, répéta Brigid, à court de mots et enrageant de se sentir impuissante.

— Et moi pour toi ! Je suis tellement consternée de t'avoir entraînée dans cette histoire. Tout allait si... si bien. Et nous étions si... heureux.

— Tu n'as rien soupçonné, avec cette Joanna ?

— Je suis la reine des idiotes, hein ?

Son ricanement ressembla à un sanglot.

— D'abord Peter, et maintenant Bryan. Le plus curieux,

c'est qu'il donnait l'impression de ne pas pouvoir la supporter. Chaque fois qu'il me parlait d'elle, c'était pour la critiquer. J'étais même embêtée qu'il l'ait à ce point prise en grippe. Dans une toute petite entreprise, on ne peut pas se permettre de laisser se développer un climat d'agressivité. À présent, je me rends compte que c'était seulement un écran de fumée. J'aurais dû me douter de quelque chose. Avec le recul, je réalise que son nom revenait constamment dans la conversation. Je suppose qu'il éprouvait le besoin de parler d'elle, mais qu'il la dénigrait pour brouiller les pistes.

Jenny fit une pause.

— Je suppose que tu vas être obligée de mettre Humphrey au courant ?

Brigid entendit la voix de Humphrey, lointaine et sarcastique. « *Le problème avec Jenny, c'est qu'elle prend plaisir à s'autodétruire.* » L'amitié l'emporta.

— Comment ont réagi Alan et Rebecca ?

Jenny sourit avec amertume.

— Mes enfants me regardent avec une condescendance teintée de résignation. Eux non plus n'aimaient pas Bryan. Alan m'a dit : « Ma pauvre maman. Un jour, il faudra que tu te décides à grandir. »

Brigid se mordilla la lèvre, elle ressentait viscéralement l'humiliation de Jenny.

— Et Rebecca ?

— Elle a lâché : « Bravo, tu as toujours eu l'art de choisir le bon moment ! » Elle est sur le point d'accoucher.

Brigid revit Rebecca bébé, assise sur les genoux de sa maman, Jenny inclinant son visage vers le sien pour lui fredonner une chanson, pour la bercer. Tant d'amour ! Tant de sacrifices – petits et grands.

— Peut-être faut-il être parent soi-même pour comprendre vraiment, murmura-t-elle d'un ton hésitant.

Jenny haussa les épaules.

— Aucune importance. C'est pour toi que je m'inquiète. Je ne t'aurais jamais demandé de te porter garante si j'avais pensé qu'il y avait le moindre risque. Évidemment, je ne pouvais pas prévoir ce qui est arrivé. Tu as l'intention d'en parler à Humphrey ?

— Pas pour l'instant. Attendons de voir comment la situation va évoluer. Ce ne sera peut-être pas nécessaire.

— Merci. Tu es vraiment chic. Je me sens totalement ridicule et je n'ai aucune envie que toute la Marine soit au courant.

— Humphrey n'est pas du genre à cancaner, tu sais.

— Et je ne suis pas un sujet de conversation très intéressant, je m'en doute, lâcha-t-elle d'un ton âpre. Mais ça pourrait lui échapper et je ne tiens pas à ce que Peter apprenne ma déconfiture.

Bien sûr. Épouser Bryan, ouvrir une école de voile, ces décisions avaient été une façon d'adresser un magnifique pied de nez à Peter, de retrouver sa confiance en elle et sa propre estime.

— Ton café est froid. Je vais t'en refaire une tasse.

— Inutile. Il faut que je file.

Jenny chercha son sac, se leva.

— J'ai un rendez-vous à Exeter, je devrais déjà être partie. Mais je voulais te parler en face.

— Tu es sûre que tu ne peux pas rester un moment ? Nous pourrions déjeuner ensemble.

— Non, vraiment. Je regrette.

Brigid sortit avec elle dans la cour et resta à son côté tandis qu'elle regardait autour d'elle avec émotion.

— Je me suis toujours sentie en sécurité, ici, murmura

Jenny. Même quand j'étais petite. Si jamais les choses tournaient mal, tu... tu ne serais pas obligée de vendre le cottage, n'est-ce pas ?

— J'espère que non.

Brigid s'efforça de garder une voix égale.

— Attendons, nous verrons bien. Tiens-moi au courant, surtout. Et n'oublie pas que tu peux débarquer ici quand tu veux, tu seras toujours la bienvenue. Courage.

Elle s'embrassèrent et Jenny monta dans sa voiture, le visage crispé.

Brigid la regarda s'éloigner. Et si les choses se passaient mal, comme disait Jenny ? Si elle était contrainte de vendre le cottage pour éponger ses dettes ?

Le téléphone sonna. Elle rentra précipitamment et décrocha d'un geste vif.

— Oui ?

— Hello, mon amour.

La voix de Humphrey était chaleureuse.

— Je profite d'un moment de liberté pour te dire un petit bonjour. Il est question que je rentre à la maison ce week-end pour quelques jours. Ce n'est pas encore fait, mais je voulais t'avertir au cas où. Comment vas-tu ? Il y a du neuf?

Brigid posa les yeux sur le café froid de Jenny et l'envie la tenailla de tout lui raconter.

— Non. Non, absolument rien. La routine...

Ce fut seulement après avoir raccroché que l'horreur de la situation lui apparut dans toute sa clarté. Le plus grave, ce n'était pas tant l'éventualité d'avoir à rembourser les dettes de Jenny, ni même la menace qui pesait sur le cottage. Non, le plus angoissant, c'était qu'elle n'ait rien dit à Humphrey de sa tractation avec Jenny. Qu'elle ait donné son accord sans même lui demander son avis, tout en sachant que c'était une décision qu'il aurait désapprouvée. Humphrey ne s'était jamais senti rabaissé sous prétexte que Foxhole appartenait à Brigid et à elle seule. Il connaissait la tendresse qui l'unissait à cette vieille demeure, et il avait été très heureux que leurs enfants grandissent dans ce cadre exceptionnel. Le fait qu'il ne soit pas lui-même propriétaire n'avait jamais paru le perturber.

Lorsqu'ils avaient décidé de se lancer dans des travaux d'aménagement, néanmoins, il s'était investi totalement dans ce projet – financièrement d'abord, en prenant à sa charge le remboursement du prêt, mais également sentimentalement, en travaillant à l'élaboration des plans. Au fur et à mesure que les transformations se réalisaient, Brigid avait eu le sentiment que la maison avait changé en profondeur : elle était devenue *leur* maison et celle des enfants. Seuls les cottages étaient restés sa propriété et, en concluant un accord secret avec Jenny, elle avait d'une certaine façon jeté une ombre sur la transparence de sa relation avec Humphrey.

À cause de leur enfance difficile ils avaient dû attendre d'éprouver une confiance absolue l'un pour l'autre avant d'être capables de se livrer réellement, et Brigid se demandait maintenant avec une peur non dissimulée quelle serait la réaction de Humphrey lorsqu'il apprendrait sa trahison.

Comment justifier qu'elle ait pris un tel risque – et pour Jenny, qui plus est ? L'incompréhension qui régnait entre Humphrey et sa meilleure amie avait toujours été pour elle un sujet de regret et de tristesse. Il ne supportait pas le caractère impulsif, insouciant et étourdi de Jenny... laquelle trouvait exaspérants son calme, sa pondération et son refus de se laisser entraîner dans des situations imprévues. Brigid avait tenté de jouer les médiatrices dans l'espoir de les réconcilier, expliquant à Humphrey qu'à l'école Jenny prenait toujours sa défense : « Elle était la seule à ne pas se moquer de moi parce que maman m'avait abandonnée. En plus, elle est d'une droiture absolue. » Et à Jenny, elle expliquait que Humphrey avait eu une enfance difficile : « Sa mère était très malade, il ne devait jamais faire de bruit à la maison. Et quand elle est morte, son père s'est remarié presque tout de suite. Le choc a été terrible pour Humphrey, qui adorait sa maman. Du jour au lendemain, il s'est retrouvé tout seul. Son père l'a littéralement laissé tomber pour épouser cette Suédoise... »

À force de persuasion, elle avait réussi à établir une petite connexion entre eux, juste une étincelle d'amitié à défaut d'une grande flamme et, pour lui faire plaisir, ils avaient accepté de jouer le jeu. Ils se supportaient donc, avec une tolérance souriante qui semblait toujours à deux doigts de dégénérer en exaspération, de sorte que Brigid n'était jamais détendue quand ils étaient ensemble.

Plus elle y pensait et plus elle se demandait comment elle avait pu être assez folle pour accepter le plan de Jenny dans le dos de son mari.

Brigid se rappela que cette histoire de caution était tombée à un moment où Humphrey se montrait particulièrement dur avec Jenny. Il n'aimait pas Bryan et il était convaincu que cette « tête de linotte » faisait une erreur en l'épousant. Sachant qu'il avait toujours pris le parti de Peter durant leur mariage, Brigid n'en avait pas été autrement étonnée. Mais, quand elle avait appris que Peter avait une liaison de longue date avec une dénommée Wren, le sang de Brigid n'avait fait qu'un tour et sa loyauté envers Jenny s'était décuplée. Quand celle-ci était arrivée débordante d'enthousiasme, heureuse, un avenir radieux en perspective, Brigid n'avait pu que donner son accord à ce qui lui avait paru être un plan infaillible.

Brigid avait la gorge nouée. Elle imaginait combien Humphrey serait blessé – et furieux – quand il découvrirait le pot aux roses. Et voilà qu'il rentrait à la maison de façon inopinée ! Comment ferait-elle pour se comporter comme si de rien n'était ? Et que se passerait-il ensuite ?

Une angoisse sapa sa confiance. L'estomac tordu par la peur, elle fut tentée d'emmener Cachou faire une longue promenade – sa façon à elle de conjurer le stress –, mais elle avait du travail et elle résista à l'appel de ses bons yeux remplis d'espoir. Elle traversa les deux pièces du rez-de-chaussée et monta dans son atelier, suivie par un Cachou tout dépité.

9

— C'est une chance qu'il fasse beau, ce soir, déclara Jemima d'une voix satisfaite. J'aime que mes invités puissent admirer la vue, et ce n'est vraiment pas la même chose derrière des vitres toutes barbouillées de pluie.

— C'est incroyable.

Accoudée au balcon, Louise soupira avec envie.

— À votre place, je crois que je ne pourrais jamais aller me coucher. Je dormirais sur le canapé, face à la porte-fenêtre.

— C'était mon intention, mais...

Jemima eut l'air penaud, comme si elle venait de se faire surprendre en flagrant délit de fainéantise.

— ... mais j'aime trop mon lit. Le canapé est beaucoup moins confortable et je suis une grosse dormeuse.

— Pourtant, ce serait l'appartement rêvé pour une insomniaque, commenta Louise en souriant. Ce doit être féerique, l'été, avec les bateaux illuminés et toutes ces lumières qui clignotent sur l'autre rive.

— C'est East Portlemouth.

Jemima se pelotonna dans l'un des fauteuils en rotin.

— Je m'occupe d'une demi-douzaine de cottages, là-bas. Il y a tout un lotissement de locations de vacances. À vol d'oiseau, c'est tout près, mais par la route on n'en finit pas. Le plus pratique, c'est de prendre le ferry et de louer une mobylette au café. Mais parlons plutôt de vous : comment se passent vos vacances ?

— Bien.

Louise contemplait toujours la vue, observant les reflets du soleil dans l'eau.

— Je fais de longues promenades. Par chance, le temps est plutôt clément.

— Vous êtes comme Brigid. Elle adore marcher. C'est peut-être pour ça qu'elle reste si mince.

Jemima soupira avec envie.

— Elle est si élégante, si belle ! Un visage acéré, des jambes à n'en plus finir... Comme j'aurais aimé être grande !

Louise s'installa dans l'autre fauteuil, en face d'elle, et la dévisagea en souriant.

— Vous êtes très différentes, c'est vrai. Mais vous ne vous en sortez pas trop mal.

Jemima hocha la tête d'un air pensif.

— Je suppose que nous voulons tous être ce que nous ne sommes pas. Brigid est tellement... organisée. Tout est toujours à sa place, avec elle. Pas le moindre désordre. Efficace jusqu'au bout des ongles.

— Votre mère la trouve trop maigre.

— Frummie adore jeter de l'huile sur le feu.

— J'avais remarqué.

Magnificat sortit paresseusement sur le balcon et Louise se pencha pour le caresser. Il arqua le dos et se frotta contre ses jambes en ronronnant.

— Il y a effectivement une sorte de... tension, entre elles.

— Méfiez-vous, l'avertit Jemima en voyant Magnificat prendre son élan pour bondir. Il pèse une tonne !

Le chat sauta au même instant sur les genoux de Louise, qui fut surprise par son poids.

— Il ferait n'importe quoi pour un câlin, soupira Jemima. Parfois, j'en ai honte pour lui.

Elle lâcha un petit rire amusé.

— Il faut que je me méfie, d'ailleurs. Il paraît que les animaux de compagnie ont tendance à ressembler à leur maître.

— Il est vraiment splendide, murmura Louise en lui grattant le cou. Vous avez sans aucun doute ce trait en commun.

Le visage de Jemima s'empourpra. Elle marmonna une réponse inintelligible, puis ramena très vite la conversation sur sa famille.

— Frummie n'est pas très facile à vivre, depuis son alerte cardiaque, et ce n'est sûrement pas drôle tous les jours pour Brigid. C'est un malheureux concours de circonstances. Quand elle s'est retrouvée seule, je n'avais pas les moyens de louer un logement adapté et Frummie voulait quitter Londres aussi vite que possible. Il a fallu trouver une solution d'urgence. Malheureusement, elle n'a pas un caractère facile et elle tient beaucoup à son indépendance. Ce qui peut se comprendre. Cela dit, Brigid et Humphrey se sont vraiment montrés très généreux en lui cédant l'un des cottages et j'aimerais qu'elle leur témoigne un peu plus de reconnaissance. Mais ce n'est pas facile non plus d'être l'obligé de quelqu'un, n'est-ce pas ?

Louise enfouit son visage dans l'épaisse fourrure de Magnificat.

— *Paix sur la terre aux hommes de bonne volonté*, murmura-t-elle pour elle-même.

— Pardon ?

Jemima se retourna dans son fauteuil.

— Rien. Je citais la Bible. C'est dans le Nouveau Testament... comme Magnificat. Je veux bien un autre café, oui. Ensuite, je vous laisse.

— Vous n'avez pas le choix, je le crains.

Jemima lui adressa un sourire malicieux.

— J'attends quelqu'un.

— Oh ?

Louise la regarda, les sourcils levés.

— Un visiteur nocturne ?

— Mmm. Il fait exceptionnellement une entorse à ses principes. Sa femme déteste qu'il découche.

— Sa femme ?

La voix de Louise s'était faite plus âpre, plus incisive, et Jemima leva à son tour les sourcils.

— Ils sont sur le point de se séparer, je crois. Il en parle peu, mais j'ai l'impression qu'il envisage de la quitter.

— Pour vous ?

— Oh, non.

Jemima secoua la tête avec une grimace.

— Je suis par essence une maîtresse, surtout pas une épouse. La vie à deux me glace. J'ai essayé, une fois : une catastrophe. J'avais l'impression de devenir claustrophobe, nous n'étions jamais sur la même longueur d'onde... En fait, je ne supporte pas d'avoir quelqu'un en permanence dans les pattes.

Elle marqua une pause.

— Je vous choque, apparemment.

— Non, non, ce n'est pas ça, répondit très vite Louise. Votre vie privée ne me regarde pas. C'est juste ce que vous avez dit au sujet de sa femme. Je vous trouve un peu... dure.

— Peut-être, oui.

Jemima semblait sur la défensive.

— Mais j'ai beaucoup d'estime pour lui, et il ne donne pas l'impression d'être très heureux avec elle.

Elle haussa les épaules.

— Si ce n'était pas moi, ce serait une autre. Je ne demande rien et je ne crée aucun problème. Comme je vous l'ai dit, je n'ai aucune envie de prendre la place de sa légitime... Lui et moi passons seulement de bons moments ensemble.

Le regard de Louise était rivé sur Jemima, mais c'était le visage rayonnant de Martin qu'elle voyait, son expression ouvertement comblée, et elle eut tout à coup besoin de se confier, de faire part de ses soupçons à quelqu'un. Elle avait d'abord pensé ouvrir son cœur à Brigid, mais à l'évidence Brigid avait des soucis de son côté. Elle était préoccupée, distraite, et Louise hésitait à partager ce fardeau avec elle.

Elle ferma les yeux quelques instants, en proie à une confusion mêlée d'effroi, et, quand elle les rouvrit, Jemima l'observait avec inquiétude, les sourcils froncés.

— Est-ce que tout va bien ?

— Excusez-moi, articula Louise au bout d'un moment. C'est juste que...

Les mots coulèrent tout à coup de sa bouche, sans qu'elle puisse les retenir :

— Je crois que Martin a une liaison et... j'ai eu une drôle d'impression en vous entendant exprimer le point de vue de... de l'autre camp.

— Oh mon Dieu, murmura Jemima d'une voix étouffée. Je ne me doutais absolument pas... Non, bien sûr. Comment aurais-je pu ? Mais je... je suis certaine que c'est très différent, dans votre cas. Peut-être êtes-vous simplement un peu... euh...

— Paranoïaque ?

Louise se rappela l'homme du train – « *Les femmes ont une nature tellement soupçonneuse...* » – et esquissa une grimace.

— Tout est possible, je suppose.

Elle se ressaisit et sourit à Jemima, qui était recroquevillée sur l'extrême bord de son siège, la mine consternée, les mains crispées.

— Vous avez raison. J'imagine probablement des choses.

Il y eut un petit silence embarrassé.

— Dites-moi, Jemima, reprit-elle lentement, comment faites-vous pour communiquer ? Sans que sa femme se doute de quelque chose, je veux dire.

— Nous nous envoyons des SMS.

Jemima paraissait navrée.

— Sincèrement, je crois...

— Vous avez raison, répéta Louise.

Elle lui tapota le genou d'un geste apaisant et se leva.

— Je me conduis de façon stupide. Je ferais mieux de rentrer.

Son invitée partie, Jemima resta sur le balcon, pour une fois indifférente au décor splendide. Louise avait bien fait de s'en aller, mais la soirée était bel et bien gâchée, l'harmonie brisée. Maintenant, la perspective de la nuit à venir était entachée de culpabilité, de honte même.

En supposant que l'homme quelle attendait ce soir ait été le mari de Louise, aurait-elle encore considéré qu'il n'était question que de quelques heures de plaisir volé ? Il était facile d'ignorer l'épouse légitime tant qu'elle restait une inconnue sans visage. Mais s'il s'agissait d'une jeune femme qu'elle connaissait, qu'elle appréciait ? Louise, par exemple. Cela changeait tout.

Un dinghy s'éloignait en pétaradant, froissant dans son sillage l'eau couleur d'encre en une myriade de vaguelettes. Une porte s'ouvrit, répandant une lumière dorée sur le trottoir – un éclat de rire, puis le silence.

Deux petits coups de sonnette rapides. Jemima hésita, puis alla ouvrir.

— Je suis quasiment sûre que ce n'est pas dans le roman, commenta Margot tandis que Frummie rembobinait la cassette vidéo. Je ne me souviens pas d'une scène où ils se déshabillent pour nager dans le lac.

— Et alors ? grommela Frummie. Qu'est-ce que ça peut faire ? Jane Austen aurait écrit la scène si elle y avait pensé, j'en suis sûre. Et puis franchement, ce n'est pas bien grave !

— Je ne sais pas, protesta Margot. Je n'aime pas les réalisateurs qui prennent des libertés avec le texte.

— Oh pardon ! J'ignorais que tu étais une experte en programmes télévisés, riposta Frummie d'un ton acide. Les livres d'Austen parlent tous de sexe et d'argent. Le réalisateur a piqué cette scène dans un autre bouquin, voilà tout. Si j'avais su que ça te créerait un tel cas de conscience, j'aurais choisi un autre film.

— Mais celui-ci m'a beaucoup plu, concéda hâtivement Margot avant que Frummie ne prenne vraiment la mouche et ne décide de la priver définitivement de télé. Gamine, déjà, elle devenait extrêmement désagréable si on la contrariait.

— Il faudra que je demande à Harry de m'acheter un magnétoscope. Qu'est-ce qu'on fait, maintenant ? On regarde autre chose ?

— Je crois que ça suffira pour ce soir.

Frummie savourait sa position de force.

— Un dernier petit verre, et au lit !

Le visage de Margot s'illumina.

— Merveilleuse idée !

Elle se leva dans une grimace de douleur et se dandina avec raideur jusqu'à l'étagère où Frummie rangeait ses cassettes vidéo.

— Ta collection est impressionnante ! Et je n'en ai pas vu la moitié.

— Dommage que tu ne restes pas plus longtemps, observa Frummie d'un ton léger.

Elle était surprise du plaisir qu'elle prenait à accueillir sa vieille amie – et sa réserve de whisky.

— Nous aurions pu les regarder ensemble.

La tête penchée sur le côté, Margot déchiffrait les titres, mais s'appliquait à ne pas trahir son excitation.

— Mmm. Ce serait amusant, murmura-t-elle d'un air détaché. Oh ! tu as *Gaston Phébus* ! J'adorais ce feuilleton !

— Il faut au moins une semaine pour voir tous les épisodes, répondit Frummie d'un ton absent, en admirant le liquide ambré dans son verre. Enfin, la décision ne m'appartient pas...

— Je me demande si je pourrais m'échapper quelques jours cet automne.

Margot semblait dubitative. Frummie serra les lèvres.

— Tu as raison, chérie, c'est très compliqué, rétorqua-t-elle sèchement. Ton carnet mondain est plein à ras bord et Barbara ne peut pas se passer de toi !

Margot regagna le canapé en claudiquant et se laissa tomber sur les coussins avec un soupir de soulagement. Elle promena son regard autour d'elle tout en sirotant pensivement son fond de whisky. La pièce serait merveilleusement douillette, à l'automne, avec le poêle à bois allumé, une cassette vidéo dans le magnétoscope et une réserve de scotch à portée de main. La perspective d'être débarrassée de sa belle-mère pendant quelques semaines inciterait probablement Barbara à encourager ce projet. De toute façon, Harry pèserait de tout son poids dans la balance, ce cher amour.

— Ça pourrait être drôle, non ? dit-elle subitement. Bien sûr, je me chargerais du ménage, et Harry nous approvisionnerait en boisson.

— Brave garçon, s'exclama Frummie avec une chaleur inhabituelle. Tout petit, déjà, à l'école communale, il avait compris les vraies valeurs. Tu te souviens comment il avait échangé son matériel de géométrie flambant neuf contre un trimestre entier de Mars ? Quel sens aigu des priorités chez un gamin aussi jeune ! Pas étonnant qu'il ait aussi bien réussi.

— En tout cas, il est ravi d'être au gouvernement, acquiesça Margot en se rengorgeant.

— Il devrait être Premier ministre, au moins ! décréta royalement Frummie en tendant la main vers la bouteille de Glenfiddich. C'est ce qui nous manque, par les temps qui courent : des leaders animés par une vraie conviction et qui ont le courage de mettre en œuvre leurs idées. Encore une petite goutte ?

— Volontiers. Nous devrions peut-être consulter nos agendas, Fred ?

— Nous étudierons la question demain, dans la matinée, et nous arrêterons une date. Je sens que ce séjour sera follement amusant.

Elles trinquèrent en pouffant.

— À nous !

— Et à Gaston Phébus, renchérit Margot, un sourire jusqu'aux oreilles.

Il pleuvait quand Brigid partit chercher Humphrey à la gare de Totnes. Des nuages s'accrochaient aux collines caillouteuses, pesant sur les vallées, flottant au-dessus de la rivière. L'humidité collait comme de la gaze aux branches d'aubépine en fleur, véritables perles de verre dans l'herbe rase. De part et d'autre de la route, des moutons broutaient, indifférents au crachin, et, tandis qu'elle approchait de Combestone Tor, des poneys la regardèrent passer, frileusement serrés les uns contre les autres.

Brigid conduisait prudemment, mais ses pensées caracolaient, anticipant ses retrouvailles avec Humphrey. Elle repoussa ses cheveux blonds derrière son oreille et se pencha pour régler le chauffage sur la puissance maximale. Si elle réussissait à se comporter normalement, à ne pas trahir son angoisse devant lui, il ne soupçonnerait rien. Humphrey n'avait pas un esprit retors. Il était droit, franc, chaleureux, tolérant. En fait, Jenny était l'une des rares personnes qui pouvaient lui taper sur les nerfs. Ce n'était vraiment pas de chance mais, tandis qu'elle approchait de la gare, Brigid se surprit à espérer que, peut-être, si elle montrait du tact et du doigté, elle réussirait à allumer en lui une étincelle de sympathie pour sa vieille amie.

À l'instant où la silhouette de son mari franchit les portes de la gare, néanmoins, elle sut que c'était perdu d'avance. Étrange : même après toutes ces années, elle éprouvait toujours le même choc quand la réalité solide, vivante de Humphrey entrait en collision avec l'univers dans lequel elle vivait en son absence.

Jetant son sac de voyage sur la banquette arrière, il monta à côté d'elle et se pencha sur ses lèvres. La circulation dense, les passagers qui se pressaient aux abords de la gare étaient autant de raisons pour se montrer vigilante et s'abstenir de parler au moment toujours un peu délicat des retrouvailles.

Frummie, Louise, la Marine et Cachou lui permirent de tenir quelques kilomètres de plus. Elle se rendit compte subitement qu'il s'était tourné sur son siège et qu'il l'observait. Elle fit mine de regarder par la vitre de sa portière afin que ses cheveux flottent devant son visage et le masquent à demi. Le silence devenait pesant.

Brigid finit par lui lancer un regard en coin, craignant qu'il n'ait déjà deviné que quelque chose n'allait pas, et vit une expression bizarre, presque angoissée sur son visage.

— Ça va ? demanda-t-elle malgré elle.

Ce fut lui qui détourna les yeux et, après avoir répondu brièvement par l'affirmative, il lui parla de choses et d'autres, pour l'empêcher de lui poser d'autres questions.

10

Assise devant le miroir de sa chambre, Louise torsadait sa longue chevelure noire pour la rouler en chignon. Tout en maintenant ses cheveux en place avec des épingles, elle étudia son visage d'un œil critique. En quelques jours, sa peau avait perdu sa pâleur de citadine ; le soleil et le vent avaient rosi ses joues. Ses yeux noisette étaient juste un peu plus foncés que la chemise en soie cannelle qu'elle portait sur un T-shirt noir. Après réflexion, elle s'était décidée pour un pantalon en velours noir, espérant qu'elle serait dans la tonalité de la soirée – élégante mais décontractée –, et elle avait drapé une longue écharpe en soie autour de son cou.

— Par pitié, ne viens pas habillée comme une princesse, avait supplié Brigid. N'oublie pas que je ne suis pas allée plus loin qu'Exeter depuis des années !

— Avec ta silhouette, tu serais époustouflante même vêtue d'un sac à pommes de terre, avait répondu Louise. Tu es vraiment sûre de vouloir m'inviter à dîner alors que Humphrey n'est à la maison que pour quelques jours ?

— Absolument sûre.

Brigid lui avait adressé un sourire tendu.

— D'abord, Humphrey y tient beaucoup, et puis

nous ne sommes plus des jeunes mariés. Maman sera là, elle aussi. Margot est repartie ce matin et elle n'a pas trop le moral. Humphrey espérait faire un barbecue, mais le temps s'est trop rafraîchi. Viens vers huit heures.

Louise jeta un coup d'œil à sa montre. Huit heures moins cinq. Elle s'appuya sur les coudes, les sourcils légèrement froncés. Une carte postale de Martin, partie la veille, était en fin de compte arrivée ce matin au courrier. Quelques lignes enjouées, pleines de banalités – le genre de message passe-partout qu'il avait l'habitude de lui envoyer de vacances. Rien d'anormal, si ce n'était... le délai.

Sa suspicion était constamment en éveil, à présent, et elle s'interrogeait sur les raisons de ce retard. Plus elle y réfléchissait, plus elle était convaincue que la carte avait été écrite à l'avance et postée par l'un des amis de Martin. Peut-être le complice avait-il oublié de l'envoyer – à moins qu'il n'ait attendu que Martin soit parvenu à destination, tout simplement. Il fallait se mettre à sa place : comment pourrait-il justifier ensuite que Martin ait eu un accident à des centaines de kilomètres de l'endroit où il était censé être bien arrivé ?

— Oh, pour l'amour du ciel !

Elle se leva d'un mouvement brusque, écœurée par ses soupçons et choquée de se découvrir un esprit aussi retors. Enfilant des mocassins en daim noir, elle saisit un châle noir éclaboussé de motifs dorés et de fleurs écarlates, et sortit dans un brouillard ondoyant.

Les lumières du corps de ferme brillaient derrière le rideau opaque. Elle marcha dans leur direction, puis poussa la porte et lança un bref appel pour s'annoncer. Humphrey sortit aussitôt de la cuisine et s'avança vers elle à grandes enjambées pour la serrer contre lui avec chaleur. C'était un homme immense, solidement charpenté, avec un collier de barbe noir taillé court. Chaque fois qu'elle le voyait, Louise l'imaginait dans une immense salle à manger médiévale où brûlait un grand feu de cheminée, dévorant à belles dents une énorme volaille et jetant les os à ses molosses, immobiles dans l'ombre, derrière lui.

— Vous êtes magnifique, déclara-t-il en la tenant aux épaules, les bras tendus. Presque aussi sublime que le dîner de Brigid. Venez, je vous sers un verre en attendant de passer à table.

Louise le suivit dans la cuisine, sourit à Brigid, puis se pencha vers Cachou et caressa ses longues oreilles soyeuses.

— Je n'ai rien apporté, dit-elle d'un air coupable. J'avais l'intention de me rendre à Ashburton pour acheter au moins des chocolats, mais le brouillard était si épais que j'ai eu la frousse de prendre la voiture.

— Ne te tracasse donc pas pour ça.

Brigid, occupée derrière le fourneau, secoua la tête.

— Sers-toi un verre de vin et installe-toi. Humphrey, arrête de donner des biscuits apéritifs à Cachou, il va être malade.

— Mais non, il est costaud.

Humphrey tendit un verre à Louise et s'arrêta pour remplir celui de Brigid.

— Tu as le droit de boire, mais pas de t'arrêter de travailler : je meurs de faim.

— J'étais en train de lui raconter ta rencontre avec Thea, dit Brigid en faisant griller des tranches de bacon. Et comment tu as été obligée de venir jusqu'à Holne pour récupérer la clé.

Louise s'assit à table, Cachou à son côté. Elle aurait

donné n'importe quoi pour changer de sujet, mais s'aperçut, avec une panique croissante, qu'elle ne trouvait rien à dire.

— Alors, que pensez-vous de l'ineffable Thea ? demanda Humphrey. Charmante, mais complètement siphonnée, non ?

Louise esquissa un sourire poli pendant que Brigid protestait :

— Franchement, chéri, tu es dur !

Humphrey se servit un verre de vin.

— Je l'aime bien, cela dit. On a tous été abasourdis quand George l'a épousée. Il fréquentait une autre femme, vous savez, et d'un seul coup, le voilà qui épouse Thea !

— Vraiment ? murmura Louise, toujours penchée vers Cachou.

— Pauvre Félicité, murmura Brigid d'une voix grave. Le choc a été terrible pour elle. Cela dit, Thea rend George très heureux.

— Félicité était effrayante, reprit Humphrey avec bonhomie. Une vraie harpie. Thea est peut-être cinglée, mais elle est adorable. Et leurs gamines sont craquantes. Hermione, surtout. Vous l'avez rencontrée, je crois. Elle est trognon, non ?

— Mmm, ça sent merveilleusement bon, Brigid, balbutia Louise au bord du désespoir. Je meurs de faim !

— Tant mieux.

Brigid fit glisser les tranches de bacon grillé dans des assiettes contenant des tranches d'avocat saupoudrées de petites feuilles d'épinard.

— Tu veux bien aller chercher maman, Humphrey ? Elle a dû oublier l'heure... Ah, pas la peine ! s'interrompit-elle tandis qu'un « Hou hou ! » guilleret leur parvenait depuis l'entrée. La voilà, je crois.

— Bonsoir tout le monde ! Ouf, vous ne m'avez pas attendue, c'est déjà ça. Je suis désolée d'être en retard.

— On s'en remettra, répondit Humphrey d'un ton taquin, avant de se pencher pour recevoir son baiser.

Elle lui sourit malicieusement.

— Vous avez terminé les mots croisés du journal de ce matin ?

— Avec une facilité déconcertante. Je parie que vous n'avez pas trouvé la « classe privilégiée chez les Soviétiques ».

Frummie fit une grimace de sale gosse et Humphrey éclata de rire, lui avança une chaise, lui servit du vin pendant qu'elle l'asticotait pour obtenir des indices.

Soulagée, Louise gratifia Cachou d'une ultime caresse et se redressa. Brigid posa une assiette devant elle. Louise vit que la main de son amie tremblait légèrement et leva les yeux. Le regard violet de Brigid était tourmenté, ses lèvres minces serrées.

L'espace d'un instant, Louise oublia ses propres problèmes et posa la main sur le bras de Brigid.

— Ça a l'air délicieux, dit-elle.

Brigid lui sourit nerveusement, et Louise éprouva un regain d'affection pour elle.

— Et ton sac de pommes de terre n'est pas mal non plus, ajouta-t-elle d'un ton amusé.

Le visage de Brigid se détendit. Elle s'esclaffa et regarda sa chemise en lin et son jean étroit en coton sergé.

— Il faut vraiment que je renouvelle ma garde-robe. Nous pourrions peut-être nous rendre ensemble à Exeter, un de ces jours, et nous offrir une séance de shopping. Mais tu n'as sûrement pas envie de perdre du temps en ville alors que tu es en vacances...

— Au contraire, j'adorerais ça ! affirma Louise.

Humphrey éclata d'un rire tonitruant, qui recouvrit

presque le gloussement malicieux de Frummie, et Brigid resta d'un stoïcisme teinté d'humour tandis qu'elle donnait son assiette à Frummie.

— Merci, chérie, répondit cette dernière d'une voix suave. Tu es une cuisinière hors pair. Ce que tu fais est *toujours* délicieux. Au fait : j'ai invité Margot à venir passer quelques semaine ici cet automne. Ensuite, c'est moi qui irai chez elle.

— Zut, je ne la verrai pas, se plaignit Humphrey. Je ne suis pas là cet automne, je suis cloué aux Bahamas.

— Mon cœur saigne pour toi, riposta Brigid d'un ton sarcastique. La mer à perte de vue, les plages de sable fin, les couchers de soleil. Je ne sais pas comment tu vas tenir le coup !

— Ce sera dur. Mais je serai de retour à la maison pour Noël.

Brigid se demanda quel Noël ils auraient si elle devait lui annoncer qu'il leur fallait rembourser les dettes de Jenny.

Elle s'assit à table, tendit la main vers son verre et croisa le regard de Humphrey. À nouveau, elle lut dans ses yeux une sorte d'anxiété, de compassion. Était-il possible – et son estomac se tordit à cette pensée – qu'il ait eu vent de ce qui était arrivé à Jenny et qu'il éprouve de la compassion pour elle, ignorant que Brigid était directement impliquée dans ce désastre ?

Ravalant sa propre angoisse, elle leva son verre et lui sourit.

— Racontez-moi ce que vous allez faire aux Bahamas, demanda Louise en saisissant sa fourchette.

Plus tard, pendant qu'ils faisaient la vaisselle après le départ de leurs invitées, Brigid rassembla tout son courage et posa à son mari la question qui lui brûlait les lèvres depuis des heures :

— Est-ce que tout va bien, chéri ?

Humphrey se détourna de l'évier et s'essuya les mains sur le torchon.

— Non, ça ne va pas, soupira-t-il. J'ai reçu une lettre de mon père. Tu sais qu'Agneta est décédée l'année dernière... Eh bien, il rentre en Angleterre et il voudrait savoir si je peux l'héberger pendant quelques mois. Je ne savais pas comment te l'annoncer.

— Un petit dernier avant d'aller se coucher ? proposa Frummie devant sa porte.

Une brise froide s'était levée, qui déchirait par endroits le brouillard sur le ciel piqueté d'étoiles et apportait le murmure de la rivière dans la vallée. Frummie laissa échapper un petit cri quand une chauve-souris passa au-dessus de sa tête ; Louise lui saisit le bras et elles vacillèrent toutes deux. Humphrey avait eu la main lourde sur le vin.

— Volontiers.

Louise avait conscience de la solitude de Frummie, de son isolement au milieu de cette lande sauvage et immense. Un sentiment d'empathie l'envahit tout à coup : ce soir, elle non plus n'avait pas envie d'être seule.

La salle de séjour était chaude, mystérieuse. Les flammes rouges qui virevoltaient derrière la vitre du poêle à bois projetaient des ombres dansantes sur les murs et des lueurs dorées sur le parquet ciré. Frummie alluma une lampe et la pièce reprit instantanément un aspect normal : pas de fantômes, ici. Louise s'assit, toujours enveloppée dans son châle, et, sans y penser, ouvrit la porte du poêle.

— Remettez donc une bûche, lui conseilla Frummie. Et remuez un peu les braises.

— J'adore les feux de bois, chuchota Louise d'une voix rêveuse. Nous n'avons pas de cheminée, à Londres. Martin dit que la suie salit tout. Et quand je suis ici, c'est toujours ou trop tôt ou trop tard. C'est un vrai luxe de faire un feu de bois en mai.

— Mouais. Tout ça, pour moi, c'est du blablabla.

Frummie lui tendit un scotch bien tassé et s'assit en face d'elle.

— S'il fait froid, il fait froid, un point c'est tout. Peu importe que ce soit janvier ou juillet. On gèle, ici. C'est humide, venteux, sinistre. On est obligé de faire du feu pour que les maisons soient habitables.

— Vous n'aimez vraiment pas Dartmoor, n'est-ce pas ? demanda Louise d'un ton léger.

Frummie se renversa dans son fauteuil et croisa ses genoux osseux et pointus.

— Je hais la campagne. Je la hais, purement et simplement.

Comme toute marque de sympathie aurait passé pour un encouragement à lui faire des confidences, Louise garda le silence et continua à contempler les flammes, gagnée peu à peu par une sensation de paix inhabituelle. Frummie ne semblait voir aucun inconvénient à ce que ce silence se prolonge, aussi restèrent-elles ainsi pendant un long moment, portant de temps à autre leur verre à leurs lèvres, se détendant, regardant le feu.

Louise ressentait un étrange bien-être au contact de cette femme d'un âge certain. Cette complicité singulière puisait ses racines dans les temps anciens, quand les femmes se regroupaient dans la même pièce, travaillaient côte à côte, échangeaient des confidences, se réconfortaient mutuellement. Rires, larmes, joies et tragédies, toutes les émotions de la vie étaient partagées, supportées en commun...

Sa tête eut un sursaut ; elle ouvrit brusquement les yeux. Elle avait failli s'endormir, assoupie par la chaleur et l'alcool. Frummie était toujours immobile, enfoncée dans son fauteuil, son verre à moitié vide pressé contre sa poitrine. Ses yeux luisaient, deux lacs bleus et scintillants dans la lumière du feu.

— Frummie...

Les idées de Louise étaient un peu embrumées, sa voix lente et pesante.

— Comment peut-on savoir si un homme a une maîtresse ?

Frummie ne montra aucun signe d'étonnement devant une question aussi incongrue. Ses yeux pivotèrent vers la jeune femme et les coins de sa bouche s'abaissèrent pour former ce sourire mi-triste, mi-railleur qui n'appartenait qu'à elle.

— Vous voulez dire : si *votre* mari a une maîtresse, rectifia-t-elle sèchement.

Louise eut un air dubitatif. Elle avait bu une quantité importante de whisky et elle n'avait pas l'habitude.

— Non, répondit-elle enfin. Non, ce n'est pas ce que je veux dire. Je ne suis pas mariée avec Martin.

— Pardon ?

Frummie se redressa avec effort pour prendre une position moins avachie.

— Je croyais que vous l'aviez épousé parce que vous étiez ringarde, respectable à pleurer et petite-bourgeoise ?

Louise la dévisagea avec admiration.

— Vous vous souvenez de ça ?

— Je ne suis pas encore gâteuse ! souligna Frummie d'un air digne. Ainsi donc, vous n'êtes pas mariée ?

Louise réfléchit.

— Pas avec Martin, répondit-elle enfin.

— Voyez-vous ça !

Frummie haussa les sourcils – et son verre.

— Pour une surprise, c'est une surprise. Donc...

Elle sembla perdre le fil pendant un moment.

— Quelle était la question ?

— Je pense que Martin a une liaison, mais je n'en suis pas sûre.

Frummie se concentra.

— Sur quoi reposent vos soupçons ?

— Il est enjoué, heureux. Rien ne parvient à altérer sa bonne humeur. Il est... rayonnant.

Elle prononça le mot avec soin.

— Des cadeaux ? demanda aussitôt Frummie.

— Non. Mais il est si... attentionné... si empressé...

— Ah.

Frummie ressemblait à un vieil oiseau, la tête penchée sur le côté, les yeux brillants, le nez aigu.

— A-t-il mentionné quelqu'un en particulier ?

— Non. Du moins, pas comme vous l'entendez. Il y a une femme dans son département marketing, mais il ne peut pas la supporter. Il passe son temps à se plaindre de son incompétence, de son autorité. Et c'est une fausse blonde. Martin déteste ça.

Louise appuya sa tête au dossier de son fauteuil et ferma les yeux.

— Ne cherchez pas, c'est elle.

Frummie paraissait très sûre d'elle.

Louise se força à lever les paupières.

— Non. Je vous l'ai dit, il ne peut pas la supporter.

— Vous verrez.

Frummie semblait ravie d'avoir trouvé la solution au problème.

— Vous avez l'air fatiguée, mon petit. Vous voulez aller vous coucher ?

— Je suis si bien...

Louise s'aperçut que Frummie était penchée sur elle et lui agrippa la main avec un soudain désespoir.

— Je n'ai pas envie d'être seule.

— Ma pauvre chérie, murmura Frummie avec amertume, qui en a envie ? Je n'ai pas encore défait le lit de Margot. Si vous ne voyez pas d'inconvénient à dormir dans ses draps, vous pouvez passer la nuit ici.

— Oh oui, merci, soupira Louise avec reconnaissance. Merci !

Elle suivit Frummie dans la chambre en titubant, envoya promener ses chaussures et se laissa tomber de tout son long sur le lit.

Frummie la couvrit tout doucement avec le dessus-de-lit et l'observa pendant quelques instants.

— Pas mariée, murmura-t-elle pour elle-même. Voyez-vous ça.

Elle quitta la pièce d'un pas incertain, passa dans la salle de bains puis s'assit au bord de son lit. Derrière la fenêtre, la lune l'épiait. Frummie la fixa avec défi, se balançant d'avant en arrière.

— Fous le camp, toi ! dit-elle distinctement en lui tournant le dos.

Puis elle rabattit la couverture par-dessus sa tête et s'endormit instantanément.

11

— Mais je ne le connais pas ! Je ne l'ai même jamais rencontré, répéta Brigid d'une voix misérable pour la troisième ou la quatrième fois.

Ils étaient montés dans la chambre, mais il n'était plus question de dormir. Brigid était assise en tailleur sur le lit, Humphrey étendu de tout son long à côté d'elle, les bras croisés derrière la tête.

— Je sais que tu m'as parlé de lui mais, franchement, ce que tu m'as raconté ne me l'a pas rendu particulièrement sympathique.

Humphrey resta silencieux. Il aurait été mal venu, à ce stade, d'essayer de minimiser les défauts de son père. Brigid n'aurait pas été dupe, d'ailleurs.

Il réfléchit à des arguments en faveur du oui, mais se rendit compte qu'ils prêtaient tous le flanc à la critique. Brigid aurait tôt fait de rétorquer : « Évidemment, c'est facile pour toi ! Tu seras aux Bahamas ! » Bien sûr, il aurait pu lui rappeler qu'il avait accepté d'héberger sa mère à elle jusqu'à la fin de ses jours et que son père à lui ne demandait que quelques mois d'asile, mais il préférait que Brigid en arrive toute seule à cette conclusion. En attendant, il conservait un silence prudent.

Brigid le regarda.

— Et nos locataires ? Ceux qui viennent tous les automnes ? Je dois leur annoncer que nous ne pouvons pas les recevoir ?

— Je me demandais, commença Humphrey, les yeux fixés sur le plafond, si le mieux ne serait pas de l'installer dans le quartier des garçons, au-dessus de la grange.

— Tu plaisantes ?

Une note de panique vibra dans la voix de Brigid.

— Il n'y a pas de cuisine ! Il serait obligé de venir ici pour tous ses repas. C'est pour ça que nous avons dû donner le cottage à maman : l'appartement n'est pas autonome !

— Ce n'est pas tout à fait pareil, rectifia gentiment Humphrey. Frummic est une invitée... permanente. Tandis que mon père nous demande seulement de l'héberger trois mois, le temps qu'il emménage dans son nouveau logement.

Trois mois avec *moi*. Avec *moi*, pas avec toi ! Tu ne seras pas là ! hurla mentalement Brigid.

Elle replia ses jambes contre sa poitrine, les enserra de ses deux bras et se balança, le front appuyé sur ses genoux.

— Je sais bien ce que tu penses, grommela-t-elle d'une voix étouffée. Tu te dis que trois mois, ce n'est pas la mer à boire comparé à ma mère qui s'est installée ici à demeure. J'en suis consciente. C'est juste que je ne connais pas ton père et que... tu ne seras pas là.

Humphrey se tourna sur le côté et posa la main sur la cuisse de sa femme. C'était un geste amoureux, qui lui témoignait sa solidarité, sa compréhension. Elle ne l'accablait pas de reproches, alors qu'elle aurait été en droit de le faire. Brigid était trop honnête pour ça. Elle exposait simplement le problème.

— Apparemment, il n'a pas d'autre endroit où aller,

déclara-t-il au bout d'un moment. Enfin, il a bien un ami ou deux qui pourraient le recevoir épisodiquement, mais il serait constamment obligé de faire et de défaire ses bagages et il n'a plus l'âge d'être ballotté comme un paquet.

Brigid releva la tête.

— Franchement, je ne vois pas pourquoi tu te préoccupes de son sort après la façon dont il s'est conduit avec ta mère.

Humphrey se déplaça légèrement.

— Vraiment ? Tu es bien placée pour comprendre, pourtant.

— Oh, je sais, admit-elle d'une voix tremblante. C'est la même chose pour maman et moi. Mais là, c'est... c'est trop.

Elle eut peur de fondre en larmes et se raidit pour ne pas s'apitoyer sur son sort. Elle aurait voulu lui parler de l'affaire Jenny, partager ses craintes avec lui, mais elle avait encore plus peur de sa réaction.

— Excuse-moi, chéri, murmura-t-elle. C'est le choc. La perspective de les avoir ici tous les deux est un peu... perturbante. Mais il est hors de question qu'il habite avec moi pendant trois mois, Humphrey. C'est au-dessus de mes forces.

— Entendu.

Il paraissait très calme.

— Dans ce cas, ce sera le cottage. Tu as déjà des réservations pour octobre ?

Elle secoua la tête.

— Les Davison ne viennent pas cette année. Il a eu une attaque et ils ont annulé, Louise a retenu les quinze premiers jours de septembre, comme d'habitude. C'est tout pour le moment.

— Bien. Je vais lui répondre qu'il peut venir à partir de la troisième semaine de septembre, mais qu'il devra se débrouiller par ses propres moyens pour les deux premières semaines. Je suppose que l'un de ses amis acceptera de l'héberger quinze jours. Dieu merci, c'est provisoire et il devrait être parti fin novembre. Nous ne pouvons pas nous permettre de perdre le seul cottage qui nous reste.

L'estomac de Brigid se contracta de terreur.

— Je suppose que nous nous en sortirions malgré tout, murmura-t-elle. Tu toucheras ta retraite et ta prime de démobilisation.

— Et j'en ferai bon usage, prophétisa-t-il avec bonne humeur. J'ai bien l'intention d'en profiter, crois-moi, nous avons du temps à rattraper, tous les deux. Tu n'es pas de mon avis ?

Humphrey essayait de lui remonter le moral, de l'aider à envisager l'avenir au-delà du problème ponctuel que représentait la venue de son père, mais chacune de ses paroles atteignait Brigid comme un coup de poignard. Comment lui avouer qu'il risquait de ne plus y avoir de cottage, ou que les traites du prêt seraient triplées ou quadruplées pour rembourser les dettes de Jenny ?

— Si, bien sûr.

Elle prit sur elle pour se montrer convaincante.

— Donc, c'est réglé, soupira Humphrey. Viens là.

Brigid pivota vers lui et se blottit dans la chaleur de ses bras.

— Tu vas me manquer, balbutia-t-elle.

Et elle se rendit compte que c'était terriblement vrai. L'idée de passer six longs mois sans voir sa silhouette rassurante, sans sentir sa force souriante lui était insupportable. Elle l'étreignit plus fort et il la serra contre lui, mêlant ses jambes aux siennes.

— Je serai rentré pour Noël, lui rappela-t-il pour la rassurer.

Il était furieux de la laisser dans une situation aussi difficile, mais il savait aussi que fulminer contre le sort ne servirait à rien sinon à gaspiller son énergie.

— Qu'est-ce que tu veux que je te ramène des Bahamas ?

Elle laissa échapper un rire, réconfortée par sa présence, momentanément résignée, habitée par une sorte d'indifférence désespérée.

— Un beau collier en corail. Si beau que toutes mes copines seront vertes de jalousie.

— Marché conclu ! promit-il – et il se pencha pour l'embrasser.

Louise se réveilla à l'aube, la bouche sèche et le crâne douloureux. Elle resta étendue pendant quelques instants, les sourcils froncés, jusqu'à ce qu'elle se rappelle confusément les événements de la soirée.

Rouge d'embarras, elle se demanda jusqu'à quel point elle s'était confiée à Frummie. Elles avaient beaucoup bu, toutes les deux, mais elle soupçonnait Frummie d'avoir une bien meilleure résistance qu'elle à l'alcool. Il ne lui restait plus qu'à espérer que la mère de Brigid aurait le tact de rester discrète sur ce qu'elle avait entendu.

La jeune femme s'assit, la tête entre les mains, et constata quelle était tout habillée. Après avoir enfilé ses souliers, elle quitta la chambre, traversa la salle de séjour, attrapa son châle au passage et sortit dans le petit matin froid. L'air doux et transparent coula sur elle comme de l'eau, et le murmure lointain et familier de la rivière apaisa son esprit troublé.

Une fois chez elle, elle se servit un grand verre de jus

d'orange, l'avala d'un trait, et s'en servit un deuxième. Puis elle monta à l'étage, entra dans la salle de bains et passa sous la douche, abandonnant en tas ses vêtements froissés sur le sol carrelé. Elle resta longtemps sous le jet brûlant, tête baissée, l'eau crépitant sur sa nuque. Petit à petit, sa lassitude, ses courbatures, sa sueur s'évacuèrent avec l'eau.

Après avoir enfilé un jean propre et une chemise chaude en laine, Louise redescendit au salon. Elle resta devant la fenêtre, et regarda le lever du soleil en attendant que la bouilloire siffle. Une lumière rose flottait vers l'est. Elle effleurait le monde, plongeait ses longs doigts lumineux dans les vallées et les combes, saupoudrait d'or les collines rocailleuses et sauvages, éclairait la crête moutonnante des forêts. Des colombes tournoyaient dans le bleu tendre du ciel, dessinant des boucles et des arabesques en signe d'allégresse.

La voix s'éleva dans l'entrée, plaintive et anxieuse :

«*Je n'arrive pas à retrouver Percy, maman. Tu ne l'as pas vu ?*»

Louise ferma les yeux pour résister à la montée des larmes. Épuisée, troublée, elle fut secouée par un soudain accès de désespoir.

— Je suis... désolée.

Sa voix se brisa.

— Je te demande pardon...

Elle se retourna, fixa la pièce vide, l'entrée déserte, puis, d'une main mal assurée, elle alluma la radio.

Je deviens folle, songea-t-elle avec angoisse. Qu'est-ce que je vais devenir ?

Fuir était la seule solution. Se réfugier dans l'action, faire des projets, s'activer sans relâche, du soir au matin, pour ne pas penser au passé. Seulement voilà :

ça ne marchait plus. Le système de défense qu'elle avait si soigneusement élaboré était en train de s'écrouler. Pourquoi ? Pourquoi maintenant ?

C'est à cause de Martin. Le choc m'a déstabilisée. Pense à Martin. Frummie se trompe. Ça ne peut pas être Carol. Il ne peut pas la supporter. Ce n'est pas possible... elle est tellement voyante. Tout ce qu'il déteste.

Petit à petit, à force de volonté, elle s'arracha à l'étreinte de cette peur sombre et rampante et entreprit de préparer son petit déjeuner. Fredonnant en même temps que la radio, se parlant à elle-même, elle repoussa les fantômes du passé derrière son mur de protection.

— Je sais qu'il est très tôt, annonça impitoyablement Jemima, mais tu as une longue route à faire. Et je dois penser à ma réputation.

Il fixa sur elle un regard embrumé, son visage reflétant une irritation mal déguisée.

— Quelle heure est-il ?

— L'heure de partir. Le café est prêt.

— Tu ne veux pas me l'apporter ici ?

— Non, répondit-elle – et elle quitta la pièce.

Sa tête retomba sur l'oreiller, mais son esprit était en alerte. Il avait enfreint les règles en passant la nuit ici, mais il ne regrettait rien. Et il se demandait même s'il pourrait grappiller quelques heures de plus. Son instinct émit un signal d'alarme, mais il le chassa avec agacement. Quoi ? Il était dans le Sud-Ouest pour affaires pendant trois jours – il n'y avait rien d'extraordinaire à cela ! – et il avait soigneusement assuré ses arrières.

Il roula sur le dos, se leva et sortit dans le couloir en fermant son peignoir. Le salon baignait dans une lumière liquide. Il noua la ceinture autour de sa taille étroite, en clignant des yeux à cause de la réverbération. Le chat au nom excentrique était couché sur un fauteuil en osier et posait sur lui un regard hostile.

— Je ne t'aime pas non plus, mon petit vieux. Pourquoi ne vas-tu pas chasser les souris ? Au moins, tu te rendrais utile.

Jemima rentra du balcon et haussa les sourcils.

— Pas encore habillé ? Viens boire ton café, puisque tu es là.

Il essaya de l'enlacer quand elle passa à côté de lui, mais elle l'évita d'un mouvement si naturel qu'il se demanda si elle avait même remarqué son geste.

Il s'assit. Un léger mécontentement ternissait son bien-être.

— Tu as l'air pressée de te débarrasser de moi.

Jemima sourit, lui servit du café et réalisa qu'elle en avait assez de lui.

Elle éprouvait un besoin viscéral de solitude. C'était peut-être sa conversation avec Louise qui avait gâché son plaisir... en tout cas, la magie avait disparu. Comme le premier soir elle s'était montrée irritable, il avait eu l'air déçu, soupçonneux. Alors, pour se faire pardonner, elle avait accepté qu'il passe une autre nuit avec elle. Mais à présent elle le regrettait.

L'impatience d'être enfin seule devenait si forte qu'elle peinait à rester calmement assise en face de lui à le regarder déjeuner. L'envie la démangeait de lui arracher sa tasse, de l'éjecter vers la sortie et de lui balancer ses affaires sur le palier. L'idée était si grotesque qu'elle pouffa et manqua de s'étouffer avec son café.

— Qu'est-ce qu'il y a de drôle ?

Son air pincé redoubla son fou rire et cette explosion de joie lui rappela qu'elle était une femme libre, de ses émotions et de tout lien avec lui. Elle ne se souciait ni de son humeur, ni de ses aspirations, ni de ses préférences. Elle n'avait aucune responsabilité vis-à-vis de lui et il ne pouvait la rendre ni heureuse ni malheureuse.

— Rien.

Elle sourit.

— Je pensais à une histoire qu'un client de l'agence m'a racontée. Tu veux manger quelque chose ? La route est longue jusqu'à Truro, et si tu ne veux pas arriver en retard à ton rendez-vous, tu ferais bien de ne pas trop traîner.

— Je n'ai pas faim, merci. En fait, je me demandais si je pourrais repasser par ici ce soir, sur le trajet du retour.

— Ce soir ? Non, ce n'est pas possible.

Elle lui adressa un sourire qui se voulait teinté de regret.

— Désolée, je suis prise.

— Toute la nuit ?

La question légère, désinvolte, ne parvint pas à masquer son irritation.

— Probable.

Elle le regarda droit dans les yeux.

— Je croyais que tu n'aimais pas spécialement découcher ?

— Généralement, non. Mais tu es spéciale.

Zut ! Qu'est-ce que je fais, maintenant ? se demanda-t-elle.

— Merci. C'est très gentil. Malheureusement, ça ne modifie rien pour ce soir.

Il observa son visage impassible, et songea qu'elle avait changé. Soit elle se détachait de lui, soit elle jouait à se faire désirer. Il ne voulait pas la perdre... D'un autre côté, en acceptant de passer deux nuits avec elle, il lui avait fourni une arme dont elle pourrait se servir pour exiger plus... Méfiance !

— Dommage. Je risque de ne pas pouvoir revenir avant un bon moment.

Jemima faillit hausser les épaules, se maîtrisa à temps, et sentit grandir l'irritation du mâle vexé par l'absence de réaction.

— Bien.

Il repoussa sa chaise.

— Je ferais aussi bien d'aller m'habiller.

Elle n'esquissa pas un geste pour le suivre, ne lui laissant aucune chance de la convaincre par d'autres arguments de lui accorder une autre nuit.

Quand il revint au salon, elle était à nouveau sur le balcon. Le chat l'observa comme un intrus et il lui rendit son regard avec animosité.

— Prêt ?

Jemima regagna le salon et il se força à sourire.

— Prêt. Merci pour... tout.

— Ce fut un plaisir.

Y avait-il de la moquerie dans son expression ? Il n'aurait su le dire.

— Sois prudent sur la route.

— Oui.

Elle avait déjà ouvert la porte et il ne put l'embrasser que rapidement, gêné par son sac, avant de se retrouver dans l'escalier.

— J'ai été rosse... Pas vrai, le chat-beauté ?

Jemima prit Magnificat dans ses bras et frotta sa joue contre sa fourrure tiède et soyeuse.

— Je sais que tu ne l'aimes pas, mais je me suis quand même comportée comme une garce en le flanquant dehors comme ça. C'est terrible ! Je suis nulle dans ma vie relationnelle. Je réagis toujours à contretemps et je panique. Oh, et puis flûte ! Viens, on va préparer notre petit déjeuner.

Elle emmena Magnificat dans la cuisine et le posa sur une chaise, où il s'étala comme un vieux coussin mou. Tandis qu'elle faisait griller une tranche de pain et ouvrait un bocal de marmelade confectionnée par Brigid, Jemima se demanda pourquoi elle ne parvenait pas à construire une relation durable.

À l'instar d'une certaine Scarlett O'Hara, son mot d'ordre semblait être « Demain est un autre jour »... Elle pensa à sa sœur Brigid, au couple harmonieux qu'elle formait avec son mari, à son dévouement à ses enfants, et soupira avec un peu d'amertume.

— Ce n'est pas ma destinée, confia-t-elle à Magnificat. D'ailleurs, je n'intéresse que des hommes mariés. Ils doivent voir immédiatement que je ne suis pas de celles qu'on épouse.

Elle regrettait que les remarques de Louise l'aient à ce point troublée, et se demandait si Martin avait réellement une liaison, ou si Louise avait tout imaginé. Quoi qu'il en soit, leur discussion avait sans aucun doute pesé sur ces dernières quarante-huit heures.

Elle tourna les yeux vers le calendrier punaisé au mur et son moral remonta en flèche : chouette, elle déjeunait au restaurant avec Mandy et Ness, les propriétaires de la galerie Cove !

— Je te ramènerai une sardine ! déclara-t-elle à Magnificat – et elle fila s'habiller.

Frummie se réveilla fraîche comme une rose, les idées claires, et resta au lit un bon moment, les yeux au plafond.

— *Pas* mariée, mmm ? susurra-t-elle. C'est extraordinaire.

Elle se leva prestement, marqua un bref arrêt dans le couloir en voyant que la chambre d'amis était vide, puis descendit au rez-de-chaussée.

— Café ! décida-t-elle avec bonne humeur. Du café noir, bien chaud. Oh ! pauvre Louise. Elle doit désespérément essayer de se rappeler ce qu'elle m'a dit. Tss, tss, tss... La prochaine fois, elle se méfiera de mon Glenfiddich !

Fredonnant à mi-voix, elle alluma la radio avant de préparer sa dose matinale de caféine.

12

— Si tu es d'accord, je vais lui écrire, déclara Humphrey en essuyant la vaisselle du petit déjeuner. Je suis vraiment consterné, chérie. Sincèrement. Mais je crois que c'est la bonne décision. Naturellement, c'est facile pour moi, puisque je serai à des milliers de kilomètres.

— Ce qui me met mal à l'aise, c'est que je connais tes griefs contre lui, répondit lentement Brigid. En le recevant ici, j'ai l'impression de... de te trahir, d'une certaine façon.

— Je comprends d'autant mieux que je ressens exactement la même chose vis-à-vis de Frummie. Ça me rend fou de la voir t'asticoter chaque fois qu'elle vient dîner. Parfois, je me retiens pour ne pas la rembarrer.

— C'est tellement injuste, acquiesça Brigid dans un soupir. Elle est dans son tort, et c'est moi qui me sens coupable de le lui faire remarquer. Tout ça parce qu'elle est âgée...

— Ce n'est pas aussi simple. Quelles que soient ses fautes, c'est ta mère, malgré tout, et des liens vous unissent. Une partie de toi tente encore de conquérir son estime, même aujourd'hui.

Brigid le dévisagea, choquée.

— Ça se voit tant que ça ?

Humphrey soupira.

— Pour moi, c'est visible. Je suis exactement dans la même situation avec mon père. J'étais fou de rage qu'il se soit remarié si vite après la mort de ma mère. C'était d'autant plus cruel qu'il entretenait une liaison avec Agneta depuis plusieurs années, cela ne faisait aucun doute. Je n'ai jamais su si ma pauvre maman était au courant. Elle était si loyale, si douce, si dévouée. Et à peine était-elle enterrée qu'il partait rejoindre l'autre – en se moquant éperdument de ce que j'allais bien pouvoir devenir. Je ne lui ai jamais pardonné cette trahison...

— Mais ça ne t'empêche pas de te sentir des obligations envers lui...

— Eh oui, comme toi envers Frummie. Que veux-tu, nous ne sommes pas capables de faire une croix sur eux comme ils ont fait une croix sur nous.

— Je sais.

Brigid fut peinée par la soudaine tristesse qui était apparue sur le visage de Humphrey.

— Je regrette de ne pas avoir connu ta maman, murmura-t-elle gentiment. Ne t'inquiète pas pour ton père : tout se passera bien, j'en suis sûre. De toute façon, à mon avis il n'aura pas envie de passer beaucoup de temps avec moi.

Humphrey lâcha un bref éclat de rire.

— Frummie n'aura qu'à s'occuper de lui, ironisa-t-il en s'essuyant les mains. Ils sont faits l'un pour l'autre !

Brigid sourit vaguement.

— Voilà qui résoudrait tous nos problèmes. Il compte s'installer où, en partant d'ici ?

— Quelque part au nord, je crois. Près de la frontière écossaise. Il a peut-être des amis, là-bas. Enfin, l'essentiel, c'est que ce soit loin d'ici. Maintenant, cessons de parler de lui et réfléchissons plutôt à la façon dont nous allons occuper la journée. Pourquoi n'irions-nous pas déjeuner quelque part ? À Torcross ? Dartmouth ? Exeter ?

— Oh oui, acquiesça Brigid. Passons la journée dehors, rien que tous les deux. Où tu voudras, cela m'est égal, du moment que nous sommes ensemble.

Humphrey tendit la main et l'attira à lui.

— D'accord. Partons à l'aventure. Mettons le cap sur la côte et laissons le hasard décider. Nous pourrions emmener Cachou et le promener à Start Point. La promenade au-dessus des falaises sera sûrement magnifique, aujourd'hui. Qu'est-ce que tu en penses ?

— C'est une merveilleuse idée.

Elle se blottit contre lui quelques instants, refusant de penser à autre chose qu'aux prochaines heures.

— Préparons-nous et filons en douce avant qu'on nous voie.

Par la fenêtre, Frummie les vit partir. Contrairement à Brigid, elle ne prenait pas plaisir à sa propre compagnie et envisageait la journée sans enthousiasme. Margot lui manquait. Elles s'étaient vraiment amusées, à se remémorer le passé, à papoter, à réduire en miettes la réputation de leurs amis communs.

Retournant à son petit déjeuner, Frummie songea que Margot était décidément très brute de décoffrage. Avec elle, pas de demi-mesure, ni dans son franc-parler, ni dans son apparence. En soixante ans, elle avait à peine changé. Bien sûr, elle faisait largement son âge, la pauvre – les lèvres de Frummie esquissèrent ce rictus qui n'appartenait qu'à elle –, et ses jambes étaient vraiment affreuses à voir.

De toute façon, elle n'avait jamais eu de jolies jambes.

Frummie secoua la tête avec désolation. Toute jeune fille, déjà, Margot avait des jambes de déménageur. Mais, maintenant, avec ses varices, c'était encore pire. Si au moins elle pouvait se décider à rallonger un peu les ourlets de ses robes – pas grand-chose, juste quelques centimètres... ce serait un soulagement pour tout le monde !

Et puis, quelle idée de vouloir à tout prix se teindre les cheveux ! Quand on est naturellement très brune, il vaut mieux les laisser virer tout doucement au gris. Bien sûr – et Frummie tapota d'un geste absent ses propres cheveux – tout le monde n'avait pas la chance d'être blonde... La couleur s'atténuait tout doucement au fil des ans, prenant une teinte douce, claire, ravissante. Mais pour les autres, les teintures faisaient plus de mal que de bien, esthétiquement parlant. Dans le cas de Margot, c'était un vrai désastre. Avec toutes ces bouclettes d'un châtain anormalement lumineux, son pauvre vieux visage avait l'air complètement... ravagé. C'était le seul mot qui lui venait à l'esprit. Le contraste était cruel : cette chevelure de nymphette sur ce visage tout ridé... Brrr ! Et encore, « ridé » était bien gentil. « Fissuré » aurait été plus adéquat, pour ne pas dire « lézardé » !

Malheureusement, même le maquillage le plus soigné ne pouvait remplacer une jolie peau. Et puis question maquillage, cette pauvre Margot n'y allait pas avec le dos de la cuillère. Elle se tartinait littéralement de fond de teint. On avait l'impression qu'elle l'appliquait à la truelle ! Mais ce n'était pas la peine de le lui dire, elle n'écoutait pas.

Et cette ombre à paupières... Grand Dieu ! Comme si elle croyait que ses yeux pouvaient briller d'une extraordinaire lumière verte ! Mais, aussi loin que Frummie se souvînt, les yeux de Margot avaient toujours tiré sur le marron-jaune, un peu comme de la boue. De même que son teint, d'ailleurs. Il faut dire que le régime alimentaire de Margot expliquait pas mal de choses...

Quant à son menton... Frummie soupira avec compassion. Bien sûr, on ne choisissait pas l'ossature de son visage, et les bajoues ne s'arrangeaient pas avec l'âge. Elle effleura pensivement sa propre mâchoire. Mais de là à avoir une allure de bouledogue... Elle lui rappelait Winston Churchill, tiens – encore que ce soit beaucoup moins gênant chez les hommes. Quelle horreur ! Chaque fois qu'elle riait, les joues de cette pauvre Margot ballottaient comme deux tranches de terrine en gelée.

Sans compter que la malheureuse aurait mieux fait de reconnaître qu'elle était myope comme une taupe plutôt que prétendre n'avoir besoin de lunettes que pour conduire et regarder la télévision... C'était pénible, à la longue, d'être obligée de lui lire la carte dans les pubs et de la voir constamment plisser les yeux comme une chouette pour essayer d'identifier quelque chose situé à moins de dix mètres. On faisait de très jolies lunettes, de nos jours, et il n'y avait pas de honte à en porter, à soixante-quinze ans – même si Frummie, elle, faisait partie des rares exceptions. Franchement, c'était de la coquetterie mal placée !

Frummie secoua la tête et débarrassa la table. Cette bonne vieille Margot... Ce serait très agréable de l'avoir ici cet automne. Elle jeta un coup d'œil à sa montre : un peu trop tôt pour allumer la télé. Désœuvrée, elle décida de défaire le lit de Margot et de laver les draps. Il faisait chaud et le soleil était radieux : le jour idéal pour faire sécher du linge dehors.

En gravissant l'escalier, elle repensa à Louise.

— Pas mariée, marmonna-t-elle. Tiens, tiens, tiens...

Louise passa sous la barrière en bois et s'immobilisa, pétrifiée par une joie incrédule. La surface du plan d'eau, polie et lisse comme une feuille de métal, réfléchissait le bleu du ciel. Les reflets sombres des grands pins la traversaient de part en part, nets et tranchants comme des découpages. Les aiguilles des mélèzes, d'un vert tendre et lumineux, resplendissaient dans la lumière du soleil et quelque part sous les arbres un coucou chantait. Son appel résonnait à travers les bois, ricochait sur l'eau immobile, réveillant le souvenir d'autres printemps, d'autres matins de mai, faisant vibrer les cordes d'un regret lancinant, indéfinissable, implanté dans le cœur de Louise.

Le chant s'arrêta brusquement et la magie de l'instant disparut avec lui, mais le regret subsista. Louise contourna le plan d'eau en essayant de se concentrer sur la beauté de ce lieu paradisiaque. Un chemin gravillonné permettait de longer une bonne partie de la berge. À gauche, sous les pins, de fragiles anémones des bois fleurissaient sur l'épais tapis moelleux du sous-bois. Il faisait bon, ici, sous le couvert des arbres.

La jeune femme s'assit sur un banc, sortit une thermos de son sac à dos et but son café, les yeux fixés sur l'eau, tandis qu'une résolution inébranlable prenait forme dans son esprit. Elle devait absolument agir, mobiliser toute son énergie dans l'action pour ne pas être emportée comme un fétu de paille par les déferlantes de la peur. Elles avaient déjà lézardé le mur de protection qu'elle s'était érigé, et maintenant elles grignotaient les rivages de sa raison. Qui sait ce qui pourrait arriver si elles la submergeaient brusquement et l'emportaient à jamais ? Cet océan de peur qui sapait, creusait sans relâche les remparts solides de sa défense, mettait déjà à nu sa faiblesse, ses terreurs et sa culpabilité.

C'étaient ses soupçons au sujet de Martin qui avaient démoli sa confiance en elle, laissé le malaise s'insinuer dans la forteresse de son esprit. Si elle chassait ses doutes une fois pour toutes, peut-être réussirait-elle à reconstruire la paroi... Immobile sur le banc en bois rugueux, regardant l'eau clapoter doucement, silencieusement contre le mince croissant de plage gravillonnée, elle affermit sa résolution, s'y prépara. Le café chaud la stimulait, lui donnait du courage, et, quand elle enfila à nouveau son sac à dos, son cœur était plus fort, son pas plus assuré.

De retour au parking, elle troqua ses chaussures de randonnée contre des mocassins, enleva sa veste en peau de mouton et monta dans la voiture. La température y était bouillante, l'atmosphère confinée. Elle baissa la vitre et chercha une cassette. Elle avait besoin d'une musique qui la conforterait dans sa décision. Elle opta pour un enregistrement d'Alison Moyet, chanta à tue-tête jusqu'à Ashburton et se gara en face d'une cabine téléphonique.

Lorsqu'elle y fut enfermée, elle sortit sa carte British Telecom de sa poche et donna le numéro du portable de Martin à l'opérateur.

Il répondit aussitôt, d'une voix un peu agacée.

— C'est moi, lança-t-elle en s'efforçant de paraître naturelle. Surprise !

— Tu as raison, c'en est une.

Sa voix était chaleureuse, maintenant. Parfaitement sous contrôle.

— Je me demandais qui cela pouvait bien être. Je n'ai pas reconnu le numéro.

— Le numéro ?
— Il s'inscrit sur mon écran, chérie.
Il paraissait amusé.
— Un de ces jours, il faudra que tu te décides à entrer dans le vingt et unième siècle, ma douce. Alors, quel est le problème ?
Elle tiqua.
— Un problème ? Pourquoi y aurait-il un problème ? Je n'ai pas le droit de t'appeler sans raison particulière ?
— Si, bien sûr.
Il paraissait un peu perplexe.
— Mais – sauf erreur – nous ne nous téléphonons jamais pendant nos vacances. Est-ce que tout va bien ?
— Oui.
Elle introduisit volontairement une note d'incertitude dans sa voix, laissant planer un doute.
— C'est juste que... tu me manques.
— Oh, chérie... c'est gentil, ça.
Son rire était forcé.
— Toi aussi, tu me manques.
— C'est vrai ?
— Évidemment, voyons.
Un temps.
— Louise, que veux-tu me dire ?
Un léger agacement pointait dans sa question.
— Rien, mais... Enfin, si : j'envisage de rentrer plus tôt à la maison.
— *Quoi ?*
La réaction avait été instantanée.
— Quand ?
— Je ne sais pas. Dans quelques jours. Et toi ?
— Moi ? Franchement, Louise, je ne pense pas que ce

soit possible. Je ne suis pas tout seul, tu sais. Je ne peux pas leur faire faux bond, comme ça, pour un caprice.

Martin avait coutume de lui donner toutes sortes de petits noms affectueux, et elle nota la soudaine rétrogradation de « chérie » à « Louise », ainsi que l'irritation qu'il ne cherchait même plus à dissimuler. Mais, après tout, il n'y avait là rien de vraiment anormal, ni de suspect.

— Comment va le groupe ?

— Le... ? Oh, bien. Très bien. Justement, toute la question est là. Je peux pas les laisser tomber, tu comprends ?

— Vous devez vraiment être quatre pour jouer au golf ?

— Chérie, s'il te plaît ! Mais qu'est-ce qui t'arrive ?

Louise se rappela subitement l'homme dans le train : l'agacement qui perçait sous ses réponses polies ; le petit mot tendre qui avait résonné comme une insulte dans sa bouche de menteur.

— Oh, je suis un peu déprimée, c'est tout. À propos, dans quel hôtel es-tu descendu ? Je te retéléphonerai peut-être ce soir.

Un silence. Quand il reprit la parole, sa voix était froide.

— Je t'ai déjà dit que je préférais que tu m'appelles sur mon portable. C'est stupide de déranger le personnel de l'hôtel et tu risques de tomber à un moment où je ne suis pas là. Les copains aiment bien aller boire une bière après le dîner. Pourquoi compliquer ?

— Je pensais t'appeler tard, dans la soirée.

— Pas trop tard, j'espère ?

Sa tentative pour plaisanter tomba à plat.

— Je suis complètement sonné par le grand air. On marche pendant des kilomètres, tu sais.

— Vous êtes sur un parcours, en ce moment ? Comment s'appelle-t-il ? Il est bien ?

— Très bien, oui.

Son embarras était manifeste.

— Écoute, tu ne t'intéresses absolument pas au golf, alors qu'est-ce qui te prend ?

— Oh, je ne sais pas trop. Je ne suis pas tellement dans mon assiette.

— Ça signifie quoi, exactement, « pas tellement dans mon assiette » ?

Plus trace dans sa voix de cette sollicitude touchante et caressante qui avait caractérisé les premiers temps de leur relation. Elle avait eu tellement besoin, alors, de cette attention de chaque instant. De cette considération tendre et soucieuse. Mais, aujourd'hui, il n'en restait plus rien. Elle ne percevait plus qu'une impatience mal maîtrisée. Elle était devenue un poids, une contrainte ennuyeuse qu'il ne pouvait pas évacuer d'un simple revers de main.

— Aucune importance. Ne t'inquiète pas. Tout va bien.

Elle s'exprima sur un ton enjoué, délibérément insouciant.

— Oublie ce que je viens de dire. Je suis idiote. Désolée, chéri. Je voulais simplement entendre ta voix.

— Tu es un ange.

Son soulagement de sentir l'étau se desserrer se convertit en un enthousiasme forcé, dénué de naturel.

— Tu me manques aussi, chérie. Mais je ne peux pas laisser tomber les copains, tu comprends ?

Son assurance retrouvée, il faisait appel à sa compréhension, un sourire dans la voix, le timbre à nouveau charmeur.

— Mais si tu ne te sens pas bien, tu devrais aller demander conseil à un médecin. Il te prescrira un remontant.

— Oh, ce n'est pas si important. Juste la mauvaise période du mois, tu sais ?

— Ah bon ! Tout s'explique.

Cette fois, il était totalement rassuré.

— Tu es sûre que ça va aller ?

— Oui, oui. Je ferais mieux de te laisser retourner à ton golf. J'espère que je n'ai pas interrompu votre partie. Au fait, comment va la cheville d'Alec ?

— Sa... ?

— Il a une entorse, non ? Je croyais que vous aviez failli annuler votre séjour à cause de ça.

— Ah, *sa cheville* ! Excuse-moi, j'ai perdu le signal pendant une seconde et je n'avais pas compris. Il va bien. Très bien, même. La marche lui fait beaucoup de bien. Écoute, chérie, je ne vais pas pouvoir te...

— Bien sûr, va vite les rejoindre. Profites-en. Je te rappellerai peut-être un de ces jours.

Elle raccrocha. Étrange. Elle avait presque savouré l'affrontement. Durant ce bref duel à fleurets mouchetés, elle avait été capable d'ignorer cette douleur lancinante, aiguë, au creux de l'estomac.

Elle traversa la rue et regagna le parking, s'arrêtant, comme elle le faisait toujours, pour regarder les livres dans la vitrine de la librairie de Dartmoor. D'habitude, elle adorait chercher son bonheur dans le choix alléchant de romans d'occasion et bavarder avec Barbara et Anne, mais, en cet instant, elle était incapable de communiquer, même amicalement. Elle se sentait brusquement fatiguée, déprimée, et avait besoin d'être seule pour réfléchir, passer au crible son coup de téléphone, peser chacune des intonations, analyser les réponses. Et pourtant, tout au fond d'elle-même, elle connaissait déjà la vérité.

Que deviendrait-elle sans Martin ? Comment survivre sans le rempart qu'il dressait entre le passé et elle ? Il ne fallait pas y penser. La peur lui noua la gorge, s'infiltra dans ses veines, lui broya la poitrine. Elle chercha ses clés de voiture d'une main tremblante, ouvrit la portière et resta sans bouger derrière le volant pendant un moment. Où aller ? Vers qui se tourner ? Brigid ? Mais Brigid passait en ce moment même des instants précieux auprès de son mari, et Louise ne se voyait pas mettre Humphrey dans la confidence. D'ailleurs, Brigid avait à l'évidence des problèmes personnels, en ce moment.

Louise secoua la tête, refoulant des larmes de détresse. Elle mourait d'envie de dormir, de stopper la houle des souvenirs. Elle revit une pièce claire et fraîche, des reflets miroitants, un chat endormi sur un fauteuil en rotin. Elle se rappela une atmosphère amicale et réconfortante. La clé de contact tourna dans ses doigts. La voiture sortit de la ville et prit la direction de la côte.

13

Jemima scrutait l'écran de son ordinateur, vérifiait les dates, notait les cottages qui devraient être nettoyés le samedi matin. Elle détestait ces jours de remise en état entre deux locations : il fallait constamment relancer les vacanciers récalcitrants, peu pressés de rentrer chez eux, pour avoir le temps de tout nettoyer et d'aérer les pièces avant l'arrivée des locataires suivants. Jemima avait établi sa liste et s'apprêtait à battre le rappel auprès des différents membres de son équipe afin de savoir qui serait disponible samedi, quand on sonna à la porte.

— Flûte ! marmonna-t-elle en raccrochant.

Elle jeta un coup d'œil à sa montre, quitta le réduit qui lui servait de bureau et traversa la petite entrée. Louise se tenait devant elle. Elle avait l'air totalement épuisée et désespérée, mais de façon silencieuse, comme si elle exerçait un sévère contrôle sur elle-même.

— Louise ! Quelle excellente surprise ! Entrez donc.

Jemima lui sourit avec chaleur, sans parvenir à se défendre d'une légère appréhension. Leur dernier tête-à-tête s'était terminé assez... abruptement.

— Vous arrivez à point nommé.

— C'est vrai ?

Louise parut soulagée, mais son sourire dérapa légèrement et elle regarda autour d'elle comme si elle était stupéfaite de se retrouver dans l'appartement de Jemima.

— J'étais... je me suis dit... je roulais en voiture, et...

— Oh, je connais bien ce genre de situation.

Jemima la pilota d'autorité vers le salon.

— On est désœuvrée, sans but, et on se demande ce qu'on va bien pouvoir faire pour meubler le temps...

— C'est exactement ça.

Louise la regarda, ravie de rencontrer une telle compréhension.

— Je n'arrivais pas à assembler deux idées et, brusquement, je me suis retrouvée ici.

— J'en suis ravie.

Jemima vira Magnificat du canapé et poussa littéralement Louise à sa place.

— Vous m'offrez un excellent prétexte pour m'accorder une pause et préparer du thé. Restez là, au soleil, pendant que je mets de l'eau à chauffer.

Elle se dirigea vers la cuisine, presque inquiète de la laisser seule. Le regard de Louise avait une fixité qui la rendait nerveuse.

Alors qu'elle préparait les tasses et attendait que l'eau frémisse, Jemima retourna discrètement jeter un coup d'œil au salon. Louise n'avait pas bougé. Elle regardait dans le vide, une main posée sur le dos de Magnificat tout en semblant avoir à peine conscience de sa présence.

Les gestes de Jemima étaient mal assurés quand elle versa l'eau frémissante dans la théière. Un mauvais pressentiment lui soufflait que l'état de choc dans lequel se trouvait Louise pouvait avoir un lien avec ses soupçons sur l'infidélité de son mari, et elle ne se sentait pas de taille à gérer la situation.

Elle prit la résolution de s'en tenir à des sujets de conversation légers et impersonnels – si c'était possible :

— Tout le monde va bien, à Foxhole ?

Elle posa le plateau sur la table basse en verre.

— Humphrey est toujours là ?

Louise fronça légèrement les sourcils, comme si elle se demandait qui était Humphrey, et Jemima sentit un frisson glacé lui parcourir le dos.

— Humphrey ? Oui. Oui, il est là.

Louise prit sa tasse.

— Désolée. Nous avons dîné ensemble hier soir, et j'ai bu plus que de raison. Il était très tard quand je me suis couchée et je me suis levée à l'aube. J'ai la tête comme du coton.

— Oh, je suis comme vous, je supporte mal l'alcool et Humphrey a la main lourde, pas vrai ? Brigid va se sentir très seule quand il sera aux Bahamas. Ce n'est pas la porte à côté... et six mois, c'est long.

Et vingt sur vingt pour la banalité, ajouta-t-elle mentalement.

— Bien sûr, elle a l'habitude, reprit-elle désespérément, comme Louise ne faisait aucun effort pour répondre.

Il y eut un bref silence.

— J'ai téléphoné à Martin tout à l'heure, lâcha enfin Louise.

Enfermée dans ses pensées, elle ne semblait pas avoir conscience que Jemima lui avait parlé.

— Il n'a pas voulu me donner le nom de son hôtel. Vous ne trouvez pas ça bizarre ? Suspect, je veux dire.

Jemima avala péniblement sa salive. Au secours ! Quelqu'un ! À l'aide ! songea-t-elle avec désespoir.

Louise buvait son thé à petites gorgées, les sourcils à nouveau froncés.

— Ce sont les petits détails, murmura-t-elle au bout d'un moment, comme si elle se parlait à elle-même. Oui, ce sont les petits détails qui vous trahissent. Vous comprenez, ce n'est pas Alec qui s'est foulé la cheville, mais Steve. C'était une question piège.

— Ah, fit Jemima.

Elle hocha la tête, avala une gorgée de thé, sourit avec un peu d'anxiété et ajouta :

— Et votre mari est tombé dans le panneau... Il ne se rappelait plus.

Louise secoua la tête.

— Peu crédible s'ils jouent ensemble au golf toute la journée, vous ne croyez pas ?

— Pardi, ça ne tient pas debout ! affirma Jemima avec un entrain forcé.

Louise lui lança un regard, momentanément distraite de son obsession.

— Il... il ne pouvait pas se tromper, balbutia Jemima, qui se sentait obligée de se justifier. Pas s'ils sont tout le temps ensemble, en tout cas.

— C'est ce que j'ai pensé.

Louise reposa sa tasse sur sa soucoupe et bâilla subitement.

— Désolée.

Elle repoussa ses épais cheveux noirs et bouclés et ferma les yeux pendant une seconde.

— Je suis tellement lasse. Je n'arrive plus à aligner deux idées...

Jemima se troubla à la vue de ses traits tendus.

— Vous avez l'air épuisée, acquiesça-t-elle. Ne parlez plus. Essayez simplement de vous détendre au soleil.

— Je me conduis vraiment très mal.

Louise voulut sourire mais l'effort était trop important

et, pendant un moment effrayant, Jemima crut qu'elle allait fondre en larmes. Son visage se contracta et ses lèvres tremblèrent, tandis que ses sourcils se fronçaient comme si elle luttait contre une souffrance intérieure trop vive. Mais elle était trop fatiguée pour exprimer une émotion aussi violente et son visage prit une expression d'indifférence lasse.

— Désolée, répéta-t-elle.

— Il n'y a vraiment pas de quoi.

Jemima souleva le plateau.

— Vous avez besoin de vous reposer. Dormez un peu pendant que je passe quelques coups de fil et ensuite nous bavarderons à nouveau. Vous pourriez rester dîner ?

— Merci. C'est si... gentil.

Ses paupières étaient mi-closes ; sa tête roula sur le côté.

Son plateau dans les mains, Jemima l'observa. Louise semblait trop malheureuse pour partager sa peine avec qui que ce soit. Comme si une digue s'était rompue en elle, et l'avait emportée au loin. Le choc s'était probablement produit quand elle avait découvert que ses soupçons au sujet de Martin étaient fondés.

Jemima quitta la pièce sans faire de bruit, tira la porte de façon à la laisser entrebâillée puis, après avoir déposé le plateau dans la cuisine, elle regagna son bureau, où elle s'enferma. Elle composa très vite le numéro de Foxhole, une oreille à l'affût du moindre bruit en provenance du salon, mais ni Brigid ni Humphrey ne répondirent et elle raccrocha sans laisser de message. Au bout d'un moment, elle passa ses indispensables coups de téléphone professionnels, puis se faufila dans le couloir pour jeter un coup d'œil au salon.

Louise dormait profondément, étendue au milieu des

coussins, baignée par la lumière douce de la fin d'après-midi, Magnificat roulé en boule à côté d'elle. Jemima resta un moment à la regarder, puis elle se dirigea vers la cuisine et se servit une tasse de thé. Elle avala une gorgée, pensive, emporta sa tasse et regagna son bureau pour réessayer de joindre Brigid.

Frummie observait les colombes quand elle entendit le téléphone sonner. Parfois, quand Brigid partait en voiture, comme aujourd'hui, elle s'installait dans la cour, sur le banc, pour contempler les fleurs dans les grands bacs en bois. Son petit carré de jardin privatif était également orienté au sud, mais il donnait sur les collines et la lande, et Frummie se sentait davantage chez elle ici, entourée par des murs de pierre. Elle préférait cet espace clos, aux contours bien définis, les pavés réguliers, les fleurs lumineuses dans les pots en terre cuite et les bacs en bois.

À l'intérieur des terres, l'été arrivait un peu plus tard que dans les vallées ou les villages de la côte, mais Brigid créait toujours un ravissant massif, une tache de couleur chaleureuse dans ce coin abrité. En janvier et en février, des perce-neige et des aconits d'hiver fleurissaient dans un pot accroché à un pilier en bois où grimpait du lierre, formant une ravissante toile de fond aux petites fleurs blanches et jaunes. En mars, des crocus bleus s'épanouissaient dans les pots tandis que des narcisses et des roses pompons remplissaient les jardinières et que des jonquilles hochaient la tête dans de longs bacs disposés contre le mur.

À présent, en mai, les tulipes, élégantes et élancées dans leur vasque en pierre, étaient presque fanées mais, tandis qu'elle écoutait le roucoulement des colombes, assise sur le banc, Frummie respirait le lourd parfum des giroflées, et elle était transportée quarante ans en arrière.

À cette époque, on ne créait pas des décors de jardin aussi ravissants qu'aujourd'hui, mais des giroflées poussaient néanmoins dans les plates-bandes, sous les fenêtres. Il y avait déjà un banc, alors – sans commune mesure avec cette petite merveille en bois et en fer forgé : un simple banc en bois brut, placé dans l'angle, le long du mur, pour attraper le soleil. C'était sur ce banc qu'elle avait lu la lettre de Richard. Celle où il l'invitait à Londres pour une réception, ou une soirée de bienfaisance, elle ne se souvenait plus. Une lettre insouciante et drôle, mais où perçait une émotion sincère. Le facteur, qui avait descendu le chemin au volant de sa fourgonnette bringuebalante et s'était arrêté quelques instants pour bavarder, ne se doutait pas qu'il venait de livrer une bombe...

Frummie se rappelait qu'elle lui avait proposé du café, spontanément, en toute simplicité, la lettre crissant dans la poche de sa veste en tweed, cachant son impatience et sa hâte d'être seule pour la lire. Il avait refusé – sa tournée avait pris du retard pour une raison quelconque – et elle lui avait adressé un signe de la main quand il avait fait demi-tour avec sa fourgonnette avant de s'éloigner. Elle était même – elle secoua la tête, amusée aujourd'hui par ce souvenir – elle était même rentrée se faire du café et elle avait apporté sa tasse ici, à cet endroit précis, avant d'ouvrir la lettre. Comme si en retardant volontairement ce moment elle cherchait à se convaincre de sa propre indifférence.

Elle avait sorti les feuillets de l'enveloppe pendant que les colombes sautillaient sur les pavés.

« *Chère Fred...* »

Étrange, ce souvenir aussi vivant et douloureux qu'un coup de poignard. Le soleil, les colombes, les giroflées et même le mug de café, tout contribuait à recréer la scène et à la rendre réelle, à quarante ans de distance. Si réelle que ses doigts furent surpris de sentir du coutil et non du tweed tandis qu'ils effleuraient sa cuisse et, quand elle ouvrit les yeux, elle s'attendait presque à voir Diarmid revenir inopinément du marché de Buckfastleigh...

— Chérie, j'ai oublié mon carnet de chèques..., avait-il lancé joyeusement.

Elle l'avait fixé, choquée par la violence de son ressentiment face à son intrusion.

— Je n'ai pas entendu la voiture.

— Normal : je l'ai laissée dans le sentier. Je suis presque à court d'essence, alors j'ai marché jusqu'ici...

Manifestement surpris par son attitude agressive, il avait jeté un coup d'œil à la lettre, les sourcils levés.

— Ce ne sont pas de mauvaises nouvelles, j'espère ?

— Non.

Elle avait baissé les yeux et replié les feuillets avec des gestes délibérément lents.

— Juste Margot qui m'envoie un roman-fleuve, comme d'habitude.

— Ah.

Qu'est-ce qu'il attend pour ficher le camp ? s'était-elle demandé avec irritation – et elle avait refusé de lui accorder un regard, portant son mug à ses lèvres, buvant son café.

— Tu comptes rester planté là longtemps ?

Quarante ans plus tard, elle frémissait sous l'aiguillon acéré du remords. Il aurait peut-être aimé boire un café lui aussi, s'asseoir à côté d'elle au soleil pendant un petit moment, contempler les colombes, respirer l'air parfumé...

Au lieu de ça, il avait tourné les talons et il était entré dans la maison pendant qu'elle attendait sur le banc avec une impatience crispée.

— Euh... bon, à tout à l'heure, alors...

Diarmid avait agité son carnet de chèques avec un pauvre sourire, et il s'était éloigné dans le sentier, la laissant enfin seule.

Au bout de quelques minutes, elle avait à nouveau déplié la lettre.

« *Chère Fred...* » La lettre fourmillait d'anecdotes, de références à des amis mutuels, de potins mondains. Et, éparpillées au fil du récit, ces petites phrases légères, taquines, excitantes, irrésistibles, qui l'avaient liquéfiée. Elle avait éprouvé le besoin soudain, brutal, d'être avec Richard, à Londres, dans le minuscule appartement qu'il louait à Chelsea.

Chaque fois qu'ils sortaient ensemble, pour aller dans des boîtes de nuit surpeuplées, des théâtres bondés ou des restaurants pleins à craquer, leurs yeux se rencontraient et ils riaient ; un rire délicieux, privé, complice. Richard avait toujours réussi à la faire rire, et il avait toujours su comment chasser ces brusques accès de détresse qui la submergeaient tout à coup. Alors que Diarmid, lui, ne pensait qu'à ses satanés bouquins. Il ne voyait même pas qu'elle mourait d'envie de démolir Foxhole pierre par pierre tant elle haïssait ce tombeau !

Tout en relisant la lettre si enjouée et en même temps si habilement persuasive de Richard, elle avait su que rien ni personne ne pourrait l'empêcher d'aller le rejoindre à Londres. Elle avait su aussi que, cette fois, ce serait différent. Même si elle refusait encore de l'admettre.

— Pas longtemps, juste quelques jours, avait-elle annoncé à voix haute aux colombes.

Mais, tout en leur parlant, elle faisait déjà ses plans. Même Diarmid, pourtant trop honnête pour soupçonner quoi que ce soit, s'étonnerait sûrement qu'elle veuille effectuer si vite un nouveau séjour à Londres, Quant à la petite...

Frummie se rappelait s'être levée d'un bond, avoir effarouché les colombes, enfoncé la lettre dans sa poche. Elle avait songé : Ne pense pas à Brigid maintenant. Tu chercheras une solution plus tard. Elle est très heureuse avec son papa...

Elle n'avait alors pas réalisé que « plus tard » rimait avec « trop tard ». Que ce mollasson de Diarmid se montrerait aussi têtu, aussi farouchement déterminé à conserver la garde de sa fille, ni que la bataille serait aussi acharnée. Le mollusque s'était révélé intraitable, du haut de sa position de force. L'affection et la tendresse dont il avait su entourer Brigid avaient été indéniables, mais – mon Dieu ! –, à elle, il lui avait fait payer son humiliation et sa peine ! « *Tu te crois vraiment assez responsable pour t'occuper d'un enfant ?* lui avait-il écrit. *Tu l'as déjà abandonnée une fois pour rejoindre ton amant. Qu'est-ce qui me dit que tu ne recommenceras pas ?* »

Frummie frissonna et ouvrit les yeux. Le soleil avait tourné ; le banc était à l'ombre, maintenant. Elle saisit son mug et chercha la lettre. Stupéfaite, elle regarda de tous les côtés, fouilla sa poche et regarda même sous le banc avant de reprendre ses esprits.

— Vieille folle ! marmonna-t-elle avec mépris. Pauvre imbécile !

Elle se leva avec raideur, grimaçant un peu, et, tandis qu'elle traversait la cour, le téléphone sonna à nouveau.

14

Ce fut seulement après le départ de son mari que Brigid put se pencher réellement sur le cas de Louise. Elle n'avait pas voulu assombrir l'atmosphère enjouée et détendue en lui faisant part du coup de fil inquiet de Jemima.

En règle générale, Humphrey ne s'intéressait que très modérément aux problèmes de ses amies. Il ne comprenait rien à leur cheminement psychologique et perdait rapidement patience quand elle essayait d'analyser les confidences des unes et des autres pour cerner la cause de ce qu'il appelait leurs états d'âme.

— C'est devenu une marotte, grommelait-il. De nos jours, tout le monde veut s'improviser psy. On fouine beaucoup trop dans la vie des gens, si tu veux mon avis. La meilleure solution, et de loin, c'est de cesser de s'écouter et d'aller de l'avant, tout simplement.

Au fond, Brigid ne lui donnait pas tout à fait tort. Après de multiples tentatives pour y voir plus clair dans ses propres émotions et accepter son sentiment d'échec – comment une mère pouvait-elle abandonner sa fille à moins que cette fille ne soit totalement dénuée d'intérêt ? –, finalement, elle avait dû se résoudre à aller de l'avant. Parce qu'il l'aimait profondément, Humphrey avait été à l'écoute de sa détresse, patient, attentionné. Mais elle évitait de lui imposer les conflits émotionnels des autres. Surtout quand il n'était là que pour un court séjour. Elle avait donc relégué les avertissements de Jemima dans un coin de son esprit pour se concentrer sur les moments précieux qu'il leur restait à passer ensemble.

À présent, de retour de Totnes où elle venait de mettre Humphrey dans son train, Brigid pouvait réfléchir tout à loisir aux informations inquiétantes que lui avait communiquées Jemima.

Accrochant les clés de la voiture au petit crochet prévu à cet effet, elle jeta un coup d'œil au répondeur pour voir si elle avait eu des messages. La lumière rouge était fixe et elle se détourna avec un soupir de soulagement. Elle avait été secrètement terrifiée à l'idée que Jenny téléphone en présence de Humphrey, ou qu'elle laisse un message qu'il pourrait écouter. Par mesure de sécurité, elle avait coupé le répondeur chaque fois qu'ils s'étaient absentés, juste au cas où. À présent, cela n'avait plus d'importance.

En proie à une soudaine amertume, Brigid se laissa tomber sur une chaise, devant la table de la cuisine, la tête dans les mains. La paix et la sécurité qui l'habitaient généralement dans cette pièce n'existaient plus. Tout était gâché, saccagé : d'abord l'affaire Jenny, suspendue au-dessus de sa tête comme une épée de Damoclès, et puis Humphrey qui allait partir pour six mois, et, à présent, tout donnait à penser que Louise posait elle aussi un problème.

— Elle a un comportement très bizarre...

Jemima avait paru angoissée, au téléphone.

— Elle a l'air épuisée et complètement à côté de la plaque.

Étrange, ce ressentiment que la voix de sa sœur éveillait en elle. Pas une véritable animosité, non, juste un titillement – à peine perceptible, et néanmoins omniprésent. Brigid avait beau faire, elle ne parvenait pas à se montrer chaleureuse avec Jemima. Elle en avait conscience, elle se le reprochait, mais le fait était là ; il lui était impossible de chasser la froideur qui perçait dans sa propre voix. Était-ce parce que Jemima semblait toujours prendre des gants quand elle s'adressait à elle ? Il y avait constamment une sorte d'appréhension derrière son bonjour enjoué, une légère hésitation, comme si elle s'excusait de quelque chose.

Peut-être que si elles s'étaient connues plus tôt, quand elles étaient encore enfants, cet antagonisme aurait pu être surmonté. Bien sûr, leur relation aurait été beaucoup plus facile si leur mère n'avait pas montré aussi ouvertement à qui allait sa préférence – mais ça, ce n'était pas la faute de Jemima. D'ailleurs, elle ne paraissait pas particulièrement ravie d'être « l'élue » et s'efforçait avec une belle ténacité de se rapprocher de sa grande sœur.

Il y avait eu néanmoins de vrais moments d'affection entre elles, dont elles s'étaient réjouies toutes les deux. Mais cet état de grâce était fragile et ne durait jamais longtemps. Il suffisait d'un rien – en général, une réflexion de Frummie, un commentaire désobligeant, une remarque partisane – pour que Brigid relève le pont-levis et se ferme à nouveau à triple tour.

C'est ma faute, reconnut-elle. Je ne réussirai jamais à accepter le fait que maman m'a abandonnée, alors qu'elle a emmené Jemima avec elle. Je suis incapable de contrôler ma jalousie.

Cachou posa sa tête sur ses genoux et leva vers elle un regard interrogateur. Brigid lui caressa tristement la tête.

— Je suis une imbécile, lui dit-elle – et il agita son trognon de queue d'un air encourageant.

Le téléphone sonna. Elle resta immobile pendant quelques instants, trop nerveuse pour répondre, effrayée à l'idée que ce pût être Jenny et de mauvaises nouvelles, puis elle décrocha d'un geste brusque, une seconde avant que le répondeur se mette en marche.

— Thea ! soupira-t-elle avec soulagement. Comment vas-tu ?... Oui, moi aussi, mais Humphrey est venu passer quelques jours à la maison... Oh, très bien... Ce serait avec plaisir... Oui, bien sûr, je lui demanderai, mais il ne lui reste plus beaucoup de jours de congé, maintenant... J'en suis certaine. D'accord. Je te rappelle pour te tenir au courant... Promis, oui. Moi aussi. Embrasse les filles et George pour moi.

Brigid raccrocha puis réfléchit, les sourcils froncés.

« Elle est persuadée que son mari a une maîtresse, lui avait révélé Jemima. Elle avait des soupçons depuis un moment déjà, mais maintenant elle en est certaine et elle se comporte d'une façon vraiment bizarre. Je t'avoue qu'elle m'inquiète... »

L'éternel antagonisme mis à part, Brigid avait été désagréablement surprise de découvrir que Jemima connaissait des détails aussi intimes sur la vie de Louise. Des détails qu'elle-même ignorait. La jeune femme n'était pourtant pas du genre à faire des confidences, et le sujet était terriblement personnel. C'est mon amie, pas la tienne ! avait-elle eu envie de riposter – aussitôt écœurée par cette réaction puérile.

Brigid remua les épaules dans l'espoir de dissiper le désagréable sentiment de culpabilité qui s'était abattu sur elle. Après tout, il était possible qu'elle ait été trop préoccupée par ses propres problèmes et par la présence de Humphrey à la maison pour remarquer que Louise n'allait pas bien. L'important maintenant, c'était d'aller voir ce qu'il en était et de lui donner l'opportunité de parler, de lui confier ses craintes. Grâce à Thea, elle avait un prétexte tout trouvé pour lui rendre visite. Louise n'avait pas paru très enthousiaste quand Brigid lui avait parlé pour la première fois de cette invitation, mais elle pouvait avoir changé d'avis.

En proie à une légère nervosité, Brigid traversa la cour en direction du cottage.

Louise était installée à la table de la grande salle de séjour, elle peignait. Elle fronça les sourcils quand elle entendit Brigid frapper à la porte, puis l'entrebâiller et annoncer :

— Ce n'est que moi.

À la vue de sa haute et élégante silhouette, néanmoins, Louise sentit s'alléger la tension bizarre qui lui comprimait la poitrine, et réussit à sourire. Mais elle ne répondit pas et continua à peindre.

— C'est ravissant.

Brigid s'approcha pour regarder.

— Ton coup de pinceau est si délicat...

Louise garda le silence. C'était peut-être un piège. Elle devait se montrer très prudente, même avec Brigid, mais elle continua à sourire.

— Je ne t'ai pas beaucoup vue, ces derniers jours.

Brigid hésita, puis tira une chaise et s'assit.

— Je voulais profiter au maximum de la présence de Humphrey à la maison.

Louise hocha la tête ; elle savait déjà tout cela. Il fallait profiter pleinement de chaque instant, de chaque minuscule seconde, parce que après... Elle s'aperçut qu'elle hochait toujours la tête et cilla, les sourcils froncés. Avait-elle parlé à voix haute ? S'était-elle trahie ?

— Louise ?

Brigid la dévisageait bizarrement.

— Est-ce que tu vas bien ?

Louise éprouva l'envie de pouffer, mais il ne fallait pas. Pas encore. Elle hocha de nouveau la tête. Oui, elle allait très bien. Elle ne s'était jamais sentie aussi bien. Seulement, elle devait faire très, très attention.

— Et si je préparais du thé ?

Brigid s'était relevée et remplissait la bouilloire.

Le sourire de Louise s'élargit. Elle reconnaissait ces intonations enjouées. Attention : danger ! Si jamais elle ouvrait la bouche pour répondre, des crapauds en jailliraient, exactement comme dans le conte. Des crapauds qui pourraient se transformer en un flot de paroles incontrôlées, effrayantes, qui libéreraient les ombres tapies derrière le mur. La porte d'accès devait absolument rester fermée. Louise s'arc-boutait de toutes ses forces pour l'empêcher de s'ouvrir, mais la pression augmentait, et elle était si fatiguée ! Elle aurait voulu dormir encore et encore, mais elle ne devait pas suspendre sa vigilance, pas même une seconde.

— Thea vient de téléphoner.

Brigid préparait le thé.

— Elle nous invite à déjeuner. Qu'est-ce que tu en penses ? Tu as envie de venir ou pas ?

Louise cessa de sourire. Le danger rôdait, tout autour d'elle. Elle se souvenait de Thea. C'était une jeune femme charmante, très douce et bienveillante, mais elle était connectée, d'une certaine façon, à toutes les choses horribles qui attendaient derrière la porte. Non, elle ne pouvait pas aller voir Thea. Elle secoua la tête.

Brigid posa le thé chaud à portée de sa main, sur le petit sous-verre rond. Il y avait un dessin sur le mug, mais ce n'était pas le sien. Brigid ne savait probablement pas que Louise apportait toujours son mug, pour avoir l'impression d'être chez elle...

— J'aimerais beaucoup que tu m'accompagnes.

Brigid se rassit en face d'elle et lui sourit.

Louise sourit aussi. Elle saisit le mug et l'approcha de son visage pour examiner le dessin.

— Je me disais que ça te ferait sûrement plaisir de revoir Oscar. Et Hermione.

Hermione...

La main de Louise se mit à trembler. Le danger était là, tout proche, mais elle ne parvenait pas à bouger. Ses muscles étaient paralysés. La porte était en train de s'ouvrir tout doucement et quelqu'un essayait de se faufiler de l'autre côté. Une silhouette petite et menue avec de longs cheveux blonds... Elle devait absolument la refermer, peser dessus de tout son poids, mais *ils* étaient si forts...

Louise se jeta brusquement en arrière d'un mouvement convulsif, renversant le thé brûlant sur son poignet et son carnet de croquis.

Brigid se leva avec un cri, arracha le mug des doigts crispés de Louise et courut chercher une éponge. Quand elle eut fini de sécher la table, le carnet, la main et le poignet de Louise, son cœur cognait à toute volée dans sa poitrine et sa gorge était sèche.

— Voilà, murmura-t-elle. Mon Dieu, tu m'as fait une de ces peurs ! Est-ce que ça va ?

Le regard de Louise était vide, mais ses yeux brillaient

et elle souriait. La porte était fermée, à nouveau, hermétiquement close, mais il s'en était fallu de peu. Personne ne devait deviner ; personne ne devait savoir. Elle regarda Brigid, et une idée s'imposa à elle, qui figea son sourire sur ses lèvres. Brigid était-elle dangereuse, elle aussi, désormais ? Avait-elle vu quelque chose quand la porte s'était entrouverte ? Et, si oui, quoi ?

Elle devait absolument la rassurer pour écarter le danger. Elle ouvrit la bouche, hocha la tête puis soupira. Elle était fatiguée, subitement. Si fatiguée...

Brigid l'observait avec effroi. Louise n'était pas dans son état normal. La situation était plus que préoccupante. Il lui fallait de l'aide.

— Je vais m'absenter quelques instants, mais je reviens très vite, déclara-t-elle d'une voix douce. Ça ira ? Je n'en ai pas pour longtemps. Pourquoi n'essaies-tu pas de te reposer un peu ? Tu as l'air épuisée.

Louise poussa ses dessins sur le côté et appuya ses coudes sur la table. La porte était fermée solidement, elle pouvait dormir un petit moment... pas longtemps, non, juste une minute ou deux. Elle posa sa tête sur ses bras repliés et ses paupières se fermèrent.

Brigid recula sans bruit. Jetant un coup d'œil autour d'elle, elle aperçut les clés de voiture, sur le buffet, et les glissa discrètement dans sa poche. Puis elle s'empara du sac à main en cuir noir et se faufila dehors sur la pointe des pieds. Une fois dans la cour, elle prit plusieurs grandes inspirations, et se dirigea rapidement vers le cottage de Frummie.

Frummie regardait la cassette de *Casablanca* et fut enchantée de recevoir une visite. Elle connaissait le film par cœur et sa soirée s'annonçait d'un ennui mortel.

— Tiens, bonsoir, dit-elle en tendant la main vers la télécommande. Tu veux boire quelque chose ?

Elle aperçut le sac à main et son sourire retomba.

— Tu sors ?

— Non. C'est celui de Louise.

Brigid lâcha le sac sur une chaise mais garda les clés de voiture.

— Je suis très inquiète. Elle ne va pas bien du tout.

— Elle est malade ?

— Non. Elle est juste... bizarre, murmura Brigid en secouant la tête.

Frummie se leva de son fauteuil, impressionnée par l'expression de Brigid. Elle avait l'air presque effrayée.

— Que s'est-il passé ?

— Jemima m'a téléphoné.

Brigid se percha sur l'accoudoir du canapé.

— Elle m'a raconté que Louise avait débarqué chez elle sans prévenir et qu'elle avait eu un comportement étrange, comme si elle était ailleurs. Elle soupçonnait son mari d'avoir une liaison et elle avait décidé de lui téléphoner, mine de rien. Apparemment, il s'en est mal sorti... D'après Jemima, elle avait l'air complètement hors service et elle s'est endormie brusquement. Elle a dormi plusieurs heures, et a paru stupéfaite de se réveiller à Salcombe. Jemima lui a servi à dîner et a essayé de la convaincre de rester pour la nuit, mais elle a refusé. C'était avant-hier.

Frummie parut pensive.

— Je l'ai entr'aperçue hier. Elle m'a paru tout à fait normale.

— Elle ne l'était pas il y a un instant, je te le garantis.

Brigid frissonna.

— Elle peignait, quand je suis arrivée. Elle m'a regardée

en souriant, mais elle n'a pas prononcé un mot. Elle hochait mécaniquement la tête, elle souriait, c'est tout. Je lui ai préparé une tasse de thé, elle l'a prise dans sa main et tout à coup... elle a fait un véritable bond en arrière. C'était d'une violence incroyable. Le thé brûlant lui a éclaboussé la main mais elle n'a pas émis un son. Et pourtant il était bouillant : je venais juste de le servir. Je crois qu'elle ne s'en est même pas rendu compte.

— C'est très curieux.

Frummie posa une main sur l'épaule de Brigid.

— Et très inquiétant. Manifestement, elle est en état de choc.

Brigid lui lança un regard anxieux.

— Je n'aurais peut-être pas dû la laisser seule. J'ai emporté son sac et ses clés de voiture, juste au cas où.

— Pas bête. Et maintenant, que comptes-tu faire ?

— Téléphoner à son mari, déclara Brigid d'un ton ferme. C'est trop grave : il doit être prévenu. Ça m'embête de fouiller dans son sac à main, mais je suppose qu'elle doit avoir son numéro de téléphone quelque part.

Elle paraissait si perturbée que Frummie prit les choses en main.

— Bonne idée. Et si nous buvions un verre ? Juste pour nous requinquer. Tu as l'air d'avoir grand besoin d'un remontant.

— Je veux bien, acquiesça Brigid avec gratitude. C'était tellement... bizarre. J'ai eu la peur de ma vie.

Frummie s'activait déjà du côté de son placard à alcools.

— Un choc psychologique peut amener quelqu'un au bord de la folie, tu sais. J'ai malheureusement vu le cas plus d'une fois, après la guerre. Certaines personnes font preuve d'un courage hors du commun et, brusquement, elles craquent. Cette pauvre Louise était probablement rongée par l'angoisse depuis très longtemps, mais elle s'efforçait de ne pas le montrer.

— Probablement.

Brigid frissonna à nouveau.

— J'espère qu'elle ne risque rien, toute seule. Tu ne penses pas qu'elle pourrait commettre un acte stupide ?

Frummie esquissa son sourire de Joconde.

— Tout dépend de ce que tu entends par « stupide ». Tiens, bois ça. Et ne dramatise pas outre mesure.

— Je me sentirai quand même mieux quand j'aurai parlé à Martin.

Brigid posa les clés de voiture sur la table basse, à côté de la lampe, et prit le verre que lui tendait sa mère.

— Merci.

— Parce que tu crois qu'il réglera le problème d'un coup de baguette magique ?

Brigid fronça les sourcils.

— Il est le mieux placé pour prendre la situation en main, non ?

Frummie haussa les épaules.

— S'il a réellement une liaison, il ne se sentira peut-être pas très concerné...

— Pas concerné ? C'est son mari !

— Vraiment ?

Brigid la regarda, puis se mit à rire.

— Pardon. Aurais-je manqué un épisode ? Je te parle de Martin.

Frummie s'assit dans son fauteuil.

— Je sais bien, mais Louise a eu une réflexion étrange l'autre jour. Tu sais, le soir où nous avons dîné chez toi. Elle est venue ici boire un dernier verre, elle m'a posé une question sur les hommes infidèles, et elle a laissé échapper une remarque qui m'a donné à penser que, peut-être, elle n'était pas mariée à ce Martin. Bien sûr, elle avait beaucoup bu mais je crois qu'elle disait la vérité.

Brigid ferma les yeux quelques instants.

— Même s'ils ne sont pas mariés, il a le droit de savoir.

Frummie haussa les sourcils.

— Bien sûr. Simplement, je maintiens qu'il pourrait ne pas se montrer très concerné. Je préfère t'avertir pour que tu ne sois pas étonnée.

— Mais ils ont quand même vécu ensemble, reprit Brigid en appuyant sur le mot, pendant au moins trois ans !

— Ce genre de « détail » ne compte pas quand on aime, déclara lentement Frummie. L'amour fait perdre le sens des réalités. Un homme ou une femme qui tombe amoureux n'a plus aucune notion de ses responsabilités et ne pense qu'à vivre intensément l'instant présent. C'est malheureux pour le partenaire qui reste sur la touche, mais c'est ainsi.

Un silence tomba entre elles.

— Tu parles d'expérience, je présume, commenta finalement Brigid d'une voix morne.

Frummie se mordilla la lèvre.

— En effet. C'est pour cela que je te préviens.

— Je vais quand même téléphoner.

Brigid reposa son verre.

— Et pas plus tard que tout de suite.

Elle posa le sac de Louise sur ses genoux et en sortit un agenda. Frummie l'observa avec une indulgence inhabituelle tandis qu'elle serrait le petit carnet dans ses mains, sans pouvoir se résoudre à l'ouvrir.

— Jette-toi à l'eau, l'encouragea-t-elle doucement. Il n'y a pas d'autre solution.

Brigid obéit avec répugnance et regarda les noms figurant dans la section « Notes », à la fin.

— C'est toujours là que je marque les numéros spéciaux, déclara-t-elle sur le ton de la conversation. Pas toi ?

— Ça m'arrive, oui. Tu trouves quelque chose ?

— Non.

Elle tourna quelques pages.

— Attends : les initiales MM suivies de dix chiffres.

— Le mobile de Martin ? suggéra Frummie. Essaie, pour voir.

Brigid se leva et se dirigea vers le téléphone. Elle composa soigneusement le numéro, écouta quelques instants, puis parla.

— J'espère que je suis bien chez Martin Parry. Ici Brigid Foster. Pourriez-vous me rappeler ?

Elle donna son numéro de téléphone puis raccrocha.

— Voilà. Il n'y a plus qu'à espérer qu'il écoute son répondeur.

— Tu devrais peut-être rentrer chez toi, pour le cas où il rappellerait tout de suite.

— Tu as raison. Je n'avais pas pensé à ça.

Elle hésita.

— Qu'est-ce que je fais, pour le sac à main de Louise ?

— Je le lui rapporterai. Ne t'inquiète pas, je serai discrète.

— Et ses clés de voiture ?

— Je crois que pour quelques jours nous pourrions les « perdre ».

Les deux femmes se regardèrent.

— Oui, acquiesça enfin Brigid. Je pense que ce serait plus prudent. Et... merci.

— Il n'y a pas de quoi. Je passerai te voir, si tu veux,

une fois que je lui aurai rendu son sac et que je me serai assurée qu'elle va bien.

— D'accord. On pourrait dîner ensemble ?

— Avec plaisir. Finis ton verre et dépêche-toi. Ce serait trop bête qu'il tombe sur ton répondeur.

— Oui.

Brigid avala son reste de whisky, sourit faiblement et repartit.

Frummie resta assise dans son fauteuil, le visage pensif, tout en sirotant son Glenfiddich.

La porte que Brigid avait refermée derrière elle s'ouvrit très, très lentement. Frummie reposa son verre, cacha précipitamment le sac derrière un coussin, glissa les clés dans sa poche et ne bougea plus.

Louise se faufila dans la pièce et, une fois la porte fermée derrière elle, posa un doigt sur ses lèvres.

— Elle me cherche, chuchota-t-elle. Elle est dans mon cottage. Je me suis endormie, juste une minute, et elle en a profité pour entrer. Puis-je rester avec vous jusqu'à ce qu'elle soit partie ?

Frummie la rejoignit et la prit par le bras.

— Bien sûr, ma chère. Je vous en prie, installez-vous. Non, pas ici : là. Je vous sers un verre. Vous aimez Humphrey ? Humphrey Bogart, je veux dire. Je suis sûre que oui. J'allais justement regarder *Casablanca.*

Louise la dévisagea craintivement, une tristesse poignante au fond des yeux.

— Elle... elle me cherche. Seulement... je ne sais pas quoi lui dire.

— Nous verrons cela plus tard, décréta Frummie avec fermeté.

Elle s'empara de la télécommande et appuya sur la touche lecture.

— Voilà. Maintenant installez-vous confortablement et ne pensez plus à rien. Vous êtes en sécurité, avec moi.

Louise se détendit, telle une enfant se sentant sous la protection d'un adulte.

— Merci, dit-elle poliment.

Et, tournant son regard vers l'écran, elle se pelotonna dans les coussins du canapé.

15

Une fois dans sa cuisine, Brigid recouvra une partie de son calme. Il faisait bon, la pièce était paisible et Cachou agitait affectueusement la queue dans son panier.

— C'était affolant, lui murmura-t-elle. Je me demande ce qui a pu lui arriver... Une crise nerveuse parce qu'elle a découvert que Martin la trompe ?

Cachou s'étira et se recoucha avec un soupir. Son maître lui manquait. Chaque fois qu'il repartait, c'était la même chose – et Humphrey était très généreux, en biscuits comme en câlins. Brigid se baissa pour le caresser. Après avoir conduit Humphrey à la gare, elle avait fait une longue promenade avec Cachou. Elle était rentrée deux heures plus tard, couverte de boue, fatiguée, mais réconciliée avec l'idée d'affronter une séparation de six mois. En revanche, la beauté sauvage et intemporelle de la lande avait été impuissante à apaiser son inquiétude au sujet de Jenny, ou à l'aider à accepter la présence du père de Humphrey sous son toit. Et, à présent, il y avait ce problème avec Louise. Brigid s'en voulait terriblement de ne pas avoir pris Jemima au sérieux, d'avoir cru qu'elle cherchait simplement à attirer l'attention sur elle.

— Le pire, avait dit Jemima, c'est que je suis en partie responsable.

— Quel rapport avec toi ? avait-elle rétorqué sèchement, préoccupée par le départ de Humphrey, par la perspective d'être obligée d'héberger son père et par la bombe lancée par Jenny. Cesse un peu de te prendre pour le nombril du monde !

Brigid gratifia Cachou d'un dernier grattouillis et se redressa. En réalité, elle était jalouse que Louise ait choisi Jemima comme confidente, et elle avait montré les dents comme un chien de mauvaise humeur. Elle avait eu exactement la même réaction tout à l'heure, en découvrant que Frummie savait sur Louise des choses qu'elle-même ignorait et qu'elles avaient eu ensemble une discussion sur l'infidélité potentielle de Martin.

— Tu parles d'expérience, je suppose, avait-elle rétorqué avec aigreur.

Brigid revit l'expression qui s'était peinte sur le visage de sa mère et eut envie de pleurer de frustration.

— Nous étions si proches, pour une fois, murmura-t-elle tristement. Elle était si... si réconfortante. Oh ! zut. Pourquoi suis-je incapable de me comporter comme une garce et d'y prendre plaisir ? Ma mère m'a blessée un million de fois et elle, elle s'en fiche comme d'une guigne !

La sonnerie du téléphone lui causa une telle frayeur qu'elle resta immobile pendant une seconde ou deux, les mains plaquées sur le cœur, avant de se précipiter pour répondre, convaincue qu'il s'agissait de Martin Parry.

— Je voulais juste te dire que je suis bien arrivé.

Humphrey paraissait délibérément enjoué.

— Le voyage a été sans problème. Et toi, chérie ? Ça va ?

— Très bien, oui, mentit-elle. C'était merveilleux de te voir.

— C'était bien, oui. Et je reviens dans quinze jours pour presque toute une semaine.

Il n'ajouta pas : avant de repartir pour six mois. À quoi bon ? Ils savaient tous les deux que cela ne servirait à rien de remettre le sujet sur le tapis.

— Nous en profiterons au maximum, promit-elle.

Elle venait de raccrocher quand Frummie passa la tête par la porte.

— J'ai frappé, mais je t'ai entendue parler et j'ai compris que tu étais au téléphone. C'était Martin ?

— Non, Humphrey.

Elle sourit nerveusement.

— J'ai eu un de ces chocs en entendant la sonnerie du téléphone ! J'étais persuadée que c'était ce Martin. Tu as vu Louise ?

— Tu venais à peine de sortir qu'elle est entrée. Elle m'a demandé de la cacher parce qu'il y avait quelqu'un qui la cherchait dans son cottage.

Le sourire de Brigid s'effaça lentement.

— Quelle horreur !

— Comme tu dis. Je l'ai fait asseoir et je lui ai donné un verre.

Brigid s'affola.

— Tu l'as laissée toute seule ?

— Ne t'inquiète pas, elle dort.

Frummie esquissa une moue penaude.

— J'ai mis deux Mogadon dans son vin.

— Du Mogadon dans de l'alcool ? Tu es folle !

— Ne fais pas cette tête-là. Deux petits Mogadon de rien du tout ne vont pas la tuer. Il m'a semblé que c'était la meilleure solution, le temps de prendre une décision.

— Mais imagine qu'elle suive un traitement médical ? Ça ne peut pas être dangereux ?

— Ça va l'assommer un peu, c'est tout. Et, à voir sa mine, dormir est ce qui peut lui arriver de mieux. En revanche, je pense que ce ne serait pas prudent de la laisser seule ce soir. Je vais la garder avec moi.

Brigid éprouva un profond soulagement.

— Tu es sûre ? Tu... tu n'appréhendes pas trop ?

— On n'a pas vraiment le choix. Dès qu'elle aura un moment de lucidité, il faudra essayer de découvrir ce qui se passe. Il se peut que ce soit cette histoire avec Martin, mais j'ai le sentiment qu'il y a autre chose.

— À quoi penses-tu ?

Frummie secoua la tête.

— C'est juste une impression. Attendons de voir ce que dira Martin. Il nous éclairera peut-être.

— Et s'il n'appelle pas ? On ne peut pas rester sans rien faire.

— S'il n'a pas donné signe de vie d'ici demain matin, tu essaieras de le recontacter. Dès que Louise se réveillera, je l'amènerai ici et nous dînerons toutes les trois ensemble. Si tu n'y vois pas d'inconvénient, bien sûr.

— Au contraire. Espérons que Martin téléphonera avant. En se mettant en route tout de suite, il pourrait être ici demain à la première heure.

Frummie lui lança un regard étrange.

— À mon avis, il ne faut pas trop y compter. Bon, je rentre, au cas où elle se réveillerait. À plus tard.

Brigid soupira et sortit une bouteille de vin du réfrigérateur. Martin se précipiterait sûrement ici dès qu'il aurait connaissance de l'état de Louise.

Priant pour qu'il se manifeste au plus vite, elle commença à préparer le dîner.

Louise ouvrit les yeux et resta sans bouger pendant plusieurs minutes, se demandant où elle était. Une partie d'elle-même s'en moquait, préférant se blottir douillettement dans l'oubli. Mais, dans un coin de son esprit, une petite voix têtue et insistante refusait de la laisser tranquille. Elle lui criait de se secouer, de s'arracher à son apathie et de continuer à se battre pour maintenir les fantômes du passé à distance. Elle la harcelait, l'empêchait de se reposer, l'aiguillonnait pour qu'elle reprenne la lutte. Mais il s'était produit quelque chose... Quelque chose qui avait mis en péril son fragile équilibre, entrouvert la porte qu'elle maintenait solidement fermée pour empêcher toutes ces ombres menaçantes de se faufiler...

Louise fronça les sourcils. Qu'est-ce que c'était, déjà... ? Martin ! C'était sa peur de perdre Martin qui avait déclenché la dislocation. Elle s'était insinuée en elle avant son départ, elle s'était cristallisée dans le train et elle avait atteint son point culminant pendant leur conversation au téléphone.

Elle s'assit plus droite, forçant son esprit récalcitrant et las à se concentrer. Elle avait presque oublié ce coup de téléphone. Il lui semblait qu'une éternité s'était écoulée depuis. Quand était-ce ? Ce matin ? Hier ? Elle leva le bras gauche avec effort, comme s'il était en plomb, et regarda sa montre. Dix-neuf heures dix. Fronçant les sourcils, elle laissa ses mains tomber lourdement sur ses genoux. Elle avait le vague souvenir d'une conversation avec Jemima, mais elle était incapable de dire si c'était avant ou après avoir parlé avec Martin. Quelle importance ?

Elle haussa les épaules, essaya de rire, mais cela représentait un trop gros effort. Tout ce qui comptait, c'était que ses soupçons étaient fondés. Martin avait bel et bien une maîtresse. Il pouvait décider à tout moment de la quitter, tout comme il avait laissé tomber Susan, il y avait de cela trois ans. Comment vivre sans lui ? Sans le bouclier qu'il brandissait entre elle et le passé ? Sans Martin, elle était exposée, vulnérable. Les souvenirs ne cessaient de rôder. Ils devenaient si proches, si réels qu'ils entraient parfois en collision avec le présent, et le choc la propulsait dans le vide, l'envoyait tournoyer en apesanteur.

— C'est ce combat incessant, dit-elle à voix haute. Je suis trop fatiguée.

Elle perçut un mouvement dans l'ombre, derrière elle, et sursauta nerveusement, le regard paniqué.

— Le problème, répondit Frummie, c'est qu'on ne peut pas reculer.

Elle posa une main sur l'épaule de la jeune femme et lui sourit.

— En revanche, de temps en temps, on peut laisser les autres porter un peu le fardeau à sa place.

— Oh, bonsoir.

Louise s'exprimait assez normalement, mais avec un soulagement perceptible.

— Pendant une minute, je me suis demandé où je me trouvais. Vous savez, je crois que je deviens folle.

— Oh, j'en doute. Vous êtes passée me voir et je vous ai offert un verre. Vous ne deviez pas avoir beaucoup dormi ni mangé, parce que ça vous a assommée. Vous avez sombré dans un sommeil si lourd que vous avez dû faire des rêves bizarres.

— Oui.

Louise frissonna légèrement.

— Enfin, je crois. C'était très étrange...

— À votre place, je n'essaierais pas de m'en souvenir,

trancha catégoriquement Frummie. D'abord, ça ne sert à rien. Et ensuite, la vie réelle est assez cauchemardesque comme ça. Inutile d'en rajouter.

Louise s'esclaffa, sincèrement amusée.

— Vous avez bien raison. Je suis désolée de m'être endormie chez vous. Je crois que je vais partir et vous laisser en paix.

— Oh, mais nous dînons ensemble avec Brigid. Vous ne vous rappelez pas ? Elle nous a invitées toutes les deux.

— Non. Je me souviens de...

Elle hésita, les sourcils froncés. Elle revoyait Brigid entrer dans son cottage, préparer du thé... Ensuite, il s'était passé quelque chose...

— Nous ferions bien de nous mettre en route tout de suite : elle doit nous attendre et le repas risque de brûler.

Frummie l'aida à se lever, plaisanta, bavarda sans relâche pour que ses souvenirs, confus et flous, se désagrègent et s'effacent. Puis, tandis qu'elles traversaient la cour, bras dessus, bras dessous, Louise lui rendit son sourire.

Brigid leur ouvrit la porte, dissimulant de son mieux son appréhension. Elle secoua la tête en réponse à la question silencieuse de Frummie – non, Martin n'avait pas appelé – et sourit à Louise.

— Merci d'être venue. Je me sens toujours un peu déprimée quand Humphrey repart.

— Louise vient juste de se réveiller.

Frummie décocha à sa fille un clin d'œil rassurant.

— Je crois que mon cocktail était un peu trop corsé pour elle, mais elle se sent mieux maintenant.

Autrement dit, la crise était passée et Louise était à nouveau elle-même, traduisit Brigid. Il subsistait néanmoins chez la jeune femme une fragilité inquiète qui l'émut.

— Merci, murmura-t-elle à sa mère dans l'espoir de se faire pardonner sa mauvaise humeur de tout à l'heure. Je suis vraiment contente que vous soyez là toutes les deux.

Frummie la gratifia de son sourire de Joconde, rétorqua sur le ton de la plaisanterie qu'elle ferait n'importe quoi pour manger et boire à l'œil, et proposa son aide pour le dîner.

— Inutile, c'est prêt.

Brigid s'activa devant le fourneau, tout en discutant d'une voix enjouée.

— J'espère que vous avez faim ? Moi oui, mais c'est parce que j'ai fait une longue promenade. J'ai remonté le O Brook jusqu'à Horse Ford...

Pendant que Frummie et Brigid conversaient, Louise resta assise sagement, le visage pensif. De minuscules échos bruissaient dans sa mémoire. La réflexion de Brigid, quand elle les avait accueillies, avait la force troublante du déjà-vu. Elle avait entendu une remarque similaire auparavant. *« Je voulais profiter au maximum de la présence de Humphrey à la maison. »* Et elle avait abondé dans ce sens, ajoutant qu'il fallait profiter de chaque instant parce que après... après...

Frummie lui tendit un verre en souriant et Louise retomba brutalement dans le présent. Secouant la tête, elle essaya de chasser les pensées parasites qui s'agrippaient à son cerveau comme des toiles d'araignée.

— Tu es déjà allée jusqu'à Horse Ford ? lui demandait Brigid. Cachou et moi, nous sommes partis nous promener sur la lande, cet après-midi. Nous étions tout crottés en rentrant.

Tandis qu'elle parlait, elle servait à la louche du velouté de tomates aux poivrons dans des bols, sortait des petits pains chauds du four, et ces arômes alléchants remplirent Louise d'une joie soudaine, inexplicable. Elle se sentait en sécurité avec ces deux femmes, confortablement installée dans cette cuisine douillette. Elle pouvait se concentrer sur le moment présent, se détendre. Le bonheur pétilla en elle comme des bulles. Elle sourit à Frummie et goûta le potage avec délectation.

La sonnerie stridente du téléphone les fit sursauter toutes les trois. Brigid renversa son verre et pesta pendant que Frummie, d'une main subitement tremblante, saisissait sa serviette pour éponger la tache rouge qui s'élargissait sur la nappe. Louise se figea et regarda Brigid se lever pour répondre.

— Allô ?

Sa voix dénuée d'expression se réchauffa très vite et ses intonations se firent amicales.

— Thea ! Non, non, je vais bien... eh bien, oui, en fait. Maman et Louise sont venues dîner à la maison. Nous nous voyons toujours demain ?... Non... Oh, je suis désolée... Pauvre Hermione !... Bien sûr. Je suis sûre qu'elle ira mieux demain... Pauvre petit bout de chou... Ne t'inquiète pas pour ça, nous aurons l'occasion de nous voir une autre fois... Donne-moi des nouvelles, surtout... D'accord. Embrasse Hermione pour moi. Au revoir.

Elle raccrocha et adressa un petit signe de tête soulagé à Frummie.

— C'était Thea, expliqua-t-elle bien inutilement. Je devais déjeuner avec elle demain, mais, apparemment, Hermione n'est pas bien du tout. Elle est toute pâle et se plaint d'affreux maux de tête.

Louise reposa sa cuillère à soupe avec un bruit métallique et Brigid lui lança un bref regard.

— Thea pense qu'il s'agit d'un virus et l'a mise au lit. Pauvre Hermione ! Il paraît qu'elle est sans forces, aussi inerte qu'une poupée de chiffon. Mais je suis sûre que ça ira mieux demain matin...

La chaise de Louise racla brusquement le sol et Brigid se tut, saisie par son expression figée.

— Non, articula-t-elle.

Elle se leva d'un mouvement mal assuré et agrippa le dossier pour se soutenir.

— Non, ça n'ira pas mieux demain matin.

Elle remua la tête en tremblant et se mordit les lèvres.

— Dites-le-lui ! cria-t-elle tout à coup. Prévenez Thea qu'elle sera morte demain matin ! Téléphonez-lui et dites-lui d'appeler le médecin, de faire venir une ambulance !

Frummie lui toucha la main et Louise cilla, comme si elle essayait d'ajuster sa vision.

— Une méningite, murmura-t-elle, son regard vide semblant passer à travers Frummie, dans un autre monde. C'est une méningite. Elle sera morte demain matin.

Frummie se leva précipitamment et passa un bras autour des épaules de la jeune femme.

— Téléphone à Thea, lança-t-elle à Brigid, pétrifiée d'horreur. Vite !

Brigid se ressaisit dans un sursaut et obéit, les doigts tremblants.

— Thea ? C'est encore Brigid.

Sa voix dérapa et elle s'éclaircit la gorge.

— Écoute, au sujet d'Hermione... Louise affirme... Enfin, elle pense qu'il pourrait s'agir d'une méningite... Je sais, mais elle a l'air très sûre d'elle et elle insiste pour que tu appelles un médecin... À ta place, je le ferais, oui... Après tout, il vaut mieux être trop prudent que pas assez, n'est-ce pas ?... D'accord. Tu nous tiens au courant, surtout !... Merci.

Elle raccrocha et observa Frummie qui faisait asseoir Louise sur sa chaise en serrant ses mains dans les siennes.

— Ainsi c'était ça, murmura-t-elle gentiment. Ma pauvre petite.

Louise la regarda. La crise était passée et son visage reflétait une hébétude mêlée d'effroi.

— Quand j'ai voulu la réveiller, au matin, elle était morte. Je n'avais pas compris que ça pouvait être aussi... grave. Elle était pâle et somnolente, mais je n'ai rien soupçonné. Je me suis dit qu'elle se sentirait mieux... après une bonne nuit de sommeil...

Ses traits se décomposèrent et elle éclata brutalement en sanglots, la tête enfouie dans ses bras repliés.

DEUXIÈME PARTIE

16

Six semaines plus tard, assise sur le quai de l'ancienne gare baigné par le soleil de juillet, Louise regardait Hermione jouer avec Oscar sur la voie de chemin de fer désaffectée.

Un sentiment de perte irréparable lui lacérait toujours le cœur, mais celui, écrasant, destructeur, de sa responsabilité s'était miraculeusement allégé. Il y avait trois ans de cela, la douleur et le chagrin l'avaient rendue à moitié folle. Pour survivre, elle n'avait pas eu d'autre choix que de trouver refuge dans le déni, de prétendre que cette horreur ne lui était pas arrivée à elle, mais à une autre. Et, après des semaines de cauchemar, elle avait enfin aperçu une lueur au bout du tunnel : Martin lui offrait l'opportunité de faire table rase du passé et elle l'avait saisie. Pourquoi pas ? Il ne lui restait plus rien : son bébé était mort et son mari était parti, chassé par sa colère, sa rancœur et sa culpabilité. Martin représentait son passeport pour une nouvelle vie. Il lui permettait d'effacer quatre ans d'un seul coup, de se réinventer une identité.

Elle s'y était employée avec une facilité étonnante jusqu'à ce que Martin brise lui-même ce rempart fragile qui la coupait de la réalité. Sa trahison avait pulvérisé le mur de protection et elle s'était brusquement retrouvée face à l'abîme le soir où Thea avait téléphoné. Mais, contrairement à ce qui s'était passé trois ans plus tôt, elle avait été capable de regarder au fond du gouffre. La présence de Brigid et de Frummie, cette ferme qu'elle avait toujours considérée comme un havre, le silence paisible de la cour, les pavés chauffés par le soleil – tous ces éléments l'avaient soutenue dans cette épreuve, protégée d'elle-même, et empêchée de retomber dans le trou noir du désespoir.

Petit à petit, elle avait trouvé la force de parler ; d'abord un mince filet de mots réticents, presque un balbutiement, qui s'était transformé peu à peu en un flot de phrases décousues et heurtées, puis en un torrent intarissable de souffrance. Et, pendant qu'Hermione se remettait tout doucement d'un mauvais virus, Louise s'était engagée elle aussi sur le chemin de la guérison.

Le passé et le présent continuaient à se mêler, mais la rencontre avait désormais lieu en douceur, sans ces collisions brutales qui lui brouillaient l'esprit, même si elle imaginait parfois que c'était sa petite fille qui jouait là, sur cette voie ferrée désaffectée où les marguerites ondoyaient et où des guêpes bourdonnaient parmi les fleurs sauvages.

Son Hermione aurait eu le même âge : six ans, presque sept. Pendant un court instant, Louise vit son image se matérialiser devant elle. Ses cheveux blonds maintenus en arrière par des barrettes, les petites mèches folles encadrant son visage aux joues roses. Ses grands yeux bleus, si brillants, fixant le monde avec une curiosité attentive. Louise ferma les yeux, transpercée par une souffrance aiguë. Quel choc cela avait été de réentendre ce prénom, de voir cette petite fille la dévisager avec une telle confiance, et dans un lieu aussi reculé que Foxhole !

Louise avait fait tellement attention à éviter tout ce qui pourrait lui rappeler son malheur ! Le cercle d'amis de Martin comptait presque exclusivement des célibataires, ou des couples trop accaparés par leur plan de carrière pour fonder une famille. Elle s'était sentie à l'aise parmi eux, heureuse de ne pas avoir à feindre ou à redouter de voir son nouvel équilibre menacé. Martin était fasciné par son drame. Louise représentait un défi à ses yeux. Il était convaincu que lui, et lui seul, pourrait la conduire sur le chemin de la guérison. Sa détermination se doublait d'une énergie invincible et elle avait été irrésistiblement aspirée dans son sillage. Mais aujourd'hui un autre défi – plus jeune – avait pris sa place.

Lorsqu'il était venu à Foxhole, à la requête de Brigid, il s'était montré mal à l'aise, embarrassé – pas du tout comme d'habitude. Malgré sa faiblesse et son épuisement, Louise avait aussitôt compris que son « cas » avait cessé de l'intéresser. Il avait trouvé une autre âme en peine, un autre morceau à recoller, sans doute. Carol, peut-être ? Elle avait entendu dire que Carol souffrait d'anorexie, suite à un mariage désastreux et un divorce pénible. Elle n'avait pas eu la force de le questionner, mais elle avait perçu une pointe d'impatience sous sa sollicitude et, quand Frummie avait insisté pour la garder à Foxhole, il avait accepté un peu trop rapidement. Quant à elle...

Elle avait éprouvé un tel soulagement à l'idée de rester à Foxhole qu'elle en avait été tout étourdie. Et c'est avec une infinie gratitude qu'elle s'était installée dans la chambre d'amis de Frummie. Elle avait dormi, parlé, pleuré, parlé encore et dormi. Des mots violents, incohérents, avaient jailli de sa bouche, la laissant épuisée, et elle avait pris l'habitude d'aller ensuite s'asseoir au soleil dans la cour, l'esprit merveilleusement vide et apaisé. Aussi vide que son cœur...

Louise croisa instinctivement les bras sur sa poitrine. Ils avaient dû lui arracher de force son enfant morte alors quelle tentait de la réchauffer pour la ramener à la vie...

— Où étais-tu ? avait-elle hurlé à Rory. J'avais besoin de toi et tu n'étais pas là !

Pendant trois interminables semaines de cauchemar, elle avait attendu que son mari rentre de mission. La mort de leur petite fille lui avait été cachée jusqu'à ce que le sous-marin rentre à la base mais, à ce moment là, le chagrin avait déjà fait ses ravages et elle s'était réfugiée dans un lieu où il ne pouvait plus l'atteindre. Livide, muet d'horreur et de désespoir, il l'avait regardée avec impuissance tandis qu'elle lui lançait au visage des accusations qui rendaient impossible toute tentative de rapprochement ou de réconfort. Elle connaissait les règles, pourtant. Elle savait que le lieu de manœuvre d'un sous-marin nucléaire doit demeurer secret ; elle savait aussi que les hommes d'équipage ne sont jamais informés des mauvaises nouvelles parce que rien ne doit les détourner de leur mission et qu'ils doivent être opérationnels à deux cents pour cent. Oui, elle savait tout cela et l'avait accepté – en théorie. Mais la réalité était tout autre. Il lui avait été insupportable de penser qu'il ait pu vivre pendant trois semaines avec insouciance dans un monde dont sa petite fille ne faisait plus partie. Inconcevable qu'il ait continué à manger, à dormir, à plaisanter avec ses copains, pendant qu'Hermione était enterrée.

Les autres femmes de sous-mariniers, l'aumônier, les camarades officiers de Rory avaient tous été d'une gentillesse et d'un soutien exemplaires, mais Louise s'était sentie totalement seule et abandonnée. Aussi seule et abandonnée qu'Hermione, sous son petit rectangle de terre. Louise avait hanté le cimetière jusqu'à ce que sa mère vienne la chercher pour la ramener chez elle – sauf que ce mot ne voulait plus rien dire. « Chez elle », cela signifiait Hermione. Sa voix, ses jouets, son rire, ses larmes ; ses dessins punaisés sur le tableau en liège de la cuisine, ses cahiers de coloriage sur le sol, son tricycle dans l'entrée, Percy le perroquet qui trônait crânement sur la chaise haute et dormait la nuit dans les bras de sa petite maîtresse. Il avait été enterré avec elle, afin de lui tenir compagnie pour l'éternité...

Louise sursauta en le voyant à nouveau devant elle, brandi par une autre petite Hermione, aux cheveux flamboyants.

— Maman prépare le thé, annonça Hermione. Je vais l'aider. Vous voulez bien garder Percy pendant ce temps ?

Louise referma mécaniquement les mains sur le jouet. La peluche lui occupait l'esprit, comblait un peu le vide de ses bras, tout comme la fille de Thea, si prodigue en affection. Étrange que cette enfant ne lui inspire plus aucune peur. La rage et la folie s'étaient enfuies de son esprit, seul le chagrin demeurait.

— Il est grand temps que vous fassiez votre deuil, avait affirmé Thea – et son pragmatisme l'avait réconfortée.

Et Rory ? Une souffrance lointaine et assourdie la fit tressaillir ; son cœur se serra douloureusement. Il avait demandé son affectation dans la Marine canadienne, à Ottawa, et quitté l'Angleterre. La mère de Louise ne le lui avait jamais pardonné.

Thea s'avança avec un plateau et Oscar remonta en haletant le pan incliné qui menait au quai, dans l'espoir d'obtenir un biscuit. Louise leur sourit, capable désormais de maîtriser ses émotions avec une sérénité toute nouvelle. La nécessité de feindre et de nier la réalité appartenait au passé. Mais que lui réservait l'avenir ?

— Et voilà, annonça Thea. Du thé bien chaud. Ensuite, nous pourrions aller nous promener le long de la voie. Qu'en pensez-vous ?

— Excellente idée, approuva Louise avec gratitude. Ce serait parfait.

Brigid interrompit son travail du jour – doubler une paire de rideaux – et descendit au rez-de-chaussée, Cachou sur ses talons.

Elle traversa les longues pièces ensoleillées, jeta au passage un coup d'œil dans la cour, et décida de prendre son thé au soleil. Son fils cadet, Michael, et sa petite amie, Sarah, étaient venus passer le week-end à la maison et leur présence lui manquait. Elle avait eu un choc en réalisant tout à coup qu'elle n'aurait probablement plus jamais l'occasion de se retrouver seule à seul avec l'un ou l'autre de ses fils. Elle avait été si sincèrement ravie des tendres sentiments de Michael pour Sarah – enfin une relation sérieuse ! – qu'elle ne s'était pas immédiatement rendu compte de ce que cela impliquait. Une époque s'achevait pour elle, une autre commençait pour eux. Désormais, elle devrait s'effacer devant les jeunes femmes dont ses garçons étaient amoureux. Souvent, elle devait se mordre la langue au téléphone pour défendre le point de vue d'Emma ou de Sarah alors qu'elle mourait d'envie de prendre le parti de ses garçons et de les cocooner.

Bien sûr, il y avait encore des moments, pendant les vacances ou certains week-ends par exemple, où elle partageait des tête-à-tête avec Julian ou Michael, mais les longues journées paresseuses, les Noëls en famille, les promenades, les jeux et le jardinage à deux appartenaient au passé. Ses enfants créaient leurs propres traditions et elle devait apprendre à rester en retrait. Tant d'années, d'énergie et d'amour à être une mère accomplie et, brusquement, presque du jour au lendemain, c'en était fini.

Naturellement, elle était réaliste et elle essayait de se satisfaire de la relation épisodique qu'elle entretenait avec ses fils. Mais il n'était pas toujours facile d'accepter leur éloignement et elle les aimait tant ! Elle avait cru que leur séparation précoce, quand ils étaient entrés au pensionnat, lui permettrait de s'habituer plus tard à leur absence, mais en réalité c'était seulement un sacrifice d'un genre différent. Curieux que le dernier acte d'amour d'une mère soit aussi le plus douloureux : accepter de laisser partir ses enfants.

Quand elle entra dans la cuisine, Brigid se rappela qu'il lui restait du gâteau de Savoie pour accompagner son thé et, tandis que la bouilloire chauffait, elle sortit dans la cour, clignant des yeux à cause de la lumière. Les hirondelles voletaient au-dessus de sa tête, transportant dans leur bec de quoi nourrir leurs petits douillettement blottis dans leur nid, entre les poutres de la grange. Sur le mur, des potentilles et des scabieuses, plantées dans des paniers en osier, laissaient échapper une cascade de fleurs aux couleurs vives.

Brigid était particulièrement fière de ses paniers suspendus. On les préparait tout spécialement pour elle. Chaque année, dès que le temps se mettait au beau, Brigid se rendait à Loddiswell pour prendre livraison de son jardin d'été. La cour se transformait alors en un vrai petit paradis méditerranéen. Une oasis luxuriante nichée au milieu de la lande rocailleuse et austère.

Les colombes roucoulaient paisiblement, assoupies par la chaleur. C'était un après-midi parfait et, sur une impulsion soudaine, Brigid se dirigea vers le cottage de Frummie. La porte était ouverte et de la musique s'échappait de la salle à manger. Glenn Miller : *A String of Pearls*.

— Hello ! lança-t-elle. Tu es là, maman ?

Frummie apparut, un torchon à vaisselle dans les mains.

— Tiens, bonjour. Je me préparais du thé. Tu n'as pas le temps d'en boire une tasse, je suppose ?

Brigid s'appliqua à ne pas réagir à cette petite pique qui sous-entendait qu'elle était toujours trop occupée pour se montrer civilisée. Elle essayait vraiment d'être moins susceptible.

— Justement, je venais te proposer de venir prendre le thé avec moi dans la cour. Il fait un temps splendide et j'ai du gâteau de Savoie.

Frummie haussa les sourcils comme si elle était surprise – mais néanmoins ravie – par cette invitation.

— Avec grand plaisir.

— Bon. Rejoins-moi dès que tu seras prête.

Brigid tourna les talons et retourna dans sa cuisine préparer le thé. Quand elle sortit avec le plateau, Frummie était déjà installée sur le banc, le visage levé vers le soleil.

— Le paradis, murmura-t-elle. Le bonheur absolu. Je pense que j'ai dû être un lézard dans une vie antérieure. Il ne fait jamais assez chaud pour moi.

Elle portait une longue robe en coton sans manches, serrée à la taille par une ceinture, et des sandales en cuir. Brigid contempla son visage sillonné de rides très fines. En dépit de ses cheveux clairs, sa peau avait pris une teinte pain d'épice. Tout en servant le thé, Brigid l'envia : elle semblait ignorer ce qu'était un coup de soleil.

— On jurerait que tu viens de passer des vacances en Tunisie, commenta-t-elle.

Frummie ouvrit les yeux.

— À ce propos, qu'est-ce que tu as pensé de Martin ? Pour moi, ce garçon est un crétin. Qu'est-ce qu'il s'est imaginé ? Que Louise croirait qu'il a obtenu un bronzage pareil en jouant au golf en Écosse ?

— À mon avis, elle n'était pas en état de remarquer ce détail.

Brigid s'installa confortablement sur le banc, Cachou roulé en boule à ses pieds dans une flaque de soleil, et poussa un soupir de contentement.

— Possible, reprit Frummie d'un ton acide, mais il ignorait qu'elle tomberait malade.

Elle découpa un petit morceau de gâteau, le goûta et hocha la tête en signe d'approbation.

— Je ne supporte pas qu'on prenne les gens pour des imbéciles.

— Peut-être cela lui était-il égal, tout simplement.

Brigid secoua la tête.

— Il était si mal à l'aise. C'était terriblement embarrassant.

— On peut le dire. À l'évidence, il a tourné la page.

— C'est clair.

Brigid essaya de rester neutre, consciente qu'elles évoluaient sur une couche de glace très fine.

— Mais il aurait quand même pu faire un effort. On aurait dit un sale gosse, furieux qu'on lui ait gâché ses vacances.

Frummie ferma les yeux.

— C'est un petit branleur, articula-t-elle du bout des lèvres.

— Maman !...

Frummie ricana et haussa les épaules d'un mouvement impatient.

— Je ne vois pas pourquoi je prendrais des gants avec un individu pareil. Même s'il s'est montré généreux – financièrement parlant.

— C'était la moindre des choses ! rétorqua Brigid, indignée. Il était en vacances avec sa maîtresse. Et il fait preuve d'une indifférence absolument scandaleuse à l'égard de sa femme ! Quand je pense...

— Sa concubine, rectifia Frummie. Ils ne sont pas mariés.

L'interruption déstabilisa Brigid.

— Je sais, oui. Tu me l'as dit. Mais je n'aime pas ce terme. D'ailleurs, je trouve qu'il ne va pas du tout à Louise. Et puis, ils ont quand même vécu ensemble pendant trois ans.

— Tu préfères le mot « partenaire » ? suggéra Frummie d'une voix suave. Personnellement, je le trouve hideux. On s'ennuie rien qu'en le prononçant. On dirait une relation d'affaires. « Maîtresse » est beaucoup plus explicite...

— Quoi qu'il en soit...

Brigid avait perdu le fil et s'interrompit pour boire une gorgée de thé.

— Louise a l'intention de rentrer à Londres, je crois ? Pour faire le point ?

— En effet. J'apprécie énormément sa présence, mais elle doit s'occuper de son avenir, je le comprends bien.

— Tu as été formidable avec elle.

Brigid s'était exprimée presque timidement, par peur d'une riposte cinglante. Frummie avait horreur des compliments.

— Vivre plus d'un mois avec quelqu'un qu'on ne

connaît quasiment pas, ce n'est pas évident. Et il y a eu des moments tellement affreux, au début...

— Elle avait besoin de parler. De revivre les mêmes scènes terribles, encore et encore. Pauvre enfant. Elle était écrasée par une telle culpabilité, en plus de sa souffrance et de son deuil ! Grâce au ciel, elle s'en est sortie.

— Espérons qu'elle ne fera pas une rechute en revoyant Martin. Tu crois qu'elle en a fini avec lui aussi ?

Frummie parut pensive.

— Je ne pense pas qu'il ait occupé une grande place dans sa vie, répondit-elle. Elle avait trop d'émotions à gérer pour avoir l'énergie d'analyser ses sentiments pour lui. Il faisait partie d'une parenthèse et cette parenthèse vient de se refermer. Définitivement.

— Quelle tragédie. Je me demande ce qui est arrivé à son mari. Imagine ce qu'il a dû endurer ! Tout son univers s'est écroulé en l'espace d'une seule nuit.

— Louise n'a pas abordé le sujet. Elle m'a seulement dit qu'il avait demandé sa mutation dans la Marine canadienne.

— S'il avait été à ses côtés à l'époque, ils auraient pu surmonter l'épreuve ensemble. Mais elle ne lui a pas pardonné son absence. Oh ! mon Dieu, ça devait être tellement horrible. Pauvre Louise ! Et puis se retrouver face à face avec la fille de Thea...

Frummie reposa sa tasse.

— Sa rencontre avec Hermione lui a donné le coup de grâce, soupira-t-elle. Cela aurait pu se passer n'importe où, n'importe quand. Dès l'instant où elle a compris que Martin ne se dressait plus entre le passé et elle, elle a commencé à devenir vulnérable.

— Je me demande si Martin et elle vont se remettre ensemble. L'autre femme n'est peut-être qu'une passade.

— Ça m'étonnerait beaucoup. Le facteur temps est un élément crucial, dans un couple. Si Rory s'était trouvé chez lui quand la petite est morte, ils ne se seraient probablement jamais séparés. Si Martin avait été présent quand Louise s'est effondrée, ils auraient pu prendre un nouveau départ. Mais, dans la situation présente, le fossé entre eux est trop grand.

— C'est effrayant. Le bonheur est si précaire. Il tient à si peu de chose !

— À un oui ou à un non.

La voix de Frummie était amère.

— À un regret qu'on exprime ou au silence que l'on garde. À une lettre qu'on écrit, ou à l'espoir que l'autre fera le premier pas. Mais la vie n'attend pas et nous sommes si gaspilleurs.

Brigid la regarda. Elle mourait d'envie de lui demander si elle avait des regrets, si c'était sa propre expérience qui la rendait si désabusée.

Mais Frummie avait refermé les yeux, le visage levé vers le soleil, et Brigid fut incapable de formuler à voix haute la question qui lui brûlait les lèvres.

17

Ce soir-là, Brigid monta jusqu'à Combestone Tor. Les rayons du soleil couchant éclaboussaient de lueurs rouges les blocs de granite bizarrement ciselés, et un mince croissant de lune flottait à l'est. À ses pieds, Cachou – ombre remuante au milieu des ombres immobiles – explorait les cavités creusées dans la pierre ; un corbeau s'envola lentement vers l'ouest en jetant un cri rauque.

Perchée sur un affleurement rocheux, Brigid le suivit du regard. Les cimes et les roches aiguisées où le bleu, l'or et le violet se déroulaient à l'infini disparaissaient dans un lointain mystérieux et vaporeux. L'immensité du paysage lui procurait toujours une sensation de paix. Ici, sur ces hauteurs sauvages qui dominaient la mosaïque de la lande, des champs et des vallées, elle était gagnée par un sentiment de gratitude et d'exaltation. Les bras autour des genoux, le dos bien droit, le visage caressé par l'air vif, elle sentait un frémissement d'excitation courir dans ses veines : l'émerveillement qui naît d'une communion parfaite avec la nature. Le rayonnement glorieux du soleil s'éteignait peu à peu, métamorphosait les moutons sur les pentes lointaines en de gros blocs de roche gris et ternes. Dans la vallée, un brouillard laiteux se levait, flottait au-dessus de la rivière, serpentait le long de la combe aux parois abruptes. C'était l'instant magique où le jour et la nuit se livrent l'ultime bataille avant que les ombres ne prennent définitivement possession du paysage...

Une truffe froide et humide se colla à sa joue : le charme s'évanouit quand la dernière lueur rouge disparut derrière la ligne d'horizon, mais le sentiment de paix et de joie qui l'imprégnait demeura. Cachou gémit, réclamant de l'action, et Brigid se leva à regret pour entamer sa descente. Des moutons dormaient sur la route qui traversait la lande, profitant de la chaleur emmagasinée pendant le jour par le bitume. Brigid contourna les grosses boules de laine immobiles, veillant à ce que Cachou marche au pied. Elle progressait rapidement tandis qu'au loin les lumières de Foxhole scintillaient à travers les sorbiers. Une fois franchi Saddle Bridge, Cachou fila devant comme une flèche, et Brigid gravit la colline, le cœur toujours gonflé de joie.

Elle était encore sur un petit nuage quand elle arriva chez elle et, en entendant la voix de Jenny sur le répondeur, elle ne comprit pas tout de suite le sens de ses paroles.

« Je suppose que ça pourrait être pire. L'administrateur judiciaire nous laisse poursuivre notre activité parce qu'il est plus facile de vendre une entreprise qui continue à tourner, mais, apparemment, il manque encore douze mille livres. Oh, Brigid, je ne sais même pas quoi dire ! Tu vas recevoir un courrier d'un jour à l'autre. J'espérais pouvoir venir te voir mais je n'ose pas m'absenter en ce moment. Je suis désolée de t'avoir manquée. »

Brigid regarda fixement la lumière rouge du voyant d'appel. Elle avait fini par se convaincre que pas de nouvelles signifiait bonnes nouvelles ; que Jenny et Jon avaient trouvé une solution. L'état de santé de Louise ajouté au départ de Humphrey pour les Bahamas l'avait aidée à prendre ses distances, à minimiser sa peur. Mais douze mille livres ?

Elle secoua la tête. Ce n'était pas possible. Elle avait dû mal entendre. Elle pressa très vite le bouton de marche arrière et le maintint enfoncé jusqu'au début du message. « ... mais, apparemment, il manque encore douze mille livres. Oh, Brigid... » Le visage crispé, elle arrêta le répondeur, ouvrit son carnet d'adresses et composa le numéro de l'école de voile.

— Bonjour, nous ne sommes pas là pour le moment....

Jenny et Jon essayaient probablement d'échapper à leurs créanciers – comment les en blâmer ? –, mais il n'y avait pas le téléphone dans la caravane où s'était installée Jenny, et aucun autre moyen de la contacter. Brigid laissa un bref message en s'efforçant de prendre un timbre de voix amical, pour demander à son amie de la rappeler aussi vite que possible, puis elle raccrocha et alla se servir un verre de vin.

Douze mille livres ! Comment rassembler une somme pareille ? En contractant un prêt, bien sûr, mais que dirait Humphrey ? Sa joie envolée, le cœur serré par une peur panique mêlée d'impuissance, Brigid s'accroupit près de Cachou, et enfouit son visage dans la chaleur de son pelage, avec le sentiment affreux d'être perdue et seule.

Jemima coupa le moteur et jura entre ses dents à la vue d'une haute silhouette immobile devant le cottage. À son attitude – bras croisés, visage fermé – il était clair qu'il lui faudrait user de toute sa diplomatie pour se faire pardonner.

— Je suis vraiment navrée !

Elle faillit tomber de la voiture dans sa précipitation.

— C'est un stupide malentendu. Quelqu'un était supposé attendre votre arrivée et vous faire visiter les lieux. Mais j'ai eu le message il y a seulement trente minutes. Je suis sincèrement désolée !

L'homme se dégela très lentement : ses bras retombèrent le long de son corps, et il effectua deux pas dans sa direction. Jemima sourit, nota qu'il était terriblement sexy, dans le style nonchalant et froid. Elle regretta de ne pas avoir mis une tenue plus seyante que son vieux jean délavé et de ne pas avoir eu le temps de se maquiller. Elle lui tendit la main, rentra inconsciemment le ventre et redressa les épaules.

— Je suis Jemima Spencer. La personne incompétente qui était censée vous accueillir vient juste de me téléphoner. Un problème domestique, j'en ai peur. Y a-t-il longtemps que vous attendez ?

Elle savait que ce n'était pas le cas, mais son attitude repentante portant manifestement ses fruits, elle décida de continuer sur le même ton. Il l'observa avec une approbation non déguisée tandis qu'il traversait la pelouse pour la rejoindre, et elle eut quelques secondes pour le jauger : grand, robuste, une large bouche, des yeux bruns et des cheveux châtain-roux coupés très courts.

Elle cilla imperceptiblement. Il est à tomber raide ! songea-t-elle.

— Pas trop.

Il ne lâchait pas beaucoup de lest.

— Mais c'est une de ces journées maudites.

— Oh...

Elle n'y était pour rien, mais un peu de compassion ne pouvait pas faire de mal.

— Vous avez mis longtemps pour venir ?

Il haussa les épaules et la regarda chercher la clé dans son sac.

— Assez. La circulation est impossible.

— Un samedi, fin juillet, c'est malheureusement souvent le cas. L'A 38 est un vrai cauchemar. Est-ce que votre femme doit arriver plus tard, monsieur... euh... Désolée. J'aurais dû vérifier votre nom avant de partir, mais je n'ai pensé qu'à arriver ici le plus rapidement possible. Janet m'avait annoncé un couple.

— Effectivement. Ce devait être un couple. Mais ma partenaire m'a annoncé la nuit dernière qu'elle ne partait plus. Ou plutôt si, mais avec quelqu'un d'autre.

— Oh !

Jemima le dévisagea.

— C'est affreux. Je suis vraiment désolée.

Il haussa les épaules.

— J'ai pensé que je ferais aussi bien de maintenir ce qui était prévu. De cette façon, elle aura tout le temps de récupérer ce qui lui appartient dans l'appartement, et moi, j'aurai un mois pour... me remettre.

Elle avait ouvert la porte. Il la suivit à l'intérieur du cottage et pila net en l'entendant pousser un cri de consternation.

— Oh non ! Je n'arrive pas à le croire !

— Quel est le problème ?

Il regarda par-dessus son épaule pendant qu'elle contemplait avec horreur l'évier rempli de vaisselle sale, les restes de nourriture sur la table, le désordre général.

— C'est épouvantable.

Elle pivota vers lui, mortifiée.

— Quand je mets la main sur Janet, je la tue ! Non seulement elle n'est pas venue vous accueillir, mais elle a « oublié » de me dire qu'elle n'avait pas fait le ménage. Je suis atterrée.

Il regardait la pièce, les sourcils froncés, et elle se demanda anxieusement s'il allait se mettre en colère, porter plainte ou partir en claquant la porte. Il était en droit de résilier sa location. Sa patronne serait vraiment très contente de perdre un mois de loyer ! Et en pleine saison, de surcroît...

— Je n'en ai pas pour longtemps pour tout mettre en état, affirma-t-elle très vite. Vous pourriez peut-être aller faire un tour, en attendant ? Ou vous asseoir au soleil ? Il y a un adorable petit bout de jardin avec des chaises...

— Inutile, soupira-t-il d'un ton résigné. J'aurais dû me douter que ce serait la journée des catastrophes. Je vais vous aider, ce sera plus rapide.

— C'est... c'est vraiment très gentil de votre part.

Elle lui lança un regard reconnaissant.

— Je ne sais comment vous exprimer ma consternation.

— N'y pensez plus.

Il lâcha un éclat de rire âpre.

— Une chance qu'Annabel ne soit pas là. Vos oreilles auraient sifflé. Elle ne supporte pas l'incompétence. Je m'occupe de la vaisselle, d'accord ?

— Entendu.

Jemima le regarda relever ses manches et éprouva l'étrange besoin de se justifier.

— Je ne suis pas incompétente, d'habitude. Je prends mon travail très à cœur. C'est la première fois qu'une telle chose m'arrive.

Il lui lança un bref regard, les sourcils levés, puis sourit.

— Je n'en doute pas. Pour être tout à fait franc, la perfection m'ennuie. Et j'ai horreur de la maniaquerie.

Le produit vaisselle est dans ce placard ? Ah, oui. Il y a de l'eau chaude ?

— Malédiction !

Jemima trépigna.

— C'est un système à pièces et, à voir l'état du cottage, je doute que les précédents locataires se soient ruinés en eau chaude. Je vais vérifier.

Quand elle revint, quelques minutes plus tard, il avait déjà empilé la vaisselle sale, nettoyé la table, et jetait les déchets dans un sac poubelle.

— J'ai de l'entraînement, expliqua-t-il en croisant son regard stupéfait.

— Je vois ça.

Elle marqua une pause.

— Annabel est une sotte, glissa-t-elle sur le ton de la conversation.

Il sourit.

— Merci.

— Je vais faire le lit, ajouta-t-elle, subitement intimidée. Nous boirons une tasse de café plus tard, si vous voulez. Au moins, il y a du lait dans le réfrigérateur.

— Pourquoi pas une bière ? Il doit bien y avoir un pub, dans le coin, non ? J'avoue que je ne m'attendais pas à un lieu aussi isolé. Le paysage est splendide, mais les habitations sont rares. Rassurez-moi, il y a bien un restaurant, dans les parages ?

— Oui, répondit-elle au bout d'un moment. En fait, il y en a un. Le Groin Tranquille, à Prawle. C'est à une dizaine de minutes d'ici.

— Joli nom, apprécia-t-il en ouvrant le robinet d'eau chaude. Il y a une chance que vous me montriez où il se trouve, ou bien êtes-vous... engagée ailleurs ?

— Non, dit-elle en essayant de ne pas sourire jusqu'aux

oreilles. Non, je n'ai aucun autre engagement. Je vous y conduirai avec plaisir.

Fredonnant tout bas, elle sortit chercher les draps.

Allongée dans le noir, les yeux grands ouverts, Louise laissait la vague de ses pensées déferler tout doucement dans le champ de sa conscience. Plus besoin de rester sur ses gardes, désormais : elle était enfin libre d'être elle-même et de laisser venir à elle les souvenirs, aussi douloureux soient-ils.

Les premiers temps, elle avait revécu la tragédie encore et encore, jusqu'à l'obsession. Puis, peu à peu, d'autres images étaient passées sur l'écran de son esprit, déroulant le film de sa vie en marche arrière : Smugglers Way, le lac au milieu des montagnes, les promenades dans les bois, Hermione dans son landau, la petite boutique de jouets dans le village de Rhu, la foule amassée sur le quai pour voir le sous-marin rentrer de mission.

Bizarrement, pour elle, chaque retour de Rory à la maison était synonyme de stress. Pourtant, il lui manquait si fort que les semaines lui paraissaient des mois et que, sans lui, la vie lui semblait désespérément vide ; mais elle avait toujours besoin d'un temps d'adaptation avant d'accepter la réalité de sa présence : l'éclat intense et chaleureux de ses yeux bleus, son extraordinaire vitalité lui tombaient dessus comme un choc. En réaction, elle se retranchait derrière une distance timide et silencieuse qui la frustrait, mais qu'elle ne parvenait pas à contrôler.

Rory ne prenait jamais ombrage de son attitude. Il lui laissait le temps de se réhabituer à lui, réglant son pas sur le sien jusqu'à ce que le malaise se dissipe. Il savait toujours à quel moment l'ancienne complicité renaissait, les réunissant dans la douce chaleur de la normalité. Et il lui entourait les épaules de son bras.

— Bonjour, toi, chuchotait-il, comme si ces deux petits mots avaient le pouvoir d'effacer les longues semaines de séparation et tous les obstacles. Alors, où en étions-nous ?

Il y avait tout un monde dans cet « alors ». Il indiquait que la vie réelle était sur le point de reprendre son cours ; que tout ce qui s'était passé entre leur dernier au revoir et cet « alors » n'avait strictement aucune importance. Cette petite phrase : « Où en étions-nous ? » était le sésame qui leur ouvrait la porte d'un univers privé, rien qu'à eux. Hermione était devenue un élément central de cet univers. Elle participait à la phase d'ajustement en requérant leur attention, en les faisant rire. Mais, une fois qu'elle était couchée, ils se retrouvaient seuls, tous les deux, et la gêne se réinstallait entre eux comme un rideau léger mais opaque, jusqu'à la petite phrase de reconnaissance. « Alors, où en étions-nous ? » Son bras autour de ses épaules, sa joue contre ses cheveux. Oh ! cette sensation merveilleuse de bien-être...

Des larmes brûlantes inondèrent les joues de Louise. Elle ne lui avait laissé aucune chance lors de leur dernière rencontre. Pas un mot d'amour ou de réconfort. Trois semaines, c'était beaucoup trop long pour supporter seule une telle horreur. Elle avait rejeté sur lui l'insoutenable responsabilité. S'il avait été à ses côtés, le drame aurait peut-être pu être évité. Il aurait reconnu les symptômes, insisté pour appeler un médecin, qui sait ? Mais, quand il était rentré, Louise s'était déjà murée dans le refus de la réalité et il était trop tard pour inverser le processus. Même le mot de passe familier avait été impuissant à la faire revenir : elle était hors d'atteinte.

Comment Rory avait-il vécu son deuil ? Maintenant qu'elle ne pouvait plus le tenir pour responsable de ce qui était arrivé ni lui reprocher son absence, Louise devait composer avec cette nouvelle souffrance. Qu'avait-il ressenti ?

— Ce n'est pas exclusivement ton drame ! avait hurlé sa mère. Il n'y a pas que toi qui souffres, figure-toi ! Comment peux-tu te comporter de cette façon ?

Elle se rappelait encore l'expression furieuse de sa mère, ses larmes de rage, le chagrin dans ses yeux. Mais, à l'époque, c'était comme si son visage se superposait à celui de l'enfant silencieuse dans le lit, anormalement immobile, d'une pâleur de marbre. En dehors de cette image obsédante, rien ne semblait réel. Si elle était restée dans leur appartement de Smugglers Way, si elle s'y était trouvée lorsque Rory était revenu, peut-être les événements auraient-ils tourné différemment. Mais, après l'enterrement, elle avait passé son temps entre la chambre d'Hermione et le cimetière, jusqu'à ce que sa mère vienne la chercher, alertée par des voisines inquiètes. Elle avait d'abord refusé farouchement de quitter son enfant, hystérique à l'idée de s'éloigner du lieu où elle reposait, mais le manque de sommeil et de nourriture avait eu raison de sa volonté et elle avait fini par accepter de suivre sa mère.

Pauvre Rory ! Son horreur avait exacerbé le sentiment de culpabilité de Louise. Dès lors, elle n'avait pas eu d'autre choix que de fuir ; se réfugier dans l'oubli. Sa relation avec sa mère – une femme exigeante, autoritaire – n'avait malheureusement jamais été marquée par la compréhension et c'était finalement auprès d'une amie d'enfance qu'elle avait trouvé écoute et compassion. Martin était une lointaine connaissance d'Helena. Ils s'étaient rencontrés dans une soirée et elle avait aussitôt été conquise par son énergie, par cette détermination qui balayait tous les obstacles sur son passage, comme une tornade. Elle s'était laissé emporter par le tourbillon, soulagée de ne plus avoir à prendre de décision ni même à réfléchir.

— Comment as-tu osé ? avait grondé sa mère, le visage figé. Et Rory ? Tu as pensé à lui ?

Rory. Elle n'avait pas osé regarder en arrière sur cette route sombre où elle marchait comme une somnambule. Ce qu'elle y aurait vu aurait été trop horrible. Martin se tenait à son côté, attentif, protecteur, et sa mère avait serré les lèvres.

— J'espère que tu es contente de toi ! Rory a le cœur brisé, mais il ne veut pas t'obliger à le voir si tu ne le souhaites pas. Il a l'intention de demander sa mutation dans la Marine canadienne, mais je suppose que cela ne t'intéresse pas ?

On aurait dit qu'une vitre les séparait : Louise regardait la bouche de sa mère remuer, prononcer des mots, se tordre de colère. Ses paupières se plissaient de mépris. Martin était intervenu, mettant un terme à la scène. Et Rory ?

Louise essuya ses larmes du plat de la main. Comment avait-elle pu faire preuve d'une telle cruauté ? Rory avait été si doux, si compréhensif, et il les avait aimées toutes les deux si fort ! Son visage se dessina devant ses paupières closes : heureux, souriant, débordant d'énergie. Sa voix grave et tendre s'éleva dans la pénombre :

« Alors. Où en étions-nous ? »

Louise se tourna sur le côté, rabattit la couette sur sa tête et laissa un déluge de larmes l'emporter.

18

— Ce soir, nous recevons un ami, annonça Jemima à Magnificat d'un ton désinvolte. Je suis sûre qu'il te plaira. D'ailleurs, ce point n'est pas négociable, alors arrange-toi pour camper sur le fauteuil de façon à l'obliger à venir s'asseoir à côté de moi sur le canapé. Ne lui saute pas sur les genoux sans autorisation et ne le couvre pas de poils avant que nous sachions s'il aime les chats. OK ?

Magnificat l'observa d'un air hautain, les paupières mi-closes, bâilla, puis se lécha le flanc d'un bref coup de langue, pas le moins du monde impressionné par ses recommandations.

— Naturellement, soupira mélancoliquement Jemima, il va aller droit sur le balcon. C'est toujours pareil. À peine entrés, la vue les hypnotise et ils oublient tout le reste. Dommage que je ne puisse pas installer le canapé dehors. Je lui aurais proposé de rester dîner ici, au lieu d'aller au restaurant... Mais bon, je ne dois pas paraître trop empressée. Et puis, tout n'est pas perdu : il faudra bien qu'il me raccompagne, à la fin de la soirée, non ?

Magnificat se leva, s'étira, puis se recoucha en lui tournant ostensiblement le dos. Il n'aimait pas particulièrement la gent masculine et il avait une façon bien à lui de faire sentir sa présence. Expérience oblige, il était passé maître dans l'art de jauger les visiteurs.

D'abord, il y avait les nerveux : ils étaient mal à l'aise, mais tellement désireux de plaire qu'ils s'efforçaient par tous les moyens de faire ami-ami avec lui. Magnificat ne les loupait pas. Il les humiliait d'un regard hargneux et se hérissait sous leur caresse déférente, fuyant cette démonstration d'affection hypocrite. Il y avait aussi les confiants : ceux-là, c'étaient les pires. Ils restaient impassibles face à ses manifestations d'hostilité et ne bougeaient pas d'un cil, même s'il leur feulait à la figure. En général, un coup de patte bien ciblé réussissait à effacer leur sourire suffisant.

Ensuite, il y avait les phobiques. Ceux qui avaient une peur panique des chats mais n'osaient pas l'avouer par crainte de perdre des points dans l'estime de la maîtresse du monstre. Un régal : plus ils essayaient de rester à distance, plus il prenait un malin plaisir à venir se frotter contre leurs jambes, à leur sauter sur les genoux, bref, à se rendre insupportable, savourant le sourire crispé de ses victimes.

Enfin, il y avait les hostiles. Ceux qui haïssaient les chats. Dans ce cas précis, il n'y avait rien d'autre à faire que d'échanger ce regard froid, dur, inamical et réciproque qui définirait une fois pour toutes la nature de leur relation. Naturellement, il fallait beaucoup plus de temps à Jemima – pauvre créature humaine dépourvue de flair – pour évaluer ses prétendants. Dommage. Si elle avait suivi son exemple, sa vie aurait été beaucoup plus simple...

Résigné, Magnificat s'installa confortament dans le fauteuil en osier pour dormir.

Jemima ne tenait pas en place : elle s'asseyait, se relevait, vérifiait le plateau de verres.

Il était important que la pièce dégage une atmosphère accueillante et décontractée ; qu'elle ne soit pas trop rangée, afin qu'il ne voie pas qu'elle avait nettoyé et astiqué comme une folle spécialement pour lui. Mais elle ne devait pas être trop fouillis non plus, sinon, il allait la prendre pour une souillon. Après tout, Annabel était une perfectionniste et, même s'il avait déclaré en avoir assez des maniaques, il aurait été stupide de le confronter à un trop grand contraste.

Je me demande à quoi elle ressemble, songea-t-elle.

Elle regarda son reflet dans le miroir accroché au-dessus de la bibliothèque, enfouit ses mains dans ses épais cheveux blonds. Peut-être aurait-elle dû les attacher. Elle portait une tunique noire en soie sauvage de style oriental et un pantalon large qui mettaient en valeur les courbes séduisantes de sa silhouette et faisaient ressortir son bronzage. Elle jetait un coup d'œil à sa montre quand la sonnette retentit, et lui arracha un petit sursaut.

Elle resta immobile quelques secondes, poings serrés, avant d'aller ouvrir.

— Bonsoir.

Il semblait détendu, sûr de lui, et elle perçut une nervosité dans sa propre voix quand elle l'invita à entrer. Il la suivit dans la salle de séjour, mais ne se dirigea pas immédiatement vers la fenêtre, prenant le temps de promener autour de lui un regard calme et intéressé.

— Magnifique, commenta-t-il. Quel cadre !

— N'est-ce pas ?

Elle essaya de paraître détachée :

— J'ai beaucoup de chance.

— Effectivement. Et vous avez eu raison de ne pas

masquer ce splendide parquet sous un tapis. Seigneur, quelle vue ! Je suppose que vous avez dû la payer au prix fort.

— Mon père m'a laissé un petit héritage.

Elle le suivit sur le balcon.

— C'est assez exceptionnel, n'est-ce pas ?

— Plutôt, oui.

Il lui sourit et elle détourna les yeux, essayant de contrôler sa fâcheuse tendance à le regarder d'un air béat, comme une ahurie.

— Ce doit être fantastique, la nuit, avec tous les bateaux allumés.

— En effet. Vous voulez boire quelque chose ?

Elle était si nerveuse qu'une occupation serait la bienvenue.

— Pourquoi pas ? Je prendrais volontiers un doigt de whisky.

Il était accoudé à la rambarde du balcon, les yeux fixés sur le port.

— Vous avez eu une excellente idée de me conseiller de venir en ferry plutôt que par la route. C'est étrange comme les lieux semblent différents, vus de l'eau. Quel est ce château en ruine, là-bas ?

— Fort Charles. Les royalistes l'ont investi pendant la guerre civile, je crois. Il me semble même qu'il a été assiégé.

— J'aimerais assez le voir de plus près. Vous pensez que c'est possible ?

— Oh oui. Vous n'avez qu'à prendre le ferry pour South Sands. Vous contournez le château et l'arsenal, et ensuite une vedette vient vous chercher pour vous emmener sur la plage. C'est une très jolie excursion.

— Ça m'en a tout l'air. J'ai bien envie de la tenter.

— Et si vous vous intéressez aux monuments historiques, il y a aussi le musée Overbecks, juste au-dessus de South Sands.

— Annabel aurait été enchantée par cette nouvelle. Personnellement, je ne raffole pas des vieilles pierres, mais pourquoi pas ? Je suppose que vous vous êtes rendue là-bas si souvent que ce n'est pas la peine de vous demander de vous joindre à moi ?

— Pas si souvent que ça.

Jemima s'efforça de ne pas laisser transparaître son excitation.

— Comme vous l'avez dit, les lieux sont très différents, vus de la mer. Ce serait amusant. Je vais rarement me promener sur le fleuve.

— Vous devriez avoir un bateau.

Il l'observa avec une insistance perturbante.

— Vous avez le pied marin ?

— Pas vraiment, admit-elle tout en se demandant si Annabel, elle, l'avait. À vrai dire, je n'ai pas réellement d'expérience dans ce domaine. Et vous ?

— Moi non plus. En fait, je n'ai jamais eu l'occasion de pratiquer un sport nautique, sauf pendant les vacances, quand j'étais gosse. Mais, si je vivais ici, je pense que je serais tenté.

Elle s'éclaircit la gorge, subitement intimidée, craignant de voir derrière ces propos des sous-entendus qui n'existaient que dans son imagination.

— Et si nous buvions ce verre ? Il faut aussi que je vous présente Magnificat.

— Magnificat ?

Il quitta le balcon à regret, mais, à la vue de la grosse boule de fourrure installée dans le fauteuil en osier, il éclata de rire.

— Regardez-moi ce poseur !

Les poils du dos de Magnificat se soulevèrent légèrement et il poussa un soupir. Type B : sûr de lui, confiant, rusé. Il ignora la caresse apaisante que lui prodiguait cette main mâle, feignant de dormir.

— Il est d'humeur antisociale, dit Jemima d'un ton d'excuse. Ne vous occupez pas de lui. Voilà votre whisky.

— Merci.

Il leva son verre.

— Je bois à des vacances très différentes de ce que j'avais prévu... mais pleines de charme, murmura-t-il en la regardant.

— À vos vacances, alors, répondit-elle en souriant.

Magnificat s'enfonça plus profondément dans le coussin, les yeux toujours fermés.

Et c'est reparti, songea-t-il avec résignation.

La musique de Rachmaninov retentit tandis que le mot fin apparaissait sur l'écran. Louise resta blottie au fond du canapé, remuée comme toujours par la dernière scène de *Brève rencontre*.

Tout en se mouchant discrètement, elle se demanda à quoi pensait Frummie. Elle était restée inhabituellement silencieuse tout au long du film – en général, elle passait son temps à commenter l'histoire et à prédire ce qui allait se passer. Et même maintenant, alors qu'elle rembobinait la cassette, elle continuait à ne pas dire un mot. Le sujet du film avait peut-être ravivé en elle des souvenirs douloureux – qui sait ? Après tout, dans les années cinquante, Frummie était une jeune femme avec un bébé, exactement comme l'héroïne. Sauf que Frummie, elle, avait succombé à sa passion et s'était enfuie avec son amant, abandonnant mari et enfant. Peut-être le remords la taraudait-il ? Elle revoyait mentalement les images du passé et regrettait de ne pas avoir résisté à la tentation...

Frummie saisit la télécommande et plongea l'écran dans le noir.

— Rien à faire, soupira-t-elle. J'ai dû voir ce film au moins dix fois, je n'arrive pas à accrocher à l'histoire. L'héroïne est complètement idiote. Et cette tartine de rouge à lèvres, quelle horreur ! Non, franchement, je ne vois pas ce que le héros peut lui trouver. Moi, à sa place, j'aurais peur. Elle est vraiment trop laide.

— Oh ! Frummie.

Louise ne put se retenir de pouffer.

— Et moi qui n'osais pas bouger, par peur de rompre le charme ! Personnellement, je trouve ce film merveilleux. Chaque fois que je le vois, je pleure comme une madeleine.

— Bah, c'est juste à cause de Rachmaninov. J'ai toujours pensé que nos misérables existences deviendraient des morceaux d'anthologie si nous les vivions en musique.

Louise la dévisagea, stupéfaite.

— Que voulez-vous dire ?

— La musique fait naître l'émotion. Imaginez le navet que nous venons de voir sans Rachmaninov et dites-moi qui verserait une larme sur ces deux nigauds ? Personne !

— Je n'avais pas pensé à ça, répondit Louise d'une voix pensive. Mais, en ce cas, comment expliquez-vous que le théâtre puisse nous bouleverser ? Shakespeare n'a pas besoin de musique pour nous émouvoir.

— Ah, mais au théâtre il y a l'atmosphère, ce frisson qui passe entre les comédiens et le public. L'émotion doit être réelle et perceptible, sinon, le spectacle est un échec.

Le cinéma et la télévision, en revanche, ont besoin d'une béquille pour recréer cette magie. Même les réalisateurs des vieux films muets en noir et blanc le savaient. Pourquoi croyez-vous qu'ils faisaient appel à un pianiste ?

— Je ne sais pas...

Louise pensa à ses films préférés : *Mort à Venise* sans Mahler ; *Voyage au bout de l'enfer* sans Samuel Barber...

— Vous avez peut-être raison, admit-elle au bout d'un moment.

Frummie ricana.

— Évidemment que j'ai raison ! Nous nous sentirions tous beaucoup plus forts dans l'adversité si nous avions un orchestre pour nous soutenir, croyez-moi ! Surprendre son mari dans les bras de sa maîtresse sur un crescendo de Mozart ou plaquer son amant sur un andante de Brahms, c'est quand même autre chose. Personnellement, j'ai toujours eu envie de mourir sur une musique terriblement dramatique, mais je n'arrive pas à me décider sur le choix du morceau.

— Wagner ?

Louise entra dans le jeu en souriant.

— La neuvième de Beethoven ?

Frummie fronça pensivement les sourcils.

— Une chose est sûre : le morceau choisi devra être suffisamment long pour m'accompagner dans l'au-delà. Je me vois mal me relever de mon lit de mort pour retourner la cassette.

— Avec une télécommande, plus de problème, la cassette se rembobine toute seule.

Frummie la dévisagea avec admiration.

— Comme pour mon magnétoscope ?

— Exactement. Je vous en donnerai une.

La vieille dame fronça les sourcils.

— D'un autre côté... Si je suis vraiment dans un état critique, je n'aurai sûrement pas la force d'actionner une télécommande.

Elle semblait agacée par ces détails matériels.

— Mon Dieu, tout est si compliqué !

— Effectivement, il serait fâcheux que la cassette s'arrête au mauvais moment.

L'idée amusait Louise. Elle se concentra quelques instants.

— Ce qu'il vous faudrait, en fait, c'est une musique à la fois intense et dramatique.

— Et en même temps sensuelle et poignante, conclut pensivement Frummie. Nina Simone, peut-être... Une voix rauque qui vous prend aux tripes et qui, d'un seul coup, vous ramène dans cette salle de cabaret aux lumières incertaines. Les petites tables rondes, les verres à moitié vides, les cendriers qui débordent, et un sac de soirée en velours abandonné sur le formica poisseux. L'odeur piquante de la fumée qui monte en spirale vers le plafond... L'atmosphère est si lourde qu'on pourrait la couper au couteau. On entend les pulsations régulières de la basse, et le da-doum da-doum assourdi des tambours. Une chanteuse noire, au décolleté plongeant, est assise au piano. Les yeux fermés, elle chante l'amour, le désir et la trahison. En fait, c'est votre histoire qu'elle chante, parce que vous savez très bien que le salaud assis en face de vous va vous quitter pour la petite garce avec laquelle vous l'avez vu ce matin. Mais ça ne fait rien. Vous rentrerez quand même avec lui tout à l'heure, et vous le laisserez venir dans votre chambre, dans votre lit, et vous vous agripperez à lui, et vous lui donnerez ce qu'il veut parce que vous l'aimez plus que tout au monde et que le désir vous empêche de voir clair. Voilà ce qu'elle chante, et tout le monde le sait.

Il y eut un long silence. Louise regarda la vieille dame, la gorge nouée.

— Ça... ça ne ressemble pas vraiment à Trevor Howard et Celia Johnson dans *Brève rencontre*, murmura-t-elle en se forçant à sourire pour masquer son émotion.

Frummie lâcha un bref éclat de rire ironique.

— Pas vraiment, non. Mais c'est ainsi que ça s'est passé pour moi.

— Tiens, je croyais que vous étiez ennuyeuse, respectable et petite-bourgeoise, reprit Louise d'un ton faussement léger.

— Je l'étais.

Frummie lui adressa son sourire de Joconde triste.

— Vous ne pouvez pas imaginer à quel point je l'étais. C'est bien ce qui rend la chose si douloureuse.

Louise se mordilla la lèvre et regretta de ne pas avoir le cran de prendre la vieille dame dans ses bras.

— Nina Simone me semble être un choix très judicieux. Et je resterai assise à côté de vous pour retourner la cassette en cas de besoin.

— Attention ! je vous rappellerai votre promesse le moment venu...

Frummie se leva avec une petite grimace de douleur.

— Cela dit, prévoyez large. Je ne rends pas aisément les armes. Il se peut que ça dure un moment !

— Vous m'avez bien accordé beaucoup de votre temps quand j'en avais besoin, lui rappela Louise d'un ton léger. Alors, voilà : je serai à votre disposition où et quand vous voudrez.

— Je suggère que nous nous occupions du dîner avant

de nous transformer en fontaines, grommela Frummie en serrant les lèvres. Mais j'ai votre parole ?

— Vous l'avez. Je serai là. Avec Nina Simone.

— Et une bouteille de Chivas Regal, ajouta Frummie.

— Et une bouteille de Chivas Regal, acquiesça Louise.

19

Tous les matins, Brigid se réveillait la peur au ventre. L'angoisse lui nouait l'estomac, faisait battre son cœur à toute volée dans sa poitrine. Douze mille livres ! Pour l'instant, elle n'avait pas encore eu de nouvelles de la banque, mais avait finalement réussi à joindre Jenny.

— J'ai essayé de trouver l'argent par mes propres moyens, malheureusement je n'offre aucune garantie, lui avait-elle expliqué. Nous avons tout investi dans cette affaire. J'avais imaginé toutes sortes de catastrophes, mais vraiment pas celle-là. Bryan était tellement enthousiaste, tellement... heureux. C'était son bébé, cette école. C'est affreux qu'il soit parti avec une autre femme, mais penser qu'en plus il s'est comporté comme un petit escroc doublé d'un voleur...

Elle s'était tue, comme si continuer était au-dessus de ses forces.

— Qu'est-ce que je vais devenir ? murmura Brigid en se mordillant la lèvre.

Elle repoussa ses couvertures et glissa ses pieds dans ses pantoufles tout en continuant à se parler à elle-même :

— J'ai envie de hurler. Je voudrais lui crier : « Je me fiche complètement de ton Bryan ! Je ne sais pas comment annoncer la nouvelle à Humphrey, et tout le reste m'est égal ! » Mais je ne peux pas faire ça. Elle a tellement de malheurs, la pauvre, ce serait trop cruel.

Elle enfila sa robe de chambre et descendit au rez-de-chaussée. Cachou agita paresseusement la queue au fond de son panier et se redressa en bâillant.

— Je sais qu'il est très tôt, s'excusa-t-elle en se penchant pour lui caresser les oreilles, mais je n'arrive pas à dormir.

Le chien l'observa quelques instants puis se recoucha pour continuer sa nuit. Debout devant la fenêtre, Brigid regarda le soleil se lever au loin sur Combestone Tor, se remémorant le soir où elle s'était assise sur un rocher pour contempler la fin du jour. La paix dont elle s'était sentie envahie n'avait pas duré longtemps. Elle n'avait pas résisté à l'angoisse qui s'était emparée d'elle.

— C'est à cause de Humphrey, dit-elle à voix haute comme si elle éprouvait le besoin de se justifier. J'ai peur de lui avouer que j'ai comploté dans son dos et que j'ai conclu un arrangement secret avec Jenny parce que je savais qu'il ne serait pas d'accord. Je trouvais injuste de lui refuser un service simplement parce que Humphrey la trouve exaspérante. C'est une amie merveilleuse et j'avais le sentiment de devoir lui témoigner ma confiance. Mais, maintenant, Humphrey va me dire qu'il m'avait prévenue !

Elle rit amèrement.

— Mon Dieu, s'il n'y avait que ça ! Il sera fou de rage ! Et probablement blessé. Il va penser que je fais plus de cas d'elle que de lui, ce qui est faux. Mais c'est l'impression qu'il aura. J'ai mis son avenir en péril pour Jenny. Nous allons être contraints de renégocier un prêt pour rembourser ou d'utiliser l'argent de sa prime de départ.

Ce qui signifie, dans un cas comme dans l'autre, qu'il ne pourra pas prendre sa retraite comme il l'espérait.

Elle se détourna de la fenêtre quand elle entendit la bouilloire siffler. À cinquante-trois ans, Humphrey était trop jeune pour cesser toute activité. Ils avaient souvent discuté de ce qu'il ferait quand il quitterait la Marine – il avait plusieurs projets caritatifs en tête et attendait avec impatience le jour où il pourrait enfin quitter son uniforme et ne plus avoir à obéir à des ordres. Mais, à cause d'elle, il n'aurait plus le choix : il devrait travailler pour rembourser les dettes de Jenny.

Brigid prépara du café, le cœur lourd. Elle ne parvenait pas à se décider à l'avertir. Sa lâcheté lui dictait de profiter de son éloignement pour lui annoncer la mauvaise nouvelle. Mais, d'un autre côte, lâcher une bombe pareille par téléphone ou par lettre lui semblait indigne et terriblement injuste. Si seulement elle avait pu trouver une solution sans avoir à l'informer de quoi que ce soit... Et, pour couronner le tout, son père qui arrivait dans quatre semaines !

— Il s'appelle Alexander, avait précisé Humphrey d'un air embarrassé. Je ne sais plus si je te l'ai dit.

Il se sentait toujours coupable de laisser Brigid se charger seule de cette corvée.

— Je ne me souviens pas. Tu dis toujours « papa » quand tu parles de lui.

Elle connut un moment de panique.

— Il ne s'attend pas à ce que je l'appelle papa, au moins ?

— J'en doute.

Humphrey avait semblé un peu amusé par cette idée.

— Il n'est pas du tout attaché aux convenances.

Elle l'avait dévisagé avec curiosité.

— Que veux-tu dire par là ?

— Oh, rien de particulier.

Il s'était hâté de la rassurer pour ne pas l'inquiéter.

— Il ne voit pas forcément les choses de la même façon que nous, c'est tout.

— Les choses ? Quelles choses ?

— C'est difficile à expliquer.

Il avait haussé les épaules, sur la défensive.

— Le regard qu'il pose sur la vie en général est différent. Il n'attache strictement aucune importance aux questions matérielles et il est d'une franchise parfois... déstabilisante.

Brigid avait froncé les sourcils, étonnée.

— Je ne l'imaginais pas du tout ainsi. À la façon dont il s'est comporté à la mort de ta mère, j'ai toujours cru que c'était un être foncièrement égoïste.

— Oui, il l'est. Quand il s'est remarié, il ne s'est pas soucié de savoir ce que je pourrais ressentir ou ce que les gens penseraient. Il s'est occupé de lui, point final. Mais quand tu lui demandes de s'expliquer, ses arguments sont... euh, déconcertants, c'est le moins qu'on puisse dire.

— Tu as voulu qu'il se justifie ?

— Ma démarche n'avait rien d'ouvertement agressif. J'étais jeune, bouleversé par la mort de ma mère, je voulais juste comprendre. Je me souviens qu'il s'est étonné : Qu'est-ce que ça peut bien te faire que je me remarie ? Qu'est-ce que ça change pour toi ? J'ai essayé de lui expliquer que ça faisait mauvais effet et que les gens allaient sûrement imaginer des choses...

— Et qu'est-ce qu'il a dit ?

— Il m'a demandé qui étaient ces gens dont je parlais et en quoi leur opinion pouvait nous importer. J'ai été incapable de répondre. Alors il m'a redemandé ce que j'aurais de plus s'il renonçait à ce mariage et je n'ai pas su répondre non plus. Après tout, j'avais presque vingt et un ans et j'allais partir en mer pour plusieurs mois. Il aurait été puéril de ma part de l'empêcher de refaire sa vie simplement parce que ça me sécurisait. Mais son indifférence me blessait. Tout arrivait si brutalement : la mort de maman, ma première mission en mer, mon père qui partait. J'avais l'impression de perdre tous mes repères et je me disais qu'il aurait dû le comprendre.

— Et ça n'a pas été le cas.

— Justement, il paraît que si. C'est ce qu'il a prétendu, en tout cas. Et il a ajouté : « Mais est-ce vraiment important ? » C'est ce type de comportement qui me fait dire qu'il ne réagit pas comme tout le monde.

— Une chose est sûre : il devrait bien s'entendre avec maman. Dieu merci, c'est seulement pour trois mois.

Brigid finit son café et posa son mug dans l'évier. Une lassitude s'abattit sur ses épaules, doublée d'une sensation d'impuissance face à l'adversité. Remontée dans sa chambre, elle se blottit sous les couvertures, rassembla les coussins autour d'elle en un nid, et sombra dans un sommeil de plomb.

Jemima, elle aussi, s'était réveillée anormalement tôt, ce matin-là. Elle resta allongée un moment à savourer une sensation de pur bien-être, les membres aussi relaxés et dénués de volonté que si elle avait flotté en apesanteur. Même ses paupières refusaient de se soulever. Son cerveau baignait dans une torpeur béate.

Je l'aime, songea-t-elle. Je l'aime comme une folle !

Un petit frisson d'excitation la parcourut et vint briser son indolence en mille éclats microscopiques ; elle roula sur le ventre et ferma les yeux pour ne rien perdre de ce moment de volupté. Elle avait plusieurs tête-à-tête à se remémorer, désormais. Des bribes de discussion à se passer en boucle, des regards enivrants à revivre encore et encore...

Une curiosité étrange la poussait à amener la conversation sur Annabel, ce qui le rendait maussade, mais elle ne pouvait pas s'en empêcher. C'était une expérience complètement nouvelle pour elle. Jusqu'ici, elle ne s'était jamais intéressée aux compagnes de ses amants. Elles appartenaient à un autre monde, à une sphère différente, qui ne la concernait pas. Mais c'était parce qu'elle n'avait jamais été amoureuse d'aucun des hommes qui avaient croisé son chemin. Aujourd'hui, c'était différent, et elle avait besoin de savoir ce qui l'avait attiré chez Annabel. Elle revenait donc sans cesse à la charge, avec une insistance douloureuse et voluptueuse, comme lorsqu'on appuie avec la langue sur une dent dont le nerf est à vif. Son expression fermée, presque hargneuse, faisait naître un tressaillement de peur au creux de son ventre, mais elle continuait quand même.

Après avoir montré une certaine réticence à se confier, il était peu à peu sorti de sa réserve et avait commencé à lui donner des détails, devenant presque lyrique dans ses louanges. Alors qu'elle l'écoutait évoquer son Annabel en termes fleuris, Jemima lui avait offert un visage grave et compréhensif, tout en ponctuant in petto son récit de commentaires acides et silencieux.

— Elle est chargée de mission dans une boîte de communication. C'est une fille extrêmement brillante. Elle a obtenu sa maîtrise de droit des affaires avec mention très bien... – *Tu m'en diras tant !* –... et plusieurs grosses entreprises lui ont proposé des postes haut de gamme.

Finalement, c'est un chasseur de têtes qui l'a recrutée pour ce travail – *Dommage que ce n'ait pas été un Jivaro* – Ils ont senti tout de suite qu'elle avait un potentiel extraordinaire... – *Et gnagnagna* –... Tout le problème est venu de là, d'ailleurs... – *Ah ! Enfin, nous y voilà !* – Le responsable de la boîte a craqué pour elle. Oh, je ne peux pas l'en blâmer... – *Non, bien sûr* –... mais j'ai quand même reçu un drôle de choc en apprenant que c'était réciproque. Je m'y attendais tellement peu et sa décision de me quitter a été si... brutale... – *Normal : c'est une garce !* –... Je suppose que j'ai été stupide de ne rien voir... – *Mais non, tu ne l'es pas. Tu es beau comme un dieu et cette fille est une vipère doublée d'une peau de vache* –... Mais je dois vous ennuyer à mourir avec mes histoires. Je me suis laissé emporter, désolé.

Elle avait secoué la tête.

— Ne vous excusez pas. L'épreuve a été très dure pour vous, je m'en rends bien compte.

Reste neutre. Décontractée.

— Je suppose qu'elle n'est pas seulement brillante, mais également très séduisante ?

Son regard avait fixé un point dans l'espace, derrière elle, comme s'il revivait un moment précieux du passé, et son visage avait reflété un tel regret que Jemima avait dû serrer les poings sous la table pour l'empêcher de voir le spasme de jalousie qui faisait trembler ses mains. Son sourire s'était transformé en une sorte le rictus figé. Bien fait pour toi, tu l'as cherché, s'était-elle tancée avec amertume. Et maintenant, tu la fermes, compris ? Même si tu meurs d'envie de savoir à quoi elle ressemble, ne t'aventure pas sur ce terrain-là.

— Sincèrement, elle est magnifique. – *Merde ! Je suis vraiment obligée d'entendre ça ?* – Elle a l'allure d'un top model. Grande, mince, des jambes superbes... Elle est tellement bien faite qu'elle peut porter tout ce qu'elle veut. – *Trop tard pour redresser les épaules et rentrer le ventre.* – Elle a de longs cheveux noirs qui lui arrivent jusqu'aux reins et... Mais au diable Annabel ! Parlons plutôt de vous. C'est beaucoup plus intéressant.

— Exact.

Elle avait très vite repris son assurance, plaisanté, caché son sentiment d'infériorité sous une nonchalance de façade, et il avait retrouvé sa bonne humeur. Il avait même failli manquer le dernier ferry.

Jemima roula sur le dos en riant tout bas. Ce n'était vraiment pas grâce à elle qu'il l'avait attrapé. Elle avait gardé discrètement un œil sur sa montre, imaginant mille et un stratagèmes pour lui faire oublier l'heure, jusqu'à ce qu'il regarde sa Rolex et sonne le départ. Sa détermination à rentrer lui avait inspiré des sentiments mitigés, mais elle était restée impassible et souriante et avait agité chaleureusement la main tandis que le ferry s'éloignait du quai.

Jemima s'assit dans son lit en bâillant. Satisfaite de constater qu'il faisait soleil, elle écouta le cri des mouettes et tous les bruits familiers du port : le moteur Diesel d'un bateau de pêche partant au large, le plongeon rythmé d'une paire de rames fendant l'eau, le clapotis des vagues contre l'embarcadère du ferry. En fin d'après-midi, ils se retrouveraient pour boire un verre, puis elle l'emmènerait se promener au pied des falaises, à Bolberry Down, et ensuite ils dîneraient dans un pub. Cette fois, il serait probablement trop tard pour le dernier ferry...

Prétextant qu'elle l'aurait fait de toute façon, Jemima enleva les draps et les remplaça par une paire toute propre, qu'elle prit directement dans le sèche-linge. Elle fredonna en tapotant les oreillers pour leur redonner du volume, et termina par le dessus-de-lit en patchwork bleu et crème, qu'elle lissa soigneusement. Puis, tout sourires, elle ouvrit les rideaux et s'accouda un instant à la fenêtre, le regard posé sur le relief accidenté du cap, de l'autre côté de l'estuaire, où les ajoncs et la bruyère dessinaient de larges motifs jaune et pourpre.

Il se laissait conduire en voiture à droite et à gauche, avec une confiance absolue.

— Vous conduisez comme un homme, lui avait-il dit. Et venant de moi c'est un compliment. D'habitude, j'ai horreur d'être assis à la place du passager.

Elle aimait le regard que les autres femmes posaient sur lui. Cela éveillait en elle une possessivité très excitante.

Un jour, alors qu'ils attendaient au bar qu'une table du restaurant se libère, il lui avait avoué apprécier qu'elle ne fasse pas de chichis.

— Des chichis ?

Elle l'avait regardé d'un air surpris, comme si elle entendait cette expression pour la première fois.

— Que voulez-vous dire ?

— Oh, je pensais à Annabel. Il lui arrivait de se comporter comme une enfant gâtée quand tout ne se déroulait pas exactement comme elle le souhaitait.

— Oh, je vois.

Jemima avait glissé juste ce qu'il fallait d'indifférence amusée dans son intonation, comme si elle avait déjà oublié qui était Annabel, puis elle avait mis un point d'honneur à rester enjouée et souriante toute la journée, même quand le serveur lui avait annoncé qu'il n'y avait plus de homard, ou quand il s'était mis à pleuvoir juste au moment où ils s'apprêtaient à embarquer sur le ferry pour se rendre à South Sands. Il lui avait décoché ce sourire qui avait le don de transformer son cœur en yo-yo fou, et lui avait déclaré qu'il ne se rappelait pas s'être jamais autant amusé.

— Vous êtes quelqu'un de très spécial, non ? avait-il murmuré en glissant un bras autour de sa taille.

Jemima s'éloigna de la fenêtre ouverte et pivota vers la chambre. D'accord, ses cheveux étaient blonds, pas noirs. Elle n'avait pas la taille mannequin – loin de là –, elle ne possédait aucun diplôme universitaire, et nul chasseur de têtes n'était à ses trousses. Mais elle était quand même quelqu'un de « très spécial ».

— Tu peux numéroter tes abattis, Annabel. La compétition est ouverte, murmura-t-elle.

Et elle fila prendre sa douche.

20

La maison était exactement la même, et pour cause. Pourtant, Louise avait l'impression de la voir pour la première fois, comme en rêve. Il y avait si longtemps que cette demeure n'éveillait plus aucune émotion en elle, seulement une curiosité mêlée de détachement.

C'est irréel, songea Louise. Smugglers Way est réel, Foxhole l'est aussi. Mais cette maison ne signifie rien pour moi.

Elle était troublée, désorientée. Pendant tout le trajet, elle avait essayé d'imaginer quelle serait sa réaction en arrivant. Elle avait envisagé différents scénarios, mais jamais elle n'aurait pensé éprouver de la curiosité à l'égard d'une maison où elle avait vécu pendant trois ans. On aurait dit que les événements de ces six dernières semaines avaient tranché l'étoffe de sa vie telle une épée étincelante, et supprimé tout un pan de son passé. De même qu'elle avait effacé de sa mémoire la période à laquelle appartenaient Rory et Hermione, niant jusqu'à leur existence, la parenthèse avec Martin lui semblait maintenant avoir été vécue par quelqu'un d'autre. Elle contempla avec étonnement les objets qui avaient composé le décor de sa vie. Qu'était-il advenu de la Louise qui avait vécu parmi eux, qui avait gravi l'escalier menant à la chambre, préparé à manger dans cette cuisine ? Qui était-elle ?

La porte d'entrée s'ouvrit et se ferma dans un bruit sourd. Des pas traversèrent rapidement l'entrée, feutrés par le tapis, et Martin entra en coup de vent dans la cuisine, les bras chargés de sacs, le visage absent. Son expression changea à une telle vitesse quand il découvrit Louise assise à la table que c'en fut presque comique. Il eut un mouvement de recul involontaire et laissa échapper un cri étouffé.

— Excuse-moi, dit-elle très vite. Je suis un peu en avance et tu n'as pas pu reconnaître la voiture, bien sûr.

— Je croyais que tu venais en train.

C'était une accusation.

— Tu avais dit que tu m'appellerais de la gare.

— En effet.

C'était étrange de se trouver de nouveau face à lui.

— Mais finalement j'ai décidé de faire la route en voiture. Ça t'ennuie ?

Elle le dévisagea et eut l'impression de lire dans ses pensées. Il aurait préféré qu'elle vienne en taxi depuis la gare, de façon à avoir le temps de se préparer. Et il se demandait si elle avait vu quelque chose susceptible d'éveiller ses soupçons dans la maison.

— J'ai toujours ma clé, tu sais. Après tout, j'habite ici, lui rappela-t-elle d'une voix douce.

Plus maintenant, trésor. Il aurait pu prononcer ces mots à voix haute tant ils étaient inscrits dans son regard hostile. Il se détourna et posa les sacs sur la table pour gagner du temps.

— Tu as une mine magnifique, reprit-elle d'un ton léger. Tu as l'air en pleine forme.

Il poussa un soupir irrité.

— D'accord. Arrêtons le petit jeu des insinuations. Non, je n'ai pas obtenu ce bronzage en jouant au golf en Écosse. Mais je ne t'apprends rien, je suppose. Tu l'as toujours su, n'est-ce pas ?

— Pas au début, répondit-elle lentement. J'avais des soupçons, c'est vrai, mais rien de précis. Jusqu'à ce que je rencontre cet homme, dans le train...

Et que je voie cette femme avec son bébé, ajouta-t-elle intérieurement tandis que les battements de son cœur s'accéléraient douloureusement.

— Quel homme ?

Il l'observait avec impatience.

— De qui parles-tu ?

— Aucune importance.

Subitement, elle regrettait d'être venue. Elle avait lentement repris pied dans la réalité et elle n'osait pas lâcher son point d'appui.

— Ça n'a aucun intérêt, Martin. Vraiment.

— Oh, je t'en prie !

Il ferma les yeux.

— Ne joue pas les martyres.

— Je n'en ai pas l'intention. Tu sais, la situation a changé. Je n'ai pas encore eu l'occasion de t'en parler, mais...

— Oui, je sais, je sais. J'aurais dû retourner dans le Devon pour m'expliquer mais, pour être franc, c'était au-dessus de mes forces. Le traître infidèle qui plonge sa douce et tendre dans le désespoir et doit faire amende honorable sous l'œil inflexible d'une espèce de vieux chameau qui croit incarner la justice immanente, très peu pour moi !

— Frummie n'est pas du tout comme ça. Elle...

Louise s'interrompit subitement :

— ... Peu importe. Écoute, Martin, je voudrais juste t'expliquer ce que je ressens. Ne te fatigue pas, je sais par avance ce que tu vas me dire : « Je suis coupable. J'ai eu tort de filer en douce au bord de la Méditerranée, de ne pas me montrer plus gentil avec toi au téléphone, de ne pas être venu te rendre visite plus souvent dans le Devon... » Mais tu as surtout eu tort d'avoir une liaison avec Carol.

Il écarquilla les yeux, sous le choc.

— Tu étais au courant ?

Elle l'examina.

— Tu as réellement cru que je ne verrais rien sous prétexte que tu la critiquais sans cesse ?

— Mais tu viens de dire que tu avais seulement des soupçons !

— Exact.

Elle haussa les épaules.

— Je pensais que tu avais meilleur goût.

Il rougit vivement et elle détourna les yeux, honteuse du plaisir que lui procurait ce coup bas.

— Elle est jeune, rétorqua-t-il pour se venger. Elle n'a que vingt-trois ans.

Louise le scruta avec compassion.

— Formidable !

— Ne prends pas ce ton condescendant ! hurla-t-il. Quand je t'ai récupérée, tu n'étais rien ! Rien ! Tu ne savais même pas quel jour de la semaine on était. Ta vie était en miettes et tu ne possédais plus rien. À part les vêtements que tu portais sur le dos. Même ta mère ne voulait plus entendre parler de toi !

— Tu as raison. Tu as été merveilleux avec moi, Martin. Tu t'es occupé de moi. Tu m'as soutenue, entourée...

— Parfaitement ! Je me suis consacré à toi vingt-quatre heures sur vingt-quatre, au cas où tu l'aurais oublié !

— Oh, mais je ne l'ai pas oublié ! Je te suis infiniment reconnaissante, Martin, au-delà même de ce que tu peux imaginer. Mais nous deux c'est terminé. Ça n'a rien à voir avec Carol ou avec ce que tu as pu faire ou ne pas faire. J'ai enfin réussi à regarder en arrière et à accepter ce qui s'était passé. Tu m'as protégée aussi longtemps que tu l'as pu mais désormais je dois affronter la réalité et je ne peux le faire ni dans cette maison ni avec toi.

Il la dévisagea, mi-stupéfait, mi-méfiant.

— Et qu'est-ce qui a provoqué ce sursaut ?

Louise hésita. À quoi bon lui avouer que c'était son infidélité qui avait tout déclenché ? Il ne comprendrait pas. Il y verrait même un reproche. Quelle importance, de toute façon ?

— Je suppose que le moment était venu, tout simplement, répondit-elle lentement. La mort d'Hermione m'avait plongée au fond du gouffre. J'étais incapable de refaire surface. Sans doute me suis-je protégée en attendant d'être en mesure de supporter ça. Je l'ignore. Mais le déclic s'est produit et tout a changé.

— Tu veux dire que tu n'éprouves plus rien pour moi ?

Il avait vu la brèche et s'y faufilait à toute vitesse, trop heureux qu'elle porte seule la responsabilité de leur rupture, devina-t-elle avec ironie.

— Je tiens toujours beaucoup à toi, rectifia-t-elle doucement. Veux-tu que je revienne habiter ici ?

Un véritable conflit d'émotions se refléta sur son visage : consternation, angoisse, irritation, prudence... Louise éclata de rire.

— Et si on jouait cartes sur table ? Je veux reprendre ma liberté et toi, tu meurs d'envie d'être débarrassé de moi. Pourquoi l'un de nous deux devrait-il nécessairement se sentir coupable ? J'ignore encore ce que je vais faire, mais j'ai besoin d'être seule pour réfléchir.

— Tu n'as pas l'intention de retourner dans le Devon ?

— Si, mais je ne peux pas habiter éternellement avec Frummie. Je pense prendre une petite location d'hiver. Je ne fais aucun projet à long terme pour le moment.

L'expression de Martin s'adoucit. Comme toujours, il répondait présent en cas de besoin.

— Ne t'inquiète pas pour l'argent, je t'aiderai. Pour commencer, tu as besoin d'une voiture. La location coûte trop cher. Je suis sûr que nous trouverons un arrangement financier, tous les deux.

— C'est vraiment très généreux de ta part, dit-elle avec sincérité. J'aurai peut-être besoin d'un petit coup de pouce au début, mais j'ai l'intention de chercher du travail dès que possible.

— Tu es en état, tu crois ?

Elle haussa les épaules.

— Tout dépendra de ce qu'on me proposera. Mais je ne veux pas être un boulet pour toi trop longtemps.

— Ne t'en fais pas pour ça, ma douce. C'est vraiment secondaire.

— Merci.

Elle lui sourit.

— Si c'est possible, j'aimerais beaucoup que nous restions amis. Je ne suis pas encore tirée d'affaire, tu sais.

L'ancienne complicité renaissait entre eux. Martin la serra dans ses bras.

— Amis, acquiesça-t-il avec chaleur. Maintenant, raconte-moi ce qui t'est arrivé.

— Tu sembles aller mieux, constata-t-il un peu plus tard.

Il lui avait préparé du thé, dans la jolie théière chinoise bleue. Ils étaient installés au salon, la porte-fenêtre ouverte sur l'adorable petit jardin. Pas un objet qui n'y eût été choisi avec soin. Que ce soit le mobilier en bois de rose, les coussins et les rideaux signés Rose and Hubble, ou les bibelots précieux placés dans la vitrine d'exposition. Sa mère lui avait laissé quelques biens, en même temps qu'une confortable somme d'argent, et Martin était capable de chercher pendant des mois le tableau, la statuette ou le secrétaire qui apporterait la petite touche finale au décor de ses rêves. Il était pointilleux, maniaque même dans ses goûts, et cependant son tempérament chaleureux et énergique donnait vie à la perfection un peu froide de son intérieur.

Tandis qu'elle buvait son thé, Louise se remémorait en souriant les petits bungalows que l'armée mettait à la disposition des couples mariés, à Smugglers Way : des bâtiments cubiques, aux façades uniformément grises, tous percés des même fenêtres, pourvus des mêmes toits plats et meublés avec le même manque d'imagination. Elle eut subitement le souvenir d'un canard en plastique vert flottant dans la baignoire et une souffrance aiguë la transperça comme une aiguille.

— Qu'est-ce qui ne va pas ?

Martin posa la main sur son épaule, tout en l'observant avec ce regard attentif et tendre qui lui était familier.

— Oh, Martin.

Elle frissonna un peu ; elle ressentait presque le besoin d'être consolée.

— C'est si dur d'être confrontée tout à coup au passé.

— Ma pauvre chérie.

Il l'enveloppa dans ses bras et la berça tout doucement. Louise se blottit contre lui, réconfortée par sa force et la chaleur de son étreinte. Durant un bref instant, elle fut tentée de tout effacer, encore une fois, de chercher aveuglément refuge dans ses bras protecteurs, hors d'atteinte des griffes insistantes de la mémoire. Martin pourrait revenir vers elle ; ce nouveau dilemme attiserait la flamme de son amour. Pelotonnée dans ses bras, elle avait conscience du trouble qui les faisait frissonner et du désir qui resserrait peu à peu leur étreinte. Une partie d'elle-même aspirait à cet apaisement qui suit l'acte d'amour, à ce relâchement des tensions où plus rien n'existe, ni pensée, ni souvenirs. Et, cependant, alors même que l'idée d'un rapprochement l'effleurait, Louise savait d'ores et déjà que ce retour en arrière était impossible. Ce bref moment d'émotion qui les soudait l'un à l'autre n'était rien d'autre que l'ultime lueur d'un feu mourant.

Elle renversa la tête en arrière pour le regarder.

— Tu as été d'une patience extraordinaire avec moi, Martin. Et pourtant, ça ne devait pas être facile, surtout au début. Comment t'y es-tu pris ? Personne d'autre n'a réussi. Pas même ma propre mère.

Sa question détourna son attention de la pulsion qui avait pris possession de lui et il desserra lentement les bras pour réfléchir.

— La seule chose dont j'étais sûr, c'est que tu avais besoin de temps. Le choc avait été cataclysmique. Les grands blessés passent par une longue période de convalescence avant de retrouver leur mobilité. Il m'a semblé qu'il en allait de même pour les blessures de l'esprit. J'ai probablement eu tort de t'encourager à effacer aussi totalement de ta mémoire les causes du traumatisme, mais j'ignorais ce qui se passait réellement dans ta tête. Il me semblait que tu devais avoir une chance de trouver l'apaisement.

— Mon cher Martin. J'avais besoin de temps, en effet. Je ne pouvais pas... je ne supportais pas de penser à Hermione. J'étais folle de chagrin, de remords et... je ne parvenais pas à accepter sa disparition. J'avais perdu ma raison de vivre et tout le reste était... sans intérêt. Peut-être, si Rory avait été là... Non.

Elle secoua la tête.

— Je m'exprime mal. Il n'est pour rien dans ce qui est arrivé, je le sais, même si j'ai longtemps essayé de lui en faire porter la responsabilité. Ce que je veux dire, c'est que s'il avait été là, si nous avions traversé ce cauchemar ensemble, j'aurais peut-être trouvé en lui une nouvelle raison de vivre. Malheureusement, il était absent et je suis restée murée dans mon désespoir pendant trois semaines. Quand il est rentré, il était trop tard. Je n'étais plus qu'un bloc de souffrance. Dur comme un roc. Imperméable. Il ne pouvait plus m'atteindre. Ma mère s'est rendu compte que je faisais le vide autour de moi et elle est entrée dans une colère terrible. Je la comprends, mais nous n'avons jamais réussi à communiquer normalement, elle et moi.

— On ne peut pas dire non plus qu'elle ait fait preuve de... tact.

Louise lâcha un bref éclat de rire.

— Non. Le tact n'a jamais été sa principale qualité mais elle était bouleversée, elle aussi, alors je suppose que nous devons nous montrer magnanimes.

— Je n'ai jamais compris pourquoi elle t'avait laissée seule à Faslane après l'enterrement.

Il lui lança un regard hésitant.

— Tu te sens capable d'en parler ?

Louise hocha la tête.

— Nous ne nous sommes jamais entendues, elle et moi. En fait, elle voulait un garçon... Elle avait eu beaucoup de difficultés à tomber enceinte et, quand enfin c'est arrivé, elle était folle de joie. Tu imagines sa déception quand elle a accouché d'une fille. Par la suite, elle a fait une fausse couche et, cette fois, c'était un garçon. Je suppose qu'elle ne m'a jamais complètement pardonné d'avoir survécu alors que l'autre bébé était mort. Ensuite, mon père est décédé et ma mère et moi avons vécu chacune de son côté. C'est triste à dire, mais nous n'avions absolument rien en commun. Jusqu'à ce que je rencontre Rory. Ma mère l'a tout de suite adoré. Il était charmant avec elle et elle lui donnait toujours raison. Elle a été terriblement déçue qu'Hermione soit une fille. « Un homme comme Rory a besoin d'un fils », répétait-elle, et je savais qu'elle continuait à espérer qu'un jour nous lui donnerions un petit-fils. Tu imagines sa fureur quand Rory est parti. Elle le considérait comme son enfant.

— Je dois avouer, dit Martin après un bref silence, que je n'ai jamais vraiment éprouvé beaucoup de sympathie pour ta mère.

Louise esquissa un pâle sourire.

— Ne t'inquiète pas : c'était réciproque.

— Alors, qu'est-ce qui a provoqué le déclic quand tu étais dans le Devon ?

— J'ai rencontré une petite fille, répondit-elle lentement. Une gamine adorable prénommée Hermione.

Elle perçut son tressaillement.

— Les digues avaient déjà commencé à céder, mais le choc leur a donné le coup de grâce. En la voyant, tout le passé s'est engouffré d'un seul coup dans la brèche.

— Et ta crise de nerfs ? J'ai cru que c'était à cause de moi. Cet horrible coup de téléphone...

— Non, démentit-elle très vite. Il y a contribué sans doute, mais c'est loin d'être aussi simple. Ce qui s'est passé, en fait, c'est qu'Hermione est tombée malade. Les symptômes ressemblaient à ceux d'une méningite et, d'un seul coup, j'ai eu l'impression que l'histoire se répétait. C'est la goutte d'eau qui a fait déborder le vase.

Il la dévisagea avec une expression horrifiée.

— Elle n'est pas... ?

— Non, non, elle n'est pas morte, rassure-toi. Sur mes conseils, sa mère a appelé le médecin et la petite a été conduite à l'hôpital. Mais en fin de compte c'était un simple virus, pas une méningite. Il n'y a pas eu de septicémie, comme pour... comme pour mon Hermione.

Il la garda serrée contre lui pendant qu'elle pleurait, et lui caressa tendrement les cheveux jusqu'à ce qu'elle se redresse, en souriant bravement.

— Je vais mieux, le rassura-t-elle. Mais j'ai encore des moments difficiles. Il est temps que je réapprenne à voler de mes propres ailes, non ?

Il y eut un long silence.

— Si, acquiesça-t-il enfin. Si nous restions ensemble, tu ne franchirais jamais le cap.

Elle fut touchée par sa sagesse et éprouva le besoin de le rassurer.

— Ce n'est pas que je ne tienne pas à toi. Tu le comprends, n'est-ce pas ?

Il lui caressa tendrement la joue.

— Tu avais besoin de moi et tu éprouves encore une

grande affection pour moi, mais tu ne m'as jamais réellement aimé.

Elle le dévisagea, choquée.

— Bien sûr que si !

— Non.

Il secoua gentiment la tête.

— C'est Rory que tu aimes. Tu n'as jamais cessé de l'aimer. Votre séparation était inévitable à l'époque, malheureusement. C'était une tragédie, mais personne n'y pouvait rien.

— Ne dis pas ça. Je me sens déjà tellement coupable...

— Ce n'est pas ta faute, ma douce. C'est comme si vos deux vies avaient été soufflées par une bombe. Vous n'en êtes pas sortis indemnes.

Rory. Louise le vit aussi nettement que s'il se tenait à ses côtés. Elle entendit sa voix grave et tendre.

« *Alors. Où en étions-nous ?* »

— Je n'ose même pas penser à Rory.

Elle se sentait paniquée.

— Je ne suis pas prête. Pas encore. Je ne peux pas supporter de penser au mal que je lui ai fait.

Elle se mordit la lèvre, essaya de sourire.

— Parle-moi de toi. Raconte-moi ce que tu es devenu durant ces dernières semaines.

La tasse tremblait dans sa main lorsqu'il se pencha pour lui resservir du thé, mais elle réussit peu à peu à chasser son angoisse et à contrôler la montée de sa tristesse tandis que la voix de Martin s'élevait dans la pièce silencieuse, paisible et rassurante, comme toujours.

21

Le jour où la lettre arriva, elle resta presque toute la journée sur la table de la cuisine avant que Brigid ne la trouve.

Ses locataires avaient mis des heures à plier bagage, lui laissant tout juste le temps de laver le sol, de faire les poussières et de changer les draps avant l'arrivée de leurs successeurs. Ces derniers étant des fidèles, Brigid avait prévu de leur offrir du thé et des petits gâteaux pour leur souhaiter la bienvenue.

— Le moins qu'on puisse dire, c'est que tu les bichonnes, tes clients, remarqua Frummie, confortablement installée sur une chaise longue dans son jardin.

Elle faisait mine de lire un roman, mais, en réalité, elle surveillait les allées et venues de sa fille avec une ironie mêlée d'irritation. Louise lui manquait. Elle était ronchon et désœuvrée.

— Tu briques leur cottage, tu leur prépares des petits gâteaux, tu bavardes avec eux pendant des heures... C'est sûr qu'ils ne trouveraient pas l'équivalent dans un hôtel, même quatre étoiles. Tu n'as pas l'impression d'en faire un peu trop ?

— Je les connais depuis des années.

Brigid s'interrompit, agacée d'avoir à se justifier. Elle

savait très bien ce que Frummie sous-entendait : sa fille consacrait davantage de temps à ses locataires qu'à sa propre mère.

— Et puis ils seront fatigués, en arrivant. C'est un long voyage pour venir de Carlisle.

Frummie haussa dédaigneusement les épaules.

— Il y a des endroits où on sert du thé, sur la route, j'imagine.

Brigid réprima une violente envie de la secouer.

— Probablement, mais ce sont des amis, et il me semble normal de les accueillir comme tels.

— Oh, en ce cas, parfait. Moi, ce que j'en dis...

Frummie se replongea dans son livre et tourna une page avec une mine appliquée.

— Mais après avoir trimé pour eux toute la journée, il n'était peut-être pas indispensable de leur donner la becquée, ajouta-t-elle du bout des lèvres.

— Ça ne m'ennuie pas. D'ailleurs, j'ai fini, maintenant, et je peux me reposer. Je comptais justement me servir un verre avant de m'occuper du dîner.

— C'est une invitation ?

Le cœur de Brigid se serra. Elle mourait d'envie de se retrouver seule, au calme, dans le refuge de sa cuisine – ou la quiétude de la cour –, mais la question de Frummie avait valeur de test, elle le savait : allait-elle refuser à sa mère ce qu'elle offrait si généreusement à ses locataires ?

— Tu veux te joindre à moi ?

Elle essaya d'introduire une note d'enthousiasme dans sa voix, comme si la compagnie inattendue de Frummie constituait une surprise agréable.

— J'ai un excellent chardonnay australien que Humphrey a acheté avant de partir. J'en ai mis une bouteille au frais ce matin, il devrait être à la bonne température. Nous pourrions nous installer dans la cour. Il fait trop chaud pour s'enfermer.

— Ma foi, ce serait très agréable...

Frummie avait un tout petit peu honte.

— Tu es sûre que ça ne te dérange pas ?

— Absolument. Je vais la chercher. Je te rejoins dans une minute.

Une fois dans la pénombre fraîche de l'entrée, Brigid ferma les yeux et jura à voix basse. Elle mourait d'envie d'enlever ses souliers, de se caler contre un oreiller et de dormir. À supposer qu'elle réussisse à trouver le sommeil...

Cachou remua la queue en la voyant arriver dans la cuisine, mais resta allongé de tout son long sur le sol. On aurait dit une grande flaque d'encre répandue sur les dalles grises. Brigid le caressa du bout du pied, trop lasse pour se baisser et lui faire un câlin.

— Des verres, murmura-t-elle pour elle-même. Et le tire-bouchon. Mon Dieu, je suis si fatiguée.

Elle jeta un coup d'œil au courrier qu'elle avait jeté sur la table dans la matinée : la peur referma sa main de glace sur son cœur. Elle poussa la lettre du dessus sur le côté de façon à voir plus clairement celle de la banque et, pendant un bref instant, plus rien n'exista que cette pièce tiède enveloppée d'ombre : le tic-tac régulier de la pendule enfla et résonna dans sa tête comme des coups de boutoir tandis qu'elle fixait la blancheur de l'enveloppe tranchant sur le bois sombre de la table. Elle était incapable de bouger.

Ne l'ouvre pas. Ce fut sa première pensée. Un réflexe instinctif de protection. Si elle la lisait maintenant, pourrait-elle encore aller s'asseoir dans la cour avec sa mère comme si de rien n'était ? L'angoisse lui retourna l'estomac. D'un autre côté, ce serait encore pire si elle imaginait son contenu. Qui sait ? La situation était peut-être moins catastrophique qu'elle ne le pensait...

Sans plus réfléchir, elle décacheta l'enveloppe, jeta un coup d'œil aux premières lignes et s'interrompit aussitôt.

« ... nous avons le regret de vous informer qu'il pourrait s'avérer nécessaire de procéder à la saisie du bien que vous avez engagé à titre de caution... »

Brigid serra la feuille de papier entre ses doigts, le regard perdu dans le vide. « Il pourrait s'avérer nécessaire ». « Pourrait ». Elle reprit sa lecture et parcourut très vite la lettre, comme si, en effleurant les mots, elle les rendait moins effrayants.

« ... Les actuels propriétaires tentent de vendre leur entreprise mais, même s'ils trouvaient un acquéreur, il est peu probable que le fruit de la vente suffirait à apurer les comptes. Nous estimons donc qu'il est de notre devoir de vous avertir que... »

— Tu es là, chérie ?

La voix de Frummie résonna dans l'entrée. Brigid rangea précipitamment la lettre dans l'enveloppe et la glissa sous le reste du courrier.

— Je suis dans la cuisine, lança-t-elle. Je n'arrive pas à mettre la main sur le tire-bouchon.

Quand sa mère apparut sur le seuil, Brigid avait ouvert le tiroir du buffet et brandissait le tire-bouchon avec une grimace.

— Inouï, déclara-t-elle, confondue de s'exprimer avec un tel naturel. Je crois que je perds la boule !

— Bah, ça pourrait être pire...

Frummie lui adressa son sourire de Joconde.

— ... Tu aurais pu perdre le tire-bouchon.

— Tu peux prendre les verres ?

Elle éprouvait tout à coup le besoin de sortir de cette cuisine, de se retrouver dehors, au soleil et à l'air libre.

— J'apporte la bouteille.

— Parfait. J'ai fait un saut chez moi pour prendre des biscuits apéritifs dont tu me diras des nouvelles. Je les ai achetés à Ashburton, dans la petite épicerie. Je suis sûre que tu vas les adorer.

Brigid sortit la bouteille du réfrigérateur d'une main tremblante et suivit sa mère dans la cour.

Alors qu'elle conduisait le long des routes étroites, la radio diffusait *Saturday Night fever*, et Jemima fredonnait. L'air chaud, chargé de tous les parfums de la fin de l'été, était d'une lourdeur langoureuse et enivrante. Des mûriers sauvages poussaient sur les bas-côtés, leurs branches enchevêtrées et hérissées d'épines encore chargées de fleurs d'un rose délicat. Bientôt, de gros fruits noirs les remplaceraient et les fleurs jaune pâle des chèvrefeuilles se métamorphoseraient en un duvet léger, semblable à de la brume. Dans presque deux semaines, ce serait l'automne.

... « *Uh, uh, uh, uh, staying alive, staying alive...* » Tout en chantant à voix haute, Jemima frissonnait de bonheur à l'idée de son rendez-vous.

— Je vais avoir du mal à partir, avait-il soupiré. Ça ne me plaît pas du tout. Pas du tout.

Elle avait eu envie de crier : « Alors ne pars pas ! Reste. Reste avec moi ! » Mais il n'aimait pas les étalages de sentiments, alors elle avait gardé le silence. Apparemment, son approche non prédatrice lui plaisait. Pour Jemima, il s'agissait d'une attitude parfaitement naturelle. Elle avait toujours cloisonné sa vie et s'en trouvait très bien.

Généralement, ses conquêtes lui reprochaient de ne pas s'impliquer davantage dans la relation. Lui, non. Son indépendance lui plaisait. Son détachement apparent l'excitait.

Jemima fronça légèrement les sourcils. Ce petit jeu de cache-cache serait amusant un temps, mais on ne pouvait pas maintenir un intérêt permanent... De toute façon, ça deviendrait lassant, à la longue. S'il s'était agi d'un simple flirt, elle se serait pliée à ces règles, mais elle voulait plus.

— Pour l'amour du ciel ! souffla-t-elle. Tu ne le connais que depuis trois semaines ! Vingt-deux jours exactement.

Mais elle savait déjà que deux petits rendez-vous lui avaient suffi pour tomber éperdument amoureuse. Le grand amour. Comment expliquer autrement ce feu qui couvait en elle, ce désir insatiable, ce nœud à l'estomac, ce besoin constant d'être avec lui ? Elle n'arrivait pas à se concentrer, elle n'avait plus d'appétit. Quand il téléphonait, son cœur cognait à toute volée dans ses oreilles et sa gorge se serrait tellement qu'elle ne pouvait plus parler. Et cependant elle savourait chaque seconde de cette douce torture. Même l'angoisse et l'incertitude lui rappelaient qu'elle était vivante, merveilleusement, douloureusement vivante.

Elle esquissa une grimace de dérision. Jemima, la championne toutes catégories du mélodrame ! Elle s'adossa à son siège, bras tendus, appréciant la lumière douce de la fin d'après-midi. La caresse de sa chemise en lin crème sur sa peau dorée, le cliquetis de ses bracelets en or, ses mains posées avec assurance sur le volant... Elle portait un pantalon en toile couleur miel, des sandales en cuir, et elle se sentait séduisante, positive, invincible.

Il l'attendait : la porte de son cottage était ouverte. Les logements étaient construits autour d'une cour centrale et partageaient le même parking, mais chacun disposait d'un petit jardin privatif donnant sur des champs dodus qui ondulaient jusqu'à la mer, en contrebas. Des cloisons en bois séparaient les habitations, les isolant tout à la fois du bruit et de la vue.

Jemima se gara et descendit de voiture en s'efforçant de maîtriser sa nervosité.

— Vous êtes magnifique, dit-il. J'aime beaucoup votre coiffure.

— Merci. Il faisait trop chaud pour les laisser dénoués.

Allait-il la prendre dans ses bras ? L'embrasser ?

Elle passa à côté de lui et n'attendit pas plus d'une seconde ou deux le contact tant espéré. C'était le principe qu'elle s'était fixé, sachant que si elle y dérogeait une seule fois, elle se trahirait. Il était si peu démonstratif, si retenu dans ses gestes, ses paroles, ses émotions. Mais elle pouvait se plier à ses règles. Annabel était certainement une femme très réservée, elle aussi, secrète, peu expansive – et elle lui avait plu. Parfait. Jemima ne souhaitait pas devenir un clone d'Annabel, mais elle pouvait s'adapter aux circonstances. Se montrer distante, mais avec de vrais élans chaleureux ici et là. Décontractée, mais avec un zeste de passion.

Il la suivit dans le jardinet, où quelques chaises en fer forgé étaient disposées autour d'une table assortie, protégée par un parasol. Un seau à glace rafraîchissait une bouteille de vin blanc à côté d'un plateau contenant des lamelles de saumon fumé roulées sur de fines tranches de pain noir beurrées.

Jemima haussa les sourcils avec humour.

— Et en plus, il cuisine !

— En plus de quoi ?

— En plus d'être beau garçon, répondit-elle d'un ton léger, s'amusant de l'inversion des rôles.

Il s'esclaffa et prit la bouteille.

— Et encore : vous n'avez pas tout vu !

Elle l'enveloppa d'un rapide regard.

— Mais je n'attends que ça, lança-t-elle avec une pointe de défi – et elle sourit secrètement en voyant une lueur de surprise passer dans ses yeux.

Il se ressaisit et servit le vin.

— Vous avez passé une bonne journée ?

— Excellente. J'ai visité un bungalow près de Thurlestone. Le propriétaire est décédé et le fils vit à Londres. Il souhaite le louer mais n'a aucune envie de s'en occuper et m'a contactée dans ce but. Il avait entendu parler de moi par un de ses voisins qui est exactement dans le même cas. Ma patronne va être contente. Je vais avoir droit à un bon point et une sucette.

— Il faut fêter ça, alors.

Il leva son verre.

— Je suppose qu'en dehors de l'élevage et du tourisme je n'ai aucune chance de trouver du travail dans le coin ?

Jemima but une gorgée de vin et s'efforça de ne pas laisser voir son enthousiasme.

— Eh bien, tout dépend de votre spécialité. La région manque de médecins, d'enseignants et d'avocats, comme partout, d'ailleurs.

Durant le court silence qui suivit, Jemima se félicita mentalement pour sa réponse calme, presque indifférente.

— J'imagine, dit-il enfin. Et dans le domaine de l'informatique, où en êtes-vous ?

— Ma foi, la plupart des habitants du Devon savent

lire et écrire, et même se connecter à Internet, ironisa-t-elle. Vous croyez que l'alphabétisation s'arrête à Bristol ?

— Non, bien sûr.

Il fronça les sourcils avec impatience.

— Je ne voulais pas paraître suffisant. Mais je suppose que j'aurais quand même du mal à trouver du travail dans ma branche.

Jemima sourit et se demanda comment elle allait négocier le virage.

— N'étant pas spécialiste moi-même, je ne peux pas vous répondre sur ce point.

Elle s'appliqua à lui montrer un visage lisse et amical.

— Pourquoi ? Vous envisageriez de vous installer ici ?

Il soutint son regard tandis qu'un petit pli pensif se creusait entre ses sourcils.

— L'idée m'a traversé l'esprit une fois ou deux, ces derniers jours, admit-il.

Jemima se retint à grand-peine de rire comme une folle, sauter, bondir, taper dans ses mains.

— Ah. Je ne sais pas quoi vous conseiller. Je suppose qu'il faudrait prospecter dans les environs, établir des contacts ?

— Je suppose, en effet.

Il lui sourit, amusé par son flegme.

— Le mieux, naturellement, ce serait que je sois sur place. Il me faudrait un hôtel ou une location susceptible de m'accueillir les week-ends, le temps de... prendre des dispositions.

Elle secoua la tête.

— À cette époque de l'année, ça risque d'être assez compliqué. Le Devon affiche complet jusqu'à fin septembre.

— Vous pensez que j'aurai des difficultés à trouver un lit ?

— Vous pourriez avoir de la chance... avec un peu d'aide de vos amis.

— Ou d'une amie en particulier ?

Oh mon Dieu ! Ça y est ! Fonce.

— C'est ma vue imprenable sur le port qui vous intéresse, avouez.

— Ça, et deux ou trois petites choses, répondit-il – et il lui tendit la main.

Jemima attendit une seconde ou deux, puis glissa sa main dans la sienne.

— Je vais y réfléchir, dit-elle.

22

Tandis qu'elle roulait vers le Devon, Louise éprouvait une impression bizarre. Elle oscillait entre la joie et le désespoir. Ces derniers mois, elle avait appris qu'on ne pouvait pas ranger le passé dans un coin et l'y oublier. Et, aujourd'hui, pour la première fois depuis des années, il lui semblait qu'elle pouvait envisager l'avenir avec une certaine confiance, voire avec espoir. Elle n'était plus dans une logique de fuite et de déni : désormais, elle regardait sa vie en face, dans son intégralité, et s'efforçait d'affronter courageusement la réalité. Hermione, Rory et Martin avaient fait partie de son vécu, mais elle les avait perdus tous les trois et il lui fallait l'accepter.

Alors qu'elle approchait de Foxhole, des souvenirs en suspens effleurèrent tout doucement sa conscience. Elle les laissa venir à elle : elle marchait dans le parc, au milieu des rhododendrons en fleur ; elle regardait Hermione jouer sur le port avec d'autres enfants d'officiers de la Marine, ses cheveux blonds rassemblés en d'adorables petites couettes ; la vue sur le lac ; une soirée au Yacht Club avec Rory. Tous ces souvenirs avaient été enfermés à triple tour pendant si longtemps qu'ils lui revenaient avec une fraîcheur qui l'émerveillait et lui transperçait le cœur tout à la fois. Hermione. Chantonnant pendant qu'elle jouait avec Percy ; babillant des phrases incompréhensibles dans son téléphone jouet ; pédalant autour de la table de la cuisine avec son tricycle, encore et encore. Ses petits pieds aux orteils recroquevillés, ses poignets potelés, ses doigts écartés comme une étoile de mer, ses dents, perles dans son visage rosi par la joie. Oh, mon Dieu ! cette souffrance insupportable ! Pourquoi la mort est-elle irrévocable ?

— Qu'est-ce que tu vas faire ? lui avait demandé anxieusement Martin. Où vivras-tu ?

— Avec Frummie, avait-elle répondu, jusqu'à ce que je puisse louer un petit appartement. Mais, pour cela, il faut que je trouve un travail.

— Tu as l'intention de recommencer comme... comme avant ?

Le soin qu'il avait mis à ne pas prononcer le nom de Rory l'avait fait sourire.

— Reprendre mon ancien métier, tu veux dire ? Que pourrais-je faire d'autre ?

— Tu es sûre d'en avoir la force ? Pour l'amour du ciel, Louise, ne brûle pas les étapes !

Avant d'épouser Rory, elle était aide maternelle. Elle avait toujours adoré les enfants et attendait avec impatience le jour où elle pourrait fonder sa famille à elle.

— Il faut que je recommence à vivre normalement, Martin, avait-elle répondu. Je dois devenir autonome.

— Je comprends, ma douce. Mais ce n'est pas la peine de te précipiter. Je ne vais pas te couper les vivres, tu sais.

— Tu es adorable, mais je ne veux plus vivre à tes crochets. Et, pour ce qui est de la rente que tu continues généreusement à me verser, je considère qu'il s'agit d'un prêt.

— Si tu veux. Mais tu risques...

Il avait hésité. Il ne voulait pas se montrer alarmiste, mais il devait la mettre en garde.

— Tu n'es pas à l'abri d'une rechute, tu comprends ?

— Ne t'inquiète pas. Je sais que je ne suis pas encore tirée d'affaire. C'est aussi pour ça que je préfère rester quelque temps avec Frummie. C'est elle qui me l'a proposé, d'ailleurs. Et comme elle reçoit une amie en octobre, je serai bien obligée de trouver un toit, ce qui n'est pas plus mal.

— Je serai toujours là pour toi, tu le sais.

Elle lui avait adressé une grimace espiègle.

— Je suis certaine que Carol sera enchantée de me voir rappliquer avec mes bagages.

Il lui avait souri, refusant de mordre à l'hameçon.

— Ce que je veux dire, c'est que nous resterons amis, quoi qu'il arrive.

Elle l'avait étreint avec chaleur.

— Tu n'imagines pas à quel point ton soutien est important pour moi. Je ne te remercierai jamais assez pour tout ce que tu as fait, Martin.

— Ne dis pas de bêtises. Au fait, tu as l'intention de continuer à te faire appeler Parry ? Nous étions convenus il y a trois ans que c'était la solution la plus simple, mais qu'est-ce que tu en penses, aujourd'hui ?

— J'aimerais bien garder ton nom encore un peu, si ça ne t'ennuie pas.

L'idée d'un changement aussi définitif la rendait bizarrement nerveuse.

— Prends tout ton temps. Et j'insiste pour t'acheter une voiture. Disons qu'il s'agit de mon cadeau de séparation, avait-il décrété alors qu'elle commençait à protester.

Son amour-propre s'était apaisé à la pensée que Martin

adorait se sentir utile et qu'en l'autorisant à lui porter secours elle lui faisait plaisir. Il avait eu raison, néanmoins, de la mettre en garde contre une éventuelle rechute. Désormais, elle devait affronter des accès de panique et de dépression, juxtaposés à des moments d'espoir et à une enivrante liberté. Bientôt, elle voulait le croire, les premiers ne seraient plus qu'un mauvais souvenir et elle pourrait reconstruire sa vie sur des bases solides. Réussirait-elle à trouver un poste dans une crèche ou une maternelle ? Peut-être serait-il plus raisonnable de demander un mi-temps, pour commencer. Mais l'autoriserait-on à s'occuper de jeunes enfants quand on saurait qu'elle sortait d'une dépression ?

Le voile sombre de l'angoisse et du doute recouvrit son esprit et elle tenta de le chasser en se concentrant sur son avenir immédiat : son retour à Foxhole, auprès de Brigid et de Frummie.

— Je suis tellement contente que tu reviennes, avait déclaré Brigid avec sa chaleur et sa générosité habituelles. Tu réussiras à supporter maman, tu es sûre ?

— Vous n'imaginez pas à quel point vous m'avez manqué, toutes les deux !

— En tout cas, tu as fait sa conquête : elle t'adore. Et elle est ravie de te revoir.

Ces mots avaient répandu en Louise la douce chaleur du réconfort. Quelle chance d'avoir des amies aussi merveilleuses et un refuge où panser ses plaies en attendant la guérison !

— Dis-lui que je suis en route. Je devrais arriver après le déjeuner.

Foxhole : une vieille ferme au milieu de la lande, un sanctuaire de pierre où Brigid, Frummie et Cachou l'attendaient. Voilà la pensée sur laquelle elle devait se concentrer, la seule chose qui importait pour le moment. Lentement, doucement, les ombres refluèrent, l'angoisse se dissipa, et le calme revint.

— À chaque jour suffit sa peine, se murmura-t-elle, coincée derrière une énorme caravane qui progressait lentement sur la route étroite.

Elle devait toujours recourir à des subterfuges pour empêcher certaines pensées de l'envahir. Aujourd'hui, ce n'était plus pour fuir la réalité, mais pour que la panique et la peur ne la plongent plus dans le désespoir. Heureusement, elle avait une solide expérience. Elle se mit à réciter à voix haute :

Un mille-pattes vivait heureux dans son logis
quand un crapaud taquin
lui demanda par plaisanterie
s'il avait déjà chaussé des patins.

La caravane s'engagea lourdement dans l'allée conduisant au plan d'eau. Louise soupira de soulagement et accéléra, l'attention rivée sur Foxhole et sur son arrivée imminente.

Brigid avait eu une matinée difficile. Elle s'était levée à l'aube, réveillée une fois encore par une crise d'angoisse, et s'était préparé une tasse de thé qu'elle avait bue dans son lit, avant de retomber dans un sommeil de plomb. Du coup, elle n'avait émergé qu'à dix heures moins vingt et, après avoir fait sortir Cachou en urgence, elle s'était refait du thé, bâillant à s'en décrocher la mâchoire, ramenant ses cheveux blonds derrière ses oreilles tandis qu'elle examinait le courrier du matin. *Les Nouvelles de Dartmoor* étaient arrivées et, dédaignant les autres lettres, elle s'installa à table avec sa tasse pour lire l'article plein d'humour de Kate Van der Kiste sur les dernières frasques de son golden retriever.

Elle souriait, momentanément distraite de ses soucis, quand elle entendit Frummie frapper les trois petits coups familiers pour s'annoncer. Réprimant un gémissement, elle se leva pour tourner la grosse clé à l'ancienne dans la serrure et se força à sourire.

— Bonjour, chérie. Tu t'es levée tard, ce matin.

Frummie passa à côté d'elle, aussi fraîche et pimpante qu'un carreau d'émail verni.

— J'ai frappé, tout à l'heure, mais tu n'as pas répondu. Tu étais très matinale, pourtant, autrefois.

Brigid la suivit dans la cuisine, ravalant une réponse désagréable.

— Je viens juste de faire du thé. Tu en veux ?

— À cette heure-ci ? Mon Dieu non ! Mais je prendrais bien un café. J'ai préparé un gâteau pour Louise et j'espérais que tu aurais un peu de crème fraîche à me prêter.

— J'en ai, oui.

Brigid sortit la petite cafetière du placard, sachant que Frummie apprécierait un vrai café.

— Je l'ai eue au téléphone : elle t'est extrêmement reconnaissante de l'accueillir, tu sais.

— Elle n'avait pas d'autre option, à ce que j'ai cru comprendre.

Frummie se percha sur le bord de la table, regardant sa fille s'affairer.

— Le temps est un grand guérisseur. Je sais ce que c'est que d'avoir besoin d'un refuge pour panser ses plaies.

Brigid lui lança un regard rapide, instinctivement sur la défensive.

— Humphrey et moi avons été très heureux de t'accueillir ici.

Frummie lui adressa son sourire sibyllin.

— C'est ce que je veux dire. J'ai eu beaucoup de chance. Ne t'imagine pas que je ne l'apprécie pas.

Embarrassée, Brigid haussa les épaules.

— En tout cas, c'est très gentil à toi d'héberger Louise. Personnellement, je serais horrifiée à l'idée de loger quelqu'un chez moi pendant une durée indéterminée. J'aime beaucoup Louise, cela n'a rien à voir, mais...

— C'est parce que toi tu es une vraie solitaire. Tout comme Jem. Pas moi. Il faut apprécier sa propre compagnie pour être capable de vivre seule. Et je n'ai jamais eu beaucoup d'estime pour moi-même.

Il y eut un court silence.

— Je... je n'ai jamais réfléchi à la question sous cet angle-là.

Brigid posa la cafetière sur la table, et sortit un mug du buffet.

— Mais quand on épouse un marin, on n'a pas vraiment le choix.

— On a toujours le choix. Toi, par exemple, tu as choisi d'accepter la solitude avec bonne humeur, et d'en tirer le meilleur parti. Mais tu aurais aussi bien pu choisir de lui rendre la vie impossible en jouant les martyres, ou de le harceler jusqu'à ce qu'il démissionne. Ou de le quitter, tout simplement. Je suis sûre que tu connais des épouses de marins qui ont opté pour l'une ou l'autre de ces solutions.

Brigid la dévisagea.

— En effet, acquiesça-t-elle lentement. Maintenant que tu m'en parles, oui.

Frummie haussa les épaules.

— Note que ce n'est pas toujours aussi simple.

Elle enfonça le piston de la cafetière avec une satisfaction visible et versa le liquide noir et chaud dans son mug.

— Tu t'inquiètes de ce qu'il adviendra de ta liberté quand Humphrey sera à la retraite ?

Brigid s'assit et reprit sa tasse de thé.

— Oui, admit-elle sans se laisser le temps de retenir l'aveu. Oui, c'est vrai. Ce sera un changement de cap radical pour nous deux. Humphrey attend ce moment avec impatience.

— Mais pas toi.

— Ce n'est pas ce que j'ai voulu dire.

Elle lança un bref regard à sa mère.

— J'ai pris des habitudes, c'est tout. Quand Humphrey est à la maison, nous nous entendons à merveille. Il est drôle, et nous adorons vraiment être ensemble. Mais j'ignore ce que peut être la vie quotidienne avec lui – jour après jour, mois après mois. Cela ne nous est encore jamais arrivé, et... je suis morte de peur à l'idée que ça puisse mal se passer.

Frummie goûta son café avec une mine approbatrice.

— Délicieux.

Une pause.

— Il n'a pas l'intention de chercher du travail ?

Brigid hésita. Elles abordaient un terrain terriblement glissant.

— Il espérait que la location des cottages lui éviterait de prendre un emploi à temps plein. Il souhaite s'occuper d'œuvres caritatives, mais ça ne suffira pas à remplir ses journées, je le crains. Il lui faudra trouver une activité plus prenante.

— J'ai flanqué en l'air vos projets, en monopolisant l'un des cottages.

— Absolument pas ! protesta Brigid. Franchement. D'ailleurs, tu paies un loyer.

Frummie lâcha un rire ironique.

— Mais sans rapport avec les tarifs que vous pratiquez avec vos clients.

— Je t'en prie, maman. Ne remettons pas le sujet sur le tapis. Tu sais bien que nous sommes très contents de te savoir ici.

— Étrange, n'est-ce pas ?

— Quoi donc ?

— Que mon refuge soit devenu également celui de Louise.

— Oui. Enfin, je suppose. Elle... elle ne compte pas sur toi pour l'épauler financièrement, j'espère ?

— Non, non. Ne t'inquiète pas. Martin va l'aider jusqu'à ce qu'elle soit en état de s'assumer.

— C'est très généreux de sa part.

— Bah, il y trouve aussi son compte, non ?

— Que veux-tu dire ?

— Il veut se consacrer corps et âme à sa nouvelle conquête. Alors il l'aide à débarrasser le plancher. Et comme elle avait l'intention de le quitter, ils mettent les bouchées doubles. Une chance, non ?

— Tu es cynique.

— Possible.

Frummie finit son café d'un trait et se leva.

— C'était délicieux. Au fait, as-tu lu le journal ? Il y a eu un autre meurtre, à Plymouth cette fois. C'est le troisième et rien ne laisse supposer que la police ait une piste. Encore une femme seule, qui promenait son chien. Affreux, non ? Merci pour le café et la crème fraîche. Je t'en rachèterai un pot quand j'irai faire des courses.

— Ce n'est pas la peine. Ne t'inquiète pas pour ça.

Elle se levait pour raccompagner sa mère quand le téléphone sonna. Frummie partit et Brigid décrocha.

— Salut !

La voix de Jemima pétillait d'entrain.

— Comment vas-tu ?

— Bien, merci.

— Je pensais qu'on pourrait peut-être déjeuner ensemble. Je dois me rendre à Totnes pour mon travail, et c'est quasiment à mi-chemin entre chez toi et chez moi. Qu'est-ce que tu en penses ? C'est moi qui t'invite.

Pour la deuxième fois de la matinée, Brigid refusa de suivre son instinct.

— D'accord. Avec plaisir.

— Génial !

Jemima semblait sincèrement ravie.

— On se retrouve chez Effings ? C'est délicieux et il y a un tas de plats à emporter.

— Entendu. À treize heures ?

— Un peu plus tôt, si c'est possible. Il n'y aura plus une seule table libre, à treize heures.

— Midi et demi ?

— Parfait. À tout à l'heure !

Brigid raccrocha et jeta un coup d'œil à sa montre. Elle avait juste le temps de promener Cachou, de se doucher et de se changer. Elle passa dans l'appentis et appela Cachou tandis qu'elle enfilait ses bottes. Un instant plus tard, ils traversaient le champ en direction de la rivière.

Le petit restaurant-traiteur était bondé. Brigid se fraya un passage au milieu des clients agglutinés devant le comptoir et fut soulagée de voir Jemima agiter la main pour lui signaler sa présence ; elle était déjà installée.

Son sourire était chaleureux quand Brigid réussit enfin à s'asseoir en face d'elle.

— Jour férié et jour de marché en même temps, expliqua Jemima, presque sur un ton d'excuse. Je m'en suis souvenue en cours de route.

— Je suis un peu en retard, désolée. J'ai dû me garer au niveau de l'embarcadère du ferry et venir à pied, répondit Brigid, un peu essoufflée.

— Pas de problème. Je suis allée voir Gus Mallory chez Studio Graphics, au sujet d'une plaquette de présentation, et j'en suis repartie plus tard que prévu. Tu veux un apéritif?

— Avec plaisir. Un verre de vin blanc bien frais et de l'eau. Merci.

Elle regarda autour d'elle, appréciant l'atmosphère intime et décontractée du lieu, mélange d'épicerie et de bistro français, les étagères où étaient alignées des piles de conserves, de bocaux et de chocolats maison, le plafond d'où pendaient des saucissons et des jambons fumés, la vitrine réfrigérée avec son étalage alléchant de fromages et de tartes aux fruits. Les trois autres tables étaient occupées et Brigid contempla avec un soudain tiraillement de faim l'assiette de viande des Grisons de son voisin et la soupe fumante parfumée aux herbes de sa compagne.

— Alors, demanda-t-elle après avoir passé commande, comment vas-tu, depuis la dernière fois ? Tu as une mine rayonnante !

Jemima lui lança un regard surpris. Elle n'était pas habituée à recevoir un compliment aussi spontané de sa sœur.

— Je vais bien, merci.

Attention, s'admonesta-t-elle. Nous avons déjà eu

cette conversation par le passé. Un seul faux pas et elle m'enverra bouler, comme au croquet.

Le « vilain petit canard », ironisa Brigid en dévisageant Jemima. Serai-je un jour capable de prononcer ce surnom ridicule avec affection ? J'aimerais bien.

Elle eut tout à coup une envie dévorante de se confier à Jemima, de lui parler de la désastreuse affaire Jenny, de ses craintes de voir la banque saisir le cottage ; mais la vieille méfiance profondément ancrée en elle l'empêcha de formuler les mots.

— Tu as l'air fatiguée.

Jemima l'observait, le visage soucieux.

— Est-ce que tout va bien ? C'est cette histoire affreuse avec Louise qui t'a tracassée ?

— Un peu.

Brigid saisit la perche avec soulagement.

— C'était très angoissant. Et bien sûr maman a voulu qu'on gère la crise toutes seules, sans faire appel à un médecin ni demander conseil à qui que ce soit.

— Mais elle va bien, maintenant ? Je parle de Louise.

— Oui, admit Brigid presque à regret. Le pire est passé, sans aucun doute. Elle arrive à Foxhole cet après-midi. Maman va l'héberger jusqu'à ce qu'elle se sente assez forte pour reprendre une vie normale. C'est vraiment adorable de sa part, soit dit en passant.

— Mais elle est ravie, non ? Elle ferait n'importe quoi pour ne pas être seule. Cela dit, elle aime beaucoup Louise.

Brigid observa pensivement sa sœur.

— Et toi, tu pourrais ?

— Quoi ?

— Partager ton appartement avec quelqu'un.

Jemima écarquilla les yeux avec une expression proche de l'horreur.

— Tu plaisantes ? J'en serais incapable. Ou alors pour quelques jours, peut-être. Une semaine. Mais sûrement pas indéfiniment. Et uniquement s'il s'agissait de quelqu'un qui m'est très proche. J'ai besoin de mon espace vital.

— Moi aussi.

Brigid fronça les sourcils.

— Mais avec Frummie j'ai toujours l'impression d'être en défaut. Coupable, presque.

Jemima s'esclaffa.

— Elle serait prête à héberger le diable, pour avoir de la compagnie. Tiens, à propos, il paraît qu'elle a invité Margot cet automne. Elles vont passer leurs journées à se crêper le chignon, Frummie le sait, mais elle préfère encore ça à la solitude.

Brigid eut l'air choquée.

— C'est horrible, ce que tu dis. Et puis, j'habite quand même en face d'elle, juste de l'autre côté de la cour.

Elle lâcha un bref éclat de rire, teinté d'amertume.

— Mais il est vrai que je n'ai jamais vraiment compté pour elle.

Jemima la dévisagea avec compassion.

— Ce n'est pas ça, protesta-t-elle gentiment. Mais tu as ta vie : tes enfants, leur famille, Humphrey. Et aussi ton travail, les cottages dont tu dois t'occuper, tes amis... Frummie, elle, n'a rien de tout ça – quelqu'un avec qui aller se promener, s'asseoir au soleil, cuisiner, discuter, rire. Personne ne peut remplacer un compagnon avec lequel tu ne fais qu'un. Tu es obligée d'attendre qu'on t'invite et après tu te sens redevable.

— C'est que tu ressens ?

— Non.

Jemima secoua la tête.

— Mais moi je suis comme toi. J'aime ma propre compagnie. Pas Frummie. C'est pour ça qu'elle essaie de sortir le plus souvent possible. Elle se rend à Ashburton pour bavarder avec Meg, la vendeuse de la boutique de cadeaux, ou pour plaisanter avec Anne et Barbara, les gérantes de la boutique de livres d'occasion. Elle reste assise des heures au café Green Ginger. N'importe quoi pour être en contact avec des gens, entendre des bribes de conversation, regarder les passants. Elle a besoin de ça pour se sentir vivante.

— Tu te rends compte qu'elle ne devrait plus conduire ?

Jemima se mordilla la lèvre.

— Je sais, tu m'en veux parce que je paie sa vignette et son assurance, mais elle était tellement désespérée à l'idée de se retrouver cloîtrée...

— Tu veux dire avec moi, à Foxhole ?

— Arrête. Ce n'est ni toi ni Foxhole. C'est l'ensemble. Frummie est une citadine dans l'âme. Elle déteste la campagne. Elle hait l'étendue silencieuse de la lande. Elle aime le bruit, l'agitation, les lumières. Imagine deux secondes la situation inverse : que tu sois condamnée à vivre dans une grande ville, même avec Humphrey. Comment te sentirais-tu, à ton avis ?

On leur apporta le vin et Brigid fut dispensée de répondre. Elle remercia le serveur d'un sourire et prit le menu d'un geste machinal.

— Jette un coup d'œil aux spécialités du chef, lui dit Jemima en montrant un tableau noir, derrière elle. Ses antipasti sont fabuleux. Sa terrine maison aussi. En fait, le plus difficile, c'est de choisir. Oh, et il faut absolument que tu goûtes la tarte au citron française, alors garde un peu de place !

— Je n'arrive pas à comprendre, reprit Brigid quand le serveur se fut éloigné avec leur commande, ce qui a bien pu lui passer par la tête pour qu'elle décide d'épouser mon père.

— L'attrait de la nouveauté ? suggéra Jemima. Il était complètement différent des hommes qu'elle avait rencontrés jusque-là. Et puis, il y avait Foxhole, ce bastion perdu au milieu de nulle part. *Les Hauts de Hurlevent* version fermière, en quelque sorte. Je suppose que tout cela avait quelque chose de terriblement romantique à ses yeux.

— Elle m'a abandonnée, trancha Brigid d'une voix rauque. Tu arrives à concevoir qu'une mère puisse laisser son enfant sur le bord de la route, toi ?

Jemima considéra sa sœur avec stupeur, pétrifiée par l'expression rageuse de son visage. Au secours ! songeat-elle avec désarroi. Je voulais juste passer un moment agréable. Profiter de ce déjeuner pour me rapprocher d'elle.

— Nous ne connaissons pas les dessous de l'histoire, murmura-t-elle prudemment.

— Mais toi, elle ne t'a pas laissée derrière quand elle a quitté ton père, reprit froidement Brigid.

— En effet. Sauf que ton père à toi souhaitait te garder auprès de lui. Alors que le mien n'en avait aucune envie. Il a bien fallu qu'elle m'emmène avec elle.

Les deux sœurs s'observèrent.

— Il... il m'a terriblement manqué.

La lèvre inférieure de Jemima trembla.

— Il était tellement amusant, et je l'aimais si fort...

Mais, à la fin, ils se disputaient tout le temps. J'essayais bien de les arrêter, de les faire rire, de détendre l'atmosphère... Mais ça n'a jamais vraiment marché, alors... Le plus dur, c'est qu'il n'a jamais cherché à me revoir. Frummie ne s'y serait pas opposée, mais ça ne l'intéressait pas, tout simplement. Oh mon Dieu, ça m'a fait si mal ! D'ailleurs, c'est toujours aussi douloureux, quand j'y pense. Je suppose que c'est ce qui m'a rendue aussi méfiante avec les autres. Inconsciemment, je dois m'attendre à ce que la situation se dégrade et je préfère ne pas m'impliquer pour éviter d'être blessée.

Jusqu'à maintenant, ajouta-t-elle en elle-même. Tout a changé, aujourd'hui. Je suis amoureuse, pour la première fois de ma vie... Qu'est-ce que je fais ? Je lui en parle ? Je me jette à l'eau ? Mais si elle brise mon rêve ?

— J'ai eu la chance de rencontrer Humphrey.

Remuée par les confidences de sa sœur, Brigid ressentait le besoin de se justifier, presque de se faire pardonner sa bonne fortune.

— Il a fait preuve d'une gentillesse et d'une patience infinies avec moi, et il a refermé mes blessures.

— Mais pas complètement.

— Non. Pas complètement. Je suppose que rien ne pourra jamais effacer ce qui s'est passé. Il y aura toujours cette insécurité au fond de mon cœur. Cette angoisse qu'un jour, peut-être, tout s'arrêtera.

— Je n'aurais jamais pensé que tu pouvais éprouver les mêmes doutes que moi, murmura Jemima. Tu parais toujours si sûre de toi, si efficace en toutes circonstances. Il n'y a pas la moindre faille dans ta vie. Contrairement à moi.

Brigid hésita. Je pourrais lui parler de Jenny et du pétrin dans lequel je me suis fourrée. Mais je suppose que je dois en parler d'abord à Humphrey. Qu'est-ce que je fais ? Je lui dis ?

Elle hésita, puis recula sur sa chaise pour permettre à Mike de déposer devant elles des assiettes remplies de hors-d'œuvre plus appétissants les uns que les autres.

Quand il repartit, il était trop tard. L'instant de grâce était passé.

23

Louise eut un petit sursaut en découvrant une voiture stationnée devant « son » cottage lorsqu'elle déboucha du chemin, et une sensation tout aussi bizarre l'envahit quand elle se gara de l'autre côté de la cour. Ce changement dans ses repères habituels venait lui rappeler qu'elle n'était plus en vacances et commençait une nouvelle vie.

Son estomac se recroquevilla de terreur et d'excitation et elle resta assise au volant, paralysée par une soudaine angoisse. Maintenant qu'elle n'avait plus à se concentrer sur la route, le monde glissait doucement hors de son champ de vision – déformé, effrayant. Guérir et reconstruire sa vie lui semblait une utopie imaginée par une volonté bien plus forte que la sienne. Elle agrippa le volant, écrasée par l'impuissance, regrettant de ne pas être restée avec Martin. Comment avait-elle pu croire qu'elle réussirait à surmonter sa culpabilité, sa solitude, et cette perte irréparable ?

Frummie apparut derrière le petit portail de son jardin, longea le muret en pierre et se pencha pour l'observer par la fenêtre ouverte. Louise la regarda fixement ; la panique bouillonnait au fond de sa gorge. La vieille dame posa la main sur ses doigts crispés autour du volant.

— J'étais sûre que vous arriveriez en retard, déclara-t-elle calmement. Il y a eu un nouveau meurtre dans la région et, en regardant les informations, à midi, je suis tombée sur les images des bouchons sur la M5. Une chance que vous soyez partie tôt. Vous avez échappé au pire et vous êtes juste à l'heure pour boire une tasse de thé.

Du thé. Ce seul mot éveillait en Louise un sentiment de chaleur, de sécurité et de réconfort. Elle ne pouvait pas encore lâcher le volant, mais elle n'éprouvait plus le besoin de s'y agripper de toutes ses forces, comme pour ne pas tomber dans le vide. La main légère de Frummie était chaleureuse, rassurante.

— Je ne peux pas bouger, déclara-t-elle, les yeux fixés sur leurs doigts emmêlés. Je n'en ai pas la force...

— Mais si.

La voix de Frummie était calme, dénuée d'émotion.

— Vous allez y arriver. Lâchez le volant, Louise, et serrez ma main. Je vous tiens.

Ses doigts se desserrèrent lentement, lentement, puis se refermèrent sur ceux de Frummie. Elle s'arracha petit à petit à son siège, et se retrouva debout. Elle tremblait de tous ses membres.

— Je pensais que j'allais mieux ! cria-t-elle au bord des larmes.

Frummie sourit.

— Et c'est vrai. Vous êtes allée toute seule jusqu'à Londres, vous avez eu une discussion difficile avec votre ex-amant, vous avez pris des décisions pour l'avenir, et vous avez fait toute la route à l'envers pour revenir ici. Soyez fière de vous, mon petit, et ne demandez pas l'impossible. Auriez-vous été capable de faire tout cela, il y a seulement un mois ?

— Je n'ai rien vu venir, balbutia-t-elle en laissant Frummie la conduire jusqu'au cottage. Je me sentais bien... et brusquement...

— Vous entrez dans une nouvelle phase, expliqua Frummie en la faisant asseoir sur le canapé. Vous avez cessé de nier le passé, mais maintenant vous devez le laisser réintégrer votre mémoire et votre vie. C'est effrayant et douloureux, mais il vous faut l'accepter. Chaque fois que vous sentez une crise approcher, projetez-vous au loin, comme si vous regardiez par-dessus l'épaule de quelqu'un pour voir ce qu'il y a derrière.

— Mais comment y parvenir ?

Louise dévisagea Frummie ; on aurait dit qu'elle espérait obtenir d'elle une formule magique.

— Comment conserver ma lucidité, dans ces moments-là ? C'est tellement... écrasant.

— Il faut une certaine pratique. Vous ne devez pas laisser vos terreurs prendre le pouvoir, voyez-vous, sinon elles se nourriront de vous. Regardez plus loin, comme au théâtre, quand vous êtes assise derrière un spectateur très grand. Vous savez qu'il est là, mais il ne vous empêche pas pour autant de suivre la pièce. Choisissez une image positive de l'avenir – ce que vous ferez quand vous irez mieux, par exemple, ou tout simplement le café bien chaud que vous boirez un peu plus tard. Quelque chose d'agréable, mais de réalisable.

— Et ça marche ?

— Ça ne déracine pas le mal, mais ça permet de continuer à vivre, oui.

— Comment savez-vous tout cela ?

Frummie hésita. Devait-elle lui révéler la vérité ? Lui expliquer qu'elle avait traversé une épreuve similaire quand elle avait pris conscience d'avoir perdu Brigid à tout jamais ? Non, elle risquait de détruire le sentiment de sécurité de Louise ici, à Foxhole. Mieux valait se taire.

— À la fin de la guerre, un tas de pauvres gens ont traversé des épreuves comparables à la vôtre, répondit-elle d'une voix douce. Ils avaient perdu un être cher et ils étaient écrasés par la souffrance et la culpabilité. L'avenir leur semblait vide et sans espoir. Une de mes meilleures amies a traversé une profonde dépression. La technique dont je vous parle a été testée et approuvée, vous pouvez me faire confiance.

— Et vous pensez qu'elle fonctionnera pour moi ?

Frummie lui tapota la main en souriant.

— Essayez, vous verrez bien. Et si nous buvions cette tasse de thé ?

— Oh, très volontiers.

Louise soupira, s'adossa aux coussins et se détendit un peu.

— Je me suis arrêtée deux fois en route mais les cafétérias des stations-service étaient bondées et j'ai dû me contenter d'une canette de soda achetée dans un distributeur. Je l'ai bue sur le parking.

— Ces endroits sont affreux. Je mets la bouilloire à chauffer et vous me parlerez de votre entretien avec Martin. Si vous le souhaitez, bien sûr.

— Il a été merveilleux. Comme d'habitude, d'ailleurs.

Louise secoua la tête avec un soupir.

— Le problème, c'est que pour exister il a besoin de sauver quelqu'un. Je suppose que mon cas n'était plus assez intéressant, alors il a cherché un nouveau défi.

— Vraiment ? Il me semble pourtant que vous représentez un sacré défi, en ce moment, observa sèchement Frummie.

Louise esquissa un sourire. Elle se détendait un peu

plus à chaque seconde, rassurée par la présence énergique de Frummie.

— Il a été tenté pendant un instant, avoua-t-elle. Nous l'avons été tous les deux.

— Et... ? demanda Frummie avec curiosité.

Louise secoua la tête.

— Rien. Il m'a expliqué que si je restais auprès de lui, je ne m'en sortirais jamais. Il a raison, bien sûr. Nous nous sommes ressaisis tous les deux et... voilà.

— Ce n'est pas sot, admit Frummie après une seconde ou deux. Je dois reconnaître qu'il remonte dans mon estime.

— C'est un homme foncièrement bon, acquiesça Louise. Il tient à m'épauler financièrement jusqu'à ce que je puisse subvenir seule à mes besoins. Je le rembourserai, cela va de soi. Je vais me mettre très rapidement en quête d'un logement et voir si je suis ou non en état de reprendre un emploi d'assistante maternelle.

— Eh bien voilà deux excellents sujets de réflexion, pour chasser les idées noires.

— N'est-ce pas ? Oh Frummie, c'est si bon d'être de retour à la maison ! Mais qu'est-ce que c'est que cette histoire de meurtre ?

— Une femme, à Plymouth.

Frummie fronça anxieusement les sourcils.

— Beaucoup trop près d'ici à mon goût. C'est exactement le même scénario que pour les deux autres, sauf que le tueur a opéré en plein jour, cette fois. D'après la police, le meurtrier devient un peu trop confiant et va nécessairement commettre une erreur. N'empêche qu'ils ne l'ont toujours pas arrêté.

— Quelle horreur...

Louise frissonna.

— Je suis heureuse d'habiter avec vous.

Frummie préféra laisser tomber le sujet pour ne pas la mettre mal à l'aise et lui tapota l'épaule.

— Ne vous inquiétez pas, nous sommes en sécurité, ici. Je vais chercher le thé.

Assise sur le canapé, Magnificat pelotonné contre elle, Jemima regardait la pluie cribler la surface lisse de la mer d'un million de petits dards. Le rideau argenté et ondoyant masquait presque la côte, et les vacanciers, surpris par ce déluge inattendu, avaient quitté précipitamment la plage pour se mettre à l'abri. Le soleil se faufilait déjà derrière les nuages pourpres, lançant ses flèches de lumière sur le sol détrempé tandis qu'un arc-en-ciel enjambait le port.

— Demain, on sera en septembre, murmura-t-elle en caressant la douce fourrure de Magnificat. L'été est presque terminé.

Elle percevait sous ses doigts les petits frissons électriques qui parcouraient l'échine du chat et, pendant un court instant, elle retrouva un écho lointain de cette sérénité qu'elle avait tenue pour acquise pendant si longtemps – avant que l'amour ne la prenne par surprise. Depuis, l'inquiétude et l'incertitude rongeaient sa paix intérieure.

— Tu crois vraiment que tu pourrais te plaire ici ?

Elle avait beau savoir qu'elle était folle de jouer l'avocat du diable, elle n'avait pas pu s'empêcher de lui poser la question.

— Tu sais, c'est sinistre, en hiver, parfois.

Il avait haussé un sourcil.

— Tout dépend de ce qu'on regarde, non ?

Elle avait été troublée mais elle était déterminée à aller jusqu'au bout.

— Il peut pleuvoir pendant plusieurs semaines d'affilée. Et les rues sont désertes, une fois les touristes repartis. Tu vas trouver un énorme changement, par rapport à Londres. Pas de cinémas, pas de théâtre à trois stations de métro...

— Il y a d'autres distractions.

Il avait refusé de la prendre au sérieux.

— Franchement, je suis même surprise que aies choisi cet endroit pour tes vacances. D'après ce que tu m'as dit d'Annabel, je l'imaginais davantage mettre le cap sur les Maldives.

L'expression de son visage avait légèrement changé, comme s'il se livrait à un exercice d'introspection, et Jemima s'était mordillé la lèvre, l'estomac noué. Quelle idiote ! Pourquoi avait-il fallu qu'elle l'encourage à penser à Annabel, à revivre le passé !

— Tu as raison, avait-il admis au bout d'un moment. En fait, nous sommes partis skier quelques jours à Pâques et Annabel a contracté un virus qui l'a mise sur le flanc. Ensuite, elle a supporté une grosse pression à son travail et pour compenser on lui a octroyé des jours de congés supplémentaires. Comme nous étions fatigués tous les deux, nous avons décidé d'aller au plus simple. On venait de lire un article très accrocheur sur le Devon dans un magazine et... voilà. Nous étions impatients de profiter de nos vacances...

Une pause.

— Enfin, moi. À mon avis, elle savait déjà qu'elle ne viendrait pas avec moi.

— Excuse-moi, avait-elle soufflé d'une toute petite voix. Je ne voulais pas remuer le couteau dans la plaie.

— Ce n'est pas grave. En réalité, je m'en veux surtout d'avoir été ridicule. Je ne me doutais pas du tout qu'elle me trompait avec ce type. Quand elle est rentrée du travail, la veille de notre départ, et qu'elle m'a dit : « Au fait, pour ce qui est de nos vacances... », j'ai eu l'impression que le plafond me tombait sur la tête. Je l'ai suppliée de ne pas me quitter. Je me suis traîné à ses pieds.

Il avait enfoncé ses poings dans ses poches, la bouche pincée de mépris pour lui-même.

— Rien que d'y penser, ça me rend malade !

Et moi donc ! avait pensé Jemima. Elle aurait préféré mille fois qu'il n'ait pas éprouvé pour elle des sentiments aussi forts. L'aimait-il toujours ? Grande question.

À présent, en caressant la fourrure douce et chaude de Magnificat, Jemima tentait de retrouver sa paix intérieure. Elle se remémora les intonations rageuses de Brigid quand elle s'était exclamée : « Elle m'a abandonnée ! » et le choc qu'elle avait ressenti face à son visage bouleversé. Elle n'avait jamais pensé que Brigid ait pu souffrir pendant toutes ces années d'avoir été une enfant non désirée, abandonnée par sa mère. Mais, malgré le trouble de cette découverte, Jemima avait surtout le sentiment merveilleux qu'elles avaient effectué un pas gigantesque l'une vers l'autre. Qui sait, peut-être allaient-elles enfin réussir à nouer une vraie relation ?

Jemima avait pris le risque de se rendre vulnérable en lui avouant sa détresse face à l'indifférence de son père, et la façon dont cette trahison avait affecté son rapport aux autres. Mais l'expérience lui avait appris que, parfois, il fallait accepter de dévoiler ses faiblesses et de se mettre en danger pour créer un climat de confiance et de partage. Elle regrettait seulement de ne pas être allée plus loin dans ses confidences, mais son audace l'avait abandonnée à la dernière minute. C'était néanmoins un début encourageant. La première pierre sur laquelle elles bâtiraient, peut-être, leur future entente.

Bizarrement, elle avait eu l'impression que Brigid, elle aussi, retenait une confidence. Un problème qu'elle n'osait pas partager. De quoi pouvait-il s'agir ? Elle était toujours si sûre d'elle, si infaillible... Était-ce le souci qu'elle s'était fait pour Louise qui lui valait ce visage las et défait ? À moins qu'elle n'appréhende la venue prochaine du père de Humphrey, tout simplement. Brigid tenait énormément à son indépendance et l'intrusion de son beau-père dans son univers, en plus de Frummie, devait lui apparaître comme une épreuve.

— Emballe-les tous les deux dans du papier kraft, colle dix timbres dessus, et expédie-les à Tombouctou par la poste ! lui avait conseillé Jemima dans l'espoir de la faire rire, pendant qu'elles buvaient leur café chez Effings.

— J'aimerais bien, avait soupiré Brigid. Maman n'a pas manqué de me faire remarquer que Humphrey avait « un drôle de toupet de nous coller son père pendant qu'il prend du bon temps aux Bahamas ». Évidemment, elle n'a pas trop insisté : elle est mal placée pour s'indigner.

— Vous êtes très généreux avec elle, Humphrey et toi.

Brigid avait rougi.

— Toi aussi.

— Oh, moi.

Elle avait évacué la question d'un haussement d'épaules.

— Je lui paie son whisky et l'assurance de sa voiture, même si je ferais sans doute mieux de m'abstenir. Toi, en revanche, tu lui achètes toutes sortes de choses qu'elle ne peut pas s'offrir – du café moulu, du fromage, du bois pour l'hiver, des plantes pour son jardin... Et tu le fais avec beaucoup de tact, elle me l'a dit. Tu ménages sa fierté. Elle t'en est très reconnaissante, même si elle ne sait pas forcément le montrer.

— Elle n'a pas besoin de le montrer.

Brigid avait baissé les yeux sur sa tasse d'un air embarrassé.

— Ces produits coûtent moins cher quand on les achète par lots de deux. Et je n'avais pas l'intention de me montrer désagréable au sujet de l'assurance de la voiture. Je n'avais pas réalisé qu'elle détestait à ce point Foxhole. Je suis tellement amoureuse de cette région que j'ai du mal à imaginer qu'on puisse ne pas l'aimer...

— Ne t'inquiète pas. Entre Louise et ton beau-père, elle va avoir un hiver bien rempli. Sans oublier Margot, bien sûr.

Elle avait hésité.

— Comment vont tes garçons ?

Le visage de Brigid avait instantanément rayonné de fierté.

Elles avaient évoqué les fiançailles prochaines de Michael, puis elles s'étaient finalement quittées, après avoir programmé un dîner à quatre à Foxhole.

Jemima baissa les yeux sur Magnificat qui ronronnait de bonheur à son côté et songea : je lui parlerai de ce qui m'arrive. Mais plus tard, quand j'aurai quelque chose de plus constructif à lui raconter. Oh mon Dieu, par pitié, faites qu'il vienne s'installer ici. Je l'aime. Je l'aime vraiment !

La pluie avait cessé et elle se leva pour sortir sur le balcon. Appuyant ses bras nus sur la rambarde mouillée, elle se sourit à elle-même dans la lumière humide du soleil.

TROISIÈME PARTIE

24

Assise dans la cour, un grand bloc de papier à lettres posé sur la table, Brigid regardait Cachou pourchasser une pie.

Regroupées sur le toit de la ferme, les colombes observaient avec anxiété l'intruse qui avait osé investir leur domaine et sautillait tranquillement sur les pavés, indifférente à leur détresse. Elle ne se donnait même pas la peine de s'envoler pour échapper à Cachou, évitant chaque assaut d'un petit coup d'aile, puis revenant sur ses pas pour inspecter les miettes de pain destinées au rouge-gorge.

Vexé par cette humiliante indifférence, le cocker lâcha une salve d'aboiements aigus en guise de sommation, puis lança l'assaut décisif qui envoya la pie se réfugier sur les branches du sorbier. Enchanté par sa victoire, Cachou retourna s'asseoir triomphalement et se gratta énergiquement pendant que les colombes, toujours perchées sur le toit de la grange, roucoulaient pour manifester leur satisfaction.

Le spectacle terminé, Brigid ramena son attention sur le bloc de papier. Elle était presque décidée à écrire à Humphrey pour tout lui avouer. Presque, mais pas complètement. Ce brouillon de lettre constituait une sorte de galop d'entraînement. Une tentative pour mettre des mots sur le désastre. Si elle réussissait à présenter les choses de façon acceptable, elle la recopierait au propre et l'enverrait. Dans le cas contraire...

Brigid posa son stylo et regarda dans le vide. Elle avait passé en revue toutes les techniques possibles pour aborder le sujet – pas une piste qui n'ait été explorée, pas une pierre qui n'ait été retournée.

Lui écrire ? Elle n'osait pas imaginer sa réaction quand il ouvrirait la lettre, persuadé de recevoir des nouvelles de la maison. Quel choc ce serait ! C'était ce qui la faisait hésiter.

Lui téléphoner ? Oui, bien sûr, mais comment aborder le sujet ? « Au fait, avant de raccrocher, il faut que je te dise... » Impossible.

Prendre l'avion pour lui en parler de vive voix – oui, mais sous quel prétexte ? Il passait la majeure partie de son temps en mer. Quelle excuse justifierait sa décision soudaine de quitter Foxhole pour le rejoindre aux Bahamas, sachant qu'elle détestait les vacances et qu'il serait trop occupé pour lui consacrer du temps ? Évidemment, elle pourrait inventer une sorte de drame, mais l'idée de croiser son regard lorsqu'il découvrirait sa duplicité la rendait malade. Si encore il ne s'était pas agi de Jenny...

Brigid jura tout bas et se composa un visage souriant en voyant sa locataire du moment apparaître dans la cour. Elle était en vacances avec son mari et c'était la première fois qu'ils séjournaient dans le parc national de Dartmoor.

— Et la dernière, espérons-le, avait confié Brigid à Louise la veille au soir. Apparemment, ils n'avaient pas prévu que les promenades seraient aussi désagréables.

Louise lui avait lancé un regard stupéfait.

— Désagréables ?

— Eh oui. Il paraît qu'on ne passe pas assez souvent l'aspirateur dans les sentiers de randonnée, avait soupiré Brigid d'un ton las.

Elle n'avait pas pu s'empêcher de rire devant l'expression de Louise, et avait imité les intonations pincées et les minauderies de Mme Trout :

— C'est réellement épouvantable. Nous devons constamment faire attention à l'endroit où nous posons les pieds, très chère. Tout est d'une saleté effroyable, ici. Le crottin de cheval, les déjections des moutons, sans parler de celles des chiens... Il y a même des bouses de vaches ! Vous ne nous aviez pas prévenus qu'il y aurait des vaches !

Louise l'avait dévisagée, bouche bée.

— Tu plaisantes ?

— Hélas ! non. En tout cas, pas question qu'ils reviennent l'année prochaine. Je leur dirai qu'il n'y a plus de place. Si toutefois ils avaient envie de renouveler l'expérience, bien sûr, ce dont je doute.

Pour l'instant, politesse oblige, elle adressa un sourire aimable à l'irascible Mme Trout, et lança :

— Bonjour ! Belle journée, n'est-ce pas ?

Sur ce plan là, au moins, ils ne pourraient pas se plaindre. Il avait fait inhabituellement chaud et sec pendant leur séjour, et le beau temps semblait vouloir durer.

— Je voulais juste vous signaler, très chère...

Mme Trout jeta un regard contrarié en direction de Cachou, comme s'il risquait de se transformer en tigre assoiffé de sang et de lui attaquer sauvagement le mollet.

— ... que l'eau du robinet a une couleur bizarre.

Accrochant solidement son sourire à ses lèvres, Brigid se leva.

— Vraiment ? Qu'entendez-vous par « bizarre » ?

— Elle coule marron, très chère.

Mme Trout vérifia qu'il n'y avait pas de crotte de chien dans la cour et avança prudemment de quelques pas.

— Elle est toute trouble.

— Il n'y a pas lieu de s'inquiéter, j'en suis certaine.

Brigid était habituée à ces légères colorations.

— C'est de l'eau de source, vous savez. Il peut arriver qu'elle soit altérée par un agent extérieur.

— Un agent extérieur ?

Mme Trout semblait inquiète.

— Qu'entendez-vous par là ?

— Eh bien, il s'agit probablement d'un dépôt de tourbe. Mais c'est sans aucun risque, honnêtement. J'ai vécu ici toute ma vie, et je n'ai jamais eu le moindre problème.

Mme Trout n'avait pas l'air convaincue.

— Mon mari n'aime pas ça du tout, vous savez.

— Peut-être devriez-vous boire de l'eau minérale, le temps qu'elle retrouve sa transparence, suggéra Brigid en rongeant son frein. Ce qui ne saurait tarder.

— Si vous le dites. Je vais en parler à mon mari. Il pense néanmoins qu'un petit coup de fil à la Compagnie des eaux... ?

— Il s'agit d'une installation privée. Nous sommes directement raccordés à une source. Il n'y a pas de canalisations.

— Vraiment. Nous n'en avons pas été informés.

— L'eau a subi tous les tests requis, rassurez-vous. Elle est parfaitement conforme aux normes. Mais elle peut effectivement présenter une légère coloration, de temps à autre.

— Ah. En ce cas, nous nous abstiendrons de la boire. Heureusement, nous sommes absents pour la journée.

Nous partons tout à l'heure nous promener le long de la côte.

— Je suis sûre que tout sera rentré dans l'ordre à votre retour, affirma Brigid d'un ton délibérément enjoué. Je vous souhaite une agréable balade.

Brigid s'assit à nouveau et reprit son stylo. Où s'était-elle arrêtée ? « ... *dont je n'ai pas eu le courage de te parler quand tu es venu à la maison. Je ne voulais pas gâcher les quelques jours qu'il nous restait à passer ensemble.* » Oui, jusque-là, tout allait bien.

Elle remonta les manches de sa chemise en jean sur ses avant-bras, et poursuivit : « *Ce qui m'a arrêtée, aussi, c'est que ça concerne Jenny et que nos opinions divergent complètement à son sujet. Je n'essaie pas de me trouver des excuses, loin de là, mais...* » Comment amener les choses, à partir de là ? Comment expliquer sa loyauté et son affection pour une vieille amie, et l'erreur d'appréciation qu'elle avait commise en se portant caution ? Des bribes de phrases tournaient dans sa tête...

— Bonjour, ma chérie, fit la voix de Frummie. Tu as l'air très occupée, dis-moi.

Les doigts de Brigid se crispèrent sur le stylo.

— Bonjour, maman. Tu sors ?

— Louise m'emmène jusqu'à Holne. C'est le jour du bibliobus, tu te souviens ? Tu as emprunté un livre la dernière fois. Je me souviens que Steve l'avait commandé tout exprès. Tu veux que je le rende ?

— Un livre ?

Brigid fouilla dans sa mémoire.

— Oh oui, je me rappelle. Écoute, ça peut sûrement attendre jusqu'à la prochaine fois ?

— Il attend certainement que tu le lui rapportes. Tu veux que j'aille le chercher ?

— Non. Je n'ai aucune idée de l'endroit où je l'ai mis. Tu veux bien m'excuser auprès de Steve ? Je suis sûre qu'il comprendra. Je voudrais vraiment terminer ma lettre.

— Oh, naturellement. Si c'est tellement important...

— Dis à Steve que je lui rapporterai son livre dans quinze jours, et passe une bonne journée.

— Je n'y manquerai pas. J'adore bavarder avec Steve. Ensuite, nous avons décidé d'aller déjeuner au Prieuré, Louise et moi. Tu veux te joindre à nous ?

— Je peux réserver ma réponse ?

— Bien sûr. Fais un saut si tu peux. Si tu parviens à t'arracher à ton grand œuvre, évidemment...

Brigid ignora le sarcasme.

— Entendu. À plus tard.

La voiture des Trout disparut au bout du chemin, suivie peu après par celle de Louise. Brigid laissa échapper un soupir de soulagement. Un sentiment de paix retrouvée l'envahit, ses muscles se dénouèrent et son corps se détendit. Les volets de son esprit s'ouvrirent doucement, laissant ses pensées circuler, libérées du blocage de la peur.

Elle écrivit pendant de longues minutes, les phrases se déroulaient sans heurt, les explications se mettaient en place avec aisance et clarté. Satisfaite de son exposé, elle reposa son stylo pour relire le texte. Le bruit d'une voiture dans le chemin l'alerta et elle leva les yeux, interdite. L'excursion des Trout avait-elle été stoppée net par une bouse géante trônant au milieu de la route ? Sa mère avait-elle oublié un livre ?

Ses nerfs, si merveilleusement détendus, recommencèrent à se crisper. Le moteur tourna au ralenti pendant quelques instants, puis se tut. Une portière claqua.

Le silence.

Brigid fronça les sourcils, l'oreille aux aguets. Qui cela pouvait-il bien être ? Elle pensa subitement au meurtre perpétré récemment et fut secouée par un spasme de terreur.

Un bruit de pas approcha, puis un homme apparut à l'entrée de la cour, s'arrêtant pour regarder autour de lui avec une curiosité évidente, presque enfantine.

Il était immense et d'une incroyable maigreur. Il portait un pantalon en toile informe et une vieille veste en tweed sur une chemise à carreaux. Ses épaules étaient larges, ses bras longs et anguleux, comme ceux d'un épouvantail. Ses yeux se posèrent sur Brigid et elle se leva, comme si ce regard l'avait soulevée du banc. Ils se dévisagèrent avec une égale stupéfaction.

— Vous êtes Brigid, dit-il enfin – et son sourire creusa son visage d'un million de rides. Vous êtes exactement telle que je l'imaginais.

Il s'avança vers elle, main tendue, et, mécaniquement, elle y glissa la sienne. Sans la lâcher, il se pencha légèrement pour scruter son visage. Ses sourcils blancs et broussailleux se froncèrent et une lueur d'inquiétude traversa ses yeux d'un gris très doux.

— À l'évidence, vous ne m'attendiez pas. Ma chère petite, aurais-je commis une erreur ? Confondu les dates ? J'espère que non. Je suis Alexander. Le père de Humphrey.

— Brigid ne va pas bien du tout, en ce moment, murmura pensivement Frummie tandis que la voiture approchait de Saddle Bridge. Elle a maigri, je lui trouve une mine de papier mâché et elle a la tête ailleurs. Qu'est-ce que vous en pensez ?

— J'ai bien peur d'avoir été trop centrée sur ma petite personne pour remarquer quoi que ce soit, avoua Louise. C'est peut-être l'absence de Humphrey qui lui pèse ?

Frummie plissa le nez d'un air dédaigneux.

— J'en doute. Et puis pourquoi en souffrirait-elle brusquement ? Non, elle doit avoir un souci bien précis. Elle est nerveuse, préoccupée... Quelque chose la tracasse, c'est évident.

Louise s'arrêta pour laisser passer un petit groupe de poneys et se pencha par la vitre pour regarder avec attendrissement un poulain qui se serrait timidement contre le flanc de sa mère. Elle redémarra, ses pensées à nouveau tournées vers Brigid.

— Pourquoi ne lui posez-vous pas directement la question ?

Frummie fronça les sourcils.

— Brigid est quelqu'un de très secret, répondit-elle avec raideur, presque sur la défensive. Ce n'est pas aussi simple.

Louise songea automatiquement à la relation distante qu'elle entretenait avec sa propre mère, et se demanda ce qui pouvait bien pousser deux personnes aussi proches qu'une mère et une fille à se fermer ainsi à toute forme de communication. C'était étrange : Frummie s'était montrée merveilleusement intuitive et chaleureuse avec elle alors qu'elle semblait prendre un malin plaisir à provoquer et à vexer sa propre fille.

— Vous pensez que je pourrais l'aider ? réfléchit-elle à voix haute. Qu'elle accepterait de se confier à moi ?

— Possible. Elle vous aime beaucoup. Essayez toujours, mais surtout, allez y sur la pointe des pieds.

— Bien sûr. Je ferai très attention.

— En ce cas, c'est parfait.

Frummie se redressa dans son siège, comme si la question était réglée, et regarda par la vitre.

— Quelle magnifique journée ! C'est une excellente idée d'aller boire un café au Forge avant l'arrivée du bibliobus. Nous pourrons papoter un peu avec Chloé, si elle n'est pas trop occupée. C'est une jeune fille tout à fait ravissante, vous ne trouvez pas ? Et, bien sûr, vous n'avez pas encore rencontré Steve. Il vous plaira. Il sait toujours quel livre me conseiller et il a des enfants très intelligents. Son fils prépare médecine...

Tandis que Frummie continuait à papoter, Louise se demandait comment une femme qui aimait à ce point la compagnie pouvait supporter de vivre dans un endroit comme Foxhole.

Elle essaya de se représenter Frummie jeune, fraîchement débarquée de Londres, tentant de s'adapter à ce décor austère et sauvage, avec un bébé pour seule compagnie. Diarmid, à ce qu'elle avait cru comprendre, ne s'intéressait qu'à ses recherches et Frummie s'était retrouvée livrée à elle-même. Elle n'avait pas la fibre maternelle très développée et il était évident qu'elle préférait la compagnie des adultes à celle des enfants. Elle faisait rarement allusion à son arrière-petit-fils et tolérait la fierté qu'il inspirait à Brigid avec une sorte d'indifférence patiente.

Louise se surprit à s'interroger sur la personnalité de Diarmid. Quel genre d'homme avait-il été ? Quelles qualités avait-il bien pu posséder pour qu'une jeune femme aussi avide de plaisirs et de mondanités accepte de l'épouser ? Et qu'avait-il ressenti quand elle l'avait quitté ?

Un soupir lui échappa. Quel gâchis nous faisons de nos vies, songea-t-elle avec amertume. Quelles erreurs terribles nous commettons, parfois.

Le visage de Rory apparut brièvement dans le champ de sa conscience et un éclair de souffrance la traversa.

« *Alors ? Où en étions-nous ?* »

Quelle folie destructrice s'était emparée d'elle pour qu'elle le pousse à partir, lui qui avait toujours été son soutien, son confident ? Pourquoi s'était-elle montrée aussi cruelle ?

— On dirait qu'il y a encore plus de monde que d'habitude, vous ne trouvez pas ?

La voix de Frummie était agréablement neutre.

— Beaucoup de gens prennent leurs vacances en septembre. L'école reprend la semaine prochaine, Dieu merci. Espérons qu'il y aura de la place sur le parking du café.

Un jour après l'autre. Louise fredonna mentalement ces mots tandis qu'elle parcourait les rues de Holne et garait la voiture. Heure par heure. Minute par minute. Elle croisa le regard inquisiteur de Frummie et lui adressa un sourire rassurant.

— Je vais bien, murmura-t-elle d'une voix douce comme si elle répondait à une question. Vraiment bien. Venez, allons boire ce café.

Brigid dévisageait Alexander, totalement désemparée. Elle avait l'impression étrange qu'ils étaient pétrifiés tous les deux, comme deux mouches scellées dans une goutte d'ambre, tandis que les murs de la ferme tournoyaient autour d'eux.

Il dut le sentir parce qu'il serra sa main plus fort dans la sienne, la conduisit vers le banc et la força à s'asseoir.

— Pardon, murmura-t-elle.

Le décor cessa de tourner et reprit son aspect habituel. Les colombes se pavanaient en roucoulant, et Cachou agitait la queue en regardant Alexander tandis qu'il s'asseyait à côté d'elle.

— Je m'en veux terriblement, dit-il. J'aurais dû téléphoner pour vous annoncer mon arrivée.

— Non, c'est juste que...

Brigid se rendit compte qu'elle s'agrippait à sa main et se ressaisit.

— C'est juste que je ne m'attendais pas à vous voir. Pas maintenant, je veux dire. Je croyais... je pensais que vous ne deviez venir que dans une semaine.

Elle était mal à l'aise, consciente du ton froid et inamical de sa voix :

— Humphrey ne vous a pas écrit pour vous expliquer la situation ?

— Ma foi, il me semble bien que si.

Il était parfaitement détendu, comme s'il parlait de quelqu'un d'autre.

— Et en ce moment, il est aux... Bahamas, c'est ça ?

— Oui.

Elle ne parvenait toujours pas à se décontracter. Il était si grand, si... intimidant. Sa présence dégageait une force, une vitalité qui la paralysaient et la privaient de toute énergie.

Il regardait autour de lui tout en caressant les oreilles de Cachou, parfaitement à l'aise, ses longues jambes étendues devant lui avec une nonchalance à la fois élégante et naturelle.

— J'ai souvent imaginé cet endroit, vous savez.

Son regard intense et lumineux plongea brièvement au fond du sien.

— Je n'étais pas tombé loin. À part la disposition des cottages. Mais Humphrey m'avait décrit les lieux avec une telle précision que je n'ai pas grand mérite.

— J'ignorais que...

— ... qu'il m'écrivait ?

Nouveau regard intense.

— C'est assez rare, je dois le dire. Il fait en sorte de ne pas couper complètement les ponts avec moi, mais ça s'arrête là.

Bon, la loyauté aurait dû la pousser à prendre la défense de Humphrey, mais il n'y avait pas eu de condamnation dans l'analyse d'Alexander. Il exposait les faits – ni plus, ni moins.

— Il n'a pas beaucoup le temps d'écrire..., argua-t-elle sans grande conviction.

— Non ? Il est vrai que j'ignore en quoi consistent au juste ses obligations.

Brigid réalisa tout à coup qu'il n'attendait pas qu'elle lui fasse la conversation et décida d'aller droit au but.

— Le problème, c'est que le cottage n'est pas libre. Vous ne deviez pas arriver avant une dizaine de jours.

— C'est ce cottage, là ?

— Oui.

Ses réponses la déstabilisaient.

— Il y a des locataires, actuellement. C'est pour ça que Humphrey vous avait écrit. Pour vous expliquer que nous ne pouvions pas vous recevoir avant la dernière semaine de septembre.

— Et qui habite l'autre cottage ? Ce mur aveugle, là, c'est l'arrière, n'est-ce pas ? Vous avez eu une excellente idée de ne pas percer de fenêtres côté cour. De cette façon, vous conservez un peu d'intimité, n'est-ce pas ? Je suppose que c'est important, sachant que vous avez constamment des locataires.

— En effet.

— Vous permettez que je visite votre maison ?

— Oh, bien sûr.

Retrouvant ses réflexes d'hôtesse accomplie, Brigid se leva.

— J'aurais dû vous proposer du café. En voulez-vous une tasse ?

— Un peu plus tard, avec le plus grand plaisir.

Il se leva à son tour, et elle se surprit à lui rendre son sourire. Il dégageait une chaleur mêlée d'innocence, c'était irrésistible.

— Brigid, vous êtes beaucoup plus belle que je ne l'imaginais...

Elle en resta bouche bée, consternée à l'idée qu'il puisse se croire obligé de flatter, et stupéfaite d'attacher – déjà – une telle importance à son opinion.

— ... mais beaucoup trop maigre, poursuivit-il tout en l'évaluant d'un regard impartial. Vous avez toujours été aussi mince ?

Elle ne put s'empêcher de rire. Venant de lui, c'était vraiment un comble !

— En fait, non. Mais il a fait très chaud, récemment, et comme je n'avais pas très faim...

— Ah bon ?

Il pénétra derrière elle dans la fraîcheur de la maison, et Brigid se rendit compte tout à coup qu'il ne serait pas aisé de mentir à un homme comme Alexander.

— Vous savez, il n'y a pas grand-chose à visiter, reprit-elle d'un ton léger. Ces vieilles fermes sont bizarrement conçues : les pièces communiquent toutes les unes avec les autres.

— Combien y en a-t-il ?

— Trois en haut, et trois en bas.

Il s'immobilisa dans l'entrée, contemplant les salles de

séjour en enfilade comme s'il les comparait à l'idée qu'il s'en était faite.

— Elles doivent être sombres, en hiver, observa-t-il.

— C'est vrai.

Brigid était stupéfaite. La plupart des gens ne tarissaient pas d'éloges sur le charme et le caractère de la vieille bâtisse.

— Elles sont également humides et froides, reprit-elle. Mais j'y suis habituée. J'ai passé presque toute ma vie ici. Pour moi, la cuisine est la pièce la plus accueillante. Venez la voir.

— Les chambres sont aussi en enfilade ?

— Oui.

Elle répondit du bout des lèvres, percevant le danger, ne voulant surtout pas dévoiler l'existence du « quartier privé » des garçons.

— Et si nous buvions ce café ?

Il examina la cuisine avec la même expression attentive, s'imprégnant de tous ces petits riens qui dessinaient sa personnalité : le vase en porcelaine fleurie sur le buffet, les aquarelles accrochées aux murs ; les géraniums-lierres sur le rebord de la fenêtre ; les livres de cuisine aux couvertures usées blottis les uns contre les autres sur leur étagère.

Durant ces quelques secondes de silence, Brigid eut l'impression qu'il découvrait qui elle était, qu'il la comprenait, et lisait bien plus profondément en elle qu'elle ne l'aurait cru possible en un laps de temps si court.

Étrangement nerveuse, elle posa la bouilloire sur la plaque chauffante, ramena ses cheveux derrière son oreille – puis changea d'avis et se baissa pour attraper la cafetière dans le placard du bas...

— Ça n'a pas dû être facile, avec deux enfants.

Il se tenait tout près d'elle.

Elle fronça les sourcils.

— Facile ?

— Pour vous organiser, réussir à vous ménager un peu d'intimité.

— Oh, je vois. Eh bien... non, ce n'était pas facile, en effet.

Elle leva les yeux vers lui, souhaitant réellement ne pas en dire davantage. Après tout, rien ne l'y obligeait. Il y eut un bref silence.

— En fait, s'entendit-elle ajouter malgré elle, nous avions transformé la grange en appartement pour gagner de la place.

Il lui sourit.

— Voilà une excellente idée. Je me réjouis de boire ce café ! Je ne sais pas ce qu'il en est pour vous, mais l'odeur du café moulu me rend fou. C'est comme le bacon grillé : quasiment irrésistible. Et si nous allions le boire dans la cour ?

— Si vous voulez.

Elle posa des mugs et la cafetière sur un plateau.

— Pas de lait pour moi, dit-il. Ni de sucre.

Et, soulevant le plateau d'autorité, il l'emporta dehors, ne laissant pas d'autre choix à Brigid, hébétée, que de lui emboîter le pas.

25

— Brigid a une visite, constata Frummie dès qu'elles entrèrent dans la cour. Pas étonnant qu'elle ne soit pas venue déjeuner avec nous. Qui cela peut-il bien être ?

Elle plissa les yeux, dévorée par la curiosité.

— Je ne connais pas cette voiture...

Louise réprima un sourire et se gara derrière le mystérieux véhicule – une cinq portes de couleur bleue – en se demandant quel prétexte Frummie allait invoquer pour partir à la pêche aux informations.

— Quel que soit le propriétaire, je ne pense pas le gêner en stationnant ici. Si c'est le cas, il saura où me trouver. Mais, à mon avis, il a largement la place de tourner.

— Pas si les Ploucs rentrent de promenade, souligna Frummie en écorchant leur nom avec délectation. Ils ne pourront pas passer. Je ferais aussi bien d'avertir Brigid.

— Excellente idée, approuva Louise d'un ton taquin. Et par une extraordinaire coïncidence, vous aurez un alibi parfait pour voir à quoi ressemble le visiteur...

Frummie n'essaya même pas de nier.

— Qui ne tente rien n'a rien, décréta-t-elle avec bonne humeur. Mais vous pouvez m'accompagner, si le cœur vous en dit.

— Non, merci. Je préfère attendre tranquillement que vous veniez me faire votre rapport.

Agitant la main d'un geste amusé, elle entra dans leur cottage pendant que Frummie traversait la cour d'un pas décidé.

Il n'y avait pas âme qui vive, en dehors des colombes qui roucoulaient tranquillement sur le toit de la grange, mais un plateau avec deux tasses vides traînait sur la table.

Sa curiosité plus aiguisée que jamais, la vieille dame s'avança sans bruit sur les pavés et resta quelques instants immobile sur le seuil de la maison, l'oreille tendue. Deux voix conversaient dans la cuisine : celle de Brigid, un peu oppressée, comme si elle manquait de souffle, et une autre, indéniablement masculine, au ton amusé et non dénuée de charme.

Frummie frappa brièvement à la porte, lança son hello habituel et fonça vers la cuisine sans laisser à Brigid le temps ou la possibilité d'intervenir.

Un homme de grande taille se leva courtoisement à son entrée, tandis que Brigid repoussait sa chaise et se tournait pour faire face à sa mère.

— Je suis désolée de vous interrompre, mentit-elle, mais nous venons de rentrer et nous nous sommes garées juste derrière ton invité.

Elle lui adressa un sourire charmant.

— Je voulais te prévenir, pour le cas où la voiture le gênerait pour manœuvrer. Si les Ploucs rentrent de leur promenade…

— Les Trout, rectifia machinalement Brigid.

— Ton ami sera coincé.

— Maman, je te présente Alexander Foster, murmura-t-elle, parfaitement consciente que sa mère n'était pas venue pour autre chose. Le père de Humphrey. Alexander, voici ma mère.

Elle hésita, ne sachant jamais sous quel diminutif sa mère souhaitait être présentée.

— Enchantée.

Frummie s'avança vers lui en souriant, la main tendue.

— Je suis Frummie. Freda, en réalité, mais mes amis et mes proches m'appellent Frummie. Je suis ravie de faire enfin votre connaissance. Je commençais à me demander si vous n'étiez pas un mythe.

Alexander interrompit d'un sourire les excuses embarrassées de Brigid et prit la main de Frummie dans la sienne.

— C'est bien normal. Je ne me suis pas manifesté pendant si longtemps que je suis vraiment touché par l'accueil qui m'est réservé.

Il lança un bref regard à Brigid, qui se mordillait la lèvre d'un air consterné.

— Dieu sait que je ne le méritais pas.

— En effet, acquiesça Frummie d'un ton innocent. On ne peut pas dire que vous ayez montré beaucoup d'intérêt pour votre fils et votre belle-fille en trente ans.

— Maman, je t'en prie ! s'écria Brigid, rouge d'humiliation – mais Alexander secoua la tête et lui sourit.

— Elle a parfaitement raison, dit-il gentiment. J'arrive sans m'annoncer et vous m'avez offert un délicieux déjeuner.

— Je croyais que vous ne deviez venir que dans une semaine ou deux, déclara Frummie. Vous avez changé vos plans à la dernière minute ?

— Apparemment, j'ai mal interprété la lettre de mon fils. Il va me falloir trouver un endroit où m'installer.

— Ça ne va pas être facile, l'avertit Frummie d'un ton

enjoué. Tous les hôtels sont pleins pendant la première quinzaine de septembre.

Elle se tourna vers Brigid qui lui lança un regard froid et garda le silence.

— C'est ce que Brigid était en train de m'expliquer quand vous êtes arrivée, confirma Alexander. J'ai été vraiment stupide de débarquer sans prévenir.

— Au pire, vous pouvez dormir sur mon canapé jusqu'à ce que les Ploucs...

— Les Trout ! rectifia rageusement Brigid.

— ... s'en aillent. Il n'y en a plus que pour quelques jours, n'est-ce pas, chérie ?

— Ils partent samedi, admit Brigid à regret. Mais Louise a loué le cottage pour les quinze jours suivants, ne l'oublie pas.

— Oh, si ce n'est que ça : Louise n'a que faire du cottage, affirma Frummie d'un ton enjoué. Elle est très bien avec moi.

— Maman, nous étions convenues que tu n'accueillerais Louise que pendant quelques semaines, le temps qu'elle se reprenne en main, déclara soigneusement Brigid. Il est important qu'elle réapprenne à gérer sa vie.

— Bah ! Elle se remet de jour en jour. Ses progrès sont fantastiques. Elle n'a pas besoin d'une période de transition.

— Peu importe !

Brigid commençait à se sentir désespérée.

— J'estime que la moindre des choses, c'est de lui demander son avis ! Elle loue toujours le cottage pendant ces quinze jours-là et elle a versé un acompte. Ce n'est pas à nous de décider si elle souhaite l'occuper ou non.

— Je vous cause du souci, j'en suis navré, intervint Alexander d'un ton d'excuse. Ne vous en faites pas pour moi, je suis sûr que je trouverai un endroit où loger. Cela dit, si votre amie décidait de renoncer à louer le cottage, je serais enchanté de m'y installer. En vous versant le prix de la location, bien entendu.

— La question n'est pas là...

Brigid semblait à deux doigts de fondre en larmes.

— Je ne cherche pas à me montrer désagréable ou à compliquer les choses... Et ce n'est pas non plus une question d'argent, c'est juste que...

Elle bredouilla, incapable d'exprimer ce qu'elle éprouvait. La présence d'Alexander avait été un interlude très agréable et elle était la première surprise de sa réticence à le voir partir. Mais il était hors de question de lui proposer le cottage sans consulter Louise et, de toute façon, il y avait toujours le problème des trois prochains jours, et d'une seconde à l'autre sa mère risquait de suggérer que...

— Pourquoi ne pas l'installer dans l'appartement où les garçons dormaient, au premier étage de la grange ? s'écria Frummie au même instant. C'est de loin la meilleure solution, d'ici le week-end. Qu'est-ce que tu en dis, chérie ?

Brigid se força à sourire et regarda Alexander.

— Le problème, c'est que l'appartement n'est pas indépendant, précisa-t-elle très vite. C'est pour cette raison que je ne vous l'ai pas proposé. Il y a deux chambres, une salle de bains, des toilettes, mais aucune possibilité de faire la cuisine.

— Quelle importance ? dit Frummie. Vous n'avez qu'à prendre vos repas ensemble pendant quelques jours. Vous savez quoi ? Je vais aller discuter avec Louise, tester ses intentions au sujet du cottage. Si elle est d'accord pour rester avec moi, nous trouverons une solution de dépannage jusqu'à samedi et le tour sera joué. Je n'en ai pas pour longtemps.

Elle sortit en coup de vent et il y eut un silence.

— Vous avez fait une conquête, commenta Brigid d'une voix amère.

— Votre mère est très généreuse avec... vos logements.

Brigid lui lança un bref regard. Il lui souriait, une lueur chaleureuse au fond des yeux. Elle eut subitement envie d'éclater en sanglots.

— Je ne cherche pas à vous mettre à la porte, expliqua-t-elle avec raideur. Mais ce n'est pas aussi simple qu'il y paraît et elle réussit toujours à me faire passer pour une... une égoïste.

— Ce n'est pas le cas, croyez-moi. Dites-moi sincèrement ce que vous voulez que je fasse, Brigid.

— Je veux que vous restiez.

Elle retint son souffle, stupéfaite d'avoir répondu avec une telle spontanéité.

— Mais je ne suis pas à l'aise en présence d'étrangers. Je suis quelqu'un de très réservé et ça me rend nerveuse.

— D'accord. Maintenant, murmura-t-il prudemment, supposons que j'achète un petit réchaud de camping pour me préparer à manger. Vous pensez que je pourrais me débrouiller dans l'appartement des garçons ?

— Sûrement. Et puis, nous pourrions dîner ensemble le soir, suggéra Brigid en signe de bonne volonté.

— On tente le coup, alors ? Et si Louise souhaite emménager dans son cottage, samedi, je chercherai un hôtel.

Brigid esquissa un pâle sourire.

— J'ai dans l'idée que ma mère est en train de sortir le grand jeu pour l'en dissuader. Mais c'est d'accord : on tente le coup.

Jemima se réveilla la première. Des reflets liquides dansaient sur les murs, dessinés par les rayons du soleil. Il lui tournait le dos, le visage à moitié enfoui dans l'oreiller, et pourtant elle sentait sa chaleur l'envelopper. Elle mourait d'envie de le toucher, mais se l'interdit pour ne pas le réveiller, et se redressa sur un coude afin de contempler sa peau douce et pâle parsemée de minuscules taches de rousseur sur les épaules, ses cheveux châtain-roux qui commençaient à boucler un peu et auraient nécessité un petit coup de ciseaux, sa mâchoire carrée et déterminée, ses lèvres amollies par le sommeil, écrasées contre l'oreiller.

Il avait pris une telle place dans sa vie, il lui était devenu si nécessaire qu'elle ne parvenait pas à imaginer comment elle avait pu exister avant de le connaître. Elle avait passé tout son temps libre avec lui – « Il faut bien que j'aille travailler. Je ne suis pas en vacances, moi », avait-elle répondu avec humour alors qu'il se plaignait qu'elle le laissait trop souvent seul –, et, au cours des huit derniers jours, elle n'avait pour ainsi dire pas mis les pieds au bureau.

Je mettrai les bouchées doubles plus tard, s'était-elle promis, quand il sera rentré à Londres.

Et maintenant l'heure des adieux avait sonné. Aujourd'hui. Ce matin même. Une fois levé, il prendrait son petit déjeuner puis il repartirait pour Londres. Il avait déjà fait ses bagages et rendu la clé du cottage. Il avait passé la dernière nuit avec elle à Salcombe, bien décidé à se mettre en route à l'aube.

— Tu es vraiment obligé de partir un vendredi ? avait-elle demandé, abandonnant ce qui lui restait de fierté.

Nous aurions pu passer encore tout un week-end ensemble.

Il avait secoué la tête en souriant.

— Non, non. Je n'ai pas oublié les embouteillages que j'ai rencontrés à l'aller. C'était l'enfer. Je n'ose même pas imaginer ce que ça doit donner le samedi qui précède la rentrée scolaire.

— Ce ne sera pas mieux un vendredi, tu sais. Attends jusqu'à dimanche.

— De toute façon, c'est un mauvais moment à passer. Alors autant en finir tout de suite. Et puis, il faut que j'aie le temps de mettre mes affaires en ordre avant lundi. J'ignore dans quel état Annabel a laissé l'appartement en partant.

Elle avait essayé de ne pas le supplier – tentant désespérément de retrouver cette désinvolture, cet humour souriant qui l'avait séduit – et elle avait réussi à répondre d'un ton enjoué que c'était peut-être mieux, en effet. Elle avait été récompensée par une étreinte très tendre accompagnée d'un aveu : il détestait l'idée de la quitter.

— Tu vas me manquer terriblement, avait-il soupiré. Je ne sais pas comment je vais tenir. Je me sens tellement bien, avec toi. J'ai l'impression d'être plus chez moi ici... que chez moi.

Jemima avait fait en sorte qu'ils passent un maximum de temps tous les deux dans l'appartement. Elle voulait lui montrer combien la vie serait agréable s'ils vivaient ensemble, effacer Annabel de son esprit. Bien sûr, il était impossible de balayer cinq années de vie commune en l'espace de quatre petites semaines, mais elle avait quand même fait de son mieux. Elle espérait aussi qu'en rentrant chez lui, dans un appartement vide, il prendrait la mesure de ce qu'il avait perdu en partant.

Jemima se pencha sur lui, attentive à ne pas le toucher. S'il se réveillait, ils pourraient faire l'amour une dernière fois, mais ensuite il partirait. Tant qu'il dormait, elle le gardait tout à elle. Elle se glissa tout doucement hors du lit, se faufila dans l'entrée et, de là, dans la cuisine où elle se servit un grand verre de jus d'orange. Elle le but d'un trait, s'en servit un autre et l'emporta dans la salle de séjour, refermant sans bruit la porte derrière elle. Magnificat vint à sa rencontre à pas comptés, puis se détourna ostensiblement.

— Tu n'aimes pas son odeur, hein ? murmura-t-elle en se penchant pour lui caresser la tête. Mais si je t'écoutais, je resterais vieille fille toute ma vie. Tu es trop difficile.

Il se frotta contre ses chevilles nues tandis qu'elle sortait sur le balcon pour s'accouder à la rambarde, comme à son habitude. Un ketch aux lignes effilées s'apprêtait à apponter, barré par une femme. Comme elle plaçait le bateau face au vent, son compagnon jeta l'ancre pardessus bord. Une gerbe d'eau étincela dans le soleil tandis que la chaîne se dévidait. Le bateau s'immobilisa peu à peu, les voiles se fripant doucement. Le couple s'interpellait joyeusement tout en s'activant d'un bout à l'autre du pont, puis la femme disparut dans les entrailles du bateau, probablement pour préparer un solide petit déjeuner, et Jemima observa rêveusement l'embarcation, enviant leur complicité, leur joie de vivre, le plaisir évident qu'ils prenaient à faire escale ici. Ce serait si romantique de faire du bateau à Salcombe. D'entrer à l'intérieur du décor qu'elle avait tous les jours sous les yeux. Un soupir lui échappa. Son petit héritage fondait comme neige au soleil et elle n'aurait bientôt plus les moyens de louer cet appartement. Ce serait un vrai crève-cœur de partir. À moins, bien sûr, qu'il n'y ait deux salaires dans la maison. Auquel cas, il n'y aurait plus aucun problème...

De toute façon, si nous vivions ensemble, je crois que je ne me soucierais pas de l'endroit où nous habiterions, admit-elle. Nous pourrions acheter un cottage et le restaurer ensemble. Oh mon Dieu ! Je veux passer le reste de mes jours à ses côtés, connaître avec lui toutes ces joies que je trouvais autrefois ridicules – me réveiller près de lui le matin, repeindre les murs d'une pièce, avoir des enfants...

Elle sursauta en sentant un bras lui encercler la taille.

— Je ne t'ai pas entendue te lever, lui murmura-t-il à l'oreille. Tu aurais dû me réveiller.

Il s'était habillé et rasé – quelle rapidité ! Il portait une tenue décontractée : pantalon en toile et chemise en coton, et cependant son allure avait subtilement changé. Il était plus distant, plus tranchant. Le touriste s'effaçait déjà derrière le jeune cadre londonien.

— J'avais soif, répondit-elle en se retenant de jeter ses bras autour de sa taille et de le supplier de rester. Et, pour tout te dire, je n'avais aucune idée de l'heure.

Il contemplait le port, lui aussi. Il soupira et se tourna vers elle avec un petit haussement d'épaules désenchanté.

— Comment diable vais-je faire pour vivre loin de toi ?

Le cœur de Jemima battit comme un fou dans sa poitrine, tambourina contre ses côtes ; sa gorge se serra. Et pourtant, une petite voix venue de très loin lui criait de se montrer prudente.

— Moi, je ne bouge pas, lui rappela-t-elle d'un ton léger. Tu peux revenir quand tu veux, je serai là.

— Tu me le jures ?

Il l'embrassa longuement, avec une passion qui lui coupa le souffle, puis la serra contre lui.

— Le week-end prochain, par exemple ?

— Le... ?

— Tu viens de dire quand je voulais. C'est trop tôt pour toi ?

— Non. Non, pas du tout. Je trouve ça génial. Mais... tu es sûr ?

Ne lui pose pas cette question, idiote ! Ne sème pas le doute dans son esprit.

— Absolument sûr.

Il l'embrassa de nouveau – brièvement cette fois.

— J'ai droit à un café avant de partir ?

— Certainement !

Elle pouvait redevenir pétillante, drôle, charmeuse. Il allait revenir. Dans sept jours, il serait de retour ici !

— Tu as même droit à un toast et à du jus d'orange.

Il secoua la tête.

— Non merci. Je ne déjeune jamais quand je voyage.

— D'accord.

Elle saurait s'en souvenir, comme de toutes les autres petites choses qu'elle avait apprises à son sujet. Ne pas chercher à lui imposer son point de vue et ne pas faire de chichis.

— Nous disons donc : un café noir, avec un sucre.

Moins elle insistait pour le retenir, moins il avait envie de partir.

— C'est génial une femme qui ne transforme pas tout en drame, murmura-t-il.

Elle haussa les sourcils, comme pour lui dire « Mais où est le drame ? » puis elle rentra, le laissant s'accouder au balcon pour profiter une dernière fois de la vue.

La porte de la cuisine à peine refermée derrière elle,

Jemima brandit triomphalement les deux poings, saluant sa performance, savourant discrètement son triomphe. Puis elle prit le paquet de café dans le placard avec un soupir :

— Faites que je lui manque pour de vrai !

26

Louise verrouilla la portière et regarda autour d'elle avec satisfaction : seulement deux voitures, garées à l'autre bout du parking, et une troisième, sur le point de partir. Durant ces dernières semaines, elle était tombée amoureuse du sentier paisible qui bordait les eaux calmes du plan d'eau de Venford. Le silence et la présence rassurante des bois, la surface frissonnante de l'étang, les buissons de rhododendrons flamboyants dégageaient une atmosphère mystérieuse, magique. Un décor de conte de fées.

Elle était tellement sous le charme du lieu qu'elle en voulait presque aux promeneurs qui s'interpellaient bruyamment tandis qu'ils progressaient en file indienne sur les chemins caillouteux, hérissés de racines, et dont les chiens couraient çà et là, lâchant des aboiements qui ricochaient dans la vallée et brisaient le silence en un millier d'échos éparpillés. Évitant l'« heure de pointe », Louise avait pris l'habitude de venir en tout début de matinée ou en fin de journée, de façon à marcher seule dans la lumière rosée de l'aube ou l'ombre violette du crépuscule.

Traversant le parking, elle franchit la barrière en bois et s'avança sur le sentier dominé par des sapins. Le sol sec, tapissé d'aiguilles brunes, avait la consistance de la pierre sous ses pas. Elle s'arrêta quelques instants pour observer un rouge-gorge qui sautillait sur les feuilles d'un rhododendron puis se remit en route, contemplant les reflets irisés de l'étang dans la lumière déclinante. Des teintes rose et or s'entremêlaient à la surface de l'eau ébouriffée par le vent.

Ce soir, pour la première fois, Louise laissa l'image de Rory surgir de sa mémoire. Il avait occupé ses pensées toute la journée, mais elle avait préféré attendre d'être seule, loin de Foxhole et de ses habitants, pour l'autoriser à prendre forme devant elle. La réalité de sa présence – sa force, sa chaleur – s'imposa à elle, l'emplissant d'un sentiment de nostalgie insupportable. Le souvenir de son amour, de sa tendresse, lui broyait le cœur. Aussi douloureux que puissent être ces flashes, elle reconnaissait la nécessité de les affronter, de les regarder en face, puis de les laisser s'éloigner à nouveau, non pas pour nier leur existence, mais pour qu'ils puissent reprendre leur place dans son passé, avec toutes les autres expériences qui avaient fait d'elle ce qu'elle était aujourd'hui.

Rory et Hermione. Assise sur le banc en bois, Louise les voyait aussi clairement que s'ils étaient là, devant elle. Rory jouait à faire la course avec Hermione et la laissait gagner ; Rory marchait patiemment à côté du petit tricycle en bois, celui avec la tête de cheval ; Rory l'écoutait babiller ; Rory dormait le dimanche après-midi devant la télé allumée, étendu de tout son long sur le canapé, tandis qu'Hermione rampait comme un petit crabe sur son torse, ses yeux bleus noyés de sommeil. Sa fierté quand il parlait d'elle : « Franchement, ce n'est pas parce que c'est ma fille, mais je trouve que ses dessins sont beaucoup plus beaux que ceux des autres gamines de son âge. » Son exaspération : « Pourquoi faut-il qu'elle ait systématiquement de la température les jours fériés ou le samedi soir, juste après la fermeture des pharmacies ? » Les histoires qu'il lui lisait le soir, confortablement allongé sur son lit pendant qu'elle se pelotonnait contre son bras en suçant son pouce, les yeux rivés sur le livre. Sa voix grave et bien timbrée prononçant ; « *Et ils se marièrent et eurent beaucoup d'enfants.* »

Des larmes se faufilèrent sous les paupières closes de Louise, le chagrin lui serra le cœur, et elle se raidit pour ne pas s'effondrer.

Le craquement sec d'une petite branche morte dans le bois de pins, derrière elle, arriva jusqu'à sa conscience. Elle fronça légèrement les sourcils, le regard fixé sur l'eau, puis, comme les souvenirs refluaient lentement, elle s'essuya la joue du plat de la main.

« *Regardez au-delà de votre désespoir*, lui avait conseillé Frummie. *Concentrez-vous sur une pensée agréable et positive.* »

Mais, pour cela, elle devait commencer par faire son deuil. Accepter la perte de son enfant et apprendre à vivre avec cette douleur insupportable. En cet instant, néanmoins, la seule chose qui monopolisait toutes ses pensées, c'était la folie destructrice qui l'avait poussée à chasser Rory de sa vie. Pourquoi n'avait-elle pas compris que lui seul avait le pouvoir de la sauver ? Que c'était en restant soudés qu'ils auraient peut-être la force de survivre à une telle horreur ?

Elle chassa résolument ces questions négatives de son esprit. Revivre le passé était une chose, renouer avec la culpabilité et l'autodestruction en était une autre. Au moins, maintenant, elle était capable de faire la différence. Si elle persévérait, les souvenirs perdraient peu à peu de leur force et de leur violence. Elle devait s'accrocher à cette idée.

Un merle s'envola brusquement d'un arbre, derrière elle, en martelant son cri métallique. Louise tressaillit et rabattit étroitement sa veste en mouton sur sa poitrine. Elle devait être assise sur ce banc depuis un bon moment : la nuit commençait à tomber. Elle prit le chemin du retour en s'efforçant d'avoir des pensées plus souriantes : quelle musique Frummie choisirait-elle pour illustrer une scène de promenade dans les bois, le long d'un étang ? Du Sibelius, peut-être ? ou du Grieg ? On pouvait aisément imaginer des trolls dissimulés derrière les troncs d'arbres. Elle s'abstiendrait néanmoins de lui poser la question ; elle savait que sa réponse serait cinglante. Frummie désapprouvait ces sorties solitaires et refusait d'admettre qu'elles puissent être nécessaires.

— Aller se promener toute seule en pleine nature alors que le tueur n'a toujours pas été arrêté, c'est de la folie ! avait-elle décrété en pinçant les lèvres. D'accord, jusqu'ici, les agressions ont toutes eu lieu dans de grandes villes, mais il suffit d'une fois ! Vous ne devriez pas partir toute seule, à l'aventure, et encore moins à la tombée de la nuit !

Elle n'avait pas tort, Louise le reconnaissait, mais elle avait besoin d'être un peu seule pour prendre le temps de se souvenir, d'analyser ses sensations, de se reconstruire émotionnellement. Elle n'avait vu aucun inconvénient à céder le cottage à Alexander – elle appréciait la compagnie de Frummie, et elle avait besoin d'une présence – mais il lui fallait aussi des moments de solitude. Ce soir, pourtant, sa sérénité était troublée. Une impression désagréable, dont elle n'aurait su expliquer l'origine, s'insinuait dans ses pensées. Alors qu'elle tournait la tête, il lui sembla apercevoir un mouvement dans le sous-bois, et une rafale de frayeur la traversa avec une telle violence qu'elle en eut le souffle coupé. C'était la faute de Frummie. Elle lui avait mis la tête à l'envers avec ses histoires de tueur.

Les mains enfoncées dans les poches, elle décida de rire tout bas de ses peurs. Il s'agissait probablement d'un renard, ou d'une biche. Mais elle pressa malgré tout le pas et sa respiration s'accéléra. Les ombres s'élargissaient sous les arbres silencieux, envahissant peu à peu le sentier. La surface de l'eau, vidée de toute couleur, s'étirait comme un linceul jusqu'à l'autre rive.

Il y avait bel et bien quelqu'un. La silhouette, trop grande pour être celle d'un animal, contournait les troncs d'arbres, glissait le long de la clôture. Louise se mit à courir ; elle calculait la distance qui la séparait encore du parking, priant désormais pour qu'un vacancier brise le silence d'un éclat de voix enjoué. Un bruit sourd retentit sur sa gauche – celui d'une chute. Louise trébucha sur une racine, franchit la barrière en bois tout en cherchant fébrilement ses clés. Il restait encore une voiture sur le parking, la même qu'à son arrivée, sûrement, mais il faisait trop sombre maintenant pour l'identifier.

Louise ouvrit la portière d'une main tremblante, se glissa sur son siège et tourna la clé de contact. La voiture refusa de démarrer. Les dents serrées, elle verrouilla la portière du passager, puis la sienne, avant de faire une nouvelle tentative. Cette fois, le moteur se mit en marche et, avec un soupir de soulagement, elle passa la première, fit une marche arrière et reprit la route en direction de Foxhole.

— Vous allez apprécier de vous installer dans le cottage, dit Brigid à Alexander tout en lui servant une part de son pudding spécial, accompagné de crème fraîche.

C'était la troisième fois qu'ils dînaient ensemble – et que Brigid mettait les petits plats dans les grands, même si elle s'en défendait.

— En effet.

Il contempla avec satisfaction son assiette bien garnie. En dépit de sa maigreur, il avait un solide coup de fourchette.

— Ce sera un vrai soulagement.

Sa franchise était totalement désarmante. Il n'avait jamais recours aux formules hypocrites qui graissent les rouages de la vie sociale. Brigid se remémora les paroles de Humphrey : « *Il n'attache strictement aucune importance aux questions matérielles et il est d'une franchise parfois déstabilisante…* » Déstabilisante, sans aucun doute. Au départ, elle avait refusé catégoriquement qu'Alexander loge sous le même toit qu'elle, et maintenant elle aurait aimé l'entendre dire que l'expérience lui avait plu. Qu'il avait apprécié autant qu'elle cette étrange cohabitation, même s'il avait été attentif à ne pas envahir son territoire et à se montrer aussi discret que possible.

— Vous pourrez utiliser mon réfrigérateur, bien sûr, lui avait-elle dit. Sinon, vos aliments vont tourner.

— Inutile. Je bois mon café noir et j'ai du lait en poudre pour les urgences.

— Et les petits déjeuners ? avait-elle insisté pour essayer de compenser son manque d'hospitalité du premier jour. Vous ne mangez pas de corn flakes ?

— Je prendrai des toasts. Le grille-pain que vous m'avez prêté est très pratique et Frummie m'a donné un pot de confiture maison.

— Ah oui ?

Elle avait failli ajouter : « Les grandes manœuvres,

déjà ? » mais s'était reprise à temps, préférant une approche moins puérile.

— Vous allez vous régaler. Ses marmelades sont excellentes, meilleures que les miennes. En tout cas, si vous avez besoin de quoi que ce soit n'hésitez pas à me le dire. Et installez-vous dans la cour quand vous voulez.

Sa présence avait été étonnamment agréable. Il ne se forçait pas à engager la conversation mais lui adressait un petit signe de la tête et un sourire en la croisant, et semblait toujours agréablement occupé, totalement en paix. Sa sérénité la fascinait. Elle n'avait jamais rencontré une personne aussi placide, aussi clairement en accord avec elle-même. Brigid se remémorait les propos de Humphrey et commençait à comprendre que ces silences, cette façon de rentrer en lui-même, de vivre en complète autarcie intellectuelle, aient pu passer pour de l'égoïsme, de l'indifférence aux yeux de ses proches. Elle mourait d'envie d'en apprendre davantage sur la relation qu'il avait entretenue avec la mère de Humphrey, mais les perches qu'elle lui avaient tendues n'avaient strictement rien donné : il ne les avait même pas vues.

— J'ai été vraiment désolée d'apprendre la mort d'Agneta, avait-elle commencé dans l'espoir de glaner une information intéressante.

— Vraiment ?

Il l'avait dévisagée, surpris.

— Mais vous ne la connaissiez pas. Vous ne me connaissiez même pas, moi.

Mouchée par une réponse aussi prosaïque, elle avait murmuré une platitude, trop embarrassée pour poursuivre son interrogatoire.

Le silence ne le gênait pas : un jour, ils étaient restés assis plus d'une heure dans la cour sans échanger un seul mot. Il n'avait pas fait la moindre tentative pour amorcer la conversation, pas même lorsqu'il avait reposé son livre, le regard posé au loin. Petit à petit, elle avait appris que la seule façon de communiquer avec lui consistait à se montrer aussi franche et directe que lui. Mais, contrairement à ce qu'on aurait pu penser, c'était loin d'être simple.

Assise en face de lui, le bol de crème fraîche à portée de main, elle décida de se jeter à l'eau.

— Comment se fait-il que nous ne nous soyons pas rencontrés plus tôt ? Humphrey et moi sommes mariés depuis presque trente ans. Vous ne ressentiez aucune curiosité à mon égard ?

— Au contraire, répondit-il aussitôt. Mais je n'ai jamais voulu franchir la ligne que Humphrey avait tracée entre nous.

— La ligne ?

Il lui lança un regard intense et pénétrant.

— Humphrey m'écrivait régulièrement pour me donner des nouvelles. Il a toujours été très respectueux de ses devoirs de fils, même s'il ne m'approuve pas. Il m'a parlé de vous mais je n'ai pas été invité à votre mariage.

C'était étrange : après s'être rangée pendant des années du côté de la mère de Humphrey, Brigid éprouvait subitement le besoin de justifier ce choix, d'expliquer la position de Humphrey.

— Il a été totalement bouleversé par la mort de sa mère, vous savez. Il n'avait pas très envie de faire la connaissance d'Agneta. Ce n'était pas une situation facile à vivre.

— Humphrey était en adoration devant Elisabeth et

elle le lui rendait bien, répondit calmement Alexander. Il n'en a jamais fait un mystère.

— Ce fut si rapide.

Brigid prenait de l'assurance.

— Je parle de votre remariage. Vous lui avez paru...

— Insensible et cruel, compléta-t-il à sa place. Et vous, qu'en pensez-vous ?

— Je suis d'accord avec lui.

Elle prit une grande inspiration. Sa franchise était contagieuse.

— Ce n'est pas seulement le fait que vous vous soyez remarié si vite après la mort de sa mère. Humphrey était encore très jeune et il a eu le sentiment que vous l'aviez abandonné. Il ne savait plus où il en était.

Alexander mangeait tranquillement son pudding.

— Il aurait voulu que je reprenne le flambeau qu'Elisabeth avait lâché en mourant. Il était encore très immature, à l'époque. Il ne voyait le monde qu'à travers le regard de sa mère et elle adorait contrôler sa vie. J'ai été enchanté quand il a choisi de faire carrière dans la Marine. Elle a essayé de l'en empêcher. Vous étiez au courant ?

— Non.

Brigid était fascinée par ces révélations.

— Absolument pas.

— Elle a tout fait pour l'en dissuader, mais il a tenu bon et j'ai été très impressionné par son courage. C'était la première fois qu'il lui tenait tête. Elle m'a accusé de l'avoir encouragé à partir, ce qui était exact. Je savais que c'était le seul moyen qu'il avait d'échapper à sa tyrannie.

— Sa tyrannie ? Vous ne croyez pas que le mot est un peu fort ?

— Elle exerçait sur lui une possessivité dévorante.

L'emprise malsaine d'une personne faible et malade sur une autre personne, jeune et vigoureuse. Elle se servait de sa maladie comme d'une arme, voyez-vous. Humphrey avait peur de la contrarier, peur qu'elle puisse mourir. Elle utilisait cette crainte pour le lier encore plus solidement à elle.

— Mon Dieu. Je ne me doutais absolument pas...

Brigid avait complètement oublié son pudding. Il n'y avait aucune amertume dans la voix d'Alexander, aucune colère. Il énonçait simplement les faits, avec un calme qui les rendait encore plus impressionnants.

— Mais alors, comment est-il possible qu'il l'ait aimée à ce point ?

— Humphrey ne se rendait pas compte qu'il était manipulé. Elle prétendait agir pour son bien et il lui faisait une confiance aveugle. Elle était si douce, en apparence, si faible. Une martyre résignée et heureuse, qui souffrait en silence. Mais son silence était envahissant, assourdissant. Jusqu'au jour où il s'est engagé dans la Marine. Pour la première fois de sa vie, il vivait une passion pour autre chose que pour sa mère. Elle a d'abord pensé que ce n'était qu'un feu de paille, mais, quand elle a compris qu'elle risquait de le perdre, elle a décidé de recourir au chantage affectif. Dieu merci, elle est morte avant d'avoir pu mettre son projet à exécution.

— Vous pensez qu'il serait tombé dans le piège ?

— Possible. Il ne lui avait encore jamais désobéi et il souffrait de l'entendre tourner l'armée en dérision, le comparer à un petit soldat de plomb. Son ironie le blessait mais il supportait tout aussi mal mon approbation.

— Mais pourquoi ?

— Elizabeth n'avait aucune emprise sur moi. Elle a

rapidement compris qu'elle ne parvenait pas à me manipuler et elle s'est vengée en détachant Humphrey de moi. Je travaillais pour une grosse entreprise basée en Suède et j'étais amené à m'absenter très fréquemment. Humphrey et sa mère se sont tout naturellement rapprochés et je suis devenu l'intrus. Quand il s'est finalement engagé dans la Marine et qu'il est parti à Dartmouth, non seulement mon opinion ne l'intéressait plus, mais mon approbation lui faisait presque l'effet d'une insulte.

— Pourquoi avoir voulu vous empêcher de partir, alors ?

— Il était bouleversé par la mort d'Elizabeth. Le sol s'ouvrait sous ses pieds et il cherchait désespérément une main tendue, quelqu'un à qui s'agripper. De mon point de vue, le moment était venu pour lui de marcher seul vers son destin et de mener ses propres batailles. Il était temps qu'il devienne un adulte à part entière.

— La coupure a quand même été brutale.

— Le monde est brutal. L'armée en particulier. Je savais que la Marine l'aiderait à surmonter les épreuves alors que je ne réussirais qu'à l'affaiblir.

— Et vous vouliez partir en Suède, coûte que coûte.

Il sourit à demi, acceptant le reproche implicite.

— Ma compagnie ouvrait une nouvelle usine et ils cherchaient un ingénieur. C'était une merveilleuse opportunité. Nous avions tous les deux la chance de prendre un nouveau départ.

— Et Agneta faisait partie de vos bonne résolutions ?

— Nous nous connaissions depuis des années. Nous avons estimé qu'il serait stupide de perdre du temps simplement pour respecter les conventions... Vous n'avez pas mangé votre pudding.

Brigid baissa les yeux sur son assiette, consciente de l'audace surprenante qu'elle avait eue. Il était temps de changer de sujet.

— C'est vrai. Reprenez-en un morceau pour me tenir compagnie. Et parlez-moi de la Suède.

27

— C'est insensé, fulmina Frummie en faisant la vaisselle. Je ne sais pas à quoi vous pensez pour aller vous balader dans les bois à la tombée de la nuit ! Vous cherchez les ennuis, ce n'est pas possible !

Elle flanqua rageusement une poignée de petites cuillères sur l'égouttoir pendant que Louise gardait le silence, pénitente, le torchon dans les mains. Son apparition, la veille, toute tremblante et effrayée, au beau milieu d'une cassette de l'*Inspecteur Morse*, avait profondément affecté Frummie. Elle avait écouté Louise lui raconter sa promenade et s'était montrée d'avis d'appeler la police.

— Mais pour lui dire quoi ? avait demandé Louise.

Elle s'était rapidement remise de ses émotions dans la lumière rassurante et chaude du salon, prête à rire de ses frayeurs.

— Il s'agissait probablement d'un innocent promeneur, qui ne pensait pas à mal, le pauvre. D'ailleurs, je serais incapable de décrire la voiture. C'était une petite cinq portes comme la mienne, la vôtre ou celle d'Alexander.

— Il y a quand même eu trois meurtres dans la région. Trois ! S'il est innocent il n'aura aucune difficulté à se justifier.

— Qui ?

— L'homme qui marchait dans les bois ! Pourquoi se cacher dans le sous-bois quand il y a un sentier de randonnée ? Dieu merci, Brigid loge Alexander, elle n'est pas seule. Je vais lui téléphoner pour lui dire de fermer sa porte à triple tour. Comment peut-elle supporter de vivre dans ce trou quand Humphrey n'est pas là... Ça me dépasse !

Son exaspération était montée d'un cran devant le refus de Brigid de céder à la psychose et elle était restée grognon pendant le reste de la soirée, malgré un long coup de téléphone de Jemima.

Consciente que la mauvaise humeur de Frummie était en grande partie motivée par le choc et le soulagement qu'elle soit rentrée saine et sauve à la maison, Louise avait eu l'intelligence de maintenir un profil bas et de reconnaître ses torts. Mais, le lendemain matin, Frummie n'était toujours pas calmée et Louise avait consacré tout le petit déjeuner à la rassurer.

— Je ne le ferai plus, promit-elle en essuyant les cuillères tout en ayant la sensation d'avoir à nouveau dix ans. Je n'irai plus me promener seule aussi tard, c'est juré. Je me suis assise sur un banc et je n'ai pas vu passer le temps.

— On aurait dû appeler la police !

Frummie ne rendait pas les armes si facilement.

— C'était notre devoir.

— Je le ferai, si vous y tenez.

Louise rangea les cuillères dans le tiroir.

— Mais je n'ai aucune information à leur fournir. Je ne suis même pas capable de leur indiquer la marque ou la couleur de la voiture.

— Il est trop tard, de toute façon, riposta Frummie

avec une sorte de satisfaction indignée. La voiture est loin, à l'heure qu'il est. Et celui qui était dans les bois avec vous aussi !

Louise essuya les assiettes d'un air coupable, tout en se creusant la tête pour trouver un sujet de conversation qui pût faire diversion.

— Les Trout partent ce matin, lança-t-elle finement. Alexander va pouvoir s'installer dans le cottage. Il y sera beaucoup mieux, et Brigid se sentira plus à l'aise.

Le front de Frummie s'éclaircit un peu. Elle avait hâte qu'Alexander emménage à côté de chez elle. Elle imaginait déjà de petits soupers en tête à tête, de joyeuses virées au pub...

— Je me demande si Brigid a besoin d'un coup de main, dit-elle pensivement. Le jour du changement de locataire est toujours fatigant. Bien sûr, Alexander pourrait venir déjeuner ici. Il n'aura probablement pas le temps de se préparer à manger...

— Pourquoi pas ?

Louise sourit, soulagée que la conversation ait dévié.

— Vous vous souvenez que Thea doit venir prendre le café ?

— Oui.

Frummie rinça abondamment l'évier.

— Mais je doute qu'elle vienne pour me voir.

— C'est-à-dire...

Louise était embarrassée. C'était gênant de lancer des invitations dans une maison qui n'était pas la sienne.

— Les trois filles passent la journée chez des amies et George rend visite à sa mère. Thea a pensé qu'elle pourrait en profiter pour passer en coup de vent.

— Eh bien, je vous laisserai vous préparer en prévision du coup de vent, et j'irai voir si Brigid a besoin de moi.

Frummie s'essuya les mains et s'approcha de la fenêtre pour regarder au-dehors.

— Apparemment, les Ploucs sont déjà en train de plier bagage. Je monte dans ma chambre me changer. À plus tard.

Brigid lisait le *Western Morning News* à la cuisine quand Frummie la rejoignit après avoir lancé son hello habituel.

— Bonjour, chérie. Pas de nouveau meurtre, au moins ? On aurait dû appeler la police, je n'en démords pas !

Brigid leva les yeux de son article et se figea. Sa mère avait-elle la berlue ? Frummie portait un ravissant chemisier blanc à petits plis, enfoncé dans un pantalon écossais à coupe droite. Ses cheveux d'un blond argenté étaient shampouinés de frais et, de toute évidence, elle s'était maquillée sans l'aide des maudites lunettes que sa coquetterie lui interdisait de porter.

Brigid contempla avec stupeur cette vision surprenante, pendant que sa mère lui retournait froidement son regard ébahi.

— Les Ploucs sont en train de charger leur voiture.

— Trout, rectifia machinalement Brigid qui la dévisageait toujours avec des yeux ronds.

— Je me demandais si tu aimerais que je te donne un coup de main pour nettoyer le cottage après leur départ.

Brigid essaya de dissimuler sa stupéfaction, de faire comme si la proposition de sa mère n'avait rien d'inhabituel, puis elle décida d'employer la technique d'Alexander.

— Tu es très élégante, ce matin.

— Peuh.

Frummie haussa dédaigneusement les épaules.

— Ces vieux vêtements ? Je les ai depuis des années.

— Je ne me souviens pas de les avoir vus auparavant.

— Probablement pas. Mais tu n'es pas non plus dans le secret de ma garde-robe, n'est-ce pas ?

— En effet.

Brigid était perplexe. Manifestement, la franchise n'était pas la meilleure tactique avec sa mère. Elle essaya une autre approche.

— Comment va Louise, ce matin ? Elle s'est remise de sa frayeur ?

— Oui. Mais par pitié, ne l'encourage pas à aller se promener le soir sur la lande ! J'ai renoncé depuis longtemps à te convaincre d'être plus prudente, mais après ce qui vient de se passer j'espère que tu feras plus attention.

— Il y a moins de risque à se promener la nuit sur la lande que dans les rues de Plymouth. Ou de n'importe quelle autre ville, d'ailleurs. Tous les meurtres ont été commis en milieu urbain.

— Possible, mais il n'empêche que Louise a eu très peur, hier. Et je ne pense pas qu'elle soit en état de supporter une situation de stress. Il serait stupide de provoquer une rechute.

— Bien sûr.

Brigid était contrite.

— Je n'avais pas vu les choses sous cet angle. Elle va bien ?

— Elle a récupéré très vite, admit Frummie. Mais elle a été secouée, sans aucun doute. Je ne veux pas prendre le moindre risque.

— Je comprends. Mais je suis certaine qu'elle sera plus prudente, à l'avenir. Maintenant, je ferais bien d'aller dire au revoir aux Trout. Elle n'aime pas venir jusqu'ici à cause de Cachou. Elle a toujours peur qu'il l'attaque.

Les deux femmes contemplèrent le cocker, profondément endormi dans son panier. Il était couché sur le dos, les pattes avant repliées comme s'il priait, ses longues oreilles étalées de part et d'autre de son coussin comme des couettes ébouriffées.

— Spectacle terrifiant, commenta Frummie avec ironie. Je comprends qu'on ait peur.

— Il s'est baigné dans la rivière, ce matin. Il faisait un temps merveilleux. Presque automnal.

Il y eut un silence.

— Tu seras prudente, n'est-ce pas ?

Frummie paraissait inhabituellement tendue.

— Je sais que tu tiens à tes promenades quotidiennes, mais fais attention. Promis ?

— Mais oui, ne t'inquiète pas, murmura Brigid, touchée par son inquiétude. Et puis, nous avons un homme dans nos murs, ajouta-t-elle pour alléger l'atmosphère. Je vais dire au revoir aux Trout et ensuite il pourra s'installer. Pourquoi ne t'assieds-tu pas pour lire le journal ? Je t'appellerai quand ils seront partis.

Thea se gara dans la cour, adressa un signe de la main aux Trout – qui la regardèrent d'un air soupçonneux – et rejoignit Louise, installée dans le petit jardin.

— Ils arrivent ou ils partent ? demanda-t-elle en s'asseyant. Ils ont l'air tendus.

— Ils partent, répondit Louise en servant du thé glacé. Au grand soulagement de tout le monde, d'ailleurs. Ce ne sont pas les vacanciers les plus sympathiques que Brigid ait accueillis chez elle.

— Pauvre Brigid.

Thea sortit un chapeau en coton de son immense sac en toile et l'enfonça sur ses cheveux roux.

— Elle a travaillé dur, toutes ces années, vous savez, et elle a tendance à se sentir coupable si ses locataires ne sont pas satisfaits de leur séjour. J'espère que la présence de Humphrey à la maison ne la perturbera pas trop.

— Comment cela ?

Louise remonta sa jupe en coton sur ses cuisses et étendit ses jambes au soleil.

— Il est absent depuis si longtemps. Et elle a un grand besoin de solitude.

— Je ne la connais pas aussi bien que vous, loin s'en faut, mais Humphrey et elle ont l'air de s'entendre à merveille.

— Oh, oui.

Thea sirota son thé glacé en réfléchissant.

— Je me demande simplement si le fait de vivre avec lui vingt-quatre heures sur vingt-quatre ne va pas la rendre claustrophobe. Ce serait peut-être plus facile si Humphrey prenait un travail à temps partiel pendant quelques mois, jusqu'à ce qu'ils s'habituent à leur nouvelle vie.

— Je pense que les cottages leur tiennent lieu d'assurance retraite. Ou au moins une partie.

Louise releva ses cheveux pour se dégager la nuque et offrit son visage au soleil, paupières fermées.

— Quelle chaleur !

— Mmm.

Thea méditait toujours sur Brigid et Humphrey.

— Brigid a hérité cette maison de son père, mais, avec tous les travaux d'aménagement, ils ont été obligés de contracter un prêt. Il est donc fort possible que Humphrey soit contraint de continuer à travailler après sa retraite. Surtout maintenant que Frummie occupe l'un des cottages.

— Il n'est pas un peu jeune pour partir à la retraite ? Il a une cinquantaine d'années, non ?

— Pour un capitaine de frégate, la retraite est à cinquante-trois ans. George était dans le même cas, il a dû prendre la sienne l'année dernière, à cinquante-cinq ans. Même avec l'argent qu'il a mis de côté, il risque d'être obligé de retravailler pour financer les études des filles. Pauvre George ! C'est l'inconvénient de se marier et de fonder une famille à quarante ans. Au moins, Humphrey n'a pas ce problème.

— C'est drôle – vous avec des enfants si jeunes et Brigid qui est grand-mère. Et pourtant vos maris ont quasiment le même âge.

Thea rit.

— Ses amis ont cru que George était devenu fou, quand il m'a épousée. Nous avons quand même vingt ans de différence. Mais ils sont tous très gentils avec moi, même si Humphrey estime que je suis « bizarre ».

Louise se remémora sa remarque, le soir où elle avait dîné avec eux, quelques semaines plus tôt – « *Charmante, mais complètement siphonnée, non ?* » – et ne sut que répondre. Thea sourit de son évidente déconfiture.

— Ne vous en faites pas. J'aime beaucoup Humphrey mais il a du mal à s'adapter à notre différence d'âge. C'est normal : je ne suis pas tellement plus vieille que son fils aîné. C'est drôle, d'ailleurs : mes deux filles vont dans la même école que celle où Julian était pensionnaire. Mount House, vous connaissez ? À l'époque c'était un établissement réservé aux garçons, mais aujourd'hui il est mixte.

— Hermione n'y est pas inscrite ?

— Si. Elle est à l'Arche, la petite section. C'est un

endroit fantastique. Ils sont tous malheureux, quand ils doivent le quitter.

— Ils accueillent des enfants de quel âge ?

Une idée germait dans la tête de Louise.

— Je crois qu'ils les prennent à partir de trois ou quatre ans. Et ils en sortent à huit, pour entrer à l'école primaire. Pourquoi ?

— Je réfléchissais. Vous savez que j'étais assistante maternelle avant mon mariage ? Il va falloir que je trouve du travail très rapidement et je me disais que l'Arche pourrait être une solution.

Thea recula sa chaise à l'ombre.

— Vous vous sentez prête à refaire votre vie ?

Un petit silence. Les colombes tournoyaient au-dessus de leurs têtes, d'une blancheur aveuglante dans le ciel bleu.

Louise prit une profonde inspiration.

— Parfois oui, parfois non. Mais j'aimerais retravailler et je voudrais que ce soit avec des enfants. Dieu merci, la terreur que je ressentais à la seule vue d'un bébé a disparu. Mais j'ai encore des attaques de panique de temps à autre.

— Vous devriez en parler à Charles Price, murmura Thea d'un air pensif. C'est le directeur de l'Arche. Je suis sûre qu'il vous aidera s'il le peut. Il y a deux femmes de marins parmi le personnel d'encadrement, je le sais.

— Il faudra que je lui dise la vérité.

— Oui, bien sûr. Mais vous n'avez aucune raison de vous inquiéter : c'est un homme adorable. Je lui parlerai. Et à la rentrée je vous emmènerai voir comment ça se passe dans la classe d'Hermione.

— Merci, dit Louise avec gratitude. Je dois également chercher un appartement. Frummie reçoit une amie en octobre. Il faut donc que je sois partie d'ici là. C'est un vrai défi.

— En effet, acquiesça Thea sans se laisser abuser par le ton enjoué de la jeune femme. Mais vous n'êtes pas obligée de le relever toute seule. Nous souhaitons tous vous épauler.

— C'est... vraiment très gentil.

Louise réprima une soudaine envie d'éclater en sanglots.

— Mon Dieu, il fait une chaleur ! Oh, regardez : les Trout s'en vont. Brigid semble soulagée, non ?

Brigid se tenait dans le chemin et agitait la main pour dire adieu à ses locataires, un sourire jusqu'aux oreilles. Louise et Thea ne purent s'empêcher d'agiter la main à leur tour en criant : « Bon vent, bon vent ! » Brigid se tourna vers elles en riant, les poings levés en signe de victoire. Puis Frummie la rejoignit et elles entrèrent ensemble dans le cottage.

— Je vais refaire du thé glacé, dit Louise en se levant.

Thea ajusta son chapeau et se renversa confortablement sur sa chaise, le regard absorbé par les colombes. Un mouvement à l'extrême bord de son champ de vision attira son attention. Tout là-bas, très loin, quelqu'un marchait à la lisière du champ qui descendait jusqu'à la rivière. Il se trouvait sur les terres de Foxhole et Thea se demanda s'il s'agissait d'un promeneur égaré. Elle se redressa à demi, les paupières plissées, mais la silhouette s'était immobilisée et semblait regarder dans sa direction. Louise sortit du cottage, son plateau dans les mains, et quand Thea tourna à nouveau les yeux vers le champ, la silhouette avait disparu.

28

Ce fut bien plus tard, dans son atelier, que Brigid retrouva la lettre qu'elle avait commencé à écrire à Humphrey. Elle contempla les phrases rédigées trois jours plus tôt, avant qu'Alexander n'apparaisse dans la cour de la ferme – et dans leur vie. En ce moment même, il emménageait dans le cottage, assisté de Frummie.

Elle regarda distraitement la pièce, s'attardant presque sans les voir sur les objets familiers qui donnaient tout son caractère à ce petit refuge au cœur du sanctuaire de pierre. L'arrivée d'Alexander, son extraordinaire personnalité avaient dominé ses pensées, occupé sa raison au point d'occulter tout le reste. Sa présence était un tel choc ! Alors qu'elle s'était préparée à le détester et qu'elle nourrissait depuis des années une rancœur partisane à son égard, Brigid avait été ensorcelée : Alexander l'avait désarmée presque instantanément.

Elle fronça légèrement les sourcils et s'approcha de la fenêtre, la lettre à la main. Désarmée n'était pas le bon mot. Il laissait entendre qu'Alexander avait eu la volonté de vaincre, or elle était persuadée du contraire. Il était trop direct, trop sincère. Il ne s'intéressait qu'aux faits et semblait imperméable aux compliments comme aux reproches. C'était de là que lui venait cette force intérieure faite de courage et de sérénité, qui attirait Brigid comme un aimant. Elle lui conférait un pouvoir invincible, dont il ne semblait pas avoir conscience.

Elle s'accouda au rebord de la fenêtre, les yeux tournés vers Combestone Tor. Le soleil, à présent à son zénith, inondait le paysage d'une lumière écrasante qui nivelait le paysage et le vidait de son mystère. La chaleur restait plaquée au sol, suffocante, énervante. Même le bouillonnement du West Dart se réduisait à un murmure lointain et étouffé.

Brigid recula dans la fraîcheur de la pièce. L'opinion qu'elle s'était faite d'Alexander à partir des récits de Humphrey était totalement remise en question. Sa mère n'avait pas été une pauvre victime sans défense, mais un être manipulateur qui avait exploité la loyauté de son fils et s'était servi de son affection et de sa tendresse pour contrôler sa vie. Certaines réflexions, qu'il avait laissé échapper au fil des années, prenaient brusquement une tout autre signification. « Ma pauvre maman était tellement sensible. Elle était si douce et courageuse que je ne supportais pas qu'on lui fasse du mal. » *Elle souffrait en silence. Mais son silence était envahissant, assourdissant.* « Elle s'est toujours sacrifiée pour moi. J'étais sa seule raison de vivre. » *Une martyre résignée et heureuse.* « Je me sentais obligé de compenser les absences répétées et la froideur de mon père. » *Humphrey et sa mère se sont tout naturellement rapprochés et je suis devenu l'intrus.* « Bien sûr, elle était très malade et souffrait énormément. C'était terrible de la voir, parfois. » *Humphrey avait peur de la contrarier, peur qu'elle puisse mourir. Elle utilisait cette crainte pour le lier plus solidement encore à elle.*

Humphrey avait vingt-trois ans quand il s'était marié avec Brigid. L'un des points qui les avaient rapprochés, c'était justement les rapports difficiles qu'ils avaient entretenus, elle avec sa mère, lui avec son père. Ils avaient plaisanté de ce qu'ils appelaient leurs « parents terribles », et ils avaient mûri ensemble, s'épaulant mutuellement.

Brigid avait-elle été le soutien que Humphrey avait espéré trouver en son père après le décès de sa mère ? L'expérience de la Marine et du mariage avait forcé Humphrey à devenir adulte. Qui aurait-il été aujourd'hui si sa mère avait vécu ? Libéré de son emprise, il était devenu cet homme chaleureux et déterminé qu'elle avait appris à connaître et à aimer. Il n'était, par nature, ni faible ni crédule. Peut-être Alexander avait-il eu raison de l'inciter à s'assumer tout seul, même si la méthode avait été brutale.

Troublée de se découvrir subitement prête à changer de camp, Brigid regarda la lettre qu'elle serrait toujours dans sa main. « *Ce qui m'a arrêtée, aussi, c'est que ça concerne Jenny et que nos opinions divergent complètement à son sujet. Je n'essaie pas de me trouver des excuses, loin de là, mais...* »

Subitement confrontée à la réalité des mots, Brigid sentit l'étau glacé de la peur se refermer sur sa poitrine. Comment avait-elle pu oublier l'épée de Damoclès suspendue au-dessus de sa tête ? Elle retardait l'inévitable, mais, tôt ou tard, il lui faudrait bien trouver le courage de finir sa lettre pour informer Humphrey de la situation. Alors pourquoi pas tout de suite ?

Refusant de céder à l'angoisse qui lui nouait le ventre, Brigid déblaya un coin de table, s'assit et ouvrit son stylo, les feuillets étalés devant elle. Elle réfléchit quelques instants, essayant d'imaginer un scénario qui lui permettrait d'aborder la question avec Alexander et de lui demander conseil. L'envie de partager ce fardeau avec lui était terriblement tentante, et cependant irréalisable. Non seulement il aurait été déloyal de lui parler de son problème alors que Humphrey n'était même pas au courant, mais il était occupé à emménager dans le cottage... aidé par Frummie.

Brigid secoua la tête, exaspérée. L'image de sa mère pomponnée comme pour aller déjeuner en ville alors qu'elle prétendait vouloir l'aider à faire le ménage ne la quittait pas. À l'évidence, Alexander lui avait fait de l'effet. Suffisamment pour qu'elle se mette en frais de toilette. Et pour qu'elle lui fasse du charme. Brigid se mordilla la lèvre. Le terrain était mouvant. Il lui faudrait faire preuve de beaucoup de tact. Il serait très embarrassant que Frummie se rende ridicule. Alexander avait accepté son aide ainsi que son invitation à déjeuner avec beaucoup de courtoisie, et avait adressé un petit sourire rassurant à l'attention de Brigid ; il avait manifestement perçu son anxiété. C'était étrange, ce besoin instinctif qu'elle avait de protéger Frummie. Elle n'aurait pas pu supporter qu'Alexander se moque de sa tenue trop élégante, de son maquillage maladroit, des bracelets qui cliquetaient à ses maigres poignets. Et, pourtant, elle avait été horriblement humiliée de voir sa mère gambader dans tous les sens comme une pom-pom girl. Elle avait été soulagée de partir, de les laisser ensemble.

Comme toujours, la maison lui avait offert un refuge réconfortant après la chaleur aveuglante du soleil. Elle avait envoyé promener ses chaussures, savourant la fraîcheur des dalles sous ses pieds nus, s'était accroupie à côté de Cachou, étendu de tout son long sur le sol. Le silence et la quiétude de la cuisine l'avaient apaisée, ressourcée, et elle avait décidé de monter travailler dans son atelier. C'était en s'installant derrière la table qu'elle avait vu la lettre inachevée.

Tu continues, se morigéna-t-elle avec un sentiment de culpabilité. Tu essaies encore de gagner du temps. Tu cherches des prétextes pour remettre ce courrier à plus tard. Tu es lâche.

Elle lissa les feuilles de papier dans un soupir, relut le début de la lettre, saisit son stylo et commença à écrire.

Après le départ de Thea, Louise resta quelques instants assise au soleil, perdue dans ses pensées, puis elle rentra dans le cottage, posa le plateau sur la table de la cuisine et décrocha le téléphone. Martin répondit à la deuxième sonnerie.

— Martin ? C'est moi, Louise.

— Je sais, ma douce. Je suis encore capable de reconnaître ta voix. Comment vas-tu ?

— Je ne te dérange pas ?

— Si tu veux savoir si Carol est dans les parages, la réponse est non. Elle fait la grasse matinée.

Pendant une poignée de secondes, l'image lui apparut avec une telle force qu'elle fut incapable de parler : Carol dormait, confiante et détendue, dans le lit qu'elle avait partagé avec Martin. Elle avala sa salive et fronça les sourcils, essayant de se concentrer.

— Louise ? Est-ce que ça va ?

Il paraissait inquiet.

— Oui, oui, très bien. Je voulais juste te demander un service. Tu sais que j'ai décidé de retravailler. Je ne peux pas continuer à habiter avec Frummie et je ne veux pas dépendre de toi non plus. Mais même si je réussis à trouver un poste d'assistante maternelle ce ne sera sûrement pas pour ce trimestre et je risque d'être obligée de chercher un petit boulot dans l'intervalle – serveuse ou...

— Attends, ne précipite rien, l'arrêta-t-il aussitôt. Peu

importe combien de temps tu mettras à trouver du travail, financièrement tu n'as à t'inquiéter de rien. Je te dois bien ça : c'est entièrement ma faute si tu es partie.

— Oh ! Martin, soupira-t-elle avec gratitude. Tu es adorable de présenter les choses de cette façon. Mais j'ai changé, moi aussi, et je ne suis pas sûre que nous aurions pu continuer à vivre ensemble.

— Probablement pas, mais tu aurais eu tout le temps de t'organiser. Ne prends aucune décision à la hâte, ma douce. Tu me le promets ?

— Oui, Mais, tu sais, je n'ai pas trop le choix : Margot arrive dans un mois. Je vais essayer de trouver une location pour cet hiver – un petit pavillon ou un appartement. Tôt ou tard, il faudra bien que je me jette à l'eau, Martin. J'ai besoin de me sentir indépendante.

— Je comprends, mais ne t'engage pas à trop long terme et prends le temps de réfléchir.

— Le problème, c'est qu'on risque de me demander de régler trois mois de loyer d'avance. Je voulais savoir si tu accepterais de me prêter l'argent, le cas échéant. Je te rembourserai dès que je toucherai un salaire, bien sûr.

— Aucun problème. Contacte-moi dès que tu auras trouvé un logement, je ferai le nécessaire.

— Merci, Martin ! Tu es vraiment adorable.

— Je t'en prie. Tiens-moi au courant.

Louise raccrocha, resta pensive un instant, puis ramassa ses clés de voiture et quitta le cottage. Frummie sortait un carton du coffre d'Alexander. Louise s'arrêta près d'elle.

— Je vais jusqu'à Ashburton. Je veux passer chez le pharmacien ; je mangerai un sandwich sur place.

Frummie haussa les sourcils.

— J'espère que ce n'est pas pour nous laisser seuls, Alexander et moi ?

— Non. Mais je me sens un peu... nerveuse, agitée. J'ai besoin de bouger. Ne vous inquiétez pas, je n'irai pas me promener seule dans la nature hostile. Je naviguerai exclusivement là où il y a du monde.

— Ce ne sera pas plus mal, rétorqua Frummie d'un ton incisif. À plus tard.

Louise remonta le chemin et s'engagea sur la route. Comme d'habitude, il y avait quelques véhicules garés sur l'aire de stationnement à proximité de la rivière O Brook et, tandis qu'elle franchissait Saddle Bridge, l'un d'eux démarra derrière elle. Louise en fut agacée. Elle préférait être seule quand elle traversait la lande. Elle aimait avoir le temps de savourer le spectacle grandiose des collines qui se déroulaient jusqu'à l'horizon brumeux, des falaises abruptes, des combes profondes et des vallées boisées. De l'autre côté du pont, les branches des sorbiers ployaient sous une multitude de baies rouges. Des traquets se balançaient sur les longues feuilles dentelées des fougères, et la brise lui apportait l'odeur chaude, un peu sucrée des ajoncs.

Les parkings permettant d'accéder à Combestone Tor et au plan d'eau de Venford étaient pris d'assaut : des familles avec des enfants profitaient de ce dernier week-end de liberté avant la rentrée des classes. Les eaux de l'étang s'étiraient paisiblement sous les arbres, sans une ride, comme étourdies par la chaleur. Elle avait peine à croire que ce lieu enchanteur ait pu lui paraître menaçant quelques jours plus tôt. Peut-être était-ce Pan, le dieu des champs et des bois, qui s'amusait à se cacher derrière les pierres et les arbres pour terroriser les promeneurs insouciants ? Louise sourit à cette pensée, ralentit pour permettre à un mouton de traverser la route, et jeta un coup d'œil dans son rétroviseur. La voiture qui la suivait était loin derrière ; elle n'était pas obligée de se presser.

En parvenant à la hauteur de Holne Bridge, elle tomba dans les habituels encombrements provoqués par les amateurs de canoë, très nombreux à venir s'exercer sur la rivière. Ils enfilaient leurs combinaisons étanches, descendaient leurs embarcations de leur voiture ou de leur van, ce qui ralentissait la circulation. Louise attendit patiemment que le flot de véhicules s'écoule, tout en regardant occasionnellement dans le rétroviseur la voiture rouge qui la suivait depuis Saddle Bridge. Le conducteur portait des Rayban et une casquette de baseball. Son bras était appuyé à la fenêtre ouverte et il pianotait en rythme sur le volant. Louise eut une étrange impression de déjà vu et se demanda s'il ne s'agissait pas de l'homme qui était venu récemment laver les vitres à Foxhole. La voiture lui paraissait familière...

Elle ramena ses cheveux derrière son oreille d'un geste impatient. Il faisait chaud, elle en avait assez d'attendre, et l'odeur des gaz d'échappement était extrêmement désagréable. Elle se remémora sa conversation avec Martin, le besoin soudain qu'elle avait eu de lui parler de ses projets, d'obtenir son approbation. Si seulement elle pouvait retrouver une vie normale ! Cela ne tenait qu'à elle, elle le sentait bien, mais c'était étrange – et terriblement déstabilisant – de voir combien l'avenir lui paraissait tantôt exaltant, tantôt terrifiant. Le désir soudain, brutal, de retrouver Rory, de sentir ses bras autour d'elle, d'entendre sa voix, la submergea. « *Alors ? Où en étions-nous ?* » Elle regarda droit devant elle, se mordilla la lèvre, lutta pour refouler ses larmes.

La route se libéra subitement. Louise traversa le pont et, cinq minutes plus tard, elle entrait dans Ashburton. Elle eut la chance de trouver une place de parking presque tout de suite, se gara et descendit chercher un ticket au parcmètre. La voiture rouge n'eut pas cette veine. Contraint de s'arrêter en double file, le conducteur n'eut pas d'autre choix que d'observer de loin Louise qui verrouillait sa portière puis s'éloignait d'un pas rapide en direction des magasins.

Il était presque seize heures quand Louise regagna Foxhole après avoir déjeuné et fait quelques emplettes. Frummie sortit aussitôt à sa rencontre et Louise descendit de voiture, un peu inquiète.

— Il y a un problème ?

— Non.

Frummie poussa un soupir de soulagement.

— Mais je suis contente de vous voir rentrer.

— Je suis simplement allée à Ashburton, vous savez. Je n'ai pas pris de risques inconsidérés.

Louise sortit ses achats de la voiture et la ferma à clé.

— Ah ! si : sur le chemin du retour, je me suis arrêtée pour monter jusqu'à Combestone Tor avec un bon millier de touristes. J'aurais peut-être dû emporter une balise de détresse !

— Moquez-vous de moi si ça vous amuse, dit Frummie d'un air sinistre. N'empêche qu'une femme a été agressée la nuit dernière à Buckfastleigh.

Louise se statufia.

— Oh ! Non... Comment l'avez-vous su ?

— On en a parlé aux informations de midi. Par chance, des jeunes gens qui sortaient d'un pub ont entendu les cris de la femme et se sont portés à son secours. Son agresseur s'est enfui, mais la victime a pu le décrire. D'après la police, il s'agirait du même homme que dans les trois autres affaires de meurtre. Sa tactique est identique : il repère une femme seule, il la suit, et, au moment propice, il passe à l'acte.

— Quelle horreur !

Louise frissonna.

— Oh ! Frummie, vous vous rendez compte... si c'était lui, l'autre nuit !

— À mon avis, il n'y a plus à hésiter : il faut mettre la police au courant. Après tout, Buckfastleigh n'est pas très loin d'ici. Quoi qu'il en soit, je suis heureuse de vous savoir rentrée. Et jusqu'à nouvel ordre, plus de folies !

— Vous avez raison. Plus de promenades en solitaire à la tombée de la nuit. C'est juré.

29

— Pas du tout, je serai enchantée de vous revoir.

Jemima discutait au téléphone avec Louise.

— Venez donc déjeuner un de ces jours. Ou dîner. Nous jetterons ensemble un coup d'œil à mes fiches, pour voir si j'ai une location qui pourrait vous convenir... Non, ce week-end ça ne va pas être possible, je suis prise. Non, rien que des obligations très agréables. Un vernissage à la galerie Cove... David Stead. J'adore ses aquarelles. J'ai aussi une amie qui vient dîner et un déjeuner avec Mandy et Ness. Mais un jour de la semaine prochaine, ce sera parfait... Mardi ? Pour le déjeuner ?... Entendu. Vers treize heures ? Parfait. À mardi, alors.

Elle raccrocha et poussa un soupir de soulagement. Il n'était pas dans ses habitudes de s'inventer de faux rendez-vous ou de faire des cachotteries, mais cette fois c'était différent. Son histoire d'amour était si importante, si précieuse à ses yeux qu'elle en devenait superstitieuse. Elle avait l'impression que si elle en parlait à qui que ce soit, sa bulle de bonheur se briserait et se dissoudrait dans l'air, comme si elle n'avait jamais existé.

Depuis qu'il était rentré à Londres, il lui arrivait de se demander si elle n'avait pas purement et simplement imaginé leur rencontre. Il lui paraissait impossible qu'ils aient réellement pu vivre ces quelques semaines d'enchantement absolu. Et pourtant, vendredi, il serait là.

— Vendredi, soupira-t-elle d'un ton extasié en posant devant Magnificat une assiette de boulettes au thon. Tu te rends compte ? Il sera là dans quarante-huit heures. Deux jours !

Magnificat attaqua son dîner, indifférent à cette promesse de bonheur, à la joie qui étincelait dans les yeux de Jemima. Sa queue fouettait l'air avec mépris, indiquant une fin de non-recevoir. Jemima passa au salon et s'étendit de tout son long sur le canapé.

— Tu me manques terriblement, lui avait-il dit au téléphone. C'est sinistre, ici. Elle a presque tout emporté, tu te rends compte ?

— C'est moche.

Elle aurait voulu lui montrer sa solidarité – et en profiter pour traîner Annabel dans la boue, c'était tellement tentant – mais elle avait réussi à se dominer.

— Tu dois être vraiment déprimé.

— Tu l'as dit.

Elle l'avait imaginé promenant un regard éteint sur l'appartement désert, vidé de ses bibelots, de ses peintures, de ses objets familiers, et son cœur s'était serré pour lui. Mon pauvre amour !

— Elle m'a laissé une lettre.

— Ah ?

Comment réagir à ce coup dur ? Il était loin ; elle ne voyait pas son expression. Sa plus grande crainte avait été de le perdre une fois qu'il se retrouverait sur son propre territoire... et sur celui d'Annabel. Et, à cet instant, cette peur panique s'était réveillée. Elle avait eu envie de hurler : « Eh bien, lis-la, qu'est-ce que tu attends ? Qu'est-ce qu'elle a à te dire, cette poufiasse ? » Mais elle ne l'avait pas fait, évidemment. Il semblait triste, abattu – ce qui n'était pas bon signe – et sa peur s'était nuancée de colère. Quelle importance qu'elle l'ait plaqué pour un autre ? Est-ce que ça comptait encore, après les quatre semaines fantastiques, inoubliables qu'ils venaient de passer ensemble ?

Jemima avait dû se raisonner, se répéter que ce n'était pas aussi simple. Bien sûr, revenir dans cet appartement avait réveillé en lui des souvenirs, rouvert de vieilles blessures. Bien sûr, on ne pouvait pas comparer une amourette de vacances et une relation qui avait duré cinq ans. Et, bien sûr, il aurait été totalement irréaliste de vouloir qu'il reste de marbre en se trouvant brutalement confronté à la réalité tangible de cette rupture.

— Elle m'explique pourquoi elle a emporté tel ou tel objet, avait-il soupiré. Et, au cas où ça me poserait un problème, elle propose qu'on se retrouve pour en discuter. Elle me laisse une adresse et un numéro de téléphone où je peux la joindre.

— Eh bien, ça me paraît tout à fait... correct de sa part.

Ça n'avait rien de correct. C'était tout sauf correct ! « N'y va pas ! » avait-elle voulu crier. « S'il te plaît, n'y va pas. C'est fini entre vous. Terminé ! » Mais il tenait beaucoup à ce qu'Annabel et lui restent bons amis, il le lui avait dit, et elle n'avait pas voulu se montrer sous les traits d'une harpie vindicative et jalouse.

— J'ai hâte de te revoir, avait-il repris dans un soupir. Je suis parti ce matin seulement, mais j'ai l'impression que ça fait des semaines. Salcombe est un paradis sur terre, comparé à cet endroit.

Jemima avait pu réintégrer son rôle d'amante et de consolatrice, le plaignant d'un ton taquin et tendre qui avait accompli des miracles. Il avait cessé de parler d'Annabel pour aborder un sujet infiniment plus intéressant : son retour prochain à Salcombe, et son intention de chercher du travail dans la région.

— Tu es sûre que tu supporterais de partager ton appartement avec moi ? avait-il demandé.

— Mmm... nous pourrions instaurer une période d'essai, avait-elle riposté sur un ton léger, soulagée qu'il ne la voie pas sourire de bonheur jusqu'aux oreilles. De toute façon, c'est Magnificat que tu dois conquérir, pas moi.

— Ne me dis pas que notre avenir est entre les pattes de ce sac à puces névrosé ? avait-il gémi.

Ses intonations s'étaient faites subitement plus graves, plus assourdies.

— Tu me manques, tu sais.

Jemima avait pris plusieurs inspirations pour éviter que sa voix ne la trahisse.

— Toi aussi.

— Bon.

Elle l'avait imaginé, regardant autour de lui, rassemblant tout son courage pour surmonter son désarroi et retrouver un peu de tonus.

— Je vais essayer de me secouer et de défaire mes bagages. Je voulais juste te dire un petit bonjour avant de plonger en enfer. Appelle-moi.

— Bien sûr.

Une petite pause.

— Vendredi sera très vite là, avait-elle enchaîné avec un entrain forcé.

— Oui.

Sa voix avait retrouvé un peu d'allant.

— Je compte les jours. À bientôt.

Jemima s'était imposé d'attendre jusqu'au lendemain soir pour l'appeler. Après avoir prié pour qu'il téléphone le premier, elle avait fini par prendre son courage à deux mains.

— Elle m'a laissé la télé et deux cassettes vidéo, avait-il grondé. Supergénéreux, non ?

Une boule s'était formée dans son ventre, une contraction de tous les muscles, comme si elle mobilisait ses forces avant un affrontement.

— C'est pire que tu ne le pensais ?

— Elle a emporté tout ce qui n'était pas fixé au sol, avait-il riposté avec amertume. Je ne m'en suis pas rendu compte tout de suite, mais elle a emmené tous les objets de décoration, tous les tableaux et la plupart des livres. Je n'arrive toujours pas à le croire.

— Est-ce que... tu lui as parlé ?

— Pas encore.

Elle avait cherché des paroles de réconfort, mais son cerveau était resté obstinément vide.

— Je suis vraiment désolée, avait-elle déclaré enfin.

Quelle platitude. Il devait se sentir tellement mal...

— C'est terriblement injuste. Je veux dire.... Ces objets vous appartenaient à tous les deux, conjointement, non ?

— C'est ce que je croyais, oui.

— Tu devrais peut-être en discuter avec elle.

Elle avait prononcé ces mots d'un ton hésitant et d'autant plus à regret qu'elle n'avait aucune envie qu'il approche Annabel.

— Elle se montrera sûrement raisonnable ?

— Si elle était raisonnable, elle n'aurait pas emporté la moitié de l'appartement !

— Non, bien sûr...

Elle n'avait rien trouvé à répondre à cela.

— Excuse-moi, chérie. Je suis d'une humeur de chien mais ce n'est pas à toi d'en faire les frais. Écoute, Je te passerai un petit coup de fil demain. D'ici là, j'aurai eu le temps de me calmer. D'accord ?

Les vingt-quatre heures suivantes avaient paru vingt-quatre siècles à Jemima. Comble de malchance, toutes ses amies semblaient s'être donné le mot pour lui téléphoner ce jour-là. Jemima aurait voulu leur hurler de se taire, les yeux rivés avec angoisse sur sa montre. Et s'il essayait de la joindre ? Quand finalement il l'avait appelée, tard dans la soirée, elle avait à peine osé décrocher, de peur de tomber encore sur une pipelette.

— Comment ça va ? avait-elle demandé en s'efforçant d'adopter un ton à mi-chemin entre la bonne humeur et l'inquiétude.

— Ça va.

Il avait paru résigné.

— Je suis désolé pour hier soir. J'ai des coups de blues de temps à autre, et cet appartement ne me vaut rien.

Il avait soupiré.

— Parlons d'autre chose... Comment tu vas, toi ? avait-il enchaîné au prix d'un effort.

Jemima ne put s'empêcher de sourire en y repensant. Elle s'était livrée à l'une de ses meilleures prestations pour lui remonter le moral, le faire rire – et elle y était parvenue. Quand elle avait raccroché, sa confiance en elle était revenue : il avait besoin d'elle.

Les jours passant, il avait retrouvé peu à peu son entrain et, après avoir repris le chemin du bureau, il avait paru plus pondéré, plus positif. Il avait commencé à se renseigner sur les débouchés professionnels dans la région Ouest, et le résultat de ses recherches était, semblait-il, plus qu'encourageant. Il lui avait laissé entendre qu'ils auraient matière à discuter, vendredi.

Jemima s'étira, excitée et nerveuse à la fois, et retint son souffle quand Magnificat lui sauta sur l'estomac, ronronnant à tout-va, rempli de boulettes au thon. Elle caressa sa fourrure soyeuse avec des gestes sensuels, les yeux clos, rêvant au week-end amoureux qui s'approchait, attendant vendredi.

— Brigid se demande si elle doit inviter Michael et Sarah à Foxhole pour que vous puissiez faire connaissance, tous les trois.

Frummie leva vers Alexander un regard inquisiteur.

— Quel est votre avis ?

— Mitigé, répondit-il calmement.

Il replia poliment son journal et observa Frummie qui inspectait sans vergogne le contenu de son plateau de petit déjeuner.

— Comme vous pouvez le constater, je suis très traditionnel, le matin. Je commence toujours ma journée avec des saucisses, du bacon, des toasts et de la marmelade. Même après avoir vécu des années à l'étranger, je n'ai jamais pu me défaire de cette habitude.

Frummie n'était pas gênée le moins du monde d'avoir été prise en flagrant délit d'indiscrétion.

— Vraiment ? Personnellement, je suis incapable d'avaler autre chose que du café noir, dit-elle. Comment réussissez-vous à rester aussi mince ?

— C'est génétique. Comme vous, j'imagine.

— Comment savez-vous que je ne suis pas un régime draconien ?

Il sourit.

— Parce que votre minceur est naturelle. Brigid, en revanche, est trop maigre.

Frummie s'assit sur la chaise opposée, savourant l'opportunité d'un tête-à-tête avec lui. La grande salle qui faisait à la fois office de cuisine et de salle à manger était inondée de soleil, de la vaisselle traînait sur le plan de travail, et pourtant une atmosphère un peu froide flottait dans la pièce. Quelques livres étaient alignés sur le rebord de la fenêtre, une petite pile de journaux s'amoncelait sur la grande table carrée, mais il y avait trop peu d'indices pour espérer découvrir quoi que ce soit sur l'habitant. Cela viendrait en son temps. Frummie n'avait aucun doute là-dessus. En attendant, elle ne voyait aucun inconvénient à parler avec lui de la maigreur de Brigid.

— Pourquoi cela ne serait-il pas également génétique ? Diarmid était grand et mince. Brigid tient de lui, voilà tout.

— Donc, selon vous, sa minceur n'est pas excessive ?

— Eh bien...

Elle gigota sur sa chaise avec impatience. Si elle répondait que si, il risquait de lui en demander la cause, et si elle était incapable de lui fournir une explication, il aurait l'impression qu'elle ne s'intéressait pas à sa fille. D'un autre côté, si elle répondait non, leur conversation risquait de tourner court. Quoi qu'il en soit, il n'avait pas tort : Brigid avait bel et bien maigri.

— Elle a peut-être perdu un peu de poids, en effet. Pas beaucoup, mais elle est si mince que ça se remarque forcément. J'en ignore la raison. C'est peut-être l'absence de Humphrey qui l'affecte. Il est parti pour une longue mission, cette fois.

— Mais depuis le temps, elle devrait s'y être habituée, non ?

— Si.

Agacée par son obstination, elle opta pour la contre-attaque.

— Bien sûr, l'idée de vous recevoir ici l'a perturbée. Elle s'en est fait une montagne.

Ce reproche indirect ne parut pas l'affecter outre mesure.

— Je l'imagine aisément. Donc, vous pensez que ma visite pourrait être la cause de son anémie ?

Frummie haussa les épaules.

— Entre autres, répondit-elle avec désinvolture. Il y a peut-être d'autres raisons, dont j'ignore tout. Brigid et moi ne sommes pas particulièrement copines, voyez-vous.

— Je m'en étais aperçu.

Ses intonations pensives ôtèrent à sa réponse ce qu'elle aurait pu avoir de blessant.

— C'est étrange, n'est-ce pas, qu'il soit souvent plus facile de communiquer avec des étrangers qu'avec des gens de votre chair et de votre sang.

Frummie hocha la tête.

— En effet. Pourquoi, je me le demande.

— La culpabilité, probablement. Enfin, si j'en crois mon expérience personnelle. Humphrey n'a aucune estime pour moi et je me sens coupable de certains choix que j'ai faits quand il était adolescent. Ma culpabilité et son mépris font barrage à notre rapprochement et nous butons sur l'obstacle au lieu de le contourner comme nous le ferions avec n'importe quel étranger. En fait, c'est parce que c'est mon fils que je suis incapable de communiquer avec lui.

Frummie le dévisagea avec une surprise mêlée d'amusement. Elle ne s'attendait pas à une telle franchise, à ce stade précoce de leur amitié.

— C'est exactement pareil pour moi, admit-elle. Je me sens coupable parce que je suis partie à Londres en laissant Brigid à son père. Elle m'en veut terriblement de l'avoir abandonnée, et le fait d'en être consciente m'empêche d'avoir une relation aussi spontanée avec elle qu'avec Jemima, ma fille cadette. Je sens sa colère. Étrange qu'il soit aussi tentant de détester les gens qu'on a blessés, n'est-ce pas ?

— C'est parce qu'ils nous rappellent constamment nos faiblesses et nos erreurs.

— Est-ce pour cette raison que vous vous êtes tenu à distance pendant toutes ces années ? demanda-t-elle avec curiosité.

— Mes relations avec Humphrey se sont rompues assez brutalement, à la mort de sa mère, répondit-il prudemment. Je suis parti à l'étranger et je me suis remarié presque aussitôt. Humphrey ne me l'a jamais pardonné. Il s'est senti trahi, abandonné. Il a continué à me donner des nouvelles de loin en loin, mais il m'a clairement fait comprendre que j'avais perdu tout droit de regard sur sa vie.

— Ça ne ressemble pas à Humphrey.

Frummie secoua la tête, le front plissé.

— C'est un garçon si amical, si ouvert.

— Vraiment ?

Alexander semblait avide d'informations.

— Vous vous entendez bien avec lui ?

— Oh oui. Il est très chaleureux, très agréable. Je l'estime beaucoup. Il s'est montré extrêmement généreux avec moi, vous savez.

— J'en suis heureux.

Alexander déplaça sa chaise sur le côté de façon à étendre ses longues jambes.

— Donc, Brigid dépérit par ma faute et non à cause de Humphrey.

— Je ne dirais pas ça comme ça.

Frummie éprouvait une étrange empathie pour lui.

— Humphrey et Brigid sont merveilleusement heureux ensemble, cela ne fait aucun doute. Leur mariage est une réussite depuis le premier jour, mais, si vous voulez la vérité...

— Oui, acquiesça-t-il, laconique. Je veux la vérité.

— Eh bien, c'est l'abandon dont ils ont souffert tous les deux qui les a rapprochés. Ils se sont en quelque sorte accrochés l'un à l'autre. Humphrey et Diarmid s'entendaient à merveille. On aurait dit un père avec son fils...

Elle s'interrompit, consciente d'avoir manqué de tact. Alexander regardait au loin.

— Je l'envie, dit-il doucement – et elle éprouva une soudaine compassion pour lui.

— C'est pour cette raison que vous êtes revenu ? demanda-t-elle. Pour vérifier où vous en étiez tous les deux ?

Il exhala un long soupir.

— En quelque sorte, reconnut-il enfin. Humphrey m'a écrit cet été pour m'informer qu'il partait en mission aux Bahamas à l'automne et qu'ensuite il prendrait sa retraite. Agneta était décédée, je souhaitais rentrer en Angleterre : le moment était idéal. J'ai décidé de lui demander s'il pouvait m'héberger quelque temps.

— Vous avez été surpris, quand il a accepté ?

— Pas vraiment.

Il esquissa un sourire.

— Je savais que vous habitiez avec eux. Je misais sur son sens de l'équité.

Frummie éclata de rire.

— Quelle franchise !

— Je n'avais nulle part où aller. J'ai tablé sur ses sentiments filiaux, je l'avoue.

Elle le dévisagea avec amusement.

— Et c'était vrai ?

— Quoi donc ?

— Que vous n'aviez nulle part où aller.

Il hésita un instant et elle l'observa avec une curiosité mêlée de fascination.

— Oui, répondit-il enfin. C'était vrai. J'avais vendu ma maison en Suède, mais il me restait trois mois à attendre avant de pouvoir emménager dans ma nouvelle résidence. J'ai eu le sentiment – ridicule, peut-être – qu'une force indépendante de la mienne me poussait à venir ici. Mais il est vrai que je n'avais nulle part où aller.

— Je vois. Ma foi, c'est aussi à peu de chose près ce qui m'est arrivé. Mon mari m'a quittée pour une femme beaucoup plus jeune et je me suis retrouvée à la rue, sans un sou. Dieu m'est témoin que je hais cet endroit, mais à ce moment-là Foxhole m'est apparu comme la solution de la dernière chance.

— Cela n'a pas dû être facile.

Elle balaya sa compassion d'un regard cinglant et ironique.

— Le retour de la mère prodigue. « Pardonne-moi, ma fille, car j'ai péché... » Non, ça n'a pas été facile. Tout comme vous, j'ai tablé sur la loyauté de Brigid et la générosité de Humphrey, mais ça m'est resté en travers de la gorge, vous pouvez le croire. Ils étaient si nobles, tous les deux, dans leur sacrifice, tellement attentifs à ne pas m'humilier, à ne pas m'écraser sous le poids de leur générosité ! Inutile de vous dire que je leur ai renvoyé leur pitié à la figure dès que j'en ai eu l'opportunité. Je me suis rendue dans les bureaux de l'aide sociale et j'ai obtenu une allocation de solidarité. Ensuite, j'ai insisté pour que Brigid achète un carnet de quittances de loyer. Elle en était malade.

Elle regarda Alexander droit dans les yeux. Ses lèvres pincées formaient une ligne amère.

— Chaque fois que je lui remets l'argent de mon loyer et que je la vois signer le reçu, je ressens un frisson de pur délice, ici.

Elle se frappa doucement la poitrine du poing.

— Il lui a tout laissé, bien sûr. Je parle de Diarmid. Pas un centime pour moi. Mon Dieu, je l'ai haï à un point ! Inimaginable !

— Il a refusé de vous rendre Brigid après le divorce ?

Une expression résignée et lasse se peignit sur le visage tendu de Frummie.

— Catégoriquement. Je pensais qu'il me confierait sa garde. Je n'imaginais même pas qu'il pourrait envisager de s'occuper d'elle. Il était tellement... accaparé par son maudit travail ! Mais il a fait des pieds et des mains pour m'empêcher de la reprendre. Il a compris qu'il tenait là sa vengeance et, bien sûr, je n'avais aucune chance contre lui. Quel juge aurait retiré la garde d'un enfant à un homme aussi respectable que Diarmid, pour la donner à une femme dévoyée et infidèle ?

— Et Brigid ?

— Brigid adorait son père. Et Foxhole. Ce mariage était une erreur tragique, je l'ai compris très vite, mais que faire ? Brigid était née, il était déjà trop tard. Diarmid aurait probablement joué le jeu jusqu'au bout. Pour être honnête – bien que ce ne soit pas dans ma nature – je crois qu'il m'aimait sincèrement, à sa façon : calmement, sans émotion. Mais c'était tout simplement impossible. Je détestais cet endroit et Diarmid était tout le contraire de ce qu'il me fallait. Il était incroyablement beau, effroyablement cultivé, mais moi, je suis une femme frivole. J'aime m'étourdir, rire, sortir tous les soirs, écouter des potins...

Elle s'interrompit et dessina les contours du grille-pain du bout du doigt, encore et encore, les yeux baissés.

— J'ai tenu aussi longtemps que j'ai pu. Je m'accordais de petites escapades à Londres, de temps à autre, un week-end par-ci, quelques jours par-là, et puis ça ne m'a plus suffi. L'homme avec lequel je vivais avant de rencontrer Diarmid voulait me reprendre et... un jour, je suis partie et je ne suis jamais revenue. Je me disais que Brigid me rejoindrait plus tard, mais mon plaisir passait avant elle.

Ses lèvres esquissèrent un sourire teinté de dérision.

— Affreux, n'est-ce pas ? Ce n'est pas glorieux, je le reconnais, et pourtant c'était mon raisonnement, à l'époque. Diarmid m'autorisait à venir la voir à Foxhole, mais refusait catégoriquement qu'elle me rejoigne à Londres. Il avait peur que je m'enfuie avec elle, je suppose. Remarquez, j'aurais fait pareil, à sa place.

Elle pianota sur la table.

— Inutile de vous dire que chacune de mes visites était un calvaire. Brigid était crispée, j'étais horriblement mal à l'aise, le tout sous le contrôle de Diarmid, qui me surveillait de loin d'un air menaçant... Bien sûr, Brigid ignorait totalement que son père m'empêchait d'obtenir sa garde et je ne pouvais me résoudre à la mêler à nos sordides batailles.

Elle haussa les épaules.

— Finalement, j'ai cessé de venir. J'ai continué à lui envoyer des cartes postales et des lettres pour rester en contact, mais le lien était cassé. Et puis j'ai épousé Richard et Jemima est arrivée.

Elle s'interrompit à nouveau.

— Je ne suis pas une femme particulièrement maternelle, vous savez, mais j'aime mes enfants, à ma façon. Jemima était comme son père : terriblement facile à aimer. Tout le monde adore Jemima... Enfin, tout le monde sauf Brigid.

— C'est compréhensible.

— Vous trouvez ? Ce n'est quand même pas la faute de Jem si j'ai quitté Diarmid et s'il s'est comporté de cette façon ! Et puis j'ai également quitté le père de Jemima.

— Oui, mais elle, vous l'avez emmenée avec vous.

Elle le regarda, les sourcils froncés.

— Les circonstances étaient totalement différentes.

— Brigid le sait-elle ?

— Je n'en ai aucune idée. Je suppose que oui. Je ne lui en ai jamais parlé.

— Alors comment le saurait-elle ?

Frummie haussa les épaules, agacée.

— Peut-être l'ignore-t-elle. Je ne peux pas en discuter avec elle. Trop d'obstacles se dressent entre nous. Son ressentiment et mon remords. Vous l'avez dit vous-même : le fait qu'elle soit ma fille m'empêche de communiquer normalement avec elle.

— Nous devons nous contenter de savoir que mon fils et votre fille sont heureux ensemble, et nous effacer.

Elle lui lança un regard incisif.

— Vous voulez dire que vous n'essaierez même pas de voir Humphrey ?

— À quoi bon ? Tout est joué. Il est trop tard pour redistribuer les cartes.

— Et vos petits-enfants ? Vous avez même un arrière-petit-fils, maintenant. Vous n'avez pas envie de faire leur connaissance ?

Alexander sourit.

— Pensez-vous sincèrement que mon apparition soudaine leur apporterait quelque chose ?

— Je ne sais pas.

Frummie se sentait étrangement mal à l'aise.

— Je vous l'ai dit : je n'ai pas la fibre maternelle, je ne crois donc pas au caractère sacré de la famille. Mes petits-enfants se sont débrouillés comme des chefs avec un minimum de contribution de ma part.

— Alors je suppose qu'ils survivront très bien sans la mienne, conclut-il aimablement. Et maintenant que vous savez ce que je mange au petit déjeuner, puis-je espérer que vous allez m'aider à débarrasser la table ou bien votre visite était-elle uniquement un prétexte pour me cuisiner ?

— Oh, elle était purement motivée par la curiosité, rassurez-vous. J'ai horreur de faire la vaisselle.

Elle lui sourit, reconnaissante de son effort pour détendre l'atmosphère.

— Et où comptez-vous aller, en partant d'ici ? Vous avez acheté une maison quelque part ?

Alexander se leva et épousseta les miettes accrochées à son pull.

— Je vais monter dans le Nord, près de la frontière avec l'Écosse.

Il avait répondu d'un ton patient, visiblement amusé par sa ténacité.

— Bien. Puisque vous n'avez pas l'intention de m'aider et que votre curiosité est momentanément assouvie, peut-être pourrions-nous reprendre nos activités chacun de son côté ? J'ai l'intention de ranger un peu, puis j'écrirai une ou deux lettres, et ensuite j'irai me promener jusqu'au déjeuner. Il se peut que je fasse une courte sieste après le repas. Ceci afin de vous épargner la peine de revenir glaner d'autres informations sur mes petites habitudes. Voulez-vous que nous buvions un verre ensemble avant le dîner ?

— Pourquoi pas.

Frummie n'était pas le moins du monde vexée par son franc-parler. Elle se leva, hésita un instant, comme si elle s'apprêtait à ajouter quelque chose, puis se ravisa.

— Venez vers dix-neuf heures, ce sera parfait, lança-t-elle d'un ton léger – elle sortit et referma doucement la porte derrière elle.

30

Assise dans la cour, Brigid regardait la lune s'élever lentement dans le ciel. En temps normal, elle serait partie en début de soirée contempler le spectacle depuis le sommet de Combestone Tor, mais Frummie avait tellement peur de ce tueur en liberté qu'elle avait dû rester à la maison.

Elle se blottit plus étroitement dans sa veste, frissonnant un peu dans l'air glacé. Bien sûr, elle aurait pu demander à Louise de l'accompagner. Elle y avait pensé, d'ailleurs, puis elle y avait renoncé. Certains moments de pure magie, comme l'ascension de la pleine lune au-dessus de la lande, ne pouvaient être appréciés qu'en solitaire. Avec un petit pincement d'angoisse, elle se demanda si Humphrey comprendrait son besoin vital de communier avec la nature. Il n'était jamais resté assez longtemps à la maison pour que sa tolérance soit mise à l'épreuve, mais elle supposait que les lubies de sa femme pourraient aisément devenir pour lui une source d'irritation.

Elle croisa frileusement les bras sur sa poitrine tandis que le frisson glacé de la peur remontait le long de sa colonne vertébrale et contractait peu à peu tous ses muscles. Dans combien de temps recevrait-il la lettre ? Et comment réagirait-il en la lisant ? Si seulement il ne s'était pas agi de Jenny... Elle se sortit de ce cercle infernal de questions sans réponses et se focalisa sur le coup de téléphone inattendu et merveilleux qu'elle avait reçu le matin même de Genève.

— Nous aimerions venir passer Noël avec papa et toi, m'man. Tu crois que tu pourrais nous recevoir ?

— Oh ! Mon chéri, quel bonheur !

La joie l'avait presque rendue muette.

— Bien sûr que nous pourrons vous recevoir ! Le premier Noël de Josh !

Toute à son émerveillement, elle avait laissé parler son cœur, sans réfléchir. Mais après avoir raccroché, l'inquiétude l'avait saisie. Mon Dieu, à quoi ressemblerait l'ambiance, à Noël ? Humphrey serait de retour, il faudrait trouver douze mille livres pour rembourser les dettes de Jenny, et sa trahison se dresserait entre Humphrey et elle comme un remords empoisonné. Même le spectacle majestueux de la lune, sertie comme un gros ballon jaune pâle entre le corps de ferme et le mur du cottage, ne parvenait pas à la distraire de son angoisse. Depuis qu'elle avait posté la lettre, tout son univers avait été lentement perverti par la peur. Elle s'était glissée en elle comme un venin, avait infiltré son cerveau, paralysé ses membres, l'avait vidée de toute énergie. C'était un miracle qu'Alexander ait réussi, par sa seule présence, à tenir ses craintes à distance pendant trois jours. Il lui avait communiqué un peu de sa sérénité, elle l'avait trouvé rassurant. Elle avait eu le sentiment enfantin, que s'il était prés d'elle, il ne pourrait rien lui arriver.

Le visage de Brigid se crispa. Elle se remémora quelques lignes d'un poème lu récemment...

La nuit est silencieuse, l'air glacé.
Je voudrais être à nouveau un enfant
pour avoir une main à serrer.

Le silence fut troublé par un bruit lointain : une voiture remontait la route qui longeait le champ. Elle ralentit pour s'engager dans le chemin menant à la ferme, puis le moteur tourna au ralenti, comme si le conducteur s'était arrêté, et se tut. Brigid se redressa légèrement, l'oreille tendue. Elle entendait les colombes bouger et roucouler tout doucement dans leur pigeonnier, et ce petit bruit familier lui fit prendre conscience de l'épaisseur des ténèbres qui se pressaient au-delà de cette petite cour cernée de murs. Une pierre roula tout à coup sur le chemin. Il y eut le bruit d'un pas qui dérape, un juron étouffé. Couché aux pieds de Brigid, Cachou leva la tête et gronda doucement. Brigid déglutit, la gorge sèche, et le saisit par le collier.

— Pas bouger, chuchota-t-elle farouchement. J'ai dit pas bouger !

Elle se leva très lentement et, sans lâcher le chien, recula vers la maison. Avant de franchir l'entrée, elle se retourna pour scruter l'obscurité. Par-delà la ligne noire du mur d'enceinte, le chemin baigné par le clair de lune était désert. Et, pourtant, elle sentait une présence. Oui, quelqu'un respirait, tapi dans les fougères qui bordaient la route.

Cachou se mit à aboyer rageusement, le poil hérissé, et Brigid eut l'impression d'avoir de la gelée à la place des jambes. Elle ouvrit la porte d'un coup sec, propulsa le chien dans l'entrée, claqua le battant derrière elle, tourna fébrilement la grosse clé dans la serrure et poussa tous les verrous. Cachou sautait contre la porte ; il aboyait comme un fou, pendant que Brigid traversait en courant les deux pièces du rez-de-chaussée et fermait tous les rideaux, les mains tremblantes. Elle se rua dans la cuisine et verrouilla l'appentis ; Cachou aboyait toujours furieusement.

Brigid allait téléphoner à sa mère pour l'avertir de la présence d'un intrus autour de la maison quand la sonnerie retentit et lui causa une telle frayeur qu'elle faillit faire tomber le combiné.

— Allô ? balbutia-t-elle d'une petite voix effrayée. Qui est à l'appareil ? Oh, Humphrey...

Elle en aurait pleuré de soulagement. Pourtant, comment pourrait-il l'aider, à cette distance ?

— J'ai reçu ta lettre.

Sa voix était glaciale.

— Bon sang, mais qu'est-ce qui t'a pris ? Je n'arrive pas à croire que tu aies pu être aussi stupide. Et pour Jenny, en plus ! Comment as-tu pu te porter caution pour cette irresponsable ? Et sans même m'en informer ! Tu as perdu la tête... ?

Sa colère la pétrifia. Sa main crispée serrait le combiné à le broyer. Elle tremblait de façon irrépressible tandis qu'il continuait à l'accabler :

— ... ce qu'on va faire, maintenant ? Tu peux me dire comment on va trouver douze mille livres ? Allô ? Tu es toujours là ? Qu'est-ce que ce maudit chien a à aboyer comme ça ?

— Il... il y a quelqu'un... dehors.

Les reproches de Humphrey conjugués à sa terreur avaient eu raison de sa résistance nerveuse. Elle était au bord des larmes.

— Comment ça « dehors » ? Dehors où ?

Il n'y avait pas la moindre compassion dans sa voix. À l'évidence, il était exaspéré par le fait que la conversation ait dévié. Brigid essaya de se ressaisir. Si elle ne se reprenait pas, il allait croire qu'elle essayait de ruser pour désamorcer sa colère.

— Dans le... dans le chemin. J'étais assise dans la cour et je l'ai entendu s'approcher. Je me suis barricadée dans la maison. Il... il y a un tueur de femmes dans la région et...

— Oh ! pour l'amour du ciel !

— Je sais, ça semble mélodramatique, mais trois meurtres ont déjà été commis et... et une femme a été agressée la semaine dernière à Buckfastleigh...

— À Buckfastleigh ?

Sa voix était plus posée, plus attentive.

— Des passants sont intervenus in extremis, mais la police déconseille aux femmes de sortir seules et maman est paranoïaque et...

— Tu dis qu'il y a quelqu'un dehors ?

— Une voiture s'est engagée dans le chemin. Ensuite, elle s'est arrêtée et j'ai entendu quelqu'un marcher tout doucement.

Elle était épuisée, tout à coup.

— Et Cachou s'est mis à aboyer comme un fou.

— Raccroche et appelle immédiatement la police. Tu as verrouillé toutes les portes ?

— Oui. Écoute, je suis vraiment désolée pour Jenny...

— Tais-toi et fais ce que je te dis. Ensuite téléphone à mon père pour lui demander de venir. Ne sors sous aucun prétexte et ne mets pas Cachou dehors.

— Humphrey...

— Dépêche-toi ! Je libère la ligne.

Il avait à peine raccroché qu'on tambourinait à la porte d'entrée. Brigid poussa un cri de terreur.

— Brigid !

La voix d'Alexander lui parvint à travers l'épaisseur du bois.

— Brigid, vous êtes là ?

Elle traversa le rez-de-chaussée en courant. Cachou regardait la porte en agitant la queue. Brigid tira les verrous et tourna la lourde clé, les doigts toujours tremblants. Alexander, Frummie et Louise s'engouffrèrent dans l'entrée, claquèrent la porte derrière eux et la refermèrent à clé.

— J'ai aperçu un rôdeur dans le chemin ! expliqua Frummie. J'ai immédiatement téléphoné à Alexander, il est venu chez moi et nous avons appelé la police. Ensuite, nous avons entendu Cachou aboyer...

Alexander prit Brigid par les épaules, la conduisit dans la cuisine et la soutint jusqu'à ce qu'elle s'affale sur une chaise. Louise avait l'air effrayée, mais Frummie était tout excitée et semblait même s'amuser.

— Ma pauvre chérie, s'écria-t-elle en serrant sa fille dans ses bras. C'est fini, rassure-toi. Tu n'as plus rien à craindre. Tu veux boire quelque chose ? Tu es toute pâle.

— Du thé.

Alexander lui adressa un sourire rassurant.

— Ce qu'il vous faut, c'est un thé chaud et sucré.

— Je... Je l'ai entendu.

Brigid s'adressa à Alexander, une lueur d'effroi au fond des yeux.

— Il marchait dans le chemin.

— Et peut-on savoir où tu étais ? demanda Frummie d'une voix acérée.

— Dans la cour. Je regardais la pleine lune.

Frummie posa la bouilloire sur la cuisinière d'un geste brusque qui fit tressauter ses bracelets.

— Je n'arrive pas à le croire ! Un tueur se balade dans la région, et toi, tu trouves le moyen de t'installer toute seule dans le noir ?

— Il ne faisait pas noir, se défendit Brigid. Avec le clair de lune on y voyait presque comme en plein jour.

— Oh ! Bien sûr, ça change tout !

— L'essentiel, c'est qu'il ne lui soit rien arrivé, intervint Louise.

Elle prit en main la préparation du thé, puisque Frummie était trop occupée à foudroyer sa fille du regard.

— Grâce au ciel, nous sommes tous sains et saufs, et la police va arriver d'un instant à l'autre, poursuivit-elle d'une voix apaisante. Tout est bien qui finit bien.

— Ma chère Louise, si c'est pour débiter de telles inepties, vous feriez aussi bien de vous taire !

L'angoisse rendait Frummie désagréable.

— Au cas où vous ne l'auriez pas remarqué, cet endroit est un trou. La police locale ne dispose que de deux voitures pour couvrir toute la région. L'une d'elles est probablement à Okehampton, et l'autre à Salcombe. Nous ne verrons pas la casquette d'un policier avant au moins une heure – et encore, si nous avons de la chance !

— En ce cas, intervint calmement Alexander, autant nous installer confortablement pour attendre. Je suis sûr que notre visiteur nocturne – quel qu'il soit – est parti depuis longtemps.

— C'est même certain, renchérit Louise. Avec le ramdam que nous avons fait, il a dû détaler comme un lapin. Vous avez entendu ce brave Cachou ? Franchement, il m'a impressionnée : on aurait dit le chien des Baskerville !

Brigid les regardait préparer le thé, sortir le lait du réfrigérateur, puiser des tasses dans le placard. Elle était hébétée. Après toutes ces semaines d'angoisse, Humphrey avait finalement téléphoné et elle lui avait quasiment raccroché au nez. Elle ne parvenait pas à le croire. Que lui avait-il dit, exactement ? Épuisée, elle ne parvenait pas à se remémorer la conversation. Elle se rappelait seulement la colère dans sa voix.

Elle accepta le mug que lui tendait Louise et but docilement son thé. Quand le téléphone sonna, ce fut Frummie qui décrocha.

— Allô ? Qui est à l'appareil ? Qui ? Oh, Humphrey. Comment allez-vous, très cher ?... Vraiment ?... Oui, oui, c'est exact. Trois meurtres et une agression... Non, ne vous inquiétez pas, nous sommes avec elle et la police va arriver d'un moment à l'autre... Elle va bien, oui. Enfin, si on peut dire. Elle est pâle comme la mort, elle tremble comme une feuille et...

— Maman ! intervint Brigid d'une voix horrifiée. S'il te plaît !

— ... et elle est beaucoup trop maigre, mais je ne veux pas occuper la ligne trop longtemps parce que la police essaie peut-être de nous contacter. Y a-t-il un numéro où nous pouvons vous joindre ?... Parfait. Nous vous rappellerons quand nous aurons du nouveau. À plus tard.

— Tu aurais pu lui demander s'il voulait parler à Alexander, ou à moi, souligna sèchement Brigid alors que sa mère raccrochait.

— Ce n'est pas le moment de papoter, répondit Frummie d'un ton léger. Il pourra discuter avec son père une autre fois. Ah ! Au fait, il t'embrasse.

Brigid leva vers elle un regard anxieux.

— C'est vrai ?

— Quoi donc ? Qu'il t'embrasse ? Ma foi, oui. Il a dit textuellement : « Dites-lui que je l'embrasse et que je l'aime. » C'est chou, non ? J'ignorais qu'il avait déjà téléphoné. Il était très inquiet.

Brigid reposa son mug sur la table et glissa ses mains crispées entre ses genoux pour les empêcher de trembler. Merci mon Dieu. Il m'aime encore, songea-t-elle avec soulagement. Ça va aller. On va s'en sortir.

Lorsqu'elle rouvrit les yeux, Alexander l'observait fixement. Mais, avant qu'il ait pu prononcer un mot, un bruit de moteur retentit dans le chemin et le gyrophare d'une voiture de police projeta des flashes bleutés dans la cuisine.

Il était près de minuit quand Brigid téléphona enfin à Humphrey.

— Ils sont partis, dit-elle. La police a pris nos dépositions et fouillé les alentours, mais elle n'a rien trouvé. La personne que j'ai entendue a probablement filé depuis longtemps. Tout le monde est allé se coucher.

— On t'a laissée seule ? demanda-t-il d'un ton presque accusateur.

— Ils voulaient rester, mais c'est moi qui les ai mis dehors, rectifia-t-elle très vite. Je ne risque plus rien, tu sais. Il faudrait être fou pour revenir après le vacarme que nous avons fait. La police va effectuer des rondes dans le coin, au cas où.

— Pour l'amour du ciel, sois prudente !

— Ne t'inquiète pas, le rassura-t-elle, réconfortée de le savoir aussi anxieux. Alexander est prêt à revenir dormir ici, si nécessaire.

— Voilà qui doit te ravir.

Brigid faillit lui avouer que la présence de son père à la maison ne l'avait pas gênée, bien au contraire, puis se ravisa. Ce n'était pas le moment de lui expliquer qu'Alexander n'était pas du tout celui qu'il croyait.

— De toute façon, il n'en est pas question pour le moment. Je ne crains plus rien. Et puis j'ai Cachou.

— Mouais.

Il n'avait pas l'air très convaincu.

Un petit silence traversa les milliers de kilomètres qui les séparaient.

— Je suis désolée pour Jenny, reprit-elle à voix basse. Tu ne peux pas savoir à quel point je m'en veux d'avoir été aussi stupide. Je n'aurais jamais dû prendre un tel risque sans t'en parler.

— C'est ce que tu m'as écrit dans ta lettre.

Le ton était froid mais, de toute évidence, sa colère était retombée.

— Il est trop tard pour les regrets, maintenant. La seule question qui se pose, c'est où trouver l'argent.

— J'y pense jour et nuit, avoua-t-elle tristement. Je suppose que nous allons être obligés de contracter un deuxième prêt.

— Génial. Tous mes projets de retraite sont à l'eau.

— Oh, Humphrey, pardonne-moi...

— Ce n'est pas la perspective de travailler quelques années de plus qui me met en rage, répondit-il d'un ton irrité. Mais j'aurais aimé avoir le choix, tu comprends ? Ma prime de départ aurait remboursé presque intégralement le prêt et nous aurions pu vivre de la location du cottage. Maintenant, je vais être obligé d'accepter n'importe quel boulot. Et je n'ai pas intérêt à traîner, sinon la banque n'acceptera jamais de m'accorder un deuxième prêt.

— Pardonne-moi.

Elle ne trouvait rien d'autre à dire et se mordit la lèvre d'un air coupable tandis qu'il poursuivait :

— Ça ne va pas être simple de trouver du travail dans le coin. Tu devrais commencer à te renseigner.

— Je n'aurais jamais imaginé que ça se terminerait de cette façon. L'école de voile marchait très bien. Si Bryan n'était pas parti en emportant la caisse, rien de tout cela ne serait arrivé.

— Tu as déjà avancé cet argument dans ta lettre, répéta-t-il d'un ton froid. Mais tu aurais pu te douter qu'un homme choisi par Jenny était forcément suspect.

— Tu es dur. Tu avais de l'estime pour Peter, il me semble. Et puis c'est Bryan, le coupable, pas Jenny. Elle n'a rien fait, elle.

— D'accord, d'accord !

L'exaspération était à nouveau perceptible dans sa voix.

— Ton ancienne copine d'école est une pauvre victime sans défense et maintenant c'est à moi de payer les pots cassés. Comment je fais ?

Le remords submergea Brigid.

— Mon chéri, je suis vraiment désolée...

Sa voix se brisa de lassitude et de regret.

— Je sais.

Son soupir refléta une résignation mêlée de tendresse et Brigid reprit un peu espoir.

— Nous essaierons de trouver une solution, mais pas ce soir. Tu as l'air épuisée. Va te coucher et nous en reparlerons plus tard.

— Demain ?

— Non, je pars en mer pour plusieurs jours. Mais je t'appellerai dès mon retour. Hé, Brigid ? Fais attention à toi, OK ?

— Oh ! Humphrey...

— Appelle la police si tu entends quoi que ce soit d'inhabituel, promis ?

— Promis.

— Et n'oublie pas que je t'aime.

Les larmes lui montèrent aux yeux. Elle hocha la tête, vaincue par le stress, l'angoisse des dernières semaines et le choc de cette nuit.

— Je t'aime moi aussi.

— Alors prends soin de toi et va dormir, dit-il avant de raccrocher.

Brigid s'assit à table et laissa tomber sa tête sur ses bras repliés. Le pire était passé. Bien sûr, Humphrey lui reprocherait longtemps son inconséquence, et elle ne pourrait jamais cesser de se sentir responsable, mais le pire était passé... Ses paupières se fermèrent et, pour la première fois depuis des semaines, son esprit apaisé se détendit. Quelques minutes plus tard, elle dormait profondément.

31

Alors qu'elle faisait route vers Salcombe, Louise songeait à la façon dont Frummie s'était transformée depuis l'arrivée d'Alexander. La vieille dame allait et venait d'un pas alerte, enjouée, souriante, pleine d'entrain. Elle fredonnait et s'activait, arborait des tenues plus fraîches et pimpantes les unes que les autres, et semblait déborder d'une énergie nouvelle. Elle ne restait jamais plus de cinq minutes à la même place, mangeait du bout des lèvres, buvait de minuscules gorgées de vin ou d'eau ; un vrai petit moineau ! Même ses cassettes vidéo avaient perdu leur pouvoir de séduction. Elle était trop distraite. Il fallait que vienne le soir pour qu'elle se pose enfin, pensive et silencieuse, souriant à une pensée connue d'elle seule.

Quand la route bifurqua vers Holne, Louise se dit tout à coup qu'en réalité la métamorphose de Frummie n'en était peut-être pas une. La présence d'Alexander avait simplement mis en relief une facette de sa personnalité qui avait toujours existé. Sous les marques de l'âge, on devinait la jeune femme pleine de charme et de grâce qu'avait été Frummie autrefois. Celle qui s'était assise dans ce club de jazz enfumé, à côté de l'homme qu'elle aimait, éperdue d'amour, rongée par la jalousie. C'était comme si, subitement, l'ancienne Frummie était revenue à la vie. Émue par cette transformation, Louise la taquinait.

— Quelle élégance ! Où a lieu la réception ?

Frummie esquissait son sourire sibyllin et lui répondait par une boutade. Elle avait conscience que ces minauderies n'étaient plus de son âge, mais cela ne l'empêchait pas d'en savourer chaque minute. La vie lui offrait une chance inespérée de s'amuser, et elle était résolue à ne pas la laisser filer.

— Je me demande si Margot trouvera Alexander à son goût, avait déclaré Louise d'un air malicieux.

Les lèvres trop fardées de Frummie avaient cessé de sourire, et ses paupières bleu turquoise s'étaient abaissées, voilant son regard calculateur.

— Rien ne m'empêche d'annuler sa visite, avait-elle réfléchi à mi-voix. Après tout, l'essentiel, c'est que vous ayez un toit au-dessus de votre tête. Les vacances de Margot sont vraiment très secondaires.

Louise était restée muette, effarée par une réaction aussi dure à ce qui n'avait été qu'une plaisanterie.

— Pauvre Margot, avait-elle protesté d'un ton léger. Elle attend ces vacances avec une telle impatience ! Vous ne pouvez pas lui infliger une déception pareille à la dernière minute.

Frummie avait haussé dédaigneusement les épaules et Louise s'était subitement sentie mal à l'aise. À l'avenir, elle éviterait de parler de ses projets d'avenir avec Frummie : à l'évidence, elle tenterait par tous les moyens de la dissuader de chercher un travail et de déménager. Louise aurait bien demandé conseil à Brigid, mais l'ancienne complicité qui les unissait s'était effritée, et elle avait rapidement compris que Brigid n'avait ni la tête à l'écouter, ni l'intention de se confier à elle. Et puis il y avait eu cette fameuse nuit où l'intrus avait tenté de s'introduire dans leur refuge, et où ils avaient tous fait bloc pour se protéger. Depuis, la tension s'était relâchée et l'atmosphère semblait apaisée. Brigid paraissait soulagée d'un poids, comme si elle avait réglé un problème personnel, et Frummie était d'une humeur enchanteresse, ravie d'avoir prouvé à tout le monde que ses craintes étaient fondées. Quant à Alexander... Un sourire amusé se dessina sur les lèvres de Louise. Alexander était égal à lui-même : aussi impénétrable que les roches en granite de Combestone Tor.

— Frummie vous aime beaucoup, lui avait-il dit quand elle lui avait expliqué combien il lui était difficile de trouver le courage de partir, de voler de ses propres ailes.

— Elle a été formidable, avait-elle répondu avec émotion. Je ne sais pas ce que je serais devenue sans elle. Je dois refaire ma vie, je le sais, mais je suis tellement bien ici. Je me sens protégée, en sécurité.

— C'est pour ça que vous devez partir, avait-il répondu d'une voix douce – et elle avait froncé les sourcils, stupéfiée par cette étrange remarque.

Une fois sur l'A 38, elle accéléra, impatiente d'arriver.

— Je serai peut-être en retard, l'avait avertie Jemima. Si je ne suis pas là, installez-vous au café du port, je vous y rejoindrai.

Tout en restant concentrée sur la route, Louise essaya de faire le point sur le problème épineux de son futur travail et de son logement. Elle s'efforçait d'appliquer les conseils de Frummie : ne pas se laisser enfermer dans l'angoisse, regarder par-delà sa panique, vers une image positive de l'avenir. Mais, pour l'instant, elle n'avait aucun élément auquel s'accrocher.

Comme promis, Thea avait téléphoné à Charles Price, le directeur de l'école Mount House. Il était tout à fait disposé à rencontrer Louise, malheureusement, aucun poste n'était actuellement à pourvoir dans son établissement. Il lui proposait néanmoins de venir visiter les locaux de l'Arche, afin d'en discuter.

— Vous ne risquez rien en y allant, avait déclaré Thea. On peut avoir besoin à tout moment d'une remplaçante.

Louise avait acquiescé en essayant de surmonter sa déception. Il aurait été miraculeux de trouver un emploi du premier coup, s'était-elle répété pour se consoler. Surtout si peu de temps avant la rentrée des classes. Elle avait laissé ses coordonnées dans plusieurs crèches ainsi que dans des écoles maternelles de la région : il ne lui restait plus qu'à attendre. L'essentiel était de rester optimiste. Après tout, rien ne lui interdisait d'effectuer des petits boulots dans l'intervalle et, qui sait, Jemima pourrait peut-être l'aider à trouver un logement.

Il y avait encore beaucoup de circulation, et elle quitta avec soulagement la deux-voies à Wrangaton, pour emprunter à nouveau les petites routes, et remarquer l'empreinte de l'automne sur le paysage : les noisetiers couverts de fruits vert tendre, l'herbe jaunie sur les bas-côtés, la lueur pâle des champs de blé alternant avec les flaques écarlates de terre grasse. Elle contourna Batson Creek où un héron méditait sur une patte, le dos arqué, entra dans Salcombe et eut la chance de trouver une place sur le quai du Whitestrand.

Il n'y avait personne dans l'appartement, aussi se rendit-elle comme convenu au café du port. Les tables en terrasse étant malheureusement toutes occupées, elle s'installa dans la salle et observa le va-et-vient en se demandant si elle pourrait devenir serveuse. Elle réfléchit à d'autres options, sans remarquer l'homme coiffé d'une casquette de base-ball, assis à la terrasse, qui l'observait discrètement derrière ses Rayban. Lorsque Jemima la rejoignit et qu'elles partirent ensemble, il détourna simplement la tête à leur passage.

— Vous avez l'air reposée.

Jemima la dévisageait d'un œil critique.

— Sincèrement. Vous n'avez plus cette mine hagarde que vous aviez la dernière fois que je vous ai vue. Vous êtes vraiment remise ?

— Absolument. Enfin, presque. J'ai encore des attaques de panique de temps à autre, mais le pire est passé. Je suis vraiment navrée de vous avoir inquiétée.

— C'était assez effrayant, admit Jemima. Vous nous avez fait peur.

— Vous avez tous été merveilleux avec moi.

Louise secoua la tête.

— Votre mère, en particulier, a été fantastique. On aurait dit qu'elle comprenait ce que je ressentais.

— Ça ne m'étonne pas. Frummie a côtoyé des gens bizarres tout au long de sa vie... Je ne veux pas dire par là que vous êtes bizarre mais... oh flûte ! Je n'en rate jamais une !

Louise s'esclaffa.

— Ne faites pas cette tête-là, j'avais compris l'idée générale. Quoi qu'il en soit, je ne sais pas si j'ai meilleure mine mais vous, vous êtes rayonnante. Y a-t-il une raison particulière à cela ?

Jemima rougit, sa peau claire s'embrasa d'un seul coup, et Louise écarquilla les yeux.

— Mon Dieu ! Très impressionnant...

— Et si nous buvions un verre de quelque chose en attendant de passer à table ? demanda très vite Jemima. Je n'ai pas encore préparé le déjeuner mais il n'y en a pas pour longtemps.

— Ne vous inquiétez pas pour ça. Alors, qui est-ce ?

— Qui ? demanda Jemima d'un air innocent.

— *Qui ?* répéta malicieusement Louise en imitant ses intonations faussement étonnées.

Elle s'assit sur le canapé à côté de Magnificat et inclina la tête en souriant.

— Je parle de l'homme qui vous met dans un état pareil. Est-ce celui que vous attendiez le soir où je suis venue dîner chez vous ? Quand était-ce, déjà ? Mon Dieu : en mai dernier ! Incroyable, n'est-ce pas ?

Jemima sauta sur ce prétexte pour changer de sujet.

— Quatre mois, déjà. C'est fou comme le temps passe vite !

— Eh oui, ma bonne dame, commenta Louise, amusée. Alors, c'est lui ?

— Non, soupira Jemima. De toute façon, il était marié, alors...

— Tiens ? Je croyais que vous étiez par essence une maîtresse, que la vie à deux vous glaçait... Auriez-vous subitement changé d'avis ?

— Je ne sais pas, grommela Jemima. Ce n'est pas aussi simple.

Louise éclata de rire.

— Quand a eu lieu la métamorphose ? Désolée, s'excusa-t-elle aussitôt. Ne vous croyez surtout pas obligée de répondre. C'est très indiscret et ça ne me regarde pas.

— Ce n'est pas que je refuse d'en parler. Mais c'est un peu prématuré et j'ai l'impression stupide que... que si j'en parle alors que rien n'est encore sûr, tout ira de travers. Je n'ai jamais rien éprouvé de comparable auparavant. C'est..., eh bien, c'est...

— Merveilleux, terrifiant, fantastique et effrayant tout à la fois ? suggéra Louise en souriant. Quand vous êtes avec lui, vous voudriez qu'il ne reparte jamais, et quand il est loin de vous, la force de vos sentiments vous effraie et vous vous dites que c'est trop, qu'il vaudrait mieux ne plus le revoir. Mais vous continuez néanmoins à guetter la sonnerie du téléphone, et vous avez envie de hurler quand vous décrochez et que ce n'est pas lui. Et lorsque finalement il vous appelle, vous êtes froide, distante. Et après avoir raccroché, vous vous maudissez, vous vous traitez d'idiote, et vous restez éveillée toute la nuit à ressasser ce que vous auriez dû lui dire. C'est bien ça ?

Jemima la regardait fixement.

— Oui, fit-elle au bout d'un silence. C'est exactement ça.

— Ce n'est pas nouveau, soupira Louise. Mais on marche à chaque fois.

Elle poussa un cri quand Magnificat lui sauta sur les genoux en ronronnant bruyamment.

— Bonté divine ! Il pèse une tonne. Qu'est-ce que vous lui donnez à manger ? De la viande de baleine ?

Jemima s'esclaffa.

— Monsieur est beaucoup trop difficile pour accepter une nourriture aussi vulgaire. Il n'aime que les boulettes au thon et au saumon, dit-elle, soulagée que la conversation dévie. Je nous sers un verre et nous discuterons de votre histoire de location. Je ne suis pas sûre de pouvoir vous aider, vous savez. Le Devon est de plus en plus prisé pour Noël et le jour de l'an. C'est très tendance, surtout maintenant que le château de Dartmouth est la destinée préférée des Londoniens, juste après Trafalgar Square. Du coup, les propriétaires augmentent leurs loyers pour la deuxième quinzaine de décembre.

Louise accepta le verre que lui tendait Jemima, visiblement déconfite.

— Oh. Je pensais qu'on pouvait trouver des logements à prix très modéré, entre octobre et mars.

— Attendez, je n'ai pas dit que c'était impossible, rectifia Jemima. Dans la région, il y a beaucoup de petits cottages qui répondent à ce que vous recherchez. Le problème, c'est que mon agence est spécialisée dans le marché haut de gamme.

Elle feuilleta ses fiches, hésita, et s'arrêta sur l'une d'elles.

— Dommage que vous ne soyez pas dans la décoration. Mais, de toute façon, il n'est libre que jusqu'à Noël.

— De quoi s'agit-il ? demanda Louise avec espoir. Je me débrouille plutôt bien avec un pinceau, vous savez. J'ai repeint entièrement un appartement quand nous... il y a quelques années. Le résultat était très réussi, je vous assure.

— C'est un petit cottage, à East Prawle.

Jemima lisait les détails.

— La propriétaire vit à Londres, où elle est fonctionnaire. Elle y habite trois semaines l'été et le loue le reste de l'année. Elle prend sa retraite à Noël et souhaiterait que nous fassions refaire les peintures d'ici là. Elle a refusé un premier devis, trop élevé à son goût. Peut-être accepterait-elle de vous loger gratuitement en échange des travaux.

Elle tourna vers Louise un regard interrogateur.

— Ça vous intéresserait ?

— Je n'aurais pas à payer de loyer ?

Un petit frisson d'excitation parcourut Louise.

— Ce serait formidable !

— La maison n'est pas grande. En fait, il faudrait juste rafraîchir les peintures. Je pourrais vous aider, si vous voulez.

Elles échangèrent un regard.

— Ça me permettrait de me retourner, murmura Louise. De chercher un logement et peut-être même de prendre un emploi de serveuse à mi-temps dans un bar...

— Il y a Le Groin Tranquille, à Prawle, suggéra Jemima. Ils ont peut-être besoin d'une serveuse, qui sait ? Mais, financièrement, vous pourrez vous débrouiller si vous ne trouvez pas rapidement du travail ?

— Je pense, oui.

Louise songeait à l'offre que lui avait faite Martin de lui avancer trois mois de loyer. Peut-être accepterait-il de convertir cette somme en prêt, afin qu'elle ait de quoi vivre en attendant de trouver un emploi ?

— Je suis sûre que oui, reprit-elle d'une voix ferme.

— Bon.

Jemima l'observait d'un air indécis.

— Mais c'est la campagne, là-bas, vous savez. Vous n'avez pas peur de vous sentir isolée ?

— Oh ! Non, je suis comme Brigid. Ce sont les villes qui me rendent nerveuse. Et puis, le Devon n'est quand même pas un repaire de tueurs et, de toute façon, je suis persuadée qu'il sera bientôt sous les verrous. Je tente ma chance.

— En ce cas...

Jemima hésitait toujours.

— Vous êtes certaine d'être assez... solide pour vivre seule ? Vous avez fait allusion à des attaques de panique...

— Que puis-je faire d'autre ? Tôt ou tard, il faudra

que je me jette à l'eau, de toute manière. Je ne peux pas habiter avec Frummie jusqu'à la fin des temps. D'ailleurs, Margot vient passer deux semaines chez elle, il faut bien que je libère la place. Cet arrangement est un cadeau du ciel, Jemima ! Je ne peux pas payer un loyer élevé et je veux rester libre de mes mouvements pour le cas où un poste d'enseignante se libérerait. Je suis partante si vous parvenez à convaincre la propriétaire de me confier le travail de décoration.

— C'est une affreuse radine. Je parie qu'elle sautera sur l'occasion. Vous dites que vous avez repeint un appartement ?

— Oui. Il y a plusieurs années de ça.

Cette fois, c'était Louise qui aspirait à une diversion.

— Vous n'auriez pas une photo du cottage ? Je meurs d'envie de voir à quoi il ressemble.

— Attendez une seconde.

Jemima se leva et passa dans son bureau pendant que Louise regardait le port en caressant Magnificat. Elle était partagée entre peur et excitation, et ses mains tremblaient légèrement.

Je peux y arriver, songea-t-elle en fermant les yeux. Je le peux !

— Il y a des locataires jusqu'à samedi. Mais je leur demanderai de vous faire visiter les lieux. Comme il n'y a pas le téléphone, j'irai là-bas et je leur laisserai un message.

— Oh ! Mince ! J'espérais que ce serait plus rapide.

Louise paraissait déçue et Jemima lui adressa un sourire navré.

— Je comprends ce que vous ressentez. Malheureusement, je ne peux rien de plus pour vous.

Louise soupira.

— J'ai peur de faire marche arrière, avoua-t-elle en toute franchise. Pour moi, c'est un grand saut dans l'inconnu et je ne veux pas avoir le temps de trouver des prétextes pour me dérober.

Jemima s'assit à côté d'elle.

— Bon, je ne peux pas les mettre dehors avant samedi, mais supposons que nous nous rendions sur place ? Vous pourriez voir à quoi ressemble le cottage de l'extérieur, et, s'ils sont là, j'essaierai d'obtenir qu'ils nous laissent le visiter. Mais je dois absolument être de retour pour quatorze heures trente. Nous pourrions avaler un sandwich au Groin Tranquille, pour gagner du temps ? Vous en profiterez pour leur demander s'ils ont besoin d'une serveuse. Qu'est-ce que vous en pensez ?

— Ce serait fantastique, soupira Louise avec gratitude.

— Alors, en route !

L'homme à la casquette de base-ball les vit sortir de l'immeuble et descendre la rue en direction du parking. Il hésita un instant, puis jeta de la monnaie sur la table et les suivit.

32

Le temps tourna peu à peu à l'orage et une chaleur lourde, étouffante, se referma sur Foxhole. Le tonnerre gronda et roula dans le lointain, et de grosses gouttes tièdes s'écrasèrent mollement sur les pavés de la cour. Une sorte d'indécision flottait dans l'air, comme si la lande et ses habitants attendaient la venue d'un cataclysme.

— Si seulement ça pouvait craquer, soupira Frummie, qui était venue emprunter un livre à Brigid. Une bonne pluie rafraîchirait l'atmosphère. Je me sens tout oppressée. Mais c'est dû en partie au départ de Louise. Je regrette de ne pas avoir réussi à la convaincre de rester. Je pouvais très bien décommander Margot.

— Tôt ou tard, il aurait bien fallu qu'elle parte, répondit gentiment Brigid mettant de côté la lettre qu'elle était en train d'écrire à Julian et à Emma. Elle ne pouvait pas continuer à vivre éternellement avec toi. Et cette pauvre Margot aurait été terriblement déçue. Tu ne trouves pas que c'est une bonne décision ? Elle a trois mois devant elle pour juger si elle s'en sort toute seule. C'est un excellent test.

— Et elle pourra revenir à Noël, acquiesça Frummie. Je l'ai invitée.

Brigid garda le silence. Inutile de dire que d'ici là Louise aurait peut-être d'autres projets. Frummie se sentirait très seule, après son départ, mais heureusement Margot prendrait la relève pendant deux semaines. Sa présence assurerait une transition en douceur.

— Qu'est-ce que tu penses du cottage, toi qui l'as vu ? demanda-t-elle.

Louise avait emmené Frummie le visiter à la première occasion. Jemima les avait rejointes sur place et elles avaient évalué les travaux à effectuer.

— Il n'est pas mal.

Frummie était déterminée à ne pas se montrer trop enthousiaste.

— Mais c'est tout petit, à l'intérieur. Dieu merci, il fait partie d'un lotissement. Ils n'ont toujours pas arrêté le tueur et je n'aime pas la savoir perdue au fin fond de la campagne.

— D'après Jemima, il y a des voisins juste à côté, et une ferme tout près.

— Elle trouvera facilement de l'aide en cas de problème, admit Frummie à contrecœur. Et elle s'est quand même décidée à acheter un téléphone portable ! Tu te rends compte que c'est la première fois de sa vie qu'elle habite toute seule ? Enfin... C'est sa décision. Elle a l'intention de nous inviter à déjeuner dès qu'elle sera installée.

— J'ai hâte d'aller la voir.

Brigid était délibérément restée en retrait. Il était important pour Frummie d'occuper le devant de la scène et de se sentir utile.

— Alexander est invité, lui aussi ?

— Bien sûr.

Frummie s'illumina un peu.

— Et Jemima, naturellement. Ce sera très amusant. J'ai promis à Louise de l'aider à emménager. Non qu'elle ait véritablement besoin de moi, elle a si peu d'affaires. C'est surtout pour être près d'elle pendant les premières heures. Et je passerai peut-être la nuit sur place.

— Excellente idée. Je suis sûre que ta présence lui fera du bien. Et puis, elle sait où nous trouver, en cas de problème.

— Dommage que ce soit aussi loin. Enfin... À plus tard !

Frummie partie, Brigid resta immobile quelques instants, mal à l'aise. Sa mère aurait voulu qu'elle héberge Louise pendant le séjour de Margot, elle le savait. À quoi bon lui expliquer que la jeune femme avait besoin d'être seule et qu'elle respectait ce choix ? Frummie la croyait trop égoïste pour recevoir Louise chez elle pendant un mois, et tout ce qu'elle pourrait dire n'y changerait rien.

Renonçant à continuer sa lettre, Brigid passa dans l'appentis et appela Cachou. Quelques instants plus tard, ils s'éloignaient en direction de la rivière.

L'eau cascadait bruyamment au milieu des rochers, éclaboussait les sorbiers dont les racines enchevêtrées s'agrippaient, telles des griffes, aux pierres tapissées de lichen. Leurs branches, hérissées de feuilles dorées et de baies rouges, flamboyaient au soleil. Brigid suivit du regard un corbeau qui volait lourdement vers la vallée tandis qu'à quelques mètres de là Cachou creusait frénétiquement l'entrée d'un terrier de lapin.

Comme toujours, cette relation fusionnelle qui l'unissait à la nature l'apaisa, ramenant le calme dans son esprit troublé. Elle avait eu plusieurs fois Humphrey au téléphone et, même s'il était loin de se résigner à son sort, il commençait d'ores et déjà à organiser son « aprèsretraite ». La banque avait accepté de leur accorder un deuxième prêt. Le dossier de financement était en préparation mais il restait une grande inconnue : comment s'y prendraient-ils pour rembourser les traites ?

Brigid se détourna des eaux turbulentes et poussa un cri étouffé quand une haute silhouette surgit de l'ombre d'un buisson d'aubépine. Alexander s'excusa de loin, les deux mains levées, et s'apprêtait à poursuivre son chemin quand elle lui cria de l'attendre. Il la regarda s'approcher en souriant.

— Pardon de vous avoir effrayée. Je n'avais pas l'intention de troubler votre solitude.

— Pas du tout, affirma-t-elle alors qu'elle était effectivement venue jusqu'ici pour être seule. J'avais simplement envie de respirer un peu... Cette chaleur est tellement oppressante !

Ils marchèrent en silence un moment, puis Brigid se baissa pour ramasser un bâton et le lancer à Cachou. Le cocker fonça comme un fou au milieu des fougères jaunissantes, ses longues oreilles flottant en arrière, et Brigid tourna un regard amusé vers Alexander. Mais son visage avait une expression si grave, si lointaine, que son sourire s'effaça.

— À quoi pensez-vous ? demanda-t-elle spontanément.

Elle regretta d'autant plus cette question indiscrète qu'elle détestait qu'on agisse de la sorte avec elle.

— Je me demandais pourquoi une femme heureuse en ménage depuis trente ans pouvait avoir l'air aussi soulagée d'apprendre que son mari l'aime. Pas simplement contente ou émue, non. Soulagée.

Brigid garda le silence et se remémora cette soirée où Humphrey avait téléphoné, juste avant l'arrivée de la police à la ferme. C'était Frummie qui avait décroché et qui lui avait transmis le message de son mari.

— Rien ne vous échappe, n'est-ce pas ? soupira-t-elle.

— Pas grand-chose, non, avoua-t-il d'un ton neutre. Vous m'avez posé une question, j'y réponds.

— Je sais, je l'ai cherché, fit-elle avec lassitude.

Elle hésita.

— C'est un peu compliqué.

Alexander tourna les yeux vers elle, les sourcils levés.

— Vous n'êtes pas obligée de me révéler votre secret. Je vous ai livré le fond de ma pensée, mais ça ne vous engage à rien.

Elle le dévisagea. Elle était tentée, terriblement tentée, en fait, de partager son fardeau avec lui. Mais comment Humphrey réagirait-il s'il apprenait qu'elle avait pris son père pour confident ?

— Je ne serai pas vexé si vous préférez ne rien dire, je vous assure, reprit-il.

— Ce n'est pas ça. Pour être franche...

Elle prit une grande inspiration.

— J'aimerais beaucoup en parler avec vous. Ce serait un réel soulagement. Mais... ça ne concerne pas que moi.

— Je m'en doutais un peu. Néanmoins, si cela doit vous faire du bien de vous confier, alors je vous promets que tout ce que vous me direz restera entre nous. Personne ne sera au courant. Êtes-vous rassurée ?

— Oui, soupira-t-elle avec gratitude. Oui, merci.

Et tandis qu'ils marchaient côte à côte le long de la rivière, elle lui raconta tout : Jenny, l'école de voile, sa décision de se porter garante sans en informer Humphrey. Elle ralentit le pas au fur et à mesure qu'elle déroulait le fil de l'histoire, puis s'arrêta complètement quand elle évoqua la colère de Humphrey à la lecture de sa lettre.

— Et maintenant je ne sais pas comment me faire pardonner, conclut-elle tristement.

— Pourquoi diable voulez-vous vous faire pardonner ? Alexander fronça les sourcils, perplexe.

— Vous avez écouté votre cœur. Ce n'est pas votre faute si tout est allé de travers. Il est évident que vous n'avez pas sciemment saboté ses projets de retraite. Si vous adoptez un profil de coupable, Humphrey vous considérera comme telle, méfiez-vous. La nature humaine est ainsi faite. Et, au fil du temps, votre relation en pâtira.

— Reconnaissez quand même que sa situation n'a rien de drôle.

Brigid était presque choquée par le manque de compassion d'Alexander – pour Humphrey comme pour elle.

— Par ma faute, il va être obligé de continuer à travailler. Et à cinquante-trois ans ce n'est pas évident de trouver un emploi, convenez-en.

— La solution crève les yeux. Elle est même tellement évidente que je n'arrive pas à croire que vous n'y ayez pensé ni l'un ni l'autre : au lieu de contracter un prêt pour solder les dettes de votre amie, rachetez l'entreprise. Ainsi, les compteurs seront remis à zéro et Humphrey remboursera les traites avec les bénéfices qu'il réalisera, tout en percevant un salaire et en exerçant un travail qui lui plaît. Vous ferez d'une pierre trois coups.

— Mais... mais il n'a jamais travaillé dans une école de voile !

— Il navigue depuis plus de trente ans ! Il pourrait parfaitement enseigner les codes de navigation et s'occuper de la gestion de l'entreprise, par exemple. Pourquoi pas ? Ce serait un défi formidable à relever. De toute façon, il est beaucoup trop jeune pour prendre sa retraite.

— Mais... je ne sais pas si ça lui plairait.

Elle avait du mal à assimiler ce projet un peu fou.

— Et l'école est très loin, elle est basée en Cornouailles !

— Il reviendrait très souvent à la maison, j'en suis sûr. Et puis, il pourrait probablement effectuer une partie du travail administratif ici. L'activité doit être au ralenti, pendant l'hiver, non ?

— Je n'en ai aucune idée.

Brigid était déstabilisée.

— Jon et Jenny continuent à faire tourner l'école dans l'espoir de trouver un acquéreur. Je suis sûre qu'ils seraient ravis de conserver leur emploi... Oh ! non.

Elle se frappa le front.

— Humphrey n'acceptera jamais de travailler avec Jenny !

Alexander haussa les épaules.

— Il changera peut-être d'opinion à son sujet quand elle sera sous ses ordres. À moins qu'elle n'ait la bonne idée de démissionner avant.

Brigid ne put s'empêcher de rire.

— Vous êtes impitoyable.

Il eut l'air stupéfait.

— Je suis pragmatique, tout simplement. Vous ne pensez pas que la solution est là ? Au lieu de rembourser sottement les dettes d'un autre, vous investissez. Et au lieu d'effectuer un travail rébarbatif dans un bureau, Humphrey devient le patron de sa propre entreprise. C'est quand même plus gratifiant, non ?

— Oui, bien sûr. Mais si c'était aussi simple, Humphrey y aurait déjà pensé, vous ne croyez pas ?

— Il est probablement trop occupé à vous écouter vous excuser et à ruminer sa rancœur, rétorqua Alexander sans détour. Il n'y a sûrement pas réfléchi. Pourquoi ne lui soumettez-vous pas l'idée ?

— Oui, dit-elle lentement, je crois que je vais le faire.

— En ce cas, je vous laisse finir votre promenade en paix. Il faut que vous puissiez réfléchir à ce que vous allez lui dire.

— Il faut surtout que je trouve une façon de lui faire avaler l'hameçon, murmura-t-elle anxieusement.

Il ne put s'empêcher de sourire devant son air concentré.

— Bonne chance pour votre séance de méditation. Mais n'oubliez pas que personne ne colle jamais au script, aussi élaboré soit-il : laissez-lui une marge de manœuvre. Soyez flexible.

Il tourna les talons, hésita, puis se tourna vers elle.

— Surtout, ne lui dites pas que l'idée vient de moi. Ce serait le meilleur moyen pour qu'il la rejette.

Brigid le regarda s'éloigner à grands pas, le cœur gonflé d'affection. Puis elle se remit à marcher le long de la rivière, la tête pleine de projets.

Frummie étendait du linge dehors quand elle vit Alexander rentrer de promenade. Elle réfléchit quelques instants, puis lui fit signe.

— Louise est sortie faire des courses. Que diriez-vous d'une bonne tasse de café ? Je viens juste d'en préparer.

Il marqua un temps d'arrêt, comme s'il pesait le pour et le contre, puis hocha la tête.

— Très volontiers, merci.

— Venez quand vous serez prêt.

Elle retourna dans le cottage, sortit rapidement la petite cafetière que Brigid lui avait donnée, ainsi qu'un paquet de café moulu de chez Effings – encore un cadeau de sa fille, qu'elle réservait pour les grandes occasions –, et en versa une généreuse quantité. Quand Alexander la rejoignit, tout était prêt, les tasses et le sucrier posés sur la table basse, à côté du canapé du salon.

— Vous avez fait une agréable promenade ? demanda-t-elle tandis qu'il s'asseyait à côté d'elle. Je déteste ce temps. Cette chaleur me porte sur les nerfs.

— Il fait meilleur près de la rivière.

Il la regarda enfoncer le piston de la cafetière.

— Il y a toujours une petite brise au bord de l'eau.

— Si vous le dites. Vous savez, la campagne et moi... Je n'arrive pas à comprendre comment Brigid peut supporter un endroit pareil.

— C'est une vraie solitaire. Et le fait que la région soit désertique lui plaît beaucoup.

— Elle tient ça de son père. Diarmid était pareil. Je lui ai fait promettre de ne pas aller se promener toute seule, avec ce tueur en liberté, mais elle ne supporte pas de rester enfermée.

Elle lui lança un regard incisif.

— Et vous ? Vous êtes un solitaire, vous aussi ?

Il sourit et elle eut subitement l'impression de voir Humphrey – un Humphrey plus mince et plus âgé.

— Pas du tout. Je ne suis pas fait pour vivre seul. J'ai besoin d'avoir des gens autour de moi.

Frummie reposa sa tasse, satisfaite de sa réponse, et un agréable sentiment de camaraderie l'envahit.

— Je suis comme vous. Vous n'imaginez pas à quel

point j'étais heureuse d'héberger Louise. Elle va horriblement me manquer.

— Mais vous avez une amie qui va venir passer quelques jours avec vous, je crois ?

— Oui. Cette bonne vieille Margot. Nous étions à l'école ensemble. Je suis sûre qu'elle vous plaira.

Il s'installa confortablement et déplaça légèrement la table basse de façon à étendre ses jambes.

— Est-ce important ?

Frummie pouffa.

— Pour elle, oui. Margot aime qu'on l'aime. Je lui ai répété cent fois que c'était une faiblesse dans la vie, il n'y a rien à faire.

— Ce n'est pas votre cas ?

— Grands dieux, non ! répondit-elle avec indignation. Qu'est-ce que c'est que cette manie de vouloir à tout prix être accepté, nivelé, formaté. À bas les consensus ! Un petit peu de haine et d'inimitié met du piment dans une relation, voilà ce que je dis.

— Et vous mettez aussi du piment dans votre amitié avec Margot ? Ou bien vous tolérez sa présence uniquement pour ne pas être seule ?

Sa franchise la désarçonna.

— J'ai beaucoup d'affection pour Margot, se défendit-elle. Enfin... la plupart du temps, du moins.

Elle se mit brusquement à rire.

— Vous êtes impossible. Vous voulez la vérité ? Margot est mon antidote contre un automne pluvieux, interminable et déprimant. Mais si j'avais su que Louise serait là, je ne l'aurais pas invitée.

— Mais Louise ne sera pas là.

— Malheureusement non.

Frummie but une gorgée de café.

— J'ai beau savoir qu'il est temps pour elle de voler de ses propres ailes, je n'arrive pas à accepter l'idée de son départ. En fait, j'ai peur de me retrouver seule, tout simplement. Mais pour ménager ma fierté je préfère me raconter qu'elle n'est pas prête.

Elle le regarda avec rancune, comme s'il lui avait extorqué une confidence.

— Là, vous êtes content ?

— Sa décision de prendre ses distances pendant quelques semaines me paraît sage. Et puis vous avez Margot... et nous tous.

— Donc, tout est bien qui finit bien.

Elle haussa les épaules, mais, d'une certaine façon, son aveu l'avait soulagée et apaisée.

— Vous savez, j'envisage d'inviter un ami, moi aussi, reprit-il.

On aurait dit qu'il espérait une réaction de sa part – une bénédiction, peut-être ? –, mais c'était si peu dans son caractère que Frummie le dévisagea avec froideur et circonspection.

— Vraiment ?

— Mmm.

Il but son café.

— Un ancien camarade d'école. Incroyable coïncidence, non ?

— Va-t-il nous plaire ?

Frummie esquissa son sourire de Joconde.

— Et est-ce réellement important ?

Alexander rit.

— Pour Gregory, oui. Il aime tout le monde et il a besoin de se sentir aimé. Margot et lui devraient s'entendre à merveille.

— Vous m'en direz tant !

Frummie était intriguée, mais déterminée à ne pas le laisser paraître.

— Et quand doit-il venir ?

— Bientôt. Début octobre.

— En ce cas, nous organiserons une petite soirée en son honneur. Brigid nous aidera à préparer le dîner. Je dirai à Jemima de venir, et à Louise, également.

— Cinq femmes pour deux hommes ? Gregory sera certainement très sensible à cette attention.

— Et vous ?

Il se tourna pour la regarder, un sourire aux lèvres, et elle se sentit subitement ridicule.

— Moi aussi, répondit-il doucement. Cela va de soi.

33

Quand te reverrai-je ?

Pendant des années, Jemima s'était fait une règle de ne jamais prononcer ces mots, et, aujourd'hui encore, malgré un week-end fantastique, elle n'osait pas poser à voix haute la question qui lui brûlait les lèvres. Elle n'était pas assez sûre d'elle pour s'exposer à une rebuffade. Son bonheur était trop fragile, trop précieux pour qu'elle risque de le briser par une remarque maladroite ou prématurée. L'impensable était arrivé : elle ne chérissait plus son indépendance et ne se satisfaisait plus de son rôle de maîtresse. Désormais, elle voulait qu'il partage sa vie de façon permanente, qu'il s'engage avec elle pour de bon.

En marge des moments formidables qu'ils passaient ensemble et où ils débordaient de gaieté, d'enthousiasme et de passion, il y avait des intermèdes plus graves, plus posés, pendant lesquels il lui parlait de l'avenir, de leur avenir, et elle avait alors le sentiment exaltant que ses projets recoupaient exactement les siens. Pourtant, elle ne parvenait pas à aborder franchement le sujet.

Les circonstances de leur rencontre l'avaient en quelque sorte investie du rôle de confidente, toujours de bonne humeur, enjouée et positive, et elle n'osait plus en sortir. D'autant qu'elle connaissait désormais tous les défauts d'Annabel. Pas question de s'aventurer sur le même terrain. Non, elle devait rester de bonne humeur, accommodante et décontractée en toute circonstance. Amusante, aussi. Et surprenante. Et indépendante. Bref, tout ce qu'il appréciait en elle, et qui faisait d'elle quelqu'un de « spécial » à ses yeux.

Ça viendra, se rassura-t-elle. Il est encore trop tôt. Ne sois pas aussi possessive. C'est une très grave décision à prendre, pour lui, ne le brusque pas.

Difficile, néanmoins, de plaisanter comme si de rien n'était, et de continuer à jouer la décontraction alors qu'elle mourait d'envie de l'empêcher de repartir, de se pelotonner avec lui dans une vie confortable et sécurisante, de lui dire : « On se revoit quand ? » de façon spontanée, naturelle, comme si elle en avait le droit.

Il roula sur le dos avec un soupir et ouvrit les yeux.

— Il faut vraiment que je parte ?

Jemima ravala le cri prêt à jaillir de ses lèvres : « Non ! Reste avec moi ! Ne me quitte plus jamais ! » et esquissa une moue amusée.

— J'en ai peur.

Elle s'efforça de sourire en l'entendant gémir, de se montrer inflexible :

— C'est toi qui as voulu rester pour la nuit et qui as dit que tu partirais à l'aube.

— Esclavagiste, grommela-t-il. Reconnais quand même que j'ai été plutôt rusé de planifier un rendez-vous à Bristol lundi matin à la première heure.

— Non, à moitié rusé, rectifia-t-elle. Exeter aurait été plus proche, donc plus futé.

Il éclata de rire, l'attira à lui, et elle lui rendit amoureusement ses baisers, en veillant toutefois à ce que ce soit elle qui rompe l'étreinte, à réfréner le désir qui montait en elle à la vitesse de l'éclair.

— J'ai besoin d'un grand café, dit-elle. Et toi aussi. Dieu merci, tu ne prends pas de petit déjeuner !

Il la regarda enfiler sa robe de chambre, les bras croisés derrière la nuque.

— Voilà quelque chose qu'Annabel n'a jamais pu supporter. D'après elle, on ne peut pas fonctionner correctement sans un solide petit déjeuner.

Jemima fut choquée par la violence de la rage qui la secoua. Elle dut prendre sur elle pour ne pas se jeter sur lui en hurlant et le bombarder de coups de poing aveugles pour le punir de sa cruauté. Comment osait-il penser à Annabel après une nuit d'amour aussi passionnée ! Et elle, alors ? Pas le moindre étonnement de constater qu'elle se rappelait ses petites habitudes le matin d'un départ. Aucune gratitude pour sa décontraction. Seulement une référence à cette garce d'Annabel !

Elle prit soin de garder le dos tourné pendant qu'elle nouait la ceinture de son peignoir et enfilait ses espadrilles ; elle essaya de se raisonner. À quoi bon s'énerver ? Il ne pouvait pas la féliciter d'un comportement qu'il tenait pour naturel. Elle s'était donné suffisamment de mal pendant des semaines pour cultiver cette image de flegme et de bonne humeur.

— Tout dépend de ce qu'elle entend par « fonctionner correctement », commenta-t-elle d'un ton léger. J'ai connu un certain nombre de garçons qui *fonctionnaient* – elle appuya délibérément sur le mot pour lui donner une connotation sexuelle – remarquablement bien sans avoir pour autant l'estomac plein. Mais, peut-être n'avons-nous pas les mêmes priorités...

Il partit d'un nouvel éclat de rire, appréciant cette

petite rosserie féminine, flatté sans doute par ce signe implicite de jalousie, et fila prendre sa douche. Jemima passa dans la cuisine, furieuse et blessée de s'être ainsi rabaissée. Elle s'était fait passer pour une fille facile, simplement pour rabattre le caquet de cette maudite Annabel. Le cœur lourd, elle prépara le café puis emporta le plateau au salon. Magnificat leva vers elle sa tête ronde, et elle s'agenouilla à côté de lui pour frotter sa joue contre son flanc chaud et doux.

— Je suis stupide, lui confia-t-elle. Je suis nulle, dans ce genre de situation. Mon Dieu, je l'aime tellement !

Elle se redressa avec un soupir et sortit sur le balcon. Une écharpe de brouillard enveloppait le port, la côte était invisible, et le cri des mouettes avait une sonorité sinistre, poignante, dans le silence de l'aube. Il fut tout à coup derrière elle, les deux bras autour de sa taille, la bouche dans ses cheveux, et elle pressa ses mains sur les siennes, répondant à son étreinte.

— Magiques, souffla-t-il. Toi, cet endroit, vous êtes féeriques. Tu m'as ensorcelé. J'espère que tu t'en rends compte ?

Le soulagement, la gratitude, l'amour lui déferlèrent dessus comme une vague irrésistible et elle pivota vers lui pour nouer ses bras autour de son cou. Impossible de feindre ou de lancer une repartie spirituelle en cet instant. Leur baiser fut délicieusement long, merveilleusement intense : parfait.

Ils restèrent étroitement enlacés jusqu'à ce que Magnificat vienne se frotter contre leurs jambes, leur donner des coups de tête dans les chevilles avec une telle volonté de se rendre insupportable que Jemima ne put s'empêcher de rire. Ils se séparèrent à regret.

— Le café va être froid, dit-elle. Et tu vas être en retard.

— Tu es impitoyable, soupira-t-il en la suivant dans le salon. Ça va être long, jusqu'à vendredi prochain.

Les mots s'égrenèrent dans sa tête comme une petite musique, encore et encore, et elle se les répéta à voix haute bien après son départ, incapable de retourner se coucher ou même de dormir. Pelotonnée sur le canapé à côté de Magnificat, elle regarda le brouillard opaque et humide s'éparpiller peu à peu sous la lumière tiède du soleil et y vit le symbole d'un amour rayonnant et d'un avenir plein de promesses.

Louise fut soulagée de faire seule le trajet jusqu'à East Prawle pour prendre officiellement possession du cottage. C'était la première fois qu'elle se rendait sur place sans escorte, et elle avait très envie de mettre à profit ce répit pour faire le point et analyser ses émotions.

Elle était tendue, inutile de se le cacher. Depuis que Jemima lui avait parlé de ce lieu, elle n'avait cessé d'osciller entre excitation et panique, volonté d'aller de l'avant et dérobades. Les regards inquiets qu'elle sentait peser sur elle en permanence ne l'aidaient pas, loin de là. Elle savait bien ce qu'ils pensaient tous : ils redoutaient qu'elle ne soit pas encore assez solide pour vivre seule, et guettaient la moindre défaillance pour la dissuader de tenter l'expérience.

Louise s'était donc appliquée à ne pas montrer ses incertitudes et ses angoisses, surtout à Frummie : la vieille dame aurait sauté sur l'occasion pour l'empêcher de partir. Son entêtement à vouloir à tout prix la garder avec elle avait quelque chose de touchant mais, tout en ayant très envie de lui faire plaisir, Louise savait que si elle ne sautait pas le pas maintenant, elle n'en aurait peut-être plus jamais le courage. L'arrivée de Margot et la chance inespérée que représentait ce cottage lui offraient une opportunité qu'elle ne pouvait pas laisser passer.

Pour que Frummie ne se sente pas abandonnée à son sort, Louise l'avait emmenée visiter les lieux, avait écouté ses conseils, promis de lui téléphoner si sa nouvelle indépendance lui pesait trop, mais à présent elle était heureuse de se retrouver seule dans sa petite voiture avec ses affaires entassées dans le coffre, prête à prendre un nouveau départ.

Elle tourna à droite pour traverser Frogmore Bridge, s'élança à l'assaut de la colline et, alors qu'elle jetait des coups d'œil émerveillés sur les lignes que traçait l'estuaire au milieu des champs aux couleurs automnales, elle goûta une sensation de liberté aussi savoureuse qu'inattendue. Elle se sentait légère, délivrée de son angoisse, débordante d'énergie et, petit à petit, ses pensées se projetèrent dans l'avenir et elle anticipa joyeusement son arrivée : à quel endroit installerait-elle ses affaires ? comment s'organiserait sa nouvelle vie de solitaire ?...

Le cottage était petit mais charmant. C'étaient d'ailleurs ses dimensions réduites qui lui avaient plu : elle s'y sentait bien, en sécurité, protégée. Le minuscule porche donnait directement dans la grande salle de séjour avec cuisine intégrée. Il s'agissait en réalité d'une simple kitchenette, isolée du reste de la pièce par un meuble de séparation à double fonction : placards et étagères de rangement dans la partie inférieure, et plan de travail faisant office de bar à petit déjeuner dans la partie supérieure. Une porte permettait d'accéder à une petite véranda donnant sur une cour microscopique circonscrite par quatre murs en pierres du pays. Au premier étage se trouvaient la chambre – assez grande –, la salle de bains et un débarras. Brigid lui avait conseillé de commencer les travaux par le rez-de-chaussée, pendant que le temps permettait encore de laisser portes et fenêtres ouvertes. L'idée n'était pas sotte, même si Louise appréhendait de vivre pendant des semaines au milieu des échelles et des pots de peinture, les meubles empilés les uns sur les autres et recouverts de bâches.

Elle tourna à droite en arrivant à Cousins Cross, puis emprunta la petite route cabossée qui permettait d'accéder au village. Un frisson d'excitation la parcourut : qu'il était amusant d'emménager dans une petite maison dont les fenêtres donnaient, au loin, sur le sentier des douaniers et la mer ! Elle sourit en passant devant la brasserie Le Groin Tranquille, puis se gara prudemment devant le cottage, aussi près que possible du mur en pierre qui cernait la petite cour carrée. En descendant de voiture, elle s'arrêta pour contempler les touffes de chrysanthèmes ocre qui avaient poussé de part et d'autre des quelques marches menant du portail au porche, puis elle sortit la clé de sa poche et ouvrit la porte d'un geste décidé.

Elle dut cligner des yeux pour s'accoutumer à la pénombre de la salle de séjour et resta quelques minutes immobile dans l'entrée, étudiant tranquillement les lieux. Le canapé vieillot recouvert de chintz, était disposé devant la petite cheminée de style victorien. De chaque côté, des livres à la couverture usée s'entassaient sur des rayonnages et, dans l'angle, une vieille télévision portative trônait sur une table roulante branlante. Un épais silence flottait dans la pièce. Le silence, et un doux parfum de freesia : un bouquet était disposé sur la table basse, dans un petit vase en céramique jaune.

Louise se figea, la poitrine prise dans un étau.

Des freesias. Blanc et jaune pour son bouquet de mariée ; pourpre et bleu pour son premier anniversaire de mariage ; multicolore à la naissance d'Hermione.

— C'est bien toi, de choisir une fleur impossible à trouver, avait soupiré Rory dans son cou tandis qu'elle se blottissait contre lui pour le remercier. Tu ne pouvais pas craquer pour des tulipes ou des roses ?

— C'est un test, avait-elle répondu en l'étreignant plus fort. Juste pour voir si tu tiens vraiment à moi.

— Cruelle, avait-il soupiré en l'embrassant. La prochaine fois, tu auras de vulgaires œillets. Ils en ont de pleins seaux, au Prisunic.

Il avait réussi à lui faire livrer un bouquet de freesias pour son anniversaire, une semaine seulement après la mort d'Hermione. Il y avait joint un message, écrit un mois plus tôt, sans se douter que lorsqu'elle le recevrait elle serait folle de chagrin et de douleur.

« Joyeux anniversaire à la plus adorable des mamans. Puissions-nous en passer encore beaucoup, beaucoup d'autres, ensemble tous les trois. »

Comment aurait-il pu imaginer, en remettant ce texte à la fleuriste, qu'il ne reverrait plus jamais sa petite fille ?

Louise ferma les yeux, le visage crispé.

Et je l'ai laissé partir, sans un mot de réconfort, sans un regard, songea-t-elle avec désespoir. Je l'ai projeté dans l'oubli avec le reste de ma vie. Avec Hermione.

Luttant pour se ressaisir, elle saisit d'une main tremblante la carte postale posée à côté du vase. Une vue de la plage au pied des falaises, juste en dessous d'East Prawle. Jemima avait inscrit quelques mots au dos.

« Bienvenue chez vous. Installez-vous confortablement. À bientôt. »

Louise posa la carte sur la cheminée, inspira profondément et sortit décharger la voiture. Elle avait hâte de réchauffer l'atmosphère froide et impersonnelle du cottage, d'y apporter sa touche.

Elle amena ses provisions à la cuisine, brancha la cafetière électrique, puis entreprit de s'approprier les lieux. Ses livres trouvèrent tout naturellement leur place de chaque côté de la cheminée. Elle posa sa boîte de peinture, un carnet de croquis et quelques crayons sur la table basse, drapa son châle en cachemire sur le dossier de l'un des fauteuils. Un ours en peluche à la fourrure usée par les câlins siégea dans l'angle du canapé.

En déballant sa vaisselle en porcelaine, Louise se remémora son arrivée à Foxhole, quatre mois plus tôt. Comme maintenant, elle était passée de pièce en pièce pour y déposer de menus objets familiers, escortée par des voix surgies du passé.

Louise s'immobilisa au milieu des cartons. Les voix étaient toujours là, tout autour d'elle, mais elle avait cessé d'avoir peur, de s'enfermer dans la terreur. Désormais, elle acceptait de les écouter, et elle mesurait avec tristesse l'ampleur de la tragédie – tout ce qu'elle avait perdu et qui ne reviendrait jamais. Elle s'assit à table et respira le parfum des freesias. Des asters pourpre et rouge sombre effleuraient la fenêtre et des anthémis flamboyaient au pied du mur. Un passant jeta un coup d'œil dans sa direction et leva la main pour la saluer. Louise lui répondit spontanément, encouragée par ce geste amical. Elle avait déjà l'impression d'être chez elle.

Elle termina son café, confiante, et monta ses bagages dans sa chambre.

34

— Comment vas-tu ? demanda Humphrey au téléphone.

— Bien, répondit Brigid. Et de ton côté ? Comment ça se passe ?

— Ça va. Pas de gros problèmes. Nous allons passer quelques jours à Cocoa Beach pendant qu'on équipe le bateau en torpilles au cap Canaveral.

— Oh ! Bien. Tu vas en profiter pour te reposer un peu ?

— Mmm.

Il y avait comme un soupir dans ce « Mmm », l'ombre du condamné aux travaux forcés qui n'a vraiment pas la tête à s'amuser.

— Et à Foxhole, comment ça se passe ? reprit-il.

— Nous avons eu des orages d'une violence inouïe pendant deux jours. Et puis ils sont partis comme ils étaient venus et depuis nous avons un temps magnifique.

— Tant mieux.

Un silence.

— Tu as rempli la demande de prêt ?

— Non. En fait, je commençais à le faire quand il m'est venu une idée.

— Ah oui ?

Le ton était très froid.

— Oui.

Brigid s'efforça de rester calme et enjouée. Surtout, ne pas donner l'impression qu'elle voulait à tout prix le convaincre. Rester dans le registre de la suggestion.

— Je me suis dit qu'on n'avait peut-être pas passé en revue toutes les options avant de contracter un deuxième crédit et il m'est venu une idée. Pourquoi ne pas racheter l'école de voile et la diriger toi-même ? Puisque dans tous les cas tu vas être obligé de continuer à travailler...

Attention, ne te pose pas en coupable, s'admonesta-t-elle.

— ... Pourquoi ne pas le faire dans ta propre entreprise ? La dette deviendrait la nôtre et nous pourrions obtenir une plus grande flexibilité dans les modalités de remboursement.

— Je croyais que la dette était la nôtre de toute façon, observa-t-il sèchement.

— Oui, bien sûr, tu as raison.

Elle chercha l'inspiration, essayant de se remémorer les arguments d'Alexander.

— Mais ce serait plus motivant pour toi d'agir que de subir, non ? Et au moins tu ne serais pas obligé d'aller pointer à un travail que tu détestes pour rembourser des traites. L'école de voile marchait très bien, tu sais. Tout n'est parti à vau-l'eau que parce que Bryan a pris l'argent dans la caisse et qu'il n'a pas payé les factures.

— Et le fait que je n'aie strictement aucune idée de la façon dont on dirige une école de voile n'a aucune importance, je suppose ?

Le ton était hargneux.

— Quelle que soit la branche dans laquelle tu travailleras, tu passeras inévitablement par une période d'adaptation, répondit-elle bravement. Et puis, tu l'as dit toi-même : tu ne te vois pas enfermé toute la journée dans un bureau.

— En effet. Mais ça ne signifie pas que je veuille diriger une école de voile !

— Non, bien sûr.

Elle eut l'intelligence de faire machine arrière.

— C'était une idée stupide. En plus, Falmouth est très loin d'ici et il y a sans doute peu d'activité l'hiver. Je me suis emballée bêtement. Je vais remplir les papiers de la banque, ne t'inquiète pas.

— Et puis je ne vois pas comment je pourrais me rendre là-bas tous les jours, en plus !

Il semblait exaspéré.

— C'est irréalisable.

— Il aurait fallu que tu restes sur place deux jours par semaine, répondit-elle d'un ton neutre, presque indifférent, comme si l'idée était purement théorique. Jon s'occupe de l'enseignement pratique et des cours de voile proprement dits... et Jenny de l'aspect administratif.

— Non mais tu me vois travailler avec Jenny ?

— Non, bien sûr que non. Je n'avais pas réfléchi. Remarque, une fois l'école vendue, il y a de fortes chances qu'elle parte. Elle n'est restée que pour maintenir l'entreprise à flot, le temps de trouver un successeur. Apparemment, il y a pas mal d'acquéreurs potentiels. Elle est assez confiante. Mais ce n'est pas notre problème. Je t'ai dit que Julian et Emma venaient passer Noël avec nous ? C'est merveilleux, non ?

— Merveilleux, approuva-t-il platement.

Il eut une sorte de ricanement ironique qui sonna faux.

— Franchement, tu me vois diriger une école de voile ?

— Mmm ? Eh bien, oui, en fait. Tu as un excellent sens de l'organisation et tu adorais emmener les garçons faire de la voile quand ils étaient petits. Ce serait certainement un défi passionnant à relever. En plus, l'école est idéalement située. Mais je ne vois même pas pourquoi je continue à en parler : tu n'as aucune envie de te lancer dans un projet de cette ampleur, je le sais bien.

— Je n'ai pas dit ça, trancha-t-il avec aigreur. Je ne suis pas encore bon pour la casse. Je suis surpris, voilà tout. Le moins qu'on puisse dire, c'est que c'est inattendu.

Elle rit.

— Je comprends très bien. Moi aussi, ça m'a fait bizarre, au début. C'était une idée tellement absurde...

— Tu n'en as parlé à personne, alors? demanda-t-il d'un ton soupçonneux.

— Comment ça ?

— Je te demande si tu en as discuté avec quelqu'un, répéta-t-il avec impatience.

— Non, naturellement.

Elle croisa instinctivement les doigts.

— Ça m'a traversé l'esprit au moment où je remplissais la demande de prêt. Au fait, il faudra que je t'envoie les papiers. Ils vont avoir besoin de ta signature. Tu en profiteras pour vérifier que tout est en ordre.

— Entendu.

Un temps.

— Et à part ça ? Plus de tueur dans les parages ?

— Non. Je crois que nous avons fait un tel chahut qu'il a pris peur.

— Sois quand même prudente, d'accord ? Et comment va mon père ?

— Très bien. Il s'entend à merveille avec maman.

— Bon. Tu ne l'as pas trop sur le dos, alors.

— Il ne me dérange pas, tu sais. Vraiment pas. Bon, merci d'avoir appelé. Profite bien de la plage.

— Oui. À plus tard...

— Je t'embrasse très fort. Fais attention à toi.

Brigid raccrocha très vite et se demanda si elle n'avait pas un peu forcé la dose. En tout cas, elle avait éveillé son intérêt, elle en était certaine. Restait à savoir s'il prendrait le temps d'y réfléchir à tête reposée. Elle respira profondément, sortit une bouteille de vin blanc du réfrigérateur et se servit un verre. Cette tension était horrible, surtout avec la distance qui les séparait. Si le problème pouvait se régler de façon positive et leur offrir des perspectives d'avenir, ce serait un tel soulagement !

— Je bois aux lendemains qui chantent, soupira-t-elle – et Cachou, croyant qu'elle s'adressait à lui, se leva de son panier pour obtenir un câlin.

Le hasard voulut que Margot arrive juste au moment où Alexander s'apprêtait à partir.

Il fit une marche arrière jusqu'à son portillon pour lui céder le passage, et répondit d'un sourire à son geste de remerciement. Il n'avait pas l'intention de s'arrêter, mais, avant qu'il ait pu redémarrer, elle baissa sa vitre.

— Bonjour ! Vous devez être Alexander.

Elle batailla avec le système d'ouverture de sa portière et descendit, de sorte qu'il n'eut pas d'autre choix que de couper le moteur, mettre pied à terre et se présenter dans les formes.

— Je suis Margot, déclara-t-elle en lui serrant vigoureusement la main, le visage fendu par un large sourire. Enchantée de vous rencontrer.

Alexander murmura une formule à la fois neutre et de circonstance, mais elle poursuivait déjà :

— Fred et moi sommes de vieilles copines. Nous étions à l'école ensemble, vous savez, et nous avons été auxiliaires de la Marine toutes les deux pendant la guerre. C'est-à-dire à la fin de la guerre, bien sûr, quand nous avons eu l'âge de nous engager...

Elle n'entendit pas le pas léger de Frummie dans l'allée et se retourna d'un bond effaré quand sa vieille copine posa la main sur son épaule.

— Tu es là pour un mois, lui rappela-t-elle sèchement. Alexander n'a peut-être pas besoin d'entendre tous tes secrets les cinq premières minutes.

— Les premières confidences sont toujours les meilleures, répondit Alexander d'une voix aimable. Ensuite, soit le narrateur se méfie, soit il altère la vérité pour aller au-devant du désir de son interlocuteur.

Il sourit à Margot.

— Il est déjà trop tard pour nous.

Il s'inclina.

— J'ai été enchanté de vous rencontrer. Nous nous reverrons très bientôt, j'en suis sûr.

Il plia sa haute silhouette pour la faire entrer dans sa petite voiture et s'éloigna dans le chemin.

Margot le suivit du regard.

— Par tous les saints, quel bel homme ! souffla-t-elle, une main sur le cœur. Pourquoi diable ne m'avais-tu pas prévenue ?

— J'avais peur que tu en fasses une tonne, rétorqua Frummie d'un ton acide.

Elle contempla les cheveux auburn de son amie, sa jupe un peu trop courte à son goût, son vernis à ongles rubis.

— Tu t'es mise sur ton trente et un, dis-moi.

— Il n'y a rien de plus affreux que le laisser-aller, répondit sereinement Margot. Surtout à notre âge.

Son regard s'attarda sur le fard à joues dont Frummie avait quelque peu abusé, les bracelets en or qui cliquetaient à ses poignets osseux, et son pantalon écossais.

— Tu es très élégante aussi, Fred. Beaucoup plus pimpante que la dernière fois que je t'ai vue.

Frummie esquissa son éternel sourire sibyllin.

— D'accord. On ravale nos langues de vipères ?

— Très volontiers, répondit Margot avec aisance. J'espère que tu as branché la bouilloire, je tuerais pour une tasse de café.

— Tu ne veux pas qu'on rentre tes bagages ?

— Le café d'abord, affirma Margot en la suivant dans le cottage. Franchement, je le trouve vraiment charmant.

— Oui, il l'est.

Frummie sortit son paquet de café du placard.

— Il a invité un ami à le rejoindre.

Les yeux de Margot brillèrent et ses lèvres fendillées se plissèrent dans une moue malicieuse.

— Vraiment ? Un chacune, alors.

Elles échangèrent un regard. Frummie haussa un sourcil.

— Je me demande à quoi le tien ressemblera.

Margot s'esclaffa.

— Ah bon ? Tu le prends comme ça ? Méfie-toi, ma vieille, le mien sera peut-être encore plus séduisant ! Où Alexander compte-t-il aller quand il partira d'ici ?

Frummie plissa légèrement le front.

— Je n'en sais rien.

Margot haussa à son tour les sourcils.

— Tu n'as pas réussi à lui tirer les vers du nez ?

Elle eut un soupir dédaigneux.

— Tu me déçois.

— Excuse-moi, mais je n'ai jamais eu ton sans-gêne. Ni ton instinct de pit-bull, d'ailleurs. Il n'y a pas grand-chose qui t'arrête, quand tu es lancée...

— Quel mal y a-t-il à satisfaire sa curiosité ? Non, pas de sucre, merci. J'ai mes sucrettes dans mon sac. Il ressemble beaucoup à Humphrey, non ? En plus mince.

— Il y a un air de famille, indéniablement. Il est un peu... déconcertant par moments. Très direct. Mais une fois qu'on y est habituée, c'est assez agréable.

— Quels sont ses rapports avec Brigid ?

— Excellents. Franchement, je n'arrive pas à comprendre qu'il ne s'entende pas avec Humphrey. C'est inexplicable.

— Ils ont sûrement leurs raisons. Regarde ce qui se passe entre Brigid et toi.

— Oui, répondit Frummie après un moment. Oui, c'est probablement la même chose.

— Je me demande où il va aller, dit Margot en recherchant ses sucrettes.

— Il a vaguement évoqué la frontière avec l'Écosse, mais je ne suis pas certaine qu'il ne me faisait pas marcher.

— L'Écosse ?

Margot eut l'air stupéfaite.

— Que diable irait-il faire là-bas ?

Frummie haussa les épaules.

— Aucune idée. Il a peut-être acheté une maison.

— Mmm. Son ami vient de là-bas ?

— Je n'en sais rien !

Frummie commençait à donner des signes d'impatience.

— Alexander n'est pas d'un abord facile, loin de là. Il

se protège remarquablement bien. De toute façon, l'ami en question sera là dans un jour ou deux. Tu n'auras qu'à lui demander.

— Compte sur moi. Tout cela est terriblement excitant ! Je ne te remercierai jamais assez de m'avoir invitée, Fred !

— C'est mieux que *Gaston Phébus* ? demanda Frummie avec un sourire ironique.

Leurs regards se rencontrèrent et elles se mirent à pouffer.

— Bien mieux, rétorqua Margot. Sans comparaison. Et attends un peu de voir le cadeau que te fait Harry. Une sélection des meilleurs vins de son club d'œnologie !

— J'ai toujours pensé que ce garçon était une perle, soupira Frummie. Encore du café ?

— Mais avec plaisir, répondit Margot en lui tendant sa tasse.

Elle se tortilla, la mine ravie.

— Quel bonheur d'être de retour !

Jemima ouvrit les yeux, réveillée de sa sieste par la sonnerie de son portable, et sourit en reconnaissant le numéro.

— Hello, dit-elle chaleureusement. Comment vas-tu ?

— Je ne pourrai pas venir ce week-end, finalement, déclara-t-il avec mauvaise humeur. Mon collègue est malade et je dois le remplacer à une conférence à Birmingham. Je suis fou de rage.

— Oh. Oh, je vois.

La déception lui nouait la gorge. Impossible de plaisanter ou de lancer une boutade originale. Elle contempla mornement le temps gris et mouillé.

— Je sais, soupira-t-il.

Sa voix était subitement résignée, presque amusée.

— Tu veux que je lance quelques jurons à ta place ? Je n'ai fait que ça toute la journée, tu peux me croire. Ce n'est pas la faute de Ian, le pauvre vieux, mais j'ai du mal à compatir ! J'espérais pouvoir faire quand même un petit saut, juste quelques heures, mais vu mon emploi du temps c'est hors de question. Je suis désolé.

Elle se ressaisit, un peu réconfortée par son évidente frustration.

— Il n'y a pas de problème. Ne t'inquiète pas pour moi.

— Je ne m'inquiète pas pour toi, mais pour moi, si tu veux savoir ! Parce que si je n'ai pas ma dose hebdomadaire de Jemima, je vais me retrouver en situation de manque. Comment vais-je tenir ?

— Mmm... D'abord, tu devras me téléphoner plus souvent, répondit-elle en souriant. Au moins quatre fois par jour. Et ensuite, augmenter ta ration de SMS. Disons... un avant chaque repas.

— Je suppose que je n'ai pas le choix.

Il poussa un gros soupir, mais elle devina qu'il souriait, lui aussi.

— Tu veux que je t'envoie mon ordonnance par écrit ?

— Je te trouve bien calme, grommela-t-il. Ça m'inquiète.

Elle reprit son sérieux.

— Ne crois pas ça. Mais je n'ai pas envie de gâcher le temps que nous passons ensemble, même si c'est seulement au téléphone.

— Tu es vraiment très spéciale.

Sa voix était tendre.

— Inscris-moi pour le week-end prochain. J'aurai peut-être une grande nouvelle à t'annoncer.

— Quel genre de nouvelle ?

— Rien n'est encore arrêté, mais j'espère que ça le sera la prochaine fois que je te verrai.

— D'accord, monsieur le cachottier, répondit-elle d'un ton léger. J'attendrai.

Il rit.

— Il faut que j'y aille. Je t'appelle très vite. Prends soin de toi.

Elle resta allongée sur le canapé bien après qu'il eut raccroché, le téléphone serré contre la poitrine, les yeux au plafond. Que pouvait-il bien avoir à lui annoncer ? Et pourquoi ne lui avait-elle pas annoncé sa propre grande nouvelle, même si elle n'avait rien de réjouissant ?

Le moment était mal choisi, se raisonna-t-elle. Pas le jour où il était déjà ennuyé d'annuler leur week-end. Mieux valait attendre l'instant propice. Qui sait ? Loin d'être une catastrophe, ce serait peut-être le coup de pouce dont ils avaient besoin tous les deux pour sauter le pas.

Elle esquissa une grimace, consciente de se montrer un peu trop optimiste pour l'avenir. Une petite boule de peur et de tristesse se logea dans son ventre et, dans un réflexe instinctif, elle composa un numéro sur son portable.

La voix de Brigid était calme et posée, comme à son habitude.

— Salut, dit Jemima. C'est moi. Comment vas-tu ?

— Très bien.

Sa sœur paraissait d'humeur amicale.

— Et toi ? Qu'est-ce que tu deviens ?

— Oh... pas grand-chose, comme d'habitude. Je me

demandais si on pourrait déjeuner ensemble. C'était plutôt bien, la dernière fois, non ?

— C'était très agréable, oui. Pourquoi pas ? Tu veux venir ici ?

— Euh non, merci.

Brigid émit un rire bref.

— Trop de monde, peut-être ? Je vois ce que tu veux dire. Et si on retournait chez Effings ? C'était vraiment bien.

— Super.

Cette solution soulageait Jemima.

— Quand es-tu libre ?

Elles arrêtèrent une date puis raccrochèrent.

Jemima resta allongée de tout son long à fixer la pluie qui crépitait doucement contre les fenêtres. Elle avait très envie de se confier à Brigid. Mais en lui faisant des confidences ne risquait-elle pas de confirmer la mauvaise opinion que sa sœur avait d'elle ? de nourrir un peu plus sa désapprobation ?

D'un autre côté, elles s'étaient rapprochées, ces derniers temps... Et ce serait un tel soulagement de pouvoir partager ses sentiments avec sa sœur.

Magnificat s'approcha tout doucement et elle se pencha pour le prendre dans ses bras. Il resta voluptueusement lové contre elle, les yeux clos. Sa tête ronde manifestait le contentement, et elle se pelotonna dans les coussins, réconfortée par sa chaleur, bercée par le rythme régulier de ses ronronnements.

35

Debout sur la plage, face à la mer, Louise voyait du coin de l'œil la silhouette de l'homme immobile sous les arbres. À demi dissimulé par les rochers, il observait, tout comme elle, la petite fille qui dansait au bord de l'eau.

Dressée sur la pointe des pieds, elle sautillait sur le sable avec la grâce d'un elfe, poursuivait les vagues qui se retiraient, reculait d'un bond quand elles revenaient s'écraser sur la petite crique chauffée par le soleil. Ses longs cheveux blonds formaient un rideau de lumière devant son visage, une auréole de filaments dorés. Ses pieds étaient nus, le bas de sa salopette roulé jusqu'aux genoux, sa veste en laine ouverte sur un T-shirt. Elle sautait joyeusement, riait, tapait des pieds dans l'écume qui léchait la plage : une adorable petite naïade.

Louise jeta un coup d'œil circulaire à la recherche des parents, mais la crique était déserte. Apparemment, l'enfant était seule – si l'on exceptait l'homme posté sous les arbres –, et un sentiment de malaise s'insinua en elle, angoissant, indéfinissable. Au même instant, un nuage passa devant le soleil. Des ombres coururent sur le sable tandis qu'une brise glacée, surgie de nulle part, ébouriffait l'eau grise et décuplait la force des vagues. Un fin brouillard se leva et flotta au-dessus de l'eau, engloutissant les habitations sur la rive opposée. La mer montait très rapidement, grignotait peu à peu la plage, à l'assaut des rochers. Bientôt, toute retraite serait coupée. Pourtant, la petite fille continuait à danser et à sauter, inconsciente du danger.

Saisie d'effroi, Louise tourna les yeux vers l'homme. Il avait quitté le couvert des arbres et s'était rapproché, le regard toujours fixé sur la fillette. Louise aurait voulu courir vers eux, les avertir, mais elle était incapable de bouger. Le brouillard était de plus en plus épais et une vague, plus forte que les autres, prit tout à coup l'enfant par surprise et la projeta à terre. Une deuxième vague surgit avant qu'elle ait pu se redresser, et la submergea.

Louise voulut s'élancer à son secours, mais son corps ne lui obéissait plus. Elle vit alors que l'homme s'était tourné vers elle et la regardait.

— Aidez-la ! cria-t-elle. Sauvez-la !

Mais sa voix se perdit dans le fracas des vagues et elle se rendit compte que l'homme était Rory et qu'il la contemplait avec pitié et désespoir.

Louise poussa un hurlement d'agonie et un bruit de verre brisé la réveilla en sursaut. Elle s'assit au milieu des draps froissés, le visage dans les mains. La lumière du jour caressait son lit, éclairait les débris du verre, sur le sol, au cœur d'une petite flaque d'eau. Elle essuya ses larmes du bout des doigts et garda les yeux fermés en vue de contrôler son angoisse. Les images du rêve refluèrent lentement, lui laissant au cœur ce sentiment de vide désormais familier.

Depuis qu'elle vivait seule, la pression du passé était plus forte que jamais et il lui était parfois très difficile de ne pas recourir à ses vieux réflexes d'autodéfense. Ainsi, de temps à autre, elle devait encore fuir celui qui l'avait fait chanter et s'abrutir de travail pendant des années, et qui lui avait permis de se détourner de la réalité. Mais jour après jour elle devenait plus forte, même si elle avait encore un long chemin à parcourir...

Elle repoussa ses draps et s'approcha de la fenêtre pour regarder les champs qui s'étiraient à perte de vue. Il lui semblait voir encore le visage de Rory, lointain et en même temps familier, et la silhouette menue d'Hermione, dansant au bord de l'eau. Ils lui manquaient tellement, tous les deux ! Elle sentit le désespoir nouer sa gorge et essaya de regarder plus loin – mais vers quoi ? Dans la journée, elle continuerait à peindre la pièce du bas et, si le beau temps se maintenait, elle irait se promener sur la plage. Peut-être même irait-elle jusqu'à Rickham Common et Portlemouth Down. Ces promenades solitaires, avec l'horizon pour seul point de mire, lui apportaient l'apaisement. Il y avait quelque chose d'extraordinairement réconfortant dans la contemplation de l'infini – les longues étendues de lande produisaient le même effet. Ensuite, elle prendrait un bain relaxant et elle préparerait le repas, car Jemima venait dîner à la maison. Oui, ce serait une bonne journée : remplie d'activités simples, mais positives.

Louise s'accroupit près du lit pour ramasser les morceaux de verre. La petite flaque d'eau avait déjà disparu, absorbée par les interstices du parquet, mais elle alla quand même chercher une serviette dans la salle de bains et épongea soigneusement le sol, à la recherche des petits éclats.

Après s'être douchée et habillée, elle descendit au rez-de-chaussée, ouvrit les volets et recula dans la kitchenette pour admirer son œuvre. Depuis qu'elle avait commencé à repeindre la salle de séjour, la petite véranda attenante à la cuisine s'avérait bien utile. Elle l'avait transformée en salle à manger de fortune en y installant la petite table et une chaise. Ce soir, néanmoins, l'exiguïté du lieu rendrait l'organisation du dîner difficile, songea Louise tandis qu'elle préparait son petit déjeuner. Elles réussiraient probablement à glisser un deuxième siège de l'autre côté de la table, mais, une fois assises, elles ne pourraient presque plus bouger. Maintenant, pour ce qui était du repas...

Peu après son installation et avant de commencer les travaux, Louise avait invité Brigid et Frummie à déjeuner. Mais son assurance s'était envolée, en même temps que son sentiment tout neuf d'indépendance, quand elle avait essayé d'élaborer un menu.

— Je suis nulle en cuisine, avait-elle avoué au téléphone d'un ton lugubre. Comment vais-je faire ? Vous croyez qu'elles seraient vexées si je les emmenais au pub ? Brigid est un vrai cordon-bleu et je sais que je vais tout rater !

— Vous êtes simplement au bord de la crise de nerfs, avait répondu Jemima d'une voix apaisante. Ne vous inquiétez pas, j'ai une solution. Je vais vous emmener chez Effings : c'est un petit restaurant qui fait traiteur. Vous n'aurez qu'à choisir parmi les plats proposés, et personne ne le saura.

Elles s'étaient donc rendues à Totnes et avaient longuement étudié la carte, essayant de trancher entre un gratin de fruits de mer et un curry d'agneau. Finalement, elles s'étaient décidées pour un lapin en gibelotte et des poires au vin pour le dessert. Louise avait également acheté deux portions de saumon à l'oseille, des raviolis à la ricotta et des petits puddings aux fruits confits qu'elle avait congelés pour se dépanner en cas de besoin.

Peut-être pourrait-elle les servir ce soir ? Brigid avait laissé deux bouteilles de vin blanc en partant – « Juste un petit cadeau pour vous souhaiter la bienvenue chez vous », avait-elle dit par la suite, quand Louise lui avait téléphoné pour la remercier. Grâce à son initiative, elle n'aurait pas à se soucier de ce qu'elles boiraient ce soir.

Louise exhala un soupir de soulagement, se servit un verre de jus d'orange et glissa une tranche de pain dans le toaster. Elle aimait se montrer généreuse avec ses amies, mais actuellement elle essayait de se débrouiller avec presque rien. Elle ne parvenait pas à trouver un travail à mi-temps, dans un périmètre raisonnable tout au moins ; elle devait donc continuer à compter sur la générosité de Martin.

— C'est le problème quand on habite aussi loin d'une ville, lui avait-elle expliqué anxieusement au téléphone. Mais ne t'inquiète pas, je continue à chercher.

— Pour l'amour du ciel, prends ton temps ! Il n'y a pas d'urgence, je t'assure. Accorde-toi un répit et essaie de reprendre des forces. C'est la seule chose qui compte. Tout finira par s'arranger, fais-moi confiance, d'accord ?

Elle avait promis, réconfortée par sa gentillesse, mais elle épluchait toujours les petites annonces en espérant que Charles Price la contacterait pour lui annoncer qu'un poste d'assistante maternelle s'était libéré, et en priant pour un miracle.

Elle versa de l'eau chaude dans sa tasse, et fit une pause pour savourer la chaleur qui rayonnait déjà dans la petite pièce en verre. Les derniers lambeaux de son rêve s'évaporaient comme le brouillard sous le soleil, et cependant le sentiment de vide subsistait.

Brigid travaillait au premier, dans son atelier, quand elle entendit Alexander l'appeler depuis l'entrée. Elle se pencha par-dessus la rampe d'escalier pour lui répondre.

— Oui ?

— Je suis désolé de vous déranger, mais je sors faire des courses et je me demandais si vous aviez besoin de quelque chose.

— Je ne crois pas, non.

Elle descendit les marches.

— J'ai fait le plein il y a quelques jours. Ah ! Si, en fait : j'ai besoin de biscuits pour chien. Enfin, Cachou en a besoin. Vous voulez que je vous montre la boîte ?

Il la suivit dans la cuisine.

— Tout va bien, Brigid ?

— Oui, je crois.

Elle lui sourit.

— J'ai parlé à Humphrey.

Il haussa les sourcils.

— Et... ?

Elle pouffa.

— Il n'était pas particulièrement enthousiaste à l'idée de diriger une école de voile, je l'avoue. Mais dès que j'ai fait machine arrière il s'est radouci. Alors j'ai continué à battre en retraite...

Alexander lui adressa un sourire amusé.

— Bien joué.

— Vous croyez ?

Elle le regarda anxieusement.

— Je ne cesse d'y penser, depuis. Je lui ai envoyé le dossier du prêt, mais j'espère qu'il aura réfléchi d'ici là. Le plus difficile pour lui sera d'admettre que racheter l'école est effectivement une bonne idée, et que ça risque même d'être une aventure passionnante. Il aurait mieux valu que l'initiative vienne de lui.

— À votre place, je ne m'inquiéterais pas trop. D'ici peu, Humphrey sera persuadé que l'idée est de lui, vous verrez.

— Vous êtes un cynique, affirma Brigid en fronçant les sourcils. Vous refusez de l'admettre, mais c'est vrai.

Elle poussa un long soupir.

— Je voudrais tellement qu'il prenne la décision de racheter l'école ! Pas seulement pour atténuer ma responsabilité dans cette histoire, mais parce qu'il adorerait ça, je le sais.

— Il est trop jeune pour prendre sa retraite, renchérit Alexander. Cela dit, vous avez aussi besoin de vous retrouver un peu tous les deux. J'espère que ce sera possible.

— Je l'espère aussi.

Elle eut un mouvement de tête.

— Il y a tellement de questions en suspens. Je ne sais même pas s'il supporterait de travailler avec Jenny. Enfin, nous verrons bien. Et vous ? Votre ami arrive quand ?

— Demain.

Alexander sourit malicieusement.

— Sa venue suscite une certaine effervescence.

Brigid lui lança un regard las.

— J'espère que vous savez ce que vous faites.

— Oh, je crois. Je suis trop vieux pour supporter les assauts conjugués de deux femmes. J'ai besoin de renfort.

— Vous devriez venir dîner un de ces soirs avec Gregory – c'est bien son nom ? En fait, le mieux serait que tout le monde vienne. Qu'en pensez-vous ?

— Ce serait certainement très agréable, mais je ne veux pas vous déranger. C'est mon invité, pas le vôtre.

— Préparer à manger ne me pose pas de problème. Gérer maman et Margot, en revanche, est une autre affaire.

Alexander l'observa avec une indulgence affectueuse.

— Vous prenez les choses beaucoup trop à cœur. Pourquoi ne les laissez-vous pas vivre leur vie comme elles l'entendent ?

Brigid n'avait pas eu dans l'idée de lancer un débat sur le sujet, mais elle aurait dû se douter qu'Alexander irait au fond des choses.

— C'est ma mère, répondit-elle avec une pointe d'amertume. Je déteste la voir se... se ridiculiser.

— Vous êtes trop dure, protesta-t-il. Frummie a gardé l'âme d'une toute jeune femme. Margot également. C'est terrible d'être trahi par son corps, je vous l'accorde, mais cela signifie-t-il pour autant qu'il faille éteindre la petite flamme sous prétexte qu'elle peut embarrasser les gens ? Pourquoi les priver de plaisir ?

Brigid rougit violemment, les lèvres pincées.

— Je sais que je suis rabat-joie et collet monté, répondit-elle âprement. Je souhaiterais simplement qu'elle soit plus... responsable. Jemima est exactement pareille. Elles ne se soucient jamais des autres. Après moi le déluge.

— Je n'en suis pas si sûr. Il arrive qu'on commette des erreurs qu'il est ensuite impossible de rectifier. L'orgueil, le remords, la rancœur interdisent toute tentative de réconciliation et l'obstacle devient très vite insurmontable. Ça m'est arrivé avec Humphrey, et vous êtes exactement dans le même cas avec votre mère. Vous imaginez l'opinion qu'elle peut avoir d'elle-même, après vous avoir abandonnée de cette façon ?

— Elle aurait pu se battre pour me garder, riposta Brigid en redressant le menton.

— Peut-être l'a-t-elle fait ? Peut-être votre père l'en a-t-il empêchée ? Il vous adorait et il était déterminé à vous garder auprès de lui. Peut-être votre mère a-t-elle découvert trop tard sa détermination et la violence de son ressentiment.

Elle le fixa.

— Elle ne m'en a jamais parlé.

Il hocha la tête.

— Elle estime sans doute que ça n'en vaut plus la peine. Vous lui en voulez vraiment beaucoup d'être partie, n'est-ce pas ? Ç'a été une blessure, pour vous, comme mon remariage pour Humphrey.

— Je... je ne sais pas, murmura-t-elle d'un ton hésitant. C'est affreux d'avoir la conviction que vos parents ne vous aiment pas.

— Mais votre père vous aimait. Beaucoup trop pour accepter de vous laisser partir.

Il y eut un silence.

— C'est à cause de Jemima, murmura-t-elle enfin. Elle, elle l'a emmenée avec elle, quand elle a quitté son deuxième mari. D'après Jemima, ce serait seulement parce que son père ne voulait pas d'elle. Elle en a beaucoup souffert.

— Votre sœur est une jeune femme très attachante, dit Alexander, pensif. Vous lui avez parlé de votre problème avec Humphrey ?

Brigid lui lança un regard horrifié.

— Grands dieux, non ! Jemima serait effarée.

— Effarée ?

Il avait l'air surpris.

— C'est qu'elle est...

Elle hésita.

— Je vous l'ai dit, elle est comme maman : impulsive,

désinvolte et... irresponsable, d'une certaine façon. Elle est persuadée que je suis quelqu'un de très réfléchi, de très... organisé.

— Je vois... En fait, vous ne voulez pas perdre la face, c'est ça ? Pour vous, Jemima a toujours été la chouchoute, donc vous voulez garder votre supériorité.

— Ma supériorité ?

Brigid rejeta la tête en arrière comme s'il l'avait giflée.

— Vous l'avez dit vous-même, c'est une écervelée. Vous vous sentez posée, efficace, face à son... irresponsabilité. En reconnaissant que vous avez commis une erreur, vous tomberiez de votre piédestal et vous vous retrouveriez au même niveau qu'elle. À moins qu'elle ne prenne définitivement l'ascendant sur vous, puisque votre mère l'avait emmenée avec elle et pas vous. Peut-être que votre efficacité est la seule arme dont vous disposez pour l'écraser ?

Elle resta pétrifiée, transpercée par son regard aigu. Elle dut prendre sur elle pour ne pas s'écrier comme une gamine que ce n'était « même pas vrai » et faire preuve d'honnêteté.

— J'ai beaucoup d'affection pour elle, protesta-t-elle, c'est juste que... que tout finit toujours par s'arranger pour elle sans qu'elle fasse quoi que ce soit. Elle trouve constamment le moyen de retomber sur ses pattes comme...

Une image dansa devant ses yeux et la propulsa des années en arrière ; elle éclata brusquement en sanglots.

— Quand elle est née, je l'ai surnommée le « vilain petit canard », déclara-t-elle entre deux hoquets. Je m'amusais à l'imaginer avec de petits yeux ronds et de grands pieds palmés...

Elle ramena ses cheveux derrière ses oreilles d'une main tremblante.

— Ça m'aidait à la détester. Et quand j'ai vu une photo d'elle, je...

Elle secoua la tête.

— Vous l'avez vue : elle est ravissante. Et petite fille elle était tout bonnement adorable.

Alexander lui glissa un mouchoir dans la main ; elle le prit d'un geste absent, toutes ses pensées tournées vers le passé.

— Elles sont venues à l'enterrement de papa. Elle avait à peu près quatorze ans, à l'époque. Mais elle n'avait aucune idée, vraiment aucune, de ce que je ressentais à son égard ni des épreuves par lesquelles j'étais passée. Elle était simplement émerveillée de faire enfin la connaissance de sa grande sœur. Elle m'a dit : « Bonjour ! Je suis ta sœur. J'ai toujours eu envie de te connaître. » Elle était si jolie, si adorable. Et moi j'étais rongée par la jalousie, effondrée par la mort de mon père. J'ai rétorqué : « Pour moi, tu as toujours été le vilain petit canard. » Je voulais lui faire de la peine, mais elle a ri de bon cœur. Je crois même qu'elle était contente de porter un surnom aussi amusant. Elle l'a répété a maman, mais elle, elle a compris tout de suite. Elle m'a regardée droit dans les yeux et je me suis sentie mesquine et pitoyable. Elle a dit : « Et alors ? Et qu'est-ce que tu penses de mon vilain petit canard ? » Jemima aurait voulu que nous formions une vraie famille, toutes les trois, mais le passé s'est toujours dressé entre nous. Elle n'a pourtant jamais essayé de jouer un rôle ou de modifier sa façon d'être. Comme si elle attendait que je sois prête à l'accepter.

Brigid essuya ses larmes avec le mouchoir.

— C'est bizarre. Parfois, on dirait qu'elle fait exprès

de me raconter ses bêtises, alors qu'elle sait très bien que ça va m'agacer.

— Votre sœur a peut-être découvert une vérité essentielle. Elle sait que nous servons tout autant les autres par nos faiblesses que par notre force. Le vrai courage, c'est de s'accepter tel qu'on est.

— Maman est toujours tout sucre et tout miel, avec elle, murmura Brigid d'une voix lasse. Ça n'aide pas.

— Votre mère aussi a besoin de fourbir ses armes. Peut-être est-il temps que vous déposiez les vôtres. Montrez-moi votre boîte de biscuits pour chien et je vous laisserai tranquille.

Après son départ, Brigid songea que n'importe quel homme, après l'avoir fait fondre en larmes, lui aurait préparé du thé et aurait attendu qu'elle soit calmée avant de la quitter. Mais Alexander n'était décidément pas comme tout le monde. S'il l'avait réconfortée, l'impact de sa confession se serait atténué et la vérité en aurait pâti. Alexander n'avait pas voulu lui laisser la chance de s'en tirer à si bon compte.

Brigid but un verre d'eau, refit le nœud de sa queue de cheval et regagna l'étage pour travailler.

36

Gregory arriva en fin d'après-midi. Il descendit de voiture, regarda autour de lui avec intérêt, et sourit largement quand Alexander sortit pour l'accueillir. Ils se serrèrent la main puis se tapotèrent mutuellement l'épaule. Le vent malicieux qui secouait la lande depuis le matin leur arrachait les mots sur les lèvres.

Discrètement cachées derrière les rideaux de l'autre cottage, Frummie et Margot ne perdaient pas une miette de la scène. Le rire enjoué de Gregory parvenait jusqu'à elles et il était évident que les deux hommes savouraient leurs retrouvailles.

— Il n'est pas mal, commenta Margot. Tu ne trouves pas, Fred ? Il n'est pas aussi grand qu'Alexander, mais il n'est pas aussi maigre. En tout cas, il a l'air de quelqu'un qui sait s'amuser.

Frummie lança un regard en coin à sa vieille copine.

— Et si ce n'est pas le cas, nous ferons son éducation.

Margot s'esclaffa.

— Tu crois qu'Alexander va nous le présenter aujourd'hui ?

Frummie haussa les épaules.

— Ils ont probablement trop de choses à se raconter.

Et puis il est sûrement fatigué ; il a fait la route depuis Londres.

— Londres ?

Frummie lui lança un regard incisif.

— Comment sais-tu qu'il vient de Londres ?

— J'ai demandé.

Frummie avait l'air un peu déconfite.

— Enfin, j'ai rusé. J'ai juste évoqué la fatigue des longs voyages et Alexander a répondu que Londres n'était pas si loin.

Margot rumina quelques instants, fixant toujours Alexander, qui expliquait avec de grands gestes à Gregory comment la vie s'organisait à Foxhole.

— Bien sûr, ça ne veut pas dire qu'il habite là-bas, reprit-elle. Il peut très bien avoir rendu visite à quelqu'un ou s'y être arrêté en cours de route.

— C'est possible.

Les femmes observèrent un silence, pendant lequel les deux hommes sortirent plusieurs bagages de la voiture et les déposèrent dans l'allée sans cesser de bavarder.

— J'aime beaucoup Alexander, décréta Margot avec irritation, mais Dieu qu'il peut être exaspérant !

— Il devine tes intentions avant même que tu les aies formulées, soupira Frummie, les yeux rivés sur la haute silhouette maigre. Impossible de le duper.

— Oui ! C'est ce que je viens de dire ! En revanche, on ne peut pas lui tirer une confidence. Tu as remarqué, Fred ? C'est vraiment injuste !

— C'est un homme hors du commun, murmura Frummie. Je n'avais jamais rencontré quelqu'un comme lui. Un défi, incontestablement.

Margot lui lança un regard en coin.

— Quel aveu, venant de toi ! As-tu réussi à découvrir où il comptait aller en partant d'ici ?

— Pas vraiment.

Frummie fronça les sourcils, perplexe.

— Je lui ai demandé s'il avait un logement qui l'attendait quelque part, et il m'a répondu par l'affirmative. Alors je lui ai demandé si ce logement se trouvait dans ce pays et il a hoché la tête, ajoutant qu'il s'agissait en fait d'une très grande bâtisse et qu'une petite portion seulement lui était réservée. J'ai joué les candides : « Vous voulez parler d'une chambre dans une résidence pour personnes âgées ou quelque chose comme ça ? » Je voulais lui soutirer une information, tu comprends. Là-dessus, il a éclaté de rire et il a répliqué : « Quelque chose d'approchant, oui. »

— Tu ne m'avais rien dit, déclara Margot d'un air pincé. Peut-on savoir quand a eu lieu cette discussion ?

— Ce matin, quand je suis passée le voir pour lui proposer mon aide. Je lui ai parlé de la visite de Gregory et c'est venu tout naturellement dans la conversation.

— Mmm...

Margot se tordit le cou pour regarder Gregory suivre Alexander dans le cottage.

— Il a peut-être acheté un appartement dans un de ces grands manoirs campagnards transformés en résidences pour le troisième âge. C'est très tendance. Tu profites du parc autant que tu veux et il y a généralement un de ces bidules électroniques au portail pour filtrer les visiteurs. Très chic. Tu crois que c'est ça ?

— Possible. Je me demande à quoi ça ressemble, à l'intérieur.

— J'ai entendu dire que c'était très bien !

Margot manifestait un enthousiasme suspect.

— Les pensionnaires ont toutes sortes de distractions à leur disposition : piscine, sauna, restaurant, coiffeur... C'est un peu comme une ville miniature. Suzy et Jim ont emménagé dans une résidence comme ça, dans le Hampshire. J'y ai passé quelques jours avec eux : la vie de château ! Ils jouent au bridge, au tennis, et passent leur temps à s'inviter les uns les autres pour l'apéritif. J'étais verte de jalousie. Tu adorerais ça, Fred.

Frummie lui décocha son sourire de Joconde.

— Tu me fais l'article, Margot ?

Margot rit et rejeta une idée aussi absurde.

— Ne sois pas bête. Mais Alexander t'apprécie beaucoup et comme il fait partie de la famille... eh bien, tu pourrais aller lui rendre visite de temps à autre.

— Si c'est comme tu le décris, oui. Mais j'imagine mal Alexander vivant en communauté avec de vieux snobs... Il se mettrait tout le monde à dos en un rien de temps.

— Bien sûr, Suzy et Jim ont choisi un établissement très réputé et je doute qu'Alexander ait les moyens de s'offrir une résidence aussi luxueuse. Je suis sûr que Gregory nous renseignera sur ce point, dès que nous aurons fait plus ample connaissance.

Les deux hommes venaient de réapparaître et Gregory sortait une caisse du coffre pendant qu'Alexander s'occupait de la dernière valise.

— On dirait qu'il a apporté quelques bonnes bouteilles ! commenta joyeusement Margot. Je sentais bien qu'il avait l'air de savoir s'amuser !

— Exact. Mais plus important encore : on dirait qu'il aime aider les autres à s'amuser. Et ce n'est pas pour me déplaire.

Margot lui lança un regard acéré.

— Pas touche, Fred ! Nous sommes convenues que c'était le mien. C'est toi qui l'as décidé. Trop tard pour changer d'avis !

Frummie pinça les lèvres.

— Qui te dit que j'ai changé d'avis ? Et puis, c'est à Gregory de choisir, non ? Alexander nous l'amènera peut-être un peu plus tard pour nous le présenter.

— Bon, je vais prendre un bain, décréta Margot, saisie par une inspiration soudaine. Ça ne t'ennuie pas, Fred ?

Elle gravit l'escalier avec une étonnante vivacité.

— Je n'en ai pas pour longtemps !

Frummie resta postée derrière la fenêtre, et vit les deux hommes disparaître dans le cottage avec la caisse de vin et la valise. Ils en ressortirent presque aussitôt, et Gregory entreprit de garer la voiture le long du mur, guidé par Alexander. Quand ce fut fait, il verrouilla la portière et glissa la clé dans sa poche. Alexander le suivit puis, alors que Gregory disparaissait dans la maison, il se retourna et adressa un salut amical de la main en direction de la fenêtre.

Frummie éclata de rire mais resta cachée derrière le rideau pendant de longues minutes, absorbée dans ses pensées.

Jemima raccrocha le téléphone et poussa un hurlement de frustration.

Magnificat sauta sur le rebord de la fenêtre et s'assit pour la regarder, la queue soigneusement rangée autour des pattes.

— Rien à faire ; je ne trouve personne pour assurer la remise en état du cottage, samedi, lui expliqua-t-elle. Personne ! Janet a une crise de foie, Judy accompagne sa mère faire du shopping et Sally est réquisitionnée pour une sortie scolaire. Je vais être obligée de procéder moi-même au nettoyage avant le changement de locataire. Zut, zut, zut ! Une matinée entière gâchée. Pourquoi y a-t-il des gens qui prennent leurs vacances aussi tard dans la saison ?

Elle feuilleta fébrilement son carnet d'adresses, marmonnant à voix basse et essayant de se raisonner.

Cette fois, au moins, c'était sûr, ils passeraient le week-end ensemble. Mais, en dépit de son excitation, elle ne parvenait pas à se défaire d'une certaine angoisse. Avait-elle tort de croire qu'ils avaient un avenir ensemble ? Prenait-elle seulement ses désirs pour des réalités ?

Après bien des hésitations, elle avait fini par décider d'ouvrir son cœur à Brigid et de lui parler de cette relation merveilleuse qui avait bouleversé sa vie. Elle avait même réussi à se persuader que sa sœur comprendrait son angoisse et partagerait avec elle ses espoirs et ses doutes. Elle n'était plus sûre de rien, néanmoins, quand elle avait pris sa voiture pour la rejoindre chez Effings mais, bizarrement, à l'instant où elle avait aperçu Brigid à l'intérieur du restaurant, toutes ses craintes s'étaient envolées : le visage de sa sœur était amical, son sourire chaleureux. Elle avait néanmoins perçu une tension chez elle, une nervosité inhabituelle qui l'avait surprise et désarmée.

Jemima laissa échapper un rire teinté d'un peu d'amertume à ce souvenir. Quelle ironie : elle était venue dans l'intention de parler à sa sœur à cœur ouvert, et Brigid était venue animée par les mêmes intentions.

D'abord abasourdie, Jemima avait été toute remuée par cette marque de confiance. Elle ne parvenait pas à le croire : Brigid, toujours si froide, si réservée, si raisonnable, lui dévoilait tous ces détails très personnels, à elle – elle, la tête folle, l'écervelée, la brouillonne Jemima !

Elle avait presque oublié ses propres problèmes en écoutant ceux de Brigid. C'était comme si elle découvrait une femme complètement différente, une Brigid qu'elle ne connaissait pas. Elle ne parvenait pas à croire qu'elle ait pu décider de venir en aide à une amie sans en parler à Humphrey, qu'elle ait pris le risque de perdre l'un de ses cottages... Tour à tour médusée puis horrifiée, elle l'avait écoutée lui raconter la disparition de Bryan avec l'argent, les dettes à rembourser, et elle avait frémi en songeant à ce que Brigid avait dû endurer, à son angoisse d'avouer la vérité à Humphrey.

— Mon Dieu, mais comment a-t-il réagi ? Douze mille livres ! Tu devais être dans tous tes états !

Brigid avait poursuivi son récit ; elle ramenait ses cheveux derrière ses oreilles, oubliait de manger et trempait juste de temps à autre ses lèvres dans son verre de vin. Quand elle avait évoqué son idée de racheter l'école de voile, Jemima n'avait pas caché son enthousiasme.

— C'est un projet formidable ! Humphrey doit être ravi, non ?

— En fait, c'est une idée d'Alexander, avait avoué Brigid.

Elle lui avait raconté sa conversation avec Humphrey, comment elle avait joué la partie aussi finement que Karpov et Kasparov réunis, jusqu'à ce qu'elles pleurent de rire toutes les deux. Sa tension envolée, Brigid avait attaqué son déjeuner pendant que Jemima réfléchissait aux conséquences de ce développement inattendu sur la vie de couple de sa sœur et de son beau-frère.

— Tu n'es pas trop triste à l'idée de voir Humphrey

repartir ? Juste au moment où vous alliez enfin vous retrouver ?

— Je n'ai pas vraiment le choix, avait répondu Brigid avec franchise. Je peux difficilement me plaindre, alors qu'il est obligé de réparer mes bêtises. Cela dit, j'appréhendais un peu son départ à la retraite, je l'avoue.

Nouveau choc ! Jemima l'avait dévisagée avec stupeur.

— Quoi ? Mais vous avez l'air tellement heureux quand vous êtes ensemble !

— Oui, je sais.

Brigid avait eu l'air gênée, presque coupable.

— C'est merveilleux de l'avoir à la maison, évidemment, simplement je... j'ai besoin de me retrouver seule, de temps en temps. Je sais que ça peut paraître bizarre, mais... j'aime la solitude.

— Mais ça n'a rien de bizarre ! avait répondu aussitôt Jemima. Je suis exactement pareille !

Brigid avait levé les yeux vers elle, la fourchette en suspens dans l'air.

— Vraiment ?

— Je croyais que ça venait de moi. Je n'ai jamais pu supporter d'avoir quelqu'un dans les jambes, ça me rend folle. Je deviens tendue, agressive, j'ai l'impression d'être claustrophobe.

— Oui, c'est exactement ça !

Elles s'étaient dévisagées en riant, ravies de se découvrir un point commun, comme si cette particularité resserrait leurs liens.

— Ça doit être génétique.

Jemima avait souri à sa sœur.

— Enfin, pas du côté de Frummie, en tout cas. Elle préférerait vivre avec l'abominable homme des neiges plutôt que de rester seule.

— Pour l'instant, ça va, elle est avec Margot...

Le visage de Brigid avait reflété un mélange d'amusement et de désespoir.

— Et puis elles ont une vue imprenable sur Alexander et son ami Gregory. Ça les occupe une bonne partie de la journée !

Elles avaient ri, savourant leur complicité toute neuve. Afin de ne pas gâcher ce moment rare, Jemima avait résolu de garder le silence sur ses propres soucis. Mieux valait rester concentrée sur les confidences de Brigid.

Elles avaient donc passé le reste du déjeuner à spéculer sur la décision que prendrait Humphrey et à évoquer les projets d'avenir de Brigid.

Magnificat étendit une patte languide et se tourna pour entamer une petite toilette. Jemima l'observa, le menton dans les mains ; elle réajustait l'opinion préconçue qu'elle s'était faite de sa sœur pendant toutes ces années. Elle était de plus en plus convaincue qu'elle avait visé juste en n'évoquant pas ses propres soucis. Plus tard, peut-être. Ses confidences consolideraient leur complicité naissante. Brigid lui avait fait un don précieux en lui confiant ses peurs et ses faiblesses : la prochaine fois, ce serait son tour.

Elle soupira. Elle aurait pu se confier à Louise, mais il lui semblait injuste de poser ce fardeau à ses pieds alors qu'elle réussissait tout juste à surmonter ses propres difficultés. Non, mieux valait gérer la situation seule pour le moment. D'ailleurs, tous ses problèmes trouveraient peut-être une solution ce week-end ?

Un petit frisson d'excitation la parcourut à la perspective de ces deux jours avec lui. Il avait été si tendre, au téléphone, si taquin quand il lui avait laissé entendre qu'il avait une grande nouvelle à lui annoncer.

— J'ai hâte de te prendre dans mes bras, avait-il murmuré. Tu me manques trop.

Jemima s'était demandé comment elle allait pouvoir continuer à jouer la décontraction alors que sa main agrippait le combiné comme si sa vie en dépendait et que tout son être aspirait à lui crier son amour.

— Il n'y a pas longtemps à attendre, d'ici vendredi.

— Si tu le dis.

Elle l'avait entendu soupirer et elle avait eu peur d'être allée trop loin. Il s'en était fallu de peu qu'elle ne s'écrie : « Je t'aime ! Je voudrais que tu sois là, près de moi, maintenant ! »

— Je vais voir Annabel demain soir, avait-il repris – et l'estomac de Jemima s'était aussitôt recroquevillé, transi de peur, tandis que ses mains se glaçaient.

— Ah ?

Le petit mot avait résonné brièvement. Chargé de terreur.

— Elle m'a demandé de passer. Nous avons encore des détails à régler et elle a emporté des objets qui m'appartiennent. Enfin, tu sais ce que c'est.

— Bien sûr.

Elle avait réussi à répondre calmement, d'une voix enjouée, même. Et pourtant... Elle mourait d'envie de se montrer telle qu'elle était : inquiète, incertaine, avide de son amour. Pourquoi ne pas lui offrir l'opportunité de la consoler et de la rassurer ? Mais son instinct lui avait conseillé de n'en rien faire et d'attendre.

— Tu me manques, avait-il murmuré doucement. Tu me manques à un point inimaginable.

Ils avaient dit des bêtises pendant un bon moment, ils avaient plaisanté, ri, s'étaient taquinés affectueusement, avaient fait des projets...

À présent, assise à son bureau, Jemima rêvait tout éveillée : il avait trouvé un travail formidable à Exeter. Elle était la femme de sa vie et il voulait l'épouser, fonder une famille avec elle... Elle ouvrit brusquement les yeux.

— Mythomane ! marmonna-t-elle avec dérision.

Elle empoigna son carnet d'adresses, en tourna les pages une à une, passant chaque ligne au crible.

37

— J'ai réfléchi à ce dont tu m'as parlé la dernière fois.

La voix de Humphrey était presque hargneuse à l'autre bout de la ligne.

Les nerfs tendus à craquer, Brigid fut tentée, l'espace d'une seconde de pure folie, de rétorquer : «Je t'ai parlé de quelque chose, moi ? Je ne vois pas... » et de glousser comme une sotte. Elle dut respirer calmement pour se contrôler.

— Tu sais, c'était juste une idée en l'air, répondit-elle calmement. Je n'avais pas vraiment réfléchi à la question.

— C'est clair.

Il était toujours aussi glacial, mais le seul fait qu'il aborde le sujet prouvait qu'il était intéressé et Brigid reprit espoir. Du tact et du doigté. Il fallait qu'elle fasse preuve de beaucoup de tact et de doigté.

— Ce serait un projet beaucoup trop compliqué à mettre en place, je suppose, reprit-elle en veillant à conserver un ton parfaitement neutre.

— En fait, j'ai tourné le problème dans tous les sens...

Elle conserva un silence prudent.

— ... et il se pourrait que j'aie trouvé une solution.

— Ah bon ?

Son intonation fut un chef-d'œuvre d'étonnement.

Elle mit une pointe d'admiration dans la note finale, et elle se demanda si elle n'en faisait pas un peu trop.

— Mais ce ne sera pas facile.

— J'imagine, acquiesça-t-elle.

— À propos : s'ils essaient de vendre l'affaire comme tu me l'as dit, ils doivent avoir édité un dépliant. Tu pourrais t'en procurer un et me l'envoyer ?

Brigid resta muette quelques secondes, les yeux écarquillés, puis répondit très vite :

— Certainement. C'est une excellente idée !

— Excellente, je ne sais pas.

Il s'adoucissait un peu. Sa voix commençait à se réchauffer et il retrouvait ses intonations habituelles. Brigid décida de jouer son va-tout : l'épouse dépassée par la situation, repentante et rongée par le remords.

— Je me demandais... Ça t'ennuierait beaucoup d'appeler la banque ? Je sais que ce n'est pas juste de t'imposer cette corvée, mais... ils me relancent constamment au sujet des papiers du prêt. Leurs questions sont terriblement techniques et je suis un peu perdue, je l'avoue.

— Si tu veux. De toute façon, il vaut probablement mieux que je traite directement avec eux.

Cette fois, pas de doute : il y avait une petite vibration d'enthousiasme dans sa voix. Contenue, mais bien présente.

— J'en profiterai pour leur demander quelques renseignements sur deux ou trois idées qui me sont venues. Après tout, c'est la première fois de ma vie que je me lance dans la création d'une entreprise.

— Mmm.

Brigid serra plus fort le combiné. Elle n'arrivait pas à

le croire : il reprenait le projet à son compte. Elle avait gagné !

— Pour une nouvelle, c'est une nouvelle !

— Plutôt, oui. Mais ça signifie que je devrai m'absenter souvent. Qu'est-ce que tu en penses ?

Brigid réfléchit à toute vitesse. Attention. Impossible de se comporter comme si ça lui était égal. Mais impossible aussi de faire comme si cette idée lui était insupportable.

— Et toi, qu'est-ce que tu en penses ?

En lui retournant la question, elle savait qu'elle s'exposait à un retour de bâton du style : « Je n'ai pas vraiment le choix, au cas où tu l'aurais oublié. »

— Ma foi, il y a quelques années que nous sommes habitués à vivre séparés, non ? répondit-il avec une résignation presque amusée. Je suppose que nous survivrons encore un peu. En tout cas, je suis prêt à essayer si tu l'es aussi. À supposer, bien sûr, que la banque soit d'accord.

Brigid fut tout à la fois époustouflée par sa générosité et inondée de gratitude et de soulagement.

— Je t'aime, souffla-t-elle avec une sincérité venue du cœur.

Il y eut un bref silence.

— Moi aussi, je t'aime, répondit-il.

Et il redevint son Humphrey : un homme chaleureux, adorable, attentionné et tendre.

— Alors, on se jette à l'eau ? On tente l'aventure ? demanda-t-il d'une voix riante.

— Mon chéri ! Tu es sûr que tu ne le regretteras pas ?

— J'en ai parlé à des collègues, et ils ont tous réagi avec enthousiasme. Je crois même qu'ils m'envient ! Tu sais, finalement, je ne suis peut-être pas encore mûr pour la retraite.

— Tu aurais probablement trouvé le temps un peu long, suggéra-t-elle prudemment. Mais je me sens coupable de t'avoir enlevé la possibilité de faire tes propres choix.

— Bah, ce n'est pas grave. De toute façon, sans toi, je n'aurais pas eu de choix du tout.

Elle fronça les sourcils, perplexe.

— Que veux-tu dire ?

— Foxhole t'appartient, chérie. J'y habite grâce à toi, mais il est évident que tu as le droit de disposer de ton cottage comme tu l'entends.

— Oh, Humphrey...

— Tu as seulement voulu aider une amie. Ce n'est pas ta faute si ça a mal tourné. J'ai beaucoup réfléchi, tu sais, et je me dis que le destin nous offre peut-être une chance. Bien sûr, je serai souvent absent, mais nous ferons face, non ? Et puis l'hiver sera probablement plus calme, je pourrai ramener du travail à la maison. Et s'il y a un problème, je filerai sur place. Qu'est-ce que tu en penses ?

— Je pense que c'est une opportunité absolument fantastique. Tu as vraiment envie de tenter le coup ?

— Je crois que oui.

Il avait l'air très enthousiaste, il semblait même impatient de commencer.

— Je vais en discuter avec la banque. Ah ! Et essaie de mettre la main sur un dépliant, d'accord ?

— Entendu. Mon Dieu, je me sens toute... toute remuée.

Elle pouffa.

— Je crois que je vais avoir besoin d'un petit remontant. Que d'émotions !

— Ce n'est pas ce que nous avions prévu, mais je crois

sincèrement que c'est une chance qu'on ne peut pas laisser passer. En tout cas, la menace qui pesait sur le cottage est levée. Au fait, comment va mon père ?

— Bien. Il a invité un ami. Un homme charmant, qui s'appelle Gregory Stone.

— Oui. Je me souviens de lui. Un ancien copain de classe, c'est ça ? Il ne te casse pas trop les pieds, alors ? Je parle de mon père.

— Non, non ! Pas du tout ! Je... je le vois peu, en fait. Maman a invité Margot pour quelques semaines, et ils sortent très souvent ensemble, tous les quatre. Apparemment, ils s'amusent beaucoup.

— Bon. Ne lui parle pas de mon projet pour le moment, d'accord ? On verra une fois que les choses commenceront à prendre tournure.

Brigid se demanda une seconde si elle avait bien entendu. *Mon* projet ?

— Non, bien sûr, répondit-elle aussitôt. Maman n'est pas au courant non plus. Je vais me procurer un dépliant et te l'envoyer. Tu me raconteras comment ça s'est passé avec la banque ?

— Je les contacte très rapidement pour leur expliquer pourquoi je ne leur renvoie pas le dossier du prêt. Je t'appelle dès que j'ai du nouveau.

— Bien. Bonne chance. Je t'aime.

— Merci. Moi aussi.

Brigid raccrocha et sourit tout seule. « *Mon* projet. » Elle se remémora les paroles d'Alexander : « *D'ici peu, Humphrey sera persuadé que l'idée est de lui, vous verrez.* »

Elle éclata de rire et chercha dans son répertoire le numéro de Jenny. Elle ne s'était pas sentie aussi légère depuis des mois.

Un vent froid et violent soufflait sur la côte. Il piquait les yeux, soulevait les vagues qui se fracassaient bruyamment sur la plage, chargeait l'air d'écume salée. La mer d'ardoise reflétait les nuages maussades et bas chargés de pluie qui se succédaient dans le ciel, poussés cahin-caha par les rafales. De temps à autre, un trait de soleil transperçait la grisaille et venait s'enfoncer dans l'eau, la rendait incandescente, si bien que des arcs-en-ciel tremblaient au-dessus des vagues échevelées aux crêtes blanches d'écume.

Ils marchaient en silence, les poings serrés dans leurs poches. Les galets crissaient sous leurs pieds. Jemima n'avait pas eu le courage de glisser sa main dans la sienne, comme elle le faisait parfois, et il n'avait fait aucun effort pour se rapprocher d'elle. Il était abasourdi par la violence des éléments qui balayaient la côte et s'arrêtait à intervalles réguliers pour contempler la mer, presque choqué par le sifflement incessant du vent et le fracas des vagues qui aspiraient goulûment la rive en se retirant. Ils avaient essayé d'échanger quelques mots en hurlant, puis y avaient renoncé. Des mouettes criaient au-dessus de leurs têtes, emportées et chahutées par les bourrasques qui les secouaient sans répit.

Jemima observait son compagnon du coin de l'œil, presque amusée de le voir aussi effaré par la tempête. Leur week-end ne s'était pas déroulé comme prévu, loin de là. Elle n'avait pas réussi à trouver quelqu'un pour nettoyer le cottage de Hope Cove et, le vendredi soir, il lui avait téléphoné, furieux et frustré : il était rentré tard d'une réunion non programmée pour découvrir à son arrivée que la voiture refusait de démarrer et que le garage était fermé.

— Je me mettrai en route aussi tôt que possible dans la matinée, avait-il dit. Espérons qu'il n'y a rien de grave.

Jemima avait essayé de ne pas montrer sa déception, et lui avait expliqué son propre problème.

— Je peux déposer la clé de l'appartement chez un des locataires, lui avait-elle proposé – mais il avait refusé.

— Je n'arriverai probablement pas avant midi, de toute façon, avait-il répondu d'un ton morose. J'irai boire une bière au pub, en face du ferry, en t'attendant. Rejoins-moi là-bas dès que tu auras terminé.

Elle avait fulminé toute la matinée tandis qu'elle passait l'aspirateur, changeait les draps et astiquait les meubles avec l'énergie du désespoir. Pour couronner le tout, les nouveaux étaient arrivés avec une heure de retard et, quand elle avait pu partir, comme elle avait arboré un sourire figé trop longtemps, ses joues lui faisaient mal et l'heure du déjeuner était largement dépassée. Il avait déjà mangé lorsqu'elle l'avait rejoint au pub. Il était fatigué, de mauvaise humeur. De son côté, elle était crispée et, après être restés assis un moment dans une ambiance peu loquace, ils étaient allés se promener en ville comme deux étrangers, polis, mais aussi distants que si un mur les séparait.

Une fois dans l'appartement, heureusement, la tension s'était relâchée peu à peu. Un soleil automnal flottait au-dessus du port et nimbait le salon de sa lumière dorée. Leur nervosité s'était définitivement envolée quand elle eut débouché une bouteille de vin blanc, et ils avaient fait l'amour avec une intensité inhabituelle. Elle avait eu la bonne idée de préparer un petit dîner à la fois simple et délicieux, et ils avaient regardé un programme tardif à la télévision, mais il s'était endormi dès qu'ils s'étaient couchés.

Jemima était restée éveillée, écoutant sa respiration régulière, respirant sa chaleur, se pelotonnant sans le réveiller. Il était tout près de s'engager, elle le sentait, mais une appréhension de dernière minute l'empêchait de franchir le pas. Elle le comprenait, d'une certaine façon, mais elle éprouvait aussi le besoin d'en finir avec ces fluctuations d'humeur qui plombaient leur relation. Elle mourait d'envie d'avoir le droit – ou le privilège – de vivre une relation stable, et elle commençait à en avoir plus qu'assez de devoir contrôler ses émotions en permanence.

Ils avaient refait l'amour tôt dans la matinée, puis elle avait dormi presque jusqu'à l'heure du déjeuner. La promenade sur la plage avait pour mission de leur éclaircir les idées et de les réveiller. De ce point de vue-là, elle avait parfaitement rempli son rôle ! Quand ils remontèrent en voiture, ils étaient ivres de vent et d'iode, et des larmes de froid leur piquaient les yeux. Ils burent un grog dans une brasserie de Slapton et rentrèrent à Salcombe, réchauffés et revigorés.

— Au fait, tu ne m'as toujours pas annoncé ta grande nouvelle, déclara-t-elle plus tard alors qu'elle posait un plateau sur la table basse et s'asseyait sur le canapé.

Il ne se doutait pas du courage qu'il lui fallait pour aborder le sujet, et le faire avec naturel. Elle pria pour qu'il ne voie pas ses mains trembler tandis qu'elle servait le thé.

— Rien de concret encore, dit-il – et la déception lui serra la gorge –, mais il y a peut-être une ou deux propositions qui pourraient être intéressantes.

— Dans quel coin ?

Elle était en droit de lui poser cette question, mais elle prit sur elle pour conserver un ton enjoué, presque badin.

Il fronça légèrement les sourcils.

— Bristol, avoua-t-il au bout de quelques secondes, comme à regret.

— Bristol ?

Impossible cette fois de masquer sa stupeur et sa déconvenue.

Il haussa les épaules.

— Je commence seulement à recevoir des réponses, reprit-il, sur la défensive. Ce n'est pas facile quand on n'est pas domicilié dans la région.

— Je comprends, répondit-elle d'une voix apaisante. C'est juste que... Eh bien, à la façon dont tu m'en avais parlé, je m'attendais à quelque chose de plus... concret.

— Il y a une petite possibilité à Exeter, avoua-t-il. Mais il est trop tôt pour se réjouir.

— Bien sûr.

Elle but pensivement une gorgée de thé.

— Ce sera peut-être plus long que prévu, mais ce n'est pas une raison pour se décourager, ajouta-t-il.

Il lui toucha l'épaule en souriant, puis fit glisser sa main le long de son bras et un petit frisson familier parcourut le ventre de Jemima. Elle reposa sa tasse et se tourna vers lui.

— J'ai quelque chose à t'annoncer, moi aussi.

— Ah ?

Il lui lança un bref regard, les yeux brillants et attentifs.

— Je t'écoute.

— On me met dehors. Je dois quitter l'appartement d'ici trois mois. J'ai reçu le préavis.

— Quoi ?

Il éclata de rire, incrédule, et branla la tête.

— Attends, j'ai dû manquer un épisode. Tu m'as dit

que l'appartement était à toi. Que ton père t'avait laissé de l'argent et...

— Non. Je t'ai dit que j'avais touché un héritage.

Elle le regarda droit dans les yeux.

— Mais je ne t'ai jamais dit que j'avais acheté l'appartement. L'argent m'a juste permis de payer le loyer astronomique que demande le propriétaire.

Elle montra le balcon d'un petit signe du menton.

— Une vue comme celle-là, ça a un prix.

— J'imagine, oui.

Son visage était dénué d'expression.

— Eh bien... je vois.

— Peu importe, en fait, reprit-elle. La question n'est pas là. L'important, dans l'histoire, c'est que nous cherchions un endroit plus... disons, plus proche de notre lieu de travail.

Elle était en colère, blessée. Sa réaction – ou plutôt son absence de réaction – la décevait.

— Naturellement, je ne peux pas trop m'éloigner de mon secteur, mais nous pourrions choisir un endroit plus central. Plus près de l'A 38, par exemple.

Elle cessa de parler et le silence envahit la pièce. De violentes bourrasques de vent rabattaient la pluie contre la porte-fenêtre. On aurait dit des larmes dégoulinant sur la vitre.

— Bon, dit-elle au bout d'un moment. Il semblerait que j'aie jeté un froid.

— Pardonne-moi, répondit-il aussitôt. Mais vraiment, quel choc !

Il avait l'air abasourdi.

— Pour moi aussi, riposta-t-elle presque brutalement.

Il la regarda brièvement.

— Bien sûr. Oui. Je suis vraiment navré.

— Il faut voir le bon côté des choses, reprit-elle calmement. Finalement, c'est peut-être un mal pour un bien : ça nous pousse à prendre des décisions.

Il se ressaisit.

— Absolument. Tu as raison. La situation risque d'être simplifiée.

— Ton thé refroidit.

— Oui.

Il se redressa, avala son thé.

— Je ferais bien d'y aller. Ce fichu temps va me ralentir et je dois rendre la voiture à l'agence avant la fermeture. Le week-end ne s'est pas déroulé tout à fait comme je l'espérais, mais ce sera mieux la prochaine fois, probablement.

Il rassembla ses affaires en continuant à parler, puis il lui dit au revoir, quitta l'appartement et disparut dans l'escalier.

Jemima resta immobile devant la fenêtre, le regard fixé sur la nuit, tandis que le vent parcourait l'eau noire et se jetait sur les maisons en sifflant. Magnificat vint frotter sa tête contre ses mollets. Jemima ferma les doubles rideaux sur la tempête et pivota vers la lumière accueillante et chaleureuse du salon.

38

Louise s'assit sur les talons, examina attentivement la plinthe pour vérifier que son pinceau n'avait pas débordé, et se redressa en poussant un soupir de soulagement. Encore quelques petites retouches, et la salle de séjour serait terminée. Elle avait hâte de pouvoir reprendre possession du rez-de-chaussée.

Elle avait eu la chance de pouvoir finir la cuisine et les murs de la salle de séjour avant l'arrivée du mauvais temps : elle avait pu travailler les fenêtres et les portes ouvertes. Mais maintenant elle rêvait d'un bon feu, le soir venu. S'installer dans la minuscule véranda n'était plus envisageable, il y faisait trop froid, mais elle ne voulait pas faire de feu tant que la peinture n'était pas sèche. Pas question de risquer que des cendres se collent sur les surfaces humides. Elle avait dû se débrouiller avec un vieux chauffage électrique pendant que le vent étendait ses tentacules sur le cottage, se faufilait sous les portes, se glissait par les fenêtres. Un souffle glacé avait sifflé sur ses chevilles et agité ses mèches folles tandis qu'elle était blottie dans son châle, de grosses chaussettes en laine aux pieds, une bouteille d'eau chaude dans les bras. Une coupure de courant l'avait subitement plongée dans le noir. Elle avait cherché sa torche à tâtons, en trébuchant et en se cognant, avant de trouver les bougies et les allumettes que Jemima avait eu la bonne idée de lui apporter. Elle était restée assise dans la lumière vacillante, frissonnante, pendant que le radiateur refroidissait, jusqu'à ce qu'il apparaisse plus simple d'aller carrément se coucher.

Ce matin, le beau temps était revenu et le courant aussi. La tempête s'était éloignée vers l'est et le soleil brillait. Louise se redressa, s'étira et passa dans la kitchenette pour laver ses pinceaux. Les murs refaits à neuf, l'odeur de peinture fraîche lui plaisaient. Elle aimait la satisfaction que procure le travail bien fait, et porta son bol de soupe à ses lèvres, le moral au beau fixe. Demain, elle attaquerait le premier étage. En attendant, elle avait bien mérité de s'offrir une petite promenade. Elle n'était quasiment pas sortie depuis que le mauvais temps s'était installé et elle avait très envie de marcher sur la falaise ou le long de la plage, de reposer ses yeux saturés de poussière en contemplant l'horizon et d'étirer ses jambes après une longue station accroupie ou à genoux. Elle avait mal au dos à force de décapage, de grattage, de lessivage. Elle avait travaillé dur et pouvait bien s'octroyer une petite récompense.

En finissant sa soupe, elle résolut de se rendre à East Portlemouth, de se garer près de l'embarcadère du ferry et de se promener le long de la plage – si la marée était basse – et de traverser le bois jusqu'à Rickham Common. C'était l'une de ses balades préférées et, pour en profiter pleinement, elle emporterait une thermos de thé chaud et quelques gâteaux secs. Quinze minutes plus tard, elle posait un sac à dos léger dans sa voiture, rentrait prendre sa veste en peau et se mettait en route. Elle ne remarqua ni la petite voiture rouge stationnée sur la place du village, ni l'homme immobile près de l'église, en partie caché par un cyprès. Il portait une casquette de base-ball, des Rayban, et semblait observer les vitraux avec la plus grande attention. Louise avait à peine disparu au bout de la rue qu'il se précipita vers la voiture rouge, démarra et fit rapidement demi-tour, de façon à la suivre sur la route en lacet.

Alors qu'elle descendait l'escalier qui permettait d'accéder à la plage, Louise constata que la mer était basse. Tant mieux : elle pourrait marcher dans le sable sans avoir à escalader les rochers.

Les images de son rêve lui revinrent tandis qu'elle longeait l'eau. C'était ici qu'elle avait vu Hermione danser et défier les vagues, pendant que Rory l'observait, immobile sous les arbres. L'espace d'un instant, le désespoir l'envahit et elle serra les dents très fort pour ne pas se laisser dévorer par le chagrin.

Pour chasser ses idées noires, elle gravit le sentier qui menait au petit bois. Les chênes et les sycomores, bizarrement façonnés par le vent et les embruns, semblaient figés, étrangement silencieux. Louise eut l'impression désagréable d'une présence invisible et fut soulagée quand elle put quitter le couvert des arbres pour s'avancer sous le soleil parmi les fougères fanées. Elle progressait plus lentement, maintenant, et s'arrêtait pour contempler les mouettes qui se laissaient porter par les courants d'air, frôlant l'étendue soyeuse de la mer. Des ajoncs en fleur poussaient au milieu des rochers et des touffes de bruyère moutonnaient à perte de vue.

Parvenue au pied d'un arbre au tronc tordu par le vent, elle se délesta de son sac à dos, s'assit et sortit sa thermos. Les biscuits étaient délicieux, le thé, chaud et revigorant. Elle s'adossa à l'arbre et contempla le soleil de l'après-midi jusqu'à ce que le froid l'envahisse. Puis elle rassembla ses affaires, remit son sac sur ses épaules et se leva. Le soleil, qui avait décliné dans le ciel, l'éblouissait. Un instant, il lui sembla voir quelqu'un dans le sentier, en contrebas, mais, quand elle mit une main en visière devant ses yeux pour regarder plus attentivement, elle constata qu'il n'y avait personne. Elle rebroussa chemin, tout en observant les bateaux qui rentraient au port.

Louise marchait vite, les mains dans les poches. Elle traversa le petit bois et descendit le sentier jusqu'à la plage. Quand elle sortit du sous-bois, elle tressaillit de surprise à la vue d'une silhouette masculine, à l'autre bout de la crique, partiellement dissimulée par les rochers. Il lui rappelait si vivement son rêve qu'elle tourna machinalement les yeux vers la grève, où elle s'attendait presque à voir une petite fille danser près de l'eau. Mais il n'y avait personne à part les vagues qui venaient mourir doucement sur le sable lisse.

Louise regarda en direction de l'homme et ralentit le pas, subitement effrayée. Son allure – la casquette, les Rayban noires – avait quelque chose de familier qui la troubla. Elle était presque sûre de l'avoir déjà vu, mais où ? Il semblait ne pas faire cas de sa présence, trop occupé à contempler le port, mais alors qu'elle contournait les rochers, il pivota vers elle si soudainement qu'elle resta figée sur place. Puis, comme elle restait face à lui, muette de frayeur, prête à fuir à la moindre alerte, il enleva sa casquette d'un mouvement vif et ôta ses lunettes de soleil.

Louise le fixa, le cœur cognant à toute volée contre les côtes, les poings toujours enfoncés au fond de ses poches. Comme dans son rêve, elle était paralysée par la peur, incapable d'émettre un son. Il se rapprocha, hésita, puis continua à avancer jusqu'à ce qu'ils soient face à face.

Ils se dévisagèrent en silence, puis il remua la tête comme s'il essayait de dissiper une émotion trop forte, qui l'empêchait de parler, et, au prix d'un immense effort, il grimaça un sourire.

— Bonjour, Louise, murmura Rory.

Pétrifiée, Louise ne parvenait ni à bouger, ni à assembler deux idées. Elle contemplait ce visage qu'elle n'avait pas revu depuis trois ans, tandis qu'une myriade d'émotions lui déferlait dessus : incrédulité, ravissement, peur, honte. Il prit l'initiative de rompre le silence, et elle se remémora ses retours à la maison, quand il rentrait après une longue mission en mer et qu'elle ne parvenait pas à abattre le mur que l'éloignement et la solitude avaient dressé entre eux en son absence. Ce sentiment de frustration qui l'envahissait alors.

— Je suis désolé de t'avoir effrayée, déclara-t-il d'une voix anxieuse, conscient du choc qu'elle venait de subir par sa faute. Mais je ne savais pas comment t'aborder et... je n'ai trouvé que ce moyen.

Louise secoua la tête. Elle aurait voulu lui dire : « Tout va bien, ne t'inquiète pas. Je comprends », mais les mots refusaient toujours de sortir. Elle ne savait même pas par où commencer. Comment renouer le fil après trois années de silence ? Ils marchèrent le long de l'eau. Il continuait à lui parler d'une voix douce, pour l'apprivoiser, pendant qu'elle lui jetait des regards furtifs – encore paralysée par la timidité et la honte.

— Je t'ai suivie jusqu'ici. J'espérais trouver enfin le courage de me montrer, sans mon déguisement.

Il éclata de rire, mais cet éclat de rire était peu convaincant, et ça n'avait pas d'importance. Il essayait seulement de détendre un peu l'atmosphère.

— Apparemment, mon camouflage a fonctionné.

Il lui montra la casquette de base-ball qui tournait dans sa main. Il faisait de tels efforts pour la mettre à l'aise qu'une bouffée de tendresse envahit Louise.

— Il m'a semblé te reconnaître.

Les mots sortirent avec difficulté de sa gorge contractée, rauques et grinçants, comme si ses cordes vocales étaient rouillées par le manque de pratique.

— Enfin, ta silhouette, du moins. J'ai eu une impression étrange de déjà-vu.

Rory se tourna vers elle.

— Tu m'as certainement aperçu sans t'en rendre compte. Je t'ai suivie une fois en voiture depuis Foxhole, et nous sommes restés coincés plusieurs minutes dans un embouteillage. J'étais juste derrière toi. Je me suis demandé si tu me voyais dans ton rétroviseur. Une autre fois, j'étais assis à la terrasse du bar du port, à Salcombe, quand tu es entrée pour boire un café.

Elle le regarda avec stupéfaction, sa surprise lui faisant oublier sa timidité.

— Je pensais que notre rencontre était le fruit du hasard. Comment as-tu pu savoir où je me trouvais ?

— Martin m'a prévenu. Il m'a dit que tu... que tu avais fait un certain travail sur toi-même et...

Il avait l'air mal à l'aise, mais Louise ne s'en rendit pas compte, trop préoccupée par ce qu'elle venait d'entendre.

— Martin t'a prévenu ?

Ils s'observèrent pendant plusieurs secondes, les yeux dans les yeux, et, quand Rory reprit la parole, ce fut après avoir choisi soigneusement ses mots.

— Nous sommes restés en contact, lui et moi, avoua-t-il d'une voix douce. Il était horrifié par... par le drame que nous avions vécu et il s'est arrangé pour me donner régulièrement de tes nouvelles.

Louise détourna le regard et fut surprise de voir des enfants courir sur la plage. C'était comme si le monde extérieur venait brusquement de se remettre en marche, après une longue interruption. Les cris joyeux des enfants résonnaient autour d'elle, le moteur des bateaux de pêche ronronnait sur l'eau. Le soleil avait presque disparu derrière les falaises.

— C'est tout à fait dans le style de Martin. Il est expert dans l'art d'aider les gens à se reconstruire.

— En effet.

Un silence.

— Il s'est montré très perspicace. Il m'a expliqué que tu avais besoin de temps pour cicatriser et...

Elle pivota vers lui d'un mouvement brusque, désespéré.

— Si tu savais comme je m'en veux ! Je me suis montrée d'une telle cruauté avec toi, mais je ne pouvais pas... je n'arrivais pas à...

— Je sais. Je te jure que je comprends. Je ne te demande pas de te justifier. Je te raconte simplement comment les choses se sont passées.

Ses cheveux blond foncé flamboyaient dans le soleil couchant et ses yeux avaient la même couleur que ceux d'Hermione. Les lèvres de Louise tremblèrent.

— Continue, je t'écoute.

— Donc, Martin est resté en contact avec moi.

Ils se remirent à marcher.

— Mais la situation n'évoluait pas et je commençais à désespérer. C'est alors qu'il m'a téléphoné.

Il s'interrompit et garda le silence quelques instants.

— J'ai quitté la Marine, tu sais.

— Quoi ?

— J'ai demandé à être muté au Canada et j'y suis resté deux ans mais ça n'a servi à rien.

Il haussa les épaules.

— Il n'y avait pas un seul jour où je ne pensais pas à Hermione et à toi.

— Oh ! Rory...

Il ne voulait pas profiter de son émotion et poursuivit :

— À présent, je travaille dans une entreprise de construction mécanique, à Newport. Ça me plaît beaucoup, d'ailleurs. Bref, Martin m'a téléphoné un matin pour m'informer que tu avais eu une sorte de crise nerveuse, et que... tu l'avais quitté. D'après lui, le processus de guérison était enclenché et tu allais probablement pouvoir enfin accepter...

— La réalité ? conclut-elle à voix basse.

Il évita son regard, le visage crispé.

— À l'époque je n'étais pas en état de faire face, c'est vrai, admit Louise dans un souffle. Le chagrin me rendait folle. Ma seule chance de survivre, c'était de nier ce qui s'était passé, d'effacer cette tragédie de ma mémoire. Quand tu es rentré de mission, il était trop tard. J'étais déjà allée trop loin dans le refus. Je ne pouvais plus revenir en arrière.

— Je ne me suis jamais pardonné de ne pas avoir été présent, murmura-t-il avec amertume.

Elle se mordit les lèvres, la gorge nouée.

— Ne dis pas ça. Ce n'est pas ta faute... C'est...

— Et si nous allions boire un thé quelque part ?

Ils avaient atteint l'escalier de l'embarcadère du ferry. Rory lui souriait et il y avait tant d'amour dans ses yeux qu'elle en fut intimidée.

— On pourrait bavarder tranquillement. Uniquement de sujets légers, rassure-toi.

Il en avait toujours été ainsi : Rory donnait l'impulsion, puis attendait patiemment qu'elle prenne l'initiative de franchir le dernier obstacle pour venir à lui. Il ne la brusquait jamais, ne la forçait jamais – comme en cet instant.

— On peut aller chez moi, si tu veux, proposa-t-elle. Tu n'as qu'à me suivre en voiture. J'habite...

Elle s'interrompit.

— Mais je suppose que tu connais l'adresse.

Il hocha la tête, embarrassé.

— Martin me l'a dit. Je suis désolé. Je ne voulais pas t'espionner mais, d'un autre côté, je ne savais pas quoi faire.

Louise effectua tout le trajet jusqu'à East Prawle dans un état second. Un tumulte d'émotions faisait rage dans sa tête. Elle était à la fois choquée, excitée, effrayée. Rory se gara juste derrière elle quand ils arrivèrent au cottage et il attendit, les mains dans les poches, pendant qu'elle ouvrait la porte.

— Je te préviens, c'est la pagaille, l'avertit-elle. Je refais les peintures.

Il inspecta les lieux et lui posa des questions sur l'avancée des travaux pendant qu'elle mettait la bouilloire à chauffer. Elle s'efforçait de répondre sur un ton léger, mais tous deux avaient conscience que le charme était rompu. Leur rencontre inattendue sur la plage, dans un lieu neutre, avait aboli les années de séparation avec une facilité déconcertante. Mais, dans le petit cottage, ils étaient subitement mal à l'aise, guindés. Louise parlait pour ne pas laisser le silence s'installer, mais le ton aigu de sa voix la consternait et elle aspirait désespérément à retrouver cette merveilleuse complicité qui les avait réunis un peu plus tôt. Même Rory semblait impuissant à colmater la brèche qui s'élargissait de seconde en seconde.

— Tu es en permission ? Je veux dire en vacances, rectifia-t-elle aussitôt.

Elle ne parvenait toujours pas à croire qu'il ait quitté la Marine.

— Oui et non.

Il joua nerveusement avec sa petite cuillère.

— En fait, j'ai obtenu un long week-end de congé.

Elle haussa les sourcils.

— Un très long week-end. Nous sommes seulement mardi.

Il sourit.

— J'ai un patron très sympa. Sa femme et lui ont été fantastiques avec moi. Après l'armée, j'ai eu un peu de mal à m'habituer à mon nouveau rythme de vie, mais je m'y suis fait.

— Tu travailles à Newport, c'est ça ?

Ils conversaient comme deux étrangers invités dans une soirée où l'hôtesse aurait sottement insisté pour que tout le monde passe au salon pour le café, ce qui aurait irrémédiablement cassé l'ambiance.

— Tu n'es pas loin de ta famille, alors.

Les ancêtres de Rory avaient été fermiers dans le Herefordshire pendant des générations. Louise le taquinait souvent à ce propos, affirmant qu'avec son teint brique et ses grandes mains il avait plus le profil d'un fermier que d'un marin.

— Pas très, non, répondit-il sans la regarder. Je loue un petit cottage dans la Wye Valley. Il fallait bien que j'aie un endroit où poser nos affaires.

Elle fronça les sourcils.

— Nos affaires ?

— Pas grand-chose, je te l'accorde, puisque nous habitions dans un logement de fonction.

Il ne voulait – ou ne pouvait – toujours pas la regarder.

— Des livres, des lampes, quelques bibelots. Et, bien sûr, les jouets d'Hermione et ses livres d'enfant.

Le silence était lourd de souvenirs. Une onde de souffrance sembla vibrer entre eux.

— Je voulais les garder avec moi pour... pour me rappeler... J'aime les avoir là, tout autour de moi.

— Moi, je ne supportais pas de les regarder, répondit-elle enfin. C'était trop... douloureux.

— Je comprends.

Sa voix était chaleureuse et compréhensive.

— D'un autre côté, il est réconfortant parfois de... Enfin, je les ai gardés. Mais je n'ai pas retrouvé Percy. Tu sais : le perroquet en peluche qu'elle adorait ?

Croyait-il vraiment qu'elle ait pu l'oublier ?

— Je... Je ne pouvais pas la laisser partir... toute seule, alors je l'ai... Il l'a accompagnée.

Elle déglutit, désespérée, se leva et saisit la théière, incapable de le regarder.

— Je vais refaire du thé.

Sa voix était un peu trop aiguë, presque guindée. Il resta assis, la tête basse, pendant qu'elle passait dans la kitchenette pour mettre la bouilloire à chauffer.

— Donc, tu es venu jusqu'à Foxhole ?

Elle revint s'asseoir avec du thé fraîchement infusé ; elle osait à peine tourner les yeux vers lui et souhaitait vivement qu'il abandonne le terrain trop douloureux du passé.

— Oui. J'ai sillonné un peu les alentours dans l'espoir

de t'apercevoir. J'avais quinze jours de vacances devant moi et je voulais les mettre à profit pour renouer le contact avec toi, si j'en avais l'opportunité.

Il rit.

— J'ai failli perdre patience plus d'une fois, tu sais.

— Mais où résidais-tu ?

— Mon patron a un fils qui travaille à Dartmoor. Quand je lui ai dit où je comptais passer mes vacances, il lui a téléphoné pour lui demander s'il pourrait m'héberger, et... voilà. La première fois que je t'ai vue, c'était complètement par hasard. Je me promenais près du plan d'eau et, brusquement, tu m'es apparue. Tu étais assise sur un banc, au bord de l'étang. Ça m'a fait un de ces chocs de te voir, comme ça, devant moi, après toutes ces années ! Tu n'as pas idée. Je ne savais plus où j'étais.

— J'imagine, murmura-t-elle en se remémorant sa propre réaction sur la plage, tout à l'heure. Oui, je conçois parfaitement que... Attends !

Elle se redressa, les sourcils froncés.

— Je me souviens très bien de ce soir-là. J'ai eu la peur de ma vie ! J'ai aperçu ta silhouette qui se faufilait sous les arbres et j'ai cru que ma dernière heure était arrivée !

— Je sais.

Il avait l'air consterné et amusé à la fois.

— J'aurais dû me montrer mais je n'en ai pas eu le courage. J'étais complètement stupide. Un soir, je suis venu jusqu'à Foxhole et je me suis garé en haut du chemin. J'avais décidé de me jeter à l'eau et de te parler. Mais tout est allé de travers : je me suis tordu la cheville dans le noir, toutes les lumières se sont allumées d'un seul coup et un chien complètement cinglé s'est mis à aboyer à tue-tête.

— Je n'arrive pas à le croire...

Louise le scruta, un sourire incrédule aux lèvres.

— Le tueur, c'était toi ?

— Quel tueur ?

— Il y a eu trois meurtres dans le Devon en l'espace de six mois, et les victimes étaient toutes des femmes seules. Récemment, une femme a été agressée à Buckfastleigh et nous sommes devenues paranoïaques. Frummie en particulier. Elle ne voulait plus qu'on mette le nez dehors. Surtout quand je suis revenue du plan d'eau de Venford en tremblant comme une feuille parce que j'avais aperçu un individu suspect caché derrière les arbres...

Elle se mit à rire.

— Si je comprends bien, tu avais filé quand la police est arrivée.

— Et comment !

Il s'esclaffa à son tour.

— Moi qui rêvais d'une arrivée discrète, j'ai été servi. Quelqu'un a ouvert une fenêtre en criant : « Qui est là ? » d'une voix à vous glacer le sang, puis un grand type a jailli de l'autre cottage, et ce maudit chien qui n'arrêtait pas d'aboyer... Je suis reparti comme j'étais venu. Quelque chose me disait que je ne serais pas accueilli à bras ouverts.

— Effectivement, approuva Louise en souriant. Frummie t'aurait probablement assommé à coups de tisonnier avant que tu aies pu décliner ton identité.

— Elle m'a l'air d'une vieille dame très énergique ! Dommage que tu n'aies pas pu rester chez elle un peu plus longtemps.

— Martin t'a raconté ?

— Il me tenait au courant de ce que tu faisais, oui.

La gêne réapparut, mais leur fou rire avait dissipé la froideur des premiers moments. Même s'ils n'avaient pas retrouvé leur complicité de la plage, un climat plus amical s'était installé entre eux.

— Il fallait que je parte, lui expliqua-t-elle. Je devenais trop dépendante d'elle. Elle a été fantastique quand je... pendant ma dépression nerveuse. On aurait dit qu'elle comprenait exactement ce que je ressentais. Mais le moment était venu pour moi de voler de mes propres ailes.

Elle haussa les épaules et regarda autour d'elle.

— Et je suis venue ici.

— À ce que je vois, tu n'as pas chômé.

Il sourit.

— C'est un charmant petit cottage. Comment l'as-tu trouvé ?

— C'est une longue histoire...

— Parfait : j'ai un long week-end devant moi.

Sa timidité resurgit subitement. Elle baissa les yeux sans répondre.

Rory reposa sa tasse et recula légèrement sa chaise.

— On pourrait peut-être dîner ensemble ? Si tu veux, je passe te chercher en voiture. À moins que tu préfères venir par tes propres moyens.

Il la laissait libre d'accepter ou de refuser. Il faisait en sorte qu'elle ne se sente en aucune façon contrainte.

— Oui, c'est... c'est une bonne idée.

— Bien.

Son soulagement était presque tangible. Il lui expliqua où était son hôtel, comment s'y rendre, puis se leva.

— Je te laisse. À tout à l'heure, alors.

Il hésita, comme s'il ne savait pas trop comment prendre congé, puis, comme elle n'esquissait pas un mouvement, il lui sourit, sortit, et referma doucement la porte derrière lui.

39

Brigid revenait de Holne en voiture quand elle dépassa Alexander sur Saddle Bridge. Elle s'arrêta et baissa sa vitre.

— Bonne promenade ?

— Excellente. J'ai suivi la rivière O Brook.

Il lui sourit.

— Curieux nom, n'est-ce pas ? Vous vous offrez de me ramener ?

— Si vous voulez.

Elle lui ouvrit la portière.

— Je ne sais jamais si je dois proposer de monter. Les gens ont parfois envie d'être seuls. Vous n'étiez pas en train de fuir Foxhole pour avoir la paix, j'espère ?

Elle vit une lueur amusée traverser son regard tandis qu'il s'installait sur le siège passager.

— Pas du tout. Comme vous, j'ai besoin de moments de solitude.

— Une chance pour vous que Frummie et Margot ne soient pas de bonnes marcheuses.

Elle démarra en souriant.

— Et Gregory ? Il aime la randonnée ?

— Mon Dieu, non ! Il n'a rien d'un campagnard. Il fait de son mieux compte tenu des circonstances, mais je suis heureux que les deux filles soient aussi sociables. Il est ravi.

Brigid s'amusa de l'entendre parler de Frummie et Margot comme de « deux filles » et se décida à lui poser une question qui la turlupinait depuis un certain temps.

— Je me demandais si vous aimeriez faire la connaissance de Michael, dit-elle sur un ton qu'elle voulait naturel. Sarah aussi, bien sûr. Mais surtout Michael. Je pense que ce serait... bien que vous vous rencontriez.

— Vous trouvez ?

— C'est votre petit-fils.

Elle essaya de ne paraître ni sur la défensive ni blessée.

— Ils viennent rarement jusqu'ici mais je suis sûre que nous pourrions organiser une réunion.

— Et qu'en dit Michael ?

Brigid ne répondit pas tout de suite.

— Qu'est-ce qui vous fait croire que je lui ai posé la question ? reprit-elle enfin.

— Ce n'est pas le cas ?

Brigid prit le premier chemin sur la gauche, se rangea sur le bas-côté, tira le frein à main et resta immobile, les deux mains sur le volant, les yeux fixés sur l'horizon.

— C'est obligatoire ? avait demandé Michael avec agacement. Il ne manque pas d'air, quand même, de débarquer dans nos vies comme ça, après toutes ces années de silence. Papa ne s'est jamais entendu avec lui, il me semble. Tu n'as pas peur que l'ambiance soit un peu spéciale ?

Alexander l'observait.

— J'imagine qu'il ne s'est pas montré particulièrement enthousiaste, suggéra-t-il gentiment.

Elle le regarda.

— Pas vraiment, non, répondit-elle avec franchise. Mais c'est tellement dommage !

— Ce n'est pas parce que nous sommes de la même famille que nous avons nécessairement besoin les uns des autres, ou quelque chose à nous apporter.

Elle eut envie de crier : « Pourtant, vous, vous avez apporté quelque chose dans ma vie ! » Mais elle fut incapable de le prononcer à voix haute. Elle agrippa le volant, les lèvres pincées.

— Vous n'en savez rien, dit-elle enfin.

Il posa la main sur la sienne, fine et bronzée.

— Nous avons eu beaucoup de chance, vous et moi, mais cela ne signifie pas pour autant qu'il en irait de même avec quelqu'un d'autre. Cette alchimie n'est pas une simple affaire de volonté.

— Mais vous les rencontrerez un jour...

Elle lui lança un regard suppliant.

— J'avais l'espoir que vous viendriez passer Noël avec nous.

— Vous croyez sincèrement que ce serait raisonnable ?

— Pourquoi pas ?

Alexander contempla la beauté sauvage du paysage automnal.

— Avez-vous dit à Humphrey que c'était moi qui avais eu l'idée de racheter l'école de voile ?

— Non.

Elle fronça les sourcils, agacée par cette diversion.

— Vous m'aviez demandé de ne pas le lui révéler.

— Dans le cas contraire, le lui auriez-vous dit ?

Elle détourna les yeux vers le chemin pierreux et les herbes folles de part et d'autre du fossé.

— Non, répondit-elle au bout d'un moment. Probablement pas.

— Pourquoi ?

— Parce que... parce qu'il n'aurait peut-être pas été très content de...

Elle s'interrompit pour chercher le terme adéquat.

— De mon ingérence, conclut-il à sa place. Il aurait été furieux – non sans raison – que je me permette de lui donner des conseils alors que je ne me suis pas manifesté pendant toutes ces années.

— Quelque chose comme ça, oui, grommela-t-elle.

— Et lui avez-vous dit combien nous nous apprécions, tous les deux ? Que nos rapports sont excellents ?

Elle fit non de la tête puis regarda l'ombre des nuages défiler sur Yar Tor.

— Connaissant ses sentiments à mon égard, vous avez pensé qu'il pourrait être blessé d'apprendre que nous sommes devenus amis ?

— Probablement.

Elle repoussa ses cheveux blonds en arrière, les torsada, puis les laissa retomber sur sa nuque.

— Ça me paraissait...

— Déloyal ?

Elle hocha la tête, les lèvres serrées comme si elle allait pleurer, le regard rageur.

— C'est tellement dommage ! Quel gâchis !

— Vous dites cela parce que vous croyez que ma relation avec Humphrey pourrait être aussi complice que la nôtre. Mais si cela avait dû arriver, ce serait fait depuis longtemps, vous ne pensez pas ? Nous avons vécu ensemble pendant vingt ans. Pourquoi voudriez-vous que nous nous rapprochions maintenant ?

Brigid garda le silence, les épaules voûtées. Elle avait imaginé quels arguments pourraient convaincre Humphrey mais, chaque fois, son scénario s'était heurté à la résistance qu'il lui opposerait, à son ironie cinglante : « Tu le connais depuis quand, rappelle-moi ? », à sa douleur mêlée d'incompréhension : « Tu ne te rappelles plus ce que je t'ai raconté sur la façon dont il nous a traités, ma mère et moi ? » Elle avait fini par renoncer. Ce serait encore plus difficile maintenant, à cause de l'affaire Jenny. Humphrey s'était montré si généreux qu'il était impensable de le trahir encore, de quelque façon que ce soit.

— Vous pensez vraiment que Humphrey pourrait avoir envie de se réconcilier avec moi alors qu'il rentre chez lui après six mois d'absence, qu'il est à un tournant de sa vie et qu'il doit négocier tous les aspects de sa nouvelle carrière ? Regardez la vérité en face, Brigid. Il ne suffit pas de vouloir une chose pour qu'elle se réalise.

— Mais... vous accepterez de le rencontrer, n'est-ce pas ? demanda-t-elle d'une toute petite voix. Et les garçons aussi ? Un jour, même si ce n'est pas à Noël ? Je reconnais que ce n'est peut-être pas le meilleur moment, Humphrey rentrera tout juste... Pourtant, il n'y a pas de plus belle fête familiale.

— Vous êtes trop sentimentale, la reprit-il d'une voix douce. Il n'y a aucune raison que Humphrey m'aime plus le 25 décembre qu'un autre jour.

— Et vous, vous n'êtes qu'un cynique, murmura-t-elle d'un ton las.

— Je dirais plutôt « réaliste ».

— À vous entendre, on croirait que les gens ne changent jamais. C'est faux ! Frummie et moi nous entendons beaucoup mieux qu'avant, par exemple. Pourquoi n'en irait-il pas de même pour Humphrey et vous ?

— Parce que le désir de rapprochement doit être

réciproque. Il faut avoir une réelle volonté de pardonner, d'aimer, et y travailler chacun de son côté.

— Et vous n'avez pas cette volonté ?

Elle lui lança un regard incisif, presque accusateur.

Il sourit tristement.

— La blessure et le ressentiment sont du côté de Humphrey, pas du mien. Il ne m'a pas fait de mal, lui.

— Mais vous non plus ! Pas vraiment. Vous l'avez simplement encouragé à prendre sa vie en main !

— À mon sens, oui, mais il ne voit pas du tout les choses de cette façon. Vous avez eu la générosité de comprendre en vous plaçant de mon point de vue, et de me pardonner, mais vous n'êtes pas dans le camp de la victime.

— Mais il vous est égal qu'il se trompe à votre sujet ? s'écria-t-elle. C'est votre fils !

Il soupira.

— Vous accordez une trop grande importance aux liens du sang. N'importe quel homme pourrait être mon fils biologique. N'importe quel homme pourrait être le père biologique de Humphrey. Une grossesse accidentelle ne garantit ni l'amour, ni l'affection, ni la loyauté. Vous êtes bien placée pour le savoir. La seule chose qui importe, c'est que Humphrey cesse enfin de me détester. Et maintenant il en est probablement capable.

— Pourquoi ? Pourquoi maintenant ?

Elle était déroutée.

— Parce qu'il m'a aidé, répondit Alexander. Il m'a proposé un toit et un abri quand j'en avais besoin et, ce faisant, il m'a pardonné. C'est merveilleux, Brigid. Bien plus important que les démonstrations de pure forme auxquelles on assiste dans la plupart des familles. Il se peut même que son ressentiment s'évanouisse, balayé par ce geste magnifique de générosité et de gentillesse. Ne compromettez pas tout sous prétexte de réunir la famille modèle.

Brigid restait perplexe, mais devinait qu'il avait raison.

— Plus tard, alors, s'obstina-t-elle. Quand les tensions se seront apaisées.

— Pardonnez-moi, Brigid, dit-il calmement.

Elle pivota vers lui.

— Mais vous n'avez rien à vous faire pardonner ! C'est juste que... je vous aime.

Elle fut la première surprise de cet aveu. Il lui était venu spontanément. Alexander se pencha pour effleurer sa joue d'un baiser.

— Moi aussi. Merci.

Elle s'aperçut qu'il avait les larmes aux yeux, remit le contact pour ne pas l'embarrasser, et reprit sans un mot la route de Foxhole.

— À mon avis, c'est une maison de retraite, pensa Margot à voix haute. J'ai essayé de faire parler Gregory, mais il affirme n'avoir aucune information. Il est d'accord avec moi, néanmoins, pour dire qu'Alexander n'est pas du genre à se rendre dans un lieu de perdition. Il y a quelque chose de terriblement austère en lui, non ? Il semble si discipliné... et il ne boit presque pas ! Ce qui ne l'empêche pas d'être follement drôle. Nous pensons à une élégante maison de retraite – le genre d'endroit où on s'occupe de toi mais où tu conserves ton indépendance, tu vois ? En partant d'ici, il passera quelques jours chez Gregory, à Londres...

Elle se tourna vers Frummie, le front plissé.

— Au fait, tu as une idée de l'endroit où il se rend en voiture, deux ou trois fois par semaine ? Il part toujours vers la même heure : onze heures et demie. Étrange, non ? Il aurait dit à Gregory qu'il allait faire des courses. Je n'en crois pas un mot.

— Et pourquoi n'irait-il pas faire des courses ? riposta Frummie, vexée de n'avoir jamais remarqué le manège d'Alexander.

— Trois fois par semaine ? Toujours à la même heure ?

Margot tapota ses cheveux auburn, un peu plus carotte chaque semaine, et fronça les sourcils.

— J'ai suggéré à Gregory de demander à l'accompagner, ou de le suivre en voiture, mais il a paru choqué par ma proposition. Le problème, avec les hommes, c'est qu'ils n'ont aucune curiosité.

— Ils nous laissent cette prérogative, ma chère.

Frummie ravala sa fierté et partit à la pêche aux informations :

— À propos de curiosité, qu'as-tu découvert d'intéressant sur Gregory ? Je t'ai vue le cuisiner pendant qu'Alexander et moi préparions le café, hier soir. Il vit seul ?

— Complètement seul, le pauvre. Sa femme est décédée il y a quatre ou cinq ans. Il a deux filles mais il les voit rarement. Elles vivent en Angleterre, l'une dans le Gloucestershire, l'autre dans le Yorkshire. Il a acheté une petite maison à Fulham – mais je crois te l'avoir déjà dit, non ? – et il connaît beaucoup de monde là-bas. C'est normal, je suppose, dans la mesure où il habite au même endroit depuis vingt ans.

Margot lança un regard en coin à sa vieille copine.

— Je suis très contente que tu me l'aies désigné comme cavalier, Fred. Je m'entends à merveille avec

Gregory. Il est si drôle, si délicieux... Alexander est un peu trop direct à mon goût.

— C'est un homme qui sort de l'ordinaire, répondit Frummie, insinuant par là qu'il fallait être spéciale pour l'apprécier et qu'elle avait effectué son choix sur ce critère. Il n'est pas superficiel.

— Ma foi, s'il faut avoir l'esprit tordu pour apprécier ses subtilités, tu as toutes les qualités requises, remarqua Margot avec perfidie. Personnellement, j'ai une âme trop simple.

— Nous nous en sommes aperçus, ma chère, lança Frummie d'une voix sucrée. Et donc, tu projettes de t'installer à Fulham ?

Margot redressa le menton, piquée par une attaque aussi frontale.

— Eh bien, pas immédiatement, bien sûr. C'est une décision importante, qui ne peut pas se prendre à la légère.

— Sans aucun doute, concéda volontiers Frummie. Mais vous semblez si bien vous entendre...

Elle marqua un temps, pleine de sollicitude, prête à compatir.

— À moins qu'il ne se sente pas prêt à s'engager à nouveau... ?

— Oh, je crois que si, répondit Margot. À propos, est-ce qu'il t'a dit quelque chose, hier, à Dartmouth ? Nous avons été séparés, et je me demandais si... enfin... s'il t'avait parlé de moi...

— J'ai eu l'impression qu'il se sentait très seul.

— Moi aussi !

— Et que c'est un homme qui...

Frummie sourit, comme si elle se remémorait une remarque très personnelle qu'il lui aurait faite en privé.

— ... qui apprécie la compagnie des femmes.

Margot n'apprécia guère l'ambiguïté de sa réponse.

— Il est très bien élevé, déclara-t-elle sèchement. Et c'est un homme charmant. Bien sûr, certaines... créatures peuvent se méprendre et voir dans son attitude courtoise des sous-entendus qui n'ont pas lieu d'être. C'est grotesque.

— Absolument, riposta aussitôt Frummie. Il n'y a rien de plus ridicule qu'une « créature » qui s'imagine qu'un homme est amoureux d'elle alors qu'il se montre simplement bien élevé.

— Euh... oui, dit Margot d'un ton hésitant. Et donc... il n'a rien dit de... particulier ?

— Il t'apprécie énormément. C'est indéniable.

Cet aveu semblait rendre Frummie mélancolique.

Margot s'illumina et sourit bêtement.

— Ah ? Ça, c'est... bien.

Pour une fois, elle paraissait à court de mots.

— Et si on prenait une goutte de l'excellent whisky que nous a envoyé Harry ? suggéra Frummie.

Elle prit un air coquin.

— Pour fêter ça.

— Excellente idée !

Rose d'émotion, Margot partit chercher la bouteille et deux verres.

Frummie soupira profondément et pensa à leur conversation.

40

Louise acheva de lessiver les murs du débarras, ramassa les éponges et la bassine d'eau sale et descendit prudemment l'étroit escalier. Son dos et ses bras étaient douloureux et elle avait hâte d'enlever sa tenue de travail pour s'offrir une bonne douche bien chaude. Elle vida le récipient, rinça et essora les éponges, puis resta un moment immobile à contempler le soleil sur le mur de la cour. Des fougères miniatures poussaient dans les interstices, et du poivre de muraille s'accrochait aux pierres déchaussées.

— Dans le Devon, avait dit Rory, même les murs fleurissent.

Leur dîner au restaurant s'était merveilleusement bien déroulé.

— Tu aimes toujours le canard ? avait-il demandé nonchalamment, tandis qu'elle étudiait la carte. Il est délicieux, ici, à ce qu'on m'a dit.

— Oui, avait-elle murmuré, bouleversée qu'il se souvienne de ce détail. Tu as raison, je... je vais prendre le canard.

Elle l'avait observé discrètement, faisant mine de lire le menu. Il n'avait pratiquement pas changé. Ses cheveux blonds étaient toujours aussi indisciplinés et secs. « Tu as une plantation de chaume sur la tête », disait-elle pour le taquiner. Ou : « Ton chaume a besoin d'être taillé. » Son visage s'était aminci. Néanmoins, elle ne se rappelait pas les deux sillons qui descendaient de chaque côté de son nez jusqu'à sa bouche.

Elle avait songé : il a trente-sept ans, j'en ai trente-trois – et un regret poignant l'avait envahie à la pensée des années perdues, de cet énorme gâchis. Puis elle s'était rendu compte qu'il la regardait, et elle avait souri, inquiète, se demandant s'il lui avait dit quelque chose qu'elle n'aurait pas entendu.

— Je crois que je vais faire comme toi : je vais prendre le canard, avait-il déclaré d'une voix enjouée. Et maintenant, explique-moi exactement qui est qui : Frummie est la mère de Brigid, c'est ça ? Et Alexander ?

Elle s'était accrochée à cette bouée de sauvetage avec soulagement, avait évoqué les habitants de Foxhole, Jemima et Magnificat. Ils avaient ri, encore, de sa fuite piteuse la nuit où Frummie avait crié haro sur lui, et Louise avait pris conscience qu'elle racontait son séjour à Foxhole presque comme des vacances qu'elle aurait passées pendant qu'il était en mer. Des vacances avec des trous béants et douloureux, où gisait Hermione, mais qu'ils ne pouvaient pas encore sonder. Rory l'avait encouragée à aller de l'avant, relançant la conversation de façon naturelle et détendue chaque fois qu'un silence avait surgi, construisant pierre par pierre la passerelle qui lui permettrait d'accéder à un sol plus ferme.

Le dîner lui-même leur avait apporté une diversion bienvenue, et ils avaient bavardé de tout autre chose. Rory lui avait parlé de son travail, de ses collègues. Il était manifestement très content de son poste, et son cottage – le dernier du village, avec un petit bois juste derrière – avait l'air charmant.

— Tu peux venir le voir, si tu veux, lui avait-il proposé.

Une chape d'angoisse s'était aussitôt abattue sur les épaules de Louise. Se rendre là-bas, avec lui ? Non, impossible. Comment pourraient-ils se retrouver sous le même toit dans ces circonstances ? Mari et femme et cependant étrangers l'un à l'autre.

Elle avait tendu la main vers son verre et balbutié un commentaire sur le vin. Rory n'avait fait aucun effort pour la retenir à la fin du dîner, et elle était repartie chez elle, regrettant de ne pas rester avec lui et cependant étrangement heureuse.

Louise rangea la bassine dans le placard sous l'évier, monta dans la salle de bains, ôta ses vêtements avec bonheur et laissa l'eau de la douche dissiper ses tensions. Une fois séchée, vêtue d'un jean et d'une surchemise en velours indigo, elle drapa une longue écharpe en soie autour de son cou et noua ses cheveux en queue de cheval. Puis, alors qu'elle examinait sans concession son reflet dans le miroir piqué, elle entendit la voiture de Rory se garer dans la rue et se mit à la fenêtre pour le regarder traverser. Sa ressemblance avec Hermione était si frappante qu'elle en fut bouleversée. Elle descendit rapidement l'escalier, attrapa sa veste et sortit, enfilant au passage ses bottes de randonnée.

Il lui sourit avec une tendresse naturelle, familière. Les terreurs de Louise rampèrent pour disparaître sans bruit et la laisser libre et légère.

— J'emporte mes bottes, dit-elle, pour le cas où nous aurions envie de nous promener.

— Les miennes sont dans le coffre. Je compte sur toi pour me guider. Tu as choisi notre destination ?

— Il vaudrait mieux ne pas trop s'éloigner, répondit-elle en montant dans la voiture. Tu as un long trajet à faire ce soir pour rentrer au pays de Galles.

Il monta à côté d'elle.

— Ne t'inquiète pas pour ça. Il n'y a que deux heures de route. Nous avons tout l'après-midi devant nous.

Elle se mit à rire et il se tourna vers elle, ravi de cette manifestation de joie, le regard débordant d'amour.

— J'allais te demander si tu connaissais Dartmouth, alors que tu y as vécu trois ans quand tu étais étudiant !

— Ah, c'est une période que j'essaie d'oublier, moi aussi, soupira-t-il. Et, pour répondre à ta question silencieuse, oui, je serai très heureux de revisiter Dartmouth avec toi.

— Tu pourras me montrer tous tes anciens repaires, lui suggéra-t-elle malicieusement. Et tous les pubs où tu faisais la nouba.

— Et toutes les serveuses avec lesquelles je faisais la nouba, ajouta-t-il d'un ton rêveur.

— Fini, les serveuses, dit-elle fermement. Je ne transigerai pas sur ce point.

Il se pencha, l'embrassa rapidement sur les lèvres, et se redressa avant qu'elle ait eu le temps de réagir.

— OK, plus de serveuses, grommela-t-il. Mais tu n'es pas marrante.

Tandis qu'il démarrait, Louise continua à sentir le contact de sa bouche, chaude et ferme, sur la sienne. Une joie immense grandit en elle, si rayonnante et envahissante qu'il paraissait impossible de la contenir tout entière. Souriant, elle s'installa confortablement dans son siège, envahie par une sensation de bonheur qu'elle avait crue disparue à jamais.

Jemima ferma la porte du cottage à clé, savoura la caresse du soleil pendant que le couple de visiteurs remontait dans son cabriolet et agita la main pour leur dire au revoir. Elle n'était pas dupe et savait très bien qu'ils reviendraient dès qu'elle aurait tourné le dos pour regarder à travers les fenêtres et rêver à leur futur intérieur. Mais ils étaient jeunes mariés, charmants, et Jemima leur souhaitait bonne chance, car la propriétaire exigerait de solides références avant de leur louer sa maison.

Tout en regagnant sa voiture, Jemima ressentit un petit pincement au cœur qui ressemblait à de l'envie. Elle aussi, elle aurait voulu faire des projets d'avenir, chercher une maison, l'aménager... Au lieu de ça, elle avait passé le week-end toute seule. D'accord, ce n'était pas sa faute, il participait à un congrès commercial, mais leurs conversations au téléphone avaient été frustrantes par leur brièveté et décevantes par leur contenu. Enfin, il la rejoindrait vendredi. Il s'était montré formel sur ce point. Jemima posa son attaché-case à côté d'elle et glissa son portable entre la mallette et le dossier du siège. Aussi forte que fût son envie d'être avec lui, certaines décisions devraient être prises.

En sortant du village, Jemima songea avec une certaine nostalgie à la jeune femme insouciante et libre qu'elle était autrefois. Son détachement, qu'elle avait revêtu comme une carapace, l'avait protégée des mauvais coups de la vie. Mais, maintenant qu'il lui avait été arraché, elle était à vif, vulnérable, sans défense. Elle rit avec un peu d'amertume en se remémorant le dédain avec lequel elle parlait alors de la vie de couple. Désormais, elle connaissait la douleur de l'absence, ce vide insupportable qui ne peut être comblé que par l'autre, la lente torture de la jalousie. Et, pour couronner le tout, il fallait qu'elle quitte son appartement...

Bien sûr, elle avait toujours su que tôt ou tard elle devrait partir. On l'avait avertie dès le début que les propriétaires pourraient récupérer les lieux à tout moment et que son bail était seulement temporaire. Mais avec son habituelle insouciance elle avait préféré vivre dans l'instant présent, sans se préoccuper du lendemain. Naturellement, cela n'aurait eu aucune importance si elle avait pu se dire qu'elle allait s'installer avec l'homme qu'elle aimait. Avec quelle désinvolture alors elle aurait renoncé à son confort, à sa vue imprenable sur le port ! Elle aurait tout abandonné, sans la moindre hésitation et le sourire aux lèvres, pour partager sa vie.

— Je suis désolé pour toi, lui avait-il dit un soir, alors qu'il lui téléphonait du bureau. Je me doute que ça doit être très dur de renoncer à une vue aussi exceptionnelle.

— Tu avais l'air ennuyé, avait-elle répondu d'un ton hésitant. Déçu.

— Oh, bien sûr, mais n'y fais pas attention. Tout est un peu difficile en ce moment. Mes repères ont été complètement chamboulés au cours des derniers mois.

Jemima avait été aussitôt prise de remords. Le pauvre. Il avait perdu sa petite amie, il essayait de construire une vie de couple avec une autre femme, de prendre un nouveau départ dans une autre région, et son seul point d'ancrage – l'appartement – se dérobait à son tour sous ses pieds.

— Je le sais bien, avait-elle répondu gentiment. Tu n'avais vraiment pas besoin de cette nouvelle complication.

— On s'en sortira, avait-il affirmé, positif – et son espoir était remonté en flèche.

— Bien sûr, avait-elle acquiescé aussitôt. Il pourrait même être amusant de chercher ensemble notre future maison.

Il y avait eu des voix en arrière-plan et elle avait senti son attention se détourner.

— Il faut que je te laisse, avait-il dit d'une voix absente, comme s'il pensait déjà à autre chose. À plus tard.

À la seconde où la communication avait été coupée, ses peurs étaient revenues la hanter mais, maintenant, tandis qu'elle conduisait sur les routes étroites, son optimisme naturel la poussait à tourner ses pensées vers ce week-end plein de promesses.

Plus détendue, elle enfonça une cassette dans l'autoradio et fredonnait en rythme quand son portable sonna. Elle se rabattit sur le bas-côté, le plus près possible d'un champ, et établit la connexion.

— Oh, bonjour !

Sa voix vibra de bonheur. Il lui était tout simplement impossible de dissimuler sa joie.

— Comment vas-tu ?

— Bien. Tout va... bien. Enfin...

— Quel est le problème ?

Elle coupa l'autoradio et le moteur, et s'adossa à son siège, inquiète.

— Tu as l'air contrarié.

— Oui. En fait, je...

Il marqua un temps.

— Bon sang, je ne sais pas comment t'annoncer ça...

— Tu ne peux pas venir ce week-end.

Elle avait répondu à sa place, pas seulement pour lui

venir en aide ou amortir le choc de la déception, mais aussi et surtout dans un geste de parade désespéré, destiné à retarder le moment où elle devrait affronter une autre explication, bien plus terrible. Une explication qu'elle ne pourrait pas supporter.

— Non, ce n'est pas ça.

OK. Cette fois, plus moyen de reculer. Elle ramena ses cheveux en arrière, se mordit les lèvres.

— Qu'est-ce que c'est, alors ?

— Je... Oh, merde, il n'y a aucune façon douce d'annoncer ce genre de nouvelle...

Il y eut une pause de la longueur d'une inspiration, puis, très vite :

— J'ai renoué avec Annabel.

Un moineau sautillait dans la haie ; il passait de rameau en rameau avec une agilité confondante. Jemima le regarda, concentra toutes ses pensées sur lui, tandis que la main du désespoir, froide comme la mort, se refermait sur son cœur et le broyait lentement.

— Jemima ? Tu es toujours là ?

Il avait l'air inquiet.

— Écoute, je suis vraiment navré. C'est la dernière chose à laquelle je m'attendais.

Il prit une inspiration.

— Je pensais sincèrement que nous pourrions construire une relation solide, toi et moi. Je te le jure, Jemima. Je ne me suis pas servi de toi, contrairement à ce que tu dois te dire. Honnêtement ! Mais quand je l'ai revue, je... Elle a commis une erreur, elle le reconnaît, et elle veut renouer avec moi. J'ai essayé de résister, de prendre du recul pour réfléchir, mais... elle est venue à la maison hier soir et nous avons discuté. Cinq ans de vie commune, ce n'est pas rien, on ne peut pas tirer un trait dessus comme ça...

Le moineau avait sauté dans l'herbe et cherchait à manger. Il inspectait le sol, à la recherche d'un ver ou d'un insecte, trop occupé à assurer sa survie pour prêter attention à Jemima.

— ... et j'ai accepté de lui accorder une deuxième chance. Elle est bouleversée et... enfin, il me semble que je lui dois bien ça après ce que nous avons vécu ensemble... Bon Dieu, je me fais l'effet d'un tel salaud !

Il y avait un soupçon de mélodrame dans cet aveu désespéré, et même un zeste d'autoapitoiement. Il voulait qu'elle l'absolve afin d'être en paix avec sa conscience. Jemima passa la main sur son front d'un geste mécanique et le moineau, dérangé dans sa quête d'un déjeuner, s'envola aussitôt.

— Je vois...

Elle puisa dans ses ressources pour s'exprimer calmement.

— Il n'y a pas grand-chose à ajouter, tu ne crois pas ?

— Je suis sincèrement désolé, Jemima. Tu as été tellement merveilleuse... Tu es quelqu'un d'exceptionnel. Je me sens au-dessous de tout...

Elle ne cria pas les mots qui lui venaient à l'esprit : « Tant mieux ! Retourne avec elle ! Mais j'espère que cette salope te laissera tomber comme une vieille chaussette et que tu en crèveras de douleur ! » Elle savait que cette petite satisfaction serait une goutte d'eau aussitôt engloutie dans l'océan de désespoir qui la submergeait.

— Merci de m'avoir prévenue.

Elle essaya d'insuffler un peu de vie à ces mots mais le désespoir était trop lourd ; il l'écrasait, rendant sa voix lourde et terne.

— Ça n'a pas dû être facile, je m'en rends compte. Écoute, il faut que je raccroche. Je suis sur une petite route et il y a un tracteur qui arrive. Je dois vraiment déplacer la voiture. Nous en reparlerons une autre fois. Peut-être.

— Bien sûr !

Le soulagement le rendait magnanime.

— Ça ne nous empêche pas de rester amis, n'est-ce pas ? Je veux absolument rester en contact avec toi. J'ai raconté à Annabel combien tu étais fantastique et comment tu m'avais sauvé la vie...

— Il faut que j'y aille, trancha-t-elle, et elle coupa la communication.

Elle mit le contact et laissa tourner le moteur un moment pendant qu'elle regardait dans le vide. Elle éprouvait le besoin irrépressible, enfantin, de rentrer chez elle, de se rouler en boule dans le canapé et de serrer Magnificat dans ses bras. Peut-être sa chaleur la réconforterait-elle un peu. Peut-être ferait-elle fondre la glace qui s'était formée autour de son cœur.

Avec des gestes d'une nervosité inhabituelle, elle braqua pour reprendre la route et regagna Salcombe.

41

— Thea, annonça Louise d'une voix hésitante, j'ai un problème. J'ai besoin d'un conseil.

— Comment allez-vous ? demanda chaleureusement Thea. J'espère que vous viendrez nous rendre une petite visite très bientôt ? Hermione parle tout le temps de vous !

— C'est vrai ?

Un sourire effleura le visage de Louise :

— J'aimerais beaucoup vous revoir. À moins que ce ne soit vous qui veniez ici ? Je suis désolée de ne pas vous avoir donné de mes nouvelles plus souvent, mais j'ai un peu perdu le contrôle des événements.

— Trop de peinture, diagnostiqua tranquillement Thea. C'est épuisant, n'est-ce pas ? Ensuite, on n'a qu'une seule envie : dormir et rester assis, le regard dans le vide. Ne vous en faites pas, je comprends.

— Non, ce n'est pas simplement ça. En fait...

Louise hésita comme si elle avait du mal à mettre des mots sur la réalité.

— Rory est venu me voir.

Un bref silence.

— Ah bon ?

À l'évidence, Thea était stupéfaite.

— Et... c'est une bonne nouvelle ?

— Une excellente nouvelle, oui.

La voix de Louise frémissait d'une joie incontrôlable.

— Thea ! Je n'arrive pas à le croire ! Il veut que nous recommencions à vivre ensemble. Il ne l'a pas dit aussi directement mais c'est très clair. Il a quitté la Marine et il travaille dans une entreprise de construction mécanique au pays de Galles. Il va revenir ce week-end. C'est tellement... bizarre. À certains moments, on jurerait que nous ne nous sommes jamais quittés. Je me sens détendue, en confiance, mais l'instant d'après, toutes mes vieilles angoisses resurgissent et me paralysent. Nous n'avons pas encore trouvé le courage de parler de... d'Hermione. Rory est plus solide que moi, mais c'est encore si douloureux et... et j'ai peur que nous ne puissions jamais reprendre une vie normale à cause de ce drame qu'il y aura toujours entre nous...

Il y eut un autre silence, encore plus long. Le flot de paroles de Louise semblait encore résonner dans l'écouteur.

— Je vois, commenta prudemment Thea. Mais comment diable vous a-t-il retrouvée ?

— C'est incroyable : Martin est resté en contact avec lui pendant toutes ces années. Quand nous nous sommes séparés, Martin et moi, il a prévenu Rory.

— Ça, par exemple !

— N'est-ce pas ? J'ai appelé Martin et il s'est montré plutôt... penaud au téléphone. Il m'a dit que nous avions vécu une telle tragédie, Rory et moi, que notre jugement avait été faussé et que nous avions été amenés à prendre des décisions radicales que nous risquions de regretter toute notre vie. Il a toujours eu le sentiment que le jour où je reprendrais mes esprits je voudrais retourner auprès de Rory. Il m'a offert la possibilité de prendre du recul, le temps que je me ressaisisse. Rory semble l'avoir compris et accepté. Il dit que de son côté sa demande de mutation dans la Marine canadienne était une façon de prendre du recul et de remettre un peu d'ordre dans ses émotions. Mais à présent il voudrait que nous noua donnions une deuxième chance.

— Et vous, quel est votre sentiment ?

— Je le souhaite aussi de tout mon cœur, mais il y a un tel fossé entre nous... Je crains qu'il ne soit impossible de le combler.

— Mais cela ne vaut-il pas la peine d'essayer ?

— J'ai tellement honte du mal que je lui ai fait. Partir de cette façon, sans me soucier de ce qu'il ressentait... Supposons que je m'écroule encore, que je le blesse une deuxième fois ?

Il y avait un accent de panique dans sa voix.

— Je ne veux pas lui faire du mal !

— Pourquoi lui feriez-vous du mal ? répondit calmement Thea. Vous avez surmonté votre rancœur passée depuis longtemps, n'est-ce pas ?

— Oui.

Louise soupira.

— Il se sent coupable. Il me dit : « J'aurais dû être là » et je réponds : « Comment aurais-tu pu être là ? Ça faisait partie de ton travail d'être loin. » Je ne supporte pas de le voir si triste, si amer.

— Eh bien, voilà un excellent point de départ. Martin vous a réconfortée et consolée pendant trois ans alors que Rory surmontait tout seul sa douleur. Maintenant, c'est à votre tour de l'aider. Quel plus beau moyen de vous accorder une deuxième chance ?

— Vous croyez ?

— J'en suis convaincue.

Louise se rendit compte à sa voix que Thea souriait. Elle soupira.

— Je le voudrais tant. Plus que tout au monde. Mais ces attaques de panique me paralysent.

— C'est bien normal. Dites-le-lui : je suis sûre qu'il ressent exactement la même chose, même s'il ne le montre pas. En tout cas, sa volonté de renouer avec vous prouve que c'est un homme qui vaut la peine d'être aimé.

— Oh, sans aucun doute. J'aimerais que vous fassiez sa connaissance. En fait, je vous appelais parce que... Vous allez me trouver stupide, j'en suis sûre, mais... Enfin voilà : je veux annoncer la nouvelle à Brigid et à Frummie, et je ne sais pas laquelle des deux je dois prévenir en premier.

Elle rit nerveusement.

— C'est idiot, je m'en rends bien compte, mais elles vivent si près l'une de l'autre et je ne veux pas commettre d'impair. Elles ont été tellement merveilleuses avec moi. Vous trouvez que je coupe les cheveux en quatre ?

— Non, répondit Thea qui était au courant des relations difficiles qu'entretenaient Brigid et sa mère. Ce n'est pas évident. Frummie risque de battre le tambour si elle apprend la nouvelle en premier, mais d'un autre côté elle sera probablement vexée si c'est Brigid qui le lui annonce, dans la mesure où vous avez passé votre convalescence avec elle – avec Frummie.

— Exactement !

Louise parut soulagée.

— Dieu soit loué ! J'avais peur que vous me preniez pour une folle. Bien sûr, je pourrais les appeler toutes les deux à quelques secondes d'intervalle, mais il suffirait que l'une ou l'autre soit absente pour que tout mon plan s'écroule.

Thea se mit à rire.

— Quel casse-tête ! J'ai une idée : vous leur téléphonez, vous leur dites que vous voulez les voir toutes les deux, et quand elles sont devant vous vous leur annoncez la nouvelle en même temps !

— Mais oui, bien sûr ! C'est ce que je vais faire. Merci, Thea ! Désolée de vous avoir ennuyée avec ça. Je ne savais vraiment pas comment m'en sortir.

— Promettez-moi seulement que vous me présenterez Rory, dit Thea avec entrain. Je meurs d'impatience de faire sa connaissance !

— C'est promis. Merci, Thea. Et faites un gros bisou à Hermione de ma part.

Quand elle raccrocha, Louise se sentait légère et l'âme en paix, comme si Thea l'avait libérée de toutes ses appréhensions. C'était étrange. Le jour même de leur rencontre, la main tendue de Thea lui avait fait l'effet d'un point d'appui, à la fois solide et rassurant, qui l'avait soutenue alors que le monde vacillait sous ses pieds. Elle transmettait un peu de sa sérénité à tous ceux qui l'approchaient, même brièvement.

Sa confiance en elle retrouvée, Louise décrocha le téléphone pour appeler Brigid. En composant son numéro, elle se surprit à penser à Jemima. Son téléphone était branché sur répondeur depuis deux jours et, bien que Louise lui eût laissé plusieurs messages, Jemima ne l'avait pas rappelée. Si elle n'avait pas de nouvelles d'ici ce soir, elle se rendrait à Salcombe pour voir ce qui se passait. Louise venait juste de prendre cette décision quand la voix calme de Brigid retentit dans l'écouteur et recentra ses pensées.

Immobile au centre de la cour, Brigid regardait les colombes tournoyer au-dessus de sa tête, nuage de plumes immaculées dans le bleu du ciel. Leur vol était si harmonieux qu'on aurait dit un ballet orchestré et, en les observant, Brigid éprouvait une joie proche du bonheur. Les hirondelles s'étaient envolées pour leur long voyage migratoire. Elles s'étaient regroupées sur le toit de la grange durant plusieurs jours, et puis un beau matin elles avaient disparu, laissant derrière elles leurs nids vides comme une promesse de retour au printemps.

Les yeux rivés sur le tournoiement gracieux des colombes, Brigid revint cinq mois en arrière, quand Louise était arrivée à Foxhole. Ce jour-là aussi elle s'était tenue dans la cour, à peu près à la même place qu'aujourd'hui, et elle avait pensé à sa relation avec Jemima, constatant avec un peu de frustration qu'elles étaient plus que jamais des étrangères l'une pour l'autre. La situation avait bien évolué depuis, et elle songeait désormais avec une satisfaction apaisée à leur affection grandissante. Il n'avait pas été aisé, pourtant, de suivre le conseil d'Alexander – non, ce n'était pas le terme approprié : Alexander n'était pas homme à donner des conseils à qui que ce soit, réfléchit Brigid. Sa *suggestion* de déposer les armes, de dévoiler ses incertitudes et ses failles. Quelle formule avait-il employée, déjà ? *« Nous servons les autres tout autant par nos faiblesses que par notre force. »* C'était un concept totalement nouveau pour Brigid, et assez perturbant. Après avoir travaillé pendant des années à se montrer sous son meilleur jour – solide, raisonnable, compétente –, elle découvrait maintenant que ce n'était pas nécessaire, que c'était même une erreur stratégique de première grandeur !

Certes, il ne lui avait pas été facile d'avouer à sa sœur qu'elle s'était conduite comme une sotte et que son mariage n'était pas l'union parfaite et limpide que Jemima s'était imaginée. D'autant qu'elle risquait de perdre cette petite satisfaction d'amour-propre qui consistait à brandir son mariage heureux, ses enfants magnifiques et maintenant son adorable petit-fils comme autant de preuves éclatantes de sa réussite. Mais, curieusement, loin de décevoir Jemima ou de lui inspirer un sentiment de revanche, en perdant cette image lisse et triomphante, elle avait gagné son admiration et sa confiance.

Brigid l'avait trouvée lasse et déprimée, hier, quand elle lui avait téléphoné. Mais, contrairement à ses habitudes, elle n'avait pas manifesté d'impatience ni posé de question sur ce ton bref et froid qui signifiait : « Allons bon, qu'est-ce qui t'arrive *encore* ? » Elle lui avait simplement prêté une oreille amicale et attentive et, quand Jemima lui avait demandé si elle pouvait passer à Foxhole, Brigid avait aussitôt accepté.

— Bien sûr ! Quand ?

Et, lorsque Jemima avait demandé si ce serait possible le lendemain, Brigid avait dissimulé sa surprise – et son inquiétude.

— Parfait. Tu... tu veux qu'on se voie en privé ? avait-elle demandé d'un ton hésitant, ne sachant ce que Jemima avait en tête. Tu préfères que maman soit là ? Et Margot ?

Et quand Jemima avait répondu d'une voix horrifiée : « Oh mon Dieu, non ! Surtout pas ! », Brigid avait ressenti un frémissement de joie : Jemima l'avait choisie, elle, pour confidente. Elle plutôt que sa mère. Cela signifiait que leur relation évoluait vraiment, et Brigid se réjouissait de cette complicité grandissante, même si elle redoutait de ne pas être capable de répondre à son attente.

— Viens pour le déjeuner, avait-elle suggéré. Je crois que toute la bande se rend à Exeter : avec un peu de chance, ils seront partis avant que tu arrives.

De fait, tandis qu'elle se penchait pour caresser Cachou, elle perçut une certaine agitation du côté des cottages. Margot informait Frummie qu'il faisait plus froid qu'elle ne l'avait supposé, et qu'elle allait prendre une petite laine. Tandis que les deux femmes se chamaillaient, comme d'habitude, Brigid entendit Alexander et Gregory se diriger vers la voiture en bavardant.

Elle venait de se retirer discrètement dans la maison en attendant qu'ils soient partis, quand un bruit de moteur retentit dans le chemin. Jemima arrivait. Jurant tout bas, Brigid vit Frummie se retourner puis agiter les bras avec enthousiasme pendant que les trois autres adressaient à la conductrice un sourire de bienvenue.

— Merde ! murmura Brigid. Merde ! Merde ! Merde !

Jemima se gara et descendit. Elle était pâle. Elle avait l'air si fatiguée, si vulnérable, que Brigid eut envie de la prendre dans ses bras et de la protéger, comme s'il s'agissait de l'un de ses enfants. Elle s'avança d'un pas vif tandis que Jemima prenait visiblement sur elle pour aller à la rencontre de tous ces gens.

— Chérie ! s'écria Frummie, presque vexée. Pourquoi ne m'as-tu pas prévenue de ta visite ? C'est trop bête ! Nous partons à Exeter.

Jemima sourit poliment à Margot et à Alexander et serra la main que lui tendait Gregory, qui la gratifia d'un regard de connaisseur. Brigid lui adressa un signe d'impuissance et les lèvres de Jemima s'entrouvrirent sur un sourire compréhensif.

— Je suis venue déjeuner avec Brigid, répondit-elle. J'étais certaine que vous seriez tous partis en ville, voilà pourquoi je ne t'ai pas prévenue.

— Brigid ne nous a rien dit non plus, rétorqua Frummie.

Elle lança un regard incisif à sa fille aînée, et – comme toujours – Brigid fut certaine que sa mère lisait dans ses pensées, avouables et inavouables, et qu'elle s'en amusait secrètement.

— Pourquoi ne viendriez-vous pas avec nous, toutes les deux ? On ferait une vraie fête, pour le coup !

Jemima sembla dévastée, mais Brigid s'avança calmement.

— Si tu veux. Mais ça nous oblige à prendre deux voitures.

Elle lança à Alexander un appel au secours silencieux.

— Excellente idée, approuva-t-il aussitôt. J'espère que Jemima nous fera l'honneur de voyager avec Gregory et moi.

Il s'inclina galamment devant la jeune femme pendant que Gregory exprimait son ravissement face à une telle perspective :

— Je n'ai pas souvent eu l'occasion de bavarder avec elle.

— D'un autre côté, intervint Frummie avec un aplomb incroyable, ce n'est pas très gentil de gâcher les plans de Brigid. Je suis sûre que tu as passé la matinée à cuisiner un délicieux déjeuner, n'est-ce pas, chérie ?

— Eh bien...

Brigid hésita, comme si elle pesait sérieusement la possibilité de partir ou de rester.

— N'écoutez pas les vieilles dames que nous sommes, minauda Margot en tapotant le bras de Jemima. Je suis sûre que vous serez bien mieux entre jeunes, toutes les deux. D'ailleurs, vous serez probablement encore là à notre retour...

— Probablement, acquiesça Jemima en retrouvant son sourire. C'est même certain.

— Alors c'est parfait, trancha Frummie d'un ton enjoué. À plus tard, les filles. C'est Alexander qui conduit, aujourd'hui, je crois. Oui ? Je vais monter devant pour lui servir de guide.

— Quelle horreur ! dit Jemima en suivant Brigid dans la cuisine. Je nous voyais déjà embarquées de force pour Exeter !

— Je pensais qu'ils seraient déjà partis à ton arrivée, expliqua Brigid. D'habitude, ils se mettent en route beaucoup plus tôt.

— J'aurais été incapable de donner le change, aujourd'hui.

Jemima s'assit à table.

— Je ne suis pas en grande forme.

Brigid l'observa. Jemima était tout en noir : un pull angora à col roulé et une longue jupe étroite en tweed. Elle portait des boots en cuir et ses cheveux blonds, doux et brillants, tombaient librement sur ses épaules. Bien que sa tenue accentuât sa pâleur, elle était éblouissante, et Brigid se remémora la petite Jemima qui lui avait offert un sourire à la fois charmant et amical à l'enterrement de son père, vingt-deux ans plus tôt.

— Tu as l'air fatiguée, dit-elle gentiment. Tu veux boire quelque chose ?

Jemima soupira et ses épaules s'affaissèrent. Elle semblait trop lasse pour prendre une décision, même aussi simple.

— Je ne sais pas, dit-elle. J'ai très mal à la tête depuis plusieurs jours et l'alcool ne fait qu'empirer les choses. Pathétique, non ?

— Pourquoi ? L'alcool n'est pas un remède universel ! Un jus de pamplemousse avec de la glace, voilà ce qu'il te faut.

— Oui. Je veux bien.

Jemima caressa Cachou, qui s'était assis à ses pieds et remuait la queue.

— Les animaux sont fantastiques, tu ne trouves pas ? Bien plus affectueux que la plupart des êtres humains...

— C'est ce que disent les gens malheureux, commenta Brigid en allongeant le jus de pamplemousse avec un peu d'eau. Alors, qui a été méchant avec toi ?

Jemima lâcha un bref éclat de rire et garda le silence. Elle regarda Brigid ajouter la glace puis prit le verre.

— Merci.

Elle but une gorgée.

— Délicieux. Pour répondre à ta question : plusieurs personnes.

Brigid se servit un verre de vin, jeta un coup d'œil au four puis s'assit en face d'elle.

— Vraiment ?

Elle retint la question qui lui brûlait les lèvres et but un peu de vin, priant pour se conduire avec sagesse. Elle ne devait surtout pas manifester cette arrogance qui semblait clamer qu'elle avait une sorte de don divin pour régler les problèmes des autres.

Jemima regarda au fond de son verre.

— On m'a demandé de libérer l'appartement.

— C'est une plaisanterie ? Mais pourquoi ?

Jemima haussa les épaules.

— Les murs appartiennent au petit musée du Sauvetage

en mer, au rez-de-chaussée. Je savais que tôt ou tard ils voudraient récupérer les lieux pour le personnel. On m'avait prévenue, quand j'ai emménagé, mais je m'étais terriblement attachée à cet endroit.

— Je veux bien le croire. Il est merveilleusement situé. Je suis sincèrement désolée, Jemima. Tu as une idée de l'endroit où tu vas aller ?

Jemima secoua tristement la tête.

— Pas encore. J'ai commencé à prospecter, mais ce n'est pas facile. Les maisons que je propose à mes clients sont exclusivement des locations d'hiver ou de vacances. Je vais avoir du mal à trouver.

Elle esquissa un pâle sourire.

— Tu as toujours dit que j'aurais dû utiliser mon argent pour acheter un appartement bien à moi... Tu vois, tu avais raison.

Brigid n'éprouva aucune satisfaction à entendre cet aveu, seulement une réelle compassion. En même temps, il lui semblait qu'il y avait autre chose, dont Jemima ne parlait pas.

— Tu peux toujours venir t'installer ici, le temps de voir venir. Je sais que ce n'est pas ton secteur, mais à cette époque de l'année ce n'est peut-être pas si grave.

— Tu es vraiment gentille.

Jemima lui lança un regard débordant de gratitude et Brigid s'aperçut qu'il y avait des larmes dans ses yeux.

— Merci.

Elle fit bravement une tentative pour plaisanter.

— Cette maison sera bientôt une pension familiale, si tu n'y prends pas garde.

— Bah, on s'en arrangera. Il y a un endroit particulier où tu voudrais aller ?

— Franchement, ça m'est égal.

Elle paraissait si apathique que Brigid s'inquiéta. Jemima habituellement si enjouée, si optimiste... Cette indifférence désabusée ne lui ressemblait pas. Brigid ravala son désir de lui demander si elle avait un problème d'argent et resta silencieuse quelques instants, cherchant quelque chose à dire et refusant de recourir à des platitudes.

— Quoi qu'il arrive, sache que tu ne seras pas à la rue : il y aura toujours de la place pour toi ici, déclara-t-elle enfin. Ne prends pas de décision trop hâtive.

Elle se rendait compte que Jemima n'était pas en état de parler et chercha un sujet de conversation léger qui donnerait à sa sœur le temps de se ressaisir.

— Tu as faim ? demanda-t-elle. Nous pouvons passer à table, si tu veux.

Jemima plissa le nez.

— Je n'ai pas très faim, s'excusa-t-elle. J'ai perdu tout appétit.

— Tu m'inquiètes.

Brigid était déterminée à ne pas paniquer, pourtant, elle se demandait si Jemima était malade, la voyant déjà lui avouer qu'elle était atteinte d'une terrible maladie.

— Ça ne te ressemble pas.

Elle prit son verre d'une main tremblante et avala une grande gorgée de vin.

— L'homme que j'aimais m'a plaquée, dit subitement Jemima, presque nonchalamment. Pas une séparation par décision réciproque, non. Je me suis vraiment fait plaquer. Il était tellement important pour moi ! Je pensais que nous allions vivre ensemble, et il semble que non.

Brigid se rendit compte qu'elle avait la bouche ouverte et se secoua.

— Oh mon Dieu ! je suis vraiment désolée. Je ne me doutais absolument pas. Qui... ?

Elle s'interrompit.

— Je ne savais pas qu'il y avait quelqu'un dans ta vie.

— Je l'ai rencontré cet été. Il a passé de longues vacances dans l'un de mes cottages, et ensuite il est revenu presque tous les week-ends. Il venait de rompre avec sa copine et nous nous entendions bien, vraiment bien.

Elle s'interrompit.

— Il allait quitter sa région pour venir vivre ici. Nous faisions des projets d'avenir.

Son menton trembla et Brigid résista à l'envie de se lever pour la prendre dans ses bras.

— Je l'aime, balbutia-t-elle. Je l'aime vraiment et je ne sais pas comment continuer à vivre maintenant que c'est fini.

Elle reposa son verre et éclata en sanglots, le visage enfoui dans ses bras repliés. Repoussant sa chaise, Brigid vint s'agenouiller à côté d'elle.

— Mon pauvre vilain petit canard...

Pour la première fois de sa vie, elle utilisait ce surnom avec tendresse, avec affection, un bras autour des épaules de sa sœur, la joue pressée contre ses cheveux, attendant que l'orage s'apaise.

42

— Nous avons pensé que vous vous sentiriez un peu seul, après le départ de Gregory, déclara Frummie. Je passe donc vous demander si vous aimeriez venir dîner à la maison avec nous. Surtout, ne vous croyez pas obligé d'accepter. Si vous préférez rester tranquillement chez vous au calme, dites-le.

Alexander sourit.

— Je ne déclinerais pour rien au monde une aussi charmante invitation, répondit-il. Merci.

— Et n'allez pas non plus imaginer que nous sommes en manque de compagnie ! Margot et moi avons des tas de choses à nous dire !

Il eut l'air choqué.

— Ma chère amie, une telle pensée ne m'a jamais effleuré l'esprit. Je ne doute pas que vos ressources intérieures soient... inépuisables.

Elle sourit malgré elle.

— Si seulement c'était vrai, soupira-t-elle, abandonnant toute fierté. À l'approche de l'hiver, mon moral descend au même rythme que le thermomètre. Je redoute les interminables jours de pluie et les longs après-midi froids et sombres.

Elle marqua une pause, comme si elle hésitait à lui

confier certaines de ses pensées, puis poursuivit avec détermination :

— Margot m'a proposé de repartir avec elle. Je dois reconnaître que je suis très tentée.

Alexander posa son livre sur la table basse et étendit ses longues jambes devant lui. Il avait allumé le poêle à bois dans le petit salon.

— Ce serait amusant, reprit-elle en croisant ses genoux osseux et en s'adossant à un coussin, le regard fixé sur les flammes. D'après Margot, Gregory nous a invitées à venir chez lui, à Londres. Je me demandais si vous seriez là également ?

— Moi ?

Il leva les sourcils.

— Pourquoi irais-je chez Gregory ?

— Il me semblait vous avoir entendu dire que vous vous arrêteriez chez lui en vous rendant dans le Nord.

— Oh, je vois.

Son visage s'éclaira.

— C'est exact, mais il s'agit d'une halte éclair, en fait.

— Londres n'est pas du tout sur la route du Nord.

— Non, effectivement.

Son insatiable curiosité le fit sourire.

— Mais je passerai néanmoins un jour ou deux avec lui.

— Peut-on savoir quand ?

— Quand je partirai d'ici, répondit-il aimablement.

Frummie pinça les lèvres et son pied s'agita dans le vide avec impatience.

— Vous savez que vous êtes très agaçant ?

— Oui, on me l'a souvent dit, ces soixante-dix dernières années.

Elle rit.

— Vous êtes impossible ! Il y a une question que j'aimerais vous poser, Alexander, mais je vous préviens : c'est assez personnel.

— Posez-la toujours, dit-il, amusé et intrigué. Je me réserve cependant le droit de ne pas y répondre.

— Oh, je n'en doute pas, riposta-t-elle d'un ton sec.

Elle marqua un temps, les yeux toujours rivés sur les flammes, puis demanda :

— Cet endroit où vous comptez vous rendre en partant d'ici, est-ce un hôpital ? Êtes-vous malade ? ou mourant ?

Il la regarda, stupéfait, puis éclata de rire.

— Grands dieux, non ! Où êtes-vous allée chercher une idée pareille ?

Elle scruta son visage.

— Juste un soupçon. Vous n'allez pas dans une maison de repos, alors ?

— Non.

Il lui rendit sereinement son regard.

— Je vais dans le Nord pour travailler.

— Travailler ?

— Me croyez-vous trop vieux pour me rendre utile ?

Elle secoua la tête.

— Non, mais... quel genre de travail ?

— Ah...

Il sourit.

— Je n'ai pas la liberté de vous le dire pour l'instant.

Elle fronça les sourcils tout en pianotant du bout des doigts sur l'accoudoir de son fauteuil :

— Avez-vous entendu parler du projet de Humphrey ? Il aurait l'intention de diriger une école de voile !

— Vraiment ?

Alexander resta parfaitement neutre :

— Ma foi, pourquoi pas ? C'est certainement très intéressant.

— Mais l'école en question est en Cornouailles !

Frummie semblait en rogne.

— Personnellement, je trouve cette idée ridicule. Juste au moment où il aurait enfin pu vivre ici, au côté de Brigid. C'est incroyablement égoïste de sa part ! Il sera constamment absent. Cela aurait été si amusant de l'avoir avec nous.

Alexander lui lança un regard compatissant.

— Et qu'en dit Brigid ?

Frummie haussa les épaules.

— Oh, l'éternel refrain. Qu'ils ont l'habitude de vivre chacun de leur côté, qu'il est trop jeune pour prendre sa retraite... Apparemment, il rachète l'école. Il ne vous en a pas parlé, si je comprends bien ? Vous n'étiez pas au courant ?

Il secoua la tête.

— Humphrey ne discute pas de ses projets avec moi, répondit-il prudemment. Mais cette histoire d'école n'est peut-être pas une mauvaise idée. Après tout, la Cornouailles n'est pas si loin. Et ça leur donnera le temps de s'adapter à la vie à deux.

— Je suppose que oui.

Elle fit la grimace.

— Moi qui me réjouissais d'avoir Humphrey avec nous !

— Je comprends, dit-il.

— Vous vous ressemblez énormément, tous les deux, déclara-t-elle de manière inattendue. Et pas seulement physiquement. Vous faites partie des gens auxquels on s'attache immédiatement.

Elle se tourna vers lui, le menton levé, les yeux

étincelants de défi, cachant crânement sa peur d'une rebuffade.

— Donc, vous allez partir tout seul dans le Nord ? Vous n'auriez pas besoin d'une partenaire qui vous assisterait dans votre travail, par hasard ? J'ai d'excellentes références et une solide expérience.

— Je suis très honoré, mais c'est impossible, répondit-il.

Elle haussa les épaules et afficha son éternel sourire de Joconde.

— Bah, ça ne coûtait rien d'essayer, fit-elle avec désinvolture alors que son visage montrait une expression mortifiée.

Avait-il deviné combien il lui en avait coûté de faire une telle proposition ? Avait-il pitié d'elle ?

— Vous resterez en contact avec nous, néanmoins, j'espère ?

— Bien entendu. Mais je ne pars pas avant plusieurs semaines.

— Je sais bien, mais je vais peut-être rester quelque temps chez Margot. Je ne supporte pas les journées d'hiver. Le soleil n'apparaît pas au-dessus de la colline avant neuf heures, et il en est reparti à quinze.

Elle frissonna.

— Avez-vous une idée de ce qu'il tombe comme pluie, ici ?

— J'avais l'impression que Brigid et vous vous entendiez mieux, lui répondit-il indirectement. Vous êtes moins susceptible et elle a davantage confiance en elle.

— Vous avez raison, mais l'hiver n'en est pas moins long pour autant. Je comptais beaucoup sur Humphrey.

Elle marqua un temps et sourit avec amertume.

— Ou sur vous.

— Ce n'est pas envisageable, répéta-t-il.

Elle le dévisagea avec curiosité, le regard brusquement suspicieux.

— Il y a quelqu'un d'autre ?

Il hésita, et ses yeux s'adoucirent, fixant derrière elle quelque chose qu'elle ne pouvait voir.

— En quelque sorte, approuva-t-il enfin.

Elle fut incroyablement blessée, choquée par la violence de sa jalousie.

— Et... cette personne, vous... vous l'aimez d'amour ?

— Oui, affirma-t-il, et une note de joie vibra dans sa voix. Je l'aime d'amour.

— Eh bien...

Elle essaya de rire, de dissimuler sa peine.

— Pour une surprise... Je me suis conduite comme une idiote, j'en ai peur.

Il comprit qu'il devait absolument apaiser sa fierté.

— Vous avez été extraordinairement généreuse, murmura-t-il avec sincérité. Et c'est très important.

— Bien sûr.

Elle se leva.

— Il faut que je rentre. Restez assis. À ce soir pour le dîner.

Elle sortit avant qu'Alexander ait pu esquisser un geste. Il continua à contempler le feu pendant un long moment, puis il reprit son livre et se remit à lire.

Louise éprouvait une merveilleuse impression de liberté et de sérénité quand elle quitta Foxhole en milieu d'après-midi pour regagner son petit cottage. Pourtant, elle était si nerveuse à l'idée de ce déjeuner avec Brigid et Frummie qu'elle n'avait rien pu avaler au petit déjeuner et avait employé la matinée à passer ses arguments en revue, au cas où elles ne comprendraient pas sa décision de retourner vivre auprès de Rory. Bien sûr, ce choix ne regardait qu'elle, mais leur opinion était très importante à ses yeux et elle avait besoin de leur approbation et de leur soutien pour commencer sa nouvelle vie. Elles l'avaient choyée et soignée comme si elle avait fait partie de leur famille, et Foxhole était devenu son refuge dans un moment de grande détresse. Un sanctuaire de pierre. Brigid et Frummie faisaient à jamais partie de la trame de sa vie et leur affection était essentielle pour elle.

En réalité, Louise n'avait aucune raison de s'angoisser à propos de ce déjeuner : Brigid avait été émerveillée et ravie que Rory l'ait attendue pendant toutes ces années. Quant à Frummie, elle était restée étrangement silencieuse, sans faire montre de son ironie ni de son mordant habituels. Elle s'était montrée très positive, en fait, et absolument adorable.

— Foncez, lui avait-elle conseillé avec une étrange intensité. Ne laissez pas votre chance vous glisser entre les doigts sous prétexte que vous avez peur. Il est grand temps de regarder vers l'avenir et non plus vers le passé. Affrontez la vie, main dans la main.

— D'accord, je vais essayer, avait-elle promis, très touchée. Ce n'est pas l'envie qui m'en manque. C'est juste que... oh, vous savez bien ce que je veux dire.

— Oui. Je sais.

La vieille dame lui avait offert son fameux sourire.

— Tout ira bien, j'en suis sûre. Mais n'oubliez pas votre promesse.

— Ma promesse ?

Louise l'avait dévisagée d'un air perplexe.

— Nina Simone, avait répondu laconiquement

Frummie. Et n'oubliez pas la bouteille. Prévoyez-en deux, tant qu'à faire. Rory est cordialement invité, s'il le souhaite. Plus on est de fous...

Louise avait ri.

— Promis. Un seul mot, et je serai là. C'est juré.

— Je compte sur vous. Quand le moment sera venu, vous serez peut-être la seule amie qu'il me restera.

Avant qu'elle ait pu répondre, Brigid était revenue avec une bouteille de champagne et le déjeuner s'était animé. Puis, lorsque Louise avait pris congé, Brigid l'avait serrée très fort contre elle.

— Amène-le-nous, avait-elle dit. Il fait partie de la famille, maintenant. J'espère qu'il nous supportera.

— Merci, avait répondu Louise, très émue. Merci pour tout. Nous reviendrons tous les printemps et tous les automnes, comme autrefois.

— J'y compte bien ! Et n'oublie pas que nous voulons absolument faire sa connaissance. Dès que tu te sentiras assez forte, réserve-nous une soirée.

En regagnant son cottage, Louise sentait monter en elle une joie sauvage, aussi débridée que les rafales de vent qui ployaient les fougères desséchées et les branches tordues des aubépines. Tous les souvenirs de ces derniers mois se bousculaient dans sa mémoire mais, alors qu'elle quittait la lande pour emprunter les petites routes intérieures, plus abritées et plus calmes, son esprit s'assombrit à la pensée des moments douloureux que traversait actuellement Jemima. Elle était toujours à la recherche d'un appartement, essayait de rester positive, et s'émerveillait de la relation très étroite qu'elle entretenait désormais avec Brigid.

— Elle m'a proposé de m'installer à Foxhole, lui avait confié Jemima. Et c'était sincère. Elle a été incroyablement gentille. Mais il faut que je trouve un vrai chez-moi. Je n'arrive pas à décider si je vais rester à Salcombe, à supposer que j'aie les moyens d'y louer un petit appartement, ou s'il vaut mieux que je cherche ailleurs.

Elle avait soupiré.

— Je suppose que c'est l'occasion qui fera le larron.

Louise avait eu envie de la chouchouter un peu, de lui rendre le sourire, même brièvement.

— Et si vous veniez à la maison faire la connaissance de Rory, ce week-end ? lui avait-elle proposé spontanément. Ça me ferait très plaisir. Et puis j'aurais la preuve que c'est bien réel, si vous voyez ce que je veux dire. Il y a des moments où j'ai l'impression de rêver ou de regarder un film au cinéma.

— Venez donc dîner avec moi tous les deux, avait suggéré Jemima. Ou déjeuner, si vous préférez. Offrez-moi l'occasion de recevoir une dernière fois des invités devant ma vue sublime et de dépendre la crémaillère en buvant du champagne. Quitte à partir, autant le faire en fanfare.

La soirée avait été formidable. Jemima les avait reçus comme des rois et Magnificat avait eu le coup de foudre pour Rory – et réciproquement. Ils avaient beaucoup ri tous les trois et, aidés par l'alcool, Rory et Louise s'étaient comportés comme le couple heureux qu'ils avaient formé autrefois.

— Beau et intelligent, avait statué Jemima le lendemain au téléphone. Et Magnificat est d'accord avec moi. C'est la première fois que je le vois se lier d'amitié avec un homme, ce qui me donne à penser que je ne suis peut-être pas très avisée dans le choix de mes amoureux...

Louise s'était illuminée de joie et de fierté à ces mots. Elle avait conscience de sa chance et, cependant, malgré ce sursaut de confiance en elle, elle n'osait toujours pas franchir le dernier pas. Rory continuait à dormir à l'hôtel, elle restait dans son cottage, et tous deux attendaient le petit déclic qui leur permettrait enfin de franchir l'ultime obstacle qui les séparait encore de l'avenir.

Louise appuya sur l'accélérateur et réfléchit à la façon dont ils pourraient y parvenir, ses pensées tendues vers leurs retrouvailles, le week-end prochain.

43

Par un dimanche matin très froid, au début du mois de novembre, un petit comité se réunit dans la cour afin d'assister au départ de Frummie et de Margot pour Salisbury. Le matelas nuageux, uniformément gris, lâchait ici et là de brèves rafales de pluie glacée sur le petit groupe rassemblé à l'entrée du chemin. Frummie était d'une humeur enjouée, presque surexcitée, maintenant que le grand moment était arrivé, alors qu'elle s'était montrée assez taciturne au cours des derniers jours.

— Tout ira bien, n'est-ce pas, chérie ? avait-elle demandé à Brigid le dernier soir, dans un accès de sollicitude maternelle qui ne lui ressemblait pas du tout. Dieu merci, ils ont arrêté cet affreux bonhomme. Nous ne risquons plus rien. Mais prends bien soin de toi, promis ?

— Bien sûr, maman. Ne t'inquiète pas.

Brigid avait été très touchée par ce témoignage d'affection aussi inattendu que rare.

— D'ailleurs, Alexander est encore là pour quelques semaines, ne l'oublie pas.

— C'est vrai.

Une expression amère et déçue était apparue sur son visage, qui avait inquiété Brigid.

— Et puis, Humphrey sera bientôt là.

Brigid n'avait pu dissimuler sa joie.

— Apparemment, il savait qu'il risquait de rentrer plus tôt que prévu, mais il ne m'avait rien dit pour ne pas me donner de fausse joie. Je suis ravie !

— Et ce projet d'école de voile ne te contrarie pas ? Je sais que tu as toujours eu besoin de ton indépendance et que l'idée de vivre avec lui vingt-quatre heures sur vingt-quatre t'inquiétait, mais franchement, je n'arrive pas concevoir qu'il se soit lancé tête baissée dans une telle aventure !

— Sincèrement, je crois que ce sera une expérience très positive et que nous y trouverons tous les deux notre équilibre.

Ayant promis à Humphrey de ne raconter à personne les détails de l'histoire, Brigid s'était hâtée de changer de sujet.

— Et ce sera merveilleux d'être tous réunis pour Noël, non ? Julian et Emma avec le petit Josh. Toi et Jemima. Une vraie tribu !

— Je suis heureuse, avait murmuré Frummie d'un ton hésitant, vraiment heureuse que Jemima et toi soyez devenues... amies.

— Moi aussi. Si seulement elle pouvait trouver rapidement un logement agréable. Ça ne t'ennuierait pas de l'héberger à Noël si jamais elle n'avait rien trouvé d'ici là ?

Frummie avait secoué la tête d'un mouvement presque impatient.

— Évidemment que non. C'est à toi qu'il faut demander ça.

— Je pense que ce serait plutôt amusant.

Brigid s'était rendu compte avec étonnement que c'était la vérité.

— De toute façon, nous verrons bien comment les choses tourneront. Combien de temps penses-tu rester avec Margot ?

— Je ne sais pas.

Frummie avait plissé le nez.

— Pour être honnête, je ne peux pas supporter sa belle-fille. Harry est un amour mais Barbara est une vraie peste. Elle ne rate jamais une occasion de jouer au petit soldat. J'ai pris de mauvaises habitudes, ici, où je suis libre de faire tout ce que je veux.

Brigid avait été saisie et émue par cet aveu.

— N'hésite pas à revenir, si tu ne te plais pas là-bas. Si ça te gêne d'avouer à Margot les vraies raisons de ton départ, je t'enverrai une lettre réclamant ton retour immédiat. Nous inventerons une situation inextricable que tu seras la seule à pouvoir dénouer.

— Tu seras mon alibi, ma chérie ?

Frummie lui avait souri avec une affection sincère :

— Mais ne t'inquiète pas, je suis sûre que nous allons bien nous amuser. Nous irons passer quelques jours à Londres pour voir Gregory, en espérant que ça coïncidera avec le séjour d'Alexander.

Un silence.

— Tu ne sais toujours pas où il va, je suppose ? avait-elle repris, presque rageusement. Je dois dire que je trouve tous ces mystères ridicules.

Surprise par cet éclat, Brigid avait haussé les épaules.

— Je crois qu'il s'agit de quelque chose de très important pour lui. Il préfère ne pas en parler, au cas où ça ne se ferait pas.

Elle avait souri :

— Je le comprends, d'une certaine façon. Il y a des

moments dans la vie où on ne peut pas s'empêcher d'être superstitieux. Tu n'es pas d'accord avec moi ?

— Si tu le dis.

L'ancienne Frummie avait réapparu, froide, dédaigneuse, ironique.

— Quoi qu'il en soit, Gregory nous a promis de nous emmener au théâtre, à un défilé de haute couture et dans son restaurant préféré. On ne devrait pas s'ennuyer. Margot prévoit une séance de shopping monstre.

— Oh, à ce propos...

Les pommettes subitement empourprées, Brigid s'était levée de table pour prendre son sac à main sur le buffet.

— Ton anniversaire tombe pendant ton absence, alors je me suis dit que je pourrais aussi bien te donner ton cadeau maintenant. Comme ça, tu pourras en profiter à... à Londres.

Frummie avait regardé le chèque – d'un montant très généreux – sans prononcer un mot, pendant que Brigid l'observait avec une angoisse indicible, et priait pour qu'elle ne le prenne pas mal.

Pourvu qu'elle ne se sente pas humiliée. Pourvu qu'elle l'accepte sans commentaire sarcastique. Pourvu qu'elle ne soit pas blessée dans son orgueil.

Frummie avait plié le rectangle de papier très soigneusement et l'avait glissé dans sa poche pendant que Brigid fermait les yeux et réprimait un soupir de soulagement.

— Merci, avait-elle dit. Ça me sera très... utile.

Elle avait relevé la tête et Brigid avait vu des larmes dans les yeux de sa mère.

— Tu es une fille merveilleuse. Pardonne-moi si... si...

— Il n'y a rien à pardonner, avait-elle répondu très vite. Absolument rien. Amuse-toi bien.

— Oui.

Frummie lui avait adressé son sourire familier, visiblement soulagée d'en finir avec ce moment d'émotion.

— C'est bien mon intention. Surtout, tiens-moi au courant pour cette histoire d'école de voile.

Cela avait été leur dernier tête-à-tête en privé. Ensuite, il y avait eu la frénésie des préparatifs et des bagages à boucler et, ce matin, Jemima était venue jusqu'à Foxhole pour lui dire au revoir.

La pluie abrégea les adieux. Les deux sœurs embrassèrent leur mère puis regardèrent la voiture s'éloigner en cahotant dans le chemin. Alexander partit peu après, et Brigid et Jemima se retrouvèrent seules. Elle coururent se réfugier au chaud dans la cuisine douillette. Une casserole de soupe mijotait sur le feu, des petits pains cuisaient dans le four. Brigid leur servit un verre.

— Et voilà, soupira-t-elle, à la fois soulagée que ce soit fini et étrangement oppressée. Espérons qu'elles n'auront pas d'accident. Dieu merci, ce n'est pas maman qui conduit.

Jemima sourit avec indulgence.

— Elle est un peu déconcertante ces derniers temps, admit-elle. Mais je ne peux pas la blâmer de s'accrocher à sa voiture. Ce doit être affreux de perdre cette forme d'autonomie.

— Je sais. J'ai simplement peur qu'elle renverse quelqu'un, c'est tout. Mais bon, Margot est assez fiable et je suis sûre qu'elles arriveront à bon port sans encombre. Et ta chasse au logement, ça avance ?

— Pas vraiment.

Jemima posa son verre sur le buffet et s'adossa à la

cuisinière pour réchauffer ses mains glacées sur la barre en cuivre.

— Il y a un petit cottage à Kingsbridge. Il est minuscule, mais amplement suffisant pour Magnificat et moi. Et puis un deux-pièces avec une vue partielle sur l'estuaire – à condition de se dresser sur la pointe des pieds et de se dévisser le cou. D'après Rory, je devrais me tourner vers quelque chose de diamétralement opposé à mon ancien appartement. Il dit qu'on a toujours la tentation de vouloir retrouver ce qu'on a perdu, et que c'est une erreur. Je crois qu'il n'a pas tort. C'est vraiment un garçon charmant. Louise a beaucoup de chance.

— Je l'aime beaucoup, moi aussi.

Brigid s'assit à table.

— C'est formidable qu'ils se soient retrouvés. Tout n'a pas été complètement détruit, dans ce drame.

— Mais ils vivent une période de transition délicate.

Jemima rejoignit sa sœur à table.

— Ils ont encore un trop-plein d'émotions à gérer, et ils ne savent pas comment s'y prendre. Rory se sent coupable de ne pas avoir été là quand Louise avait besoin de lui, et Louise se sent coupable d'avoir quitté Rory...

— Ça ne doit pas être facile de renouer le fil après autant d'années.

Brigid fit tourner son verre entre ses paumes, et hésita.

— Et toi, comment ça se passe ? demanda-t-elle avec la sensation de s'aventurer sur un terrain mouvant.

Jemima n'essaya même pas de jouer l'étonnement, et de lui demander de quoi elle parlait.

— Mal, avoua-t-elle. Je suis horriblement malheureuse. Je n'arrive pas à refaire surface.

Elle sourit – un sourire courageux et néanmoins tremblant.

— Mais je me débrouille. La perspective de déménager m'occupe l'esprit. Je me demandais...

Elle but une gorgée de vin.

— Je suppose que ça ne t'intéresserait pas de venir visiter un appartement avec moi ? Il est rangé dans la catégorie « studio », ce qui donne à penser qu'il s'agit d'une boîte à chaussures, mais il a l'air sympa. Aucune vue, mais une cour minuscule avec un coin pour s'asseoir. Si ça t'ennuie, n'hésite pas à...

— Je viendrai avec plaisir, affirma Brigid d'un ton chaleureux.

— Oh, bien. Merci.

Jemima parut soulagée.

— J'ai rendez-vous à quinze heures.

— Alors nous allons passer à table sans plus tarder.

Brigid se leva, puis s'arrêta.

— Mais n'oublie pas : quoi qu'il arrive, tu es retenue pour Noël. Ton petit-neveu est impatient de te rencontrer.

Les yeux de Jemima se remplirent de larmes.

— J'ai hâte de faire sa connaissance. Ce sera... fantastique !

— Il grandit à une vitesse incroyable.

Brigid sortit des bols et mit la table pour donner à sa sœur le temps de se ressaisir.

— Il faut que je te montre les dernières photos que j'ai reçues de lui. Je te promets, vilain petit canard, ce sera le Noël du siècle !

Louise remit la petite chaise en rotin à sa place, poussa la bibliothèque en chêne contre le mur et promena son regard dans la chambre avec une satisfaction non dissimulée. Terminé, elle avait fini son travail ! Bien sûr, elle ne pouvait s'en attribuer le seul mérite, Rory l'avait aidée, mais le résultat était quand même magnifique. Chaque pièce était refaite à neuf et elle se sentait un peu triste à l'idée de quitter la petite maison qui l'avait abritée à un moment crucial. En même temps, un petit frisson la parcourait à la perspective de visiter cet autre cottage, dans la Wye Valley.

— Il faut absolument que tu viennes le voir, avait dit Rory d'un ton léger. Je suis sûr qu'il te plaira.

— Oui, ce serait... bien.

Elle avait essayé d'imaginer la scène. Se rendrait-elle là-bas en tant qu'invitée ou en tant qu'épouse ? D'une certaine façon, il lui était plus facile de garder ses distances ici – elle dans la maison, lui à l'hôtel. Aucun d'eux n'empiétait jamais sur le territoire de l'autre. En revanche, quand il parlait du cottage de Wye Valley, il disait toujours « chez moi ». « Quand je rentrerai chez moi... », « J'ai toujours tes livres, chez moi... ».

Ils commençaient à parler d'Hermione, à faire de brèves et craintives incursions dans le passé. Rory était plus courageux qu'elle. Beaucoup plus courageux. « Tu te souviens... ? » disait-il, et le cœur de Louise se recroquevillait de peur, se fermait instinctivement à la souffrance. Pas à pas, lentement, il la guidait néanmoins vers le chemin de la guérison et de l'apaisement, où elle pourrait avancer en toute sécurité, et laisser les souvenirs échapper tout doucement à l'angoisse logée au plus profond d'elle-même. Cependant, elle savait que le cottage de Wye Valley était l'endroit où elle voulait vivre, auquel elle appartenait. L'ultime démarche qu'elle devait accomplir pour que Rory et elle soient enfin réunis.

Louise lança un dernier regard dans la chambre et descendit au rez-de-chaussée. Sur la table était posée la carte postale envoyée par Frummie : deux énormes vieilles dames emmitouflées dans des manteaux de fourrure, arpentant le trottoir bras dessus, bras dessous, sur des pieds minuscules. « À nous les beaux garçons ! » disait la légende.

Tout à fait Margot et moi, non ? avait écrit Frummie. *Sauf que Margot ne risque pas de mettre le grappin sur un garçon en ce moment : la pauvre chérie a attrapé un rhume et est affreuse à voir. Elle a les yeux qui pleurent, le nez rouge, elle éternue toutes les trente secondes, ses cheveux ressemblent à du crin et ses manches sont remplies de mouchoirs roulés en boule. Vous voyez le tableau ? Elle est résolue, néanmoins, à faire le voyage jusqu'à Londres. Gregory a réussi à acheter des billets – à prix d'or, nous a-t-il confié – pour une comédie musicale irrésistible dans le West End. Nous nous mettrons donc en route de bonne heure.*

Cette sorcière de Barbara ressemble de plus en plus à une directrice de pensionnat : elle rôde sans cesse autour de notre chambre pour vérifier que nous ne laissons pas la lumière allumée trop tard, ou que nous ne buvons pas du whisky trop tôt, ce qui a le don de me rendre furieuse !

Comment va votre beau Rory ? Vous avez été bien avisée de l'épouser. Ne le laissez plus partir, surtout ! Je vous souhaite tout le bonheur du monde. Vous le méritez, tous les deux.

Louise sourit et relut la carte une deuxième fois, imaginant la lueur malicieuse dans les yeux de la vieille dame, son sourire quand elle avait écrit ces lignes. La seule vue de son écriture lui donnait du courage.

En fredonnant tout doucement, elle finit de mettre de l'ordre dans la cuisine et passa dans la salle de séjour pour faire du feu dans la cheminée.

44

Perchée sur l'accoudoir du canapé, au milieu des cartons, Jemima feuilletait paresseusement un vieux magazine. Pourquoi diable l'avait-elle conservé ?

Depuis qu'elle avait commencé à empaqueter ses affaires, elle s'était rendu compte qu'elle avait gardé religieusement toutes les petites miettes qui pouvaient, d'une façon ou d'une autre, lui rappeler son passé. Contrairement à Frummie-la-cigale qui aimait donner régulièrement « un bon coup de balai dans ses vieilleries », Jemima s'était découvert l'âme d'une petite fourmi engrangeuse de souvenirs. Cartes postales, lettres, programmes de théâtre, menus... elle avait tout gardé. Même la note d'un dîner en amoureux avec lui au moins de juillet.

Elle l'avait défroissée avec émotion, tandis qu'elle se remémorait cette soirée magique au Gara Rock Hotel, peu après leur rencontre. Elle avait insisté pour payer l'addition et il avait accepté sans faire de manières. Elle en avait conclu qu'Annabel aimait faire valoir son indépendance et... Son cœur eut une petite crispation. Le seul fait de penser à eux lui était insupportable.

Jemima fourra le magazine dans le sac poubelle noir avec un soupir, et Magnificat sauta à côté d'elle sur le canapé pour frotter sa tête contre sa hanche en ronronnant bruyamment. Il détestait ce remue-ménage, même s'il était très content d'avoir à nouveau sa maîtresse pour lui tout seul, et passait ses journées retranché loin de cette pagaille, sur la chaise en osier près de la fenêtre.

— Je me demande si notre nouveau logis te plaira, murmura-t-elle en le prenant dans ses bras, où il s'abandonna voluptueusement, tel un gros bébé en fourrure. Plus de balcon, mais tu aimeras sûrement la petite cour fermée. En revanche, je ne suis pas emballée par l'escalier en colimaçon. On n'a pas intérêt à trop arroser le jour de l'an, ou on finira dans le plâtre.

Elle le gratifia d'un dernier grattouillis derrière les oreilles, puis le reposa sur le canapé et retourna à ses cartons. Elle attaquait une nouvelle pile de livres quand le téléphone sonna.

— Salut ! lança-t-elle, persuadée qu'il s'agissait de Brigid.

Elles avaient commencé à empiler des cartons dans le coffre de sa vieille voiture afin de n'avoir besoin que d'une petite fourgonnette le jour J. Brigid avait un esprit pratique, le sens de l'organisation, et savait comment s'y prendre pour réussir un déménagement sans douleur – ou presque.

— Vieilles habitudes de femme de marin, avait-elle expliqué succinctement.

Il y avait même des jours où Jemima avait pris plaisir à bâtir son nouveau nid.

— Allô ?

— Bonjour. Comment vas-tu ?

Sa voix était si familière et si inattendue qu'elle en eut le souffle coupé.

Elle se laissa tomber sur l'accoudoir du canapé.

— Je... Aussi bien que possible, compte tenu des circonstances.

— Oh, Jemima.

C'était un cri de regret affectueux et caressant.

— Je voulais que tu saches que je suis sincèrement désolé...

— Oui. Mais nous avons déjà joué cette scène. Tu te souviens ?

— Bien sûr. Je ne cherche pas à apaiser ma conscience, tu sais. Je me sens vraiment responsable de toute cette lamentable histoire. Je t'appelais pour... pour te demander s'il y avait une chance que tu me pardonnes ?

Jemima fronça les sourcils, les doigts crispés sur le combiné, essayant de comprendre où il voulait en venir.

— Très franchement, que je te pardonne ou non, quelle importance ? demanda-t-elle d'un ton léger.

Un temps.

— Je crois que j'ai commis une erreur dramatique, reprit-il calmement.

Elle avala une grande goulée d'air, les yeux fermés.

— Tu crois... ?

— J'en suis sûr, rectifia-t-il très vite. Je le sais. J'en suis certain, cette fois.

Magnificat s'approcha d'elle en ronronnant et s'enroula autour de ses jambes. Il sauta si lourdement sur ses genoux qu'elle bascula en arrière au milieu des coussins, les deux jambes sur l'accoudoir. Il se coucha sur sa poitrine, de sorte qu'il l'empêchait de se redresser.

— Jemima ?

Il avait l'air inquiet.

— Est-ce que ça va ? J'entends un drôle de bruit.

— C'est Magnificat... Il est à côté de moi.

— Oh.

Il laissa échapper un petit rire, comme si l'intrusion du chat dans la conversation ressuscitait un peu leur ancienne intimité.

— Ce vieux pacha. Il ne m'a jamais beaucoup apprécié, n'est-ce pas ?

— Non, répondit-elle en se rappelant la façon dont Magnificat s'était campé sur Rory avec un ronron extatique. Non, on ne peut pas dire que c'était le grand amour.

— Et pour toi ?

— Pour moi quoi ?

— Est-ce que... c'était le grand amour ? Assez pour me pardonner et me laisser revenir dans ta vie ?

— Tu as... rompu avec Annabel ?

— Nous ne sommes plus ensemble.

Elle analysa prudemment cette réponse ambiguë.

— Je vois. Puis-je te demander lequel des deux a quitté l'autre ?

— C'était une décision mutuelle, affirma-t-il un peu trop rapidement. Nous nous sommes rendu compte que ça ne collerait pas. La première rupture était la bonne.

— Je vois.

Un silence.

— Je voudrais te revoir, dit-il d'un ton pressant. Je sais que ça peut marcher entre nous. Sincèrement, j'en suis persuadé. Tu veux bien qu'on essaie ? Qu'on cherche un appartement ? Qu'on reparte ensemble sur de nouvelles bases ?

Jemima se rendit compte qu'elle avait retenu sa respiration. Elle regarda le museau rond et plat de Magnificat. Ses yeux étaient fixés sur elle. Elle relâcha son souffle dans un long, long soupir, tandis qu'un sentiment de joie l'envahissait peu à peu, pétillant comme du champagne. Étrange qu'elle ait pu oublier à quoi ressemblait ce bonheur-là : cette légèreté, ce détachement, ce joyeux tourbillon d'insouciance. Maintenant qu'il recommençait à frémir en elle, il lui serait beaucoup plus facile de supporter la solitude et la tristesse.

— Jemima ?

Sa voix était âpre de peur.

— Tu veux bien qu'on essaie ?

— Non, répondit-elle doucement. Non, je suis désolée, mais c'est impossible. Non, reprit-elle alors qu'il se lançait dans une tirade, non, ce n'est pas une vengeance ni quoi que ce soit de ce genre. Je sais que ça ne fonctionnerait pas, tout simplement. Il faut que je raccroche, maintenant. Je suis en plein déménagement. Adieu et bonne chance.

Elle coupa la communication, ce qui interrompit net ses protestations. La sonnerie retentit derechef et, cette fois, elle vérifia le numéro sur l'écran avant de répondre.

— Salut Brigid. Tu viens d'essayer de me joindre ?

— Oui, acquiesça sa sœur d'une voix enjouée, mais c'était occupé. Rien d'embêtant, j'espère ?

— Non, répondit Jemima avec un sourire. Rien d'important. Alors, quand viens-tu me voir ?

Elle se mit à rire.

— C'est drôle, mais je suis contente de partir, maintenant. Bizarre, non ? Viens dès que tu seras prête. Nous t'attendrons.

Magnificat se dirigea vers la chaise en osier et sauta gracieusement dessus. Il se coucha en rond, les pattes repliées, et se drapa de sa queue touffue. Quand il posa sa tête sur ses pattes, les paupières closes, on aurait dit qu'il souriait.

Deux semaines plus tard, Brigid s'activait dans son atelier. Elle épinglait l'ourlet d'un lourd tissu en brocart en écoutant « Le livre de la semaine » à la radio, pendant que Cachou dormait en boule sur le sol. En dépit du radiateur, la pièce était froide. Un vent de nord-est tourbillonnait autour de la maison, obstiné, glacé. Brigid se frotta les mains l'une contre l'autre, consciente d'avoir très froid aux pieds.

— Du café, dit-elle à voix haute. Voilà ce qu'il me faut. Du café bien chaud. Viens, Cachou.

Ils descendirent l'escalier ensemble, les griffes du cocker raclant les marches en bois. Le mois de novembre touchait à sa fin et, depuis quelques jours, Brigid gardait les deux poêles à bois allumés jour et nuit. Malgré cette précaution, les murs et le sol étaient froids.

Brigid s'arrêta dans le hall pour ramasser le courrier éparpillé sur le paillasson et entra dans la cuisine en jetant un coup d'œil aux enveloppes. Lorsqu'elle poussa la bouilloire sur la plaque chauffante de la cuisinière, l'écriture de sa mère, reconnaissable entre toutes, attira son attention. Elle posa les autres lettres sur la table et décacheta aussitôt le pli. Frummie lui annonçait peut-être son intention de rentrer. Apparemment, elle s'était bien amusée mais Brigid pressentait qu'il lui serait difficile de prolonger son séjour. Elle avait mis les radiateurs du cottage de sa mère en position hors gel, mais il lui faudrait allumer le poêle pour réchauffer la maison.

Elle s'aperçut qu'elle avait hâte de revoir sa mère et sourit en retirant les feuilles de l'enveloppe. Un paragraphe lui sauta brutalement au visage et elle le relut lentement, avec stupeur, tandis que son sourire s'effaçait.

… Je t'en prie, Brigid chérie, ne le prends pas comme une attaque personnelle… mais Gregory et moi nous entendons si bien… Nous avons tant de choses en commun ! Il possède une petite villa au Portugal, où nous passerons Noël. Quel bonheur de penser à tout ce soleil qui nous attend au cœur de l'hiver ! Tu sais que je suis un vrai lézard… Ne te méprends pas : je te suis infiniment reconnaissante de m'avoir accueillie chez toi. Ma gratitude est immense, crois-le bien, mais c'est une telle merveille de retrouver la vie londonienne, et Gregory est réellement adorable. Et si seul… Je t'en prie, ne te mets pas en colère. Il me serait insupportable de penser que ma décision te peine – après tout, vous avez vos propres vies à mener, Humphrey et toi, et ce magnifique projet qui va sonner pour vous l'aube d'un nouveau départ. Souhaite-moi plutôt bonne chance et ne me déteste pas trop… Promis ?

Je vais m'installer dès maintenant à Londres, chez Gregory. Je t'inscris l'adresse au bas de la page. Nous viendrons vous voir, bien sûr…

Brigid n'aurait su dire combien de temps elle resta debout à relire la lettre, encore et encore. Quand elle leva les yeux, le visage blême, Alexander se tenait sur le seuil de la cuisine.

— J'ai frappé mais vous n'avez pas répondu, alors je venais m'assurer que tout allait bien.

Elle le fixa.

— Maman m'a écrit, annonça-t-elle sans fioritures. Je n'arrive pas à le croire. Elle s'est enfuie !

Ses lèvres tremblaient et il eut peur qu'elle ne fonde en larmes.

— Avec Gregory ?

— Oui.

Elle semblait en colère.

— Avec Gregory. C'est insensé. Nous étions devenues plus proches que nous ne l'avions jamais été. Et elle est partie rejoindre un homme. Une fois de plus. Et moi, je reste en rade. Une fois de plus.

Il la regarda avec compassion mais garda le silence.

— Ridicule, n'est-ce pas ? demanda-t-elle avec une ironie douloureuse. Absurde que ça me fasse aussi mal. Pourquoi se soucierait-elle de moi, de ce que je peux ressentir ?

Elle regarda autour d'elle, comme si elle ne savait pas très bien où elle était.

— Inouï. Elle m'annonce ça comme ça, par courrier. Pas même un coup de fil. Juste une fichue lettre. « Chère Brigid, je voulais juste te dire que je me fais encore une fois la malle. Merci pour tout et au revoir. Ta mère qui t'aime. » C'est trop drôle !

Elle se mit à rire – un son aigu, rageur, désespéré. Il l'invita à s'asseoir et lui ôta la lettre, sur laquelle ses doigts étaient crispés.

— Chuuut, murmura-t-il comme s'il avait affaire à un animal effrayé. Ça va aller. Calmez-vous.

— Me calmer ?

Elle le regarda, les yeux pleins de larmes, d'humiliation et de colère.

— Vous croyez que j'affabule ? Mais tout est écrit là, noir sur blanc. Lisez sa lettre, vous verrez !

Alexander se détourna pour préparer du café. Il ne pouvait pas, ne voulait pas révéler qu'il avait reçu un coup de téléphone de Frummie le matin même.

— Ce n'est pas ma faute, Alexander, avait-elle soupiré. Je ne peux pas passer un hiver de plus à Dartmoor. C'est au-dessus de mes forces. J'en mourrais. Veillez sur

Brigid, voulez-vous ? Restez près d'elle jusqu'à ce qu'elle ait lu ma lettre. S'il vous plaît.

— Je serai là, avait-il répondu d'une voix neutre.

— Et... ne me méprisez pas trop, avait-elle ajouté avec une bravoure pathétique. Je ne suis pas aussi forte que vous. Ou que Brigid.

— Ma chère Frummie, j'ai commis trop d'erreurs dans ma vie pour me permettre de juger qui que ce soit.

Il y avait eu un silence.

— Comment Margot prend-elle la chose ? avait-il demandé.

Elle avait lâché un rire nerveux.

— Pour l'instant, elle me hait. Mais elle se calmera quand elle recevra une invitation à venir nous rejoindre au Portugal, je suppose.

Alexander s'était esclaffé.

— Transmettez toute mon amitié à Gregory. Et dites-lui de ma part qu'il ne vous mérite pas.

Elle avait ri.

— J'aurais préféré que ce soit vous, avait-elle glissé très vite avant de raccrocher.

Il versa le café dans deux mugs puis vint s'asseoir à côté de Brigid.

— Et maintenant, racontez-moi.

— Elle est partie rejoindre Gregory, expliqua-t-elle plus posément. Il a un appartement à Londres et une villa au Portugal. Mais je suppose que vous savez déjà tout cela ?

— Oui.

— C'est tout, dit-elle en haussant les épaules et en s'emparant de son mug. Il n'y a rien à ajouter.

— Mais ne pensez-vous pas que votre mère sera plus heureuse là-bas ? Elle déteste la campagne, ce n'est pas un mystère. Et si le hasard lui offre une opportunité de mener la vie dont elle rêve, pourquoi ne la saisirait-elle pas ? Votre mère n'a pas besoin d'habiter avec vous pour vous prouver son amour. Vous n'êtes plus une enfant.

— Ce n'est pas ça ! s'écria-t-elle avec colère.

— Où est le problème, alors ?

— C'est... c'est...

Brigid sonda ses émotions, sachant qu'Alexander ne se contenterait pas de faux-semblants ou de demi-vérités.

— C'est... humiliant, lâcha-t-elle enfin d'un ton mal assuré. Je suis blessée, déçue. On ne part pas comme ça, sans prévenir. Elle aurait au moins pu téléphoner pour m'en parler. Je croyais que nous nous étions rapprochées, et... Oui, c'est blessant. Mais le pire c'est de penser qu'une femme de son âge puisse s'enfuir avec un vieux monsieur comme... comme deux collégiens. C'est...

Elle secoua la tête, à court de mots.

— C'est scandaleux, articula-t-elle enfin.

— Pour elle ou pour vous ?

Elle le dévisagea.

— Pour elle, bien sûr. Que vont dire ses amis ? Vous imaginez ce que doivent penser Margot, Barbara et Harry ?

— Est-ce vraiment important ?

Ses yeux bleus, immenses, étaient noyés de détresse.

— On rira d'elle. C'était déjà difficile avant, mais maintenant... Elle a soixante-treize ans ! Oh ! mon Dieu, je n'arrive pas à le croire. Et Gregory qui semblait si gentil !

— Mais il *est* gentil. Pourquoi croyez-vous qu'elle veut vivre avec lui ? Il lui procurera une vie confortable et heureuse et il lui sera reconnaissant de combler sa solitude. Il a besoin de compagnie, alors pourquoi pas celle de Frummie ? Pourquoi deux personnes seules ne s'uniraient-elles pas pour trouver le bonheur ?

Brigid garda le silence et se remémora sa dernière conversation avec sa mère. Les larmes dans ses yeux quand elle avait dit : « Pardonne-moi... »

Elle respira profondément afin d'évacuer la tension.

— Vous avez raison, acquiesça-t-elle d'une voix sourde. Quelle importance, en effet ? Maman ne s'est jamais souciée du qu'en-dira-t-on, alors pourquoi m'en ferais-je ?

— Essayez de l'accepter telle qu'elle est, Brigid, et de vous réjouir de la savoir heureuse. Le moment est peut-être venu de pardonner les erreurs du passé, tout comme j'espère que Humphrey sera capable de m'absoudre un jour. Essayez, Brigid. Elle n'osera jamais vous le demander, mais ce serait si important pour elle ! Elle a conscience de vous avoir profondément blessée et sa culpabilité se dresse entre vous comme une barrière infranchissable.

— Je l'aime, murmura lentement Brigid. Je l'ai toujours aimée.

— Alors dites-le-lui et souhaitez-lui d'être heureuse. Faites-le et vous verrez bien ce qui se passe. Pourquoi pas ?

— Pourquoi pas ? opina-t-elle, en le regardant, et en essayant de sourire. D'accord. J'essaierai.

— Il ne vous est jamais venu à l'esprit que vos doutes concernant l'avenir pouvaient avoir pour origine l'angoisse d'être abandonnée à nouveau ? Vous avez développé un sentiment d'infériorité totalement dénué de fondement. Frummie est partie jadis de Foxhole – et une fois encore aujourd'hui – à cause de ses propres faiblesses, et non des vôtres. Ne laissez pas une erreur de jugement vous gâcher plus longtemps la vie, Brigid. Humphrey vous adore. Vous êtes indispensable à son épanouissement et à son bonheur. Il ne vous abandonnera jamais, soyez sans crainte.

— Je ne sais pas, répondit-elle presque timidement. Je redoute qu'après avoir vécu séparément pendant toutes ces années la vie commune soit un choc. Pour l'un comme pour l'autre.

— Je crois que vous nourrissez une peur inconsciente de le perdre. Vous vous dites qu'il ne vous connaît pas réellement – votre besoin de solitude, par exemple – et que lorsqu'il vous découvrira telle que vous êtes, il cessera probablement de vous aimer. Peut-être conjurez-vous cette peur en vous demandant si vous pourrez supporter votre perte d'indépendance, en imaginant les tracasseries de la vie de couple au quotidien, alors qu'en réalité vous êtes terrifiée à l'idée de découvrir que Humphrey est incapable de s'adapter.

Un silence.

— Je ne supporterais pas qu'il m'abandonne, lui aussi, balbutia-t-elle enfin.

— Je sais. Je l'ai vu sur votre visage la nuit où Frummie vous a transmis son message. Ma pauvre petite, avez-vous seulement une idée de l'amour qu'il vous porte ? Ses lettres étaient pleines de vous. De son bonheur de vous avoir, vous et les garçons. De la fierté que vous lui inspirez. Votre couple est une réussite totale et vos enfants sont heureux et parfaitement équilibrés. Acceptez votre part de responsabilité dans cette réussite. Vous avez regardé votre vie à travers une vitre sombre et dépolie. Il est temps de laisser la lumière entrer dans votre cœur.

Le téléphone sonna avant qu'elle puisse répondre.

Brigid se leva lentement, presque avec raideur, et décrocha le combiné.

— Allô ? Oh, bonjour, Jemima. Oui, j'ai reçu une lettre au courrier, ce matin. Toi aussi ?

Elle lança un bref regard à Alexander qui lui sourit pour l'encourager.

— Non, je ne me doutais absolument pas... Oui, j'en ai peur. Elle nous a plantées là toutes les deux, cette fois... Non, je suis sûre qu'elle ne voit pas les choses de cette façon. Elle n'a sûrement pas mesuré toutes les conséquences. Tu la connais : elle fonce, et elle réfléchit après... Je sais. Oui, c'est un vrai choc. J'en suis encore sans voix... Écoute, pourquoi tu ne passerais pas à la maison ? Quand peux-tu te libérer ?...

Alexander finit son café, lui effleura l'épaule et s'éloigna tranquillement.

45

Louise attendait Rory dans la véranda. Ils avaient réinstallé la table pliante dans la salle de séjour dès que la peinture avait été terminée, mais elle avait trouvé une petite table de pique-nique dans le débarras et s'en servait pour prendre son petit déjeuner et son déjeuner chaque fois que le temps le permettait. Malgré le soleil, la véranda était quand même très froide en cette fin de novembre, et Louise avait branché un chauffage électrique pour gagner quelques degrés. Blottie dans son châle, elle contemplait le petit porte-photos en cuir brun posé devant elle, en se demandant si elle aurait le courage de l'ouvrir.

Rory la ramenait peu à peu à la vie. De même qu'il avait jadis été celui qui ravivait la flamme de leur amour après chaque séparation, l'encourageant avec douceur à se débarrasser de la froide carapace que la solitude avait tissée autour d'elle, de même il la conduisait aujourd'hui tout doucement vers les rivages tièdes et sécurisants de la confiance et de la tendresse partagée.

Le moment est venu de regarder devant vous, lui avait dit Frummie – et elle avait raison. Le passé avec ses traumatismes plongeait continuellement ses griffes dans le présent, lui rappelant constamment ses échecs et ses progrès difficiles, marqués par l'hésitation.

Mais je l'aime, songea-t-elle. Oh ! Je l'aime tellement !

Comme si cet aveu était le sésame qui lui permettait de triompher des obstacles, Louise saisit le porte-cartes et l'ouvrit tout doucement. Hermione la dévisagea avec une expression familière : une sorte de curiosité pensive et pleine d'attente. Elle était assise à califourchon sur un cheval à bascule en bois, dont les oreilles faisaient office de poignées. L'une de ses menottes en agrippait une, tandis que l'autre serrait un ours en peluche contre son cœur. « Eggy Bear ». Pendant longtemps, elle avait eu du mal à prononcer les « d ». Son Teddy Bear avait donc commencé sa vie sous le nom de « Teggy » avant de se transformer définitivement en « Eggy ». Par la suite, Percy le perroquet l'avait remplacé pour devenir son confident attitré, mais Eggy avait continué à trôner en bonne place sur son lit. Même à trois ans, Hermione avait été une petite fille fidèle en amour. Elle portait une salopette rouge, des sandales blanches, et deux chouchous ornés de cerises maintenaient des couettes blondes de chaque côté de son petit visage.

Louise lui rendit son regard et prit conscience que la douleur atroce de l'absence s'était atténuée. Elle parvenait à regarder son enfant avec une émotion plus contrôlée. La souffrance et la révolte avaient cédé le pas à une tristesse aimante et résignée. Un chagrin assourdi avec lequel elle pourrait vivre – peut-être.

Au bout d'un long moment, elle posa les yeux sur l'autre photo. Son propre visage, plus jeune, y riait aux éclats. Un bras autour de ses épaules, Rory lui souriait, avec ce regard intense dont avait hérité sa fille. Le cliché avait été pris à un barbecue, pendant l'une des permissions de Rory. Elle venait d'apprendre qu'elle était enceinte et il était fou de bonheur.

— On dirait que c'est le premier bébé de l'histoire de l'humanité, l'avait-elle taquiné.

— Pour moi, c'est tout comme, avait-il répondu avec conviction.

Louise posa le porte-cartes ouvert sur la table de façon à voir les deux photos, et se rassit tranquillement, apaisée. Les travaux de peinture étaient terminés. Quelle serait l'étape suivante ?

Elle essayait d'apporter une réponse à cette question délicate quand Rory frappa à la porte d'entrée.

— Bon sang, quel froid ! commenta-t-il quand elle lui ouvrit.

— Je me suis installée dans la véranda. La température y est acceptable mais j'ai dû allumer le radiateur. Tu veux du café ?

Il la suivit à l'intérieur.

— Ma foi, ce ne serait pas... du luxe.

Sa voix avait dérapé en découvrant le porte-cartes ouvert sur la table. Il lança un bref regard à Louise, puis détourna les yeux.

— Je l'ai trouvé par terre, lui expliqua-t-elle. Sous la chaise.

— Il a dû tomber de la poche de mon blouson, dit-il, toujours sans la regarder.

— Sûrement.

Une sorte de gêne flottait entre eux. Rory chercha un moyen de la dissiper, s'empara du porte-photos mais, au lieu de le remettre dans sa poche, il l'examina.

— Tu te souviens ? murmura-t-il avec une tendresse bouleversante. Ce bon vieil Eggy. Quand elle a réussi à prononcer correctement son nom, il était trop tard. Il est toujours resté Eggy. Je l'ai toujours, tu sais. À la maison.

La maison. Le mot resta suspendu entre eux, plein d'incertitude et de promesses.

Louise déglutit.

— Je me souviens, oui.

Elle chercha ce qu'elle pourrait dire pour desserrer l'étreinte sinistre et glacée du passé et le rejoindre dans son monde de lumière, où régnait la douce chaleur de l'espoir.

— La photo de droite a été prise au barbecue des Seward, non ?

— Oui.

Il se tourna légèrement pour lui permettre de regarder le cliché en même temps que lui.

— On avait passé une journée fantastique, mais tu n'avais pas voulu boire une seule goutte d'alcool à cause du bébé. On venait juste d'apprendre que tu étais enceinte.

Il rit un peu et continua à dérouler tout doucement le fil du souvenir, pour ne pas la brusquer.

— Tu te rappelles Phil et Jeff ? Ils ont emménagé juste à côté de nous. Leur numéro de téléphone était Rhu 007. Qu'est-ce qu'on a pu s'amuser, avec eux !

— Oh, oui.

Louise pouffa.

— Nous les avions baptisés Aigle Chauve et Renard Argenté. Hermione les adorait.

Elle se tut mais Rory persévéra, refusant de la laisser s'arrêter maintenant.

— C'est bien Phil qui lui a acheté Percy ? Il l'a ramené de Londres, il me semble ?

— Oui, il...

Elle refoula ses larmes d'un battement de cils, s'efforçant de suivre le chemin qu'il lui montrait, loin des ombres, vers la lumière.

— Il est entré en cachant Percy dans son dos et il a demandé à voir Hermione...

Elle prononça bravement le prénom bien-aimé, puis secoua la tête, incapable de poursuivre.

— C'est vrai.

Il reprit le fil de l'histoire, tendant la main vers Louise, les yeux toujours fixés sur la photo d'Hermione, comme si elle lui donnait du courage.

— Il lui a dit : « J'ai quelqu'un à te présenter. » Et il le lui a offert avec une petite courbette.

— Elle sautait pour l'attraper... et elle riait, elle riait...

Elle se mit à pleurer. Rory reposa le porte-photos sur la table et la prit dans ses bras, les yeux pleins de larmes.

— Nous pourrions avoir d'autres enfants, dit-il en la serrant contre lui. Nous pourrions essayer...

Il y eut un silence électrisant, puis elle hocha la tête, le visage caché contre sa poitrine, et il laissa échapper un sanglot de soulagement, conscient d'avoir pris un risque énorme. Ses larmes mouillèrent la chevelure de Louise tandis qu'il cherchait désespérément les mots qui leur permettraient d'abattre le dernier obstacle. Mais elle le devança.

— Je t'aime, murmura-t-elle, le visage toujours enfoui dans son pull. Je n'ai jamais cessé de t'aimer. Je te le jure.

— Moi non plus. Pas une seule minute, pas une seule seconde. Chérie, c'est fini, maintenant. Plus de reproches. Plus de culpabilité...

Il sentit qu'elle hochait la tête et eut envie de pleurer, de joie, cette fois, de soulagement et de gratitude.

— Alors... où en étions-nous ? souffla-t-il d'une voix étranglée.

Elle l'étreignit plus fort et leva le visage vers lui. Le bonheur était là, à portée de main. La prochaine étape était capitale, et ils devaient la franchir ensemble. Leur avenir tout entier en dépendait.

— Qu'allons-nous faire, maintenant ? demanda-t-il tendrement.

Louise se dressa sur la pointe des pieds pour l'embrasser, l'enlaçant par la taille.

— Oh, Rory. Rentrons à la maison, s'il te plaît.

Brigid remonta dans la voiture où Cachou l'accueillit avec des transports de joie hystériques, et contempla avec satisfaction les paquets qu'elle venait de poser sur le siège passager : deux livres rares achetés d'occasion, une bouteille de vin blanc et un cadeau pour l'anniversaire de sa belle-fille.

Elle avait passé une matinée très agréable à examiner les rayonnages de la librairie et à bavarder avec Anne et Barbara, puis elle avait rendu visite à Meg, dans sa boutique de décoration d'intérieur. Alors qu'elle conversait avec son amie, elle avait essayé de trouver un présent pour Emma, avait examiné vainement les bibelots et la vaisselle jusqu'à ce que Meg lui montre de petits fourre-tout en tricot qu'elle réalisait elle-même. Exactement le genre d'article, ravissant et original, qu'Emma adorait. Après avoir rappelé à Meg de lui téléphoner dès qu'elle aurait reçu ses superbes décorations de Noël, Brigid avait regagné le parking avec ses paquets.

En dépit du soleil, il faisait un froid piquant. Une couche de gel gainait les branches dénudées des arbres et des plaques de glace se craquelaient dans les fossés. Après des jours et des jours de pluie, Brigid avait l'impression de sortir d'un long tunnel. Elle ne put s'empêcher de sourire en songeant que dans dix petits jours Humphrey serait à la maison.

— J'ai trouvé le collier en corail de tes rêves, avait-il jubilé au téléphone. Tu vas m'adorer !

La perspective de son retour n'éveillait plus en elle la moindre appréhension. En formulant ses craintes à voix haute, en les exposant en pleine lumière, Alexander avait secoué le tissu de sa vie et délogé toutes les particules de doute qui l'imprégnaient depuis des années. Il avait aussi semé une petite graine de confiance qui ne cessait de pousser. Humphrey l'adorait. Il était fier d'elle. Elle était nécessaire à son épanouissement !

Depuis quelques jours, il était tendre et chaleureux au téléphone, enthousiaste à l'idée d'endosser bientôt son costume de directeur de l'école de voile. Il était même d'accord pour garder Jenny parmi les employés. Jenny, en revanche, était moins confiante.

— Je n'ai pas envie de partir, avait-elle avoué à Brigid d'un ton angoissé. Pour être franche, je ne saurais même pas où aller. Mais l'idée de travailler avec Humphrey me paralyse. Il ne m'a jamais portée dans son cœur.

Brigid s'était efforcée de la rassurer en lui affirmant que sa présence était indispensable, qu'elle connaissait le fonctionnement de l'entreprise sur le bout du doigt et que Humphrey avait besoin de quelqu'un comme elle pour assurer toute la partie intendance.

— Fais au moins un essai, ne serait-ce que pour moi, lui avait-elle demandé – et Jenny avait fini par accepter de rester.

Brigid traversa Holne Bridge puis tourna à gauche en direction de la lande. Le temps était tellement clair que la vue portait à des kilomètres. Le paysage familier l'emplit d'un sentiment de paix. Elle avait été si occupée à écouter et encourager les projets de Humphrey pour l'école de voile et à calmer les craintes de Jenny, qu'elle ne s'était même pas demandé si cet arrangement lui convenait. Bien sûr, dans la mesure où elle était à l'origine du problème, elle aurait été malvenue à se plaindre. Mais désormais elle regardait l'avenir avec une sérénité nouvelle.

L'affection et le soutien que lui avait témoignés Alexander l'avaient aidée à surmonter le choc causé par la fuite invraisemblable de Frummie avec Gregory ; leurs longues conversations lui avaient permis de purger peu à peu son ressentiment. Le déménagement de Jemima lui avait également offert un excellent dérivatif. Sa complicité grandissante avec sa petite sœur était une autre source de joie. L'absence de Frummie avait contribué, en quelque sorte, à leur rapprochement.

Apaisée, Brigid avait réussi à discuter de façon enjouée et affectueuse avec sa mère au téléphone, lui souhaitant beaucoup de bonheur, les invitant à venir tous les deux à Foxhole quand ils le souhaiteraient, promettant de lui donner régulièrement des nouvelles. En raccrochant, elle avait été frappée par une extraordinaire sensation de liberté. Pour la première fois de sa vie, elle n'avait ressenti aucune angoisse, aucun sentiment d'infériorité, seulement une profonde tendresse pour sa mère.

Et, maintenant, tout en contemplant la surface scintillante du plan d'eau pétrifié par le gel, Brigid songeait que son bonheur aurait été total s'il n'y avait eu cette douleur sourde causée par le départ d'Alexander.

— Je vous écrirai dès que je serai sûr, lui avait-il promis. Et je vous expliquerai tout. Je n'arrive toujours pas à croire qu'ils m'acceptent parmi eux, à mon âge. J'ai encore peur qu'ils changent d'avis à la dernière minute.

Elle mourait d'envie de le questionner mais elle avait tenu sa langue pour respecter sa volonté. Tout au fond d'elle-même, cependant, elle n'avait pu s'empêcher d'espérer que ses craintes se réaliseraient et qu'il serait obligé de revenir. Pourtant, il avait vu juste en ce qui concernait Humphrey :

— Quand part-il ? avait demandé ce dernier au téléphone. Avant mon retour ? Bon. C'est probablement mieux ainsi. Je nous vois mal devenir les meilleurs amis du monde au bout de cinquante ans. Et puis j'ai hâte de me retrouver un peu seul avec toi. Il y a bien longtemps que ça ne nous est pas arrivé !

Comprenant qu'il était trop excité par ses projets d'avenir pour se soucier d'un homme qu'il n'avait pas revu depuis trente ans, Brigid n'avait fait aucun commentaire. Mais elle ne se déclarait pas vaincue et continuait à espérer qu'un jour le père et le fils finiraient par se réconcilier.

Elle s'engagea prudemment dans le chemin, gara la voiture dans la cour et entra dans la maison, ses emplettes dans les bras. Cachou la suivait de près. La chaleur l'accueillit dans l'entrée comme une présence réconfortante : les poêles à bois épaulant les radiateurs à accumulation commençaient à tiédir la vieille bâtisse.

Brigid s'arrêta pour ramasser son courrier, puis se dirigea vers la cuisine. Après avoir posé ses paquets sur la table, elle jeta un rapide coup d'œil aux enveloppes. Bien qu'elle ne l'eût jamais vue, elle identifia instantanément l'écriture d'Alexander et décacheta fébrilement la lettre.

Elle ne prêta tout d'abord pas attention à l'adresse, et ce fut seulement après avoir lu quelques lignes qu'elle regarda le haut de la page, les sourcils légèrement froncés. Une abbaye ?

Chère Brigid,

Me voici donc installé dans ma nouvelle vie, comme j'y aspirais depuis de longs mois. Je suis de confession catholique et, bien que la foi m'ait abandonné pendant ma jeunesse, j'ai ressenti son appel il y a de cela une vingtaine d'années. Après avoir effectué ici même plusieurs retraites spirituelles, j'ai compris que mon destin était lié à celui de cette abbaye.

Dès lors, j'ai toujours su que lorsque Agneta me quitterait – elle était malade depuis des années – je demanderais la permission de finir mes jours ici. Je suis trop âgé pour entrer dans les ordres, mais après plusieurs entretiens avec les instances religieuses supérieures (et une enquête très sérieuse destinée à mettre en lumière mes motivations et l'authenticité de ma foi) j'ai été autorisé à rejoindre l'ordre en qualité de religieux régulier séculier.

Je vivrai donc désormais au sein de la communauté de moines et travaillerai dans les bureaux et la bibliothèque. Vous devinez sans doute pourquoi il m'était si difficile d'aborder le sujet à Foxhole. La voie que j'ai choisie ne rencontre que trop rarement l'adhésion des amis et des proches. Mais vous, ma chère Brigid, du fond de votre sanctuaire de pierre blotti au milieu de l'étendue sauvage et déserte de la lande, vous êtes probablement plus à même que quiconque de comprendre…

Durant mon séjour chez vous, je me suis rendu plusieurs fois par semaine à l'abbaye de Buckfast, et je vous ai acheté quelques pieds de lavande afin que mon souvenir reste près de vous. Je les ai déposés dans la grange, près de la porte, car mon émotion de vous quitter était si vive que je n'ai pas eu le courage de vous les remettre en main propre.

Je me sens infiniment honoré d'être votre ami et très heureux que mon fils ait eu la chance de vous avoir à son côté pendant toutes ces années. Je guetterai de vos nouvelles et vous écrirai souvent. Soyez heureuse, chère Brigid...

Brigid resta immobile, le regard perdu dans le vide, tandis que les pièces du puzzle s'ajustaient. Puis un sentiment de perte insupportable lui broya la poitrine, et une certitude s'imposa à elle, balayant toutes les autres : elle ne le reverrait jamais. Et la vie, sans lui, lui paraissait insupportablement dénuée de relief.

Elle s'aperçut tout à coup qu'il y avait une carte à l'intérieur de l'enveloppe et la sortit de ses doigts mal assurés. Une colombe aux ailes déployées, tenant un rameau d'olivier dans son bec.

Elle lut les vers plusieurs fois avant qu'ils pénètrent le champ de sa conscience :

L'espoir et le bonheur à venir
Germent dans le bel aujourd'hui. Cueillez l'espérance !
La paix et la confiance
Sont la sève des lendemains fleuris.
Buvez la coupe de la vie !

Les ténèbres sur le monde
Ne sont qu'une ombre qui passe.
Mais tout comme les nuages s'effacent
Après la tempête, la lumière renaît
Pour qui ne renonce jamais.

Et en ce jour, je viens à vous,
Les mains pleines d'offrandes,
Le cœur empli de joie et de respect,
Avec aux lèvres une prière : Qu'aujourd'hui et à jamais
Le jour se lève sur votre vie,
Chassant les ombres de la nuit.

Brigid essuya ses yeux mouillés de larmes du plat de la main, sortit dans la cour et se dirigea vers la grange. Les plants de lavande étaient là, à l'endroit qu'Alexander lui avait indiqué.

Elle s'agenouilla et fit rouler une tige odorante entre ses doigts. Elle les planterait au printemps près de la porte. Elle les souleva et les emporta dans l'appentis, où elle les installa à la lumière, sur le rebord de la fenêtre.

Cachou l'observait depuis le seuil, agitant la queue avec espoir. Elle comprit le message, sourit et se débarrassa de ses chaussures pour enfiler ses bottes en caoutchouc. Une fois dans la cour, elle s'arrêta quelques instants pour contempler les colombes qui exécutaient leur danse lumineuse dans le ciel clair et pur, écouta le murmure musical de la rivière dans le lointain, et sut qu'Alexander y serait toujours associé. Le sentiment de vide se dissipa et elle eut tout à coup l'impression qu'il se tenait à ses côtés, solide et rassurant. Un élan d'affection et de gratitude fit battre son cœur plus vite. En chassant les ombres qui s'étendaient sur sa vie, Alexander lui avait permis de poser sur l'avenir un regard clair et confiant.

Les vers qu'il lui avait envoyés résonnèrent dans son esprit :

Et en ce jour, je viens à vous,
Les mains pleines d'offrandes,
Le cœur empli de joie et de respect,
Avec aux lèvres une prière : Qu'aujourd'hui et à jamais
Le jour se lève sur votre vie,
Chassant les ombres de la nuit.

Au retour de sa promenade, elle s'installerait à la table de la cuisine et elle lui écrirait ; une longue lettre dans laquelle elle lui raconterait tout.

Une joie soudaine naissait en elle à la pensée de cette relation particulière et privilégiée qui la nourrirait pendant les années à venir.

En attendant, et pour la première fois depuis des mois, elle avait Foxhole pour elle toute seule : Alexander avait embrassé la vie monastique, Frummie était à Londres avec Gregory, Louise était repartie vivre avec Rory. Tant de choses avaient changé en l'espace de sept mois ! Elle avait une sœur, maintenant – et dans dix jours Humphrey serait de retour à la maison.

Se souriant à elle-même dans le soleil, Brigid siffla Cachou, et s'éloigna en direction des roches scintillantes de Combestone Tor.

Remerciements

Un grand merci à Bridget Rochard, ainsi qu'au personnel du musée du Sauvetage en mer de Salcombe, pour avoir autorisé Jemina à « occuper » l'appartement de fonction.

Aubin Imprimeur
LIGUGÉ, POITIERS

Achevé d'imprimer en août 2005
pour le compte de France Loisirs
123, bd de Grenelle, 75015 Paris

N° d'édition 43306 / N° d'impression L 68847
Dépôt légal, août 2005
Imprimé en France